La Luna de Plata

El caso McGowan II

Deborah P. Gómez

Título original: La Luna de Plata (El caso McGowan II)
Primera edición: octubre 2022

Todos los derechos reservados.

ISBN: 9798846687622
Depósito Legal: 2208151789760 (15-agosto-2022)
© Todos los derechos reservados.

Queda prohibida, salvo excepción prevista en la ley, cualquier forma de reproducción, distribución, comunicación pública y transformación de esta obra sin contar con la autorización de los titulares de propiedad intelectual. La infracción de los derechos mencionada puede ser constitutiva de delito contra la propiedad intelectual (Arts. 270 y sigs. del Código Penal).

Portada diseñada por MiblArt.
Los derechos de las fotografías de portada y contraportada pertenecen a Deborah P. Gómez y MiblArt.

© 2022 Deborah P. Gómez
www.deborahpgomez.com

A mi abuela,
porque sé que me está leyendo desde el cielo.

Esa manía tuya de salir corriendo.
Esa costumbre mía de esperarte.
Ese defecto nuestro de dejarnos huella.

(#Microcuentos, Mónica Carrillo)

Prólogo

26 de enero de 2023 – Café del Sol, Nueva York

—Siento la tardanza. Nueva York es una locura a estas horas del día. Y más con la nevada que hay ahí afuera... —Siobhan se quita el abrigo y lo coloca con delicadeza en el respaldo de la silla.

—No te preocupes. Tampoco es que tenga prisa por ir a ningún otro lugar —aseguro mirando el bullicio que se respira a nuestro alrededor—. ¡Hace un frío que pela en esta ciudad! Cuando decidí mudarme a Nueva York no me planteé que el clima pudiera ser un problema.

—¿Tú no vivías en Londres antes? —pregunta sorprendida.

—Te aseguro que Londres no es como la gente lo pinta. El verano pasado fue asfixiante, llegamos a los 40 grados varios días.

Siobhan me mira como si mis palabras le dieran la razón. Ella mide los grados en Fahrenheit y supongo que 40ºF es sinónimo de frío, especialmente en verano.

—Soy Siobhan Patel, por cierto. ¡Encantada! —Se salta las formalidades y me da un abrazo.

—Elena.

Siobhan es una de las mejores amigas de mi exjefa, Gina Dillan, una amistad forjada a base de muchas situaciones incómodas y pura supervivencia los años que Gina pasó en Nueva York trabajando para la agencia de investigación para la que yo también he estado trabajando hasta ahora. Pero eso se ha acabado. Esta vez de verdad... No pienso seguir poniendo mi vida en peligro por una causa perdida. No después de los más recientes acontecimientos...

Su bufete de abogados es especialista en sacar las castañas del fuego a la agencia cuando se meten en algún problema, cosa que ocurre con demasiada frecuencia dada la naturaleza de su negocio. Resumiendo: Gina no tiene secretos para ella, luego me temo que yo tampoco.

Tiene la piel morena, los ojos negros y una hermosa y lisa melena de ébano que cae por debajo de sus hombros. Su atuendo denota clase y exotismo, mudarse a la gran manzana no le ha hecho olvidar sus raíces. Bajo su abrigo de nieve, lleva una blusa de seda fucsia con adornos dorados que evoca a su India natal, combinada con unos pantalones negros de oficinista muy occidentales.

Yo, por el contrario, voy mucho menos estilosa, con unos leggins térmicos, un jersey que no sé si es ancho o lo he hecho ancho yo de tanto estirarlo, y unas botas de montaña. Lo primero que hice al llegar a la ciudad fue cortarme el pelo y teñirlo de oscuro, algo que mi familia cree que ha sido un crimen, pero necesitaba un cambio de look. No sé por qué a veces pensamos que cambiándonos el pelo vamos a arreglar el mundo.

—Me dijo Gina que eres su mejor amiga —añade por saber más de mí.

Confirmo lentamente con la cabeza. Aún no sé cómo hemos llegado a este punto, pero, después de muchas aventuras juntas en los tres últimos años, Gina se ha convertido en uno de mis mayores puntos de apoyo. Y yo de ella.

Siobhan se da cuenta de que soy parca en palabras y vuelve a sacarme tema de conversación, mientras hace un gesto al camarero para que nos sirva dos cafés.

—Así que española. ¿Qué te trae por aquí?

—Necesitaba cambiar de aires. Londres empezaba a asfixiarme.

—Sé muy bien de lo que hablas. Yo vine aquí porque Chicago me asfixiaba, o tal vez fuera lo que dejé allí... En cualquier caso, bienvenida a Nueva York. ¿Has venido sola?

—Por ahora, sí...

Ella me cuenta que procede de una familia tradicional india y que sus padres eligieron a su marido por ella. El matrimonio no le fue tan bien como esperaba, así que cogió las maletas y a su hija Karishma y se plantó en Nueva York. Su familia aún no se lo ha perdonado. También me cuenta que su hija quiere ser maestra algún día, me habla de lo mucho que le gustan las películas de Bollywood y de su grupo de amigos latinos con los que sale a bailar salsa de vez en cuando.

Apenas la conozco y ya he decidido que me gusta. Es risueña, alegre y optimista. Sospecho que no ha llegado a mi vida por casualidad. Hace unas semanas que Gina nos puso en contacto porque a ella le sobra una habitación y busca alguien de confianza, y a mí me hace falta un lugar donde quedarme hasta que rehaga mi vida. Ni hecho adrede.

—Pero cuéntame algo de ti, ¡tengo la impresión de que llevo horas hablando! —exclama jocosa. Miro el reloj y sonrío, lo cierto es que lleva casi cuarenta y cinco minutos hablándome de ella—. ¿Habías estado antes en Nueva York? ¿Cuánto tiempo tienes pensado quedarte?

—Aún no lo he decidido. Mi contrato es para dos años, pero puede que renueve la visa si todo va bien. O no, o igual… —Suspiro abatida y ella me pone una mano en el hombro. Sospecho que Gina ya le ha informado de que no estoy bien—. Lo siento, venir aquí ha sido un poco precipitado, ni siquiera tengo tan claro que haya sido la decisión correcta.

—Los cambios siempre son la decisión correcta, cariño —responde conciliadora—. Con que te quedes más de seis meses, me vale. No me gusta cambiar de compañera de piso cada dos por tres. Por la niña, ya sabes… Intento darle un poco de estabilidad.

—Lo entiendo.

—Asimismo, me gustaría que supieras que lo que hagas en tu vida privada me trae sin cuidado, pero preferiría que no hicieras fiestas ni trajeras amantes a casa por la misma razón. Si tienes pareja estable, es diferente, claro…

—Descuida, te garantizo que no verás un vaivén de hombres entrando y saliendo por mi puerta —aseguro contundente—. ¿Cuánto tiempo hace que te divorciaste, si puedo preguntarlo?

—Cuatro años, aunque tenía que haberlo hecho mucho antes. Mi hija tenía tres en aquel entonces. —Saca el móvil y me muestra a una preciosa niña de siete años con los ojos más grandes y negros que he visto nunca—. Ella es mi razón de existir. Da igual lo mal que vaya el día, cuando llego a casa y la veo, te juro que me cambia el ánimo.

—Es preciosa —afirmo con una sonrisa triste, que es interrumpida por un ataque de tos severa—. Lo siento, he tenido una infección respiratoria hace poco y aún me estoy recuperando.

—Tú también te estás divorciando, ¿verdad? —Asiento con tristeza. Para mí esta decisión no ha sido tan liberadora como para ella, sino algo en contra de mi voluntad—. Lo siento, deduzco que ha sido algo reciente.

—Así es. Mentiría si te dijera que lo veía venir.

—¡No me lo digas! El muy impresentable tenía a otra más joven.

—No, no creo que hubiera otra. A veces las cosas se tuercen en el último momento.

—Pues ¿sabes qué? ¡Él se lo pierde! Tú y yo nos lo vamos a pasar de escándalo viviendo juntas, no necesitamos a nadie más.

Siobhan sigue hablando y hablando, vendiéndome las maravillas de Nueva York, "la ciudad que lo tiene todo", y lo más maravilloso aún que es disfrutarla estando soltera.

—¡Pero basta de hablar de mí! Toda mudanza tiene su historia. ¿Vas a contarme cuál es la tuya?

"*Mi historia*". ¿Cómo explicarle a esta mujer lo que ha ocurrido en mi vida en los últimos meses sin que suene a locura? Todo lo que he vivido. Lo que ha cambiado mi vida. Lo que yo he cambiado.

Respiro hondo y me aferro a mi taza de café en busca de consuelo. No me siento preparada para hablar con nadie de lo que pasó, a pesar de que el psicólogo al que me obligó a ir Gina dice que es bueno que hable. Por supuesto, ese tipo no sabe de lo que está hablando.

Quien sí lo sabe es la agencia, quienes exprimieron hasta el último de mis recuerdos en busca de una pista definitiva para acabar con La Luna de Plata. ¿Cuándo van a rendirse? ¿Cuándo van a entender que hemos perdido la batalla?

Siobhan está esperando una respuesta y yo no sé qué contarle. Aunque, si vamos a vivir juntas, es justo que sepa algunas cosas sobre mí como, por ejemplo, que cada noche me despierto sobresaltada pensando que aún estoy en esa cueva. Terrores nocturnos, lo llama el loquero. Recuerdos, a mi parecer…

Comienzo a contarle mi historia de manera vaga e imprecisa, cambiando nombres y lugares. Pronto dejo el paripé y me abro con ella. Hace años que trabaja con la agencia. A estas alturas, esta mujer que me mira con curiosidad está curada de espanto.

1

7 de febrero de 2020 – La City, Londres

—¿Por qué no vuelves con Casper?

Gina se atragantó con el capuchino. La insolencia de mis palabras tiñó de vergüenza sus mejillas pobladas de pecas, haciendo que combinaran a la perfección con su blusa burdeos.

—¿Me estás escuchando? Estoy hablando contigo —insistí.

—A palabras embarazosas, oídos anticonceptivos, Lorena. ¿Has pensado ya qué vas a responderle a Mark? —replicó, cambiándome de nombre con la misma facilidad con la que me cambiaba de tema. No me molesté en corregirle. A esas alturas, yo ya sabía que lo hacía adrede.

—Lo cierto es que no sé qué pinto en la reunión de hoy. Te he dicho un millón de veces que no pienso involucrarme en el caso McGowan. Ethan me ha pedido por activa y por pasiva que no lo haga.

—Lo sé, querida, pero a veces hay que hacer sacrificios. Ethan lo entenderá cuando encarcelemos a esos tipos. Y sé que estamos cerca, lo presiento —aseguró con una de sus mil sonrisas falsas—. Resolver este caso podría cambiar el curso de la humanidad, salvar miles de vidas.

—Sabes que esos tipos sospechan de mí desde que metí las narices en las islas Skerries, ¿verdad?

—Por eso esta vez hay que ser más cautos, Malena.

Me dejé caer en su sofá blanco dándome por vencida. Desde que había regresado a Londres tras unas breves vacaciones en mi Valladolid natal, estábamos en un bucle infinito: Gina me preparaba encerronas para convencerme de que volviera al caso, y yo buscaba maneras creativas de negarme. Y aún no había una ganadora en ese pulso absurdo que nos traíamos...

—Entonces, ¿qué? —insistí. Gina puso los ojos en blanco al intuir que iba a sacar otra vez el temita que ella estaba intentando evitar—. ¿Vas a llamarle o no? Te aseguro que soy la última persona en este mundo que desea veros juntos, pero la situación que tenéis ahora mismo me incomoda.

Una mueca de frustración y rabia le salpicó el rostro. Aún sin saber qué se le pasaba por la cabeza, sabía que iba a ser potente.

—¡Se estaba tirando a Amber! —explotó sin apenas mirarme—. ¿Contenta?

—¿En serio esa es la razón por la que has roto con Casper? ¿Porque estás celosa de Amber? —Tuve que aguantarme una risotada burlona—. ¡Eso fue hace un millón de años! ¡Amber y él solo son amigos!

—Amigos que han estado follando casi dos años —corrigió.

—Dos años en los que tú has estado utilizando a Casper —le seguí el juego.

—No me siento cómoda discutiendo esto contigo. Te he dicho que no quiero volver con él y punto.

Cogí un palito de zanahoria con crema de queso light que mi jefa había preparado a modo snack saludable y me lo metí en la boca, dudando que aquello me quitara el hambre.

—¡Chist, aquí está! —Me hizo un gesto para que me callara y se sentó en el sillón contiguo—. ¡Ni una palabra de Casper! No quiero que Mark sepa que no eres la única imbécil que ha cometido el error de enamorarse.

—Espera, ¿acabas de decir que…?

Gina me reprendió con una de esas miradas suyas que daban tanto miedo. En un proyector gigante en la pared aparecía el rostro sonriente de Mark Wasilowska, el agente secreto que tan solo dos meses atrás me había hecho creer que era el abogado de Ethan para sonsacarme información sobre el caso McGowan. Mis sentimientos por él no habían cambiado desde entonces: a pesar de haberse disculpado, me seguía pareciendo un capullo narcisista.

—Hola Mark. ¿Todo bien por allí? —Gina se transformó en esa versión profesional y seria que siempre pretendía ser de cara a la agencia.

Le dediqué una sonrisa agridulce, sintiéndome absurdamente incómoda. No sé por qué Gina se empeñaba en que fuera testigo de una conversación de la que no quería formar parte. Aunque tenía claro que quería acabar con la Luna de Plata y su incansable búsqueda de la perfección racial, con el feminicidio, la prostitución y el narcotráfico empleados para su subsistencia, también tenía claro que no iba a hacer nada que pusiera en peligro mi relación con Ethan. Ya había jugado a ese juego una vez y estuve a punto de perderle. Había prometido que iba a mantenerme al margen de esta guerra, su guerra, la que él llevaba años peleando con la ayuda de Mark y Gina, pero algo dentro de mí se rebelaba contra aquella promesa. Decidiera lo que decidiera, las consecuencias podrían ser terribles.

—Como sabéis, la investigación nos ha llevado últimamente por derroteros inimaginables, gracias a la inestimable ayuda de Elena —comenzó Mark. Primera ironía de la mañana para mostrar su falta de simpatía hacía mí, algo que era recíproco—. Aunque no voy a mentiros: no tengo ni puñetera idea de por dónde empezar a hilar todos los cabos sueltos.

—Eso me inspira confianza —susurré sarcástica. Gina me dirigió una mirada asesina.

—El plan sigue siendo hundir la cadena de hoteles SilverMoon y al proyecto Luna de Plata —siguió Mark, ignorando por completo mi aportación—. Y descubrir qué demonios abre la llave que encontrasteis en Kyoto Garden. No sé por qué, tengo una corazonada con Dornoch…

—Yo no estaría tan segura… —le contradije. Aún a través de la pantalla, podía sentir su mirada arrogante—. Ethan está convencido de que esa llave abre algo en una hacienda de Yucatán, cerca del Valladolid mexicano, que responde al nombre Luna de Plata en lengua náhuatl.

—Y lo que diga Ethan va a misa —se burló Mark—. Si estamos en esta situación es precisamente por su culpa. Perder de vista a Wendy Farrell fue un error garrafal.

—¿Para qué necesitamos a Wendy? —protesté enérgica. Imaginarme a la pánfila de su exnovia merodeando cerca de Ethan me ponía enferma.

—Su padre sabe cosas que nos serían de mucha utilidad ahora mismo. Y me temo que, conseguir esa información sin ella, va a ser difícil. Te recuerdo que Ethan la dejó antes de cumplir la misión, ni siquiera sabemos por qué su padre huyó despavorido de México.

—Tal vez no quisiera que a su hija la fecundara media aldea cuando cumpliera los quince —repliqué con sorna, molesta por la insistencia de traer a Wendy de nuevo a escena.

—¡No te preocupes por Wendy! —interrumpió Gina, buscando una solución pacífica—. Tengo a la señora Farrell comiendo de mi mano. Hay gente capaz de cualquier cosa con tal de ser vista en público con la gente correcta.

—¡Perfecto entonces! Tú te encargarás de los Farrell —adjudicó Mark tachando así una cosa de su lista—. En cuanto a ti, Elena, los Duarte son cosa tuya. Estoy seguro de que, una vez te instales en Dornoch, todos los cabos sueltos empezarán a cobrar sentido.

—¡Y dale! ¡Que no pienso ir a ningún lado! Que estoy aquí para tomar notas, nada más —recordé, molesta por el modo en el que disponía de mí como si fuera uno más de sus títeres a los que dar órdenes.

—Eso dijiste la primera vez, querida —replicó Gina, con un deje de prepotencia en la voz—. Pero sabes tan bien como yo que te encanta estar en el campo de batalla. Esta vez no vas a conformarte con ser la novia complaciente. Necesitamos que estés allí, que seas nuestros ojos y nuestros oídos donde nosotros no podemos llegar.

—Y, sobre todo, que no vuelvas a cagarla enamorándote de quien no debes —completó Mark, buscándome las vueltas—. Logan es la mejor baza que tenemos en Escocia desde que el idiota de tu novio renunció a todo por tu culpa.

—¡Mark, por favor! —replicó Gina, cansada de los dardos envenenados que nos estábamos lanzando—. Además, Ethan no ha renunciado "a todo", sabes que está colaborando "a su manera".

—¿Quién demonios es Logan? —inquirí, ignorando a ese neurótico al que aún se la tenía jurada por jugar conmigo.

—Tu compañero. Bueno, en el hotel será algo así como tu jefe… —informó Mark, dando de nuevo por hecho que iba a aceptar irme a Dornoch—. Logan Sinclair. Lo reconocerás enseguida por su pelo rojizo y su rostro poblado de pecas. De cara a la galería, es el gerente de recepción del cinco estrellas Lleuad Arian, pero en realidad es un agente infiltrado. Antes trabajaba en el servicio de espionaje británico, le hicimos una buena oferta que no pudo rechazar.

—¿Lleuad Arian? —pregunté, notando que las preguntas se amontonaban en mi cabeza—. ¿No es ese el modesto B&B que regenta Adrián Duarte?

—De modesto tiene ya poco, tu suegro ha hecho una inversión millonaria para convertirlo en un hotelazo de cinco plantas. Fue Claire Dawson en persona quién entrevistó a Logan para el puesto de gerente.

—¿Logan trabaja con Adrián Duarte? —inquirí.

—Así es —confirmó Mark—. Duarte se ha dejado ver bastante por estos lares ahora que las cosas están revueltas en América. Metieron a su socio y a su novia en la cárcel.

—¿Cómo ha logrado Logan infiltrarse allí? —pregunté sorprendida—. Deduzco que no tiene ni puñetera idea de cómo dirigir un hotel...

—Falsificando referencias de varios hoteles de todo el mundo. Logan ha tenido que estudiar un curso acelerado de hostelería para resultar creíble y créeme que es el mejor. Los empleados están encantados con su liderazgo, el hotel va mejor que nunca y nadie sospecha de él. Ya verás como es un buen jefe...

—¡Deja de repetir eso, Logan no es mi jefe! —protesté—. ¡Bastante tengo con aguantar a la neurótica de Gina cada día!

—Te he oído, Selena —bufó esta.

—Tu labor consistirá en hacer creer a todo el mundo que eres la nueva recepcionista, mientras ayudas a Logan a descubrir qué planean esos tipos, cómo desmantelar la asociación, cómo acceder al yacimiento... —siguió Mark, ajeno a mi discurso.

—¿Habéis mirado ya si hay túneles subterráneos conectando el hotel al yacimiento, al más puro estilo Chapo Guzmán?

Pretendía ser una broma, pero no sonó como tal para Gina y Mark, que, incluso a través de la cámara, se miraron de un modo inquietante.

—Lo de los túneles no nos lo habíamos planteado, pero reconozco que es una posibilidad —dijo Mark al fin, apuntándome un tanto—. Hay menos de doscientos metros entre el hotel antiguo, ahora residencia privada de Duarte, y el nuevo hotel.

—Volviendo a ese tal Logan, ¿podéis fiaros de él, sabiendo que está todo el día con Duarte? —Torcí el gesto. A mí aquella historia me sonaba poco creíble.

—¡Totalmente! No todos los agentes infiltrados cometen el error de involucrarse personalmente con el objeto de su investigación.

—¿Se puede saber qué demonios te pasa hoy, Marcin? —le reprendió Gina, sorprendida por su actitud—. Estamos intentado convencer a Elena para que se una a nosotros y tú no haces más que espantarla con tu actitud de mierda.

—No estoy aquí para caerle bien a nadie. Con que haga su trabajo y yo el mío, que es asegurarme de que no corre peligro, fin del trato —replicó él, mostrando de nuevo esa hostilidad que sentía hacia mí.

Odiaba a Mark, era un hecho. Hice la vista gorda y me resigné a que nuestra relación iba a ser así durante algún tiempo. Gina parecía haber aceptado que Ethan y yo estábamos juntos, pero él todavía seguía molesto por haber torcido la misión, a pesar de todo lo que había conseguido por el camino.

—Okay, supongamos por un momento que acepto vuestra propuesta, ¿qué esperáis de mí exactamente? —pregunté con una mezcla de pánico y emoción aventurera asomando en la voz—. Una cosa es escribir un informe desde el sofá de mi casa y, otra muy distinta, que me tengáis haciendo *check-ins* a asesinos lunáticos.

—Asesinos lunaplatenses —corrigió Gina, haciéndose la graciosa—. En ese hotel se hospedan algunos multimillonarios que creemos que podrían estar implicados con la Luna de Plata —explicó, ajustándose las gafas con flores sobre el puente de la nariz—. Tenemos razones para apoyar nuestra teoría, aunque no tenemos pruebas. Por ejemplo, todos ocupan siempre la misma habitación durante el año, reciben su correspondencia allí, tienen caja fuerte…

—Exactamente igual que cualquier persona de negocios que duerme siempre fuera de casa —repliqué escéptica—. ¡Eso no prueba nada!

—Ya, Elenita, pero Dornoch no es un lugar conocido por sus negocios ni sus resorts turísticos —agregó Mark—, con lo que tiene que haber alguna otra razón que explique por qué ese destino atrae a tantos millonarios y por qué todos tienen conexiones con México.

—Eso ya es más raro… —reconocí.

—¡No te olvides de las fotos, Mark! —interrumpió Gina, instándole a que mostrara las fotografías en la pantalla que estaba compartiendo con nosotras—. Encontramos estas fotos en casa de Aguirre cuando lo detuvieron. No sabemos dónde está esa iglesia, pero, si te fijas con detalle en los nichos de la pared, hay uno concretamente que…

—¡El mismo símbolo! —No pude contener mi sorpresa al ver el emblema azteca-vikingo que la Luna de Plata había elegido para representarlos—. ¿Tenéis alguna idea de dónde está esa iglesia?

—Esperábamos que tal vez Ethan reconociera el lugar, pero no hemos tenido suerte —explicó Mark, confirmándome así que Ethan estaba de alguna manera en contacto con ellos—. Igual estamos dando palos de ciego, es posible que ya se hayan llevado lo que hubiera en esa tumba.

—También tenemos estos dibujos… —Gina me mostró dos papeles envejecidos con unos trazados a boli que asemejaban una sandalia romana.

—Y antes de que te hagas la lista y digas que es una puñetera sandalia romana, te diré que se trata de un mapa —concluyó Mark.

Le dirigí una mirada de fastidio y de nuevo volví a morderme la lengua por el bien de todos. Miré el primer dibujo con detenimiento. En él había una superficie alargada delimitando un área que, en efecto, tenía forma de sandalia. Con un código de símbolos fácilmente identificables, indicaba la existencia de una iglesia, un bar, una gasolinera, un supermercado, un banco y una plaza. Fuera de la superficie, al noreste, había una sombra redonda, rodeada por lo que parecían árboles, con una A mayúscula escrita sobre papel en medio de ninguna parte.

El segundo papel era mucho más sencillo, tan solo tenía una mancha de café en la parte superior derecha, una pequeña equis sobre un rectángulo dentro de otro cuadrado más grande, y un montón de garabatos alrededor que no tenían mayor sentido.

—¿Por qué guardáis esto? —pregunté sorprendida.

—Por si acaso —respondió Gina—. Si Aguirre lo tenía, suponemos que tendrá algún valor. Y siempre hay tiempo para tirar pruebas.

Me limité a mirarla con una sonrisa velada. No sé qué esperaban encontrar en ese papelajo en el que parecía que alguien hubiera comprobado si funcionaba o no un boli.

—¿Puedo ver otra vez las primeras fotos? —pedí sin saber qué estaba buscando. Mark las compartió de nuevo en el proyector.

En la primera imagen se veía la fachada de una ermita de paredes blancas, dividida visualmente de manera horizontal y asimétrica por una puerta en la parte inferior. Había una enorme ventana en la superior, a su vez dividida por ocho ventanitas. Tanto ventana como puerta tenían las mismas dimensiones, y estaban decorados con una suerte de piedras más oscuras creando un marco. La composición la completaba una pequeña cruz de piedra sobre un tejado blanco, que parecía incrustado en la propia pared.

En la segunda imagen se veía una sala de pequeñas dimensiones cuyas paredes servían, de arriba abajo, para albergar los restos de los que ya no estaban con nosotros. Arrugué los ojos tratando de distinguir algún nombre, una fecha que me diera la más mínima pista de dónde podría encontrarse esa ermita, pero las fotos estaban tomadas desde lejos y la calidad era ínfima.

—¿Y bien? —insistió Mark con desgana y recochineo ante mi examen exhaustivo—. ¿Se le ocurre a la detective Fernández dónde podría estar esta joya arquitectónica?

—Pues, juraría que lo he visto antes, pero doy por hecho que está en algún lugar de México, así que es imposible.

—Eso hemos pensado. Y creemos que datan de los setenta —explicó Gina—. Lo que les ha dado otros cincuenta años para rescatar lo que sea que han enterrado ahí.

—Olvidémonos de este tema por ahora —pidió Mark con malos modales—. Dornoch. La idea es que te instales allí a finales de primavera. Solo serán un par de días por semana, Gina te buscará una coartada.

—Pues ya puede ser buena para explicarle a Ethan por qué me paso todas las semanas en Escocia si él está aquí…

—Solo serán unos meses, Elena —insistió Mark—. Ha llegado a nuestros oídos que habrá una reunión a finales de verano en un castillo cercano. Desconocemos los fines, pero sabemos que nada bueno ocurre cuando se juntan.

—¿Y cómo creéis que una simple recepcionista va a ser capaz de averiguar todo eso? —pregunté incrédula.

—Del mismo modo que una simple redactora de moda descubrió el origen y el motor que mueve a esa banda de criminales —recordó Mark. Que saliera un cumplido de sus labios me dejó tan perpleja que no supe qué replicar—. Lamentándolo mucho, voy a tener que dejaros, queridas. Tengo otra reunión de vital importancia. Elena, te enviaré el contacto de Logan y las últimas novedades, estoy seguro de que llegareis a ser grandes amigos con el tiempo. Y espero que solo lleguéis a ser eso… La mujer de Logan me cae bien —remató dañino, recordándome una vez más mi desliz con Ethan, aunque esta vez solo me estaba tomando el pelo.

Mark colgó la llamada y nos dejó a mi jefa y a mí mirando la pantalla en silencio. Mark me iba a enviar los datos de Logan, a pesar de que le había dejado claro (más o menos) que no quería saber nada del tema. Visto de otro modo, por charlar un rato con ese tal Logan, tampoco tenía por qué pasar nada… ¿no?

—Esta noche vamos a cenar en el London in the Sky. —Miré de reojo a Gina, que seguía con la mirada perdida y no me estaba escuchando—. Podrías venir conmigo como quien no quiere la cosa y, ya de paso…

—¡No voy a volver con él! —insistió, demostrándome que sí me estaba escuchando—. Te advertí que este trabajo requería algunos sacrificios y este el mío: no voy a poner a Casper en peligro. Y te agradecería que no volvieras a sacar el tema. Puedes retirarte, querida.

Y así, sin más, Gina me abrió la puerta de su despacho, con una de sus diez mil sonrisas indescifrables, y me echó de allí con cajas destempladas.

☼ ☾ ☼

—¡No manches![1] ¡No pienso subirme a una pinche grúa para cenar! —Al siempre inalterable Ethan McGowan le temblaron las piernas.

Cuando le dije que habíamos quedado en el London in the Sky con nuestros amigos, se me olvidó omitir un pequeño detallito… El restaurante estaba en una plataforma elevada por una grúa a 31 metros de altura, ofreciendo unas vistas incomparables.

—¡Vamos! Será divertido. Tú no mires hacia abajo y todo irá bien.

—¿No podríamos haber quedado en un restaurante normal, para variar?

—¿Cuándo, en la historia de este grupo, hemos hecho eso? —me burlé—. Además, tiene las mejores vistas de todo Londres.

—¿No dicen lo mismo del Shard y del Sky Garden, y están en tierra firme? —protestó, mencionando dos de los muchos rascacielos de la ciudad.

—No tenemos por qué subir si no quieres…

---

[1] Expresión mexicana: No fastidies.

—No, está bien. El miedo te limita y no quiero que esté presente en mi vida. Cuando me ponga a hablar con todo el mundo se me olvidara dónde estoy.

Eso decía, aunque por dentro estaba hiperventilando. Pero Ethan McGowan nunca mostraba sus debilidades, era algo que había aprendido cuando trabajaba para la agencia y el hotel SilverMoon a la vez, y tenía que estar constantemente fingiendo.

Nuestros amigos nos esperaban junto al 02. La imagen que tenía ante mí me hizo sonreír de puro grotesca. Era increíble la cantidad de cambios que había traído consigo el nuevo año.

Mi compañera de piso, Amber, quien siempre había huido de las relaciones románticas, se deshacía en carantoñas con su recién estrenado novio Bruce, un mecánico procedente de Leeds, que debía su preciosa piel de ébano a sus ancestros de Barbados. Mi amiga estaba encoñadísima con él e intentaba convencernos a todas de que no sabríamos lo que era un hombre de verdad hasta que no probáramos un negro.

Brit por fin había reconocido que sentía algo por su mejor amigo Jamie y se había aventurado a una relación amorosa con él, que a mí me estaba pasando factura, pues Jamie se autoinvitaba a tomar café con nosotras en todos los descansos y apenas podía hablar con mi amiga a solas.

Mientras Mike les pegaba un repaso a todas las mujeres del peculiar restaurante, Casper repasaba la carta de comida cabizbajo. Maldije a Gina por dentro, hacía varios meses que habían dejado de verse y Casper estaba irreconocible, como si un pedazo de su alma no se encontrara con él. Me acerqué a él y le abracé con fuerza. A pesar de que vivíamos juntos, en las últimas semanas no nos habíamos visto, ya que pasaba más tiempo en casa de Ethan que en mi piso.

—¿Cómo estás, grandullón?

—Cansado, ha sido un día duro en el gimnasio. Todo el mundo se quiere poner en forma después de navidad, y pretenden que yo les ayude a obrar el milagro en solo una semana —respondió asqueado—. ¿Sabías que Agne se iba hoy a Lituania a ver a sus padres? No te extrañes si no la ves por el piso…

—Tampoco es que la veamos mucho cuando está en casa…

A pesar de llevar dos meses conviviendo con nosotros, no habíamos terminado de congeniar con nuestra nueva compañera de piso, que habitaba la famosa "habitación maldita".

—A quién sí veo demasiado en casa últimamente es a Bruce —protestó mi amigo en un susurro—. Lo último que necesito ahora mismo es una sobredosis de romanticismo cuando me preparo el desayuno.

—Prometo ser menos efusivo en tu presencia —resolvió Ethan fingiendo estar ofendido.

—¡No compares! Con vosotros puedo lidiar porque en las zonas comunes os cortáis, pero es que Amber y Bruce son demasiado...

Casper hizo una pausa en busca de un adjetivo que los definiera. En esos momentos, los susodichos estaban comiéndose la boca sin pudor mientras hacíamos cola para subir a la grúa.

—Son demasiado, sí —sentenció Ethan mirando para otro lado.

Un joven que apenas rozaba la mayoría de edad nos dio la bienvenida al "restaurante", explicándonos las normas de seguridad y cómo abrochar los arneses. A pesar de que yo no tenía vértigo, reconozco que las piernas se me volvieron gelatina cuando empezamos a ascender en el aire. Miré a Ethan con preocupación, pero él estaba actuando como si nada, charlando animadamente con Bruce como si no le impresionara la altura, mientras se agarraba con fuerza al asiento por debajo de la mesa para que nadie lo notara. Me parecía triste el modo de vivir que había elegido, fingiendo constantemente que no sentía nada por miedo a que le hicieran daño. A parecer débil. Incluso conmigo era así. A pesar de lo felices que éramos juntos, no podía evitar sentir que a veces no le conocía del todo, que no me dejaba ver una parte de lo que había en su alma. Supuse que era cuestión de tiempo, algunas personas no tenían problema en compartir su piel, pero eran más reacias a desnudar su alma.

El camarero comenzó a preparar las bebidas y los entrantes y fue dejándolos sobre la mesa. De fondo, *Take me back to London* de Ed Sheeran y Stormzy para amenizarnos la velada, seguido de los últimos éxitos musicales del país.

La plataforma se balanceó en el aire y todos gritaron entusiasmados. Todos menos Ethan, que apretó con fuerza mi mano y emitió una débil sonrisa. Juro que he visto cremas Nivea con más color que su rostro.

—¿Estás bien, cielo? —pregunté, aunque sabía que iba a decirme que sí. Podría estar muriéndose en vida, pero él siempre iba a decirme que sí.

—Bueno... la neta[2] es que he estado mejor. —Abrí los ojos de golpe ante su confesión—. Aunque reconozco que el atardecer es espectacular desde aquí arriba.

—¿Ves, tonto? Te dije que te acabaría gustando. Solo necesitamos venir un par de veces más y...

—¡Ni lo sueñes, güera![3] Y esta me la pagas esta noche, así que ve preparándote...

Me dedicó una enigmática sonrisa que me dejó descolocada y retomó la conversación con nuestros amigos. Lejos de sentirme asustada, estaba deseando quedarme a solas con él para que cumpliera su amenaza.

☼ ☾ ☼

Ethan había alquilado una bonita vivienda victoriana en Paddington con vistas a que su hijo, que aún vivía con sus abuelos en México, se instalara con él en cuanto acabara el curso escolar.

Afortunadamente, no había tenido problema alguno en dejar que invadiera su cuarto de baño y armarios con productos de belleza, ropa y un montón de "por-si-acasos" que yo insistía en que algún día podrían hacerme falta, pero hasta ahora nunca había necesitado.

Tan pronto cruzamos el umbral de la puerta, comenzamos a besarnos y arrancarnos la ropa con una pasión animal. Lo que ese hombre despertaba en mí no era normal. Era salvaje, instintivo y primitivo. No me saciaba nunca de él y, cuanto más me daba, más ansiaba sentirle dentro de mí. Nuestra complicidad se hacía cada vez más fuerte dentro y fuera de la cama. Hablábamos un lenguaje sin palabras que solo él y yo entendíamos, y nos creíamos únicos por ello, especiales, aunque en el fondo supiéramos que éramos exactamente igual que todos los enamorados de este mundo.

Lancé su jersey por los aires y desabroché el cinturón de sus vaqueros, consumida por el deseo. Él rodeó con sus manos la curvatura de mis nalgas y me alzó para llevarme hasta el *chaise longue* de cuero

---

[2] Voz mexicana: la verdad
[3] Voz mexicana: persona de facciones claras.

negro, donde me dejó caer con suavidad. Se colocó encima de mí e invadió mi boca con fiereza. Un día de estos iba a perder la razón con sus besos.

Sus manos desabrocharon hábilmente mi blusa, mientras las mías se iban abriendo camino por dentro de sus pantalones, sintiendo el suave tacto de su dura erección.

—Cariño, estás vibrando y no como a mí me gustaría... —logré decir entre beso y beso.

Sacó el teléfono del bolsillo trasero de sus pantalones y lo dejó sobre la mesilla del salón despreocupadamente, intensificando la vibración sobre el cristal.

—¡Chale[4]! Es mi mamá. —Se incorporó y me miró chafado—. Seguro que es importante, Gael no se lo está poniendo nada fácil últimamente. ¿Te importa si lo dejamos para luego?

Le observé provisto únicamente de sus pantalones desabrochados, una visión que me excitaba sobremanera. Su piel canela recorriendo un torso ancho y bien esculpido; sus brazos fuertes escondiendo secretos tatuados en su piel, la perfecta definición de sus abdominales y esos ojos de selva que no me dejaban dormir por las noches. Era tan atractivo que dolía mirarle.

—No te preocupes. Voy arriba a darme una ducha fría y así os dejo intimidad —sugerí, un poco aturdida por el cambio de planes.

—Subo contigo. También quería darme una ducha antes de acostarme.

Me metí en el cuarto de baño de su habitación y dejé la puerta entreabierta mientras me lavaba los dientes. Podía escucharle hablando animadamente con su madre a través de la cámara del móvil. Caerlion McGowan parecía una mujer cercana, humilde y familiar que, sin duda, había sabido inculcar esos valores a su hijo. Poco después, reconocí la voz adolescente de Gael. Mientras me desmaquillaba, mi corazón comenzó a latir de incertidumbre. Aunque no podía oír con claridad lo que decían, sabía que estaban hablando de mí. No pude evitar acercarme más a la puerta para corroborarlo.

—¡No puedes pedirme eso! —exclamó Ethan molesto con su hijo—. ¡Un mes es mucho tiempo!

—¡También es mucho tiempo para mí! ¿O eso no lo pensaste? —protestó Gael.

---

[4] Voz mexicana: expresión de sorpresa o enfado.

—¿Qué quieres que haga entonces? —preguntó a la defensiva—. Sé que todo está siendo muy difícil para ti, pero solo te estoy pidiendo que le des una oportunidad. Elena me hace feliz.

—¿Tanto como para obligarme a dejar mi vida en México y seguirte al otro lado del mundo por esa pinche güera de la que apenas sabes nada? —protestó Gael—. ¿Sabes lo injusto que es no poder decidir tu vida? ¿Qué los hijos tengamos que pagar por los errores de nuestros padres?

—¡Te entiendo más de lo que te imaginas! Te recuerdo que yo nací en este lado del charco y fue tu abuela quién me arrastró a vivir a México.

—¡No manches! ¡Tú apenas eras un bebé cuando viniste a México! ¡Yo soy un adulto y tengo mi vida aquí! Mi familia, mis amigos, mi novia...

—¡Solo tienes doce años! —resopló Ethan—. ¿Qué quieres entonces? ¿Quedarte en México con tu abuela para siempre? Te advierto que, si me dices que sí, vas a partirme el corazón.

—¡Papá, no es eso...! —replicó su hijo algo más calmado—. ¡Es que ni siquiera sé si me gustará Londres! Sé que esto no es culpa tuya, pero hace un año estaba con mi mamá en Guanajuato, con mis amigos de siempre; y ahora estoy aquí, en Bucerías, con los abuelos... Y justo ahora que empezaba a tener amigos, me pides que me vaya a Europa contigo y tu nueva novia, a la que ni siquiera conozco. Que vuelva a empezar de cero.

—Gael...

—Me alegro mucho de que seáis tan felices, de verdad, y seguro que Londres es maravilloso. Pero entiende que ahora mismo estoy enfadado con el mundo. ¡Lo último que necesito es otra pinche fresa[5] jugando a ser mi mamá!

—¡Elena no es Claire! Solo te estoy pidiendo que le des chance[6], que la conozcas antes de decidir que no te gusta. ¿Crees que serás capaz?

—¿Tengo opción?

—¡Por supuesto que la tienes! Y quiero que sepas que siempre haré lo que considere que es mejor para ti. Pero no me parece justo que estés poniendo trabas a mi felicidad sin motivos. —Ethan hizo una parada

---

[5] Voz mexicana: pija, snob.
[6] Voz mexicana: dar oportunidad.

para tomar aire y adoptó un tono de voz más sereno—. También esto va a ser difícil para mí, ¿sabes? Mi vida también está patas arriba ahora mismo.

—Te prometo que lo intentaré —aseguró, algo más calmado—. Papá... estoy deseando verte.

—Y yo a ti, pececito, no sabes cuánto. Dile a tu abuela que se ponga, ándale.

Chafada como estaba por la actitud de aquel mocoso que no pensaba facilitarme las cosas, decidí no seguir escuchando lo que no me correspondía y me metí bajo una cascada de agua caliente.

Gael no era el único que tenía sus reservas en cuanto a esa relación forzosa. Yo nunca había sentido una especial simpatía por los niños y tenía claro que no quería tenerlos. Aunque, en ese caso, no había tenido otra opción: si quería estar con el padre, tenía que tragar con el hijo. Un crío que, además de las complicaciones propias de la pubertad, acababa de perder a su madre. ¡Y ni siquiera conocía esa faceta de Ethan...! Sabía que era el mejor amante que nadie pudiera tener, el amigo más leal, y un novio atento y cariñoso, pero ¿cómo era el Ethan "padre"? ¿Cómo iba a ser nuestra vida cuando su hijo se instalara en Londres y mi vida se llenara de horarios, restricciones y planes adolescentes?

Estaba tan centrada en mis pensamientos, que no le sentí llegar hasta que ya estaba dentro de la ducha conmigo. Muy dentro. El tacto de sus labios aterciopelados resbaló por mi piel mojada, lentamente, desde el cuello hasta la mitad de mi espalda. Su mano izquierda descansaba en mi cadera, pero la derecha había comenzado a descender delicadamente por mi pubis hasta alcanzar mi clítoris, dedicándome lentas caricias que me hicieron estremecer.

—Disculpe la interrupción, señorita Fernández, ¿por dónde íbamos?

Su dulce seseo al pronunciar mi nombre era cuanto necesitaba para rendirme a sus encantos. Antes de que pudiera decir palabra, insertó un dedo con delicadeza en mi interior, primero despacio, incrementando el ritmo paulatinamente.

—Creo que exactamente por ahí... —susurré con voz entrecortada.

Mi respiración comenzó a agitarse, acompasando las pulsaciones que él aceleraba con sus movimientos. Me mordí el labio inferior mientras me contraía sin remedio ante las acometidas de sus dedos, que jugaban con mi cuerpo a su antojo, humedeciéndome, extasiándome, volviéndome loca. Me tenía a su merced, sus yemas dibujaban círculos de placer en mi entrepierna y, con la otra mano, apretaba mis caderas fuertemente contra él para que pudiera sentir su erección en mi trasero, dura como una roca. Cuando me tenía tan mojada que pensé que no iba a poder aguantar ni un segundo más, apoyó ambas manos en mis caderas, obligándome a inclinarme suavemente hacia delante, y me penetró con fuerza. Grité de placer por la inesperada acometida, él entraba y salía rítmicamente de mi cuerpo. El sonido salvaje de su respiración agitada en mi oído hizo que me excitara aún más. Cada vez lo hacíamos mejor juntos. En cualquier lugar, en cualquier momento.

Apoyé la mano en los azulejos resbaladizos de la pared, desesperada e indefensa, y dejé que un potente orgasmo me arrastrara hacia la locura. Aquella fue la señal que mi amante necesitaba para culminar su obra, para dejarse llevar y deleitarme con su placer más sincero. Sentí esas conocidas palpitaciones en mi interior mientras se vaciaba dentro de mí y susurraba en mi oído, acompañando sus palabras de un dulce beso en mi mejilla.

—¡Me vuelves loco, güera! ¿Cuándo voy a cansarme de ti?

—Espero que nunca —repliqué dándome la vuelta para abrazarle y fundirme de nuevo con sus labios—. Te quiero exactamente así, todos los días de mi vida.

☼ ☾ ☼

—No me habías dicho que te ibas a México.

Mi voz se hizo notar a través del secador, que luchaba inútilmente por controlar mi melena. Ethan, que me esperaba tumbado sobre la cama, me miró con sorpresa.

—Siempre se me olvida esa afición tuya de escuchar por detrás de las puertas. —Su tono divertido denotaba que no estaba enfadado, más bien, parecía un niño al que le hubieran pillado en alguna travesura.

—Lo siento, no pretendía… Apenas hay tres metros entre el lavado y tu cama. Y oídos tengo.

—¡No hay pedo[7]! No quería que te enterases así, pero sí, me voy tres semanas. Tengo que solucionar el papeleo de Gael y se me echa el tiempo encima.

—Claro, lo entiendo, aunque no sé por qué no me lo habías comentado aún…

---

[7] Voz mexicana: No hay problema, está bien, todo está bajo control.

—¡Porque no podía! —replicó divertido con la situación.

A veces creo que a Ethan le divierte confundirme. Guardé el secador en el armario del baño y me acerqué a la cama con cierto resquemor. Él me miraba aún con esa expresión traviesa en el rostro, que se hizo más evidente cuando abrió el cajón de la mesilla de noche, sacó un sobre y me lo entregó con un brillo inusual en los ojos. Lo abrí sin entender, aun sintiendo su mirada escrutándome con impaciencia, hasta que vi los billetes de avión con mi nombre escrito en ellos. Mi cara se debatió entre la emoción y el desconcierto. Por un lado, la idea sonaba deliciosamente bien. Por otro, me aterraba enfrentarme a Gael tan pronto. De escuchar a Caerlion poniéndole voz a una historia que, por un par de meses, parecía olvidada y menos real. Supongo que debí de quedarme alelada de la impresión, pues él comenzó a hablar de nuevo, mostrando esa radiante sonrisa que siempre parecía llevar puesta.

—Si no te dije nada es porque estaba esperando a que tu jefa te diera los días libres.

—¿Has hablado ya con Gina? ¿Me voy a México contigo? —pregunté como si no fuera lo suficientemente obvio.

—A no ser que tengas un plan mejor... Había pensado pasar los primeros días con mi familia en Bucerías, ir a Guanajuato después a solucionar algunas cosas, y reservar los últimos días en algún resort en Riviera Maya. Los dos solos: playa, jacuzzi, cócteles ilimitados a la luz de la luna... ¿Qué me dices?

—¿Pues qué voy a decirte? ¡Que me voy a preparar las maletas! —grité presa de la emoción, montándome a horcajadas encima de él y comiéndomelo a besos—. ¿Qué pasará con tu madre? ¿Está dispuesta a hablar de lo que le pasó?

—Ya, en cuanto eso... —Su cara dibujó una mueca de incomodidad—. Sabes que he dejado el caso en manos de la agencia y no quiero que nos salpique, así que te agradecería que evitáramos el tema. Además, no quiero que Gael descubra nada de esta historia. Solo quiero que tenga una adolescencia normal.

—¿Estás seguro? —Arqueé las cejas, decepcionada—. Estos últimos años has renunciado a un montón de cosas por descubrir la verdad, no puedes simplemente abandonarlo todo ahora, estamos más cerca que nunca.

—¡No estoy abandonando nada! La agencia se encargará del resto —pidió tajante—. No pienso hacer nada que os ponga a ti o a Gael en un riesgo innecesario, así que te agradecería que respetaras mi decisión.

—Respecto a tu hijo... —Aquel tema seguía incomodándome—. No he podido evitar oír que...

—Solo dale tiempo, ¿ok? —Me interrumpió, visiblemente dolido con la actitud de su hijo—. Sé que te adorará en cuanto te conozca, solo necesita un poco de tiempo para adaptarse a los cambios. Mi mamá hará lo posible porque se vaya haciendo a la idea.

—¿Y tu madre? ¿Crees que ella me aceptará?

Inesperadamente, rompió a reír al ver mi cara de pánico.

—Con el historial de novias que tengo, creo que te lo he puesto demasiado fácil, güera —replicó con una sonrisa en la voz—. Recuerda que, en esta guerra, ella está de nuestro lado.

2

26 de enero de 2023 – Café del Sol, Nueva York

—Espera un momento… —Siobhan me interrumpe atorada. Durante mi relato, le he visto torcer el gesto en varias ocasiones, como si algo no terminara de cuadrarle—. Rebobina un poco, ¿quieres? Cuando te has referido a Ethan… —Sus palabras se pierden en algún lugar de su garganta y percibo un atisbo de reconocimiento que no me gusta nada—. Perdona, ¡es que esto es muy fuerte! Estás hablándome de Ethan Duarte McGowan, ¿verdad?

La miro con incredulidad mientras ella me desafía altanera. No sé de qué se conocen, pero está claro que, si está al tanto de sus dos apellidos y de ese origen del que él tanto reniega, entre ellos hay una relación cercana. Muy cercana. Suspiro con una risita sarcástica que prefiero guardar para mí y respondo con la misma soberbia que ella muestra.

—¿No me digas que eres miembro de su club de fans?

Siobhan cabecea y se muerde el labio, como si le costara creer su suerte. ¿Quién demonios es esa mujer que no deja de mirarme con autosuficiencia? Entonces, mete la mano en su enorme bolso de Michael Kors y saca un libro. EL LIBRO. La fuente de todos mis problemas más recientes. Lo deja sobre la mesa, como esperando que la conversación se inicie por sí sola. "El libro" no es tal cosa en realidad, sino un extenso reportaje de ciencia ficción que alguien se empeña en hacer creer que yo he escrito.

—Si esperas descubrir cómo seducir a Ethan McGowan leyéndote esa basura, lo llevas claro —observo molesta—. No es más que una sarta de mentiras.

—Soy su abogada. —Parece divertida con mi confusión, sabiendo que esa no me la esperaba—. Justo ahora estaba leyéndome esta maravilla en busca de algo que pueda ayudarme a descifrar el rompecabezas. Y, mira tú por dónde, tengo ante mí a la autora en carne y hueso. Ironías del destino.

—Primero, yo no escribí esa bazofia. Segundo, Ethan no tiene abogada.

—Primero, que huyeras antes de que saliera publicado, te hace parecer aún más culpable. Segundo, hace años que mi compañero Greg y yo llevamos su caso, desde que le acusaron injustamente por la desaparición de su exnovia, allá por el 2018.

—2019 —corrijo, sabiendo que habla de Analisa. Siobhan pone los ojos en blanco y aprieta los labios—. Así que trabajas con Greg.

—Cuando Gina me dijo que tenía una amiga que necesitaba una habitación en Nueva York, jamás mencionó que se tratara de la alimaña que escribió ese maldito reportaje.

—Y ahora es cuando me pregunto en qué coño estaría pensando Gina cuando pensó que conocernos sería una grandiosa idea —pronuncio en voz alta. Últimamente estoy tan cabreada con el mundo que me he vuelto una malhablada—. Solo para que conste en acta, yo no he escrito nada. Deberíais mover el culo y empezar a buscar al culpable porque, mientras perdéis el tiempo acusándome a mí, hay alguien ahí afuera que se está yendo de rositas.

—¡No sé cómo no me he podido dar cuenta antes! —exclama, cabeceando de un lado para el otro—. Como ahora eres morena, no te había reconocido. En las fotos que Ethan me enseñó, tenías el pelo mucho más largo y cobrizo.

—Necesitaba un cambio radical. Y camuflarme. Obviamente, Gina no te ha puesto al tanto de mi verdadera situación, pero necesito desaparecer del mundo por un tiempo.

—Si yo hubiera metido a mi exmarido en la cárcel, también querría desaparecer.

Sus palabras me sacuden como una ola de calor del Sahara.

—¿Ethan está en la cárcel?

—¡Oh, vamos! ¡Corta el rollo conmigo! Ethan me lo ha contado todo sobre ti: tus mentiras, tus trucos, tus múltiples identidades…

—¡Te estoy diciendo la verdad! Hace meses que no sé nada de él, algo de lo que deberías estar al tanto si de verdad lo sabes todo —reprocho—. ¿Por qué está en la cárcel? ¿Dónde está Gael?

Siento la ansiedad inundándome el pecho. La sola idea de imaginar que a cualquiera de los dos les pueda pasar algo, me parte el corazón. ¿De verdad todo esto ha sido "por mi culpa"?

—¡Todavía no me puedo creer que hayas sido capaz de hacer algo así! De fingir durante todo este tiempo que le querías solo para lograr tus fines —prosigue ella, con una verborrea que no sé de dónde ha sacado, en la que me acusa de un montón de barbaridades que, obviamente, proceden del punto de vista de Ethan—. ¿Cómo te convencieron para que fueras uno de ellos? ¿Cómo pudiste escribir este maldito reportaje, *Toda la verdad sobre el caso McGowan*? ¡Hasta el título es simplón!

—¡Yo no esc...! —me defiendo, pero ella no hace sino interrumpirme una y otra vez, acusándome de tantas atrocidades que opto por coger mi abrigo y levantarme de la silla. Pensándolo bien... ¡No! No pienso quedarme callada mientras ella me sigue acusando de cosas sin sentido—. ¡Cierra el maldito pico! No conoces mi historia y no tienes derecho a opinar. Además, ¿tú ves mi nombre por algún lado? ¡Vaya manera de lucrarme de mi gran bestseller, desde el anonimato!

—Está firmado como YS. No sé lo que significa, pero Ethan me confirmó que a veces firmas así.

—"Ethan te confirmó que a veces firmo así" —repito, escupiendo las palabras con amargura. Ella ya ha tomado postura respecto a mí sin darme siquiera una oportunidad de explicarme—. Bueno, pues si Ethan ya te lo ha confirmado, será mejor que me vaya. Esto no tiene ningún sentido.

—Sí, será lo mejor... —Siobhan se levanta para despedirme. Está realmente alterada, como si tuviera al mismísimo diablo enfrente. ¿Qué narices le ha contado Ethan sobre mí? —Lo que me sorprende es que hayas sido capaz de engañar a Gina. Quiero creer que eres parte de alguno de sus retorcidos planes que tarde o temprano acabarán por tener sentido. Conozco a Gina lo suficiente para entender que, aunque tú y yo queramos tirarnos de los pelos ahora mismo, hay una explicación coherente a todo esto.

—¡Avísame cuando la encuentres!

Recojo mi bolso y mi indignación y ni siquiera me vuelvo para despedirme. Bastante tengo con todo lo que me ha pasado estos meses como para añadirle la opinión de esa zorra picapleitos que se cree conocedora de toda la verdad solo porque ha hablado con una parte de esta historia. MI HISTORIA. ¿En qué diablos estaría pensando Gina para hacerme ir hasta allí, sabiendo en la situación tan vulnerable en la que me encuentro ahora mismo?

En la calle hace un frío húmedo que corta los pulmones, lo que no me beneficia en nada tras la neumonía que tuve hace unos meses. *"Necesitas clima seco"*, me dijeron. ¿Y qué hago yo? ¡Mudarme a Nueva York!

Pienso en llamar a Gina y pedirle explicaciones de camino al metro, pero mis dedos están tan congelados, que me veo incapaz de tenerlos fuera de los guantes y marcar su número. Solo llevo aquí un par de semanas y ya me han salido sabañones. La bronca tendrá que esperar hasta que llegue al estudio cochambroso que he alquilado en Brooklyn hasta que encuentre algo mejor. Desventajas de alquilar las cosas online, en las fotos no se apreciaba que esa recargada vivienda al más puro estilo Barbie tenía, en efecto, el mismo tamaño que si la hubieran construido para la muñeca. Y con el plus añadido de estar en un sótano donde las ventanas están a pie de calle y veo corretear a las ratas de un lado para el otro. ¿Dónde está el famoso sueño americano?

Lo primero que hago al llegar a "casa" es quitarme las botas y dejar que descansen mis pies. He engordado notablemente en las últimas semanas, me siento pesada y exhausta, ese aumento de peso está empezando a pasarme factura. Además, estoy congelada. Enciendo la calefacción y pongo una cafetera italiana en el fuego, cortesía del propietario. Soy consciente de que no debería beber tanto café, pero estoy tan alterada, que es eso o matar a Gina, y por este delito no van a meterme en la cárcel. Mientras el café hierve en el fuego, llamo a mi amiga del alma sin cortarme ni un pelo con mis emociones. No estoy para muchas gaitas.

—Hola, querida, ¿a qué Siobhan es un encanto? —comienza a modo saludo—. Ya conocerás a Karishma, su hija, ¡te vas a enamorar de ese monito!

—¡No me jodas, Gina! ¿En qué estabas pensando para creer que Siobhan y yo podríamos llevarnos bien? ¡Da gracias que no hubiera cuchillos en esa cafetería!

—Okay, cálmate. Creo que necesitáis daos una segunda oportunidad...

—¿Cuándo pensabas decirme que era su abogada? ¿Es todo esto parte de alguno de tus maquiavélicos planes? ¡Porque pensaba que tú y yo éramos amigas y ahora no sé qué pensar! —rujo enfurecida. Gina intenta excusarse, pero yo no la escucho, mi cabeza va a diez mil revoluciones por minuto—. ¡Dios mío, ya lo entiendo todo!

—¿El qué entiendes?

—¡Pues que soy gilipollas! Esto es parte de tu plan desde el principio, ¿verdad? Hace unos años me sonsacaste información mediante Mark, y ahora pretendías usar a Siobhan, vendérmela como tu mejor amiga para que yo confíe en ella y rellene todas las lagunas del caso.

—Elena, no es lo que tú pien...

—¡Claro! ¡Es lo mismo que le hiciste a Ethan! ¡Me lo metiste en casa para que confiara en mí! Y a mí me quieres meter en casa de Siobhan para que yo confíe en ella, ¿no es eso? —Grito enajenada, pero Gina sigue haciendo esfuerzos inútiles por hacerse oír al otro lado de la línea—. Pues siento mucho decirte que no hay nada nuevo. ¡Te lo he contado todo! Día a día. He estado de vuestro lado, he sido vuestro perrito fiel en vuestro plan de mierda para destruirles. ¿Y ahora me haces esto?

—Voy a dar por hecho que son las hormonas y no tú quiénes están hablando.

—¡No me toques los ovarios!

—Voy a colgar el teléfono y, después, voy a llamarte de nuevo cuando te calmes, fingiendo que esta conversación no ha tenido lugar. Tal vez puedas dejarme hablar y podamos empezar de nuevo.

—¿Por qué me has pedido que me reuniera con Siobhan?

—Porque estás metida en un buen lío y necesitas un poco de protección. Siobhan es la mejor abogada de Nueva York.

—¡Yo no necesito a nadie! —bramo furiosa—. Menos aún, a una abogada sin escrúpulos capaz de defender a asesinos y pedófilos con tal de ganar el caso.

Me llevo la mano al pecho y trato de tranquilizarme, necesito hacer los ejercicios de respiración que me prescribieron para cuando notara ese dolor agudo en el pecho. Cojo aire y lo expulso, notando como mis vías comienzan a abrirse de nuevo.

—Elena... Esta es tu oportunidad de contarle al mundo tu historia, de aclarar lo que pasó. Si consigues que Siobhan crea en tu palabra, puede que Ethan...

—¡Me da igual lo que crea ese imbécil! ¿Tú sabías que estaba en la cárcel? —Aún a través de la pantalla, observo que mira hacia otro lado—. ¡Joder, Gina! ¿Por qué no me habéis dicho nada?

—¡Porque nos pediste expresamente que no te habláramos de él! Pensamos que sería lo mejor en estos momentos. Y él también nos ha pedido que no te mencionemos. Estoy manteniendo mi palabra en ambos casos por la cuenta que me trae... —Gina suelta de golpe el aire que ha estado conteniendo en sus pulmones—. Mi relación con Casper está muy deteriorada, ¿sabes? Está en el medio de todos. Y Ethan ha jurado mantenerse al margen, pero desconfía de mí. Cree que, si tú has vendido tu alma al diablo, siendo yo tu mejor amiga...

—¡Yo no he vendido mi alma a nadie! ¿Cuándo aprenderá a escuchar ese idiota? ¿A confiar en los demás?

Escondo la cabeza entre las piernas e intento no llorar. Respirar se ha vuelto un ejercicio difícil últimamente. Aun así, sé que tengo que buscar un punto en medio de este caos que me ayude a conectar con mi paz interior. Pero todo se vuelve negro por momentos, lleno de una densa neblina que lo envuelve todo. Ethan está en la cárcel. Me pregunto si, de haber actuado de otro modo, las cosas ahora serían diferentes. Si ha habido algo, por pequeño que fuera, que podría haber hecho para evitar este desenlace.

—¿Por qué está en la cárcel? Me consta que aún no han publicado ese libro porque lo compruebo cada día y no he visto nada por ningún lado.

—Hace unos días le sacaron de la oficina con una acusación por proxenetismo y asesinato de la que no hay pruebas. Recibieron una denuncia anónima en la policía, acompañada de una copia del reportaje, en la que se le acusa indirectamente de la desaparición de varias mujeres, entre las que se encuentran todas sus ex...

—¡Pero Ethan es inocente! ¡No tienen nada contra él! —exclamo indignada—. ¿Qué hay de todas las pruebas que hemos ido recopilando estos años contra esos tipos? ¡Tendrán que servir de algo!

—No podemos mostrar nuestra munición tan pronto, Elena. Necesitamos encontrar el modo de contarle al mundo que su líder no es quién dice ser. Cualquier paso en falso podría echar la operación por tierra.

—¿Me estás diciendo que vais a dejar que Ethan siga en la cárcel hasta que encontréis el modo de acabar con la Luna de Plata?

La ansiedad de mi pecho comienza a aumentar, al tiempo que noto una patada en el estómago que hace que me doble de dolor.

Respira, Elena, respira.

—Ethan saldrá de la cárcel en cuanto sus abogados consigan probar que lo que dice ese artículo son calumnias. Es cuestión de días, horas incluso, si tú colaboras con ellos.

—¿Colaborar? ¡Soy la última persona del mundo a la que Siobhan dejaría colaborar para sacar a Ethan de la cárcel!

—Por eso mismo, ayúdame a probar tu inocencia mientras tú pruebas la suya. Y de paso, pasas desapercibida en el último lugar de la tierra donde ellos te buscarían. Creo que mi maquiavélico plan no suena tan mal después de todo, ¿no crees?

—¿En serio ese es tu plan? ¡Sabía que te traías algo entre manos! Tú nunca das puntada sin hilo. Podrías habérmelo dicho antes y hubiera ido preparada.

—¿Hubieras accedido a conocerla si te lo hubiera contado desde el principio? Porque te aseguro que ella no hubiera estado por la labor...

—¡Pues claro que sí! —exclamo ofendida—. Una cosa es que mi ex sea un capullo y otra muy distinta, que sea un criminal. Si hay algo que yo pueda hacer para conseguir su libertad, estoy dispuesta a ello.

—No sabes cuánto me alegra oír eso... Porque Siobhan me llamó hace un rato para echarme la bronca por la encerrona y acabé dándole tu dirección.

—¿Qué has hecho el qué?

—Sigue sin creer ni una sola palabra de lo que dices, pero a falta de un plan mejor... Piensa que algo útil habrá que puedas contarle.

El sonido impertinente de un timbre interrumpe su discurso. Yo ya sé que se trata de Siobhan, ¿quién si no me buscaría allí, cuando apenas hace unos días que me he instalado?

—Será mejor que os deje hablar tranquilas. —Gina me dedica una radiante sonrisa, confiando en que su idea ha sido una genialidad—. Por favor, daos una oportunidad. Hazlo por Gaia Yvaine —ruega, apelando al lado emocional que sabe que ahora mismo tengo.

—¡Deja a Gaia fuera de esto! —le ordeno—. Y ya hablaremos de eso... Gracias a tu plan, Ethan podría enterarse en cualquier momento de lo de Gaia, y sabes que...

—Ethan no se enterará hasta que tú no estés lista para contárselo y él para escuchar.

—Eso si la abogaducha esa no se va antes de la lengua. En serio, Gina, ¡esta vez te has lucido! —Un nuevo timbrazo interminable hace temblar las paredes del estudio.

—¿Qué ha sido eso? ¿Estáis teniendo un terremoto en Nueva York?

—Es el huracán Siobhan. Tengo que dejarte antes de que me eche la puerta abajo, pero que sepas que sigo enfadada contigo. Estoy harta de tus encerronas. Para ser mi mejor amiga, a veces dejas mucho que desear.

—Elena, te juro que al final todo va a salir bien. Y si no sale bien, es que aún no es el final.

—Sabes que las frasecitas hechas no funcionan conmigo, ¿verdad?

Siobhan se ha propuesto quemarme el timbre, dándome la excusa que necesito para colgar a Gina.

—¡Hace un frío que pela! ¿Vas a tenerme eternamente esperando en la puerta como a un perro callejero? —protesta.

Tan encantadora como su amiguita Gina. Decido abrir por miedo a que alguno de mis vecinos temporales acabe llamando a la policía. Siobhan está aterida de frío, tiritando y con los labios ligeramente morados.

—¿Puedo pasar? —pregunta, mirándome con soberbia—. Entiendo que soy la última persona del mundo a la que quieres ver ahora mismo, créeme que el sentimiento es mutuo, pero realmente necesito usar tu aseo. He tardado casi cincuenta minutos en llegar hasta aquí y el *chai latte* tiene ganas de salir.

Me aparto a un lado de la puerta para que entre y le indico donde está el lavabo, pensando que la abogaducha estirada va a poner el grito en el cielo cuando vea ese cubículo diminuto en el que puedes ducharte desde la taza del wáter. Me preparo el café con mimo mientras espero a que Siobhan haga acto de presencia en el salón. No tardo en oír su voz profunda detrás de mí, analizando todo con curiosidad y cierto reparo.

—¡Por todos los dioses! ¿Es aquí donde vives? ¡Con razón Gina está tan preocupada por ti!

—Acabo de llegar a la ciudad. Lo he alquilado provisionalmente hasta que encuentre un piso, lo que va a ser más difícil de lo que creía, a juzgar por los últimos acontecimientos...

—¿Es café eso que huelo? ¿Cuántos te tomas al día? No deberías...

—¡Ni se te ocurra decirme lo que puedo o no puedo beber! —respondo algo alterada. Su sola presencia me incomoda.

Siobhan levanta los brazos en son de paz y se acerca a mí despacio, como si fuera un animal que está a punto de atacarle.

—Me encantaría tomar una taza, por favor. Estoy muerta de frío y creo que tú y yo no hemos empezado con el mejor pie.

—En eso estoy de acuerdo contigo. ¿Con leche? —pregunto. Siobhan asiente, nerviosa.

—Gina cree en tu inocencia por encima de todo, y cree que estás dispuesta a ayudarnos a sacar a Ethan de la cárcel —comienza. Le tiendo el café y fijo mi atención en ella—. La verdad es que a mí me cuesta bastante creerlo, sobre todo, teniendo en cuenta que eres tú quién lo ha metido ahí…

—¡Yo no…!

—Déjame terminar —me interrumpe—. Conozco a mi amiga, y estoy segura de que ha visto algo en ti que los demás no estamos viendo.

—Sinceramente, no sé qué puedo hacer o decir que vaya a convencerte de que yo no he escrito nada. Todo lo que he hecho estos años, lo he hecho precisamente por él, para vengar lo que le han hecho a su familia y evitar que se repita en un futuro. Puse mi propia vida en peligro y lo hice porque le quería.

—Si lo que dices es cierto, cuéntame tu historia. Pero corta el rollo con ese bodrio romántico que me estabas vendiendo hace un rato. Quiero que me cuentes la verdad, el verdadero caso McGowan-Fernández. Algo muy fuerte tuvo que pasaros para acabar así… Me consta que él estaba loco por ti.

—¡Es que te estaba contando la verdad! —defiendo—. Yo era feliz con Ethan. Gael y él lo eran todo para mí.

—Eso me da igual ahora. Lo único que quiero es que me ayudes a llenar sus lagunas. Estoy segura de que lograré hallar algo que me ayude a entender dónde estabas mientras él asegura que eras uno de ellos.

—Lagunas es lo que yo le veo a este plan. —Cabeceo nerviosa, a sabiendas que esta charla está condenada al fracaso.

—¿A qué le tienes miedo, Elena? Si no fuiste tú, debería darte igual.

—¿De verdad me estás preguntando que a qué le tengo miedo?

—Esos hombres no van a ponerte la mano encima, te lo garantizo.
—Que esté tan segura de ello, consigue tranquilizarme de algún modo—. Y ahora, ¿podríamos empezar por el principio? Pero esta vez, con las cartas boca arriba. Empezaré yo. Me llamo Siobhan Patel y trabajo en el bufete de abogados más prestigioso de Nueva York. Mi compañero Greg y yo llevamos a juicio a todos los criminales que la agencia Phoenix Bond desenmascara. Y, actualmente, estamos intentando probar la inocencia de Ethan Adrián Duarte McGowan. Tu turno.

—Me llamo Alba Elena Fernández, aunque prefiero que me llames Elena —comienzo, intentando establecer un ambiente neutro, aunque no las tengo todas conmigo—. Soy periodista. Hasta hace un mes trabajaba como redactora en *Ladies'Secret*, y hace cuatro años que formo parte de la vida de Ethan McGowan. O formaba, porque, como ya sabes, rompió conmigo hace cuatro meses y doce días.

—Olvídate de lo que crees que sé o no sé, porque no tengo ni idea de cómo habéis llegado a la situación en la que os halláis los dos ahora mismo. Y, sinceramente, estaba esperando encontrarme a la arpía manipuladora que él ha descrito y no a "ti", así que estoy aún más confundida si cabe.

—Me preocupa que hayas dicho con más desprecio lo de "a ti" que lo de arpía manipuladora —observo en voz alta.

—¡Es que tienes un aspecto horrible! —exclama, mirándome de arriba abajo. Estoy a punto de replicar, pero ella prosigue, dándome el beneficio de la duda—. Te concedo que algo huele muy mal y estoy dispuesta a escuchar tu punto de vista. ¿Podrías retomar tu historia dónde la has dejado, en febrero de 2020? Si mal no recuerdo, estabais a punto de iros a México.

—Todo empezó el día antes de nuestro viaje. Estaba en el despacho con Gina y Rompetechos volvió a liar una de las suyas.

—¿Rompetechos? —pregunta confusa—. Ese nombre no lo había oído mencionar antes, puede que me seas útil después de todo.

—¡No anotes a esa cría, por Dios! —pido, llevándome a los labios mi taza de café, que ya está frío—. Tan solo era una becaria que Gina contrató temporalmente por hacerle un favor a la señora Farrell. Recuerda que se había visto obligada a reforzar los vínculos con esa familia.

—Nadie es solo "una simple becaria" en esta historia, Elena. Prosigue.

20 de febrero de 2020 – La City, Londres

La lluvia golpeaba con fuerza los cristales del despacho de Gina, una sensación de perpetuo invierno que no terminaba de casar con los millones de flores que decoraban la sala. Estaba segura de que ese trastorno tenía algún nombre médico diagnosticado, floripondiofilia o algo así.

Gina leía en silencio mi relato erótico de ese mes sin mostrar un atisbo de emoción en su rostro. Lo de siempre, vamos.

—¿Y bien? —pregunté impaciente porque me diera su veredicto y me dejara irme a casa a ultimar las maletas.

—Está bien, supongo... —se pronunció, dejando sus gafas de pasta sobre la mesa.

—¿Supones?

—Sí, bueno, es más *light* que otras veces, ¿no? —Torció el gesto con incomodidad—. Perdona, es que ayer vi un reportaje de sepias que me pareció más pornográfico que esto. Dejaron el listón muy alto. Puedes irte a casa ya si quieres. —Hice un amago por abandonar mi silla, pero ella me detuvo de nuevo—. ¡Espera, no tan rápido! Hay una cosita que me gustaría comentarte antes de que te fueras...

—¿Se trata de Casper? —pregunté esperanzada.

—No, pero empieza igual —respondió con un halo de misterio, para después pronunciar su nombre entre dientes—. ¡Caaaaaa...... erlion! Si he sido tan flexible dejando que te vayas tres semanas y teletrabajes desde México, a pesar de la diferencia horaria, es porque quería pedirte algo a cambio.

Mi única respuesta fue el sonido que hizo mi cuerpo al dejarse caer con fastidio sobre el sillón de cuero blanco. ¡Por supuesto que su generosidad tenía un precio!

—Tú dirás...

—¡No pongas esa cara, Elena! En realidad, creo que encontrarás mi oferta bastante beneficiosa para ambas partes. —Me asusté. Yo ya sabía que cuando acertaba con mi nombre, la cosa iba muy en serio—. Quiero que aproveches tu estancia en México para conseguir algo de información. Tan solo eso.

—¡No, no y no! Sabes que le prometí a Ethan que... —Me levanté de la silla de nuevo, pero Gina me sujetó de los hombros, obligándome a sentarme otra vez.

—Caerlion está dispuesta a hablar por primera vez y su hijo no quiere escucharla, así que encontrará en ti una aliada. No vamos a tener una oportunidad como esta nunca más. Esa mujer sabe cosas que ha callado durante años por miedo.

—Y estoy segura de que hay una muy buena razón para su silencio —alegué obstinada—. Este viaje es importante para Ethan. Voy a conocer a su familia, a su hijo... ¡No quiero añadir más presión al encuentro!

—¡Deja de preocuparte por Gael! Vas a adorar a ese crío, te lo aseguro. —Por un momento, había olvidado que mi jefa había tratado durante años con Ethan en Nueva York, aunque él no hubiera sido consciente entonces de que la agente Mandy y Gina eran la misma persona—. Tengo una lista de todos los lugares a los que me gustaría que fueras. No creo que tu chico ponga mucha resistencia a que la revista os pague un tour por los lugares más exóticos y salvajes del país.

—¡Pero es que ya tenemos todo organizado! ¡No puedes llegar un día antes y decirme que nos has cambiado el itinerario a tu antojo!

—En realidad, sí que puedo. Te recuerdo que no has pedido vacaciones, sino trabajar desde México y, como tu jefa, dispongo de al menos ocho días de los que estés allí —explicó con la arrogancia de quién sabe tener el poder. Gina me mostró una guía de viajes que ella misma había elaborado y tenido el detalle de encuadernar—. Aquí tienes lo esencial para sobrevivir en México: hoteles, atracciones turísticas, sitios a evitar...

—No pienso investigar nada...

—¡Calla y escucha! Empezareis en Nayarit —informó, adoptando un tono de voz más autoritario—. Conoce a tu familia política, gánate al crío, echa el polvo del siglo en las Islas Marietas... me trae sin cuidado mientras descubras todo lo que Marcelo y Caerlion tienen que contarle al mundo.

Eché un rápido vistazo a lo que tenía anotado en la guía, tapándome la cara de vergüenza.

—¿En serio has anotado lo del polvo en las Islas Marietas?

—¡Por supuesto, querida! Siempre hay tiempo para el placer. Y después de leer tu último relato, diría que Ethan no te está complaciendo últimamente…

—Mi vida sexual es plenamente satisfactoria, gracias. Y me inquieta sobremanera que planifiques todo de ese modo. No estoy segura de que esa falta de espontaneidad vaya mucho con Casper… —aventuré con descaro—. De todos modos, siento comunicarte que las islas cerraron hace unos años para evitar su deterioro.

—Punta Raza entonces. —Tachó las Islas Marietas y escribió el nuevo nombre al lado—. Allí conocí a un latino que… ¡Madre mía, me acaloro solo de pensarlo!

—¿Seguro que no quieres llamar a Casper? —tanteé al ver la calentura que tenía. Como siempre, ella me cambió de tema.

—Me dijo Ethan que después pasaríais por Guanajuato para solucionar algunas cosas, ¿cierto?

—Analisa le pidió en una de sus misteriosas postales que vendiera el piso y metiera el dinero en un fondo para su hijo. Con Gael viviendo en Londres, y ella escondida a saber dónde, no tiene mucho sentido seguir pagando la hipoteca.

—Tiene sentido. ¿Ethan sigue recibiendo esas postales, entonces? —afirmé—. ¿Y no ha intentado localizarla?

—Yo no las he visto, pero dice que las envía a través de una aplicación móvil donde añades crédito, subes una foto y la envían a cualquier parte del mundo. Así que es posible que estén impresas en el mismo Londres.

—Eso dificulta las cosas. En fin, ten los ojos bien abiertos cuando estés allí, no olvides que Analisa no era la típica madre que hornea magdalenas a sus hijos. Era uno de ellos y es posible que haya mil ojos puestos en esa vivienda.

—Ya lo había pensado… Aunque supongo que ya se habrá pasado por allí alguien para eliminar cualquier rastro.

—Es posible —asumió, antes de seguir con el itinerario—. Tu siguiente parada será Chiapas.

—¿Chiapas? ¿Qué se nos ha perdido en Chiapas?

—Pues… No tengo ni idea de qué estamos buscando ni dónde, pero espero obtener información antes de que llegues. Mark tiene una corazonada que quiere que sigamos. Encontraron una carta en el apartamento de Claire con el emblema de la Luna de Plata en una marca de agua. Procedía de una hacienda de Chiapas.

—Honestamente, ¿cómo esperas que le explique a mi novio que hemos ido hasta Chiapas en busca de no sé qué, por una simple corazonada?

—¡Yo qué sé! ¡Invéntate algo! Dile que tienes que entrevistar a unos mayas en su hábitat natural para la revista.

—¿No son los mayas los que creen que las fotografías te roban el alma? —observé extrañada.

—Bueno, pero hablar un poco no mata a nadie, ¿no? —Gina dejó sobre la mesa un bolso de estilo étnico que parecía haber comprado en un mercadillo de playa—. Esto es para ti, no lo abras hasta que estés allí.

—¿Estás de coña? ¿De verdad crees que voy a meter en mi maleta un bolso que no sé qué contiene? ¿Es que quieres que me deporten?

—¿En serio me ves capaz de algo así? —preguntó ojiplática—. Mejor no contestes... Te he reservado un hotel en San Cristóbal de las Casas a nombre de Paula Flores, ahí tienes todo lo que necesitas.

—¿Paula Flores?

—Toda precaución es poca.

—¡Estás loca! —exclamé levantándome de nuevo del sillón, pero Gina volvió a sentarme de un empujón—. ¿Te has dado cuenta de que me van a pedir el pasaporte, verdad?

Mi jefa sonrió con autosuficiencia y abrió el bolso por mí.

—Tarjeta identificativa como investigadora de la Agencia Phoenix Bond, pasaporte y tarjeta de crédito. Mejor no dejar ningún rastro.

—¿En serio la famosa agencia para la que trabajamos se llama Phoenix Bond?

—¡Uy! ¿Nunca has visto el logo? ¡Es genial! Un ave fénix con gafas de sol y pistola.

Tenía que estar de broma. La respetable agencia para la que trabajábamos no podía tener un logo tan absurdo. Cogí la tarjeta identificativa y comprobé que no me estaba tomando el pelo. Más que una identificación de espía ultrasecreto, parecía una tarjeta de empleado de una cadena de pollo frito.

Miré el pasaporte con auténtica fascinación. No podía dudar que el trabajo de Photoshop era magnífico, pues Paula Flores era mi doble con el pelo y la tez algo más oscuros. Un hormigueo en el estómago delató que, muy en el fondo, todo aquello me entusiasmaba y aterraba a partes iguales. Mi primera identidad oculta.

—¡Mola, eh! Dale las gracias a Dragos —añadió con una sonrisa misteriosa.

La mención de su nombre me hizo sonreír. Hacía tiempo que mi compañero de aventuras en las islas Skerries había regresado a Rumanía para intentar recuperar a su exmujer, pero aún seguía trabajando para el grupo editorial desde la distancia.

—Tu última parada será Quintana Roo. Como ya sabes, Ethan ha reservado un bonito resort en Playa del Carmen, aunque haréis varias excursiones por la península. Estaría bien que intentarais descubrir el paradero de esa hacienda vallisoletana…

—No pienso poner un solo pie en ese sitio.

—Tú solo consígueme una pista y mis hombres peinarán la selva yucateca si hace falta. ¿Alguna pregunta más, Yurena? —preguntó con desdén.

—Pues… ¡sí! —repliqué desconcertada—. De hecho, ¡tengo cientos!

Unos golpes en la puerta, nerviosos e impacientes, interrumpieron nuestra charla. Al otro lado de la puerta, la voz histérica de su esbirro Mandy Holland arrastrando con ira a la nueva becaria del brazo, que lloraba desconsoladamente, roja de frustración y vergüenza. Susan Miller acababa de empezar la carrera de Comunicación en la Universidad de Oxford y había conseguido prácticas bien remuneradas en nuestra publicación gracias a la relación que unía a sus padres con la señora Farrell, lo que inevitablemente, comprometía de algún modo a Gina.

Como yo misma había comprobado en varias ocasiones en las que había tenido que supervisar a Susan, esa joven era un desastre y un peligro público y para sí misma. Había incendiado el tostador al prepararse el desayuno en la cantina; publicado diversos artículos online, sin consentimiento de Gina, en los que arremetía contra celebridades y que, posteriormente, habían sido retirados con la pertinente disculpa de la directora; e incluso había estropeado uno de los carísimos portátiles de la empresa al derramar su té. Sí, Susan Miller se había ganado a pulso el alias de "Rompetechos" en la oficina y hacía tiempo que Gina había perdido la paciencia con ella.

—¿Se puede saber a qué viene semejante espectáculo? —vociferó mi jefa, que parecía tan molesta como yo por la abrupta interrupción.

—¡Susan ha vuelto a liarla! —bramó Mandy, sin permitir que la becaria tomara la palabra—. Hemos anunciado a bombo y platillo una entrevista exclusiva con Dakota Johnson y Chris Martin, sabes que no son muy dados a hablar de su relación y nosotros lo teníamos. Pero no sé de quién fue la brillante idea de mandar a Rompetechos a cubrir el acto. ¡Ahora no tenemos nada para publicar! ¡No ha tomado ni una triste nota!

—Los de la Generación Z no tomamos notas, ¡eso es muy años 40! —se justificó la becaria en medio de una llantina. En aquel momento me pregunté si aquella niñata tenía la más mínima idea de qué había ocurrido en los años 40—. ¡Estaba grabándolo todo con mi iPhone!

—¡Obviamente no o ahora tendríamos un artículo en primera plana! —gritó Mandy con dureza—. Además, ¿a ti nadie te ha explicado que eso es ilegal, cabeza de chorlito? ¡Estabas más preocupada por llenar tu TikTok que por hacer tu puñetero trabajo!

Gina observaba en silencio y sin pronunciarse al respecto. Al igual que Ethan, era especialista en mantener las formas tras una máscara de indiferencia. Por desgracia para ella, yo había aprendido a traducirla y podía leer la frustración en sus ojos verdes, camuflados bajo unas modernas gafas de pasta con estampado de leopardo.

Me sentí de algún modo responsable. Si yo no hubiera presionado a Ethan para que dejara a Wendy y se quedara conmigo, Gina no tendría la obligación de mantener en plantilla a esa chiquilla solo para ganar puntos con los Farrell. Decidí intervenir a riesgo de que mi hermética jefa hiciera, por una vez en la vida, lo que le dictaba el corazón.

—Podría escribir yo el artículo —propuse ante la mirada atónita de Mandy y Susan—. Fui de soporte con Susan a ese hotel y tomé algunas notas en papel que podrían sernos útiles. Ya sabes, ventajas de haberme criado en los años cuarenta... —agregué con sorna.

—Eso estaría genial, Elena —respondió Gina con voz pausada—. ¿Crees que te dará tiempo antes del cierre de edición?

—Solo necesito un par de horas para darle forma al artículo y alguien que lo revise.

—¡Gracias Lena, eres un salvavidas! —respondió Mandy, quien aún mostraba en sus ojos resquemor hacia la novata—. Gina, ¿qué vamos a hacer con esta? Entiendo que es nueva, pero si no está a lo que está...

—¡Por Dios, ten un poco de paciencia! —pidió Gina entre dientes. Aquellas palabras le estaban doliendo a ella más que a Mandy—. Estoy segura de que la próxima vez tendrá más cuidado, ¿verdad Suzie?

La joven se fue de allí con una sonrisa de satisfacción. El sentimiento no era compartido. Cuando nos quedamos de nuevo a solas, mi jefa se desahogó conmigo como si fuera una de sus confidentes.

—Lo que no consiguió el cáncer de mama lo va a conseguir una mocosa consentida y sin talento. ¡No te haces idea de lo que odio a esa cría! ¡Es superior a mí!

—No sabía que hubieras tenido cáncer —respondí con sorpresa muda en la voz.

—No es algo que vaya pregonando a los cuatro vientos, Julena, pero está en la prensa si buscas bien. Esas sabandijas asquerosas disfrutan indagando en las miserias de todo el mundo.

—Te refieres a... ¿los periodistas? —pregunté incapaz de creer que estuviera tirando piedras contra nuestro propio tejado—. De verdad que no sabía nada, solo espero que ya estés recuperada.

—Sí, tranquila, esa historia es ya parte del pasado. Fue precisamente cuando conocí a Casper —recordó con una sonrisa triste—. Un completo desconocido que hizo más por mí que la gente de mi alrededor. Aquella experiencia nos unió mucho, ¿sabes?

La observé con detenimiento, pero ella ya no estaba allí, sino sumida en sus memorias, en algún tiempo en el que, a pesar de su enfermedad, había sido realmente feliz junto a alguien a quién amaba. Me sentí mal por haber creído que era una asaltacunas que se había valido de su influencia y su dinero para impresionar a mi amigo. Su amor había sido real, de un modo que hasta ahora no había logrado entender. Al igual que no entendía por qué ella le apartaba de su vida una y otra vez para "protegerle". ¿Protegerle de qué?

—¿Podrías borrar esa estúpida expresión de lástima de tu rostro? —pidió con aspereza. Sí, esa era la Gina que conocía—. Acabé con ese hijo de puta hace casi dos años, así que no quiero compasión, ¿me oyes?

—¡Oye! Vale que las cosas han salido mal entre vosotros, pero te agradecería que no llamaras así a mi mejor amigo.

Me miró confundida y comenzó a reír como no la había visto reír nunca, de manera espontánea y desenfadada.

—Estoy curada, Elena. —Cambió de actitud y su tono volvió a ser severo, convirtiéndose en la jefa despiadada y cínica que yo tan bien conocía—. Bueno, querida, mueve el culo y ponte a escribir. Hoy tengo una cita y necesito parecer una chiquilla de treinta y tantos.

—¿Otra vez quedando con menores de edad? —Toda la simpatía que había sentido por ella instantes antes se había disuelto como una aspirina en agua.

—Eso no es asunto tuyo, Selena. Y ahora, ponte las pilas y haz tu trabajo, que para eso te pago. ¡Tic toc, tic toc!

☼ ☾ ☼

Cuando terminé de hacer el equipaje, dejé las maletas en la puerta y salí escopetada al bar de abajo, donde Casper y Ethan me esperaban para tomar algo antes de nuestra partida.

—¡Casper va a traerse a su ligue esta noche!

Mi novio me soltó el bombazo antes de siquiera saludarme. Un amargo sabor me inundó la boca sospechando que ese era el motivo por el que Gina necesitaba quitarse diez años de encima.

—¿Podrías fingir que te alegras por mí? —replicó Casper ante mi reacción.

—No, si me alegro... Es solo que paso demasiado tiempo con ella como para considerarlo una buena noticia —agregué con una sonrisita—. ¿Quiere decir eso que habéis vuelto?

—¡Yo qué sé! ¡Si no lo sabe ni ella! —replicó Casper agobiado con la situación.

No tuve que esforzarme demasiado en elaborar una respuesta, pues enseguida vi a mi jefa acercarse a nosotros de manera insegura. Llevaba unos vaqueros ajustadísimos con parches de distintas ciudades a lo largo de la pernera, unas deportivas muy similares a las mías y, casualmente, una camiseta negra con escote en la espalda que juraría que había copiado de mi vestuario. Le dirigí una sonrisa cínica mientras los vi cuchicheando en la intimidad, como dos tortolitos que no se atrevieran a dar el paso.

—Dale una oportunidad —me rogó Ethan leyéndome el pensamiento—. Es nuestro amigo y necesita que le apoyemos.

—¿No podría haberse ligado a otra rubia descerebrada como hace siempre? —le susurré al oído.

—Sabes que con esta va en serio... —Me dio un beso rápido que fue interrumpido cuando se levantó para saludar a Gina.

Yo le hice un gesto con la cabeza que esperaba sirviera como saludo. Todavía no me había dado las gracias por haberle salvado el culo esa tarde.

—¡Maravillosa elección este local! ¡Aquí hacen unos tacos 100% mexicanos que son para morirse! —alegó Gina mirando la carta con falsa emoción. Estaba segura de que ese no era el tipo de garitos que ella frecuentaba.

—Probablemente tan auténticos como la genuina paella de chorizo —repliqué con desdén.

—Que sepas que la paella mexicana sí lleva chorizo —susurró Ethan, resolviendo así un misterio más grande que el de las pirámides de Guiza.

Se alejó a la barra con Casper para pedir y me dejó a solas con mi jefa, que se removía incómoda en su asiento mientras se colocaba los vaqueros, demasiado ajustados para lo que ella solía acostumbrar. De hecho, era la primera vez que veía a Gina Dillan llevando una prenda tan informal. La miré con una sonrisa inquieta y apreté los labios sin saber qué decir. A pesar de haber pasado toda la semana juntas en la oficina, nuestra relación era estrictamente profesional, con lo que no tenía ni idea de qué hablar con ella si no era de trabajo.

—Cuando dijiste que querías parecer una treintañera, jamás pensé que fueras a copiarme el look de pueblerina —me burlé, parafraseando las palabras que una vez ella había usado contra mí—. ¿Eres consciente de que no soy un icono de moda, verdad?

—No quería desentonar a tu lado, querida. —Me devolvió el golpe y la sonrisa, más falsa que un billete del Monopoly.

—¿No te preocupa lo que puedan pensar tus fans si te ven aquí? No estás precisamente en Richmond...

—Por eso mismo, no creo que nadie me reconozca.

Se esforzó por parecer segura, pero sabía que, sin sus vestidos de diseño y sus zapatos Jimmy Choo, se sentía fuera de lugar. Me fijé entonces en que sus vaqueros estaban firmados por Victoria Beckham y me sentí mejor por ella.

—Oye, Gina... si queremos que esto funcione, vas a tener que aclararme algo —comencé, más incómoda con esa situación de lo que probablemente estaba ella—. Me trae sin cuidado tu vida privada, pero que salgas con Casper, me crea cierta incertidumbre… Quieres que vuelva al caso, pero una fuga de información podría ser catastrófica para todos.

—¿Crees que no lo había pensado? —respondió entre dientes, adoptando una sonrisa apacible de cara a los chicos, que nos observaban desde la barra—. ¡Te juro que él no sabe ni sabrá una palabra de a qué me dedico! Y así seguirá siendo por el bien de todos.

—Eso espero… Porque si decido ayudaros y Ethan se entera, volverá a mandarme a la mierda. Y no creo que Casper sea mucho más comprensivo cuando descubra a qué te dedicas realmente…

—Elena, ¡tranquilízate! —rogó, mirándome con determinación—. ¡Casper no tiene por qué enterarse! ¿Por qué de repente estás tan tensa conmigo? Hace tres horas me estabas ayudando a cerrar la revista y ahora parece que me tengas alergia.

—No te equivoques, una cosa es lo laboral y otra lo personal. Fuera de la oficina, seguiré respetándote mientras seas la follamiga de Casper, que, dado tu historial, dudo que os dure mucho tiempo.

—¡No soy su follamiga!

—¿Y qué sois? ¿Ya te has dejado poner una etiqueta? —la forcé. Ella miró para otro lado—. ¡Eso creía! Por cierto, he estado hablando con ese tal Logan mientras preparaba el equipaje. Parece simpático. Me ha dicho que la hacienda de la que procedían esas cartas en San Cristóbal de las Casas fue desmantelada hace unos meses. Ya no hay nada allí.

—Eso complica las cosas… —aceptó meditabunda—. De momento, no habrá cambios en el itinerario. ¿Te ha hablado ya de…? —Su cara se contorsionó en una exagerada expresión de felicidad al ver llegar a nuestros chicos con las bebidas—. ¡Cerveza! ¡Qué bien!

Los miré con fastidio. No podía creerme que hubieran llegado en tan mal momento. Y tampoco podía creerme que Miss Prosecco fuera a conformarse con algo tan "cutre" como una cerveza. Hice de tripas corazón para aceptar que Gina empezaría a ser una más del grupo, pero ni por asomo me olvidé de la conversación que teníamos pendiente.

El camarero regresó a la mesa no mucho después con nuestros platos de cocina británica recalentada al microondas que, he de decir, era realmente adictiva. No fui capaz de terminar mi plato antes de que la curiosidad me matara por dentro.

—¿Me acompañas al aseo?

Tiré de su brazo con fuerza para llevarla conmigo. Una Gina confundida me seguía hasta los lavabos, pero yo me desvíe por la izquierda para salir por la puerta de emergencia del local.

—¿Se puede saber qué demonios te pasa? —protestó, sorprendida por mi arrebato.

Paré en seco al llegar al jardín trasero donde los fumadores apuraban sus bebidas al calor de las estufas. La arrastré hasta un lugar apartado que nos daría la suficiente intimidad para seguir hablando.

—¿Qué más ha descubierto Logan? —abordé nerviosa.

—¡Ay, Dalena, no tenías que ser tan bruta! —Gina se recompuso del meneo—. ¡Pensaba que no te interesaba el caso!

—¡No puede interesarme, es distinto! Sabes que le prometí a...

—Ethan que bla, bla, bla —me imitó—. Ha descubierto que existe una manera de acceder al yacimiento de Dornoch sin acercarse al antiguo hotel.

—¿Cómo? Ethan me dijo que era imposible estar cerca de esa finca sin que su padre se enterara.

—Creo que, bajo tierra, como tú sugeriste. Los dos hoteles están conectados, aunque no tenemos modo de abrir la puerta. Puedes seguir negándotelo a ti misma, pero está claro que tienes madera para esto. Si quieres saber los detalles, vas a tener que hacerle una visita a Logan.

—Cogió su teléfono del bolsillo trasero de los vaqueros y observó con fastidio que era Mandy quién llamaba de nuevo—. ¡No puedo dejar a estas dos inútiles solas ni un momento! ¿Me disculpas, querida?

Me dio la espalda y se alejó de mí en busca de un poco de privacidad. Dolía a la vista que Gina estaba a puntito de perder la paciencia.

Estaba tan concentrada tratando de captar una sola palabra del rapapolvo, que no fui consciente de lo que pasaba a mi alrededor hasta que ya fue demasiado tarde. Una mano que olía a sudor y tabaco cubrió mi boca con fuerza, acompañando unos pesados brazos que me sacaron de escena de forma brusca y violenta. Quería gritar, pero eso no hizo sino empeorar las cosas. Quien fuera que me tenía sujeta, apretó la mano aún más contra mi boca, provocándome un sentimiento entre la asfixia y la náusea.

Apenas debí de recorrer unos metros por el callejón cuando el agresor me inmovilizó a la fuerza contra un sucio muro victoriano, que estaba oculto tras los contenedores del restaurante. El tacto rugoso del ladrillo me arañó la mejilla, pero el ardor que sentí en mi piel no era nada comparado con el fuego y el miedo que me quemaban por dentro. Mis esfuerzos por zafarme fueron inútiles, tenía las manos sujetas detrás de mi espalda, la cara completamente pegada a la pared y una de sus piernas entrelazada con la mía, frenando así cualquier maniobra que pudiera facilitar mi huida. No me dejaba ver su rostro, pero, mirando hacia abajo, descubrí que había al menos dos pares de botas detrás de mí, aunque solo uno de ellos me sostuviera. Un conocido olor a rancio mezclado con alcohol emanaba del cuerpo que tan violentamente me sostenía, acompañando el propio hedor que desprendía la basura, una combinación nauseabunda.

Los agresores cuchichearon detrás de mí con un marcado acento escocés, lo que me daba la suficiente información para saber que no se trataba de un error. Pero ¿por qué? El peligroso tono que emplearon al dirigirse a mí hizo que me estremeciera.

—¿Tú sabes lo que les pasa a las putitas que se interponen en nuestro camino? —preguntó a nadie en concreto—. Supongo que no quieres descubrirlo.

—¡Yo no he hecho nada! —repetí insaciable—. ¡Me estás haciendo daño!

El agresor me apretó aún más las manos y me arrinconó contra el muro. No me dio opción a replicar. Me entraron ganas de llorar, de suplicar, pero entonces me di cuenta de que aquellos hombres no querían hacerme daño. No allí, en uno de los bares más transitados de Clapham y a las ocho de la tarde. Ese no era su estilo. Tomé aire y traté de relajarme, pensando en la posibilidad de que Gina me encontrara antes de que la cosa se pusiera demasiado fea.

Una voz ronca y afectada por el alcohol me susurró al oído en español con un fuerte acento mexicano. Aunque no podía verle, sabía que se trataba del otro hombre.

—Da gracias a que el hijo del patrón no te deja ni a sol ni a sombra. Junior prometió no meterse en nuestra pinche chamba, ¿crees que tú podrás estarte quietecita? Ya sabes cómo han acabado las otras chicas…

—Si Duarte me pone una mano encima, irán derechos a por él —grité enfurecida, sintiéndome ridícula y cobarde con esa amenaza vacía que sabía no iba a llegar a ninguna parte. Los hombres comenzaron a reír despiadadamente.

—El patrón estará encantado de recibiros, preciosa. Los cocodrilos de la charca andan bien flacos últimamente. Estoy seguro de que no le importaría sumar una pelirroja a la última remesa.

—Seguro quiere probar la mercancía antes de deshacerse de ella, güey —completó el otro. El compañero le rio la gracia.

—Al patrón y Junior siempre les gustaron las mismas mujeres. Aunque esta chula no se parece a los sacos de huesos anteriores, no sé si será de su agrado.

Una mano áspera y dura me separó violentamente los muslos para hacerse camino hasta mi entrepierna, donde me magreó por encima de la ropa de manera brusca y desagradable. Me removí inquieta, tratando de librarme de la agresión, pero me tenía bien sujeta contra la pared. Su compañero se unió a la maniobra, apresando mis pechos a través del jersey entre sus manos sudorosas y malolientes. Me concentré en no llorar, suplicar o emitir ningún gesto que mostrara mi debilidad e impotencia, pero lo cierto es que estaba a punto de desmoronarme.

—¡Híjole[8], está dura la chula! Seguro que el patrón te disfrutaría mientras Clarita está en el chero[9].

—¡Soltadme! —pedí en vano.

—¡Ahorita, reina! Pero andas avisada, no nos gustan las cosas raras. Tú a tu revistita de moda y lejos de nuestra chamba. ¿Entendiste?

El escocés aprovechó a manosearme una vez más antes de empujarme con fuerza contra los contenedores. Perdí el equilibrio, fruto de la confusión y el pánico. Aquella maniobra les dio el tiempo que necesitaban para correr calle arriba sin ser vistos, dejándome en el suelo, aturdida, desorientada y rodeada de bolsas de basura.

Tardé un rato en incorporarme y darme cuenta de lo que había pasado y, aun así, no me vi capaz de reaccionar. Mi alma se debatía entre el odio más intenso y el miedo más cobarde.

Deambulé con paso inestable por el callejón, mareada y nauseabunda. La confusión no me permitía siquiera llorar, a pesar de sentirme sucia y usada. Un grupo de borrachos que había en la esquina me miró con simpatía creyendo que era uno de ellos. Quien no me miró del mismo modo fue Gina, que se dirigió a mí a paso ligero y con una violenta expresión en el rostro.

---

[8] Voz mexicana: expresión de sorpresa o asombro.
[9] Voz mexicana: cárcel.

—¿Se puede saber dónde demonios te has metido? ¡Te he buscado por todas partes! —gritó, pero yo seguía mirando en todas direcciones con el corazón latiendo desbocado—. ¡Elena, te estoy hablando! ¿Estabas intentando perderme de vista o qué? ¿Por qué me animas a que le dé una oportunidad a esta relación, entonces? Sabes que, si esto funciona, vas a tenerme hasta en la sopa, ¿verdad? Me uniré a todos los planes grupales, dormiré en tu piso algún fin de semana que otro, puede que nos vayamos los cuatro de vacaciones juntos a Menorca...

Mi cuerpo estaba allí, pero yo seguía sin escucharla. Su voz se perdía a lo lejos mientras todo daba vueltas a mi alrededor. Tuve que apoyarme en la pared a riesgo de caer redonda. Miré de soslayo la calle que se abría ante el callejón, pero ya no había nadie. A quién sí vi, mirándome a lo lejos de forma altiva, fue a Wendy Farrell, la exnovia de Ethan a la que él había utilizado durante seis largos meses para conseguir información sobre su familia. Llevaba un vestido de cóctel negro y rosa y, como buena inglesa que era, no necesitaba chaqueta para resguardarse del frío.

—¿Qué hace Wendy fuera de Chelsea? —balbuceé confusa, aunque Gina no parecía pendiente de ella.

—¡Por el amor de Dios, Elena! ¿Estás bien? —Me pasó un brazo bajo la axila para ayudarme a mantenerme en pie.

Las pecas de su rostro se habían pixelado hasta convertirse en una gran mancha naranja sobre sus pómulos. Mientras yo arqueaba las cejas para distinguir sus facciones, ella me miraba con preocupación. Sentí sus manos gélidas como una brisa de aire fresco en mis mejillas raspadas.

—¿Cómo te has hecho esto? ¡Déjame que te vea! —insistió.

A esas alturas, sospechaba que Gina ya era consciente de que algo no iba del todo bien. A medida que iba recobrando el sentido, su cara de inquietud se volvió más nítida. Sus ojos verdes se habían teñido de una preocupación sincera, los míos la miraban con rabia y miedo. Y tenía ganas de vomitar, llorar o qué sabía yo. Aún podía percibir la brusquedad con la que esos hombres manoseaban mi cuerpo con sus manos, aunque hubiera sido un instante. Me sentía como si mi cuerpo ya no fuera del todo mío.

—¡Elena, di algo, joder! ¿Qué demonios ha pasado en los ocho minutos que me he ausentado?

—Están aquí —dije al fin, sorprendida por la determinación de mi propia voz.

—¿Aquí? ¿Quiénes? ¿Quiénes están aquí? ¡Elena, sé más clara! ¿Qué ha pasado?

—Saben quién soy —expliqué, sintiéndome perdida—. Ethan les ha prometido que no interferirá en nada de lo que hagan, les ha dado vía libre. Querían asegurarse de que yo iba a hacer lo mismo.

—¿Los hombres de Duarte están aquí? —Se llevó una mano a la boca con auténtico desconcierto, la misma mano que inmediatamente después apoyó sobre mi mejilla enrojecida—. ¿Los has visto? ¿Te han hecho daño? ¡Joder!, ¿qué ha pasado?

—Me han amenazado con dejar que Duarte... —suspiré asqueada al recordarlo—. Me siento sucia, esos tipos me han manoseado. ¡Creo que voy a vomitar!

Me tambaleé inestable. Gina me sujetó de nuevo con fuerza y visible preocupación.

—¿Cómo que te han manoseado? ¡Ey, Elena, vuelve conmigo! ¡Mírame! —Sentí sus manos gélidas sosteniéndome el rostro para que la mirara, pero yo estaba demasiado aturdida—. ¡Está bien, nos vamos! ¡Voy a llevarte a urgencias a que te hagan un chequeo!

—Tranquila, estoy "bien". —Pero no, no lo estaba, algo había cambiado esa noche de forma profunda e irreversible. Me incorporé y la miré con la ira reflejada en mis ojos—. ¿No lo entiendes? Han amenazado a Ethan con hacernos daño, ¡por eso se está manteniendo al margen! ¡Por eso se altera cada vez que le menciono el tema! ¡Está atado de pies y manos!

—¡Tienes que contárselo! Esos hombres no pueden ir por ahí amenazando sin ton ni son.

—Gina, alguien les ha informado de que mañana nos vamos a México. Y sabían que estábamos aquí, en este bar, en este preciso momento. ¿No lo entiendes?

—Te estaban usando para mandarle un mensaje y empezar una guerra —analizó Gina en voz alta—. Deberíamos ser más listas que ellos, no puedes contarle nada de esto a nadie. Si Ethan se entera de que te han puesto las manos encima, va a ir directo a por ellos, poniéndoos a su hijo y a ti en un peligro innecesario. ¿Por qué querrían provocarle de ese modo?

—¡No lo sé! Pero a quién sí han provocado es a mí —rugí con una furia que me quemaba por dentro—. ¡Esto ha cambiado las reglas del juego!

—¡Por supuesto! Entiendo perfectamente que decidas mantenerte alejada, querida. ¡Debes de estar aterrada!

—¿Bromeas? ¡Esto es la guerra! —La vehemencia de mis palabras me sorprendió a mí más que a ella—. ¡No pienso dejarme intimidar por esos mamarrachos! Está claro que, si temen que siga metiendo las narices, es porque estamos yendo por el camino correcto.

—Elena, estás hablando desde el calentón, pero esos tipos son peligrosos. Propongo que cerremos el pico y dejes que la agencia se encargue del resto. De hecho, igual deberías olvidarte de lo de Chiapas... Si te pasara algo, Ethan jamás me lo perdonaría.

—Si me pasa algo, asegúrate de que se haga justicia. Además, tú me enseñaste que el fin justifica los medios —alegué, decidida—. Conozco los riesgos, pero creo que, si conseguimos acabar con ellos, el sacrificio habrá merecido la pena. Solo necesito que me prometas que, me pase lo que me pase a mí, no dejarás que le ocurra nada al crío.

—¡Frena, Elena! Entiendo que estés furiosa, pero recuerda que esta no es tu guerra. Es una batalla muy peligrosa que lleva librándose siglos y de la que hasta ahora nadie ha salido ileso.

—¡Te equivocas! ¡Sí es mi guerra! Lo es desde el mismo momento en el que ellos me han amenazado esta noche.

Gina suspiró de manera ruidosa y se tapó la cara con las manos.

—Si es lo que quieres, vas a tener que ceñirte estrictamente al plan. —Me miró con desconfianza, con miedo a que lo echara todo a perder... Otra vez—. No entiendo cómo podían saber que estábamos aquí.

Comenzó a dar vueltas a mi alrededor, tratando de encontrar una respuesta. Se paró en seco y me miró decidida.

—Oye, Elena, tú tienes todas las fotos guardadas en una nube virtual de esas, ¿verdad?

—Sí, claro, ¿por qué? —A veces me costaba seguir sus cambios bruscos de conversación—. ¿Has decidido dejar de imprimir fotos en papel y modernizarte?

—Eso mismo. Enséñame cómo se usa, anda.

Saqué el móvil del bolsillo de mis vaqueros y abrí la nube donde guardaba todos mis recuerdos más recientes. Su comportamiento me desconcertó tanto como avivó mi ira. Cogió mi teléfono y lo metió en una jarra de cerveza que estaba abandonada en el alfeizar de la ventana del bar.

—¿Pero tú estás mal de la cabeza? —pregunté, aunque en realidad ya sabía la respuesta—. ¿Qué se supone que estás haciendo?

—Cómprate un teléfono temporal en cuanto llegues a México. Me encargaré de conseguirte una tarjeta nueva y tener un móvil ilocalizable listo para ti en cuanto regreses.

Traté de salvar lo que quedaba del aparato, pero era inútil: aquel trasto inservible que apestaba a cerveza no quería encenderse.

—¡No es la primera vez que nos pinchan las líneas! ¿Cómo sabían si no que estabas aquí?

—¡No lo sé! ¡Pero sí sé que había maneras más ortodoxas de solucionar esto!

—¡Por fin os encuentro! —protestó Ethan, apareciendo detrás de Gina—. ¿Qué hacéis aquí? Pensábamos que estabais en el baño, pero han pasado más de veinte minutos…

La reina de la improvisación me miró sin saber qué responder.

—Me he mareado y Gina me ha sacado a tomar el aire —mentí con mi mejor sonrisa.

Odiaba mentir a Ethan, aunque fuera por una buena causa. Lejos de tranquilizarle, mi respuesta hizo que me mirase con ternura y sobreprotección.

—¿Estás bien, cielo? Igual deberíamos ver a un médico…

—Solo se me ha subido la cerveza, estaré bien en cuanto coma algo.

—Será mejor que entremos entonces.

3

21 de febrero de 2020 – Bucerías, México

Cuando la azafata hizo su segunda ronda ofreciendo bebidas, aparté el libro que estaba leyendo y dejé espacio en la bandeja para mi segundo gin tonic. Ethan me miró sorprendido, pero no dijo nada, al igual que yo no dije nada sobre el tic nervioso que escondía él.

Sí, lo cierto es que estaba aterrada. No estaba preparada para conocer a Caerlion McGowan ni descubrir lo que callaba a gritos. Ni a Gael, el hijo adolescente que había decidido pagar sus frustraciones con su padre y, de rebote, conmigo. Para él yo era tan solo la intrusa que intentaba sustituir a su madre. Sospechaba que estaba a punto de descubrir lo que realmente significaba ser la novia de Ethan McGowan.

—¡Bienvenida a México, cielo! —festejó él cuando el avión tomó tierra firme.

Pasamos el control de pasaportes, recogimos nuestras maletas y salimos derechos a la zona de llegadas. No pasó mucho tiempo hasta que una enorme sonrisa se dibujara en su rostro. Seguí su mirada hasta encontrarme con una mujer de mediana edad a la que reconocí al instante. Tenía la piel dorada por el sol, aunque sus facciones eran muy británicas, con algunas pecas decorando sus mejillas y unos ojos increíblemente verdes que delataban su ascendencia. Sus cabellos cobrizos estaban recogidos en una trenza informal que casaba bien con un vaporoso vestido étnico de algodón y unas botas camperas. A su derecha, un hombre de su misma estatura, tez morena y ojos como el carbón, posaba una mano en el hombro de su mujer y sonreía con franqueza. Y a su izquierda, un adolescente me miraba con desconcierto. Tenía el cabello rubio oscuro, ondulado y arremolinado en las sienes, la tez morena y unos hermosos ojos dorados moteados en verde aceituna. Gael me observaba con la misma curiosidad con la que yo le miraba a él, como si pudiéramos extraer de aquel primer encuentro la información necesaria para establecer los términos de nuestra relación.

Ethan dejó el equipaje en el suelo y se abalanzó, literalmente, sobre su madre y su hijo. Permanecí en un discreto segundo plano mientras se dedicaban muestras de afecto y me miraban de reojo con curiosidad. Nunca había visto a mi chico desprender tanta luz, al contrario que yo, que me sentía algo apagada, como si fuera a presentarme al examen más importante de mi vida sin haber estudiado.

Mientras padre e hijo se ponían al día, Caerlion y Marcelo se acercaron a mí con los brazos abiertos.

—Usted debe de ser Elena —saludó ella con un marcado acento mexicano que no había esperado dado su origen escocés—. ¡No sabe las ganas que teníamos de conocerla! Soy Carly. Y él es Marcelo, mi marido, aunque todos le llaman Marlo.

—Encantada, tenía muchísimas ganas de conocerlos. Pero, por favor, no me traten de usted, me hace sentir vieja.

—Intentaremos acostumbrarnos —agregó Marcelo con una sonrisa tan espontánea que resultaba contagiosa.

Había algo en esa mujer que me había cautivado al instante. Tal vez fuera el delicioso olor a canela que desprendía su pelo o el modo en el que me abrazó, haciendo que me sintiera inmediatamente en casa.

Comenzaron a parlotear sin parar sobre todos los sitios que visitaríamos en Nayarit, las playas en las que nos bañaríamos o los deliciosos platos que iba a probar.

—Quiero que te sientas como en tu propia casa estos días —siguió ella afable—. Ya verás, hemos preparado unos platillos deliciosos para la cena. Me dijo Ethan que te morías por probar los chapulines bien picantitos, así que estoy segura de que los disfrutarás —informó con una expresión traviesa.

Miré a madre e hijo tratando de discernir si me estaban tomando el pelo. No quería ponerme muy tiquismiquis con las comidas nada más llegar, pero el picante y los saltamontes estaban fuera de toda discusión. La mirada de complicidad que intercambiaron me indicó que se estaban riendo de mí.

—Eh... sí, ¡genial! —contesté, lista para devolverle la jugada—. ¿Sabías que tu hijo ha desarrollado una preocupante obsesión por el brócoli? ¡Últimamente no come otra cosa!

—¡Antes muero de hambre que llevarme un arbolito de esos a la boca! —bromeó él—. Elena, acércate tantito...

El momento que tanto había temido se materializaba ante mí. Me acerqué a él y a su hijo, que aún me miraba con recelo. Ethan estaba igualmente nervioso, aunque se esforzara por ocultarlo.

—Cielo, quiero que conozcas a mi hijo —pidió, volviéndose a él para introducirme a mí—. Pececillo, ella es Elena.

Me dispuse a darle un abrazo, pero el mocoso me detuvo en seco para darme un rápido beso en la mejilla, aséptico e impersonal, consiguiendo que me sintiera una extraña.

—Tanto gusto, señorita.

—Puedes llamarme Elena —respondí con nerviosismo—. Estaba deseando conocerte, tu padre me ha contado un montón de cosas sobre ti.

Gael no me contestó. Se dirigió a Marcelo y encabezaron la marcha al coche. ¡Pues sí que empezábamos bien! Su actitud me dejó fría y sumida en mis pensamientos. Tenía tres semanas para ganarme al crío, tres puñeteras semanas. Sabía que ese viaje iba a ser una prueba de fuego en nuestra relación, y yo no podía fallar.

—Dale tiempo.

Odiaba ser tan transparente, Ethan siempre parecía saber lo que se me estaba pasando por la cabeza mientras que él era un constante enigma para mí.

—Todo el que necesite —asentí, presintiendo que aquel iba a ser un viaje muy, pero que muy largo.

☼ ☾ ☼

Marcelo había comprado años atrás una modesta casa en ruinas cerca de la parroquia que, con los años y el esfuerzo, habían conseguido reformar hasta convertirla en la belleza que era hoy día. Aquel lugar tenía personalidad y nombre propio, Estrella de la mañana, que, como más tarde averigüé, era el significado en escocés del nombre Yvaine que tan orgullosamente había llevado la madre de Caerlion.

La entrada estaba rodeada por un frondoso jardín de palmeras, agaves y coloridas flores de hibisco. En el centro, una casa de dos plantas con paredes blancas y dos arcos centrales en granate. Bien ubicada, apenas había diez minutos andando hasta el mercado de Bucerías y escasos cinco a la playa más cercana.

Al entrar en la casa, una joven de unos veinte años se lanzó efusivamente a los brazos de Ethan. Tenía unos enormes ojos negros, el pelo abundante del mismo color y unas piernas interminables pese a su corta estatura. Ethan le devolvió el abrazo entusiasmado y comenzó a hablarle de su nueva vida en Inglaterra, mientras ella le escuchaba fascinada, como si estuviera hablándole de otro planeta.

Gael regresó de la cocina sosteniendo un dulce entre los dientes y la muchacha acarició su pelo con dulzura. Me pregunté quién sería y qué relación tendría con la familia, porque Gael parecía cómodo en su presencia.

—María, ¿has conocido ya a Elena? —preguntó Caerlion, respondiendo así a mis dudas—. María es la hija del jardinero. La conocemos desde que era niña y ya es toda una mujer. ¡Y una cocinera excelente! Ya probarás los dulces que ha traído para celebrar vuestra llegada.

—¡Por fin te pongo cara, mija! ¡Los tenía a todos revolucionados con su llegada! —María se acercó a mí y me propinó un fuerte abrazo, como si nos conociéramos de toda la vida—. ¿Es la primera vez que visitas Bucerías?

—Así es.

—¡Lo va a amar! Tenemos las mejores playas y comida de todo México. —María regresó de nuevo a Ethan y le dio un efusivo beso en la mejilla—. ¡Qué gusto tenerte de nuevo por acá! Tengo que irme, aún no he preparado la comida y sabes que estos monstruitos tragan por dos. Tengo dos niños, ¿sabes? —agregó, esta vez dirigiéndose a mí.

Aquella noticia me impactó en una muchacha tan joven y menuda, pero supuse que las cosas en ese rincón del planeta funcionaban a otro ritmo. Al fin y al cabo, a sus treinta y cuatro años, Ethan también tenía un hijo adolescente.

—Ven, mija, voy a mostrarte la casa —ofreció Caerlion.

La seguí escaleras arriba mientras me contaba anécdotas que habían ocurrido en una u otra habitación de la casa, tratando de crear conversación conmigo.

—Esta es mi recámara —explicó, mostrándome una bella sala decorada en amarillo y azul que tenía unas impresionantes vistas al mar—. ¿Has visto el armario? Hace un par de años le pedí a mi marido que me hiciera un mueble que estuviera a la altura de mi personalidad, ¡y mira la que montó!

Me quedé embobada con aquella pieza única que definía a la perfección a Caerlion McGowan. Estaba pintado a mano con dibujos étnicos en la puerta izquierda, que iban difuminándose paulatinamente hasta encontrarse con el tartán McGowan en la puerta derecha. La del centro tenía un espejo decorado con lunas y soles de madera en colores vivos.

—¡Es precioso! —reconocí fascinada—. Me encantaría tener un armario así, aunque me temo que no cabe en el avión... Bueno, ni en mi cuarto.

—Te prometo que Marlo os hará uno en cuanto os vayáis a vivir juntos. Tiene un don, ¿sabes? Es capaz de plasmar la personalidad de alguien a través de la pintura.

La seguí hasta la habitación que había justo enfrente. Era bastante más pequeña que la anterior y estaba pintada en color lima y blanco. Había una amplia estantería al lado de la cama con muebles blancos y varias novelas adolescentes mezclados con obras de autores contemporáneos. Frente a la cama, una mesa de escritorio, una corchera con algunas fotografías sujetas con chinchetas y un calendario escolar que parecía vigente.

Cuando me acerqué a ver las fotos, me sorprendió descubrir que había dos generaciones conviviendo con respeto bajo esas paredes. A un lado, recuerdos de la adolescencia de Ethan, ya fuera disfrutando de un baño en la playa o saliendo de fiesta con sus amigos. Al otro, fotos de Gael con sus amigos, buceando con su padre o abrazando a una mujer de cabellos dorados y cuerpo escultural. Supe al instante que se trataba de ella. Su belleza no era justa para el resto de los mortales, incapaces de igualarse al fulgor de una estrella.

—Esa era su mamá —me confirmó Caerlion, aunque yo no lo hubiera preguntado—. Aun en una simple fotografía se aprecia su actitud ingrata y engreída. Nunca entenderé qué vio mi hijo en ella. Supongo que ya habrás adivinado que no podía ver ni en pintura a esas dos pendejas —agregó en referencia a Analisa y Claire—. Su papá no compartía mi sentimiento, claro... A él le agradaban mucho las dos. Tanto, que no tuvo reparos en cogérselas[10] cuando se presentó la menor ocasión.

---

[10] Voz mexicana: tener relaciones sexuales con alguien dicho de manera vulgar, follar.

Un repentino flashback se me vino a la cabeza, el desagradable recuerdo de aquella amenaza en un callejón de Londres. No me atreví a pronunciar palabra alguna por temor a que dejara de hablar, pero Caerlion no volvió a pronunciarse al respecto.

—Esta era la recámara de Ethan. Ahora, como habrás adivinado, la ocupa mi nieto. ¡La verdad es que da gusto volver a tener un poco de ruido en la casa!

—¿Qué tal está llevando los cambios? —aventuré sin saber muy bien si quería tener esa conversación.

—¿Mi nieto? ¡Vas a tener que armarte de paciencia, mija! —reconoció entre dientes—. Mi niño ha pasado por mucho este año y no te lo va a poner fácil, pero tiene un corazón de oro. Solo necesita calmarse un poco.

Sonrió complaciente y me guio hasta la habitación que había al final del recibidor, con paredes color crema y cortinas con motivos tropicales. Había flores frescas en un jarrón sobre una cómoda, y un portarretratos de plata con una foto que Ethan y yo nos habíamos sacado esas mismas navidades en la Plaza Mayor de Valladolid. Aquel detalle tan hogareño me gustó.

—Esta es vuestra habitación, espero que os sintáis cómodos. Tenéis artículos de higiene y toallas en ese *clóset*. Si te hace falta cualquier cosa, no dudes en pedirlo. ¡No sabes la alegría que me da tenerlos por acá!

Llevaba un buen rato buscando el momento oportuno para retomar la conversación sobre Analisa, pero la repentina aparición de padre e hijo arruinaron cualquier intento por mi parte.

—Sentimos interrumpir el tour guiado, pero me gustaría aprovechar que aún hay luz y dar un paseo por la playa —propuso Ethan—. Me siento un poco encerrado después de tantas horas de avión.

—¿Ya le mostraste a Elena tus obras de arte, abuela? —preguntó Gael con una endiablada sonrisa que, sin duda alguna, había heredado de su padre. Caerlion mostró un gesto de orgullo.

—Elena es una mujer adulta y no creo que vaya a ruborizarse por verme desnuda en un cuadro.

—¿Tú crees? ¡Porque yo aún tengo pesadillas con tus cuadros!

4

Ubicada en la Bahía de Banderas, Bucerías debía su nombre a las actividades de buceo y encantos subacuáticos disponibles en la zona. Sus playas de arena finísima, los coloridos hoteles y el carácter amable de sus habitantes hacían de esta ciudad el lugar preferido de turistas de todas las nacionalidades, deseosos de relajarse en sus plácidas aguas o disfrutar de un refresco en la Plaza Principal.

La primera parada nos llevó a la Parroquia de Nuestra Señora de la Paz. Aunque mi trayectoria vital me había alejado bastante de la fe, no pude evitar maravillarme al ver cuan diferente era esa iglesia a todo lo que yo había conocido antes. Su fachada era una composición simple de pared blanca con ladrillo rojo, rodeada de palmeras y plantas exóticas. Y en su interior no faltaban las guirnaldas de colores y las flores frescas.

Seguimos caminando hasta llegar a la avenida Alfredo V. Bonfil, un bonito paseo con coloridos murales que acababa en la playa. En la Avenida del Pacífico se encontraba la joya de Bucerías, una escultura de siete metros de longitud que representaba a un buzo abriendo una ostra que atesoraba una perla. El nombre de la ciudad descansaba en letras de colores a su lado, donde niños y turistas aprovechaban a hacerse fotos con las cálidas luces del atardecer.

Nos perdimos por las callecitas estrechas que formaba el mercado que llenaba de bullicio y colorido esa tarde de febrero. Era imposible no detenerse ante el tacto de los coloridos textiles, el olor de los dulces artesanos o el diseño único de las joyas de plata.

Terminamos la visita con una deliciosa comida a pie de playa compuesta de pozole, tortilla con salsa verde y cheladas[11].

---

[11] Cerveza fría con jugo de limón (lima) y sal.

Aquella población costera ya me había hechizado con su embrujo único que combinaba la belleza de un destino de playa con el encanto de una población rural. Esa mañana descubrí además que me gustaba la familia de Ethan. Eran gente amable y familiar que no dudaba un segundo en hacerme partícipe de sus vivencias, a excepción de Gael, quien miraba para otro lado cuando yo hablaba o se limitaba a observarme sin mediar palabra, una actitud que difería mucho al niño risueño y alegre que todos describían. Por suerte para mí, Caerlion y Marcelo decidieron llevarse al crío para darnos la oportunidad de disfrutar de un rato a solas.

El sol se iba escondiendo con delicadeza en el horizonte, acariciando la piel de los bañistas con suaves pinceladas de oro. Paseamos en silencio por una playa de arena blanca y finísima, de esas que solo se ven en los folletos de vacaciones. La vegetación tropical, sumado a las montañas que se intuían al fondo y el sonido de las olas del mar al encontrarse con la orilla, creaban una atmósfera relajada y amable.

—Estás muy callada —observó Ethan, mientras yo miraba alelada un precioso atardecer y gozaba del placer que me ocasionaba sentir su mano rodeando mi cintura.

—Creo que jamás había estado en un lugar tan hermoso. ¡Estoy extasiada! Tu familia es encantadora, la comida es espectacular, y tú...

—A mí me encanta tenerte aquí, güera. ¡Ándale! Quiero mostrarte algo.

Cogió mi mano y me guio hasta un callejón estrecho de color azul. Estaba enmarcado por dos figuras humanas que, al unir sus labios, creaban un arco donde se leía "Paseo del Beso". Las paredes estaban pintadas con obras de arte alusivas a su nombre en todas sus modalidades.

—Antes era nomás un callejón oscuro donde las parejas venían a fajar[12], hasta que varios artistas locales decidieron decorarlo así en honor a esa tronadera de besos que se oía cada noche. En Guanajuato voy a llevarte a otro con el mismo nombre, que no es tan bonito, pero tiene una leyenda local bien hermosa.

---

[12] Voz mexicana: magrearse, acariciar y besar a alguien con deseo sexual, meterse mano.

Le rodeé el cuello con mis brazos y le atraje hacia mí para fundirme con sus labios, que sabían a sal y lima. Él puso sus manos en mis caderas y me apretó con suavidad contra él, haciendo más evidente el deseo que sentía. Me encantaba que siempre estuviera listo para mí.

—¿A cuántas *chamacas* indefensas has traído aquí aprovechando la oscuridad de la noche? —bromeé, metiendo las manos en los bolsillos de sus vaqueros para acceder disimuladamente a su erección.

—Me temo que eres la primera, así que más te vale hacer de este momento algo memorable.

—¡No manches! —exclamé incrédula, usando una expresión mexicana que me hacía mucha gracia—. ¿De verdad no has traído a ninguna mujer aquí antes?

—Una vez estuve a punto con una chica que conocí en la playa. Se llamaba Rosario y era muy guapa, pero al final nunca me atreví a pedírselo. Además, uno no crea recuerdos importantes con cualquiera, ¿sabes? —Su intento desesperado por ocultar la escasez de citas en su juventud me dio ternura—. Aunque preferiría que no me hicieras esa pregunta en el callejón de Guanajuato…

—Está bien, donjuán, me conformo con ser la última a la que llevas allí.

—Me vale. Porque pienso ser el último en tu vida.

☼ ☾ ☼

De vuelta en casa, sus padres habían preparado un banquete que era una delicia para los sentidos. Había salsas de todos los colores, tortillas de maíz azul, varios tipos de carnes y unos paquetitos envueltos en una hoja y atados con un lazo.

Gael seguía mirándome con una mezcla de desconfianza y antipatía que no se molestó en ocultar, llegando incluso a deleitarme con algún comentario fuera de lugar al que yo había preferido no dar importancia. A esas alturas, ya sospechaba que daría igual lo mucho que yo me esforzara, aquel crío de facciones tristes había sentenciado que no iba a llevarse bien conmigo.

—Hemos preparado varios platillos para que pruebes lo mejor de nuestra gastronomía —explicó Caerlion ante el despliegue de comida que había en la mesa—. Las salsas están colocadas según el grado de picante, así podrás probarlas todas y elegir la que más te guste.

—Vete preparando la leche… —se burló Ethan—. Elena ha estado practicando su tolerancia al pique con la comida india, pero no ha sido muy exitosa.

—¡Nada de leche! —anunció Marcelo, trayendo consigo unas jarras frías de algo que tenían un color rojizo y muchos adornos vegetales—. Aquí combatimos el chile con clamacheve.

Torcí el gesto. Yo ya había oído hablar antes de aquel brebaje ancestral que curaba cualquier noche de excesos.

—¿Desde cuándo tomamos curacrudas[13] para cenar? —preguntó Gael sorprendido.

—Desde que tenemos invitados en casa. Además, ¿qué sabes tú de crudas, mocoso? —le reprendió su abuela.

—Tranquila, que yo solo tomo juguitos… —agregó con una sonrisa divertida.

—¿Qué lleva exactamente esto? —pregunté examinando mi bebida con recelo.

—¡De todo! —exclamó Marcelo en un tono jocoso que me hizo reír y temer a partes iguales—. Principalmente, chela y clamato[14]. También limones, camarones, salsa inglesa…

—¡Mejor no se lo cuentes! —Gael me miró divertido—. La güera se está poniendo blanca.

—¿Por qué sospecho que esto también va a picar? —lamenté.

—¡Bienvenida a México! —agregó Marcelo—. Tenemos más de cincuenta tipos de chiles diferentes. Llevamos el fuego en la sangre.

Miré a Ethan de reojo y sonreí maliciosa. No podría haber estado más de acuerdo con esa afirmación. Dejé mi bebida a un lado y comencé por los tamales, sorprendida porque alguien pudiera encontrar apetitoso masticar esas hojas tan duras y amargas que formaban una masa filamentosa en la boca que me estaba atragantando. No tardé en darme cuenta de que todos a mi alrededor estaban pendientes de mí,

---

[13] Voz mexicana: brebaje para curar la "cruda" o resaca.
[14] Bebida comercial mexicana elaborada a base de zumo concentrado de tomate, azúcar, caldo de almejas, glutamato monosódico y especias. Su nombre procede del inglés *clam* (almeja) y *tomato* (tomate).

con una expresión divertida en el rostro, aunque nadie se atreviera a sacarme de mi error.

—¡No seas bruta! Hay que quitarle la hoja —exclamó Ethan, echando mano a mi comida para explicarme cómo comer los tamales.

—¡Y yo qué sé! ¡No pensé que fuera necesario un manual de instrucciones para comerse esto!

—Ahora entiendes cómo me sentí yo la primera vez que tirasteis media botella de sidra al suelo porque, según tú, sabía mejor así —recordó él—. ¿Cómo dijo tu hermano que se llamaba a eso?

—Escanciar, se llama escanciar. Y sí, la sidra sabe mejor cuando la rompes contra el vaso. —Sonreí al recordar el día que visitamos Oviedo. Me metí un trozo de tamal sin hoja en la boca y lo saboreé de otro modo. Creo que incluso puse los ojos en blanco y emití algún ruidito obsceno de puro placer culinario—. ¡Esto está increíble!

—Las gringas sois muy impresionables. A Claire también le gustaba mucho venir aquí.

Sentí que el aire se congelaba mientras nadie mi alrededor sabía muy bien qué responderle al crío. Seguí masticando mi tamal, fingiendo que no lo había escuchado.

—No recuerdo que Claire haya venido nunca a Bucerías. —Ethan arqueó las cejas, asesinando a su hijo con la mirada.

—¿No? Igual me estoy confundiendo con Progreso. —Gael se mordió el labio en una forzada actitud pensativa—. Ahora que lo pienso, creo que fue en Playa del Carmen. La gringa se la pasó tomando mojitos en la barra y tonteando con el camarero mientras buceábamos.

—Sí, eso ocurrió en Playa —resolvió un Ethan incómodo y deseoso de acabar con la charla—. Ya te dije que Claire nunca había estado aquí.

—¿También vas a llevar a Elena a Playa? —insistió Gael, mirándome con malicia—. Puede ser una buena oportunidad para borrar el recuerdo de la otra gringa. Dicen que un clavo saca otro clavo.

—¿Has terminado ya de hacer los deberes? —preguntó autoritario, aunque sin mostrar signos de enfado. Gael, mucho más expresivo que su padre, negó con una mueca de hartazgo—. Eso me parecía. Lávate los dientes y vete a tu cuarto a estudiar. Si mal no recuerdo, tienes examen el martes.

—¡Con gusto!

Gael arrastró la silla hacia atrás ruidosamente para hacerse notar y, a pasos forzados, fue hasta su habitación y cerró de un portazo. Un silencio plomizo lo inundó todo. Nadie se había atrevido a pronunciar palabra para no interponerse entre padre e hijo.

Me levanté para recoger la mesa y Marcelo me hizo un gesto para que le dejara hacerlo a él. Lo cierto es que tan solo era una excusa para procesar la situación a solas.

Marcelo terminó de recoger y regresó de la cocina con bombones y botellas de licor que esparció sobre la mesita que había entre los sofás.

—Te dije que iba a necesitar tiempo —insistió Caerlion, mirándome con preocupación—. De verdad que es buen crío, pero con lo de su madre y tanta mudanza... se está trastornando un poco.

Sonreí apática. Aún estaban latentes sus palabras en mi cabeza, comparándome con inquina con Claire, a quien obviamente no tenía ningún aprecio.

—Igual no le voy a consentir que falte al respeto a Elena —insistió Ethan severo.

—Está bien, de verdad que no me he ofendido... —Me vi a mí misma pronunciando en voz alta a favor de ese mocoso que no pensaba darme una oportunidad.

—Cariño, recuerda que perder una batalla no significa perder la guerra —tranquilizó Caerlion.

Suspiré sin tenerlas todas conmigo. Ojalá sus palabras fueran ciertas. Lo último que quería añadir a esa relación, ya de por sí complicada, era un niño que me odiaba por el mero hecho de respirar.

—¡No mames! ¿Qué adolescente no le ha dado dolores de cabeza a sus padres? —contribuyó Marcelo—. Tiene casi trece años. ¡Lo que realmente me preocuparía es que no regresara a casa al menos un día apestando a mota[15]!

—¡Pues no sé si estoy preparado para algo así! —se rindió Ethan, acercándose a la mesa y llenando los vasos con hielo y un licor cremoso que parecía orujo.

---

[15] Voz mexicana: marihuana

—¡Ay, mijo! ¿Te crees que yo estaba preparada para lidiar contigo? —se quejó su madre—. ¡La vida no te prepara para eso hasta que no te queda de otra! ¿O ya no recuerdas el día que a Fernando y a ti casi os detienen por colaros en el parque de atracciones de noche? ¿O cuando llegaste a casa apestando a alcohol y pretendiste que me creyera que era porque habías besado a una chava borracha?

—¡Chale, me había olvidado de eso!

Marcelo me tendió uno de los vasos y la caja de bombones de cacao puro de Oaxaca.

—Es crema de café con mezcal —explicó, sacándome de dudas.

Pegué un sorbo a la bebida y acepté un bombón al azar con escepticismo. Tenía la extraña sensación de que, en aquel lugar, toda la comida podría explotar en mi boca.

—Sabe... diferente a como había esperado —analicé, sorprendida por el amargo del licor—. Lo siento, no soy muy fanática de las bebidas hechas con cactus.

—No le hiciste muchos ascos aquella noche... —bromeó Ethan guiñándome un ojo con poco disimulo.

Me ruboricé instantáneamente al recordar la primera noche en la que CASI nos besamos. Guardaba sentimientos contradictorios de aquella noche. Aunque había sido uno de los momentos más eróticos de mi vida, ese bastardo al que ahora llamaba novio me había embriagado con tequila, seducido y se había reído de mí a su antojo. Sus manos perdiéndose al sur de mi cintura me devolvieron al presente.

—¡Delante de tus padres no! —le regañé discretamente.

—¿Por qué no nos acostamos ya? Me está matando el jet lag...

Acepté su propuesta a pesar de que sabía que él solo quería quedarse conmigo a solas y a mí realmente me estaba matando el sueño.

Una vez en la habitación, me dejé caer en la cama a riesgo de quedarme dormida de pie. Ethan se tumbó a mi lado, mirando al techo con abatimiento.

—Dilo —urgí, dándome la vuelta para quedar frente a él.

—¿Por qué no me has dejado defenderte en la cena?

—Porque es obvio que esta situación está creándole estrés y lo último que quiero es tener a tu hijo en mi contra.

—¿Y crees que por dejar que se salga con la suya vas a tenerlo a tu favor?

—¡No lo sé! Hasta ahora no había tenido que lidiar con ningún adolescente. Pero yo soy adulta, puedo darle un poco de ventaja hasta que se tranquilice.

—¿Y si no lo hace? —temió en voz alta—. Me da miedo que salgas huyendo.

—¡No digas bobadas! Además, como sigas preparando cenas como la de hoy, no pienso irme a ninguna parte. ¡Menuda mano tienes en la cocina! —Me subí encima de él y comencé a besarle con pasión—. Me corrijo: ¡qué manos tienes para todo!

—Hablo en serio, cielo —insistió, apartándome con preocupación—. Fuiste clara desde el minuto en que nos conocimos, no quieres tener hijos, y Gael puede ser muy intenso cuando se lo propone. Va a ponerte a prueba, va a sacar lo peor de ti para ver cómo reaccionas. Y solo entonces decidirá si le gustas o no.

Sonaba prometedor, pero lo último que quería era darle otro dolor de cabeza. Con su hijo tenía bastante.

—Creo que le estás dando demasiadas vueltas a esto. Solo llevo unas horas aquí. Si ves que en tres semanas no hay progreso, igual deberíamos buscar un plan B, pero ahora mismo…

—Tal vez tengas razón. Soy un poco impaciente.

—Mucho, pero es parte de tu encanto. Encontraré el modo de llegar a él, te lo prometo. Por cierto, necesito hacer ejercicio urgentemente. Todo en este país está buenísimo y es hipercalórico. Había pensado en salir a correr por la playa prontito, a eso de las seis, por si te animas…

—No creo que me sea posible. Mi trabajo no es tan flexible como el tuyo, tengo reuniones online con clientes y proveedores y tendré que trabajar en horario británico.

—¿Y eso es…?

—De dos a once de la mañana en horario mexicano. ¿No te lo había dicho?

Mi mirada respondió por mí.

—Así que, básicamente, no coincidimos despiertos. Yo trabajo de ocho a cinco en horario mexicano. Gina quiere aprovechar la diferencia horaria para que corrija artículos y adelante trabajo mientras la oficina está cerrada.

—Serán solo dos semanas... Después, disfrutaremos de unas merecidas vacaciones en Riviera Maya.

—Supongo que un poco de tensión sexual nunca viene mal, así nos cogemos con más ganas...

—¡Oh! Créeme que te voy a "coger" con muchas ganas —agregó con una sonrisa pícara—. Pero recuerda no usar mucho esa expresión en público por acá... Por cierto, no te llevo a Playa para sustituir mis recuerdos con Claire. Simplemente, no puedes irte de México sin visitar esa ciudad —se defendió. Hice un gesto despreocupado con la mano—. Y volviendo al tema de correr, mañana hablaré con Gael para que te acompañe.

—¿Qué? —El sueño de correr en la playa, escuchando música y relajándome al amanecer, se tornó de repente una pesadilla.

—Cierto que esta es una zona muy segura, pero no te olvides de que estás en México. No pienso dejar bajo ningún concepto que andes sola a las seis de la mañana, y menos aún, metida en tu burbuja con esos cascos aislantes que tienes.

—¿Y crees que un mocoso de trece años me protegerá?

—No es negociable —respondió de manera autoritaria—. Esto no es Londres. Si quieres salir a correr de madrugada, irás con alguien.

—¡Genial! Estoy deseando ver la cara que pone tu hijo cuando se lo cuentes.

—Él tampoco tiene opción. Además, a veces sale a correr con Marcelo, así que no creo que le importe. Me preocupa más que tú puedas seguirle el ritmo...

—¿Qué estas insinuando? —Le tiré un cojín a modo protesta.

—Nada, nada... —Tan pronto vi su mirada felina abalanzándose sobre mí, derrochando erotismo con cada suspiro, supe que no tenía escapatoria.

5

24 de febrero de 2020 — Bucerías, México

A Gael no le sentó demasiado bien la idea de levantarse a las cinco y media de la mañana para acompañarme a correr antes de irse al instituto. Porque eso era todo lo que hacíamos: correr. Ni una palabra o un gesto amable. En alguna ocasión, había adquirido tal velocidad que mis piernas y pulmones se habían negado a seguirle. Y a él tampoco parecía importarle si me torcía un tobillo tratando de alcanzarle. Como en ese preciso momento, que me esperaba sentado en una roca mientras fingía estar distraído con el TikTok.

—Si quieres, podemos dejarlo para otro día. Prometí que te devolvería de una pieza.

—Había pensado que podríamos parar a desayunar —propuse sin mucha esperanza—. Te oí hablar con tu abuela de un bar que servían los mejores desayunos de Bucerías.

—Si no quieres seguir corriendo, yo me voy ya para casa. Hay comida y café allí. Con permiso.

Gael emprendió el camino de vuelta en silencio, declinando sutilmente mi oferta. Le miré con desánimo. Estaba dispuesta a darle el tiempo que necesitara, pero me preocupaba que nunca llegara a aceptarme. Si tan solo me diera una oportunidad…

Le seguí desde la distancia, observándole en silencio. Cuando llegué a casa, me encontré a Ethan esperándonos en la puerta.

—Ya veo que mi hijo te ha vuelto a dar una paliza. —Me estrechó entre sus brazos con un mohín divertido. Le aparté con delicadeza. Me sentía húmeda y pegajosa.

—Necesito darme una ducha, la humedad de este sitio me está matando.
—No te tardes. Te estaba esperando para desayunar... o comer, en mi caso.
—Cinco minutos, lo prometo.

Y eso fue exactamente lo que tardé en aparecer de nuevo en el salón, donde padre e hijo me esperaban con unos deliciosos bollos de pan rellenos de pollo y guacamole, cruasanes rellenos de cajeta y café de olla especiado. Los desayunos en esa casa eran una bendición.

—¿Tu madre no desayuna con nosotros? —pregunté sorprendida. Me serví el café en la taza, dejando que el olor a especias me inundara los sentidos.

—Hoy se fue antes al salón. Tenía que maquillar a una quinceañera.

—¿Cuál es la finalidad de esas fiestas?

—Es la entrada a la vida adulta —simplificó Ethan—. Como una puesta de largo.

—¿Y no es una tradición un poco machista y arcaica? Es como una fiesta de ganado en la que el padre consiente a los muchachos que fecunden a su hija —repliqué. Gael me miraba divertido, mientras su padre lo hacía horrorizado.

—¡Qué bruta eres! La fiesta de quince es una tradición precolombina —explicó Gael en tono afable—. Aztecas y mayas realizaban los ritos de pubertad para indicar que las niñas entraban en la vida adulta y aceptaban las responsabilidades que eso conllevaba. Se hacía a los quince porque la esperanza de vida era de treinta años, con lo que esa edad marcaba la división entre la infancia y la edad adulta.

Le miré con admiración. A pesar de su corta edad, parecía tan fascinado por la historia y sus raíces como lo estaba su padre.

—También hay quién cree que su origen se remonta a las puestas de largo europeas —añadió Ethan—. Fueron las tropas españolas quienes le dieron ese carácter religioso a la festividad y añadieron el vals entre padre e hija.

—Eso confirma que no es más que un día para que las niñas pijas se sientan princesas —proseguí con el debate, disfrutando de que Gael me dirigiera la palabra, aunque solo fuera para preguntar qué eran las "pijas".

—Ya cambiarás de idea cuando vayas a alguna —insistió Ethan, tratando inútilmente de convencerme—. A Gael pronto empezarán a invitarle a cientos de ellas. Es muy popular en la escuela. Y eso que acaba de llegar a Bucerías...

—Te recuerdo que cumpliré los quince en Londres —observó él con una mueca.

—Prometo traerte de vuelta en verano.

—¡Pero las chavas con las que salgo nacieron en invierno! —insistió él.

—Pues tienes cuatro meses para hacer nuevas amigas...

—¡Qué fácil! —protestó Gael, recogiendo sus platos y llevándolos a la cocina—. Me voy a clase.

—¿Tan importante son para ti esas fiestas? —pregunté sorprendida.

—¡Para nada! Es puramente cultural. Y por muchas ideas vanguardistas y feministas que tengas, no puedes obviar el hecho de que muchas niñas sueñan con ese día. Es como la Semana Santa de Valladolid. Si lo piensas, es horrible ver a los nazarenos vestidos como el Ku Klux Klan paseando por las calles figuras de cristos ensangrentados y vírgenes a lágrima viva, pero es parte de vuestra cultura. Y aunque a la mayoría os horrorice, no os imagináis una Pascua sin ello.

—Creo que podría vivir perfectamente sin Semana Santa —discrepé—. Me tengo que poner a trabajar, Gina pretende que le escriba siete reportajes antes de las cuatro de la tarde.

—¡Qué barbaridad! Espero que estés inspirada.

—¡Uy, sí! La última dieta de Sheila Kardashian a base de potitos me inspira muchísimo —repliqué sarcástica—. Desde que me ha hecho colaboradora rosa, me está haciendo sudar cada penique de más que me paga. —Ethan tenía la vista tan cansada, que pensé que se quedaría dormido mientras le hablaba—. Deberías ir a dormir un poco, cielo. Este horario que tienes va a matarte.

—Técnicamente tengo el mismo horario que tenía en Londres...

—Ya, pero en Londres no te ibas a dormir al salir de la oficina.

Cuando se fue a la cama, aproveché la soledad que inundaba la casa para concentrarme. A media mañana me tomé un merecido descanso, satisfecha con los tres artículos a los que había conseguido dar forma en tiempo récord. El primero sobre dietas milagrosas de cara al verano; el segundo, sobre el *Marinating,* una práctica sexual que consistía en interrumpir el coito con el miembro erecto en el interior de tu pareja para hablar de algún tema que les interesara a los dos e incrementar así el vínculo emocional. Y, por último, una de las muchas ideas rocambolescas de Gina: una sección de recetas de cocina inventadas por las redactoras que prometía sorprender a los invitados más gourmets de cualquier fiesta. Y ese mes tocaba espaguetis con chocolate y cuajada...

Con la idea en mente de sorprender a todos con alguna magnífica receta mexicana, me aventuré en la cocina en una misión suicida. Entendí de repente la reticencia de mi madre a cocinar en mi piso cuando venía a verme, incapaz de crear nada con unas chirivías y los mejunjes ultra procesados a los que llamábamos carne vegana. En esa cocina había chiles de todos los tipos y tamaños, especias con nombres impronunciables, una masa densa y oscura en la que se leía la palabra "mole", maíz de varios colores y varios tarros de cristal con legumbres, flores de calabaza y... ¿Eran eso hojas de cactus?

Me di por vencida y regresé a mis tareas laborales. No mucho después, escuché la voz florida y armoniosa de Caerlion entrando por la puerta. Le ayudé con las bolsas de la compra y me excusé, avergonzada por no haber sido capaz de preparar la comida.

—¿Qué tal la quinceañera? —pregunté con curiosidad.

—Muy hermosa, como todas. Déjame que te muestre.

Caerlion sacó su smartphone y me enseñó los peinados y vestidos de algunas invitadas a la fiesta. Lo cierto es que la niña estaba preciosa, con un corpiño blanco con flores bordadas en el escote, mangas almidonadas y una vaporosa falda roja.

—Muy guapas. Una pregunta, ¿para qué son las hojas de cactus? —Mi curiosidad delató que había estado fisgando—. ¿Algún encantamiento o tratamiento de belleza, tal vez?

—¿Los nopales? —Caerlion se rio por la ocurrencia—. ¡Son un manjar de la cocina mexicana! Si tienes un rato, estaré encantada de enseñarte cómo prepararlos.

Decidí ponerme manos a la obra y dedicarle toda mi atención mientras me explicaba cómo elaborar aquel platillo tradicional y todas las propiedades que tenía.

Serví dos grandes jarras de agua de Jamaica y nos sentamos a la mesa a charlar del día y probar los nopales. Fingí complacencia mientras mareaba de un lado a otro de la boca las hojas rellenas de gel viscoso y me prometía a mí misma que jamás volvería a hacer preguntas culinarias a riesgo de que me lo sirvieran en el plato. Por suerte para mí, el pipián de pepitas de calabaza estaba exquisito.

—¿Qué tal van las cosas con mi nieto? —quiso saber, buscando conversación. Mi mohín de disgusto le dio la información que necesitaba—. Ya veo... Si me permites un consejo, lo que mejor funciona es que le ignores. Sabe que estás pendiente de él y que quieres ganártelo, así que deja de hacerlo. Finge que no te importa y deja que sea él quien se acerque a ti.

—No puedo hacer eso, Ethan pensaría que no lo estoy intentando.

—Mija, ¿aún no te diste cuenta de que Ethan funciona igualitito? —afirmó, buscando mi complicidad—. Cada vez que necesitaba que mi hijo cambiara de opinión, solo tenía que pedirle lo contrario y dejar que él pensara que había sido idea suya.

—¿Y funcionaba?

—¡Ya lo creo que sí! Pruébalo y ya me dirás. Será nuestro secreto.

Asentí con un gesto y tomé nota mental. Me levanté para recoger los platos y dejarlos en el lavaplatos. Caerlion me seguía con la mirada como si quisiera hablar de algo que no sabía cómo iniciar.

—Así que realmente se ha rendido. —Su categórica afirmación me confundió un poco.

—¿Seguimos hablando de Gael?

—Ya sabes de qué estoy hablando. —Lo sabía. Y la sola idea de hablar de ese tema me hizo pegar un bote—. Lleva años detrás de mí, haciendo preguntas que yo me negué a contestar por miedo, mientras veía cómo echaba a perder su vida en ese hotel con esa furcia. Y ahora que estoy dispuesta a hablar, parece que a él ya no le interesa.

Me quedé mirándola sin saber bien qué decir. ¡Había tantas cosas que quería preguntarle! Y, sin embargo, me habían cortado las alas y la voz.

—No creo que a tu hijo le hiciera gracia saber que estamos manteniendo esta conversación...

—Han sido años duros, no voy a negártelo. —Caerlion había entrado en trance y no me escuchaba—. Años de dudas, temores e indecisión. Y después, cuando por fin pensé que mi hijo había abierto los ojos, se marchó a Londres sin dar cuentas a nadie. Y con Londres, llegaste tú, la periodista que se acercó a él en busca de información —me acusó, entre divertida y maliciosa. La miré con los ojos como platos sin entender el tono de voz en sus palabras.

—No sé qué te habrá contado tu hijo, pero yo no sabía nada de esto...

—¡Tranquila, mija! Lo sé. Perdona mi osadía, soy consciente de que todo este tiempo le has estado ayudando y que ahora quiere mantenerte al margen.

Solté el aire que había estado conteniendo inconscientemente, sintiendo un dolor punzante en el pecho. Me estaba adentrando en arenas peligrosas de las que, por otro lado, no tenía ningún deseo por salir.

—¿Quiere decir eso que, cuando Ethan trabajaba en ese hotel, tú lo sabías todo? Las drogas, la prostitución, la Luna de Plata... —pregunté, Caerlion afirmó con la cabeza—. ¿Y estabas de acuerdo con que Ethan trabajara allí?

—¡No tuve más opción! Hace tiempo le prometí a su padre que me mantendría callada a cambio de mi libertad y protección. Adrián le hizo una oferta de trabajo muy jugosa que nadie en su sano juicio rechazaría, y era su padre, ¿cómo iba a explicarle a mi hijo que no podía aceptar sin contarle los verdaderos motivos?

—¿No tenías miedo a que se volviera uno de ellos?

—Lo que no tenía eran alternativas. Fue mi mamá, Yvaine, quien decidió tomar cartas en el asunto y contarle todo a Ethan, a riesgo de que todos creyéramos que estaba loca.

—Pero tú sabías que no estaba loca... —Miró para otro lado ante mi acusación—. Será mejor que dejemos esta conversación aquí. Como ya te he dicho, tu hijo ha decidido mantenerse al margen y poco puedo hacer yo al respecto.

Su mirada inquisidora, tan penetrante como la de su hijo, me incomodaba. Aun cuando me dispuse a preparar el café, la sentí ardiéndome en la piel.

—Te equivocas. Si hay alguien que puede conseguir que cambie de opinión, esa eres tú. ¡Estoy harta de callar, mija! ¡Muy harta!

Su propuesta me martirizó e hizo que me parara en seco, lo que demostré con el sonido de las tazas al caer al suelo. Por suerte, no había daños que lamentar.

—¡Mierda, lo siento!

—Está bien, solo son tazas, mija.

Se levantó y me ayudó a recoger el desastre del suelo. Ya entonces intuía que la cosa no había acabado ahí.

¿Es que nadie entendía que me había desvinculado del caso y de todos los líos familiares de los Duarte-McGowan?

—Siento haber sido tan brusca. —Se disculpó, cogiéndome del brazo para guiarme hasta el sofá de nuevo, donde yo temía sentarme ante un desenlace que ni de lejos podría intuir—. Lo cierto es que no puedo quedarme de brazos cruzados mientras ese pinche cabrón y sus súbditos siguen saliéndose con la suya.

—Carly... supongo que está de más que te diga esto precisamente a ti, pero... ¿sabes el peligro que correrías? —Añadí entre dientes y con un nudo en la garganta—. Ethan solo está tratando de protegernos a todos con su silencio.

—¿A qué precio, Elena? No estoy dispuesta a sacrificar cientos de vidas, contando las generaciones venideras, solo para garantizar mi protección. Pero entiendo que para vosotros es diferente: tú no tienes nada que ver con esto, y mi hijo no puede arriesgarse a que le hagan nada al niño. Pero ¿qué tenemos Marlo y yo que perder? ¡Dime! ¿Qué?

—Creo que me estoy mareando... —Me apoyé contra el respaldo del sofá, mirando fijamente a mi suegra mientras me contaba sus planes kamikaze—. Te rogaría que no me contaras más, Ethan jamás me perdonaría si supiera que estoy al tanto de esto y no hago nada para impedírselo.

—¡Lo que tienes que hacer es ayudarnos! Me encantaría discutir el plan con él, pero se ha cerrado como una ostra.

—¡No puedes pedirme esto! Si algo os pasara, si algo le pasara a Gael por mi culpa, yo…

—¡Nadie va a tocar a Gael!

—¡Eso no lo sabes!

—¡Sí lo sé! —aseguró con determinación. La miré incrédula—. ¿Por qué te crees que Analisa dejó de ser uno de ellos? ¿De verdad te crees que de repente un día se despertó y vio la luz? —preguntó, con un halo de misterio empañando sus palabras.

—Ethan me contó que ella descubrió cosas y temió por su vida.

—No fue ella quien lo descubrió, sino ellos —informó, dejándome sin palabras—. ¡Analisa era un fraude! Tan solo se inventó toda esa historia sobre sus orígenes que le dio un pase directo a la Luna de Plata. Pero ella no era sangre pura, tan solo una pendeja ambiciosa más que quería acercarse a Duarte.

—¿Cómo? —Mi cara de incredulidad debió de ser un poema—. Si ella no es una… ¿cómo sabía entonces de la existencia de…?

—Analisa no era una madre ejemplar dispuesta a renunciar a todo por proteger a su retoño. Era prostituta —confesó—. En uno de sus encuentros con esos tipos, oyó la historia y se sintió atraída de inmediato. No sé qué tendría entre las piernas que engatusó completamente a mi exmarido y, años después, también a mi hijo.

Aquella revelación me dejó inquieta. Yo siempre me había sentido a la sombra de Analisa, como la señora de Winter contra el fantasma de Rebeca. Y ahora descubría que se trataba de un espejismo, una mujer fría y despiadada que interpretaba un personaje, dispuesta a cualquier cosa por ser uno de ellos. Incluso de abandonar a su propio hijo.

—¿Cómo pasó de Adrián a Ethan?

—Se convirtió en la amante de Adrián y eso le daba derecho a ser uno de ellos. A diferencia de Claire, ella mintió en cuanto a su origen. Se inventó una historia que la hacía digna descendiente de Moctezuma —se burló—. ¡No sé qué tendría en la cabeza esa chica! Tan pronto descubrieron que era una farsa, Adrián rompió con ella. Creo que fue más presión social que otra cosa, porque si me preguntas, diría que Analisa ha sido el gran amor de ese malnacido. Por eso la dejó ir sin más, sin amenazas de muerte para garantizar su silencio; y por eso mismo, la diva se pasó de lista y fue derecha a por Ethan. Supongo que debió de pensar que, teniendo un hijo con él, la querrían de vuelta. Gael llevaba los genes McGowan y Duarte de su padre y era su pasaje directo a la Luna de Plata, pero, como te puedes imaginar, Adrián no lo permitió. —Caerlion hizo una pausa para beber un largo trago de su taza de café—. Y esa es la verdadera razón por la que fueron tras ella. Nunca dejó de intentar pertenecer a su mundo.

—No es exactamente como me lo había contado Ethan… Hay algo que no entiendo, ¿por qué Adrián no intentó convencer a Ethan para que fuera uno de ellos? Si Analisa… ¿Significa eso que Gael no es… "puro"? —pregunté, eligiendo las palabras correctas sin que pareciera que estaba hablando de un Cocker Spaniel.

—No, no lo es. La mayoría no lo son, con los años va siendo más difícil mantener esa "pureza de sangre". En cualquier caso, puedes estar tranquila. Jamás haría nada que pusiera a mis chicos en peligro, y Adrián es muchas cosas, pero jamás lo permitiría. Esas amenazas son burdos intentos por mantener a Ethan en su sitio. Y en cuanto a tu primera pregunta… Prometí guardar silencio si no tocaban a mi hijo, y puedo decirte que ese bastardo y yo cumplimos con nuestra palabra. Hasta donde yo sé, (y corrígeme si a ti te ha dicho lo contrario), trabajaban juntos, pero Adrián nunca intentó involucrarle ni hacerle daño, y te aseguro que hará lo mismo con mi nieto.

—¿Sabe Ethan algo de esto? Siempre parece hablar bien de esa chica…

—No estoy segura. Su relación con Analisa se limitaba al crío, así que ella podía manejarle a su antojo porque realmente no se conocían. Yo todo esto lo descubrí después. La gente de Guanajuato habla demasiado. —No dije nada. Aquella confesión me había robado la capacidad de hablar—. Tan pronto os llevéis a mi nieto a Londres, llevaremos a cabo nuestro plan.

—Parece que lo tenéis todo pensado.

—Tenemos que hacerlo, no queda otra. Por mi mamá, por mi hijo y por todas esas mujeres que, como yo, han sufrido los abusos de esos lunáticos.

Lo que aquella mujer me estaba pidiendo no solo iba en contra de los deseos de mi amante, también iba en contra de la moral, era un suicidio por un fin común.

—Elena, si cambias de opinión, no diría que no a un poco de ayuda. Al fin y al cabo, tú tienes los contactos correctos para reportar información, y yo para conseguirla.

—La agencia es muy estricta en cuanto a quien puede o no trabajar con ellos.

—Pero están deseosos por que Ethan se una a la causa, ¿no? Tú misma lo has dicho —acusó, dejándome sin escapatoria posible—. Por si aún no lo has notado, es más factible hacer cambiar de opinión a esta vasija de cerámica que a mi hijo, así que soy su mejor baza ahora mismo. He vivido con Adrián el tiempo suficiente para saber muchos de sus turbios secretos. Y Marlo también investigó bastante por su cuenta cuando buscaba a su hermana. Solo te estoy pidiendo que hables con tu jefe y le des mi número. Solo eso.

—Jefa —corregí—. Mi horrible jefa. Hablando de la cual, me mandó unas fotos con la esperanza de que encontrara un lugar en México, pero es como buscar una aguja en un pajar. Tal vez si te las muestro, podrías darme alguna pista...

Asintió con la cabeza, mientras yo rebuscaba en la carpeta del ordenador las fotos que me había mostrado Mark en las que se veía la entrada a una ermita de paredes blancas y su interior repleto de nichos. Caerlion sacó del cajón de la mesa unas gafas de ver de cerca y se las ajustó en el puente de la nariz. La confusión de su rostro me llenó de desánimo.

—¿Debería conocer el lugar? —preguntó, quitándose las gafas de nuevo.

—Confiaba en que sí. La agencia encontró las fotos en casa de Aguirre cuando le detuvieron.

Caerlion volvió a mirar las fotografías y torció el gesto con decepción.

—Lo siento, no tengo ni idea. Te diré que la familia de Aguirre es de Mérida, si te sirve de algo. Tenía una mujer y una hija muy guapas, pero no sé qué habrá sido de ellas. Igual están escondidas en la casa de Aluvión hasta que pase el temporal...

Cerré la foto en el portátil con desánimo, pero Caerlion fue más rápida que yo y divisó algo que la mantuvo en ascuas.

—¿Por qué tienes una foto de mi mamá con Pablo Duarte?

Caerlion se quedó mirando una copia de la fotografía de sus padres biológicos que había encontrado en el desván de Edimburgo.

—¿Llegaste a conocer a ese hombre?

—¿A Pablo? —preguntó, yo asentí con apatía—. Bueno, sí, coincidimos una vez en una fiesta. Los dos nos reconocimos de inmediato, pero nadie dijo nada. Tenía una mujer mucho más joven que él, muy hermosa. Y un hijo de la edad de Ethan. Fue todo un poco raro.

—¿Cuándo fue eso? —pregunté, tomando notas en un documento de Word.

—¡Uy, querida! ¡En los noventa! Adrián me lo presentó como un tío lejano, aunque estoy segura de que sabía que se trataba de él. Es imposible que no lo supiera.

—¿Te habló tu madre alguna vez de un posible hermano?

—¿De Juan? —preguntó sorprendida—. Ya te he dicho que lo conocí en esa fiesta. Aunque nunca nos hemos tratado como hermanos. De hecho, no volví a verlo después de la fiesta.

—Estaba hablando de Viggo… Tu madre se pasó toda su vida en busca de un hijo que todos creían muerto. En su diario afirma haberlo encontrado.

—¿Has leído los diarios de mi madre? —preguntó sorprendida. Traté de discernir si estaba ofendida o tan solo veía cierta esperanza en mis palabras—. Siento no poder ayudarte, eso fue antes de que yo naciera. No sé qué parte de verdad hay en todo eso…

Decidí cambiar de tema y mostrarle algo diferente que me había tenido en vilo desde que conocí a su hijo.

—¿Qué te dice esto?

Le mostré una fotografía del lado reverso del colgante de Ethan donde se veían claramente las anotaciones que aún no había logrado descifrar: 8020-56S.

—¿Es algún tipo de contraseña? —preguntó examinándolo con detenimiento—. Lo siento, mi hijo me hizo la misma pregunta hace tiempo. Sigo sin saber la respuesta.

Le mostré entonces una fotografía extraída de los márgenes del diario de su madre donde aparecía otra secuencia de números sin sentido, 116-02113E. Caerlion negó con la cabeza.

—¿Y qué me dices de las palabras del tatuaje de tu hijo? —intenté, con la esperanza de obtener mejores resultados—. Grandeza, Inocencia, Lujuria, Isla, Tiempo. Ethan me contó que tu madre las repetía como un mantra.

—Elena, mi mamá sufrió mucho con todo esto. Mucho más de lo que te puedas imaginar. Creo que toda esta historia la dejó un poco tocada —respondió con sinceridad. No podía creerme que, después de todo lo que ella misma había vivido, pudiera decir algo así—. Marcelo estuvo dándole vueltas durante mucho tiempo, pero llegamos a la conclusión de que podría ser cualquier cosa, alguna canción de su juventud o algo que oyó en alguna parte.

—¿De verdad creéis eso?

Caerlion dudó si responderme o no. Su actitud me desconcertó un poco. Comprobó que todo estuviera en orden a su alrededor con un rápido vistazo, acabó de un trago su café y me dedicó una mirada enigmática.

—Siempre pensamos que se refería a las islas Skerries —explicó pausada—. Al fin y al cabo, mi padrastro estuvo infiltrado allí. La cuestión es que, incluso si estuviéramos en lo cierto, ya no queda nada en esas islas. Otra opción sería el cenote, pero no es una isla… y tampoco sabríamos por dónde empezar a buscar un cenote que tenga relación con la Luna de Plata.

Escuchaba a Caerlion como quien escucha la radio, de fondo y sin prestarle atención. Mis pensamientos estaban en otra parte.

—Espera un momento… ¡Claro!

—¿Claro el qué?

—¿Y si estuviéramos enfocando esto mal? —De repente, todo parecía mucho más nítido en mi cabeza—. En todo momento hemos estado buscando que esas palabras nos lleven a algún lugar importante para ellos, para la Luna de Plata, pero ¿y si esas palabras fueran importantes para tu madre? ¿Para "los buenos" de esta historia?

—Lo siento, pero no te sigo…

—Tu madre le dio ese colgante a Ethan para que lo usara cuando se sintiera perdido, luego ella quería que él llegara a algún sitio donde pudiera estar a salvo, un refugio. No era una pista para encontrarles, sino para huir de ellos.

—¡Vaya! Diría que alguien se está pensando mi propuesta... —se burló con una sonrisita de satisfacción.

La miré sin saber qué responder, en realidad yo ya había tomado una decisión en aquel callejón de Londres, pero no podía hablar de eso con nadie, excepto con Gina.

—¿El qué se tiene que pensar?

Su voz me sobresaltó, acompañado de un suave mordisquito en el cuello que me erizó la piel. Me pregunté si Ethan habría sido testigo de tan bizarra conversación con su madre. A falta de una idea mejor, Caerlion mintió y me puso en un entuerto que sembraría la semilla de un conflicto en el futuro.

—Elena me estaba contando que no tiene muy claro eso de ser madre y yo le enumeraba las bendiciones que traen los hijos.

Miré para otro lado. Aunque la conversación no había tenido lugar, era cierto que esa era mi postura y, obviamente, ella estaba al tanto. Me pregunté cuántas veces habrían hablado de mí antes, de las ganas irrefrenables de Ethan por formar una familia, de sentir que pertenecía a algún sitio, y mi negativa a cumplir su deseo. Tenía que reconocer al menos que la maniobra de Caerlion había dado resultado: la incomodidad que mostraba Ethan me decía que estaba deseando cambiar de tema cuanto antes.

—¡Mamá, no empieces! Apenas llevamos un par de meses juntos, y desde luego que yo mismo no tengo ninguna intención de volver a ser padre ahorita... —añadió entre dientes. Su respuesta me provocó un alivio indescriptible—. ¿Qué os parece si me visto y vamos a la dulcería? ¡Te vas a morir cuando pruebes el pan de elote!

☼ ☾ ☼

Aquella noche apenas probé bocado. Aun pesaban en mi estómago los deliciosos besos de coco de la pastelería, sumados a la congoja de aquella conversación con Caerlion que aún me perturbaba.

Después de la cena, y como venía siendo habitual, Gael se encerró en su habitación y nosotros nos quedamos de sobremesa con un licor de damiana. De fondo, Natalia Lafourcade y Los Macorinos amenizaban la velada con clásicos mexicanos.

Caerlion me presionaba con la mirada, suplicándome porque iniciara la conversación, pero no podía satisfacer sus deseos sabiendo que aquello desencadenaría una serie de acontecimientos catastróficos de los que no me quería responsable. Tal vez por eso me fui a la cama a las diez alegando un terrible dolor de cabeza fruto del licor, a pesar de que apenas me había llevado el vaso a los labios. Cambié mis ropas veraniegas por un bonito picardías de seda gris perla con bata a juego que nadie vería esa noche. La intimidad era un bien que ya había empezado a echar en falta desde que estábamos en México. Intentar cualquier encuentro afectivo se tornaba imposible si Ethan trabajaba cuando yo dormía y viceversa, pero asumí con desgana que tendría que ser así. Pero esa noche, Ethan me sorprendió viniendo a la habitación conmigo, a pesar de que empezaba a trabajar en apenas dos horas.

—¿Puedes creerte que he pasado aquí la mayor parte de mi vida y me siento un extraño? —confesó, posando sus manos en mi cintura mientras me veía desmaquillarme frente al espejo—. Me he habituado tanto a Londres, a quién soy allí, que es como si todo esto formara parte de otra vida. Una muy lejana.

—Sé de lo que hablas. Yo ya he asumido que la Elena de Valladolid y la de Londres son dos personas distintas.

—Pues tengo un problema entonces —susurró, cogiéndome el lóbulo de la oreja entre los dientes—: estoy enamorado de dos mujeres a la vez. Y las dos me vuelven loco.

Su respiración cálida me acarició el hombro, al tiempo que apretaba su cuerpo fuerte y viril contra el mío. Sentía la dureza de su miembro en mi trasero, sus manos deslizándose lentamente por mi abdomen hasta detenerse en el hueso de la cadera. A pesar de todas las veces que había disfrutado de su cuerpo, aún me ponía nerviosa tenerlo tan cerca. Bastaba una simple mirada a través del espejo para que encendiera todo mi organismo. El modo en el que me desnudaba con los ojos, con determinación y deseo, hizo que me temblaran las piernas. Sin romper esa conexión de miradas que habíamos creado, desabrochó la bata y dejó que cayera sutilmente hasta mis antebrazos, mientras decoraba con besos calientes y húmedos mi piel a su paso.

—Son solo las diez y media y tu hijo está en la habitación de al lado —advertí, con la voz entrecortada por las ganas—. Tal vez no sea el mejor momento...

—No sé si lo has notado, pero los "mejores momentos" escasean desde que estamos aquí.

Me subí la bata de nuevo y le aparté de mí con delicadeza. Las paredes de aquella casa eran de papel y no me sentía cómoda haciendo según qué cosas tan cerca de su familia.

—¿Va a ser igual en Londres? —preguntó receloso—. Llegará un momento en que mi hijo estará siempre en casa.

Le miré con apatía. Mi falta de libido se debía en realidad al mal cuerpo que me había dejado su madre, pero no podía confesárselo.

—Encontraremos el modo —dije al fin—. Hay algo que quería comentarte...

—Tú dirás.

—Hoy he pasado bastante tiempo con tu madre y... no es para nada la mujer indefensa e insegura que me habías descrito todo este tiempo.

—¿En qué te basas? La conoces desde hace dos días, yo desde hace treinta y cuatro años.

—Lo sé, lo sé. Pero ¿de verdad dirías que la conoces? —solté. Él frunció el ceño—. Me ha contado algunas cosas que...

—¿Qué cosas? —No necesité responder para que él supiera de qué le hablaba—. ¡Cielo Santo, Elena! ¡Te dije que no quería que habláramos de ese tema! ¿Tanto te cuesta entenderlo? —Comenzó a dar vueltas por la habitación con visible enfado.

—Aún no conoces su historia —le tanteé, sin saber aun si iba a aceptar la propuesta de su madre—. Todos estos años has hecho lo posible porque te contara qué escondía bajo todo ese miedo y hostilidad. Y ahora que está dispuesta a hablar, tú simplemente...

—¡Simplemente quiero dejar el tema, sí! —me cortó nervioso—. ¡Sabes bien por qué lo hago! Y me está chingando más que a ti, pero prometí no meterme en su chamba. Y eso es lo que voy a hacer, así que te agradecería que siguieras mis reglas en este juego. ¡Es mi familia de lo que estamos hablando!

No dejé que su hostilidad me acobardara. Si su madre estaba dispuesta a cualquier cosa por detener a la Luna de Plata, Ethan merecía saberlo antes de que fuera demasiado tarde.

—Dejó de ser un asunto familiar el día en el que empezaron a desaparecer esas mujeres. ¡Hacer la vista gorda es igual que permitirlo! —repliqué, notando que la furia de Caerlion ardía en mi interior—. ¡Mientras no hagamos nada para detenerles, seguirán repitiendo la misma historia, generación tras generación!

—¡No pienso dejar que nadie os haga daño! Y sí, soy consciente de que esto traerá consecuencias, y sé que morirá gente por mi egoísmo, pero no puedo hacer nada al respecto. Ahora ya sabes por qué prefería estar soltero y con mi hijo al cargo de sus abuelos, mi vida era mucho más fácil y yo era libre de meter las narices donde quisiera.

—¿Me estás culpando de tu cobardía?

—¡Te estoy diciendo que mi hijo y tú lo sois todo para mí! ¡No puedo perderos!

—Tu madre tiene un plan. Deberías escucharla.

—¡No pinches mames, Alba Elena! —Odiaba que me llamara así y nunca indicaba nada bueno—. ¿De verdad me estás diciendo que habéis estado maquinando mientras yo dormía? ¡Estás haciendo que me arrepienta de haber vuelto contigo! De haberte traído a México. ¿Es que nunca voy a poder fiarme de ti?

—¿Cómo puedes hablar de desconfianza cuando te estoy contando todo abiertamente? —Sus palabras me hicieron daño, pero yo le conocía demasiado bien como para saber que no reaccionaba bien bajo presión. Era uno de sus fallos—. Además, nadie va a hacer daño a tu hijo —aseguré. No podía prometerle lo mismo en cuanto a su madre y a mí—. ¡Escúchame! Hay algo sobre Analisa que no sabes…

—¡No, escúchame tú a mí! ¡Ya la paras con esto! No quiero volver a platicar del tema. Gina y Mark están haciendo un trabajo excelente y te agradecería que la pares ya si quieres que esto funcione.

—Tienes razón, lo siento. Es solo que... ¡toda esta historia hace que me hierva la sangre! Saber que todas esas mujeres están siendo asesinadas cada año y que son usadas como sacrificios en rituales absurdos. Los niños que han desaparecido, saber que tú también fuiste una víctima de sus estudios médicos... —Provocarle fue la última estrategia. Y de nuevo, no funcionó.

—¡Hoy traes un chingo de ganas de dar tu opinión, por lo que veo! —exclamó, a punto de perder la paciencia.

—¡Porque me parece increíble que tú no tengas nada que decir! Hace un año estabas tan determinado a seguir los pasos de tu abuela que hasta te hiciste ese tatuaje, y ahora...

Noté que se encendía al oír mis palabras. Cogió aire de manera tan abrupta que los orificios de su nariz se hincharon por el esfuerzo.

—Ahora me voy a trabajar. Con un poco de suerte, podré acostarme antes de las diez de la mañana, dormir un poco y pasar la tarde contigo. ¡Qué descanses! —deseó de malos modos—. Y, por cierto, gracias por recordármelo: en cuanto llegue a Londres me borro el pinche tatuaje.

—¡No digas tonterías!

Sabía que estaba dolido, aunque desconocía si yo era la razón del problema o tan solo quién había encendido una llama que, aunque él se empeñara en extinguir, aún ardía con fuerza en su interior.

No pude dormir después de aquella conversación, así que me puse a traducir uno de los muchos mensajes que mi jefa me había mandado esos días y yo había ignorado. La muy neurótica se había inventado un código infantil para poder escribirnos en clave. Pronto me cansé de dibujar estrellitas y corazones y dejé el mensaje por imposible. Apagué la luz y dejé que Morfeo me llevara con él.

Tuve un remolino de sueños abstractos y sin sentido donde los personajes se mezclaban con lugares y situaciones que no terminaban de encajar. ¿No era acaso esa la magia de los sueños? De repente, todo se volvió más nítido. Y más irreal. Me vi a mí misma en un entorno que enseguida identifiqué como el barrio de Parquesol, en Valladolid. Un chico sin rostro me besaba bajo un soportal. Tan solo era un ente que me arrastraba hacia la lujuria. La escena dejó de ser caliente para tornarse una pesadilla tan pronto vi el rostro de Adrián Duarte. Sus caricias se volvieron violentas, comenzando a allanar mis zonas más prohibidas mientras yo oponía resistencia. Me removí en la cama inquieta, ansiosa. Estaba gritando, pero nadie me oía. A Duarte se le unieron otros dos hombres, que me tenían sujeta mientras me acariciaban y se hacían paso con sus mugrientas manos entre mis piernas. Seguí luchando en vano. Lágrimas caían a borbotones por mis ojos ante una realidad que no podía controlar, el aire parecía insuficiente. Me ahogaba. Me asfixiaba. Sentía como si alguien estuviera apretando sus manos alrededor de mi cuello, pero no veía a nadie. Y solo quería llorar, con fuerza, con rabia.

—¡Ey, cielo, despierta! Soy yo. ¡Elena, despierta! ¡Despierta!

Me incorporé en la cama empapada en sudor frío y con el corazón latiéndome a mil por hora. Estaba golpeando al aire con fuerza y me sorprendí al encontrarme a Ethan a mi lado, mirándome con preocupación.

—¿Qué ha pasado? —Sus brazos me rodearon con ternura al ver que aún seguía agitada, pero me estaba agobiando, me asfixiaba—. Estabas teniendo una pesadilla.

—Creía que alguien me estaba violando.

—¡Híjole! ¡Solo te he dado un beso! No pensé que fueras a reaccionar así. ¡Lo siento, de veras!

—Tranquilo, solo estoy un poco alterada. ¿Qué haces aquí? ¿No deberías estar trabajando?

—No me gusta cómo hemos dejado las cosas antes. Odio cuando discutimos.

—¡Por el amor de Dios, son las tres de la mañana! —protesté, aunque en realidad no lamentaba que me hubiera despertado de tamaña pesadilla—. ¿Cuántos cafés te has tomado hoy, cielo?

—Unos siete —confesó, tumbándose a mi lado y derritiéndome con su mirada.

—¡Deja de mirarme así! —protesté—. Haces que me sienta desnuda.

—Eso es precisamente lo que pretendía cuando vine aquí... Aunque ya no me parece tan buena idea.

—Estoy bien —mentí, consciente de que tenía que pasar página, aunque lo acontecido en el callejón no se me fuera a ir de la cabeza tan fácilmente—. Estoy bien.

—Lo que tú digas… Si no te importa, prefiero quedarme aquí a tu lado hasta que te duermas de nuevo.

6

28 de febrero de 2020 — Bucerías, México

Aquella mañana no me despertó el bullicio de las calles, como venía siendo habitual, sino la vibración insistente de mi teléfono reclamando ser atendido. Me extrañó sobremanera comprobar que no era otra que mi mejor amiga de la universidad, Esther, que llevaba más de tres horas tratando de localizarme, ignorando la diferencia horaria que nos separaba. Harta de su matrimonio, Esther había dejado a su marido las navidades anteriores y se había mudado a Barcelona para cumplir su sueño periodístico en un pequeño diario local. Y de paso, hacer todas las cosas que no había hecho en su juventud.

Me había dejado uno de sus audios interminables. Lo escuché de fondo mientras me ponía los leggins de correr y las deportivas, que ya estaban llenas de polvo de la playa.

Su tono de voz era inestable, inundándose en lágrimas a medida que me iba soltando el bombazo informativo: sus padres estaban hospitalizados con neumonía bilateral. Yo no tenía ni idea de qué significaba eso, pero parecía algo serio. Sin dudarlo un segundo, marqué su número.

—¿Qué ha pasado? —Ni siquiera saludé. Al otro lado de la cámara, mi amiga tenía los ojos hinchados por el llanto.

—¡La mierda esa del virus chino! Apenas hay un puñado de casos en España y ha tenido que tocarles a ellos. Estuvieron con unos amigos en Italia y el señor no paraba de toser. Y ahora están los dos en el hospital con oxígeno. Neumonía bilateral no identificada dicen, ¡mis cojones!

Había oído que la situación en Italia estaba desbordada, pero aún no había conocido a nadie que se hubiera contagiado de esa nueva enfermedad que tenía a Europa en vilo.

—¿Están entubados?

—No, no, solo con oxígeno, pero mi padre está mal, Elena. ¡Muy mal! Que son casi setenta años. ¡Y ni siquiera me dejan ir a verlos! —protestó entre lágrimas—. Su casa es Wuhan ahora mismo, tierra minada, y en el hospital los están tratando como si tuvieran la peste. ¡Ni siquiera me dejan mandar unas tristes flores!

—¿Y tu hermana? ¿Tus sobrinos? ¿Están todos bien en casa?

—Sí, sí, todos están bien. Enzo ha oído el rumor de que van a poner Italia en cuarentena, a meter a todo el mundo en sus casas como en esa película de Kate Winslet y Gwyneth Paltrow. ¿Puedes creértelo?

—¿Quién demonios es Enzo? ¿Hay algo que no me hayas contado?

—Sí, pero te lo resumo rápido: italiano, treinta y nueve años, divorciado, ingeniero naval y guapísimo. Lo he conocido en clases de salsa y me está enseñando todo lo que me he estado perdiendo estos años. ¿Podemos volver a mis padres y al puto virus chino? Prometo contarte lo de Enzo en cuanto se recuperen.

—¿Sigues yendo a salsa? —pregunté sorprendida—. ¿No tienes miedo a que alguien te contagie?

—¡Yo qué sé, Lena! Dicen que si te lavas mucho las manos el bicho se va. ¡No me puedo creer que mi padre esté entre la vida y la muerte porque un chino se comiera una sopa de murciélago!

—¿De verdad sigues creyéndote esa historia?

—¡Ya estás con la vena conspiranoide! —me reprendió mi amiga—. ¿Sabes la cantidad de enfermedades que vienen del contacto con los animales? Te las podría enumerar todas, últimamente no hablamos de otra cosa en el periódico.

—Tengo Internet, gracias.

—¿Qué tal con el mocoso? ¿Sigue sin hablarte?

—Justo ahora vamos a salir a correr. Me encantaría decirte que hemos progresado, pero sigue ignorándome vilmente.

—¿Y qué dice el padre?

—No quiero meterle en esta guerra fría. Con este horario loco que tiene, nos vemos poco y está siempre cansado y de mal humor. Mi suegra me ha sugerido que ignore al crío, y me ha confesado que también funciona con el padre si las cosas se ponen difíciles.

—¿Ya la llamamos suegra? —se burló con retintín—. ¿Y a qué estás esperando? ¡Ese renacuajo se merece un escarmiento! Estás teniendo mucha paciencia, Elenita, sobre todo para no gustarte los niños.

Unos golpes en la puerta interrumpieron mis quejas. Me apresuré a abrir y me encontré a Gael cruzado de brazos y mirándome con impaciencia. Solo esperaba que no hubiera estado escuchando detrás de la puerta o me iba a meter en un problema aún mayor.

—¡Ándale! ¿Salimos o qué?

Ni un "buenos días" o cualquier otra forma amable de saludarme. Directo y conciso. Esther puso los ojos en blanco mientras se despedía de mí a través de la cámara. Le mandé mucho ánimo y prometí llamarla pronto para saber cómo evolucionaban sus padres y su historia de amor con el italiano.

Calenté un poco antes de bajar, cogí los cascos inalámbricos que no había tenido que usar hasta ahora, y bajé a toda prisa hasta el hall, donde un Gael con cara de impaciencia me esperaba listo para la acción. Como venía siendo habitual, emprendió la marcha sin esperarme. Corrimos por la orilla de la playa, separados por los varios metros de ventaja que su corta edad y su estado físico le permitían sacarme. Pero esta vez no intenté alcanzarle, ni le grité inútilmente para que me esperase. Igual iba al infierno por ello, pero me puse una lista de reggaetón a todo volumen, dejando que Daddy Yankee me motivara a ponerme *dura, dura, dura*. A esa le siguieron Karol G, Luis Fonsi y Reik, pero no fue hasta escuchar *Sin pijama*, que Gael se dio cuenta de que ni le seguía, ni estaba haciendo esfuerzo alguno por alcanzarle. Aquel hecho inaudito hizo que el mocoso se parara de golpe y me mirara con sorpresa. Cuando al fin logré ponerme a la par, me detuve frente a él y le miré con indiferencia. El crío tenía la misma soberbia que el padre y la misma intensidad en la mirada. Comenzó a mover los labios, pero con Natti Natasha y Becky G de fondo, no escuché una sola palabra de lo que decía. Me quité los cascos, más por cortesía que por verdadero interés, pues no estaba de humor para lidiar con él.

—Perdona, ¿decías algo?

—¡Eres una pinche maleducada! —espetó, con una pataleta que me hizo sonreír. ¡Mini punto para Caerlion!—. Corro contigo todos los días para complacerte cuando podría quedarme dos horas más en la cama, al menos podrías quitarte los audífonos, ¿no crees?

—¿Por qué? ¿Tienes ganas de charlar conmigo?

Se quedó tan cortado, que no supo qué responderme, así que volví a colocarme los auriculares, que ahora vibraban al son de Carlos Rivera con Gente de Zona.

...Te está esperando, nos va alcanzando la luz del día. Que todo lo malo lo va borrando nuestra alegría. Lo digo, lo digo...

—¿Corremos o qué? —pregunté con desdén.

Permaneció inerte y sin decir una palabra mientras me alejaba al ritmo que dictaban mis auriculares. Cuando por fin retomó la carrera, se quedó a mi lado en silencio, sin adelantarme ni medio centímetro. Bajé el volumen de la música luchando por ocultar una sonrisa de victoria. Estaba muy lejos de vencer al monstruo, pero al menos había conseguido que mostrara algún tipo de emoción, aunque fuera perplejidad. Decidí seguir provocándole:

—¿No vas a meter el turbo? Te veo un poco asfixiado hoy, enano.

—Tan pronto la deje en casa, usted por su lado y yo por el mío, señorita Fernández.

—Como gustes, señorito... —iba a llamarle McGowan, pero algo se encogió en mi interior al darme cuenta de su verdadero apellido—. Señorito Duarte.

El resto del camino permanecimos en silencio. Yo con la música bajita por si decidía hablarme, y él mirándome de reojo con un visible cabreo que hizo que mi corazón se llenara de júbilo.

☼ ☾ ☼

Como cada día, Caerlion y yo cocinamos deliciosas recetas mexicanas y compartimos confidencias con una buena copa de vino. Ethan dormía en el piso de arriba, Marcelo trabajaba cubriendo un reportaje fotográfico y Gael jugaba al fútbol con sus amigos del instituto. Mantenía una relación envidiable con mi "suegra", podíamos hablar de cualquier cosa y nos reíamos de anécdotas familiares que no dudaba en compartir conmigo. Pero aquella tarde, yo notaba que Caerlion estaba distinta, incómoda en cierto modo. Y mucho me temía que tanto secretismo tenía que ver con el hecho de que, ocho días después de aterrizar en Bucerías, aún no le había dado la respuesta que esperaba oír.

—Me voy a sentir muy sola cuando os vayáis a Guanajuato —lamentó con un puchero que le hacía parecer más joven.

—Podríais venir con nosotros...

—¿Volver a la ciudad dónde mi ex me humilló cogiéndose a esas furcias lunaplatenses? —respondió con resquemor—. Gracias, mija, pero ni loca vuelvo allí. Para mí, Guanajuato es sinónimo de mala sangre.

—¿Furcias lunaplatenses? —pregunté, sorprendida por el calificativo.

—Sí, es como se hacen llamar entre ellas... bueno, lo de furcia es de cosecha propia. ¿Cómo crees que me sentí cada vez que veía a la mamá de mi nieto? —Me hizo un gesto para que la siguiera por la casa—. Primero fue la amante de mi entonces marido, después la novia de mi hijo y, cuando creía que la iba a perder de vista para siempre, me dio un nieto al que adoro. Debería sentir pena por su muerte, pero al final cada uno escoge su camino.

Sus palabras francas y directas me impactaron un poco. Sabía que iba a volver a ponerme entre la espada y la pared y no estaba preparada para evadir sus propuestas. Además, nunca había sido buena bebedora de vino (a pesar de haberme criado en una ciudad famosa por ello) y las dos copitas ya se me habían subido a la cabeza. Tuve que agarrarme para poder subir las escaleras sin caerme redonda, mientras la seguía en silencio hasta la planta más alta de la casa, esa que aún nadie me había invitado a conocer.

—No hay día en el que no me arrepienta de haberle dado el "sí quiero" a ese malnacido —siguió Caerlion, con marcado rencor en la voz.

—Seguro que no todo ha sido tan terrible, habréis tenido vuestros buenos momentos antes de... ya sabes.

—¡Un chingo de ellos! —contestó sarcástica, pegándole un largo trago a la copa que sostenía en la mano que, si las cuentas no me fallaban, era la tercera—. No sé si me gustó más cuando me dejó sola en el hospital mientras daba a luz a mi hijo y él lo estaba celebrando en un club de caballeros rodeado de bailarinas, o cuando me lo encontré cogiéndose a esa furcia escocesa en nuestra cama —explicó con ira y la mirada perdida en algún momento del pasado—. Ese romance fue lo que propició que huyéramos de Escocia. Fui tan estúpida que dejé mi hogar, mi vida, a mi familia, por apostar por este amor que ya apuntaba maneras. No fui capaz de seguir viviendo allí después de lo que pasó. Hay cosas que no se pueden perdonar.

No sabía de qué estaba hablando, pero el dolor en sus palabras me decía que esa mujer no era una desconocida para ella. Se me comió el silencio y la sorpresa. Bastante tenía con sostener la copa y caminar al mismo tiempo sin caerme de bruces ni vomitarle las alfombras. ¿Por qué narices había aceptado esa segunda copa de tinto?

—Todo pasa por una razón —dije al fin—. Gracias a ese terrible desenlace, ahora estás felizmente casada con Marcelo.

—Supongo que es una forma de verlo, la verdad es que ya no puedo imaginarme mi vida lejos de México. Este sitio tiene algo que atrapa —añadió, retomando de nuevo el tema—. Mi mamá siempre me lo dijo, ¿sabes? Pero yo era tan estúpida, tan arrogante, que pensé que estaba loca. Tardé mucho en darme cuenta de que siempre tuvo razón, y para entonces, ya se habían encargado ellos de callarme a base de amenazas.

—Cualquiera en tu lugar hubiera pensado lo mismo —la defendí, tratando de empatizar con ella—. No te puedes ni hacer idea de las cosas tan horribles que pensé de tu hijo cuando lo conocí.

—Algo me ha contado... Puedo asegurarte que mi hijo no es como su padre, afortunadamente —garantizó—. Yo he llorado mucho, ¿sabes? Muchísimas lágrimas he derramado por ese bastardo, hasta que un día empezó a darme igual si quería cogerse a todas las furcias de México. Y conseguí huir, física y emocionalmente. Mi libertad a cambio de mi silencio. Un precio muy caro si lo piensas bien.

Me quedé mirándola sin saber qué más decir, si quitarle la copa o llenársela hasta arriba para que siguiera hablando. Yo no quería saber más porque sabía que sus palabras me impedirían cumplir la promesa de mantenerme al margen sabiendo que había tantas Caerlion por el mundo, con sus historias, su dolor y sus cicatrices. Y tantas otras que habían desaparecido sin dejar rastro alguno. Por eso le imploré a mi dios ateo porque propiciara una situación que acallara sus palabras, una interrupción repentina de su hijo, que se viniera el techo abajo o algo por el estilo…

La seguí por un angosto pasillo que parecía haber sido abandonado al olvido hasta llegar a una puerta de madera azul cerúleo que estaba cerrada con llave. Me pregunté por qué cerrarían con llave una estancia a la que únicamente ella y su marido tenían acceso. Caerlion sacó una llave de su vaporoso vestido, la introdujo en la cerradura y empujó enérgicamente, dando lugar a una amplia sala que ocupaba la mayor parte de la planta, iluminada por tres ventanas redondas por las que entraba la luz a raudales.

—Bienvenida a la "sala azul" —invitó con una sonrisa—. Le hemos puesto ese nombre en honor a Frida.

Me bastaron tres seguros para sentir una inmediata fascinación por aquella sala que tenía carácter propio y mil historias que contar. Las paredes, en el mismo tono azul que la puerta, estaban decoradas con fotografías y coloridos retratos de mujeres semi desnudas pintados directamente sobre la pared. Me ruboricé al recordar que Marcelo usaba a su mujer como musa en muchas de sus obras.

Al fondo, una mesa de escritorio bajo la ventana y un ropero clásico con las puertas de cristal que dejaban entrever los vestidos que guardaban en su interior. En el centro había dos sofás color crema con una manta de auténtica lana escocesa y un pequeño mueble bar que atesoraba whiskey de la mejor cosecha. En la pared de la izquierda había otro cuadro con menos color que los anteriores. Una muchacha de ojos grises plagados de tristeza posaba desafiante para el pintor. Tardé en darme cuenta de que aquella también era Caerlion, despojada del pudor y de sus ropas, ocultando su desnudez bajo una sábana. No fue su desnudez lo que me perturbó, sino esa mirada que se esforzaba por esconder un terrible secreto, una llamada de auxilio a través del lienzo.

—Soy yo —confirmó, sobresaltándome—. Fue poco antes de dejar a Adrián. Este cuadro fue mi pequeña travesura contra él, aunque te juro que aún no había pasado nada entre nosotros. Marlo solo era un amigo.

Me volví para mirarla, y observé que tenía la misma mirada que mostraba en el cuadro, escondiendo miedo y desesperanza, pero también, que no se iba a rendir ante nada ni nadie.

—Marcelo tiene mucho talento —exclamé, maravillada por todas aquellas obras de arte que bien merecían ser contempladas en un museo.

—Ese hombre salvó mi vida, ¿sabes? —confesó, llenando con delicadeza dos vasos con whiskey.

Pensé en negar la bebida, pero sabía por experiencia que un McGowan solo bebía whiskey cuando necesitaba liberar los tormentos que apresaban su alma. Se sentó en el sofá, haciéndome un gesto para que me sentara a su lado. El ambiente de intimidad que había creado, combinado con el vino ya consumido, hizo que terminara de marearme. Solo pedía que, si existía la clemencia divina, hiciera que Caerlion no abriera su corazón conmigo.

—¿Sabías que estuve embarazada después de tener a Ethan?

—Sí, eh... Ethan me contó que nació... sin vida.

—Cuando Adrián vio el cuadro meses después, pensó que el hijo no era suyo. Estaba de ocho meses. Me pegó tal paliza que perdí al bebé y me quedé estéril. No creo que haya nada peor para una mujer que dar a luz a un niño muerto —recordó con los ojos empañados—. Apenas pude caminar en varias semanas, Adrián era un auténtico animal cuando bebía. Creo que fue ahí donde empecé a darme cuenta de que nunca me dejarían libre.

—Lo... Lo siento. No sabía nada... —De repente, me hacía falta ese whiskey. Lo bebí de un trago y dejé el vaso vacío sobre la mesa. La piel se me puso de gallina.

—Las cosas no volvieron a ser lo mismo entre nosotros —continuó, con la mirada fija en el fondo del vaso que sostenía entre sus temblorosas manos—. Adrián tenía un despacho en casa que siempre estaba cerrado con llave. Yo nunca metí las narices ahí, nunca me habían interesado sus negocios, pero aquel día decidí forzar la cerradura y entrar. Te juro que mis ojos no pudieron soportarlo.

—¿Qué había allí? —pregunté, temiendo no querer conocer la respuesta.

—En un principio, solo encontré facturas de mantenimiento de una hacienda que ni siquiera sabía que tenía en algún lugar de Valladolid. Deduje que era allí donde se llevaba a Analisa. Después encontré los informes médicos.

Hizo una merecida pausa para encontrar coraje líquido en su vaso de whiskey. Yo me aguanté una náusea. No quería seguir oyendo nada más, pero nadie parecía respetar mi postura al respecto.

—Adrián comprobó por sí mismo que el bebé era suyo —explicó—. Al principio, pensé que solo quería asegurarse de que le había sido fiel, pero aquel test de ADN no fue lo peor que encontré allí, tan solo fue un toque de atención de que algo en él no estaba bien. Después, descubrí la verdad. La Luna de Plata en todo su esplendor. Aquellas fichas que probaban que yo era uno de ellos y por eso Adrián estaba conmigo. Las macabras fotos de los rituales e incluso una especie de diario histórico en el que orgullosamente detallaban sus reuniones y logros desde tiempos inmemorables.

—¡No puedo imaginarte lo que sentiste en aquel momento! —Eché otros tres dedos de whiskey en cada vaso. Sospechaba que iba a necesitarlo—. ¿Dónde está ese diario?

—Aquí —confesó, llevándose dos dedos a la sien para mostrarme que lo tenía todo en la cabeza—. Después de aquel episodio, empecé a ser hostil, a dormir en mi propia recámara y a no hablarle cuando nos cruzábamos por el pasillo, siempre fingiendo normalidad delante de nuestro hijo. Me convertí en una prisionera en mi propia casa. En algún momento, exploté y se lo conté todo. Le pedí que nos dejara irnos, le juré que no abriría la boca… pero él fue tajante: si me iba, si me llevaba a su hijo, me mataría.

Estuve tentada de beberme de un trago mi segundo vaso de whiskey para hacer más soportable la confesión, pero me contuve. Mi relación con esa familia llena de turbios secretos me iba a volver alcohólica.

—Supongo que el resto de la historia te la habrá contado Ethan. Pasé parte de su infancia sumida en una terrible depresión que los médicos privados a los que pagábamos un dineral curaban a base de antidepresivos para elefantes. Intenté suicidarme —confesó con tristeza—. Me di cuenta de que nunca conseguiría escapar de las garras de ese monstruo.

—¿Nunca llamaste a la policía?

—¿A la policía? —se burló—. Hubiera sido la forma más rápida de cavar mi tumba. Nada se escapa del control de Adrián, excepto una cosa... —añadió enigmática—. Marlo me ayudó a trazar un plan, peligroso, pero efectivo. Volví a enamorarme de Adrián, a ser la mujer que había sido durante nuestros años de universidad. Conseguí que dejara de atiborrarme a pastillas con la excusa de poder dedicarle más tiempo a nuestro hijo. Entonces, Adrián cambió —explicó con una sonrisa triste—. Volvió a ser mi Adrián, el caballero de brillante armadura que me había cautivado en Escocia.

—¿Por qué haría tal cosa?

—Puro marketing, mija. Existen dos Adrián Duarte. Por un lado, es el patrón, el cabecilla de la Luna de Plata. Un proxeneta, narcotraficante, asesino y muchas otras cosas más. Pero de cara a la galería, es un poderoso hombre de negocios al que le interesa dar una imagen familiar. Y ahí es donde entrabamos Ethan y yo. Como puedes ver, no hubo un ápice de amor o romanticismo en nuestra relación.

—¿Volvisteis a ser una familia feliz, entonces?

—¡Ni mucho menos! En esa utopía que vivíamos, Adrián intentó convencerme de que me uniera a la causa. Me dijo que lo estaba planteando de forma errónea, que no era una víctima del proyecto, sino una afortunada, una elegida que había tenido la suerte de tener en mis venas la sangre de los Duarte y los McGowan. Me pidió una oportunidad para mostrármelo desde dentro. Y yo se la di. —Mis ojos delataron mi sorpresa—. Fuimos juntos a un ritual de iniciación, la hija de alguno de esos fantoches cumplía quince años.

—¿Dónde fue eso?

—¡No lo sé! A mitad de camino paramos a tomar agua de Jamaica y caí en un profundo y denso sueño del que me vi incapaz de despertar. Amanecí muchas horas después en un lugar oscuro, en brazos de Adrián. Reconocía su voz y su olor. El aire era denso y húmedo, pegajoso. Había un par de hombres más charlando con él de negocios. Cuando conseguí despejarme, caí en el veinte[16] de que todos llevaban linternas y estábamos recorriendo un túnel dentro de una cueva. Le pedí que me dejara en el suelo para poder caminar por mi cuenta.

—¿Estuviste en la cueva?

—Así es. Al final de túnel, nos encontramos una hermosa piscina de agua natural, a tan solo un metro y algo bajo nuestros pies.

—Un cenote.

—Se veía con claridad gracias a varios focos dispuestos a lo largo y ancho del cenote —recordó, con la mirada fija en el pasado—. Frente a nosotros, y a la izquierda, divisé una escalera tallada en la propia piedra que acababa en una puerta. Varios metros a la derecha, había otra puerta gemela, pero esta no tenía modo alguno de llegar hasta allí.

—¿Y no sabes a dónde daba esa puerta? —Caerlion negó con la cabeza.

—Di por hecho que era una salida de emergencia en la que había que saltar directamente al agua. De hecho, parece que ese era el único modo de conectar ambas partes de la cueva, pues no encontré puentes ni plataformas.

—¿Cruzaste a nado entonces?

—Cogimos el camino de la izquierda, el que daba a la escalera. Alguien dijo que la zona este estaba conectada bajo tierra con corrientes subterráneas muy profundas, pero al oeste, el agua apenas llegaba a la cintura. Recuerdo que el agua estaba congelada, y salada, algo inusual en un cenote.

—Tenía salida al mar —adiviné—. Eso descarta Valladolid. ¿Alguna pista de dónde podría estar esa cueva?

—Llevo años dándole vueltas, tratando de recordar algo, pero... ¡era una cueva! —Se encogió de hombros y prosiguió su relato—.

---

[16] Coloquial, México: Darse cuenta de algo.

Adrián no me dejó sola un instante, me llevaba de la mano y me ayudó a salir del cenote. Sus ojos brillaban de júbilo mientras me hablaba de las maravillas que iba a encontrar allí. Y, entonces, nos metimos en el interior de la cueva. Pero no era una cueva normal, su interior era como un hotel de cinco estrellas. ¿Tiene sentido algo de lo que estoy diciendo?

—Me cuesta imaginarme un lugar así.

—¡No podrías ni imaginártelo! Aquello era un paraíso natural bajo tierra, un antro de perdición decorado al milímetro para fomentar la lujuria y el deseo —explicó con tal fascinación, que podía imaginarme el lugar con claridad—. Fue allí precisamente donde encontraron la mayor parte del tesoro que impulsó su creación, sin contar el yacimiento de Dornoch.

—¿Viste los tesoros? —pregunté atónita con su relato—. ¿Los huesos originales? ¿Las joyas? ¿Las armas nórdicas?

—No, nunca vi tal tesoro. Apenas estuve allí para el ritual de iniciación y regresé a Guanajuato cuando hubo acabado —confesó, retomando su historia—. ¡Estaba empapada después de nadar para alcanzar la puerta! Adrián me guio hasta una recámara donde había toda clase de atuendos esperando a ser usados. Artilugios de diversa índole, joyas étnicas elaboradas con las más exquisitas piedras, vestidos del algodón más puro. Adrián había escogido para mí un hermoso vestido verde con incrustaciones de ámbar en la cintura y los tirantes. Para el cabello, una diadema de la misma piedra con plumas que caían sobre mi cabello.

—¿Qué rol se supone que representabas? —inquirí, conocedora de la jerarquía tras haber leído el cuaderno negro de Ethan.

—Una mera espectadora. En cuanto a Adrián... Él se vistió como un guerrero azteca, con un taparrabos de ante beige decorado con pinturas aztecas de un colibrí, una corona con plumas de colores en la cabeza y un antifaz negro.

—Huitzilopochtli —afirmé.

—Así es. A pesar del odio que le tenía, te juro que le encontré atractivo. Te estoy hablando de hace casi treinta años —se excusó ante mi mirada cínica, que no pretendía juzgarla—. Aquel disfraz acentuaba su piel morena, definía su cuerpo y resaltaba el fuego de sus ojos negros. Llegué incluso a pensar que aquel lugar era hermoso. Más aún cuando nos adentramos en el centro de la cueva, un lugar cargado de una extraña energía.

—¿De veras sentiste la energía de los dioses?

—Lo que sentí fue la droga que me dieron en el cóctel de bienvenida —aclaró con una mueca sarcástica que mostraba que aún estaba en sus cabales—, una mezcla de agua de Jamaica con un poco de ayahuasca y vete tú a saber qué droga narcótica más. La ayahuasca no tiene la capacidad de aplastarte de ese modo.

—¿Ayahuasca? ¿Eso no es una droga alucinógena del Amazonas?

—Enteógena, en realidad. Encontraron restos de esta droga en la cueva, lo que prueba que los primeros lunaplatenses ya la usaban.

—¿Enteógena? —Era la primera vez que oía esa palabra.

—La ayahuasca no produce alucinaciones. Se usa para conectar con partes de nuestro subconsciente que hemos bloqueado, tal vez la infancia o algún trauma, o simplemente para sentir el poder divino. En estas ceremonias siempre hay un líder, un chaman que es imprescindible para crear esa conexión entre dos mundos, te ayuda a sanar por dentro y te guía en el camino de la enseñanza. Para algunos, es un viaje de descubrimiento, de reconocimiento, de encontrar respuestas... para otros, puede volverse una pesadilla. Todo depende de lo que tú tengas dentro.

—¿Qué viste tú?

—La experiencia me enseñó a sentir amor incondicional hacia todo lo que me rodeaba, cada ser, cada elemento. Me sentía plena y libre. Fui testigo del ritual desde una burbuja de felicidad y paz infinita que no me dejaba sentir horror por el espectáculo que tenía ante mí. Estaba... ¡extasiada! No sabría explicarlo, pero de repente amaba a Adrián por haberme dado a mi hijo. Sentía amor hacia esos extraños que defendían algo tan puro y único como su existencia. Sentía amor por la tierra, el sol, la luna y el agua sagrada de aquel cenote. Y por los dioses, nuestros ancestros, a los que debíamos entregarnos.

La miré sin comprender el alcance de lo que describía. Claro, que yo nunca había tomado drogas de ningún tipo.

—Todos llevaban atuendos similares a los nuestros: plumas, maquillajes tribales... Permanecían en silencio sepulcral, mirando con adoración a su líder enmascarado y a otro hombre al que enseguida reconocí como Pedro Aguirre. No me sorprendió verle allí, siempre andaban juntos y me daba mala espina. Aunque en ese momento, yo también le adoraba. No puedo explicarlo...

—¿Aguirre también iba disfrazado?

—Sí, tenía un rol importante, pero no recuerdo mucho más, lo siento... Adrián y Pedro pronunciaron un discurso en lengua náhuatl que no pude comprender. Por aquel entonces, aún no dominaba del todo el español, así que puedes imaginarte que entender aquella lengua indígena era todo un reto para mí —explicó—. Después, comenzaron las bendiciones. Vi a Analisa encomendándose a la diosa de la fecundidad, y a Adrián esparciendo un mejunje rojo sobre su tripa que, gracias a que estaba drogada y eufórica, no comprendí que era sangre.

—Según dijo esas palabras, sentí una náusea—. Lo encontré hermoso, Analisa era lo más cerca que jamás podrías estar de tocar a Dios con los dedos. Esparció el mismo brebaje en los vientres vírgenes de aquellas jóvenes inocentes. Lo hacían para que fluyera la vida en su interior.

—¿De dónde procedía la sangre? —Me arrepentí al instante. Yo ya sabía de aquellas mujeres desaparecidas que habían sido prostituidas y usadas como tributo.

—Deduzco que ocurrió en algún momento antes de que yo llegara y Adrián prefirió ahorrarme el mal trago —confirmó mis sospechas—. Sabía que, ni con toda la droga del mundo, yo aprobaría algo así —explicó, bebiendo lentamente lo que quedaba de su whiskey—. Después del ritual, comenzó el festejo. Entramos en un salón decorado para el pecado. Había bebida y comida para un regimiento. Sofás de terciopelo, camas con la más exclusiva seda, divanes... Todo el mundo estaba feliz y drogado. Y en esa esfera de felicidad en la que me hallaba, dejé que mi exmarido me tocara por última vez, y también sus socios. Adrián estaba disfrutando de ver cómo otros hombres me tocaban y yo me entregué voluntariamente a quién quisiera honrar mi templo, sintiéndome amada, sintiendo toda esa energía fluyendo dentro de mí. —Caerlion hizo una pausa y se tapó el rostro, avergonzada—. Ni siquiera me molestó ser testigo de cómo mi marido cogía con esas muchachas. Todo era amor y perfección a mi alrededor.

—¿Las cumpleañeras? —pregunté horrorizada. Ella asintió—. ¿Y sus padres no tenían nada que decir?

—¡Claro que sí! Se sentían honrados de que el jefe de la tribu las bendijera con su semilla y deseaban fervientemente que diera sus frutos —explicó con una mueca de repulsión.

—Creo que me estoy mareando…

—Lo siguiente que recuerdo es que me desperté en una sala alumbrada por velas y con unos cantos místicos de fondo. Adrián estaba a mi lado, encantado de saber que yo era uno de ellos y que aceptaba su estilo de vida. Yo estaba confundida y no podía parar de vomitar. Me dijo que era normal, que tenía que dejar que las hierbas me purificasen. Pasé varias horas tirada en una esterilla del suelo con gente a la que no había visto antes. Mi marido también estaba allí, sujetando mi mano y vomitando conmigo. "Purificándose".

—¿Qué hacíais tirados en el suelo?

—Purgarnos, librar una batalla personal a través de un viaje místico. No sé si lo hacían para redimir sus culpas o para darles las gracias a los dioses, pero sí sé que lo hacían después de cada ritual. Me encontré a mi bebé nonato, me dijo que era feliz y me daba las gracias por haberle librado de esa maldición. Y mi cerebro recordó cosas que yo creía olvidadas. Me acordé de Isobel. Y de que Adrián me intentó hacer creer durante mucho tiempo que Ethan estaba enfermo. Lo llevó un par de veces a su médico de confianza. Nunca supe qué hicieron con él allí, supongo que guardarán muestras de su sangre en algún lado, aunque ignoro con qué finalidad.

No me atreví a seguir preguntando. Aquella historia ya me había sobrecogido lo bastante como para entender las razones por las que esa mujer llevaba una vida callando, las mismas razones por las que ahora necesitaba alzar la voz.

—De vuelta en Guanajuato, todo se volvió más nítido —explicó con una pausa—. Y le dejé. Le dije que había escrito todo y se lo había entregado a alguien que no dudaría en delatarle si no me dejaba ir. Me daba asco. Discutimos, pero esta vez no me puso una mano encima. Nos dejó ir a cambio de mi silencio y la promesa de que nunca pondría a mi hijo en su contra. Durante un tiempo, temí por mi vida. Todo había sido demasiado fácil. Pensé que un día desaparecería y les llegaría una carta a mis papás diciendo que me había ido a las Antípodas con un amante. A nadie le hubiera extrañado de la rebelde de Carly.

—¿No has vuelto a saber de él en estos años? —pregunté con un hilillo de voz.

—Ambos mantuvimos nuestra palabra. No supe nada de él hasta que Ethan dejó embarazada a Analisa. Aunque le apoyé con su decisión de hacerse cargo del niño, por dentro quería morirme. Pensé que se convertiría en uno de ellos, que la historia se repetiría con Gael, pero Adrián cumplió su promesa de mantenerlos al margen. Igualmente, nunca dejó que nadie le pusiera las manos encima a Gael, eso tengo que concedérselo. Y después, creí encontrar la paz cuando mi hijo rompió con esa pendeja, pero entonces conoció a esa yanqui, empezó a trabajar para su padre... Y de repente, de la noche a la mañana, a Ethan se le cruzaron los cables. Empezó a hacerse preguntas y, sin darle cuentas a nadie, dejó a Claire, dejó el trabajo y se presentó en Londres para cumplir con los deseos de mi mamá. Y con eso, sembró la llama apagada que también vivía en Marcelo, la sed de venganza, convenciéndome de que esto era lo correcto: continuar el legado que mi mamá sigue batallando desde el cielo.

No supe qué decir. Dejé que ella hablara mientras sentía que el aire era insuficiente para las dos.

—Te pido por favor que disculpes mi insistencia, pero me veo en la tesitura de rogarte, suplicarte incluso, que hagas llegar esta información a quien consideres oportuno. No dejes que se salgan con la suya.

Me pesaba el alma. La saliva se me volvió espesa al ver que esa mujer de aspecto frágil no se andaba con chiquitas.

—Elena, yo sola no puedo. Vivo atrapada en un estado de falsa libertad, como un animal en un zoológico. Puedo ir y venir libremente, pero si me salgo un milímetro de mis rutinas, vendrán a por mí.

—Carly, yo... ya he intentado hablar con tu hijo y se ha cerrado en banda. —Sentía ansiedad. Tal vez por eso no podía parar de dar vueltas por la habitación, a pesar de que estaba muy borracha.

—Tú solo dame los contactos y nosotros haremos el resto, facilítame un poco el camino...

—Me estás pidiendo que rompa una promesa.

—El ser humano lleva siglos rompiendo promesas, mija. Ethan no tiene por qué enterarse de esto —respondió con un tono de voz que me desconcertó. Al ver que dudaba, tuvo que buscar un plan de ataque más efectivo—. ¿Sabías que ya encontraron el cadáver de Analisa? —La miré perpleja—. Un accidente de coche. Su cuerpo estaba tan calcinado que no pudieron reconocerla en la morgue.

No dije nada. Algo dentro de mí esperaba que Ethan estuviera en lo cierto y Analisa estuviera a salvo en algún lugar, donde fuera, de la mano de ese periodista que le ayudó a escapar.

—La verdad es que vine aquí para conoceros e intentar ganarme a Gael, lo último que pensé es que acabaría teniendo esta conversación precisamente contigo. Y te aseguro que quiero ayudaros, pero...

No le dio tiempo a responderme. Por segunda vez, Ethan y Gael irrumpieron en la habitación y Caerlion los recibió con una radiante sonrisa, olvidando por completo la dramática conversación que habíamos tenido tan solo un instante antes. Me esforcé por sonreír yo también, aunque mis ojos empañados en angustia me delataban.

—¿Qué? ¿Disfrutando de la "pornografía elegante" de mi abuela? —bromeó Gael. De no haberme encontrado tan abrumada, creo que le habría sonreído.

Lo siguiente que recuerdo es que, en un burdo intento por acercarme para recibirlos, me estrellé contra la mesilla, derramando el contenido de los vasos por el suelo y amoratándome las rodillas.

—Veo que te vas acostumbrando a los placeres McGowan —bromeó Ethan, levantando mi vaso vacío en actitud chistosa—. Se me olvidó comentarle a mi mamá sobre tu escasa tolerancia al alcohol.

—¡Qué vergüenza! —exclamé, al ver que Gael me miraba con una expresión burlona en el rostro que no se le iría de ahí en toda la tarde—. ¡Qué vergüenza!

☼ ☾ ☼

Mientras paseábamos por el centro de Bucerías, no tardé mucho en localizar el que iba a ser el primer lavabo que visitaría aquella fatídica tarde. Ante la evidencia de que no iba a ser capaz de caminar más de dos manzanas sin expulsar el veneno de mi organismo, tuvimos que regresar a casa a por ese brebaje ancestral que curaba cualquier resaca. Una lástima que además del whiskey ingerido no pudiera expulsar también las confesiones que nadie me preguntó si quería escuchar, lo hubiera hecho de buen agrado.

Cenamos en silencio y me encerré en la habitación con Ethan sin apenas despedirme. Estaba avergonzada por semejante espectáculo delante de Gael. Mi novio, por el contrario, parecía la mar de divertido con la situación.

—¡Oh, vamos, güera! ¿Te crees que es la primera vez que mi hijo ve a alguien un poco ahogado? ¡Bienvenida a México! —bromeó—. Es cierto que no tienes aguante, pero...

—Dos whiskeys y dos tintos —maticé, ofendida—. ¡Qué vergüenza! Si tu hijo no me llega a coger del brazo, bajo rodando las escaleras de aquel bar.

—Lo siguiente será sujetarte el pelo mientras vomitas. Tal vez este sea el comienzo de una bonita amistad. —Estaba disfrutando con mi sufrimiento. Le tiré un cojín que esquivó con maestría—. Por cierto, ¿qué tal van las corridas mañaneras? ¿Algo destacable hoy?

Le miré con la mosca tras la oreja. ¡Por supuesto que aquel mocoso le había ido con el cuento a su padre!

—No, nada. Como siempre —mentí—. ¿Por qué? ¿Te ha contado algo?

—No, ¿por qué? ¿Hay algo que contar? —Su mirada inquisidora me hizo estar a la defensiva—. Me ha dicho que hoy estabas inusualmente triste. Y el hecho de que hayas estado tomando whiskey, con el asco que te da, me confirma su teoría. ¿Está todo bien, güera? ¿Estás bien aquí? Sé que te he dejado un poco abandonada con todo esto del trabajo...

—¿De verdad tu hijo te ha pedido que me preguntes si estoy bien? —En mi semblante se dibujó una mueca de incredulidad, acompañada de un hilo de esperanza. Ethan asintió con la cabeza—. Solo estoy preocupada por los padres de Esther, están ingresados. Creo que tienen Covid.

—¡Híjole! ¿Están graves?

—No lo sé... Es todo un poco incierto.

—Mañana le escribiré para ver cómo están. Y aparte de Esther, ¿hay algo más que te preocupe?

Pensé que la posibilidad de que hubiera sido testigo de mi conversación con Caerlion, con su hijo delante, era más bien remota, así que lo dejé estar.

—Pues sí, ahora que lo dices… Me preocupa cómo vas a aguantar mañana nuestra aventura por Mexcaltitán, teniendo en cuenta que terminas de trabajar a la hora que salimos de casa. ¿No sería mejor ir a algún sitio más cercano después de que duermas un poco?

—Tenemos cuatro horas de carro, güera. Estaré fresco cuando lleguemos. Hay algo que quería comentarte, ¿crees que sería posible que nos quedáramos tantito más? Cada vez que pienso que no volveré a ver a Gael hasta el verano…

—Hablaré con Gina mañana.

—¡Cómo no iba a estar loco por ti! —Me rodeó con sus brazos y me apretó contra su cuerpo.

—Con una condición: —pedí, él me miró expectante—: prométeme que vas a coger días de vacaciones y no teletrabajar. ¡Estoy harta de que seas un zombi! —protesté con severidad—. Te acuestas de mal humor cuando yo me levanto, apenas te veo unas horas por las tardes en las que tú estás lleno de cafeína y yo caigo rendida. Lo que tu hijo necesita no es que le obligues a pasar tiempo conmigo, sino con nosotros. Hacer cosas los tres, como una familia —le pedí—. Bastará con que vayamos a la playa o veamos una película en el sofá sin que tengas que irte corriendo a trabajar o a dormir. ¿Crees que sería mucho pedir?

—Acabas de ponerme muchísimo cuando has dicho lo de la familia. ¿Podrías repetirlo otra vez? —rogó, dándome pequeños mordisquitos en el cuello que me pusieron la piel de gallina.

—¡Hablo en serio! Desde que estás aquí eres un coñazo. Si quieres que nos quedemos más tiempo, quiero que disfrutes de tu hijo.

—Voy a hablar con mi jefe. Seguro que no hay problema en que me pida un par de días.

—Genial, hablaré con Gina y cambiaré las reservas de hoteles y vuelos.

—Güera... —Le miré justo antes de que desapareciera por la puerta para ir a trabajar—. Gracias por llegar a mi vida.

7

2 de marzo de 2020 – Bucerías, México

Aquel fue un idílico fin de semana en familia recorriendo las calles de Mexcaltitán, viendo tortugas en las playas de Boca de Chila y haciendo buceo de superficie en un entorno único, donde los peces exóticos y arrecifes habían llenado de luz y color los recuerdos de ese invierno. Incluso Gael me parecía un niño encantador los fines de semana rodeado de su familia. Pero tan pronto llegaba el lunes y nos quedábamos solos, el embrujo de su simpatía se evaporaba como lluvia de verano.

Mientras me cambiaba de ropa e informaba a Gina de los nuevos planes por teléfono, Gael me apremiaba de malos modos para que hiciera acto de presencia en el vestíbulo para comenzar nuestra carrera matutina.

—Querida, ¿de veras quieres quedarte más tiempo por allí? —se burló Gina, con su pomposa voz nasal—. Te he mandado un artículo que Rompetechos ha arruinado, a ver qué puedes hacer… ¡Te juro que no puedo más con esa cría! Cualquier día aparecemos en los periódicos.

—Si la gran Gina Dillan comete un asesinato, asegúrate de que *Ladies'Secret* sea la primera en publicarlo —bromeé—. ¿De qué se trata esta vez?

—Vas a tener que llamar al agente de Margot Robbie, disculparte y concertar una segunda entrevista por videocámara. Esa mocosa nos ha dejado en evidencia otra vez. —Gina se ajustó las gafas de pasta sobre el puente de la nariz—. Gira un poco la cámara, querida. ¡Qué maravilla, qué de flores hay en esa habitación!

—Sí, pero estas están vivas, no como las de tu despacho. Por cierto, tengo algo que comentarte que no te va a gustar.

—¿Dejas la revista?

—¡Más quisieras! Quien-tú-ya-sabes anda presionándome para que les ponga en contacto con la agencia. Están listos para contarle su verdad al mundo.

—¿La madre de tu amorcito te ha pedido que interfieras? ¡Eso sí que es entrar por la puerta grande en esa familia! ¿Crees que podríamos concertar una reunión hoy a eso de mis siete?

—Te doy su número y te apañas tú. Te dije que iba a ayudaros, pero no pienso hacerme responsable de lo que hagan mis suegros. Además, Ethan no me lo perdonaría jamás.

—Ese hombre se ha cruzado medio mundo por ti y está arrastrando a su hijo con él. Creo que necesitas algo más que meter las narices en su familia para que te deje —insistió Gina, con una seguridad que admiraba, pero no compartía—. Anda, no te lo guardes todo para ti, ¿qué te ha contado la doña?

—Solo te digo que vas a flipar cuando conozcas la verdad sobre la dulce Analisa.

—Pásale el número de Mark, él sabrá cómo proceder con tus suegros. Por cierto, ¿leíste mi último email?

—¿El de los siete folios? —pregunté con sorna—. Si de verdad piensas que no tengo nada mejor que hacer que traducir arco iris y unicornios a un idioma adulto, estás muy equivocada.

—Escúchame entonces. Sé que esta historia te va a encantar... ¿Conoces Avión?

—¡Por supuesto que sé lo que es un avión! ¿Cómo demonios te crees que he llegado hasta México?

—¡Te estoy hablando de un pueblo de tu país, cateta! —contestó, indignada por mi ignorancia—. Un municipio en Galicia que se ha convertido en el México europeo. Y a juzgar por los Lamborghini y Porsche que pasean por sus calles, dudo que esté habitado por panaderos.

—No tengo tiempo para adivinanzas —repliqué mientras oía a Gael en el piso de abajo rechistando—. ¿Quieres que vaya a hacer turismo a ese pueblo? ¿Que lo relacione con México en mi reportaje de viajes?

—Nos ha llegado un chivatazo de que le han visto allí. Si no era él, era su hermano gemelo.

—¿A quién han visto? ¿De quién estamos hablando ahora?

—¡De Duarte! ¿De quién va a ser, Lorena? —preguntó ofendida. Echaba de menos que Gina me cambiara el nombre—. Iba con algunos de sus hombres. Tenemos identificado al empresario Steve Rogerson. A no ser que el prestigioso cocinero haya cambiado la cocina macrobiótica vegana por los mejillones a la gallega, aquí hay gato encerrado.

—¿También tenéis agentes infiltrados en mi país? —Aquello me sorprendió más que el chisme en sí.

—Colaboramos con la policía secreta. Olvídate de la Luna de Plata por un instante. Medio mundo anda a la búsqueda de Adrián Duarte tras la detención de Aguirre. Te recuerdo que tu futuro suegro es un conocido hostelero con cierta afición al narcotráfico. Y Galicia es uno de los principales puntos de entrada de droga para abastecer Europa, así que todo encaja.

—O sea, que volvemos al punto de partida: Duarte y las drogas.

—Sabemos por experiencia que al final todo está ligado en este caso. Por cierto, te he hecho una reserva en un precioso hotel colonial en San Cristóbal de las Casas que vas a flipar. A tu regreso hablaremos del viajecito a Galicia.

—¡Espera un momento! —exclamé, acordándome de repente de una cosa—. Caerlion mencionó que Aguirre tenía una casa en "Aluvión". Me contó que en ese municipio desaparecieron muchos niños en los años 20. Pensé que me estaba hablando de algún lugar de México, pero… —Gina sonrió.

—Ahora mismo le pido a Mark que siga esa pista.

Oí a Gael dándome un ultimátum desde el piso de abajo. Aquel crío insufrible me sacaba de mis casillas.

—Gina, tengo que irme o el mocoso este volverá a marcharse sin mí.

—Asegúrate de correrte con el padre después de correr con el hijo, así al menos el esfuerzo habrá valido la pena —añadió con la delicadeza que la caracterizaba.

Me despedí y bajé las escaleras antes de que Gael volviera a resoplar. Como cada día, Speedy Gonzales emprendió la marcha a paso ligero, con una sonrisa de satisfacción al comprobar que no podía seguirle. A mí ya me daba igual. Debíamos de llevar quince o veinte minutos corriendo cuando el móvil comenzó a vibrar desesperadamente. Normalmente no le prestaba atención mientras corría, pero me alarmé al ver que se trataba de Esther. Detuve la marcha y me acerqué a la orilla en busca de un poco de intimidad. Mi amiga me contaba, desesperada, que su madre había salido del hospital, pero su padre seguía en estado crítico. Me sumé a su dolor y a su impotencia, para mí los padres de Esther eran parte de mi propia familia. Cuando la colgué, estaba tan nerviosa, que ni siquiera sentí las olas acercándose a mí con suavidad hasta que mis deportivas estuvieron completamente empapadas.

—¿Estás bien? —Me giré al ver que Gael estaba detrás de mí y parecía genuinamente preocupado—. ¡Tampoco corrimos tan deprisa!

—Todo bien —respondí apática, sin alentar sus bromas sobre mi estado físico—. Si no te importa, preferiría dejarlo para mañana.

Le miré a la espera de que hiciera un comentario hiriente que me dejara en ridículo, pero en su lugar, me dirigió una mirada de comprensión que me dejó desubicada.

—¿Te apetece desayunar? Conozco un bar que tiene las mejores tortas de Nayarit.

—¿Con tortas te refieres a los bocadillos esos de pollo con guacamole? —No dudé ante tan jugosa e inesperada propuesta. Él asintió con la mirada—. Eso suena muy bien.

—Vamos a tener que correr un poco entonces. El camión sale en ocho minutos.

—¿Camión?

Gael agarró mi mano y me arrastró por toda Bucerías en busca del "camión". Cuando acepté su proposición, no sabía que con "las mejores tortas de Nayarit" no se estaba refiriendo a Bucerías, sino a todo el estado. Nos subimos a un autobús que había conocido tiempos mejores y cuyas medidas de seguridad harían chillar a la DGT, y una hora más tarde, estábamos entrando en un colorido bar de Puerto Vallarta.

Decidí escribir a Gina para informarle de que pasaría la mañana fuera y trabajaría por la tarde, a lo que me respondió con un pulgar afirmativo. Tenté a mi suerte y le mandé un segundo mensaje pidiéndole un aumento de sueldo. De nuevo me respondió en el acto usando un emoji con un dedo, solo que no fue precisamente el pulgar el dedo que me levantó esa vez…

Aproveché también para informar a Caerlion de que no iría a comer y explicarle a Ethan lo sucedido antes de que se alarmara por no vernos en el desayuno.

—Oye, enano, ¿tú no tienes clases hoy? —pregunté mirando el reloj, que se acercaba peligrosamente a las nueve de la mañana.

—Mañana le pido a la abu que me firme un justificante como que estuve enfermo y arreglado.

—¿Haces esto a menudo?

—¿El qué? ¿Saltarme las clases para hacer turismo con las novias de mi papá? —preguntó burlón. Para ser tan joven, manejaba demasiado bien el sarcasmo.

—Me queda claro que no…

Gael pidió nuestros desayunos y yo me dispuse a pagar, pero lo reclinó con un gesto cortés.

—Me han educado bien, señorita Fernández. Soy un caballero.

—Sí, de brillante armadura. Ya veo a quién has salido… —observé divertida—. ¿Podrías dejar de llamarme señorita Fernández? Me hace sentir como tu profesora de guardería.

—Como gustes.

El camarero no tardó en llenarnos la mesa de toda clase de manjares de la zona. Tortas, zumo de piña, café de olla y pan de elote, unos bizcochitos elaborados con maíz y miel que tenían una pinta deliciosa. Le hinqué el diente al bocadillo, que estaba relleno de una planta que no había probado nunca, mole poblano, nopales, camarones y patata. Era un poco denso para el desayuno, pero estaba delicioso.

—¿Qué lleva esto? —pregunté, sorprendida por la interesante mezcla de texturas y sabores en mi boca—. Hay algo que está como… crujiente.

—Son los chapulines —respondió sosteniéndome la mirada de un modo inquietante.

Lejos de aterrorizarme, su actitud me divirtió. Yo conocía demasiado bien esa mirada, la veía a diario en su padre y sabía que no me la podía tomar en serio. Decidí seguirle el juego.

—Pues tengo que decir que los saltamontes están deliciosos.

—Eso es porque están mezclados con romeritos.

Seguimos con el pulso de miradas, él intentando hacerme creer que lo que crujía en mi boca eran de verdad saltamontes; yo, intentando encontrar un signo de debilidad que me confirmara que me estaba tomando el pelo. Reconozco que fui yo quien se rindió primero. No pude aguantar más la angustia y me apresuré a mirar la carta, respirando aliviada al ver que no había insectos en el menú del día.

—¡Muy gracioso!

—Meterse contigo es demasiado fácil —celebró, mostrándome una traviesa sonrisa que sabía iba a romper más de un corazón de aquí a unos años—. ¿Por qué tienes un celu tan viejo? Pensaba que en Europa erais todos ricos.

—Tuve un accidente justo antes de venir. Este me lo ha dejado mi compañero de piso.

—Casper, ¿no? El amigo de mi papá —preguntó, yo asentí con la cabeza—. ¿Qué tipo de accidente? ¿No se puede arreglar?

—El cacharro acabó dentro de una jarra de cerveza —expliqué con un mohín de disgusto al recordarlo—. Que conste que yo no tuve nada que ver.

—Tampoco es que me hubiera sorprendido... —agregó divertido—. Lo siento, me gusta observar a la gente.

—¿Y qué conclusión has sacado conmigo? —pregunté curiosa, mientras probaba el pan de elote, que bien merecía el apodo de "pan de los dioses".

—¿Aparte de que eres super patosa y que no sabes tomar[17]? —se burló de nuevo—. Pues noto que algo no está bien. Siempre estás intentando desesperadamente caerme bien y ahora te importa un pinche carajo, así que deduzco que algo ha debido cambiarte.

Levanté la mirada y traté de ocultar cierta satisfacción. Aquel mocoso, además de ser un lince, parecía preocupado por si yo le

---

[17] Voz mexicana: consumir bebidas alcohólicas.

aceptaba o no. Le conté a qué se debía mi tristeza sin entrar en detalles y él se mostró comprensivo, demasiado para alguien de su corta edad.

—He oído que la cosa empieza a ponerse muy fea en tu país. Tened mucho cuidado cuando regreséis. No me gustaría enterarme de que sois vosotros los que estáis hospitalizados.

—Lo tendremos, pero me niego a vivir con miedo.

—¡Güera, tú no sabes lo que es vivir con miedo! —Su expresión triste me partió el corazón—. ¿Terminaste ya? Me gustaría enseñarte la ciudad.

Paseamos por la plaza principal, visitamos la parroquia de Nuestra Señora de Guadalupe y el palacio Municipal, antes de perdernos en el Parque Lázaro Cárdenas, cuyos collages con azulejos me recordaron de algún modo al Parque Güell de Barcelona.

El tiempo pasó rápido entre selfies, anécdotas sobre los artistas a los que había tenido ocasión de conocer en mi trabajo, su instituto y la vida que dejó en Guanajuato. Tomé nota mental de cuanto decía y tal vez pudiera usar en un futuro para complacerle, e incluso llegué a pensar que la convivencia en Londres podría resultar más sencilla de lo que inicialmente había pensado. Que podríamos conectar.

Nos sentamos en un banco mirando al Pacífico para disfrutar de unos tacos de camarón y horchatas de un puesto callejero.

—A mamá le encantaba este sitio. —Su mirada se perdió en el horizonte—. Siempre se hospedaba aquí cuando me traía a ver a la abuela. Concretamente, en ese hotel de ahí.

Me giré para ver el edificio que señalaba, un enorme resort rodeado de palmeras que impedían ver lo que había en su interior.

—Luna de Plata Puerto Vallarta —leí en voz alta—. ¿No es ese uno de los hoteles de tu abuelo?

—Están por todo México. Son como los Hilton de aquí.

—¿Te llevas bien con tu abuelo?

—¿Con... Adrián? —Parecía sorprendido por la pregunta—. La verdad es que el viejo y yo nunca hemos tenido demasiada relación. A veces venía por casa, pero...

—¿Tu abuelo te visitaba en Guanajuato?

Contra todo pronóstico, Gael empezó a reír. Pero era una sonrisa triste, ahogada en los recuerdos.

—Visitaba a mi mamá más bien... Llegaba a casa, me soltaba feria[18] para que me lanzara al mercado a por tabaco y, si tardaba más de dos horas en regresar, podía quedarme el cambio.

—¿Tu abuelo te mandaba a por tabaco? ¿Qué edad tenías tú entonces?

—No sé, ¿unos ocho años? La cosa es que él nunca estaba cuando yo regresaba, y mi mamá no fumaba, así que acabé por quedarme la plata. Lo único que quería era que me largara de allí unas horas.

No pude ocultar mi lástima mientras me contaba esa historia con ingenuidad divina.

—¿Y tu madre lo consentía?

—¡No sientas lástima por mí, güera! Soy joven, no guaje.

—¿Por qué dices eso? ¡No me estoy apiadando de ti!

—Además de torpe, eres una actriz pésima. Cuando nadie te cuenta lo que pasa a tu alrededor, acabas por buscar tú mismo las respuestas. Normalmente están ahí, en cada gesto, en cada detalle. Solo tienes que pararte a observar. Y es fácil mirar cuando nadie está pendiente de ti, ser una sombra tiene sus ventajas.

—¿Cómo puedes decir eso? ¡Tú no eres una sombra!

—Mi mamá me dejaba en la calle hasta bien entrada la noche para cogerse a mi abuelo. Otras veces, desaparecía varios días sin dar señales de vida y, cuando regresaba, lo hacía en tal estado que necesitaba varios días en la cama para recuperarse —confesó, con la mirada fija en algún punto de su pasado. Me mordí el labio con frustración, sintiendo cada vez más antipatía hacia esa mujer que yo había creído casi divina—. Las vecinas estaban al tanto de la situación, así que no dudaban en mostrar su caridad mientras las oía cuchichear por los rellanos que mi mamá era alcohólica, ramera y no sé cuántas cosas más.

—¿Has hablado con tu padre de esto?

—¡Claro que no! ¡Le hubieran quitado la custodia a mi mamá! —exclamó ofendido—. ¡Ni siquiera sé por qué te lo estoy contando a ti! Seguro que vas a correr a decirle en cuanto regresemos.

---

[18] Voz mexicana: dinero.

—¡De ninguna manera! Lo que decidas contarme va a quedar entre tú y yo. Tú aún no me conoces, pero soy muy leal. Tus secretos se irán conmigo a la tumba.

—No debí platicarte de mi mamá —lamentó, avergonzado. Podía ver la batalla que se libraba en su interior, el arrepentimiento—. Ahora pensarás que era una cualquiera. No sé en qué andaba metida, pero hubo un tiempo en el que fue una buena mamá. La mejor.

—Yo no soy quién para juzgar a tu madre. Solo uno sabe por qué hace las cosas que hace, y estoy segura de que ella tuvo sus razones.

—Estuve enfadado mucho tiempo con ella, con los dos en realidad, pero nunca se lo dije. —Gael hizo una pausa y miró al suelo cabizbajo, jugueteando con el vaso de papel de su horchata—. Al menos, hasta el día que desapareció… Me cansé de ser el adulto en casa, le reproché su comportamiento y tuvimos una fuerte discusión que acabó con el portazo que di al largarme. Creo que le amenacé con irme a Nueva York con mi papá si no cambiaba, le dije que necesitaba una mamá y no el ser despreciable en el que se había convertido. Amenacé con contarle a todos que estaba liada con Adrián… Estuve caminando sin rumbo por horas, golpeando cuanto encontraba a mi paso para reducir mi rabia. No funcionó, lo único que gané fueron varios arañazos y magulladuras. Cuando regresé a casa, ella ya no estaba. No le di importancia, ella era así. Deduje que estaría cogiéndose a mi abuelo en busca de consuelo o emborrachándose en algún bar. Pero tampoco regresó los días siguientes. Las vecinas llamaron a la policía. Dijeron que las primeras 24 horas eran cruciales para encontrar a la víctima con vida, y ella llevaba tres días desaparecida.

Me moría por contarle que su madre estaba a salvo en algún lugar remoto, pero eso solo haría aún más fuerte el sentimiento de abandono que guardaba hacia ella.

—Tú no tuviste la culpa de nada. Lo sabes, ¿verdad?

—Para ti es fácil decirlo.

—Mira, lo que pasó fue horrible, pero como bien has dicho, tu madre andaba metida en asuntos turbios. Nadie tiene la culpa de estas cosas, tú menos que nadie.

—En cualquier caso, nada va a aliviar el sentimiento de culpabilidad que tengo al recordarla. La sensación de que, si yo hubiera actuado de otro modo, si hubiera evitado esa discusión o hubiera hablado antes con la policía, ella aún estaría aquí y yo no tendría que irme a vivir a Londres.

—Veo que la idea de venir a Londres te martiriza —observé en voz alta. Gael perdió la vista en el mar sin responderme—. ¿Por qué no intentas hablar con ella? Estoy segura de que te escuchará allá donde esté.

La idea sonaba rocambolesca, pero los mexicanos eran famosos por recordar a sus difuntos como nadie.

—Ya lo hice... Pero no obtuve respuesta. Como siempre, ella no estaba ahí cuando más la necesitaba. —Su móvil mostraba la foto de un altar lleno de comida, guirnaldas, flores y fotografías de Analisa a todo color. A pesar de que no la conocía, me provocó un escalofrío—. Jamás pensé que iba a poner tan pronto una foto de mi mamá en mi altar. La abuela y yo cocinamos sus platillos favoritos, le compré unas flores y le dije cómo me sentía. Pero no cambió nada desde entonces. El dolor del pecho, la rabia, la frustración... todo sigue ahí. Y ni siquiera puedo hablar de esto con nadie.

—¡Eso no es cierto! Puedes hablar con tu papá y conmigo —aseguré, él negó con la cabeza, confundiéndome—. ¿Y por qué me lo estás contando a mí, entonces?

—Porque no quiero que pienses que mi hostilidad es algo personal.

Mi corazón se encogió con su relato. Sabía que Gael tenía crisis de ansiedad desde que murió su madre, e incluso estaba yendo a un especialista para aprender a lidiar con sus emociones, pero nadie parecía estar escuchando lo que pasaba en realidad. Lo que aquel muchacho de ojos tristes albergaba en su interior era demasiado potente para simplemente confiárselo a un orientador infantil e iba a requerir de un gran trabajo por parte de todos.

Permanecimos en silencio mirando al mar. Me hubiera encantado haber dicho algo increíblemente reconfortante que alejara sus fantasmas de un porrazo, pero no pude.

Cogí su mano y le miré con ternura, debatiéndome entre su dolor y la satisfacción que me producía saber que me había confiado sus secretos, aunque solo fuera para evitar malentendidos. Pensé que él apartaría mi mano, pero tan solo bajó la vista al suelo, destrozando los bordes del vaso de cartón con la mano que tenía libre mientras luchaba contra sus propias emociones. De tal palo...

—¿Ese perrito es Laudael? —pregunté mirando las fotos de su altar.

—Le pilló un coche hace unos meses. Está siendo el mejor año de mi vida.

—Todo pasará, te lo prometo. Tú aún no lo sabes, porque eres muy joven, pero al destino le gusta romper nuestra vida en mil piezas para que podamos reconstruirla, como los puzles. Es lo que la hace inesperada y excitante, cuando crees que ya nada tiene solución y las piezas empiezan a encajar por sí solas.

—Me gusta esa metáfora.

—Son cosas de mi abuela Antonia Elena, es única con los refranes. Si quieres que te cuente un secreto, yo creo que a veces se los inventa. Siempre parece tener una solución para cada nieto. Y créeme que somos muchos.

—¿Tienes hermanos?

—Solo uno. Se llama Jorge y es mayor que yo. Apenas nos vemos porque vive en Texas con su novia, pero hablamos mucho por teléfono.

—¿Tan fea es tu ciudad que los dos habéis salido huyendo? —preguntó, recobrando un leve brillo en el rostro.

—Bueno, Valladolid es... cómoda, diría yo. Tiene las ventajas de una gran ciudad, pero sin los inconvenientes. El clima es horrible, eso sí. Solo tenemos dos estaciones: el invierno y el infierno.

—Suena apasionante.

—Es que no quiero vendértela demasiado bien y que te crees expectativas, mocoso. Prefiero que la descubras por ti mismo.

—¿Vas a llevarme a tu ciudad?

—¿No te gustaría conocer España?

—No me lo había planteado, pero ¿por qué no? —aceptó, fijando su mirada en la Piedra del Sol original con turquesas incrustadas que colgaba de mi cuello—. ¿Ese es el colgante que te regaló mi papá? Está obsesionado con ese símbolo, incluso se lo tatuó en el brazo en una borrachera.

—Es un dibujo lleno de significados. —Por suerte, Gael no parecía al tanto de los verdaderos motivos del tatuaje.

—¿Te interesa la mitología?
—Parece que tenemos algo en común.

Gael no aceptó bien mi acercamiento y cambió el gesto por esa estudiada pose de frialdad que le servía para protegerse del mundo.

—Elena... La neta agradezco el esfuerzo que estás haciendo, pero yo ya tuve una madre. Y se murió. —El dolor de su mirada me abrumó—. Y es cierto que cuando se fue estaba enfadado con ella, pero no puedo dejar que venga nadie de fuera a quitarle su puesto. Lo entiendes, ¿verdad?

—Yo no pretendo ser tu madre —respondí, notando que su sinceridad me hacía daño—. Lo único que quiero es ser tu amiga. Si las cosas siguen su curso, tú y yo vamos a tener que convivir antes o después. Y creo que sería mucho más fácil para todos si me dieras una oportunidad.

—Supongo que esto no es un cuento de hadas para ti tampoco. Sobre todo, teniendo en cuenta que no quieres tener hijos.

—¿Cómo sab...? —indagué, sorprendida por esa información que yo no le había dado—. ¿Quién te ha dicho eso?

—Oí a papá platicando con mi abuela.

No supe qué decir ni cómo excusarme, no podía cambiar las palabras que ya se habían pronunciado y que, para colmo, eran ciertas.

—Es cierto, no quiero tener un bebé. Pero no tengo nada en contra de los hijos que ya están educaditos. ¿Y sabes qué? No me estoy esforzando contigo. La verdad es que me caes bien. A ratos...

—Te gusta mucho, ¿verdad? Mi papá —aclaró. El rubor de mis mejillas respondió por mí—. ¿Cómo es salir con él? ¿Es divertido? Mi mamá decía que me parezco mucho a él, sobre todo en lo de cabezota...

—Suenas como si no conocieras a tu padre...

—Conozco su versión de vacaciones —explicó, haciéndome partícipe de sus temores—. Nunca he tenido que lidiar con él 24/7. Y si de verdad nos parecemos tanto, las cosas se pueden poner difíciles, sobre todo para ti...

Estuve a punto de decirle que, si se parecía mínimamente a su padre, me había tocado la lotería por partida doble, pero Ethan podía llegar a ser muy intenso por las malas. No me imaginaba teniendo que lidiar con los dos a la vez.

—Si te sirve de algo, a mí me gusta más la versión del día a día. Es tan alegre que convierte cada acto cotidiano en una fiesta. Y sí, es un poco cabezota, pero compensa con lo demás —confesé para tranquilizarle—. Está deseando que vengas a Londres. Te echa mucho de menos.

—¿Eso ha dicho? —Se iluminó con la noticia—. Elena, quiero que sepas que no voy a ser un impedimento para vosotros. Te trataré con cordialidad y respeto, pero si no funciona, no habrá nada que hacer entre tú y yo, aunque tampoco voy a interferir en la relación mientras él sea feliz contigo.

Entorné las cejas y le miré con decepción. Aquella media victoria que me sonaba a contrato me dejó un amargo sabor de boca.

—Bueno, no es lo que nadie sueña oír, pero tendrá que valer por ahora. Nos iremos adaptando. Y en cuanto a tu padre, ten paciencia. Lo está haciendo lo mejor que puede, pero esto también va a ser nuevo para él.

—No tengo ninguna queja al respecto, güera.

—Y si me aceptas un consejo de abuela cebolleta, eres un mocoso de doce años que habla como un hombre de cuarenta. Hazte un favor e intenta ser niño mientras dure. Es una etapa maravillosa, pero pasa demasiado rápido.

—Elena, hace tiempo que dejé de ser un niño…

—¡Oh! —Aquella confesión me dejó fuera de juego. Gael se rio con fuerza.

—Tranquila, güera, aún sigo siendo un niño en ese aspecto.

☼ ☾ ☼

Cogimos el autobús de vuelta a Bucerías a media tarde. El sol empezaba a ocultarse tras las montañas de la bahía, dando luz a un atardecer rosado. Miré desconcertada a aquel mocoso jugando con su móvil y con los auriculares puestos. Horas antes me había abierto su corazón y ahora fingía que no me conocía de nada. ¡Adolescentes!

Llegamos al centro y bajamos a paso ligero, mientras Gael me apremiaba porque tenía que hacer los deberes y había malgastado todo el día conmigo. Ante la imposibilidad de seguirle sin pegarme una carrera, me planté de malos modos.

—¡Reduce un poco el paso! Puedo ayudarte con los deberes de inglés, así que no hay tanta urgencia.

—No te ofendas, pero no creo que tu inglés fresa británico me sirva de mucho aquí.

—Igual sería buena idea que lo aprendieras para cuando te instales en Londres. Se me dan bastante bien los idiomas.

—Espero que se te den mejor que pillar indirectas. No necesito tu ayuda, gracias.

—¿Sabes? Tal vez yo sí necesite un poco de ayuda. Lo estoy haciendo lo mejor que puedo estos días, pero obviamente no es suficiente para ti. Podrías darme alguna pista.

—¿Pista? —preguntó desconcertado—. ¿Para qué?

—¡Para llegar a ti! —respondí molesta por su hostilidad—. Apenas nos quedan unos días juntos y no sé qué más hacer para llevarme bien contigo. Hoy pensé que habíamos conseguido algo, pero, tan pronto hemos montado en ese autobús, has vuelto a ser el mismo de siempre.

—¡Elena, no te equivoques! Te he llevado a Puerto Vallarta porque te veía triste. Si te he contado lo de mi mamá es porque vas a tener que lidiar con mis cambios de humor, mis salidas de tono, mis ataques de ansiedad, y pensé que tenías derecho a saber que no era nada personal. ¡Pero esto no ha cambiado las cosas! —replicó con una gélida mirada—. Y he dicho que voy a darte una oportunidad, pero no será hoy ni aquí.

Apreté los labios con frustración. Gael me dirigió una mirada de desconcierto, esperando alguna reacción por mi parte que no tardó en llegar. Mi paciencia también tenía un límite.

—¿Sabes qué? ¡Yo también sé observar! Y aunque dices que no ha cambiado nada, lo cierto es que hoy te has preocupado por mí. Luego algo te importo.

—¡Me he preocupado por ti como me hubiera preocupado por un perro abandonado en la calle! Se llama humanidad.

Apreté los labios aún con más fuerza y me mordí la lengua. No podía creerme que aquel niñato al que acababa de conocer tuviera el poder de hacerme daño, pero lo tenía.

—¡Eres igual que tu padre! —resoplé acelerando el paso y dejándolo por imposible.

—¿Debería sentirme ofendido por la comparación? —preguntó, siguiéndome de cerca—. ¿Qué se supone que quiere decir eso?

—Que él tampoco me tragaba cuando nos conocimos. Así que puedes seguir haciéndote el difícil si quieres, porque sé que tú también acabarás por cogerme cariño.

Su rostro se tornó de todos los colores. Levantó una ceja y me replicó escandalizado.

—¡Señorita Fernández, yo no pienso cogérmela!

Entonces fui yo la que se murió de vergüenza al comprender el malentendido. ¡Lo que me faltaba! Que le contara a su padre que su novia era una depredadora sexual. La mirada burlona que me dedicó después me hizo saber que era bien consciente de lo que significaba esa palabra para mí.

Ante la obviedad de que él no pensaba decir nada más, seguí caminando con un cabreo monumental. Sin saber cómo, habíamos llegado a casa de mis suegros, donde madre e hijo disfrutaban de un margarita en el jardín mientras Marcelo tocaba la guitarra. Si no hubiera estado tan alterada, lo hubiera encontrado hermoso. Había llegado a México con la esperanza de pasar un agradable rato con mi chico y su familia, y la realidad era que apenas había visto a Ethan despierto, su madre me estaba mortificando con sus confesiones y su hijo no paraba de ningunearme. ¡Un sueño hecho realidad!

Gael corrió escaleras arriba a darse una ducha antes de que yo monopolizara el aseo. Ethan se acercó a mí con una mirada severa. Tenía tal cabreo encima que pensé que, como también me tocara discutir con el padre, haría las maletas y me iría a un hotel.

—¿Cómo así que os fuisteis sin decir nada, güera? No estoy de acuerdo en que Gael se salte las clases.

—Lo siento, ha sido muy irresponsable por mi parte. —Acababa de darme cuenta de que, como adulta, no debería haberlo permitido—. Estaba algo triste, Gael sugirió que podríamos pasar el día en Puerto

Vallarta y yo pensé que nos vendría bien para conocernos mejor. No volverá a ocurrir.

—¿Fue idea de él? —preguntó con sorpresa, relajando así el gesto—. Supongo que no pasará nada porque falte un día a clase. ¿Y cómo la pasasteis?

Me envolvió en sus brazos y me dio uno de sus besos capaces de cambiar el mundo. Lo cierto es que, por unos instantes, lo hacía.

—Ha sido un día... interesante. Aunque ahora debería ponerme a trabajar antes de que Gina se mosquee.

—Tómate un margarita con nosotros y luego trabajas. No te he visto en todo el día —replicó meloso—. He hablado con Esther hace un rato, su padre ha mejorado en las últimas horas. Te dije que se pondrían bien. —Asentí con la mirada y me dejé envolver por la calidez de su cuerpo. Con el drama con Gael me había olvidado por completo de la verdadera razón de mi tristeza.

Me uní a la charla en el jardín mientras Marcelo amenizaba la velada con su dulce voz. Era uno de esos hombres de carácter humilde y aspecto bonachón al que era muy fácil coger cariño. Y se veía que estaba loco por su mujer.

Me uní a los coros de *Échame a mí la culpa*, *Soy lo prohibido* y *Volver Volver*.

Sentí sus brazos rodeándome, desprendiendo ese calor que siempre me hacía sentir segura. El atardecer se derramaba sobre Bucerías, y yo deseé que fuera posible congelar el tiempo en aquel preciso instante. En ese eterno verano escondido en el mes de marzo.

8

4 de marzo de 2020 – Guanajuato, México

—¿Un apartahotel? —pregunté sorprendida al ver que Ethan se detenía al frente de un colorido bloque de apartamentos de estilo colonial—. Pensaba que…

—Neta no me late quedarme en casa de mi ex. —Su voz fue apenas un susurro, observando de reojo a su hijo, que parecía contener sus emociones—. No creo que sea bueno para él recrearse demasiado en el pasado. Empacaremos sus cosas y le dejaré en casa de su amigo Carlos. Le vendrá bien pasar tiempo con sus amigos, y nosotros tendremos tiempo para nosotros. ¡Hay tantos sitios a los que quiero llevarte!

Apenas dejamos las maletas en el apartamento, pedimos un café y unas tortas en un puesto callejero, y caminamos en dirección a la casa de Analisa. Por el silencio que mantenían padre e hijo, sabía que ambos estaban reviviendo el pasado entre esas calles, trayendo fantasmas de vuelta al presente.

Aproveché su mutismo para maravillarme con el hechizo de Guanajuato. El olor a comida de los puestos de tacos, el impresionante monumento Al Pípila, el templo de San Francisco... No mucho después, llegamos a un vistoso edificio de dos plantas pintado en teja y crema, cuyo principal atractivo descansaba en un colorido puente que le unía al bloque vecino, cobijando una discreta iglesia.

—El puente del Campanero —susurró Ethan, prometiendo contarme la historia después.

Tan solo unos metros después, se pararon incómodos ante una puerta estrecha de madera. Entramos acompañados por un silencio ensordecedor, siguiendo una angosta escalera hasta el primer piso. Tan pronto Gael abrió la puerta, sus ojos se empañaron en una nostalgia densa, que pronto fue sustituida por las lágrimas que trató de ocultar. Nos hallábamos en un pequeño salón cuadrado con muebles viejos de madera oscura y un desgastado sofá cubierto con una funda naranja brillante. A la izquierda, un cuadro surrealista de la española Remedios Varo captó toda mi atención. *Encuentro*. Mostraba una inquietante figura vistiendo harapos azules, que asemejaban las olas del mar, y acababan en el interior de un cofre donde escondía su propio rostro, como si intentara guardar una parte de ella allí. Me pregunté si tendría algún significado o sería una mera obra decorativa en una sala tan desnuda.

A la derecha, una mesa de comer y cuatro sillas que habían conocido tiempos mejores. Y bajo esta, todo lo necesario para hacer una mudanza: cajas, cinta americana, plástico de burbujas...

Nadie dijo nada en el tiempo que permanecimos allí. Gael fue derecho a su habitación mientras que Ethan parecía paralizado por los recuerdos, mirando a su alrededor sin saber realmente por dónde empezar. Seguí su mirada con curiosidad por saber qué lo tenía en trance, hasta que lo vi: una foto que sobresalía del sofá y él no se atrevía a coger. Aunque no tenía ningún derecho a ello, me adelanté y sostuve la foto en alto. Su padre y la madre de su hijo se mostraban muy acaramelados en algún bar de una ciudad costera. Detrás de la foto se leía "Miami, 1999". En aquel entonces, Analisa tendría unos veintitrés años, mientras Ethan solo era un adolescente de catorce y ni siquiera se conocían.

—Debería haber sido más cuidadosa con estas cosas delante del niño —protestó.

—Iba a preguntarte si no te removía nada por dentro al volver a esta casa, pero...

—Solo de pensar en mi progenitor me dan ganas de esterilizarme —respondió sombrío, volviendo inmediatamente a sus tareas—. Necesito acabar con esto cuanto antes. Cuanto menos tengamos que ver con ella, mejor.

—¿Por qué la ayudaste entonces?

—Porque todo el mundo merece una segunda oportunidad. Y porque, a pesar de todo, es la madre de mi hijo y siempre la respetaré por ello —asintió muy serio—. Creo que voy a empezar por el salón, ¿te parece bien desmantelar la cocina? Sin piedad.

Asentí sintiendo que estaba violando un templo sagrado. Al fin y al cabo, ¿quién era yo para andar en los enseres de Analisa y decidir qué debía ser conservado y qué no?

Monté unas cajas de cartón con cinta americana y agarré dos bolsas de basura, dispuesta a llevarme por delante todo cuanto considerara oportuno. Metí las latas de conserva y demás víveres en cajas para el comedor social, al igual que la vajilla y los utensilios de cocina. Cuarenta minutos después, ya había dejado la cocina impecable, los muebles estaban vacíos y el suelo brillaba resplandeciente, así que regresé al salón dispuesta a recibir órdenes.

—¿Dónde quieres que vaya ahora?

—¿Te importaría seguir con el baño? A mí aún me queda para rato… Hay un chingo de cosas que no sé si quiero tirar a la verga o conservar por nostalgia. No debería ser yo quién tomase esta decisión.

—¿Necesitas ayuda? —ofrecí, mirando lo que sostenía entre las manos.

—Son meras cartas —explicó taciturno—. Mi papá se las enviaba a Analisa cuando estaban juntos. En su última postal me pidió que las encontrara y las guardara, pero no sé para qué iba a querer conservar algo así. Y tampoco es que se haya molestado en esconderlas mucho si eran tan importantes para ella, estaban en una caja de la estantería, a la vista de todo el mundo.

—Igual hay algo en esas cartas que sea importante. ¿Las has leído?

—¿Quieres que vomite?

—¿Has intentado contestar a las postales que te manda?

—¿A dónde exactamente? No tengo ninguna dirección —agregó bajando varias octavas la voz para que su hijo no lo oyera—. Y casi mejor así. No me quiero ni imaginar qué pasaría si Gael lo descubre.

Yo tampoco quería imaginarlo. Cogí las cartas que sostenía en la mano y comencé a leer por encima la continua exhibición de amor de un marido infiel a la prostituta que le había robado el corazón. Distintas fechas y destinos se precedían: Cancún, Miami, Dornoch, Londres, Edimburgo, Cemaes Bay, Orense, Nueva York y San Cristóbal de las

Casas. Aquella era una colección de destinos turísticos bastante inusual.

—Sé que no quieres saber nada del tema, pero... observa el papel —pedí con temor a que volviera a enfadarse por meterme en su historia—. Todas las cartas llevan el emblema de la Luna de Plata en una marca de agua.

—¿Y? —Levantó una ceja, sarcástico. Siempre que le incomodaba un tema hacía ese gesto.

—Pues que, o tu padre hace turismo con un kit de papel de escribir cartas personalizado, o yo diría que estas cartas han sido enviadas desde edificios de la Luna de Plata. Conocemos los hoteles de Cancún, Miami e incluso Dornoch. ¿Pero Orense?

—No tengo ni idea de dónde está Orense, así que no sé a dónde quieres llegar.

—Está en Galicia, al noroeste de España. Gina me contó que han visto a tu padre recientemente en un pueblo cercano, Avión. ¿Te suena?

—¡Bien por él, Elena! De verdad que tengo un montón de cosas que hacer en esta casa y estoy deseando largarme. No sé a dónde quieres llegar con esta conversación, pero me vale madres dónde esté mi padre ahora mismo...

—Tu padre ha enviado cartas desde allí en al menos tres fechas diferentes. —Las tendí sobre la mesa para que viera los matasellos de Orense, Avión y Santiago de Compostela—. Cartas que, por cierto, Ana te pidió que encontrases.

—Baja el tono de voz, ¿quieres?

—Y me consta que en España no tiene ningún hotel Luna de Plata ni SilverMoon, así que estamos buscando algo más en estas cartas. Ana te está guiando a alguna parte.

—Pues siento mucho decepcionaros a las dos, pero me niego a acabar como ella. —Zanjó el tema metiendo las cartas en la caja con los demás enseres de Analisa—. Alba Elena, ¿te importaría empacar en el baño? Estar aquí me está dando dolor de cabeza.

No quise insistir en un tema que él quería olvidar cuanto antes. Sobre todo, porque cuando se dirigía a mí por mi nombre completo, la batalla estaba perdida. Su repentina falta de interés me estaba sacando de quicio. Asumí que tendría que dejar que las cosas siguieran su curso, mientras revolvía en los potingues que Analisa guardaba en su cuarto de baño.

Me sorprendió enormemente la cantidad de perfumes y objetos de belleza que encontré en un aseo tan diminuto. Había algunos de imitación con olores intoxicantes y varias fragancias orgánicas florales elaboradas por una empresa local. Decidí meterlo todo en una caja de "tal vez" sin saber muy bien si Gael querría conservar aquellos olores como recuerdo para sentirse más cerca de su madre.

No pasé mucho tiempo indagando hasta que empecé a notar unos conocidos retortijones que ya había experimentado varias veces desde mi llegada a México. La comida, pese a estar deliciosa, se había convertido en mi peor aliada, y la torta del desayuno había tenido un efecto laxante inmediato del que difícilmente iba a salir bien parada. Cerré la puerta del baño con discreción, lamentando que no tuviera un pestillo para darme intimidad, y abrí los grifos en busca de algún ruido que distrajera los gruñidos de mi estómago. Cuando por fin pensaba que había capeado el temporal con dignidad, tiré de la cadena y observé con disgusto que no ocurría nada.

—¡Mierda, joder! ¡Me cago en todo! ¡Maldita cisterna de los demonios!

Esos fueron solo algunos de los improperios que solté en voz baja. Me subí las bragas y los vaqueros para dedicarle toda mi atención a esa maldita cisterna, pero, por más que pulsaba el botón una y otra vez, no ocurrió absolutamente nada.

Abrí la tapa del inodoro, dispuesta a aplicarle mis inexistentes nociones de fontanería a ese retrete que había decidido humillarme y cargarse el romanticismo. Una gran bolsa estaba obstruyendo la cadena. Metí la mano para cogerla y la tiré con asco contra el suelo. Una vez librado el obstáculo, respiré aliviada al comprobar que el retrete finalmente se había tragado mi desayuno, ahorrándome así una situación bochornosa.

Contemplé la bolsa que ahora descansaba en el suelo con cierto resquemor. Quienquiera que la hubiera metido allí no deseaba que nadie la encontrara, y a esas alturas, sospechaba que podría tratarse de cocaína. Me quedé un rato sentada en la losa del suelo, mirando la bolsa con respeto y sin atreverme a dar ningún paso. Ahora que no estaba tan nerviosa por solucionar el drama del wáter, reparé mejor en la consistencia y el peso del paquete. Definitivamente, no era cocaína. Me libré de la primera bolsa, encontrándome una segunda y hasta una tercera protegiendo dos montones de cartas en papel enmohecido, unidos entre sí con una goma de pelo roñosa. Estaban escritas a mano con una caligrafía horrible y las firmaba Adrián Duarte. A diferencia de las que había en el salón, estas mostraban un romanticismo del que no veía capaz a alguien como él, trasmitiendo una desesperación ahogada en cada una de sus líneas. Carta tras carta durante más de diez años que, por alguna razón, Analisa había considerado prudente esconder donde nadie pudiera encontrarlas jamás.

También había un par de fotografías con anotaciones de tinta corrida. La primera databa de abril del 2001, un selfie con poca luz sacado con una cámara fotográfica de mala calidad. Identificaba el salón de esa misma casa y a los dos protagonistas de esa historia de amor. La otra, tomada en 2007, estaba ligada a una carta que tenía una caligrafía diferente, rápida y nerviosa, y que firmaba la propia Analisa. Me sorprendió comprobar que esta vez era un jovencísimo Ethan aún imberbe quien posaba con Analisa en una tira de cuatro instantáneas tomadas en un fotomatón de la zona, el típico retrato de dos jóvenes en plena efervescencia hormonal que alguien se había tomado la molestia de arruinar a tachones. Lo más dramático de la imagen era la dedicatoria de detrás, una frase de Joaquín Sabina que Analisa había escrito en un rojo brillante:

Antes de que me quieras como se quiere a un gato, me largo con <u>cualquiera</u> que se parezca a ti.

Y, justo detrás de esa declaración de intenciones, podía leerse en negro algo mucho menos poético que firmaba Duarte:

Inténtalo y estás acabada.
Eres mía, solo mía, y nunca podrás alejarte de mí.

—¿Cómo acabaste así? —pregunté al aire.

Sentía un deseo irrefrenable de conocer la historia detrás de esa fotografía, saber qué habría propiciado que Analisa se refugiara en los brazos de Ethan o cómo fue su relación con Duarte después de que naciera Gael. Me puse manos a la obra a desenvolver la carta que acompañaba semejante cruce de mensajes, el declive de un amor que parecían haber pregonado a los cuatro vientos y se había sellado con una amenaza que, años después, parecía haber sido cumplida. Pero mi deseo se vio truncado al escuchar unos nudillos impacientes en la puerta.

—¿Güera, estás bien? —Ethan hizo que diera un respingo, mientras me esforzaba por guardar todo de nuevo en la bolsa y lo escondía tras la torre del lavabo—. ¿Puedo pasar?

Abrí las ventanas y asfixié el aire con uno de los muchos perfumes que Analisa guardaba en una cesta. Tenía vainilla y pachulí, lo que desencadenó una serie de estornudos que no supe cómo frenar.

—¡Sí! Ya casi he acabado aquí, si quieres puedo ayudarte con los armarios del pasillo o…

—¿Estás bien, cielo?

Sus brazos me envolvieron por detrás, dejando en evidencia que era mucho más grande que yo. Me encantaba sentir esa falsa sensación de protección que solo encontraba en la calidez de su cuerpo.

—Sí, es solo que… —No supe cómo justificar mi comportamiento—. Estar aquí me está dejando mal cuerpo.

—Lo siento, no sé en qué estaba pensando para haberte traído a casa de mi ex. Deberías estar haciendo turismo o tomando un café, pero me aterraba la idea de dejarte sola en esta ciudad.

—Estoy bien, de verdad. Creo que solo ha sido el calor o algo que tomé en el desayuno…

—¿Por qué no bajas al café de abajo y nos esperas allí? Los jugos son algo fuera de este mundo. A nosotros aún nos queda por revisar el pasillo y su habitación, aunque no creo que tardemos mucho…

Le miré con indecisión, convencida como estaba de que había algo más en ese piso que Ethan estaba dejando pasar, no sé si voluntariamente, o porque no había más ciego que el que no quería ver.

—Vale, termino esta caja y os espero abajo —me rendí.

—No te preocupes por la caja —pidió con determinación—. Los cosméticos van todos a la basura.

—Genial, pues recojo estas cosas de aquí y me bajo a la cafetería —repliqué con una sonrisa incómoda.

Aunque estaba acostumbrada a su sobreprotección, hubo algo en sus palabras que no me gustó. Me costaba diferenciar si actuaba así para protegerme o porque me conocía tan bien que sospechaba que yo pudiera estar tramando algo en ese cuarto de baño.

Cuando me quedé de nuevo sola, escondí las cartas en el elástico de mi ropa interior, maldiciendo aquel minúsculo bolso que me había regalado para no llamar la atención, y salí escopetada a la calle en busca de la tienda más cercana donde poder comprarme un bolso de verdad. También compré un kit de costura así que, tras degustar un delicioso zumo de mango, me encerré en el cuarto de baño del local, rasgué el forro de mi bolso, metí las cartas dentro bien esparcidas en los laterales y volví a coserlo de nuevo. Si Analisa había querido que Ethan encontrara esas cartas, estaba segura de que había algo en ellas que merecía ser visto, mucho más allá del romance entre el mero mero[19] y la falsa diosa nórdica.

☼ ☾ ☼

Después de un copioso almuerzo a base de caldo de oso —al que únicamente accedí tras asegurarme de que no había ningún oso entre sus ingredientes—, dejamos a Gael en casa de su amigo y nos fuimos a recorrer la ciudad.

Guanajuato era el centro minero más importante de la Nueva España, reconocido en 1988 por la UNESCO como Patrimonio Cultural de la Humanidad debido a su belleza de la época colonial. Al igual que pasaba en Roma, era una ciudad "lasaña" en la que se

---

[19] Voz mexicana: el jefe, el mandamás. La persona más importante.

detectaban capas de civilizaciones anteriores que permanecían intactas. Las constantes inundaciones que había sufrido por las crecidas de los ríos Guanajuato y Laja, arrastrando consigo minerales y piedras, habían sepultado construcciones en el fondo, llevando a la reconstrucción de la ciudad anterior sobre las ruinas de esta.

Hicimos una breve parada en la casa museo de Diego Rivera, siendo testigos en la distancia de la otra cara de una historia de amor tóxico que había contribuido a crear el icono que era hoy Frida.

Cuando comenzaron a caer las primeras luces de la tarde, mi guía me llevó por un callejón estrecho con paredes granate, mostaza y rosa. Una curiosa joya arquitectónica cuyos balcones apenas tenían una separación de sesenta y nueve centímetros, llegando prácticamente a tocarse. La cantidad de gente que había tomándose fotos en sus escaleras me hizo reconocer el lugar al instante.

—El Callejón del Beso —pronuncié en voz alta—. ¿Qué os pasa a los mexicanos con los lugares para besuquearse?

—Creía que a estas alturas ya sabrías la respuesta a eso, güera. —Me guiñó un ojo y se puso juguetón. Pensé que iba a besarme, pero algo le detuvo—. ¡Casi lo había olvidado! Tiene que ser en el tercer escalón. ¿No querrás tener siete años de mala suerte?

Miré el lugar con escepticismo y cierta decepción que Ethan captó al instante.

—¡No, claro! Mejor sigamos las reglas... —me burlé—. Tengo que decirte que tenía muchas expectativas, pero me quedo mil veces con el de Bucerías. Las pinturas y ese olor a mar me han conquistado.

—Eso lo dices porque no sabes que lo que hace realmente especial a este lugar es la leyenda de Carmen y Don Carlos —explicó con un halo de misterio.

»*Carmen tenía un padre super celoso que la mantenía alejada del mundo para que ningún otro hombre se la arrebatara jamás. Pero Carmen era una muchacha rebelde, y en una de sus escapadas, conoció a Don Carlos, un minero con el que se veía a escondidas en una iglesia. Cuando su padre lo descubrió, amenazó con enviarla a un convento y casarla con un viejo adinerado de España. Carmen le pidió a su dama de compañía que le entregara una carta a Don Carlos contándole lo sucedido. Entonces, Don Carlos se dio cuenta de que la ventana de*

Carmen daba a un callejón muy estrecho, y que era de fácil acceso desde una vivienda cercana, que no dudó en comprar a precio de oro. Así, pasaron las noches reunidos en la ventana, hasta que el padre los descubrió y, celoso, clavó una daga en su hija. Pocos días después, Don Carlos se suicidó.

—¿De verdad pretendías hacerme cambiar de opinión con esta historia? —Le miré arrugando el ceño—. ¡Es la historia más triste del mundo! ¿Por qué todas las leyendas locales tienen que acabar con amantes suicidas?

—Piensa que antes no había telenovelas, con algo tenían que entretenerse...

Apoyó sus manos en mis caderas y me atrajo contra su cuerpo, acortando así la distancia que nos separaba. Me gustaba cuando me miraba de ese modo, mostrando esa vulnerabilidad que nunca mostraba con nadie más. Sonreí como una idiota y le sostuve la mirada, notando que mis mejillas se incendiaban de nuevo.

—Bueno qué, ¿vas a dejar que te bese o no?

—Que conste que solo lo hago para evitarme esos siete años de mala suerte...

Tras inmortalizar el beso en la cámara, nos dirigimos al Monumento al Pípila para disfrutar de un bello atardecer. Su aliento me hacía cosquillas cuando regaba de diminutos besos mi piel, reavivando el fuego de mis entrañas. Viéndole así, con la mirada perdida en el atardecer y tan relajado, me pregunté si Ethan era mínimamente consciente del modo en el que me alteraba los sentidos. De que su llegada a mi vida la había puesto completamente del revés.

☼ ☾ ☼

Los días siguientes transcurrieron entre paseos por la ciudad y películas de Marvel en el apartamento. A veces me quedaba a solas con el padre cuando Gael se iba con sus amigos del barrio a jugar al fútbol o, por el contrario, me quedaba con el hijo cuando Ethan se ausentaba para solucionar papeleo. Cuando eso ocurría, Gael y yo paseábamos juntos o le ayudaba con los deberes, que no es que fuera un plan apoteósico, pero a veces uno encuentra la felicidad en los actos más banales, como en el simple hecho de que aquel mocoso empezara a aceptarme. Gael dejó de verme como una intrusa que intentaba borrar el recuerdo de su madre para verme como una posible aliada en Londres que le ayudara a mediar con su padre. Quien no parecía disfrutar de esa nueva complicidad fue precisamente Ethan, quien observaba horrorizado como el día que su hijo cumplía los trece, le había regalado un cambio de look al que no pudo negarse por evitar una disputa. Mantuvo el tipo durante la cena de cumpleaños, pero, tan pronto nos metimos en la habitación, no pudo contenerse más.

—¡Has dejado que mi hijo se tiña de azul! —protestó, aunque no parecía realmente enfadado. Solo... en shock.

—¿Qué hay de malo en dejar que exprese su personalidad a través del cabello? ¡Está de rabiosa actualidad entre los jóvenes! ¡Mira a los cantantes de CNCO!

—Preferiría que mi hijo no tomara como referente a ningún reggaetonero.

—¡No seas así! Tienes que reconocer que está guapísimo. El pelo azul realza el dorado de sus ojos. —Ethan suspiró por toda respuesta—. ¡No seas antiguo! Además, el pelo crece. En menos de un mes volverá a su color habitual.

—No, si no es eso lo que me preocupa... es que me veo venir que a partir de ahora va a ser siempre así contigo. —Sus palabras fueron como un golpe directo en mi estómago.

—Perdona, pensaba que querías que nos lleváramos bien. No volverá a suceder, le pondré límites, me volveré aburrida y estricta y...

—¡Qué dices! ¡Si me encanta ver lo bien que os lleváis! —respondió, confundiéndome—. Y eso es precisamente lo que me aterra. Siempre hay alguien que juega el papel de poli bueno y otro el de poli malo. Y no sé por qué, me da que tú y yo acabamos de definir nuestros roles...

No pude evitar una sonora carcajada.

—Cariño, eres su padre, ¡siempre vas a ser el poli malo! Eres quien lleva el peso de su educación, los castigos, quien tendrá mano dura cuando haga falta. Yo soy la guay, la que nunca va a reñirle y mediará contigo cuando no os pongáis de acuerdo en algo. Ese es mi rol en esta relación, ser el poli bueno. Es una regla no escrita.

—Entonces, necesitamos tener una hija para compensar.

—¿Perdona? —Le miré atónita por tan extraña reflexión.

—¡Todo el mundo sabe que las niñas son el ojito derecho de papá! Creo que sería la manera más justa de equilibrar la balanza.

—¡No pienso tener un bebé solo para que tú puedas jugar al poli bueno!

—Yvaine me verá como a su héroe y a ti como a la bruja malvada que le obliga a comer brócoli.

—¿Yvaine? —Me incorporé en la cama para mirarle ojiplática, porque al parecer, recostada no tenía el mismo efecto.

—Yvaine, estrella de la mañana, igual que su bisabuela. Sería un bonito homenaje a la vieja, ¿no crees?

—Lo que yo crea al parecer no importa, diría que ya lo tienes todo decidido.

—Lo siento, no es discutible. Si tenemos un niño, te dejaré elegir el nombre a ti.

—Gracias, ¡qué detalle! —bufé sarcástica—. Vale, supongamos que, por alguna extraña circunstancia, consigues convencerme para tener otro hijo y resulta que es una niña… Yo siempre quise llamarla Selena, ¿mi opinión en esto no cuenta?

—Pues le ponemos un nombre compuesto, Alba Elena, ¡ya ves tú qué problema! Yvaine Selena, me gusta. Uno significa "estrella" en gaélico y el otro "luna" en latín, no podría ser más apropiado. —Terminó de matarme con su reflexión—. Yvaine Selena Fernández-Soler Duarte-McGowan. Pongámosle primero tus apellidos, no me gustaría que fuera por ahí exhibiendo la maldición familiar.

Me dejé caer en la cama ruidosamente, completamente en shock por lo surrealista de la conversación.

—¿Te has dado cuenta de que aún no está siquiera en proyecto y la pobre ya tiene que lidiar con un nombre que no le cabe en el pasaporte? ¡Que no es la Reina de Inglaterra para tener tantos títulos!

—Tienes razón, igual deberíamos recortarlo un poco…

—Pero no hoy, Ethan Adrián, no hoy. —Yo también sabía jugar la carta del nombre compuesto—. Te repito que no tengo intención alguna de convertirme en madre, así que va siendo mejor que lo asumas.

—Pero no tienes ningún problema en que practiquemos un poco antes, ¿no? —preguntó meloso, colocando su cuerpo firme sobre el mío. El color canela de su piel resultaba poesía en contraste con la blancura de la mía.

Acaricié los músculos de sus brazos que estaban en tensión en esa postura y noté como mi organismo se iba encendiendo al sentir su proximidad, el calor denso que emanaba de su cuerpo casi desnudo.

—Ninguno en absoluto.

☼ ☾ ☼

El último día en Guanajuato, volvimos a disfrutar de la compañía de Marcelo y Caerlion, que vinieron a buscar a su nieto pese a las reticencias de esta por volver a poner un pie sobre aquellas tierras.

En unas horas, daría comienzo la última etapa de nuestro viaje, una que prometía cascadas de ensueño en Chiapas y las playas más paradisíacas del Caribe mexicano en compañía de ese hombre que encendía mis ganas con solo respirar. Ya el día anterior había percibido que su carácter se volvía taciturno y distante al pensar en la despedida.

—¿Quieres que cancelemos el viaje a la playa para quedarte unos días más con tu familia? —ofrecí—. Mira que luego no sabes cuándo vas a volver a verlos...

—También me hacen falta unas vacaciones con mi chica. —Ethan me estrechó entre sus brazos y absorbió el olor afrutado de mi pelo—. Pero gracias por proponerlo.

Después de dos semanas siendo testigo de la increíble unión de esa peculiar familia, sabía que la despedida iba a ser dolorosa para él. Lo que nunca sospeché es que yo misma fuera a sentir ese nudo en el estómago ante la incertidumbre de no saber cuándo volveríamos a vernos.

—¡Cuídamelo mucho, mija! —El abrazo que me dio Caerlion fue lo suficientemente significativo para echar mis defensas abajo. No era solo una despedida tras un viaje familiar, sino una declaración de intenciones.

—Lo haré, siempre. Y, por favor, no hagáis nada de lo que os vayáis a arrepentir.

—Puedes estar tranquila, Gael es tu mejor garantía de que no vamos a abrir la boca... por ahora.

Lo que se traducía en que, tan pronto Gael estuviera a salvo con nosotros en Londres, la historia sería muy diferente. Una sonrisa amarga se dibujó en mi rostro. Yo ya sabía que hacerle cambiar de opinión iba a ser inútil. Fue cuando Gael se acercó para despedirse cuando experimenté una pequeña fracción del dolor que en esos momentos Ethan guardaba en su corazón. Observé en silencio a padre e hijo abrazarse con lágrimas en los ojos. Aquí nadie fingía nada ni pretendía ser más macho que nadie, y eso me gustó. Una manifestación pura y sincera de emociones. Entonces, Gael extendió el brazo y me hizo una señal para que me uniera a ellos. Me acerqué insegura de no haber entendido bien su gesto, pero todo quedó claro cuando padre e hijo me agarraron de la cintura y me incorporaron en el abrazo: Gael me aceptaba.

—Cuídame a Elena, ¿eh? —pidió Gael, separándose un poco de nosotros—. Mira que esta güera me cayó bien.

—Estaré esperándote en Londres —afirmé, acariciando su mejilla y conteniendo la emoción que golpeaba con furia mi pecho.

—Buen viaje, mis niños —se despidió Caerlion—. Y cuidado con los asaltos nocturnos. ¿Lleváis los pasaportes bien escondidos?

—Eso ha sido una broma, ¿verdad? —pregunté con ingenuidad divina.

—Será mejor que subamos al camión...

Me aferré a mi nuevo bolso de viaje con temor y me olvidé por completo de que allí, entre las costuras mal hechas del forro, se escondían los secretos que Analisa una vez había compartido con su examante.

Una vez en el autobús, apoyé la cabeza en el cristal y sonreí con amargura, mientras mi familia política se iba haciendo cada vez más pequeña en la lejanía. Y a pesar de que estaba a punto de comenzar unas vacaciones alucinantes, todo lo que podía pensar era en Gael, en el dolor que emponzoñaba su alma con recuerdos que nadie debería haber coleccionado. En la pena de no saber cuándo volvería a ver a ese mocoso que, en algún momento de mi estancia en México, me había robado el corazón.

9

26 de enero de 2023 – Piso de Elena, Brooklyn

—¿Me darías un segundo? —Siobhan me interrumpe atorada.

Asiento con la cabeza y aprovecho la distracción para ir al baño. Juro que últimamente no soy capaz de aguantar más de una hora sin hacer pis, es como si tuviera una manguera en los riñones expulsando agua constantemente. Y he oído que esto es solo el principio…

Cuando regreso al salón, me encuentro a Siobhan revisando unas notas escritas a mano que se ha molestado en clasificar y subrayar cuidadosamente.

—No tengo chai latte, pero puedo ofrecerte un té verde —propongo.

—Gracias —acepta sin levantar la vista de sus notas. No tengo ni la más remota idea de que está buscando, pero cuando dejo la taza a su lado de la mesa, sonríe satisfecha y me muestra algo en la pantalla—. ¡Aquí está! El viaje a México. Ethan lo describió de un modo muy diferente. Me habló de tu relación con la Luna de Plata, de que fue precisamente allí donde debería haberse dado cuenta de lo que estaba pasando, pero estaba tan absurdamente enamorado de ti, que decidió ignorar todas las señales. —Me resulta tan ridículo, que todo lo que sale de mi boca es una risa ahogada mientras mi respiración comienza a agitarse. Siobhan me mira con preocupación, pero mete aún más el dedo en la llaga—. ¿Sabías que se sintió realmente traicionado por ti en Chiapas?

—¿Eso ha dicho? —Me encojo de hombros sin saber qué decir—. Lo arreglamos allí y no volvimos a sacar el tema. Como bien has dicho, Ethan decidió ignorar todo lo que pasaba a su alrededor y tuviera una mínima relación con la Luna de Plata.

—También ha dicho que fuiste su mayor error.

No sé qué espera que responda a eso. Tal vez solo quiera provocarme y ver cómo reacciono. En cualquier caso, me limito a bajar la mirada para ocultar una punzada de dolor en el pecho, estoy segura de que esas cosas pueden verse en el rostro. Se supone que el tiempo y la distancia lo hacen todo más fácil. ¡Una mierda!

El *coach* que Gina me obligó a ver insiste en que tengo que enfocarme en la respiración. Un buen ejercicio respiratorio puede ayudar a aliviar la ansiedad y hacer más leve casi cualquier dolor, incluso las peores contracciones de un parto. Cojo aire, notando que mis pulmones de pronto se hinchan, y lo suelto con lentitud.

—¿Tienes alguna idea de por qué diría algo así? —insiste.

—Sí, claro que la tengo, no soy estúpida —replico a la defensiva.

Suavizo el tono al darme cuenta de que Siobhan está en el medio, pero el modo en el que me trata, culpabilizándome a mí de todo, consigue alterarme.

—¿Qué pasó en Chiapas? La historia que me contó Ethan bien podría ser el guion de *A todo Gas*...

—Pese a lo que digan Ethan y ese estúpido libro, yo no tuve nada que ver con lo de Chiapas —comienzo pausada, intercalando mis palabras con los ejercicios respiratorios para combatir la ansiedad—. Todo fue idea de Gina, quería que aprovechara el viaje que ya estaba pagado para hacer un reportaje. A Ethan no le extrañó que me mandaran precisamente allí, San Cristóbal de las Casas es uno de los denominados "Pueblos Mágicos" de México. Pero las cosas se torcieron en esa iglesia. Se respiraba una energía muy extraña que se te metía por dentro, te drenaba el alma y te agotaba la alegría por vivir. Era como si...

—¿Te refieres a San Pedro Cristobalino?[20] —pregunta ella, leyendo sus notas. Yo asiento con la cabeza.

—Había algo allí que... ¡no sabría explicártelo! Además de la creciente sensación de que alguien nos observaba, había algo más poderoso, como si...

—¿Cómo si...?

—Como si sus dioses se hubieran revelado contra nosotros.

---

[20] Esta iglesia ha sido creada específicamente para esta historia de ficción. Todo parecido con alguna iglesia de la realidad es pura coincidencia.

7 de marzo de 2020 – San Cristóbal de las Casas, México

San Cristóbal de las Casas había amanecido cubierto de una densa neblina que casaba bien con el misticismo de la ciudad. Al ser una zona rodeada de montañas, carecía de la luz y el color de otros lugares del país, lo que compensaba con una cultura única, enriquecida por la convivencia pacífica de turistas, locales e indígenas. San Cristóbal era también conocido mundialmente por haber sido escenario de varios episodios de la revolución zapatista en los noventa.

Comenzamos el día visitando la catedral, seguido del colorido mercado local, donde abundaban los textiles y el ámbar; la Parroquia de Nuestra Señora de Guadalupe, el museo del ámbar, y por la tarde, seguimos la visita por los pueblos indígenas de Chamula y Zinacantán. Nos enseñaron la manera en la que confeccionaban sus coloridas prendas mientras yo tomaba notas como loca para mi reportaje y una mujer insistía en que me probara un precioso traje de ceremonia con un manto de flores.

Había oído que los indígenas no eran particularmente hospitalarios con los turistas, pero nuestro guía se deshizo en amabilidad con nosotros, respondiendo a todas mis preguntas y recomendándonos otros pueblos que podríamos visitar en la zona, mientras degustábamos unas deliciosas tortillas de maíz rellenas de semillas machacadas y una bebida elaborada con flores.

Nuestra última parada fue la iglesia de San Pedro Cristobalino en una aldea sin nombre, que ya desde fuera me llamó la atención por su fachada blanca coronada con un arco rojo intenso repleto de símbolos de colores. No creo que nadie pueda llegar a entender realmente lo que sentí en aquel lugar si no lo experimenta en su propia piel. Inseguridad. Incertidumbre. Inquietud al saber que no eres bien recibido.

Una atmósfera densa y tenebrosa se te metía en el cuerpo hasta arrebatarte la alegría. Su particular manera de ver el catolicismo, fruto de la evangelización durante la época colonial, mezclado con las creencias Mayas, ya era algo de lo que Ethan me había advertido, pero no por eso me impactó menos. El suelo estaba cubierto de agujas de pino —los Mayas creían que este árbol sagrado les acercaba a Dios—; no había bancos, pero sí gente sentada en el suelo en corrillo, acompañados de un chamán sacrificando gallinas y encendiendo velas junto a altares que mostraban unos santos que no reconocí, a los que ofrecían Coca Cola. No había curas ni monaguillos, pero sí había una pila bautismal para realizar el único sacramento católico que se llevaba a cabo en esa iglesia. Y, a decir verdad, me dio muy mal rollo.

—¿Qué es eso que está bebiendo la gente? —pregunté, tratando de no detener mi mirada demasiado tiempo en nadie en concreto por miedo a ofenderlos.

—Creo que es pox, un aguardiente maya a base de piloncillo y maíz fermentado que se emplea en las ceremonias. ¿Soy yo o estás un poco impactada? —se burló Ethan, quien no parecía haberse contagiado por ese negativismo—. Es la primera vez que te veo callada más de tres minutos seguidos. Voy a tener que traerte aquí más a menudo...

—Estoy MUY impactada. No me gusta la energía que se respira en este sitio.

—No te culpo, de este lugar se dice mucho y se sabe muy poco. Es uno de los lugares con más secretismo del país ya que se realizan algunas prácticas a las que se prefiere no investigar en exceso. Y, por cierto, no es un lugar seguro. Normalmente, se recomienda visitarlo en grupo cosa que, por si no te has dado cuenta, no estamos haciendo.

—He leído en la guía de Gina que respetan a los turistas...

—Entre muchas comillas —replicó entre dientes. Podía percibir que estaba aún más inquieto que yo—. Sus habitantes no son famosos precisamente por su hospitalidad, y puedo decirte que hay un montón de habladurías sobre sus prácticas poco convencionales... En otras palabras, ¿podríamos regresar al hotel?

—¿Quién es este? —ignoré a Ethan y me acerqué a una vitrina que mostraba un santo sobre fondo dorado—. ¿Por qué todos los santos tienen espejos?

—Creo que es San Juan Bautista, aunque los mayas lo han fusionado con la deidad prehispánica Ajaw. Aquí la gente se confiesa con los santos, en lugar de con los sacerdotes, y el espejo les sirve para reflejarse a sí mismos, así no son capaces de mentirle al santo. Aunque hay quien dice que es para proteger el alma, no lo sé a ciencia cierta.

—¿Y este de aquí? —pregunté, señalando otro santo que, al igual que el anterior, tenía velas de colores, globos y latas de Coca Cola en su altar.

—No lo sé, güera. La verdad es que no estoy muy puesto en el tema, no es un lugar que me apasione —confesó mirando en todas direcciones con nerviosismo—. Guarda el móvil. No quiero meterme en líos.

—Solo será un segundo, estoy tomando notas para mi reportaje.

—Pues tómalas en tu mente, que ahí están a salvo. Deberíamos irnos, siento que estamos jugando con lumbre…

Pero yo no estaba escuchando. Estaba atrapada con ese sincretismo religioso que lo inundaba todo. Maravillada ante lo desconocido y aterrada al mismo tiempo. Me acerqué a otro santo sin nombre, igualmente protegido en una vitrina de madera con una cruz en lo alto. En lugar de la vestimenta tradicional del santo, lucía ropas de colores, características del poblado indígena. La cantidad de ofrendas que tenía era tan dispar como abrumadora.

—¿Por qué querrían los santos tanto refresco de cola? —No fui consciente de que había hecho la pregunta en voz alta hasta que Ethan me hizo un gesto para que bajase la voz.

—Según las creencias populares, la cola ayuda a expulsar los malos espíritus y a purificar. Es un paso previo necesario antes de encomendarse al santo. ¿Has acabado ya con el reportaje?

—Estoy intentando encontrar las palabras para definir este lugar, pero voy a fracasar estrepitosamente.

—Seguro que en el hotel las encontrarás mejor. ¡Vámonos, güera! Estoy empezando a inquietarme.

—Dame tres minutos y te juro que nos vamos donde quieras —rogué, sabiendo que ese iba a ser mi último contacto con un lugar así—. Solo tres minutos.

Ethan cabeceó nervioso. Me conocía demasiado bien para saber que no iba a parar hasta encontrar ese algo que hiciera el reportaje aún más auténtico. Y sí, encontré algo que no era lo que esperaba, pero, sin duda, era lo que Gina quería: una prueba, un atisbo de esperanza de que íbamos por el camino correcto. Y la prueba definitiva de que Ethan y yo no deberíamos estar allí.

El último santo de la fila tenía un ajuar de ofrendas que incluía unas pequeñas monedas de cera donde se veía con claridad el emblema de la Luna de Plata, la particular Piedra del Sol con sus modificaciones procedentes de la cultura nórdica. Las velas que le acompañaban estaban casi enteras, lo que significaba que habían sido encendidas hacía relativamente poco.

—Elena, por favor, nos está mirando todo el mundo. Se ve a la legua que somos forasteros. Deberíamos... —Ethan me agarró del brazo y solo se detuvo al ver lo que me tenía a mí en trance—. ¡Definitivamente nos vamos de aquí ya mismo!

—Lo has visto —acusé mientras me arrastrada por el brazo a la salida del templo.

—¡Yo no vi nada! Y tú calladita y sin armar escándalo. Eres mujer, pelirroja, extranjera y estás tomando notas, no podrías estar llamando más la atención ni aunque te lo propusieras.

—¿No tienes curiosidad por saber quién era ese santo al que le hacían la ofrenda?

—¡No! —gritó en un susurro ahogado, advirtiéndome con la mirada.

Al salir de la iglesia, sentí sobre mí la presencia de cientos de ojos persiguiéndome, aunque en realidad nadie me miraba, solo fue una sensación.

Cogimos un taxi que nos llevó de vuelta a San Cristóbal. Ethan no pronunció palabra en todo el camino, mientras apretaba mi mano con tanta fuerza, que pensé que iba a deshacer mis nudillos. Mi siempre hermético novio mostraba tantas emociones en su rostro, y a la vez ninguna, que me costaba descifrarlo. Estaba preocupado y... ¿enfadado? Aunque no sabía bien si conmigo o con la situación en general. Él también había sentido esa energía mística. También los había sentido a nuestro alrededor, camuflados entre todos aquellos que hacían ofrendas. La Luna de Plata estaba allí, observándonos entre las sombras.

☼ ☾ ☼

—¿Qué chingados estábamos haciendo allí, Elena?

Tan pronto Ethan cerró la puerta de nuestra habitación de hotel, soltó toda la ira que tenía dentro. Con los brazos en jarras, daba vueltas de un lado a otro, mirándome con desaprobación.

—¡No lo sé! —Esa era la verdad—. Yo solo tenía que hacer un reportaje. ¡Te juro que no sabía qué íbamos a encontrar!

—¡Gina y tú os estáis pasando de lanza![21] ¿Tan difícil es entender que no quiero seguir con esto? ¡Nos has expuesto a un riesgo innecesario! Esos tipos podrían habernos visto, ¿y qué crees que van a pensar? ¿Qué estás haciendo un reportaje de turismo para una revistucha de moda? ¡No van a creerlo! A duras penas lo creo yo...

—¡Tranquilízate! —Me acerqué a él, conciliadora, pero él me apartó de malos modos.

—¡Chingados, no puedo tranquilizarme! No te traje a México para esto, sino para hacer la clase de cosas que hacen las parejas normales: pasar unos días con mi familia y disfrutar de Riviera Maya. ¡Fin! La aventura más emocionante debería ser emborracharnos y acabar rodando en la playa, no desenmascarar el crimen. Por si no te has dado cuenta, tú y yo no somos nadie al lado de esos tipos.

—¡Te juro que no sabía qué íbamos a encontrar en esa iglesia! Se supone que es una atracción turística de la zona... Pero estaban allí, ¡tú lo has visto! Y no es algo que podamos obviar así como así.

—¿Turística? ¡No mames, Elena! ¡A esa iglesia no se acercaría ni todo el clan de Los Vengadores junto! —replicó colérico—. Ni siquiera sabemos qué significan esas monedas de cera, así que olvida el tema.

—Significa que hay alguien en Chiapas que también adora a esos dioses.

—Es una iglesia maya y los lunaplatenses adoran a dioses aztecas.

—¡Tú mismo me hablaste de la coexistencia pacífica en el siglo XI! —le recordé—. La hacienda de Valladolid también está situada en un cenote maya...

—¡Ando hasta la madre con el maldito caso McGowan, Elena! Mejor nos vamos ahorita de aquí. ¡Lejos!

---

[21] Voz mexicana: pasarse de listo, extralimitarse en una situación.

—¿Y a dónde quieres ir a estas horas?

—¡A Londres! Pero dado que no es posible, quiero irme ya a Riviera Maya. Tenemos el coche de alquiler muerto de risa en el aparcamiento del hotel. ¡Nos vamos ahora!

—¿Por qué no cenamos algo y lo pensamos con calma? Si en un rato sigues queriendo irte...

—Tú vete eligiendo restaurante si quieres. Yo empiezo a empacar.

☼ ☾ ☼

No conseguí convencerle para quedarnos una noche más. A eso de las diez, y tras una ligera cena en la que solo comí yo, recogimos el equipaje y nos dirigimos a recepción. Ethan estaba reaccionando exageradamente. ¡Tan solo habían sido un par de ofrendas en una iglesia! No había necesidad de salir corriendo... ¿O sí?

Le pedí que esperara en el lobby mientras yo hacía el registro de salida del hotel. Gina había reservado la habitación a nombre de Paula Flores y no quería que mi novio se emparanoiara aún más. Pero estaba tan nervioso, que no tenía previsto dejarme sola ni un segundo esa noche.

—La 234, ¿verdad? —preguntó una joven recepcionista con un moño apretado—. Su salida no es hasta mañana, ¿hay algún problema? Tal vez pueda ofrecerles otra habitación...

—Solo hemos tenido un cambio repentino de ruta. El hotel es encantador.

La mujer miró mi pasaporte con sorpresa y me dedicó una sonrisa forzada que no me terminó de convencer.

—¿Le importaría aguardar tantito? Necesito checar algo con mi jefe...

Desapareció con mi pasaporte sin explicarme qué estaba pasando. Cuando regresó, lo hizo acompañada del gerente del hotel. Nos tendió una mano a cada uno y miró a su alrededor para asegurarse de que tenía la discreción que necesitaba antes de seguir hablando.

—Perdonen que les interroguemos así, es que hace un par de horas llegaron unos hombres preguntando por ustedes —explicó, ante mi mirada de asombro. Ethan trató de mantener el tipo, pero yo sabía que dentro estaba hecho un manojo de nervios—. Tenían muy malas pintas.

—Perdone, pero no entiendo… —comencé yo, confusa—. ¿Estás seguro de que estaban preguntando por nosotros?

—Bueno, dijeron otros nombres, pero nos mostraron una foto y diría que no hay lugar a dudas, señorita Flores. Por el pasaporte no la hubiera reconocido, pero viéndola en persona… es difícil olvidar ese pelo cobrizo.

El gerente miró mi pasaporte donde se veía a mi alter ego morena y torció el gesto. Ethan siguió su mirada, exaltándose cuando descubrió que estaba usando una identidad falsa. Pero no dijo nada, siguió interpretando su papel y mordiéndose las ganas.

—¿Qué querían esos tipos? —preguntó Ethan en tensión.

—Miren, en este hotel no queremos líos, les dijimos que habían tenido que irse antes y que les habíamos perdido el rastro. Miraron nuestro libro de reservas y, al no encontrar lo que buscaban, nos dejaron tranquilos.

—Sé que esta es una petición un tanto inusual —siguió Ethan con discreción—, pero ¿podría mostrarme las cámaras de seguridad del hotel?

—Lo siento, señor, su uso está restringido a altos cargos del hotel.

Ethan asintió con educación, mordiéndose el labio. No podía creer que estuviera a punto de hacer lo que iba a hacer, pero, saqué la placa identificativa de la agencia Phoenix Bond y se la mostré con seguridad.

—Será solo un momento, señor García.

El gerente observó la placa con sorpresa, aunque no tanta como la que mostraba mi novio. Reconozco que las cosas no estaban yendo exactamente cómo yo había planeado y sabía que, cuando nos quedáramos a solas, se iba a desatar una tormenta.

—Por supuesto, señorita Flores. Acompáñenme.

Le seguimos hasta un cuarto estrecho que servía de oficina, trastero y sala de descanso. En un silencio sepulcral, el hombre comenzó a buscar en la grabación el momento exacto en el que aquellos tipos habían irrumpido en el hotel. Yo miraba a ciegas, incapaz de reconocer a nadie, una actitud muy distinta a la que mostraba mi novio, a quien se le había oscurecido la mirada.

—¿Te suenan de algo? —Mi voz apenas era un susurro. Ethan seguía con esa pose hermética y desconfiada que había adoptado, cruzándose de brazos mientras analizaba las imágenes con detenimiento.

—No estoy seguro, ¿podría darle al zoom a ese tipo de ahí? —preguntó. El gerente hizo lo que pedía—. Lo he visto antes. Vino una vez al hotel y me llamó la atención su tatuaje. Es una representación moderna del dios maya Hunab Ku —explicó, aunque yo solo veía un círculo borroso que parecía el ying yang—. Podría conseguir su nombre.

—¿Cómo?

—Hubo una gran fiesta el día que se hospedaron en Manhattan. Tengo fotos en la nube, podría mirar la fecha y pedirle a mi amigo Fer que eche un vistazo a los registros del hotel. Hay 850 habitaciones, con lo que no será fácil, pero guardamos una copia de todos los pasaportes.

—A no ser que usen una identidad falsa... —lamenté en voz alta. Ethan se volvió y me clavó la mirada con retintín.

—Me pregunto por qué alguien haría tal cosa, señorita Paula Flores.

Sí, definitivamente iba a arder Troya... Le dimos las gracias al gerente, tras rogarle que guardara discreción y convencerle de que nos dirigíamos a Guadalajara. Por supuesto, no era cierto. Cogimos las maletas en silencio y salimos al coche.

Creo que nunca había visto a Ethan tan cabreado, luchando por mantener las formas mientras por dentro se moría de ganas por montar una escena. No podía culparle. A la incertidumbre de lo ocurrido, había que sumarle el shock de que su adorable novia, quien ya tenía antecedentes por haber metido las narices en los turbios asuntos de su padre, tuviera una identidad falsa. Escribió una dirección en el GPS y arrancó sin apenas darme tiempo a abrocharme el cinturón. La radio comenzó a sonar a un ritmo ensordecedor para no tener que lidiar conmigo ni con sus propios pensamientos. Jamás pensé que podría molestarme tanto escuchar el *Sex on Fire* de Kings of Leon.

—¿Se puede saber a dónde vamos? —Giré la ruletita del volumen para hacerme oír, pero su silencio me indicó que no iba a obtener una respuesta tan fácilmente—. Si me dices dónde vamos, puedo ir buscando hotel… ¿Ethan Adrián?

—Ciudad del Carmen —replicó sin siquiera mirarme. Tenía la vista fija en la carretera y el cabreo se colaba por los poros de su piel—. Tienes ocho horas para encontrar un pinche hotel, Paula.

—¿Estás de coña? ¿De verdad piensas estar ocho horas conduciendo? —La única respuesta que obtuve fue la voz de Caleb Followill saliendo por los altavoces—. Conduciendo y sin hablarme, al parecer.

—Sí a todo —respondió apático—. Cuando lleguemos, me echaré un rato y después, si quieres, platicamos, discutimos, nos mandamos a la verga o lo que te dé la pinche gana. Ahora mismo agradecería un poco de silencio.

—Cuando te pones así es mejor dejarte por imposible.

Traté de concentrarme en la música para no marearme, aunque estaba tan alta que me hacía daño en los tímpanos. El mutismo que siguió la siguiente media hora me puso de los nervios. Bajé el volumen de nuevo y me dirigí a él con la esperanza de que estuviera algo más calmado.

—Si estás cansado, puedo seguir conduciendo yo…

—En Europa haces lo que te salga de los ovarios, aquí manejo yo. No creo que estés acostumbrada a estas carreteras. —Me removí en el asiento y apoyé la barbilla en el puño, conteniendo la pataleta—. De hecho, a partir de ahora, el viaje lo dirijo yo. Y si quieres que se me pase el cabreo, regrésame la música y duérmete tantito. Necesito concentrarme en la carretera.

Hice lo que me pidió y me resigné a que iba a ser así todo el camino. No podía dormirme, prefería mantenerme despierta para garantizar que Ethan podía seguir conduciendo. Saqué el Kindle del bolso y comencé a leer un libro de Julia Navarro, pero no lograba concentrarme. Los nervios se arremolinaron en mi pecho hasta crear una bola que no me dejaba respirar. ¿Y si volvía a dejarme por un malentendido? ¿Y si creía que estaba de nuevo buscando el modo más rápido de entregarle a la policía? ¿Y si…?

Estaba tan sumida en mis pensamientos que no me percaté de lo que estaba pasando hasta que Ethan aceleró el coche muy por encima de lo permitido. Me incorporé en el asiento con preocupación y sí, sus ojos verdes estaban abiertos, y también furiosos.

—¿Podrías dejar de comportarte como un niñat...?

No terminé la frase. Mi mirada se encontró con la suya en el retrovisor, revelando que ya no estaba furioso, sino aterrado, aunque luchara por ocultarlo. Y entonces lo vi. Un coche negro y sin matrícula aceleraba impaciente detrás de nosotros. Ethan se había echado a un lado para que nos adelantara, pero el otro coche no había mostrado ningún interés en perdernos de vista. ¿Eran ellos? ¿Cómo nos habían encontrado? Empecé a ponerme histérica, pero no quise decir palabra que le alterara aún más.

—Agárrate y no hagas preguntas —susurró con un hilillo de voz que se perdió en la noche.

El coche volvió a acelerar hasta tal punto que no distinguía las líneas de la carretera. Me agarré al reposabrazos con fuerza, pero era inútil, la carretera era tan sinuosa e inestable que sentía mis órganos revolviéndose dentro de mi cuerpo. Su respiración se volvió agitada y le sudaron las manos, aunque él fingiera tener el control del vehículo. Entre la velocidad, las curvas y el miedo, sabía que mi estómago no aguantaría muchas más emociones. Odiaba esa sensibilidad genética que me había dejado mi padre, una preocupante predisposición a las náuseas en el peor momento posible.

Apoyé la cabeza en el reposacabezas y cerré los ojos con fuerza, tratando de normalizar la respiración para controlar así las náuseas. Tan solo abrí los ojos un momento, lo justo para comprobar a través del retrovisor que el coche negro seguía acelerando hasta situarse justo detrás de nosotros. A escasos centímetros, teníamos el borde del acantilado. Me mordí los labios para no emitir sonido alguno que distrajera al conductor. Las palabras de Gael me golpearon con fuerza: *"Tú no sabes lo que es vivir con miedo"*. Tenía razón, jamás había experimentado con tanta fuerza la sensación de estar a punto de perderlo todo. Saber que nuestras vidas pendían de un hilo. Bastaba un descuido para poner fin al miedo, pero también a todas las promesas y planes que nos habíamos hecho. A sus besos de café y canela remoloneando en el sofá antes de ir a trabajar. A volver a abrazar a mi familia después de una larga espera. A todo.

El coche estaba tan cerca de nosotros, que Ethan se vio obligado a acelerar por miedo a que nos embistiera barranco abajo. ¿Quiénes eran esos tipos que llevaban gafas de sol en plena noche, aún con la oscuridad de la montaña? ¿Qué querían de nosotros? Por desgracia, las respuestas me parecieron demasiado obvias. Era cuestión de tiempo que uno de los dos acabara patinando y despeñándose por el barranco. Y ellos se conocían esas carreteras mejor que nosotros. No íbamos a conseguirlo. La angustia se apoderó de mí, se me pasaron por la mente todos los momentos felices que habíamos pasado juntos. Juré que, si salía viva de esa, mandaría a la mierda mi trabajo, revista de moda con jefa neurótica incluida.

Una melodía a medio camino entre el hardcore y el rock satánico me hizo pegar un bote en el asiento. Estaba tan nerviosa que bajé el volumen de la radio sin darme cuenta de que hacía rato que Ethan ya la había apagado.

—Elena, el celular... —suplicó Ethan en un susurro.

¡Por supuesto que era mi móvil! Como hasta ahora no había recibido ninguna llamada en el trasto que me había prestado Casper, no era consciente de que tenía la voz del mismísimo Satán como tono de llamada. Y hablando del demonio... ¿qué podría querer Gina a las seis de la mañana, hora inglesa? Dudé si cogerlo o no para no distraer a Ethan, y finalmente, opté por quitarle el volumen, pero Gina volvió a marcarme hasta tres veces más. Decidí responder, sabiendo que su insistencia no era una casualidad.

—¿Pero tú quieres matarme de un infarto o qué? —Sí, ese fue su saludo—. ¿Estáis bien? No sé qué está pasando por allí, pero acabo de recibir una llamada anónima. Quieren que os vayáis de Chiapas ya mismo si no queréis lamentar las consecuencias.

—En eso estamos, Gina, en eso estamos... —susurré. Apreté los ojos al ver la carretera que tenía ante mí, que hubiera hecho parecer el Dragon Khan un paseo por el parque.

—¿Qué está pasando, Elena?

—No lo sé y no puedo hablar ahora. Entramos en esa iglesia que nos recomendaste, vimos algo y... Ahora nos están siguiendo y Ethan está conduciendo a diez mil por hora para que no nos alcancen.

—O sea, que era verdad... —afirmó Gina para sí—. ¡Tenéis que iros de allí ya!

—¿El qué era verdad? —Ethan pegó un volantazo brusco para coger una curva cerrada que hizo que me removiera en el asiento—. ¿Qué está pasando, Gina?

—Llamadme cuando estéis a salvo. No tengo un recuerdo particularmente grato de esas carreteras de montaña.

Gina colgó el teléfono, pero yo seguía con él en la oreja, sin atreverme a moverme ni un milímetro, en parte paralizada por el miedo, en parte, por el generoso mareo. Alcanzamos una carretera comarcal y dejamos atrás las montañas. Tardé un rato en habituarme al nuevo asfaltado, al igual que tardé en darme cuenta de que el coche negro ya no nos seguía. Ethan redujo la velocidad ligeramente y permanecimos en un silencio prudente otras casi dos horas. Aún me costaba respirar con normalidad y el sabor a bilis no había desaparecido de mi boca.

—¿Te importaría buscar un hotel que tenga donde estacionar el auto? En Paraíso, Tabasco —pidió con voz débil—. Estamos a media hora y creo que sería prudente parar. Estoy cansado.

Le miré con una mezcla de sentimientos que no podía describir. Había salvado nuestras vidas en una situación en la que yo ya me estaba encomendando a un montón de santos y vírgenes en los que no creía. Hice una reserva online y, veinte minutos después, estábamos aparcando el coche en el parking de un gran hotel.

10

Tan pronto apagó el motor, nos rodeó el más absoluto silencio. Rondaban las cinco de la mañana y las calles estaban desiertas. Ethan se desabrochó el cinturón de seguridad, vació el aire de sus pulmones con un suspiro exasperado y hundió la cabeza entre sus brazos, que aún sujetaban con fuerza el volante.

—Tranquilo, ya ha pasado todo... —Puse una mano en su muslo. Sabía que iba a explotar de un momento a otro, le conocía bien, pero no por eso evité buscar su calor. Ethan levantó la cabeza y me miró furioso.

—¿Qué ya ha pasado todo? Tú eres consciente de que esos tipos nos estaban siguiendo, ¿verdad? ¿De qué casi nos matamos en el cañón? —Hizo una pausa para tomar aire de nuevo, cabeceando de un lado para otro con frustración—. ¿Qué puse nuestras vidas en peligro conduciendo como un demente?

—¡Nos has salvado! —le contradije—. Si hubiera estado conduciendo yo como te pedí, ahora mismo no estaríamos teniendo esta conversación.

—Dime la verdad, Elena, Paula o quién chingados seas ahora, ¿me estás utilizando para otro gran reportaje? ¿Es algo de esto real, tú y yo, o estás escribiendo de nuevo para el maldito caso McGowan?

—¡Pues claro que es real! ¿Es que no ves que estoy loca por ti?

—¡Pues no, ahora mismo lo único que veo es que hemos metido las narices en algo que no deberíamos haber visto! Y si esto no te ha servido para saber en qué pinche mundo vivimos, para darte cuenta de que hay una realidad más allá de la tranquilidad que se respira en Londres, ya no sé qué más lo hará.

—¿Te crees que no lo sé? Los hombres de tu padre me hicieron una visita en Londres.

—¿De qué estás hablando?

—Fue la noche que salimos con Gina y Casper. Te dije que me había mareado en el baño, pero no era cierto.

—¿Qué? ¿Qué pasó? ¿Cómo sabes que fueron ellos?

—Me dijeron que tú habías dejado de meterte en su "chamba" y que yo tenía que hacer lo mismo, a pesar de que no estaba haciendo nada. Supongo que sabían que veníamos a México y se pusieron nerviosos.

—¡Y, obviamente, tenían motivos para desconfiar de ti! —exclamó, con los ojos inyectados en ira—. ¿Podrías contarme qué fue exactamente lo que pasó?

—Gina me dejó sola un instante, esos tipos me cogieron y...

—¿Cómo que te cogieron? ¡Yo los mato! —Su mueca de terror hizo que me retractara de mis palabras. No me acostumbraba al significado que esa palabrita tenía para él.

—¡No me...! Quiero decir que... "me agarraron". Es cierto que me manosearon a modo advertencia, pero no llegaron más lejos, suficiente para dejarme asqueada y traumatizada.

—¿Te manosearon? —Su humor iba empeorando por minutos. Claramente, no había elegido el mejor momento para contárselo—. Por eso no querías que te tocara al llegar a casa. ¿Por qué no me dijiste nada?

—¡Porque no quería remover la leña! Se supone que tú te has olvidado del tema, si yo te vengo con estas...

—¡Ya, pero es que esto no era lo acordado! Yo "me he olvidado del tema" porque prometieron dejarte en paz. Hasta donde yo sé, arrinconar a mi novia en un callejón y meterle mano, no era lo pactado.

—¡Olvídate de eso ahora! Me preocupa más la aventura de hoy, en la que te juro que no sé cómo nos hemos metido.

—Igualmente, voy a tener que hablar con Duarte. —Cuando le llamaba así, era fácil olvidar que hablábamos de su padre—. Y cuando regresemos, voy a pedirle a Casper que te enseñe defensa personal.

—¿Y tú? ¿Vas a aprender a defenderte? —Su mirada esquiva me dejó inquieta, como si se me estuviera escapando algo—. ¿Ethan? ¿Vas a unirte a las clases?

—Llevo años entrenando —dejó caer. Sonreí nerviosa, estaba claro que no conocía a mi chico en absoluto—. ¿Por qué te crees que me hice amigo de Casper tan rápido?

—¡Eso es genial y tiene mucho sentido! —repliqué sarcástica y dolida—. Porque Gina le pidió a Casper que me protegiera de ti ¡y resulta que entrenabais juntos! ¿Quién es ahora el que tiene una doble vida?

—Pues yo creo que era un plan absurdamente perfecto, típico de la retorcida de Gina. Casper entrenaba conmigo y conocía mis puntos débiles, podría haberte defendido de mí perfectamente. —Apoyó su mano sobre la mía y me miró con ternura. Habíamos intercambiados los papeles y ahora era yo la que estaba furiosa con él—. Y no tengo una doble vida, pero la he tenido, y lo sabes. La agencia me entrenó a conciencia, me enseñó a ser más observador, a actuar bajo presión, a controlar mis emociones…

—¿La agencia te entrenó? —repetí incrédula, pues a mí me habían metido en el caso y allá me las apañase. Ethan asintió con la cabeza—. ¿También te enseñaron a disparar armas? —Mismo movimiento de cabeza—. ¿Alguna vez…?

—¡No! La tengo puro para defenderme, pero jamás he disparado a nadie.

—¿La tienes? —repetí ese verbo en presente. Esta vez fui yo quien escondió la cabeza entre las manos—. ¿Pero yo con quién estoy saliendo?

—¿De verdad creías que estaba soltándole información a la agencia sin ningún tipo de protección?

—¡A mí nadie me ha ofrecido protección de ningún tipo! ¡Y no soy precisamente Super Woman!

—¡Es distinto! A ti te pidieron que me investigaras a mí y escribieras desde tu casa, yo me infiltré en el hotel. Y Gina sabía que yo era inofensivo.

—¡Eso empiezo a dudarlo!

—¡Güera!

Me cabreé. Me cabreé mucho. Primero, porque no me hubiera dado cuenta antes de ello, cuando tenía toda la lógica del mundo. Segundo, porque la agencia estaba dispuesta a meterme de lleno en el campo sin ninguna preparación, con lo que me dejaba en una clara desventaja.

—Me he visto en situaciones desagradables, Elena, ¡muy desagradables!

—Ajá.

—Cielo... —Se giró, claramente desesperado por recuperar mi confianza—. Tienes que entender que en Nueva York yo era otra persona.

—Has dicho que "tienes" el arma para defenderte... —Ethan volvió a soltar el aire y apoyarse contra el volante—. O sea, que hay una pistola escondida en algún lugar de tu casa de la que yo no sabía nada.

—¡Me estás mirando como si a estas alturas no supieras quién soy! Yo nunca he sido un príncipe azul, Elena, y nunca te prometí un reino de azúcar. Por eso no quería comenzar una relación contigo, ni Gina con Casper. Nuestro mundo siempre acaba salpicando a los que nos rodean.

—¡No, claro! Para ti era más cómodo follar conmigo y con Wendy al mismo tiempo, sin comprometerte con ninguna de las dos.

—¡No digas barbaridades! Sabes que no me arrepiento de nada, volvería a tomar la misma decisión una y mil veces. Solo digo que fuiste tú quién me convenció de que podíamos hacerlo funcionar. Yo no buscaba una novia porque tenía una misión que cumplir y... —Ethan apoyó su mano en mi mejilla y me obligó a mirarle—. Mira, te guste o no, es la verdad. He dejado el caso por ti y por mi hijo. Tener una familia es incompatible con ese estilo de vida. Y da igual cómo empezara todo, lo que importa es que no podría ser más feliz de lo que soy a tu lado. Aunque esta noche se me haya pasado alguna vez por la cabeza el dejarte olvidada en alguna cuneta...

—¡Ya somos dos! ¡Te recuerdo que hace un momento me has acusado de estar utilizándote para mi reportaje!

—Lo siento, solo estaba nervioso.

—Estos días me he entregado al máximo para que Gael me acepte. ¿Qué sentido tendría si voy a traicionarte?

—¡Lo sé, lo sé! Es que... —Ethan apoyó su frente en la mía y profirió un largo suspiro—. La neta es que no estoy disfrutando del todo el viaje. Al principio estaba aterrado por si él no te aceptaba o a ti se te quedaba grande la situación. Y ahora esto...

—Ya hemos tenido esta conversación antes y le daré el tiempo que necesite hasta que me acepte.

—Gael te adora. —Mis ojos se abrieron de golpe exigiéndole respuestas—. Puede que hayamos tenido una charlita padre e hijo y hayas salido bien parada.

Respiré aliviada. Había aprobado el examen más importante de mi vida. Una cosa menos de la que preocuparme, aunque a largo plazo me aterrase.

—Me estás sacando de onda, güera, y neta sigo enojado por el rally. ¿De verdad no sabías qué había en esa iglesia? —preguntó con la mirada perdida. Yo negué con la cabeza—. ¿Por qué tienes esa documentación falsa entonces?

—Por si acaso.

—¿Por si acaso qué?

—Gina metió la iglesia en el itinerario y, según me ha dicho esta noche al teléfono, tenían sus sospechas... Yo solo sabía que algunas de las cartas que tu padre enviaba a Analisa procedían de una hacienda de la zona que ya está desmantelada.

—Luego, sí sabías algo...

—Me pidió que escribiera sobre los indígenas para la sección de viajes, no creo que Gina realmente nos haya puesto en peligro conscientemente.

—¿No? —dudó, y me hizo dudar a mí—. A veces creo que Gina está tan enojada con el mundo, con ellos, que es capaz de cualquier cosa. Sin límites.

—¿Por qué este caso es tan especial para ella?

—Ah... es complicado —evadió mi pregunta—. Debería contarle a Casper quién es realmente su novia antes de que se dé de morros con la realidad, como me pasó a mí.

—¡No seas tan cínico! Te ayudé a encontrar pistas cuando tú estabas estancado.

—¡Te pones en riesgo innecesariamente! —Esta vez, sí me miró—. Gina y Mark tienen hombres con armas, tú solo llevas un pintalabios y un spray de pimienta en ese minúsculo bolso tuyo.

—¡Por suerte, tú llevas la pistola por los dos!

—¡No me hace gracia, Elena! Si estás metida en algo, la paras aquí y ahora. Tengo cosas más importantes de las que preocuparme que de salir vivo de una persecución a lo *Fast & Furious*.

—Son las cinco de la mañana, ¿crees que podríamos olvidar esta conversación, la anterior, e irnos a dormir? —pregunté. Ethan seguía sin mirarme, alternando suspiros y silencios.

—No lo entiendes aún, ¿verdad? —preguntó taciturno, con la mirada perdida a través del cristal—. ¿De verdad crees que me he rendido, que no me cuesta todo esto? ¡Estoy harto de callar! ¡Hasta la madre de hacer lo mismo que me hizo durante años mi mamá! Pero no tengo opción. No puedo arriesgarme a perderos.

—Cuando volvamos a Londres, vamos a ser una de esas parejas aburridas que pasan el domingo viendo la tele en el sofá y comiendo palomitas de sabores. Te lo prometo.

—Tampoco te pases, a ver si al final lo que nos va a matar es la rutina —bromeó. Hundió su cabeza en mi pecho y resopló. Aproveché para besar su pelo, aspirar el embaucador aroma que emanaba de su piel. Levantó la cabeza y me miró a los ojos con una seriedad que me desconcertaba—. Pensé que se acababa, güera. No te haces idea de lo que te amo. Si algo te pasara, yo…

—¡Chsst, no va a pasarme nada! Vamos a estar juntos hasta que las arrugas nos corten la piel y veamos corretear a nuestros nietos por el jardín.

—Me gusta cómo suena.

Mostró una débil sonrisa y me abrazó con fuerza, liberando así todo el estrés de las últimas horas. Tal vez ese no fuera el mejor momento ni lugar para excitarse, pero ¿qué podía hacer? Había algo en el modo en que me miraba, en esa peligrosa dualidad que habitaba en él, que con su sola presencia conseguía alterarme. Acostumbrada como estaba últimamente al novio dulce y protector, volver a ver esa faceta de chico peligroso que me enamoró una vez, su fuerte carácter aflorando, la arriesgada aventura que acabábamos de vivir… ¡Buff! Literalmente, comencé a arder por ese hombre. Busqué sus labios con vehemencia y él respondió a mi beso de un modo muy sexual, alternando sus húmedas caricias entre mi boca y mi cuello. Ya estaba perdida, estábamos perdidos, consumidos por el deseo que nos impedía pensar con claridad.

Ethan echó el pestillo del coche y corrió el asiento hacia atrás para dejarme espacio. Me senté a horcajadas sobre él y le quité la camiseta, deleitándome en la perfección de su torso. La atmosfera se llenó de una humedad densa que empañó los cristales del coche y dibujó motitas de sudor en nuestra piel. Giré la ruleta del volumen para crear ambiente y darnos intimidad, olvidando por un momento que estábamos en el aparcamiento de un hotel donde probablemente hubiera un millón de cámaras de seguridad.

De fondo, Jonathan Roy cantaba *Hate that I love you*, un hit muy erótico que describía a la perfección ese encuentro, mientras Ethan me bajaba los tirantes del sujetador con los dientes.

I lose who I am when you're around, yeah.
Got my heart in your hands, it's beating me down.
I might be damned, I don't understand why I'm aroused.
I know you love me, yeah I do too. And I hate that I love you.

Hold me, just control me, like you own me.
I hate that I love you.
Play me, dominate me, you're amazing.
I hate that I...[22]

El tacto de sus labios me ardía en la piel. Cerré los ojos y exhalé un suspiro que él ahogó en su boca. Sus manos fueron descendiendo por mi espalda hasta perderse por debajo de mi vestido, agarrando mi trasero para restregarme contra él y que sintiera su dureza. Estaba demasiado cansada para prolegómenos, así que me lancé directamente a desabrochar su bragueta y liberar su urgencia, bajándole los pantalones lo justo para poder satisfacerle con mis manos. Comencé una danza de movimientos circulares sobre su polla que él acompañó

---

[22] No sé quién soy cuando estás cerca. Mi corazón está en tus manos, me está abatiendo. Puede que esté condenado, no entiendo por qué estoy tan excitado. Sé que me quieres, sí, yo a ti también. Y odio amarte de este modo. Abrázame, contrólame, como si te perteneciera. Odio quererte. Juega conmigo, domíname, eres maravillosa. Odio que...

con un coro de gritos y gemidos. Verle tan excitado, tan duro, estaba consiguiendo el mismo efecto sobre mí, humedeciéndome al instante.

—¡Para, Elena! ¡Me estás matando! —gimió en mi oído, besándome el cuello y haciendo que enloqueciera de placer. —Como sigas tocándome así, no respondo...

—Pues no respondas... —Le comí la boca, al tiempo que incrementaba el ritmo de mis movimientos.

Ethan gimió de nuevo. Cada vez hacía más calor en el coche y nuestra cercanía no hacía sino subir más y más la temperatura hasta formar un bochorno insoportable.

—¿Te he dicho alguna vez que me excita muchísimo cuando te pones en plan detective?

—Pensaba que la discusión de hoy había empezado precisamente por eso... —respondí mordiéndole los labios.

—He dicho que me pones, no que lo apruebe. —Sus manos hicieron a un lado mi lencería para acariciar suavemente mi hendidura, arrancándome un grito del más puro gozo cuando sentí sus dedos explorando mi interior—. ¿Qué tenemos por aquí? Diría que no soy el único que ha encontrado nuestra discusión placentera.

Siguió su expedición hasta notar que mis muslos se tensaban tanto que no iba a aguantar mucho más.

—Quiero saborearte. —Las palabras que le susurré al oído surgieron un efecto inmediato en su organismo, que se tensó aún más, si es que era posible.

—Hay cámaras de seguridad por todas partes. Propongo que acabemos en el hotel...

—No pienso esperar para sentirte dentro de mí. Las cámaras enfocan hacia al norte y hacia el sur, creando un ángulo muerto justo donde has aparcado —observé, volviendo a fundirme con sus labios. Él se apartó y me miró con sorpresa.

—Realmente estás hecha toda una detective, señorita Flores —respondió juguetón, levantándome por las nalgas para colocarme encima de su miembro erecto.

Su boca se fundió con la mía y sus manos se perdieron por dentro de mi vestido, acariciando con una mano mi clítoris mientras con la otra me sujetaba por la cintura, apretándome más contra él. Le sentía en mi interior penetrándome con fuerza, inundándome, extasiándome y, finalmente, desbordándose por mí cuando reconoció las contracciones de mi organismo al llegar al orgasmo.

—No sé cómo consigues que me olvide de todo cuando estoy a tu lado —susurró, apoyando su cabeza contra mi frente—. Incluso de que hace unas horas casi acaban con nosotros.

—Estamos fuera de peligro, solo querían asustarnos para que saliéramos de Chiapas.

—Güera, ¿crees que podríamos disfrutar de unos días en la playa sin hacer nada, como dos turistas? Playa, comida, sexo desenfrenado hasta el amanecer, chelas, un par de bailes, más sexo, mucho de todo lo anterior…

—Será mejor que busquemos una habitación cuanto antes. Necesitamos recargar las pilas para cumplir con ese plan.

☼ ☾ ☼

Nos despertamos cerca de la una de la tarde con la magnífica sensación de no tener prisa por llegar a ningún lado. El plan era carretera y manta hasta Tulum para disfrutar de las maravillas de Quintana Roo. Antes de partir, llamé a Gina para asegurarle que estábamos bien. Después de haberme metido en semejante embrollo, me había llenado el buzón de voz de mensajes ansiosos queriendo saber qué había pasado.

—Estamos bien, Gina, pero tenemos que hablar largo y tendido en Londres. Es el segundo encontronazo con esos hombres en menos de quince días.

—¡Lo sé, Elena! ¡Y estoy desolada! Os juro que no sabía nada de esto —se excusó, con una creíble preocupación—. Solo quería hacer un reportaje sobre cómo viven los indígenas en la actualidad. ¡Solo eso, lo juro!

—Guárdate las excusas para otro momento, que nos conocemos, "agente Mandy" —interrumpió Ethan con retintín—. ¿Crees que si te doy un par de nombres podríais seguirles la pista? Eran clientes de SilverMoon, estoy seguro de que son los mismos tipos que fueron a buscarnos a ese hotel de San Cristóbal.

Miré a Ethan algo atónita. No quería meterse, pero se estaba metiendo de lleno. Era todavía peor que yo...

—¿Crees que eran ellos los que os estaban siguiendo?

—Es una posibilidad —respondió él—. Sea quien fuere, tenía ganas de pegarnos un buen susto. Podríamos habernos matado por el camino.

—Gina, ¿tienes alguna idea de por qué adorarían a dioses mayas? —interrumpí.

—Bueno, sabemos que algunos adoran a Hunab Ku y a Kinich-Ahau, dios de dioses y dios del sol respectivamente.

Ethan y yo nos miramos perplejos ante una información que ambos desconocíamos.

—Eso explica lo del tatuaje —dijo Ethan en voz alta—. Uno de esos tipos lleva tatuado el emblema de Hunab Ku en el brazo. ¿Cómo sabes que le adoran? Analisa solo me habló de los dioses aztecas...

—En tu negativa por sernos útil, te has perdido muchas cosas de la investigación, querido —respondió Gina, metiendo el dedo en la llaga, provocándole—. Si recuerdas, en el diario de tu antepasado se hablaba de una convivencia pacífica entre vikingos, mayas y aztecas. Recientemente hemos descubierto que no fue tan pacífica como creían... Hubo una lucha de poder en el territorio y acabaron dividiéndose. En Valladolid subsistió una pequeña aldea donde reinó el pacifismo y el buen rollo comunitario, los hippies lunaplatenses, por ponernos en situación; los de Chiapas adoptaron algunas costumbres más salvajes, más primitivas.

—Un momento... —interrumpí, intentando ponerlo todo en orden en mi cabeza—. ¿Me estás diciendo que la Luna de Plata no son los únicos descendientes de ese mestizaje nórdico-mexicano?

—¡Para nada, querida! Están esparcidos por Belice, Guatemala, México e incluso hay algunos en Perú. La mayoría no tienen constancia de su origen y conviven como ciudadanos normales.

—¿Están todos relacionados con mi padre? —preguntó Ethan sombrío.

—Sí y no... Hasta donde sé, las otras comunidades viven sin hacer ruido y no hay ninguna relación entre ellos. El grupo de Chiapas contactó hace unos meses con la Luna de Plata para negociar una posible fusión y hacerse más fuertes. Me encantaría ver cómo lo consiguen porque tienen unas ideas distintas sobre los orígenes de la secta, los dioses que adoraban originariamente, sus legislaciones y todo eso.

Me pregunté si todo esto no habría sido una estrategia de Gina para despertar nuestra curiosidad y que volviéramos al caso.

—¿Cómo demonios sabes todo eso? —pregunté ojiplática, no más que mi novio, que había quedado reducido a pasmarote.

—Me temo que es información confidencial, querida. —Sí, definitivamente, Gina nos estaba provocando.

—¿Se ha comprobado su pedigrí? —insistió él—. El de ese otro grupo maya...

—Puros, o casi. Ya sabes cómo va esto...

—¿Por qué querrían unirse después de tantos siglos?

—Porque la unión hace la fuerza. Si quieres mi opinión, tu padre está tramando algo muy gordo. Las autoridades andan detrás de sus hombres por diferentes motivos y ya han encarcelado a varios de ellos. Es cuestión de tiempo que los cojamos a todos. Mi teoría es que están buscando...

—Sangre fresca.

—Iba a decir caras nuevas, pero sí, supongo que lo de la sangre es más acertado —replicó Gina—. Oye Ethan, ¿seguro que no quieres volver al caso? Elena y tú hacéis un equipo fantástico cuando trabajáis juntos.

—Oye, Gina, ¿seguro que no quieres que le cuente a Casper quién eres? Casper y tú...

—Muy bien, chicos, pasadlo genial en Riviera Maya y recargad las pilas —cortó ella al instante.

Miré a Ethan mientras se despedía y sonreí como una idiota. A pesar del miedo que había pasado esos días, me gustaba trabajar con él, poder hablar abiertamente del tema sin sentirme culpable por querer ayudarle a hacer del mundo un lugar mejor.

—Es verdad que hacemos un equipo fantástico. —Ethan me rodeó con sus brazos y me apretó contra él, mirándome de ese modo capaz de derretir los casquetes polares en cuestión de segundos.

—El mejor.

—Es una pena que hayamos dejado el caso. Tú y yo juntos íbamos a hacer que cayeran uno a uno. —Me di cuenta de que realmente a él le estaba costando aceptar esa decisión tanto como a los demás—. ¿Estás lista? Si salimos ahora, llegaremos a Tulum para la cena. Hay un restaurante magnífico donde sirven la mejor cochinilla pibil de toda la península.

—Prométeme que cuando regresemos a Londres nos haremos vegetarianos. Con la carne que he comido estas semanas, tengo suficiente B12 para lo que me queda de vida.

—Ya lo negociaremos.

11

16 de marzo de 2020 – Paddington, Londres

La luz del sol me despertó entrando a raudales por la ventana. Miré el reloj del móvil y me entró el pánico. ¡Mierda! Las siete y media. Tenía una reunión a primera hora de la mañana y ya llegaba tarde. Me sentía como si me hubieran frito el cerebro por culpa del jet lag. Me metí rápidamente en la ducha, a sabiendas que Ethan estaba allí.

—Mmm, ¿y esta sorpresa? —preguntó, apoderándose de mis labios y arrinconándome contra la fría pared de azulejos.

—¿Por qué no me has despertado? ¡Llego tarde a la oficina!

—¡Y más tarde que vas a llegar…! —Ignoró mi discurso, descendiendo con sus labios por mi cuello—. Seguro que Gina puede esperar cinco minutitos más…

—¡Frena un poco, *latin lover*! Hoy no puedo llegar tarde a la oficina.

—¿Sabías que hoy hace un año que nos conocimos? —Susurró en mi oído, distrayéndome de sus manos, que estaban muy al sur de mi ombligo.

—¿En serio? —Él asintió. ¿Cómo me podía haber olvidado de algo así?—. Cariño, hay dos cosas que tienes que saber de mí…

—Que son… —Ethan se detuvo a mirarme con curiosidad.

—La primera es que soy terrible con las fechas, así que no, no lo recordaba, lo siento.

—¿Y la segunda?

—Que no puedo decirte que no a nada.

No hace falta que diga que llegué al despacho de mi jefa cuarenta minutos tarde por culpa de esa ducha. Al verme, Gina descruzó las piernas a lo *Instinto Básico* y se quitó las gafas con estampado de cebra.

—Llegas tarde, nada nuevo —observó sin inmutarse—. Y estás hecha un desastre, eso tampoco es nuevo.

—Se me han pegado las sábanas —me disculpé.

—¿Solas o con ayuda? —Enarcó una ceja y me miró burlona—. Siéntate querida. Lo primero, lo prometido es deuda. —Me entregó una cajita de la que extrajo un smartphone de última generación que debió de costarle la mitad de mi sueldo de un mes—. Espero que esto compense lo del otro día. Y, lo mejor de todo, es que no es rastreable.

—¡Qué nivel! Aunque no era necesario, no tengo ninguna intención de seguir con esto después de lo que pasó en Chiapas —le informé—. Y como insistas, soy capaz de irme a la competencia. He oído que *Cosmo* paga muy bien.

Gina me dedicó una de sus tres mil sonrisas, de esas tan extrañas que aún no tenía catalogadas.

—Tengo que despedir a Rompetechos, no sabes la última...

—Gina, ¿me estás escuchando?

—Sí, Malena, pero no te estoy haciendo caso. Ya hemos tenido esta conversación tres millones de veces antes y sé que bastará con tenerte una semana escribiendo sobre la vida privada de Ronaldo y Georgina para que me supliques hacer periodismo de verdad.

—Con periodismo de verdad me refería a sacar a la luz los trapos sucios de Boris Johnson, no a atentar contra mi vida enfrentándome a un grupo de lunáticos sin escrúpulos.

—Lunaplatenses, no lunáticos.

—¿Por qué tengo la impresión de que te estás burlando de mí?

—¿Cómo no voy a burlarme de ti con esa mascarilla que llevas puesta? —Miró mi FFP2 sin ocultar una risita—. Si ya me costaba entenderte antes con tu inglés macarrónico, ahora ni siquiera te oigo cuando hablas.

—¿A ti la palabra "pandemia" te sugiere algo?

—No mucho, pero me da una pereza terrible. Como me cancelen las vacaciones a Barbados, te juro que me da un soponcio.

—¿Te vas a Barbados? Casper no me ha dicho nada...

—¿Es qué ahora tenemos que hacerlo todo juntos? —preguntó molesta—. Me voy con unas amigas.

—Perdona, es que no sabía que tú tuvieras de eso...

—Necesito que te pongas al día con el caso McGowan. O, si lo prefieres, un reportaje sobre la relación genética entre el hombre y el plátano, tú eliges. —La miré ceñuda, convencida de que me estaba vacilando de nuevo—. Tienen un 60% de ADN en común, ¿no es fascinante?

—¡Creo que no eres consciente de que casi nos matan en México! —grité, levantándome de la silla hecha una furia—. ¿En qué demonios estabas pensando cuando nos mandaste a esa maldita iglesia?

—Baja la voz, querida. A Ethan puedo tolerarle el calentón, pero aquí sigo siendo tu jefa.

—¿Has hablado hoy con Ethan?

—Hablar, hablar... ¡Jesús, qué carácter tiene el muchacho!

—¡Porque casi nos matan! —repito, ignorando su petición porque no gritara, pero la sangre española estaba haciendo acto de presencia—. Da gracias a que conducía él o no estaría aquí ahora discutiendo contigo.

—¡Dime que, en el fondo, no fue emocionante! ¡Que no te gusta la adrenalina! —Aquella lunática exaltada que tenía ante mí no era la Gina Dillan que yo conocía—. Seguro que después de eso, echasteis el mejor polvo de vuestras vidas.

—¡Estás loca! —Me dejé caer en la silla, vencida—. ¡Como una cabra! Tendrás tu artículo erótico sobre hombres y plátanos para el viernes. Si eso es lo que quieres que haga a partir de ahora, así será.

—En realidad era un reportaje científico sobre ADN, pero haz lo que te dé la gana.

—Hay algo que quería discutir contigo... —Gina enarcó las cejas—. Dado el avance del coronavirus, me gustaría trabajar desde casa hasta que bajen los casos. No me siento cómoda viniendo a la oficina.

—Sí, claro, y yo quiero una mansión en Malibú. ¿Estás de coña, Ilena? ¿Te imaginas que todos me pidierais lo mismo por una simple gripe? Acabas de regresar de México después de tres semanas de cachondeo y ahora te preocupas del virus...

—España e Italia han confinado el país. Somos los próximos.

—Boris dice que está todo controlado. Tú canta el "cumpleaños feliz" mientras te lavas las manos y no tendrás nada de lo que preocuparte —bromeó sobre la última gran idea del presidente para frenar la pandemia.

—Boris se ha perdido las reuniones COBRA[23] por estar de vacaciones con su mujer. Eso no quiere decir que la situación no sea grave, solo que al presidente le importa un carajo.

—¡Hoy me estás aburriendo con tus dramas, Yurena! No somos España ni Italia.

—Nosotros tampoco éramos China, Gina.

—Hace un año me suplicabas por periodismo de verdad y ahora estás aquí, pidiéndome que te deje trabajar desde casa y escribir sobre trivialidades. ¿Qué es lo próximo? ¿Esperar a que tu maridito regrese a casa con la cena y las zapatillas listas mientras tú ves la telenovela?

—En esta relación es él quién cocina y le encanta ir descalzo y desnudo por la casa, así que lo dudo.

El simple recuerdo de mi novio de esa guisa, hizo que mi humor mejorara un poquito. Solo un poquito. «*Elena, ¡céntrate!*»

—Te doy dos meses hasta que te canses de vivir tu película Disney. Te recuerdo que tú elegiste esta profesión porque querías cambiar el mundo.

—¿Tú has visto bien a Ethan? —pregunté ignorando su discurso—. ¿De verdad crees que me voy a cansar de él?

—Un año —rectificó—. Un año para que te canses de ser la esposa perfecta. Las dos sabemos que no vas a saber estarte calladita, ya has metido las narices en esto y tienes tanta curiosidad y rabia por dentro como yo.

—¿De cuántas hojas quieres el reportaje de Ronaldo y Georgina? —me burlé, mostrándole que no pensaba cambiar de opinión, aunque me importara un bledo la vida de esos dos.

---

[23]Cabinet Office Briefing Room (COBR o COBRA en sus siglas en inglés) es la sala de reuniones de la Oficina del Gobierno, un lugar donde el comité de emergencias de Reino Unido se reúne en las crisis graves de seguridad ciudadana para establecer el plan a seguir.

Salí del despacho con una sonrisa triunfante. Si Gina pensaba que iba a poder mangonearme a su antojo, iba lista. Cogí un café en la máquina para mí y otro para Brit, que estaba liada en una interminable conferencia online con un director de cine. Me dio las gracias con las manos y siguió tomando notas en su teclado mientras el hombre hablaba. Mi sonrisa se desdibujó de golpe al ver a Susan, alias Rompetechos, sentada en mi silla giratoria y toqueteando algo en mi portátil.

—¿Puedo ayudarte en algo?

—Gina acaba de pedirme que trabaje contigo.

Me giré y vi a mi jefa sonriendo y saludándome con la mano de un modo pomposo que delataba sus crueles intenciones. Estaba claro que pensaba jugar sucio.

Rompetechos me miraba con soberbia y jugueteaba con las pegatinitas metálicas que indicaban qué procesador y características tenía mi portátil. No es que las quisiera para nada, pero que intentara arrancarlas sin mi permiso me molestó un poco.

—¿Por qué estás despegando las pegatinas de mi portátil?

—Perdona, es un tic que tengo. Siempre que bebo café en un vaso de cartón acabo destrozándolo. Supongo que estoy haciendo lo mismo con tus pegatinas.

—¡Pues para, anda! —respondí autoritaria—. ¿Con qué necesitas que te ayude?

—Tengo que revisar todos los artículos de este mes y asegurarme de que no hay faltas de ortografía.

—Normalmente lo hacen los correctores... —Tan pronto lo dije en voz alta, me di cuenta de que Gina solo quería darme un dolor de cabeza porque ella pensaba que yo no iba a ser capaz de hacerlo—. Métete en la carpeta llamada "Abril", allí encontrarás todo el contenido del próximo mes. Si no te importa, yo tengo trabajo que hacer. Avísame si tienes alguna duda.

Ilusa de mí, esperaba que Susan se fuera a su mesa, pero cuál fue mi sorpresa cuando me la encontré codo con codo, leyendo apáticamente los artículos en voz alta hasta marearme. Me puse los cascos con música ligera por no resultar grosera, aunque aun así podía oírla. Y cuando dejé de hacerlo, es cuando realmente me preocupé. Me giré y vi a Rompetechos con cara de pánico, tapándose la boca con la mano como si hubiera cometido un delito. En cierto modo, lo había hecho.

—¿Todo bien, Romp... Susan?

—Creo que he borrado todos los artículos sin querer —confesó entre dientes.

Soy una actriz terrible, lo sé. El gen de la expresividad está muy cotizado en mi familia porque, aun siendo casi veinte primos, yo me lo llevé enterito. Tragué saliva intentando pensar una solución rápida que me hiciera parecer resolutiva a ojos de Gina sin que me llevara directamente a la cárcel.

—Elena, di algo...

—Tenemos que decírselo a Gina —fue mi parte responsable quien habló mientras yo mostraba una calma que no sé de dónde saqué—. Ella sabrá qué hacer.

—¡No, a Gina no! ¡Por favor te lo pido, Elena! —Rompetechos juntó las manos suplicándome—. Como Gina se entere de esto, me pone de patitas en la calle.

—¿De qué no me puedo enterar? —Gina apareció detrás de nosotras con su mejor sonrisa, el portátil con pegatinas de flores en una mano y su taza de café con flamencos en la otra. Genio y figura—. Sea lo que sea, es culpa tuya, Lorena. Deberías estar supervisándola como te pedí.

Miré a Susan sin saber qué decir. Se había escondido detrás de mí al oír que la culpa iba a recaer sobre mí. Sabandija asquerosa.

—Susan ha borrado todos los artículos de este mes y los que teníamos de sobra.

—¡Ah, bueno! —La actitud de Gina, pasiva y desconcertantemente tranquila, me aterró sobremanera—. ¿Y tú qué estabas haciendo en ese momento, querida? ¿Jugando al buscaminas?

—¿Todavía existe? —Elevé una ceja y me olvidé del verdadero problema—. Yo estaba recreándome en el cuento de hadas de Georgina, como me habías pedido.

—Bien, lo importante ahora es solucionarlo. —Gina permaneció inalterable incluso cuando se giró y nos dejó allí plantadas y atónitas sin decir nada más. Bueno, sí, cuando se giró de nuevo, sí dijo algo—: Por cierto, deja tu portátil en recepción, estás despedida.

Retomó sus pasos, ajena al revuelo que había causado con su partida, repitiéndose a sí misma que le causábamos dolor de cabeza. Susan y yo nos miramos con pánico. ¿A quién de las dos acababa de despedir? Después de la conversación que habíamos tenido en su despacho, y teniendo en cuenta que necesitaba a Susan cerca por el bien de su relación con los Farrell, sospechaba que la respuesta estaba clara. Miré a Rompetechos a mi lado, cuyos diminutos ojos azules con pestañas postizas dibujaban ahora un fuego que no sabía cómo apagar.

—¡Esto no va a quedar así, mujerzuela ingrata! —replicó, mientras apagaba su ordenador y lo metía en la funda rosa con gatos de ojos gigantes, dando por hecho que ella era la despedida—. ¡Ya lo creo que no! Prepárate para mi venganza porque voy a hacer que recuerdes mi nombre cada maldito día de tu vida.

Por un momento, sentí lástima de esa pequeña inútil. Solo por un momento.

—No le guardes rencor, la revista es su vida y a veces es un poco dura.

Rompetechos me miró con una soberbia impropia de una cría de su edad. ¡Malditos niños pijos que se creían el ombligo del mundo!

—¿Quién estaba hablando de Gina?

No tuve tiempo de preguntar a quién se refería. Esa mocosa regordeta cuyos pendientes valían más que el piso de mis padres, me dejó con la palabra en la boca y dejó caer el portátil sobre la mesa de la secretaria.

Aun sin tener claro a quién de las dos había despedido, me asomé por el despacho de Gina, dispuesta a ofrecerle mi tiempo como solución al problema. Su rostro mostraba la preocupación que había estado conteniendo delante de nosotras, esforzándose por mantenerse siempre equilibrada e inalterable. Recordé las palabras de mi novio en Chiapas, cuando me confesó que la agencia les había entrenado para saber contener las emociones, y entendí de golpe que, aunque ambos me desquiciaban con su frialdad, no era más que una armadura de hielo para protegerse del mundo.

—No tengo muy claro si sigo trabajando para ti o no, pero se me ha ocurrido una posible solución. Yo siempre guardo una copia de seguridad de mis artículos y es posible que mis compañeras también lo hagan. Vamos a tener que revisarlo todo de nuevo, eso sí.

—Cerramos edición en tres horas, ya me dirás cómo vamos a hacerlo.

—Juntas —resolví, sentándome en su mesa—. Estoy segura de que Brit y Jenny también estarían dispuestas a ayudar. Podemos hacerlo, Gina.

Su mirada se suavizó un poco, tratando de recomponerse.

—Eso estaría bien, gracias. ¿Podrías encargarte de todo? Tengo que hablar con Mark urgentemente. Está hecho un basilisco, cree que debería haber tenido más paciencia porque me he cargado el único modo que teníamos de acceder a los Farrell.

—Eso lo dice porque no conoce a esa mocosa ingrata.

—Mocosa ingrata, highlander azteca buenorro... da igual, Elena. De un modo u otro, tú y yo la hemos cagado hasta el fondo con este caso.

—Somos humanas, Gina —la tranquilicé, sorprendiéndome a mí misma de los sentimientos encontrados que me producía esa harpía.

—¡Ese es el problema! Que se supone que yo debería aprender a gestionar esto sin dejarme llevar por mis emociones.

—Te aseguro que encontraremos el modo de acceder a la mansión de los Farrell sin ayuda de Wendy ni Rompetechos —aseguré convincente. Gina elevó las cejas y me sonrió.

—Me gusta mucho cómo suena ese "encontraremos". Anda, será mejor que te pongas a trabajar cuanto antes. Diles a las chicas que lo dejen todo y den absoluta prioridad a esto. Voy a discutir con Mark. —Tenía medio cuerpo ya en el pasillo, cuando su voz me detuvo—. ¡Elena! Gracias por lo de hoy. Te debo una. —Asentí con la cabeza, satisfecha porque al fin se hubiera dado cuenta de lo mucho que me implicaba en ese trabajo—. Por cierto, recoge tus cosas cuando termines. No quiero verte mañana por aquí.

Abrí tanto los ojos que me dolieron. ¡¿Es que esta mujer no se cansaba de ser tan... Gina?! Acababa de morder la mano que iba a darle de comer, antes siquiera de meterme en la cocina.

—¿Así que lo del despido iba en serio? —Mi perplejidad le hizo sonreír.

—Te estoy dando vía libre para que trabajes desde casa y finjas prestarme atención por videoconferencia mientras tienes a Ethan bajo la mesa.

No era la manera más elegante de decir que aprobaba mi petición de teletrabajo, pero a mí me la traía al pairo. Lo importante es que la había aceptado.

Cuando salí de su despacho, me puse a organizar al personal por secciones y me tomé cinco minutos de descanso para aclararme las ideas y llamar a Ethan. Habíamos quedado para cenar con un amigo suyo del trabajo y no iba a poder ir.

—No tengo ni idea de a qué hora terminaré aquí, así que probablemente me vaya directamente a mi casa —informé.

—¿Cómo así? ¿Todo bien en el mundo rosa?

—La becaria nos ha borrado todo el número a tres horas de mandarlo a imprenta. Vamos a tener que prepararlo de nuevo y maquetarlo en tiempo récord y, aun así, saldremos con un día de retraso.

—Así que te quedas con Gina arreglando ese pedo...

—Sí, y dándole apoyo moral. Ha despedido a Rompetechos y Mark se la quiere comer viva.

—¿En serio? ¡Pensaba que esa niñata era intocable!

—Ya ves... Supongo que la paciencia de Gina también tiene un límite.

—Bueno, encontraremos el modo de acceder a los Farrell por otras fuentes. —Otro que utilizaba el dichoso "encontraremos"—. Mark también se cabreó conmigo cuando dejé a Wendy y no llegó la sangre al río. Pero es que hay algo en esa familia que no está bien...

—¡No puedo ni imaginarme lo que tuviste que pasar con Wendy!

—¡Mejor no te lo imagines! Oye, güera, avísame cuando salgas y me paso a buscarte, sea la hora que sea. No me gusta que andes de noche sola. Sobre todo, después de lo que me contaste...

—Gina me llevará a casa, no te preocupes. Tiene el Jaguar muerto de risa en el garaje.

—¡Definitivamente voy a buscarte! Me preocupa más Gina al volante que la mafia rusa suelta por Londres —bromeó—. Ahora en serio, si te parece bien, te espero en tu piso y dormimos juntos. Tengo ganas de verte.

Me despedí de él con una estúpida sonrisa que ya no me abandonaría en todo el día. Porque a pesar de la frustración, del cansancio y de todas las horas de trabajo que tenía por delante, bastaba con saber que había alguien esperándote al llegar a casa para llenar de arcoíris un mal día.

12

26 de enero de 2023 – Piso de Elena, Brooklyn

—¡Ay, la dichosa pandemia! ¡Qué recuerdos más surrealistas guardo de esa época! —exclama Siobhan, moviendo la cabeza de un lado a otro.
—Si alguien me hubiera dicho años antes que un día iba a ver las calles más céntricas de Londres completamente desiertas, me hubiera hartado a reír.
—Mi niña y yo somos asmáticas, así que no hubo que insistirnos mucho para que nos encerráramos a cal y canto voluntariamente. ¿Cómo lo vivisteis en Londres?
—No fueron tan estrictos con las mascarillas y el encierro como en España y podíamos salir de casa libremente, aunque las cifras eran tan desoladoras que muchos vivíamos con miedo. El primer confinamiento fue el más llevadero. El resto…
—Pero tú más o menos llevaste bien la situación, ¿no? Fue Ethan quien se vino abajo.
Sonrío con los labios apretados por no reconocer que, cada vez que oigo su nombre, algo se me remueve por dentro. Me digo de continuo que está muy reciente y el tiempo lo cura todo, aunque ni yo misma me lo acabo de creer.
—Ethan era una montaña rusa emocional en esos momentos. A todo lo malo que trajo consigo la pandemia, el miedo, la angustia, la falta de libertad… tienes que sumarle que todo se retrasó. Y con todo, me refiero a…
—A Gael —completó ella. Yo asentí.
—No sé qué te habrá contado él, porque al parecer he sido la peor novia del mundo, pero mis recuerdos del primer confinamiento tienen algo de nostálgico. No voy a mentirte, no fue ningún sueño hecho realidad, mucho menos para una pareja joven que se moría de ganas por hacer cosas juntos. Pero podría decirse que disfruté de ese tiempo

encerrados juntos en casa. Nos pusimos al día con hobbies a los que antes no habíamos podido dedicar tiempo, cocinamos recetas nuevas, y, de algún modo, nos sirvió para conocernos mejor. Conocernos de verdad, sin artificios ni técnicas de seducción. El día a día, con nuestras manías y nuestras rarezas.

—Lo cierto es que tu versión hasta ahora coincide bastante con la de él, y nada con la del artículo... —No me molesto en recordarle que yo no he escrito ese artículo—. No sé si sirve de mucho, pero deberías saber que Ethan no habla tan mal de ti como tú te piensas —agrega, mirándome con tanta seriedad, que no sé qué espera de mí—. De hecho, dijo que fuiste la mejor compañera de confinamiento que alguien podría tener.

Asiento lentamente, esperando que no note el nudo que se ha formado en mi garganta. Se me empañan los ojos a mi pesar. Me levanto para coger una chaqueta alegando que tengo frío, aunque solo lo hago para que no vea que el recuerdo de aquellos días va a hacer que me ponga en modo aspersor. Últimamente estoy demasiado sensible por todo, así que tampoco es que haga falta mucho para provocar mis lágrimas.

Cuando vuelvo a la mesa, Siobhan me está esperando con una radiante sonrisa que resalta más el burdeos de sus labios. Tiene el reportaje abierto por la página quince, llena de anotaciones en los márgenes y textos subrayados en amarillo.

—Me gustaría que me fueras aclarando algunas cosas que hay aquí. El reportaje comienza precisamente en marzo del 2020, explicando los motivos que llevaron a Ethan a construir el imperio de narcotráfico y proxenetismo del que se le acusa. —Una sonrisa burlona se escapa de mis labios. No puedo imaginarme a nadie menos capaz de todo eso que a él—. Al parecer, perdió su trabajo y los negocios hoteleros familiares sufrieron importantes pérdidas, razón por la cual, tuvo que buscar fuentes de ingresos alternativas. Se aprovechó de su carisma y su físico para engatusar a mujeres como tú y Wendy, las cuales, por cierto, estáis desaparecidas. De ahí, arranca con la historia de Analisa, la mujer que apareció calcinada en un descampado y que, casualmente, comparte un hijo con él.

—Punto número uno, Ethan no perdió ningún trabajo. Estaba en *furlough*[24] y el gobierno le pagaba el 80% de su salario, así que apenas notó la diferencia. Punto número dos, los negocios de su padre le traían sin cuidado. Hace años que no obtiene un céntimo de SilverMoon. Punto número tres… ¡las dos sabemos que eso es absurdo!

—Y, sin embargo, esta historia está tan bien atada, que el mundo entero se la creería. Es difícil contradecirla cuando hay tantas imágenes que lo prueban. —Siobhan abre el artículo por el final, mostrándome unas fotografías a todo color en las que se ve a Ethan en actitud cariñosa con unas menores—. Estamos intentando localizar a esas chicas para que nos cuenten su versión, pero, sinceramente, la cosa pinta mal. Claro que también cabe la opción de que esas imágenes sean un montaje… Gina me dijo que se te daba bien el diseño gráfico.

Me tira la caña, pero yo no pesco el anzuelo.

—Esas fotografías son reales. Es muy fácil creer una imagen sin mirar más allá.

—Lo siento, pero no te entiendo… ¿Son reales?

—Volviendo al punto número dos, si alguien se hubiera molestado en contrastar la información con las fuentes correctas, sabrían que no fue Ethan, sino Christopher, quién estuvo al cargo del negocio cuando Duarte desapareció.

—¿Quién es Christopher y qué tiene que ver con esas fotos? —pregunta ella, anotando el nombre en su libreta.

Todo a su debido momento. Sé que cuando le hable de él, todo cobrará sentido. Ahora, lo importante es que ella entienda que Ethan no era un hombre empequeñecido y arruinado que tomó el camino incorrecto. Que entienda que, a pesar de cómo ha acabado nuestra historia, hubo un tiempo en el que fuimos felices y estábamos locamente enamorados.

---

[24]Permiso temporal por parte del empleador debido a razones económicas o circunstanciales. Durante el confinamiento, las empresas suspendieron temporalmente a los trabajadores para que el gobierno corriera con los gastos de salarios.

23 de marzo de 2020 — Clapham, Londres

Aquel 23 de marzo ocurrió algo que todos creíamos que solo pasaba en las películas de ciencia ficción: Boris Johnson anunció el primer confinamiento del Reino Unido. El aumento de casos y el colapso en hospitales habían obligado al ministro más escéptico de toda Europa a tomar medidas drásticas.

Al anuncio le siguió la histeria colectiva, que se tradujo en un aumento desmesurado de las ventas de harina, leche, papel higiénico, medicamentos y levadura. Las palabras "hidrogel", "test" y "mascarilla" comenzaron a formar parte de nuestro vocabulario diario y el caos se había instalado en las calles. De algún modo, aquel día comenzó una guerra en la que los abrazos y los besos eran las armas más letales y distanciarte de tus seres queridos era un acto de amor.

El anuncio me pilló en Clapham, celebrando el cumpleaños de Brit con mis amigos y disfrutando de la que sería la última cena en ese piso todos juntos. El mundo que conocíamos estaba a punto de cambiar.

—¡Chicoooos, no teníais que haberme regalado nada! —exclamó Brit, sacando de una cajita rosa una pulsera de plata con colgantes de una famosa joyería.

Brit estaba más Brit que nunca, con un vestido rosa de flores y una corona con plumitas del mismo color en el pelo.

—Trae anda, que te la pongo —me ofrecí, al ver que mi amiga no andaba fina de reflejos tras haberse bebido dos copas de champán.

—Cumplir los treinta fue interesante, pero ya los años empiezan a pesar… —lamentó mi amiga, quien tan solo sumaba uno más a la década.

—Como vuelva a decir eso, te juro que la estampano contra el televisor —susurró Gina en un tono que había resultado audible para todos. Y es que, a pesar de los carísimos tratamientos de belleza que se hacía cada semana, se le empezaba a notar que había pasado muy de largo los cuarenta.

—¡No seas llorona, Brit! Estás preciosa para la edad que tienes.

Todos nos giramos a mirar a mi amiga, quién se había quedado tan extrañada con el cumplido de Mike, que no sabía ni cómo reaccionar.

—Me acaba de llamar vieja, ¿verdad? Vosotros también lo habéis oído —preguntó Brit, enarcando una ceja y señalándonos a todos con el dedo.

—¡No! Solo he dicho que otras mujeres necesitan filtros en las fotos para verse bien, pero es como si tú ya los llevaras puestos.

Se mascaba la tragedia. Mike, que era un especialista en liar las cosas en el peor momento posible, se quedó blanco como la nieve, haciendo que sus pecas resaltaran aún más en su rostro. Brit le asesinaba con la mirada y todos reíamos, incluso Ethan, quien seguía sin mostrar ningún aprecio hacia mi amigo.

—Me habrás traído algún regalo al menos… —insistió Brit, dispuesta a enterrar el hacha de guerra.

—Dijiste que no querías rega… —El pisotón que le dio Amber por debajo de la mesa fue suficiente para que Mike cambiara su alegato. Esta vez no pude aguantar la risa, tantos años de amistad y aún no conocía a Brit en absoluto—. Tu regalo soy yo, muñeca.

Extendió los brazos en busca de un abrazo que mi amiga le negó.

—¡Pues espero que vengas con el ticket! —Brit cortó la discusión y se sentó en la silla presidencial—. Bueno qué, ¿cenamos? ¡Me muero por hincarle el diente a ese estofado!

Casper y Mike se habían tirado horas en la cocina preparando ese delicioso asado de carne con verduras y salsa *gravy*, que acompañamos con un Rivera de Duero y una tarta de cumpleaños asquerosa, de esas con un montón de glaseado. El banquete no hizo que Brit se olvidara de la afrenta, con lo que siguió provocando a Mike durante la cena de un modo muy cómico.

—Tranquilo, campeón, tienes un año para arreglarlo —le consoló Amber.

Y en esas estábamos, entre risas y buen rollo, cuando vimos una actualización de *The Guardian* anunciando la buena nueva en el móvil que Brit alzaba para mostrar las fotos más humillantes de Mike. El primero que reaccionó fue Casper, que torció el gesto con sorpresa y se apresuró a poner la BBC en el televisor. La cara de Boris en 45 pulgadas anunciaba en directo la noticia que todos temíamos y deseábamos a la vez.

—¡Me cago en la puta! —Casper fue el primero en romper el silencio que siguió al discurso de BoJo[25]—. ¿Pero cómo van a cerrar el país? ¡Se han vuelto locos o qué!

A mí no me pillaba de nuevas. Mi país llevaba confinado varios días en unas condiciones mucho más estrictas que las que nos iban a imponer a nosotros.

—Voy a llamar a mi familia y a Bruce para asegurarme de que están bien —informó Amber desapareciendo por la puerta del salón.

—¿Vosotros qué vais a hacer? —preguntó Ethan en general, aunque sabía que la pregunta iba dirigida a Gina y Casper.

—No lo hemos hablado. Los dos estábamos convencidos de que esto no iba a pasar —respondió Gina, tomando la palabra—. ¿Y vosotros?

—Pues… depende de lo que haga Casper —respondió Ethan—. Si os vais juntos, nos iremos a mi casa, que tenemos más espacio para teletrabajar. Pero si vas a quedarte aquí solo, podemos pasarlo los tres en plan bunker.

—¡Yo también quiero quedarme aquí en plan bunker! —exclamó Brit.

—Imposible, aquí no cabemos todos —solucionó Casper rápido, ligeramente agobiado por tener que tomar una decisión de ese calibre cuando su relación con Gina pendía de un hilo.

—Parejita, ¿cuánto tiempo lleváis dándole vueltas a esto? —nos delató Gina.

—Desde que confinaron Italia —confesé yo.

—Desde que confinaron España —añadió Ethan—. Digamos que lo veíamos venir y nos hemos estado preparando para lo peor…

—¡Qué precavidos! —se burló Gina, quien no terminaba de entender la gravedad de la situación.

—Obvios, más bien —replicó Mike—. Yo también he hecho acopio de provisiones porque no sabemos cuánto puede durar esto.

---

[25] Boris Johnson.

—¿Así que tú eres uno de esos que ha vaciado las estanterías del supermercado? —Gina parecía encontrar la situación tronchante.

—Reíros, pero os aseguro que esto no va a durar dos semanas... —defendió Mike.

—Ya está Colón redescubriendo América... —respondió Ethan por lo bajo, mostrando la antipatía que le tenía.

—Eh, tranquilo, colega.

—Tranquilo tú, que no soy tu colega.

Mike decidió cerrar el pico para no crear un conflicto innecesario y Ethan, sabiendo que su salida de tono había sido tan injustificada como desproporcionada, decidió irse al cuarto de baño a refrescarse. Me mordí el labio y susurré un "lo siento" que Mike entendió en el acto. Aunque Ethan no era un hombre celoso, yo sabía que aún estaba molesto con él porque meses atrás, Mike le había hecho creer que estábamos liados solo para provocarle. Mentiría si dijera que su enemistad no me dolía. Mike a veces dudaba si abrazarme o no por miedo a molestarlo. Y no entendía porqué mi novio no quería ver en él lo que yo había descubierto tiempo atrás. A lo largo de los años, Mike se había ganado a pulso el título oficial de bufón del grupo porque siempre tenía una broma lista en los labios. Nunca parecía afectado y tendía a tomarse todo de un modo bastante tranquilo. Pero yo sabía que había mucho más de Mike que no dejaba ver a nadie, tal vez por inseguridad o por desapego. El deporte y los tatuajes no eran su obsesión, como todos creían, sino su cura. Le había observado en el gimnasio matándose a entrenar cuando sabíamos que estaba pasando por una mala racha de la que él prefería no hablar. Y, semanas después, cuando el mar parecía de nuevo en calma, mostraba un nuevo tatuaje que solo él sabía qué significaba. Y aunque podía parecer un tipo frío, nadie podía negar que siempre estaba ahí para todo el mundo.

—¿Qué quieres decir con que no van a ser dos semanas? ¡Porque a mí ya me está dando flato de pensarlo! —insistió Brit, ajustándose la corona—. ¡Mike! ¡Responde!

—Pues que en dos semanas no se arregla una pandemia, princesa. La Gripe Española fueron tres años y aún sigue dando por saco un siglo después.

—¡Es que vosotros vivís acompañados, pero yo estoy sola! ¡Sola! ¡Me voy a volver loca como esto se alargue mucho!

—Yo también vivo sola y disfruto de mi soledad plenamente —añadió Gina sin entender dónde estaba el drama.

—¿Quiere eso decir que no me vas a pedir que me confine contigo? —Casper elevó una ceja y la miró expectante. Mucho me temía que el futuro de su relación iba a depender de lo que Gina dijera en esos momentos.

—¿Acaso quieres…? Pensaba que… —Gina no supo dónde meterse cuando Casper suspiró decepcionado.

—Da igual, todo se hará a tu manera y a tu ritmo. Como siempre. Avísame cuanto estés lista para mí.

Mi amigo se fue a la cocina a por más hielo y Gina salió detrás de él. Mike, Brit y yo nos miramos sin decir una palabra. El mal rollo esa noche estaba servido.

—¿Por qué no te confinas con Jimmy? —sugerí en referencia a su novio. Mi amiga casi me asesina con la mirada—. Okay, descartado lo de Jimmy.

—¡Genial! Mi jefe acaba de mandarnos un email diciendo que van a cerrar el gimnasio, así que parece que me he quedado sin trabajo y con un montón de tiempo libre —anunció Mike—. Podríamos confinarnos juntos si te apetece, princesa.

—¿Contigo y con el saco de pulgas ese con el que vives? —preguntó con desdén, en referencia al precioso labrador Golden Retriever de Mike—. ¡Y deja de llamarme "princesa", que no tengo cuatro años!

—No sé qué os pasa hoy a todos, pero podemos dar la noche por acabada. Feliz cumpleaños, princ… Brittany —se corrigió Mike—. ¡Feliz confinamiento, amigos!

Mike cogió su chaqueta vaquera y me abrazó a modo despedida. Un simple "bye" bastó para Brit y Ethan, cuya amistad parecía enfriarse por momentos.

—Al final, me voy a casa de Bruce —confirmó Amber, haciendo acto de presencia en el salón—. Será mejor que haga las maletas.

—Parece ser que mi novio se me acopla en casa —informó Brit, mirando su móvil con desgana—. ¡Todo esto es culpa de Elena por mentar al diablo!

—¡Oye! ¡A mí no me culpes si no eres feliz con tu novio!

—Pero ¿qué dices? ¡Si yo adoro a Jamie! Estas dos semanas de encierro juntos van a ser...

—¡Meses! —añadió Ethan con un mohín—. Van a ser meses.

—Barbie y Ken no duran ni una semana viviendo juntos, ¡te lo digo yo! —agregó Mike, asomándose por la puerta.

—¿Tú no te habías ido ya? —rugió mi amiga enfadada.

—¡Tranquilita! Que solo estaba en la cocina despidiéndome de los tortolitos. Parece que la sangre no ha llegado al río... Se confinan juntos.

La noticia de que Gina y Casper por fin hubieran llegado a un punto de entendimiento nos dio tal alegría, que corrimos a la cocina a celebrarlo. Se me vino a la cabeza aquella famosa imagen de los Minions pegando saltitos y la encontré preocupantemente parecida. Y ahí estaban, besándose apasionadamente en medio de la cocina mientras un montón de cabecitas observaban a diferentes alturas desde el marco de la puerta.

—Esto significa que vamos a tener a Gina hasta en la sopa, ¿verdad? —observó Brit.

—Eso me temo.

—Creo que Casper debería haber pensado estas cositas antes de liarse con nuestra jefa —siguió mi amiga, que cuando bebía no tenía filtro—. Este era nuestro espacio libre de Gina para poder criticar sus excentricidades a gusto, ¿dónde vamos a hacerlo ahora?

—Encontraremos el modo, te lo prometo —garanticé—. Pero esta Gina de aquí, la que le está dejando los labios hinchados a Casper con tanto mordisco, esta me cae bien. A esta voy a darle una oportunidad.

—Si Casper se pira a su mansión de Chelsea, me pido su habitación —añadió Mike.

—Por mí vale —afirmó Amber—. Toda tuya.

—¡Eh, eso debería decirlo yo! Tú ya tienes un pie fuera de esta casa —agregué yo—. Mike, será un placer tenerte como compañero de piso cuando Casper se mude a Pijolandia.

Creo que fue nuestra nada discreta conversación lo que alertó a la parejita de que todos estábamos en la jamba, observando la escena alegremente.

—¡No me puedo creer que ya me estéis buscando sustituto! —protestó Casper, limpiándose los labios de carmín después del apoteósico beso de reconciliación—. ¿Queréis repartiros la herencia también, por si acaso?

—¿Por qué? ¿Tienes algo de valor? —bromeó Ethan.

—¿Os encerráis juntos o qué? —preguntó Amber, pegándole un trago a su copa de champán.

Antes de responder, Casper buscó la mirada de Gina para confirmar sus intenciones y ella asintió sutilmente con la cabeza. Todos vitoreamos, pero Casper hizo un gesto para detenernos.

—Van a cerrar el gimnasio y me voy a quedar sin trabajo. Esto ha sido más una obra de beneficencia que una propuesta romántica.

—¡Eso no es lo que yo he dicho! —protestó Gina—. ¡Parece mentira que a estas alturas no me conozcas, bichillo!

—¿Bichillo? —se burló Mike, llenándose la copa con el poco champán que Amber no se había bebido—. ¿No había un apodo más cursi?

—Pues a mí me gusta. Está claro que Casper no tiene problemas con su masculinidad —replicó Brit, que estaba sembrada.

—¡Eh, que yo tampoco! Cuanto tú quieras te lo demuestro, Brittany Michelle.

—¡Ya empezamos con los nombres compuestos, malo...! —susurró Ethan en mi oído, quitándole la botella a Mike para rellenar nuestras copas.

—Pues parece que el piso se queda vacío —anunció Amber, mirando la pantalla del móvil con lástima—. Agne acababa de decirme que se queda en Lituania con su familia.

La tristeza inundó de repente la casa y nos miramos los unos a los otros sin saber qué decir. La verdad es que nos importaba un bledo lo que fuera a hacer nuestra compañera de piso, la única que tenía un mínimo trato con ella era Amber, y porque Amber haría hablar a un lápiz, pero ese fue el primer toque de atención de que todo estaba a punto de cambiar.

—No puedo creer que vayamos estar en la misma ciudad y no podamos vernos por culpa de un estúpido virus —resumió Amber.

—Es que es el rey de todos los virus, por eso lleva corona —bromeó Gina, que seguía burlándose de la situación

—¡Serán solo un par de semanas! —insistió Casper, que aún seguía sin ver la realidad.

Mike y Ethan se miraron el uno al otro, compartiendo un momento de complicidad que se plasmó en una sonrisa irónica.

—Por si acaso no volvemos a vernos, propongo un último brindis —inició Mike, alzando su copa en alto.

—*For auld lang syne, my dear*[26] —brindó Ethan, con un famoso cántico escocés que se había convertido en un ritual de despedida en todo el reino.

—*For auld lang syne* —repetimos al unísono.

---

[26] Voz escocesa: Por los viejos tiempos.

13

24 de abril de 2020 — Paddington, Londres

Las primeras semanas del confinamiento fueron una bendición, hablando desde la frivolidad de quien no había perdido nada ni a nadie y le ponían en bandeja todo el tiempo del mundo y mucha imaginación para disfrutar de una relación que estaba comenzando. Ante el desconocimiento de lo que estaba pasando ahí afuera, quedarse en casa parecía la opción más segura, así que no teníamos nada que objetar. El teletrabajo nos permitía dormir más, emplear el tiempo que gastábamos cada día en el metro en otras cosas más productivas y nos ahorrábamos un dineral a fin de mes. Todo ventajas.

A ese exceso de tiempo libre había que sumarle un mes de abril que superó los veinte grados, con lo que, para muchos que no temían al virus, aquel primer confinamiento fueron unas vacaciones disfrutando de los lugares más icónicos del Reino Unido sin aglomeraciones. Los que sí decidimos cumplir las normas, vivimos el confinamiento de otro modo.

Aprendimos a hacer siete tipos distintos de pan y a luchar con garras y dientes por un paquete de harina en el supermercado.

Hacíamos el amor en la escalera.

Videollamábamos cada día a nuestros familiares y amigos; e incluso a gente a la que jamás habíamos llamado antes solo por ver cómo estaban.

Sudábamos en vertical con algún entrenador online, y en horizontal, en cualquier momento y lugar.

Cocinábamos recetas nuevas. Y bizcochos. Y pizza. Y más pan. Y más bizcocho. Y más pizza…

Follábamos en la ducha.
Nos apuntamos a cursos online que nunca completamos.
Hacíamos el amor en la encimera de la cocina. Y en el sofá. Y contra las puertas de cristal que daban al patio.
Leíamos libros pendientes.
Nos mandábamos videos de TikTok con Gael, retándonos con juegos y coreografías absurdas.
Los jueves aplaudíamos a los médicos y enfermeros del NHS, y a todos los héroes de esa pandemia, agradecidos porque estuvieran exponiéndose para que nosotros tuviéramos una vida más cómoda.
Repetíamos lo mismo una y otra vez.
Y todo fue maravilloso hasta que empezamos a estar hartos de estar encerrados, de no ver a nuestros amigos o de ir a la oficina. Hartos de no tener planes, de no saber qué nos depararía el futuro. Hartos de escuchar al presidente decir que todo iba a ir bien, cuando todo estaba peor que nunca. Porque para una generación que no había experimentado crisis ni guerras, aquella era nuestra guerra, una en la que no había misiles ni bombas, pero nos habían robado la libertad, nuestro tiempo y valiosos momentos con nuestros seres queridos.
Y así, pasaron las semanas hasta situarnos a finales de abril…
Ante la fuerte crisis que estaban sufriendo los hoteles, la empresa de Ethan se había visto obligada a poner a todo el personal en *furlough*, el ERTE británico. Lo que se traducía en que tenía todo el tiempo del mundo para cocinar magníficos platillos mexicanos que él luego convertía en músculo con intensos entrenamientos, mientras yo lo convertía en grasa tras extensas sesiones virtuales con Gina.
Al aburrimiento se le había sumado la desesperación de saber que traerse a Gael a Inglaterra en medio de una pandemia, y a puertas de un Brexit sin acuerdo, no iba a ser tarea fácil. Ahora que no tenía horarios, su libido estaba por las nubes y aprovechaba cada instante, cada segundo, para hacerme el amor. Supongo que más de una pensará que me quejo de vicio, pero es que, tras una oleada de *furloughs* masivos en mi empresa, yo tenía más trabajo que nunca y apenas me quedaba tiempo para respirar al final el día.
Estaba plantada delante del ordenador a la espera de que Gina comenzara la reunión, mientras saboreaba un delicioso café XXL que

Ethan me había preparado en su máquina nueva. La cantidad de chismes que había comprado online las últimas semanas había sido abrumadora.

Tan pronto sentí a mi chico besándome el cuello, supe que iba a volver a pasar. Otra vez. Puse los ojos en blanco, algo saturada de tanto contacto físico. Aunque estuviéramos hablando del hombre más sexy del mundo, no había pasado ni media hora desde la última vez. Treinta minutos. Los tenía contados.

—Ahora no, cielo, tengo una reunión…

—¿Vais a discutir tu último relato erótico? —preguntó con una sonrisa maligna, metiendo sus manos por dentro de mi top—. Seguro que a Gina le parece bien que tenga motivada a su empleada y llena de inspiración.

—Gina me va a matar si llego otra vez tarde.

—Gin no tiene por qué enterarse. Además, es culpa tuya, me pones muchísimo con esa ropa de ejecutiva sexy.

Miré para abajo con un gesto irónico. Llevaba un top marrón de lunares y la parte de abajo del pijama de Mickey Mouse. No me dejó responder. Me dio media vuelta en la silla giratoria para quedar frente a él y nos enganchamos en un beso infinito al que respondí por pura inercia. Me cogió por el trasero y me llevó a la encimera de la cocina para hacerme el amor salvajemente.

—En serio, no sé qué me pasa últimamente. Estaría todo el día dentro de ti… —susurró en mi oído con voz trémula.

—Ya me he dado cuenta —protesté con desgana.

Cuando dimos por concluida la hazaña, me coloqué la ropa de nuevo y corrí al ordenador al ver el nombre de mi jefa parpadeando insistente en la pantalla.

—Buenos días, Gina. —Me senté con prisas y me coloqué los auriculares. Demasiado obvio. Ella levantó una ceja, mosqueada.

—¿Cómo es posible que llegues siempre tarde aun trabajando desde casa?

Miré de reojo a Ethan, que estaba en el sofá leyendo algo y mordisqueando un boli con un gesto que le parecía hacer inocente.

—Mejor no preguntes.

—No pensaba hacerlo. Tengo demasiada imaginación y tu novio mucho tiempo libre —respondió, consciente de lo que estaba pasando—. Sabes que Casper también está sin trabajar, ¿verdad? No sabía que un hombre sudado pudiera oler tan bien.

—No quiero detalles —rogué—. Me basta con saber que estáis los dos bien.

—¡Uy, sí! Viviendo una luna de miel. Solo que hemos cambiado los cócteles en la playa por batidos de proteínas y carreras en Hyde Park. Se ha propuesto ponerme en forma y me está matando.

—Es lo que tiene liarse con un entrenador personal. Piensa en la pasta que te estás ahorrando...

—¡Volvamos al trabajo! Tengo otra reunión en veinte minutos. Apunta temas para mañana: Cómo mantener la llama con tu pareja durante el confinamiento, planes chachi guachis sin salir de casa y moda de verano, bañadores con mascarillas a juego.

—Apuntado.

—¡Hola, Ethan, querido! ¿Todo bien? —Me giré al oír que mi jefa estaba saludando a mi novio y recé mentalmente porque estuviera vestido y no tuviera ganas de sexo. Otra vez.

—¡Hola, Gin! —saludó él afable, con el mote que le había puesto a mi jefa por su nombre y su adicción a esa bebida—. Perdona que te interrumpa, cielo, es que hay una oferta online que tengo que comprar en menos de cinco minutos o se agota —me explicó, ignorando que, aunque Gina fuera nuestra amiga, también era mi jefa—. Es una regadera nueva de esas que dan masajes.

Le miré con los ojos como platos, incapaz de creer que me hubiera interrumpido para eso.

—¿Vas a darle masajes a las plantas?

—¿De qué me hablas? —Parecía confundido—. La regadera del baño...

—¡Ah, la alcachofa de la ducha!

—¿Alcachofa? La regadera es para regarte... —dijo con un gesto en el que se estaba regando, literalmente.

—Cariño, cambia lo que te dé la gana, estoy trabajando —respondí, molesta por la interrupción—. Perdona Gina. ¿Por dónde íbamos?

—¡Qué bonito suena cuando habláis en español! ¿Te estaba diciendo algo guarro?

—Mucho. ¿Has leído mi crítica de *Motores Veloces 7*? Tengo que pulirla un poco, pero...

—¡No seas tan perfeccionista, Selena! A ver si al final te va a quedar el guion mejor a ti que a ellos... lo que no es difícil —añadió torciendo el gesto—. ¿Cómo van los relatos? ¿Con qué me vas a sorprender esta vez?

—Pues la verdad es que no tengo nada este mes —confesé apática—. Creo que tengo un bloqueo de escritora. Igual es solo la situación o...

—Te doy media hora para que "busques inspiración" con Ethan y te quiero escribiendo de nuevo, que nadie te está pidiendo el nuevo Harry Potter. ¿Ves? Problema resuelto. El relato está en tu lista de prioridades para hoy.

—¿Podrías bajarte del unicornio y darme una solución real? ¡La inspiración no llega sola! Me tienes corrigiendo, escribiendo artículos, concertando entrevista por videollamada, escribiendo relatos... ¡Estoy haciendo mi trabajo y el de todas las redactoras a las que habéis suspendido para ahorraros cuatro duros en sueldos! ¡No puedo más, Gina! A mí me inspira vivir, y ahora mismo estoy sobreviviendo.

—¿Quieres saber lo que es una verdadera crisis, Yurena? La que está viviendo la hostelería. ¡Todos los malditos hoteles cerrados!

—¿Me lo dices o me lo cuentas? Tengo a Ethan todo el día aburrido en casa. Como siga cocinando pasteles, no voy a caber por la puerta cuando acabe el confinamiento. —Pensé que tampoco iba a ser capaz de cerrar las piernas, pero eso lo mantuve para mí.

—¡Malena, te estoy hablando de algo mucho más grave que un novio sin trabajo al que le gusta follar y cocinar! —replicó con la finura que le caracterizaba.

—¿Por qué te preocupa tanto? Tampoco es que vayas a irte a ningún sitio...

—¿Te dice algo el nombre de Logan?

—¡Oh!

—¡Exacto, "oh"! Tienen todas las habitaciones cerradas. Es posible que empiecen a usarlas pronto para dar cobijo a enfermeros que no quieren poner en riesgo a sus familias.

—Eso sería bonito.

—¡Eso sería un desastre! ¿Podrías dejar tu maldito lado caritativo por un momento y ver el verdadero problema aquí? ¿Cómo se supone que vamos a coger a esos tipos si ni siquiera pueden ir a Escocia?

—No lo sé, Gina, ese ya no es mi problema. Soy una mujer felizmente confinada. Por cierto, ¿tú no tenías una reunión importantísima?

—¡Mierda! ¿Por qué me entretienes? —exclamó, como si yo tuviera la culpa de todo—. ¡Y recuerda! Ponte con el relato lo primero.

—No pienso prometerte nada.

Apagué la pantalla del portátil y pegué un largo suspiro, mientras ocultaba la cara entre mis manos. Necesitaba unas vacaciones. Dadas las circunstancias, me conformaba con un par de días libres para ir al parque. Así de triste estaba la cosa.

—Ey, güera, ¿estás bien? —Ethan se levantó del sofá y comenzó a masajearme los hombros.

Le miré con cara asesina. Como empezara a meterme mano otra vez, iba a declararme en huelga de sexo.

—Gina quiere que le entregue un millón de cosas diferentes esta misma tarde y te juro que no doy más de mí. Escribir requiere concentración, inspiración, creatividad… y estoy tan seca como esa planta. ¿Cuánto hace que no la riegas?

—Pensé que era de plástico.

—¿En serio vas a hacerte cargo de Gael?

—Sin menospreciar tu trabajo, ¿crees que podría ayudarte en algo? —Esta vez, me hablaba desde la parte del salón que correspondía a la cocina, donde llenaba una jarra de agua para regar las plantas.

—¿Sabes que no es tan mala idea? Igual podrías escribir algo guarro para Gina. ¡A lo loco! Tienes vía libre.

—Eh… gracias, pero no.

—¡Hablo en serio! Unas cinco mil palabras. Lo que tú quieras. Puede ser interesante cambiar de pluma y de estilo, algo diferente.

—Sabes que yo no soy escritor, ¿verdad?

—Inténtalo, tampoco es que tengas mucho más que hacer, ¿no?

—Vale, pero necesito inspiración, chula... —Me agarró de la mano para llevarme con él al sofá, pero yo le aparté con dulzura y le di una carpeta con relatos eróticos impresos de varias autoras.

—¡Esto te ayudará a inspirarte! En serio, necesito ponerme a trabajar... La idea de que me ayudaras era ahorrarme tiempo, no robármelo.

Agradecí que Ethan no insistiera y se pusiera a darle a la tecla acaloradamente porque no hubo lugar para distracciones de ningún tipo y me dio tiempo a acabar dos de los reportajes que tenía atrasados. Tan concentrado estaba ayudándome, que no quiso comer hasta casi las tres de la tarde que hubo acabado el relato.

—¡Listo! —exclamó, girando la pantalla de su portátil para que yo pudiera verlo—. ¡Ni se te ocurra reírte! Es la primera vez que hago algo así.

—Seguro que está bien, déjame verlo.

Mientras Ethan servía la comida, yo leía ávidamente, notando cómo mi cara se tornaba de todos los colores al leer el romance de una vampiresa pelirroja victoriana con un chico extranjero que acababa de llegar a la ciudad. Era tan gráfico, tan explícito, que me ruboricé.

—¿Y bien? —preguntó, mirándome inquiridoramente.

—Es... diferente a lo que yo escribo, desde luego.

—No te ha gustado. ¡Sabía que era una completa pérdida de tiempo!

—¿Qué dices? ¡Es brillante, en serio! Me gusta que sea desde el punto de vista masculino, para variar, y la historia es sexy ya de por sí. Es solo que... Has descrito con pelos y señales varios de los polvos que hemos echado.

—¿Y? *Sharing is caring*! —replicó jocoso, empleando una expresión británica para enseñarle a los niños que compartir muestra que te preocupas por los demás.

—Pensaba refinarlo un poco, pero creo que tienes razón. Se lo mando a Gina y que decida ella. Que sepas que, como le guste, te adjudico la sección hasta que vuelvas al curro.

—Mientras Gina me pague los royalties cuando me haga famoso...

Tan liada como estaba mi jefa, no pasó ni media hora desde que pulsé el botón de envío hasta que mi Teams comenzó a vibrar desesperado.

—¡Guau, vaya tela con Ethan! —Esa fue su manera de iniciar la videollamada.

—¿Cómo sabes que…? —pregunté extrañada. ¿Tan obvio era?

—¡Dios santo! ¿De dónde sacáis tanta energía? ¿De verdad lo habéis hecho contra la muralla romana? —preguntó, sin ninguna duda de que lo que había leído era real—. Que sepas que no voy a volver a veros con los mismos ojos. Bueno, ni a sentarme en el sofá de casa de tu novio…

—¿Entonces te gusta? ¿No te parece un poco "culebrónico"? —Miré a mi chico de reojo, que trataba de ocultar una risita.

—¿Bromeas? ¡Me encanta! Creo que nuestras lectoras se van a correr solo con leer el título. Y eso de que escribas desde el punto de vista masculino, me gusta, tiene su morbo —agregó, confirmándome así que no sabía quién era el verdadero autor de la obra—. ¡Me muero por saber cómo sigue la historia de la vampiresa Casandra y el extranjero Pierrot! ¡Hasta el nombre suena sexy! Oficialmente, ya tienes a tu primera fan enganchada. ¿Crees que podrías escribir una segunda parte en, digamos, cinco días?

—¡Claro, pide por esa boquita!

—Sabía que podía contar contigo.

—Estaba siendo irónica, pero, sí, claro, veré lo que puedo hacer…

Le hice un gesto a Ethan, atizándole con un látigo imaginario para que supiera que le iba a tener esclavizado escribiendo, aunque eso supusiera que él me fuera a tener esclavizada a mí en la cama. Si ese era el precio a pagar por tenerlos a los dos contentos, estaba más que dispuesta a pagarlo.

14

26 de enero de 2023 – Piso de Elena, Brooklyn

—¡Por todos los dioses! —exclama Siobhan, mirándome con fascinación—. Cuando Ethan me dijo que vuestra vida sexual era plenamente satisfactoria, pensé que estaba fardando, pero veo que al menos en eso estáis los dos de acuerdo. —Era cierto, la química que teníamos era más explosiva que un reactor nuclear—. Tengo que reconocer que el chico es mono, las cosas como son. A mí no me atrae en absoluto porque tengo fijación por los hombres rubios. Creo que es una manera de mi cerebro de huir del marido que me impusieron mis padres. Pero tampoco estoy ciega, y he visto cómo reaccionan las mujeres de la oficina cuando Ethan aparece. El otro día, mi secretaria Vilma…

Sus palabras me detienen por un momento.

—¿Ethan está en Nueva York?

Siobhan se da cuenta de mi reacción, una mezcla entre esperanza, confusión y pánico. No le quiero cerca, no he hablado con él respecto a lo que me está pasando y no estoy preparada para hacerlo. Tal vez algún día nuestros caminos se crucen de nuevo. Pero espero tener unos añitos de margen hasta que eso ocurra.

—Bueno, él… —carraspea y se centra en las anotaciones del reportaje, hojeando páginas despreocupadamente—. Vino a firmar unos documentos y a declarar, pero está de vuelta en Londres, en el calabozo, ya te lo he dicho. Oye, Elena, me gustaría pasar directamente a un capítulo en el que hablas de malos tratos. Cito textualmente: *"Conmigo siempre fue muy temperamental, pero nunca antes me había puesto una mano encima. Supongo que, después de este episodio, no me sorprendió tanto descubrir que estaba metido en algo más serio"*.

—¡Oh, eso! —exclamo con una risita burlona—. He leído al menos tres veces ese capítulo y siempre me hace reír.

—A mí no me parece un tema que tomarse a la ligera. De hecho, es una acusación muy fuerte y deberías saber que Ethan está increíblemente dolido.

—Y lo entiendo, yo también lo estaría. Dado que NO soy la autora del reportaje, estoy en pleno derecho de encontrarlo ridículo y desternillante.

—Pero todo lo que dice aquí es cierto, ¿verdad? —Siobhan frunce el ceño y señala unas líneas en el margen donde ha escrito el testimonio de Ethan—. Lo que narras... lo que el reportaje narra este día, ocurrió. La discusión en su casa, tu huida... Todo es cierto.

—No, exactamente... Discutimos, sí. Estábamos 24 horas encerrados en casa, ¿quién no ha tenido algún roce durante el confinamiento? Pero mantengo que Ethan jamás me ha agredido ni física ni mentalmente.

—¿Cómo podría conocer alguien esta historia con tanto detalle entonces?

—¡No lo sé! Igual alguien nos escuchó discutir, es cierto que los dos éramos muy temperamentales. O tal vez alguien encontró mi diario... Yo solo te digo que no tiene sentido escribir un artículo de este calibre anónimamente, si está escrito en primera persona y desde el punto de vista de su mujer.

—Obviamente, no quieres que nadie conozca tu identidad.

—¿Entonces dónde está la ganancia del reportaje, si la única persona que no debería saber que le he traicionado, que es mi ex, es el único que realmente conoce mi identidad? ¡Es todo tan absurdo que no sé ni cómo justificarme!

—Tu diario —prosigue, ignorando mi discurso—. ¿Lo tienes aquí?

—El complicado caso Fernández-McGowan —recuerdo con sorna—. Yo nunca he sido de diarios, supongo que no pertenezco a esa época. Pero Ethan me había regalado una libreta las navidades anteriores donde quería que escribiéramos nuestra historia y se la leyéramos algún día a nuestros nietos. Y eso fue precisamente lo que hice, escribir nuestra historia con pelos y señales.

—¿Dónde está ese diario?

—En el desván de Gina, junto a todas las cosas que me regaló ese cretino y no supe qué hacer con ellas.
—¿Podrías conseguirlo? Estaría bien comprobar si...
—Mira, Siobhan... —interrumpo, empezando a cansarme del tema—. Mi diario es tan solo una recopilación de momentos felices juntos, con fotos, entradas de cine, billetes de avión. Es privado y no vas a encontrar nada de valor ahí.
—Pero esta pelea la consideraste lo suficientemente relevante como para escribirla en tu diario, tú misma acabas de decirlo.
—¡Porque eché uno de los mejores polvos de mi vida! —replico divertida. Ella se pone de todos los colores y baja la cabeza, fingiendo repasar sus notas—. Siento decirte que nunca me he sentido una mujer maltratada, al contrario, era extremadamente feliz con él. Más de lo que lo he sido nunca. Y mientras tú estás aquí interrogándome y buscando un punto de flaqueza en mis palabras, hay alguien ahí fuera muy interesado en que todos creáis que Ethan era agresivo; porque, creyendo eso, es mucho más sencillo creer que ha hecho todas esas cosas de las que se le acusa. Pero tú y yo sabemos que él no mató a Analisa. Y creo que, en el fondo, tú misma empiezas a dudar de que yo haya escrito nada.
—Te agradecería que no pusieras en mi boca palabras que no he dicho.
—Yo solo digo que esta no es la imagen de alguien cuyos planes de vida han salido como esperaba. —No me gusta recrearme en mis miserias, pero a las cosas hay que llamarlas por su nombre—. Estoy alquilando un sótano al que alguien osa llamar estudio, sola, lejos de mi familia. La mitad de mis amigos se han posicionado a favor de Ethan; la otra mitad intenta mantenerse al margen, pero no saben ni qué pensar. Me siento constantemente enferma. Estoy ojerosa, cansada, perdida y tengo miedo. Dime de verdad qué he ganado yo con todo esto. A no ser que los fondos de este bestseller estén destinados a mi cuenta secreta en las islas Caimán, te juro que no entiendo cómo he salido ganando.
Siobhan me mira a los ojos por primera vez, como si pudiera ver a través de ellos qué esconde mi alma. Siento su lástima y me veo como ella me ve. Patética. Con una tristeza infinita. De algún modo, dependiente, aunque esté jugando a no necesitar a nadie. No pienso compadecerme de mí misma, pero tengo que reconocer que no estoy en

mi mejor momento físico ni anímico. Precisamente por eso decidí comenzar una vida en Nueva York, necesitaba un lugar donde poder oxigenarme un tiempo para después regresar a Europa con las pilas cargadas. Y no tengo ni idea de qué voy a hacer con mi vida ahora que estoy aquí.

Siobhan sigue observándome en silencio y anota algo en su libreta. Juro que no sé por qué estoy perdiendo el tiempo con ella, no sé por qué Gina pensó que esto sería una buena idea. Es cierto que Gina es la mujer más inteligente y retorcida que conozco, pero ella también se equivoca. Me levanto y preparo más café, a sabiendas que es lo primero que me ha prohibido el médico. Estoy tan cabreada que me importa todo un bledo. Una voz dentro de mí me recuerda que "ella" no tiene la culpa de nada. Que ella sí me importa… Reconsidero mi postura y caliento agua en el hervidor para hacer un té descafeinado que Siobhan acepta de buena gana.

—Si no te importa, Elena, me gustaría seguir con esto. ¿Podrías explicarme qué pasó aquel día?

17 de mayo de 2020 — Paddington, Londres

—¿Puedes ir a algún lugar discreto? Necesito contarte algo. —La urgencia con la que mi jefa habló en su mensaje de voz, me obligó a conectarme de inmediato.

Miré hacia el patio, donde Ethan estaba descalzo, sin camiseta y tocando en la guitarra *Temple of Thought* de Poets of the Fall, una canción que se volvía incluso más romántica cuando él la susurraba en mi oído. A pesar de que verle de esa guisa me parecía orgásmico, sabía que la razón por la que últimamente le dedicaba tanto tiempo a la guitarra era porque le ayudaba a mantener la calma. Porque Ethan no estaba llevando bien ni el confinamiento, ni la falta de trabajo ni los retrasos para traerse a Gael.

—Puedes hablar —confirmé, extrañada de que me llamara un domingo—. ¿Dónde estás? No te oigo bien, hay muchísimo viento.

—Estoy en Bath, en la famosa mansión donde William guarda sus secretos —explicó, evocándome recuerdos de cuando Ethan salía con Wendy y pasaba los fines de semana allí.

—Okay, no voy a preguntarte qué haces allí… sabes que no quiero saber nada del tema.

—Tomándome un café con la señora Farrell y disculpándome por haber despedido a Susan. Wendy está aquí, tan insípida y arrogante como siempre.

—Muy bien. ¿Para eso me llamas en mi día libre? Además, ¿tú no deberías estar confinada, como todo el mundo?

—¿De verdad no vas a preguntarme qué he descubierto? —preguntó indignada. Iba a responderle que no, pero me lo contó de todos modos—. He descubierto por qué William huyo de México. Y, también, que vivieron en al menos seis direcciones distintas antes de convertirse en los Farrell, lo que prueba que esos tipos les seguían los talones.

—¿Y todo esto te lo ha contado la señora Farrell?

—Dudo que Lorraine sepa algo o, si lo sabe, calla muy bien. Me lo ha contado Eva, una criada rumana que lleva con William desde antes de que se marchara a México. Antes de trabajar para él, trabajaba para sus padres.

—O sea, que William venía ya de familia adinerada antes de casarse con Lorraine. Igualmente, ya no es asunto mío...

—¡Calla y escucha! Sé que te va a encantar esta historia y yo necesito contársela a alguien o te juro que se me va a enquistar y me va a salir una protuberancia rara. Eva me estuvo hablando del señorito Farrell cuando aún era un Ericsson, mucho antes de irse a México, allá por los años ochenta. Ella apenas tenía quince años y servía en la casa de los Ericsson. Siempre sintió fascinación por William, que acababa de cumplir la mayoría de edad. Como todos los chicos de buena familia, Will estudiaba en la universidad de Cambridge, tenía una novieta con la que se divertía y un grupo de amigos con los que se emborrachaba los fines de semana. Un día, William encontró el diario de Peter McGowan en el desván. Y te estarás preguntando qué hacía el diario del bisabuelo de Ethan allí...

—La verdad es que sí.

—Murray Ericsson, el padre de William, coincidió con Peter McGowan en Londres. Murray era un joven con ambiciones que necesitaba un cambio, y Peter le habló de un país que ofrecía excelentes condiciones laborales para extranjeros. Peter tenía contactos en fábricas de Oaxaca que buscaban mano de obra e invitó a Murray a su casa con la intención de contarle cuanto necesitaba para su nueva aventura. Pero Murray se sobrepasó con la hospitalidad de Peter y robó su diario, pensando que le podría ser útil allí.

—Así que Murray marchó a Oaxaca en busca de trabajo.

—Solo que Murray nunca se presentó en la fábrica. Tras leer el diario de Peter, se desvió a Yucatán. De ahí, la pulsera de plata que Wendy lleva con el emblema lunaplatense. Se sabe que Murray estuvo varios años en México, aunque nadie sepa qué vivió allí. Al igual que Peter, hizo las maletas de un día para otro y decidió volver a Inglaterra para comenzar una nueva vida. Y jamás mencionó nada de su vida anterior con su nueva familia. Supongo que el diario de Peter acabaría olvidado en el desván porque, años después, se repitió la historia:

» William leyó el diario de Peter y se sintió fascinado por esa historia, como si hubiera encontrado un mapa del tesoro que tenía la obligación de seguir. De algún modo, llamó la atención de esos hombres. William comenzó a frecuentar la compañía de un tipo mayor que él al que había conocido en la universidad. Nunca supieron su identidad, Will se refería a él como "el Jefe". De la noche a la mañana, regresó a Londres y dijo que la universidad no era para él, que necesitaba descubrir la verdad que todos ignorábamos y solo encontraría viajando. ¡Hablaba como un lunático! Los Ericsson se preocuparon, las sectas estaban en auge en aquella época y temían que Will hubiera pasado a formar parte de una de ellas, pero no lo detuvieron cuando hizo las maletas y se fue a México en busca de aventuras, dejando atrás la universidad, su novia y a su familia.

—¿Por qué no lo evitaron? Su padre tenía que sospechar algo pues él mismo había pasado por ello.

—Según me ha dicho Eva, al padre de Will le consumió una terrible tristeza de la que ya no se pudo despegar. Sobre todo, cuando llegó la carta.

» No mucho después, los Ericsson recibieron una carta en la que Will decía que estaba extasiado, que había encontrado la felicidad y el amor al lado de una mexicana. María. Los padres de William estaban tristes porque fuera a quedarse allí, pero no era tan raro que un chico joven viajara y experimentara nuevas emociones. Pasaron un par de años. Will les mandaba cartas de vez en cuando e incluso a veces llamaba por teléfono, lo que mostraba que no se había olvidado de su familia.

» Pronto, descubrieron que Will y María iban a ser padres. A la señora Ericsson, tradicional y católica, le dio mucha tristeza saber que no verían crecer a su nieta, y mucha vergüenza porque naciera fuera del matrimonio. Pero lo aceptaron.

» Entonces, de la noche a la mañana, Will apareció de nuevo en casa con un bebé, pidiendo que no se hicieran más preguntas. Se volvió sombrío y taciturno, ya no era el muchacho alegre y aventurero que partió una vez. Con apenas veintiseis años, se abandonó al alcohol y a la mala vida. Y los señores Ericsson se tuvieron que hacer cargo de la criatura. Su padre intentó hablar con él en diversas ocasiones, reconocía patrones de comportamiento que ya había visto antes, que él mismo había experimentado. Pero fue inútil.

—Un momento —la interrumpí—, Ethan me contó que el padre de William había muerto en extrañas circunstancias cuando él era adolescente, antes de partir a México.
—Así es, aunque Ethan tiene mal las fechas. William era un hombre cuando ocurrió la tragedia.

» Unos años después, cuando Wendy rondaba los tres años, unos tipos aparecieron en mitad de la noche buscando a la niña. William se encontraba de viaje con la pequeña, pasando unos días en la costa Amalfi con una mujer de buena familia a la que acababa de conocer, y que ahora sabemos era Lorraine Farrell. Eva pasó miedo, los gritos que escuchó desde su habitación eran esclarecedores e insoportables. Oyó pasos y no tuvo tiempo de huir, así que, tratando de no hacer ruido, sacó la escalerilla que daba a la azotea, y cerró la trampilla con la esperanza de que nadie la buscara allí. Encontró cobijo entre los pliegues de las cortinas polvorientas que, en más de una ocasión le hicieron estornudar. Oyó a esos tipos entrando en la habitación y revolviéndolo todo. El corazón le latía a mil por hora, entendiendo que iba a correr la misma suerte que los Ericsson. Poco después, dejó de oír ruido. Aun así, siguió agazapada hasta que los rayos del sol hicieron acto de presencia, llevándose a los demonios de la noche consigo. Cuando bajó a la casa, el espectáculo fue desolador. Los señores Ericsson yacían inertes en la habitación y Eva tuvo que avisar a la policía, aun en estado de shock.
» Cuando Will regresó de sus vacaciones, no parecía sorprendido por lo ocurrido, aunque sí se sentía culpable. Actuó de manera fría, hizo las maletas y le pidió a Eva que se cambiara el nombre y que le acompaña a Bath como sirvienta en el nuevo hogar que iba a formar con Lorraine, con quien se había comprometido en Italia. Así que Will cerró la vivienda familiar y comenzó una nueva vida en Bath como el respetable hombre de familia que es hoy día. Trabajó como comercial vendiendo viviendas en Bath y amasó una fortuna.

—¡Guau! ¿Es esa la casa donde actualmente vive Wendy, en Chelsea? —pregunté. ¡Mierda! Ya me había atrapado con su historia.

—No, esta casa se encuentra en Kensington, y por lo que sé, está cerrada a cal y canto. Eva aún tiene llaves. Ha ido alguna vez por nostalgia. Todo sigue tal cual estaba, pero con más polvo.

—¿Cuál es el verdadero nombre de Eva?

—No me lo ha dicho. Al igual que no utilizó el verdadero nombre de Will al narrar su historia, pero nosotras ya sabemos que es un Ericsson. Eva ha sido muy prudente al dar ningún dato que lo comprometa.

—¿Y por qué te contaría esta historia precisamente a ti, que acabas de llegar a la familia?

—Bueno, siempre se ha sabido que a las criadas les gusta hablar, pero no creo que este sea el caso porque Eva es de total confianza para Will, su mano derecha. Creo que piensa que están en peligro otra vez. Dice que ha visto dos hombres merodeando por los jardines de la casa por la noche.

—¡Pero no te ha dicho por qué Will huyó de México!

—Sí, a mí sí, querida. Pero eso es información confidencial del caso McGowan y tú estás fuera.

—¡No fastidies! —protesté cabreadísima porque me fuera a dejar así—. ¿Por qué confiaría Will tanto en la criada?

—Tuvieron un romance —respondió misteriosa, su voz perdiéndose con el viento.

—La criada y el señor, ¡qué típico!

—¡Y qué conveniente! En esas noches clandestinas de lujuria, ella descubrió que la madre de Wendy era una nativa de Yucatán, indígena con ascendencia nórdica, muy bella y exótica. A Eva, quien siempre estuvo enamorada de Will en secreto (razón por la cual nunca se ha casado), aquella historia le escocía y no quería saber nada del tema, pero aun así escuchaba complaciente. Averiguó que Will se había marchado a México atraído por la leyenda de la Luna de Plata que aquel desconocido, "el Jefe", le había contado. Al parecer, ese tipo le había estudiado a fondo antes de acercarse a él.

—¿Cómo?

—Will era un Ericsson, con lo que eso ya les daba una pista. Una enfermera le convenció para que se hiciera donante de sangre, así que pudieron acceder libremente a Will sin que él sospechara. Y... ¡positivo!

» *Will conoció ese poblado y vivió su éxtasis allí. Lujuria, fiestas clandestinas en una cueva mágica, sustancias alucinógenas que le hicieron conectar con los dioses, ceremonias de iniciación donde todos tenían sexo con todos sin protección... ¡Vamos! Una extensión de Ibiza, pero en vez de pastillas de colores, tomaban zumos mágicos y todo era mucho más místico.*

» *Su romance con María lo cambió todo. Él no quería que nadie más la tocara, y tras muchas discusiones con ella, aceptó tener una relación monógama. Siguieron participando en los rituales como espectadores, pero nadie más podía tocar a María.*

» *Las cosas se complicaron aún más cuando María se quedó embarazada. Los bebés eran parte de la comuna, un bien que garantizaba su existencia. A él le horrorizaban sus métodos, no quería que la educaran con sus ideas, que su hija fuera parte del proyecto ni que cualquiera pudiera tener relaciones sexuales con ella libremente cuando fuera adulta. Quería llevársela a Londres y darle una buena vida, como la que él había tenido, que fuera a la universidad, encontrara una pareja estable, formara una familia. Y ellos no lo entendieron, empezando por María, que con ese embarazo se sentía aún más cerca de los dioses, había sido bendecida.*

—Me encanta la hipocresía de los lunaplatenses —interrumpí—. Las orgías están muy bien cuando son ellos los que participan y se follan a chicas de quince años, pero no cuando son sus hijas las que están expuestas a ello.

» *Tuvieron muchísimos problemas y Will acabó huyendo con Wendy para Europa. Volvió a casa, pensando que nadie le seguiría hasta aquí, y se equivocó. Estuvo dando tumbos de un lado para otro, cambiaron varias veces de residencia y, finalmente, se establecieron como los Farrell.*

—Hay algo que no me cuadra... Si nosotros conocemos su verdadera identidad, ellos también tienen que estar al tanto. ¿William nunca les denunció por el asesinato de sus padres? ¿Nunca rebeló lo que estaba pasando?

—Obviamente hay algo que Eva no sabe o no me ha contado. William tuvo que haber llegado a algún tipo de acuerdo para que les dejaran en paz, tal vez a cambio de una buena suma o una amenaza de muerte... No lo sé.

—¿Por qué Will le contaría esto a la criada? Sobre todo, siendo su amante, podría haber abierto el pico en cualquier momento.

—Eva adora a William y le será fiel hasta la tumba. La razón por la que él le contó sus secretos es porque estaba atormentado, el sentimiento de culpabilidad por haber ocasionado la muerte de sus padres le persigue cada noche, lo que él no sabía es que su padre también había sido uno de ellos, un traidor. William toma antidepresivos desde entonces. —Mi cara delataba que estaba completamente absorta en esta historia—. ¿Ves cómo cogerme el teléfono en tu día libre tiene sus ventajas? Por cierto, ¿sabías que el Capo Chango ha caído por fin? Mark me lo confirmó ayer, le detuvieron en Miami cuando esperaba un nuevo grupo de mulas.

Recordé la supuesta agencia de modelos que Claire regentaba, las niñas a las que les prometieron ser modelos pero que no desfilaron jamás. Muchas ni siquiera volvieron a ver la luz del sol.

Desde el sofá, observé que Ethan había dejado de tocar la guitarra y estaba leyendo algo en su tablet. ¡Alerta roja! Cada vez que le veía tan absorto en su lectura es porque estaba leyendo en las noticias hipótesis tremendistas sobre la pandemia, lo que aumentaba su nivel de ansiedad. Tenía que pararlo cuanto antes.

—Oye, Gina, tengo que dejarte y rescatar a mi chico.

—¿Otra vez está en bucle leyendo las noticias?

—Eso me temo. Llámame cuando sepas algo.

—Creía que no querías saber nada del caso...

—No voy a participar, pero me parece super interesante. Soy española y llevo el drama en las venas, no puedes privarme de eso.

—Da para escribir un par de novelas, ¿te imaginas? *Toda la verdad sobre el caso McGowan*.

—Por desgracia, sí puedo imaginármelo. Oye, tengo que dejarte. Voy a ver si consigo sacar a Ethan de casa antes de que entre en pánico. ¡Ándate con cuidado!

Colgué a Gina y salí pitando al patio. Como me temía, Ethan estaba concentrado en su morboso y más reciente hobby que consistía en comparar las cifras de contagiados y muertos en cada país.

—Ey, ¿qué te parece si salimos un rato a pasear por el parque y nos relajamos?

—No me late, güera, ve tú —respondió con malas pulgas—. Deberías aprender a cortar a Gin cuando te llama en tus días libres.

—Sabes que anda corta de personal...

—¡Pues que no hubieran parado a toda la plantilla! Que una revista de ese tamaño, se puede permitir pagar un par de sueldos más.

—No ha sido ella quien ha tomado esa decisión, Gina está tan hasta arriba de curro como yo —la justifiqué—. Te noto estresado, cielo.

Acaricié sus hombros con ternura, pero él se levantó y se fue a la cocina a por un vaso de agua. Le seguí muy de cerca, preocupada por su reacción.

—A Gina le han encantado tus últimos relatos. ¡No me puedo creer que siga sin darse cuenta de que no los estoy escribiendo yo! —Ethan seguía sin responderme—. ¿Te apetece hacer un poco de cardio? Mike me ha pasado una rutina de Barre que es brutal para fortalecer todos los músculos.

—No te ofendas, pero yo necesito otro tipo de ejercicio más intenso para mantenerme en forma.

—Me encantaría verte en una clase de Barre. No aguantarías ni diez minutos.

—¿Y Mike sí aguanta? —Me miró con desdén.

—En serio, ¿qué te pasa con Mike?

—¿Aparte del hecho de que no se corta ni un pelo a la hora de tirarle los tejos a mi novia, dices?

—Mike es así con todo el mundo: hombres, mujeres y perros. Ya deberías estar acostumbrado.

—Me acostumbro, pero sigue sin gustarme.

—Definitivamente necesitas que te dé el aire. ¿Por qué no te vistes y nos vamos a dar un paseo?

—¡Porque no quiero ir al pinche parque! Lo que quiero es irme a México con mi hijo, o a España a ver a tu familia o a un restaurante a comerme una hamburguesa. No estar todo el día aquí encerrado como un preso y salir media horita al parque.

—Siento recordarte que es la situación que nos ha tocado vivir ahora mismo. Esto no va a durar para siempre...

—¿Cómo lo sabes?

—Porque no hay mal que dure cien años. La gripe española...

—¡No me compares la situación! Antes no había aviones, ni ocio... era más fácil controlar el brote y a la población.

—¡Tampoco había medicinas! —le recordé, poniéndome a su nivel. Me senté frente a él, de rodillas, y traté de tranquilizarle—. Escúchame, cuando te quieras dar cuenta, estaremos con Gael bromeando de todo esto.

—¿Bromeando? —preguntó dañino e insoportable ante mi mala elección de palabras—. ¿Por qué tengo la impresión de que te estás conformando?

—¿Tengo otra opción?

—¡No, claro! ¡A ti esto te viene de madres! Mientras más tiempo dure la peste, más tardarás en tener que lidiar con mi hijo.

—¿A qué viene eso ahora? ¡Si hablo yo más con él que tú!

—Además, tu familia vive en un país europeo con todo tipo de comodidades, la mejor sanidad pública, pueden permitirse el lujo de comprar online y teletrabajar, pero México es diferente. ¿Y has visto las cifras de feminicidio? ¡Han tenido que prohibir la venta de alcohol porque se han disparado!

—¡Mis padres llevan dos puñeteros meses encerrados y sin ver la luz del día! Mi tía Mari está con crisis de pánico por estar encerrada en un piso de sesenta metros cuadrados y mi primo David está a punto de divorciarse. ¿Tú has visto cómo está siendo el confinamiento en España? ¡Eso sí que es una cárcel y no esto!

—¡Por fin eres capaz de ver la realidad! Me estaba desquiciando tu eterno optimismo, Alba Elena.

—¿Qué quieres que haga entonces, Ethan Adrián? —dije, devolviéndole el insulto, porque llamarnos por nuestro nombre completo se había convertido en eso, una manera de faltarnos al respeto de manera sutil—. ¿Qué te diga que sí, que todo esto es una mierda y que deberías tirarte por la ventana? ¡Pues tírate! Aunque vas a tener que repetirlo varias veces porque vives en un maldito bajo.

—Mis padres están sin trabajar y sin ayudas del gobierno. Mi hijo acaba de perder a su madre, su padre está confinado en Inglaterra y sin poder salir del país. Tengo que tramitarle a Gael la nacionalidad y, a este paso, hasta el 2035 no llegará el papeleo. Creo que tengo motivos para estar cabreado.

—Lo que yo creo es que hoy estás super negativo.

—Hoy estoy super realista.

—Me voy a dar una vuelta. A mí sí me hace falta salir de aquí.

—¡Eso! Vete al parque como los perritos. ¡Qué te diviertas!

—¿Sabes qué? Creo que mejor el paseo me lo doy hasta mi piso, necesito oxigenarme un poco y tú necesitas espacio para tranquilizarte. Mañana te llamo.

—¡Me parece una idea fantástica!

Decidí no entrar al trapo porque sabía que no era él quién hablaba. Eran la ansiedad y la desesperación que le estaba ocasionando la "nueva realidad", como muchos la llamaban. Yo intentaba mantener la cordura por los dos, pero había días que me lo ponía muy difícil.

Metí mi bolsa de aseo en el bolso y le dejé solo con sus pensamientos y su mala leche. Me encontré una postal en la entrada que el cartero había metido por la ranura de la puerta. Se veía un chiringuito de playa lleno de pizarras con mensajes escritos en inglés. Paradisíaca y hermosa, aunque también indefinida. Estaba segura de que la había mandado Analisa a través de esa aplicación y estaba impresa en Londres, pues el correo internacional estaba completamente paralizado. Le di la vuelta para leer lo que no me correspondía, y sí, era ella, deseando que sus chicos estuvieran a salvo de la locura que estábamos viviendo y confesando que el Covid no había llegado aún a su escondite.

La dejé donde estaba y me fui andando hasta Clapham, una hora y media de paseo que, en otras circunstancias, se hubieran arreglado con media hora de metro.

Me sentí una extraña al entrar en mi piso, que olía a cerrado tras dos meses de abandono. Había panfletos publicitarios en el suelo y algunas cartas. Otras, estaban colocadas a su suerte en la repisa de la entrada, lo que me indicaba que alguien había vuelto por allí en algún momento. Dejé las llaves y la sudadera en el salón y me dirigí a mi habitación.

15

Durante mi paseo había tenido tiempo de pensar en las palabras de Gina y tenía un run-run incesante en la cabeza. Lo cierto es que me moría por volver al caso, a veces el amor nos obligaba a tomar decisiones estúpidas con mucha ligereza. Bajo mi cama me encontré, doblado en varias piezas, todo el dispositivo de investigación que había armado meses atrás tratando de descubrir quién era Ethan McGowan. Y aunque había muchos cabos que habían quedado bien atados, aún había un montón de cosas en el aire, como el significado de las palabras de su tatuaje, el paradero de Analisa o la identidad de los líderes de la Luna de Plata, algo esencial para detenerlos.

Mi habitación estaba hecha un desastre, con algunas prendas de ropa sobre la silla y el bolso que había comprado en México tirado de cualquier manera en un rincón. ¡El bolso! Me había olvidado por completo de las cartas de Analisa que aún custodiaba secretamente en el forro. Con ayuda de un cuchillo, descosí los remiendos y saqué el taco de cartas, prefiriendo ignorar donde las había encontrado y la cantidad de bacterias que podría haber absorbido el papel en ese tiempo en la cisterna.

Me preparé un café con leche en polvo —pues no había nada de comida ni bebida en la nevera—, y abrí un paquete de galletas Oreo que encontré en la despensa, sorprendida de que alguien lo hubiera dejado ahí. Mi plan de esa tarde era leer las cartas una a una, peli en el sofá y un relajante baño con espuma al que solo estaba invitado mi Satisfyer.

Se me fue la mañana buscando información sobre Avión en mi portátil personal, pues el de trabajo estaba en casa de Ethan. A eso de las tres, agradecí la manía de Casper de guardar paquetes de noodles secos para emergencias que no requerían de más que agua caliente y, en ese momento, me habían salvado de tener que entrar en un supermercado y exponerme al virus letal. A la comida había sobrevivido. Ya me preocuparía de la cena más tarde...

Decidí llamar a Gina y compartir con ella mis últimas sospechas. Que no participara activamente en el caso, no significaba que no pudiera darle información que había obtenido de manera casual, ¿no?

—Dime, Selena.

—¿Te pillo bien o estás tomando el té con la señora? —me burlé.

—He salido al jardín al ver tu nombre. Tienen un laberinto de setos más grande que el de Alicia, ¿puedes creerlo?

—Lo he visto. Ethan me ha enseñado alguna foto —respondí picajosa—. Te llamaba porque he descubierto algo que...

—¿Cuándo? Pensaba que estabas paseando a Ethan por el parque...

—¡No empieces tú también con eso!

—¡Oh, oh! ¿Problemas en el paraíso?

—Digamos que no lo está llevando demasiado bien y lo ha pagado conmigo.

—Eres la única persona a la que ha visto en los últimos dos meses, ¿con quién quieres que lo pague? Casper tampoco lo está llevando bien, pero le he montado un gimnasio en casa y le tengo grabando videos de fitness para YouTube, así quema la ansiedad en el jardín y a mí me deja tranquilita, que ya no tengo veinte años. Además, las vecinas están encantadas con las nuevas vistas. —Sonrió ante su genialidad—. ¿No estarás preocupada por Ethan?

—No sé, a veces me pregunto si lo de pasar la cuarentena juntos no habrá sido un poco precipitado. Yo estoy genial, no me malinterpretes, pero a él lo veo tan agobiado que... ¡En fin! Me he venido a mi piso para dejarle un poco de espacio.

—¡No digas bobadas! A Ethan le agobia la situación, no tú. Tendrías que matar a la reina de Inglaterra para que ese chico se fuera de tu lado. Y, aun así, estoy segura de que te ayudaría a cubrir el crimen. Te aseguro que en un par de horas le tienes llamando a la puerta.

¿Por qué le estaba contando todo esto a Gina, en vez de llamar a Brit, como hacía siempre que necesitaba desahogarme?

—En realidad, te llamaba por otra cosa. Me acabo de acordar de las cartas y...

—¿Qué cartas?

—Encontré correspondencia entre Analisa y Adrián escondida en la cisterna del wáter de su casa en Guanajuato.

—¡Qué asco! ¿Qué hacías mirando ahí? —preguntó arqueando la ceja—. ¿Cómo no me lo habías dicho antes?

—Porque con todo lo que pasó allí, escondí las cartas y me olvidé por completo del tema. Venía pensando en ello de camino a casa.

—¿Has descubierto algo interesante?

—¿Aparte de que Caerlion dejó Edimburgo porque Adrián estaba liado con su hermana Isobel? —La información dejó a Gina sin palabras.

—¿Isobel estaba liada con su cuñado? ¡Con razón Caerlion no pudo perdonarla y se distanció de la familia!

—También he descubierto que Adrián estaba profundamente enamorado de Analisa, hasta el punto de que la dejó en libertad cuando descubrió que todo era una mentira y se enfrentó al resto del grupo para protegerla.

—Pues no parece que esté teniendo mucho éxito...

—Las cosas se complicaron cuando Analisa tuvo a Gael. Ella creía que le garantizaba protección, pero Adrián se murió de celos y empezó una guerra personal contra ella y, de rebote, contra su hijo.

—Una guerra que culminó con su romance con Claire para tenerle controlado, humillarle con las constantes infidelidades y romperle el corazón, además de meterle en líos con la justicia.

—Correcto. Y hay algo más. Al parecer, Adrián y Analisa se reunieron un par de veces en mi país. Cuando rompieron, él comenzó a mandar cartas desde Orense, así que he atado cabos. Hablan de un caserío enorme que hay junto a una iglesia, en un lugar donde los días son siempre grises y no ven el sol. Parece que Adrián iba mucho allí por negocios hace una década. Las cartas terminaron en el 2007, año en el que nació Gael.

—¿Alguna pista?

—Después de mi conversación con Caerlion, creo que podría tratarse de ese lugar en Galicia, Avión.

—Dime una cosa, ¿estás leyendo esas cartas porque eres una latina morbosa o porque, muy en el fondo, sabes que quieres ayudar?

—Te estoy haciendo un favor. Si mal no recuerdo, no hablas ni papa de español. Así que anota: se sabe que hubo presencia vikinga en Galicia, y en verano, Avión se llena de visitantes mexicanos, especialmente en agosto durante el Festival Mexicano.

—¿Has descubierto ya qué tienen que ver con Galicia? Tal vez simplemente estén introduciendo droga en Europa a través de allí...

—No creo que tenga que ver con eso, Gina. La droga para ellos es algo secundario. Tienen algo en Galicia que los une a todos, pero ¿el qué? Lo único que he descubierto es que una gran parte del pueblo emigró en los años veinte a México a hacer dinero y parece que les fue bien la cosa. Formaron su familia allí, se establecieron, y cada año vuelven en verano, trayendo consigo a algunas de las principales fortunas del país. Avión se caracteriza también por sus mansiones y sus coches de lujo. Sería muy fácil camuflarte en un lugar así, ¿no crees?

—Creo que acabas de darme una pista.

—Por desgracia, no tengo nada concreto aún. Esperaba encontrarme algún hostal gallego con la Luna de Plata como logo, pero la verdad es que no veo nada.

—No, está bien, tú sigue leyendo en tus ratos libres y, si descubres algo más sobre ese sitio, llámame corriendo.

—Bueno, voy a darme un baño espumoso aprovechando que Casper no está y puedo invadir su habitación.

—¡No deberías contarme esas cosas precisamente a mí!

—Sé que tú no le dirás nada —dije con mi mejor sonrisa, mientras me dirigía a la habitación de Casper y llenaba la bañera hasta arriba—. Tengo que dejarte. Voy a pedir una pizza. Aún no me atrevo a bajar al supermercado.

—Te vendría bien romper esa barrera y descubrir por ti misma que no cogerás el ébola cuando cruces la puerta del Waitrose.

—¿De verdad crees que con lo que me pagas puedo permitirme ir al Waitrose? —protesté justo antes de colgarle el teléfono—. Con las colas que hay en el Aldi, es posible que lo coja antes de cruzar la puerta.

Colgué el teléfono y me tumbé en el sofá con apatía.

Se me hacía raro pensar que esa noche iba a dormir sola en casa. Desde que vivía en Londres, solo había estado sola una vez en la que Amber y Casper se habían ido juntos de viaje, y Ethan estaba con Wendy en Bath. Cogí una botellita de vino rosado de la nevera y me serví una copa mientras se llenaba la bañera.

El plan se vio truncado cuando oí el timbre de la puerta. Estuve tentada de no ir, pero algo dentro de mí me decía que podría tratarse de él. Miré por la mirilla y me encontré a mi novio con una bolsa enorme de comida de un famoso restaurante tailandés y otra del supermercado de abajo. Abrí la puerta con gesto severo, a pesar de que ya sabía que no iba a ser capaz de mantener esa actitud por mucho tiempo.

—Lo siento, soy un pendejo. —Arrugué el morro, dándole de algún modo la razón—. Todo esto me está superando. Jamás pensé que iba a vivir algo así y, viniendo de mí, es decir mucho… He traído la cena y el desayuno, pensé que no tendrías comida aquí y que te daría miedo entrar en el supermercado.

—Odio que me conozcas tan bien. ¿Te has puesto la mascarilla? —pregunté, él asintió con la cabeza—. ¿Y te has dado hidrogel en las manos al salir?

—Que síííííííí. Y si te sientes más tranquila, me quito toda la ropa ahora mismo y la quemas.

—Eso suena bien —torcí el gesto, aprobando el plan—. Pareces más relajado.

—Tenías razón, solo necesitaba que me diera un poco el aire. Y me ha dado mucho… He tardado hora y media en llegar a tu casa. Necesito darme una ducha, preferiblemente acompañado…

Me aparté y le dejé entrar en casa, sin ceder a sus caricias. Ethan dejó las bolsas en el suelo y me dio un abrazo tan fuerte, que pensé que me rompería bajo sus brazos, pero le aparté.

—Primero tenemos que hablar. Sé que no estás llevando bien la situación y me dan igual tus motivos. No puedes pagarlo conmigo cada vez que te entre una de tus crisis.

—Lo sé.

—¡Te estoy hablando en serio! Es la segunda vez que me echas de tu vida después de tirarte horas leyendo noticias sobre la puñetera pandemia. Y te aseguro que no va a haber una tercera.

—¡Amo cuando te enojas! —La temperatura del pasillo subió diez grados cuando comenzó a desnudarme con la mirada.

—¡Estoy hablando en serio, Ethan! Hoy me has sacado de quicio.

—Tienes razón, no volverá a ocurrir —gimió por toda respuesta, buscando mis labios, a pesar de que claramente yo no estaba por la labor.

—¿Qué crees que estás haciendo? ¡Aún no he acabado contigo!

—Eso espero… ¿Tienes puesta la lavadora? —Entrecerró los ojos, como si así pudiera identificar mejor el ruido. Yo asentí con la cabeza, sin saber a qué venía la pregunta. Cogió mi mano y la llevó directamente al bulto de sus vaqueros, que estaba a punto de reventar—. Nunca te había visto tan enojada, ni siquiera en Chiapas.

—¡Tienes que estar de broma!

—Luego seguimos discutiendo si quieres. ¿Nunca has sentido curiosidad por esa lavadora? Es la primera vez que tenemos la casa para nosotros solos.

Sus manos comenzaron a desnudarme. Sabía que era inútil discutir con él: sus cabreos exprés se iban con la misma facilidad con la que habían llegado, y mis opciones eran prolongar el mal rollo o dejar que las cosas fluyeran. Y fluyeron… ¡Vaya sí fluyeron! Yo también había fantaseado cientos de veces con esa lavadora que, cuando empezaba a centrifugar, conseguía hacer temblar los cimientos de la casa.

Ethan me cogió en volandas y cerré mis piernas fuertemente alrededor de sus caderas. Abrí la boca para quejarme, pero él me calló con uno de esos besos, que ese día sabían a menta fresca. Su lengua se movió lentamente en mi interior, jugando con la mía, avivando el deseo. Estaba poniéndome nerviosa fantaseando con que me hacía lo mismo entre las piernas.

Llegamos al cuarto de lavandería entre beso y beso, desprovistos de toda la ropa que habíamos abandonado en la entrada, y comenzamos a enrollarnos sobre la lavadora, que estaba a punto de despegar cual cohete espacial. Y no era lo único… Imaginarme la erección que sostenía en mis manos desbordándose en mi interior era suficiente para catapultarme directamente a las estrellas.

Nos mordimos los labios, devorándonos a besos, sedientos. Mis manos descansaban en su trasero firme, apretándolo, deseosa por sentirle cuanto antes dentro de mí. Pero Ethan tenía otros planes esa tarde. Agarró mis muñecas con una mano y las sostuvo por encima de mi cabeza, contra la pared. No supe lo que estaba haciendo hasta que le vi sacar de los vaqueros el fular rosa fluorescente que Amber siempre tenía colgado en la entrada. Así que el niño traía malas intenciones ya desde la puerta... Me miró con un brillo inusual en los ojos que me encendió por dentro.

—¿Puedo...?

Junté más las muñecas y me dejé hacer. Él me ató las manos, manteniendo el contacto visual en todo momento, y las dejó de nuevo contra la pared, solo que, esta vez, las dejó enganchadas en el perchero para que no pudiera moverme. Indefensa y dispuesta, le miré expectante por saber qué iba a hacer conmigo. Su mirada felina fue descendiendo por mi cuerpo, dejando un reguero de caricias húmedas desde mi cuello hasta mi ingle. Me estremecí cuando me arrancó las bragas con los dientes y las tiró al suelo. Me contorsioné al sentir su lengua explorando mi interior. Quería tocarle, besarle, acariciarle el pelo, pero mis manos estaban firmemente atadas. Cerré los ojos y me abandoné a Ethan y a sus caricias. Y gemí, suspiré, grité, escandalosamente. De vez en cuando, él elevaba la cabeza y me sonreía malicioso, justo antes de volver a hundir su lengua en mi entrepierna, dibujando caricias íntimas y profundas que me estaban llevando al éxtasis. A su boca se le unieron sus manos y yo perdí el control. Sus ojos esmeraldas se clavaron en los míos desafiantes, provocándome, aumentando el deseo hasta lo imposible. Cuando ya no pude aguantar más, mi cuerpo convulsionó en un placentero orgasmo que no pude contener.

—¡Ven aquí! —rogué—. Yo también quiero tocarte, quiero saborearte. ¡Desátame!

Ethan negó con la cabeza, aun mirándome de ese modo que me encendía el alma, mostrando así su negativa por dejarme disfrutar de su cuerpo.

—Te he dicho que voy a hacer que se te pase el cabreo y aún te veo muy brava. Necesito que te relajes un poquito más.

—¡Tienes que estar de coñ... ah! —gemí involuntariamente—. ¡Desátame!

De nuevo su negativa, mientras volvía a hundir su lengua en mi entrepierna, repitiendo otra vez la maniobra. Yo no tenía fuerzas para negarme. Estaba extasiada y exhausta, y esta vez no pude aguantar mucho más.

—¿Se te va pasando el cabreo? —preguntó con una sonrisa irresistible.

—¡Vas a matarme, Ethan McGowan! —Supliqué clemencia cuando mi cuerpo comenzó a notar unas conocidas oleadas de placer a las que no tardaría en seguir un potente orgasmo. Estallé en un grito ahogado, que se perdió al fondo de mi garganta cuando mi amante lo acalló con uno de sus besos.

Por fin el momento que tanto había ansiado, Ethan colocó mis manos atadas alrededor de su cuello para acercarme a él y se hizo paso con su miembro erecto entre mis piernas, aprovechando el movimiento de la lavadora centrifugando para envestirme con más fuerza. Me encantaba sentirle dentro de mí, piel con piel, en esa lucha interna por convertirnos en uno solo a través de un acto físico.

Su mirada mostraba un fulgor candente que se iba atenuando a medida que iba perdiendo el control sobre sí mismo. Adoraba observarle cuando alcanzaba el clímax porque sentía que, en esos momentos, era realmente él, salvaje y libre, sin esa absurda armadura con la que se protegía del mundo. Me sentí una privilegiada por ser testigo de algo tan especial que nadie más podía disfrutar. Algo tan nuestro.

—¿Te he dicho alguna vez que me vuelves loco? —gimió, apoyando su frente contra la mía.

—Y tú a mí —suspiré—. Y tú a mí. Reconozco que esto ha sido mucho mejor que el baño caliente que pensaba darme esta noche con mi Satisfyer.

—Mmm… ¿hay sitio para uno más en ese plan?

—El baño acaba de pasar de caliente a hirviendo.

☼ ☾ ☼

Hacía mucho que no estábamos los dos solos en esa casa, tirados en el sofá, cenando *takeaway* y viendo una película. La escena me trajo recuerdos de cuando éramos compañeros de piso y teníamos que ser creativos para vernos a escondidas.

—¿Volverás mañana conmigo a casa? —preguntó, acariciando mi pelo en el sofá.

—Solo porque mi cama es demasiado pequeña para los dos. Que conste que aún sigo molesta contigo.

—¡No te esponjes, güera! Esa es la magia de nuestra relación, una de cal y otra de arena, así no nos aburrimos juntos.

—Necesitas un proyecto, algo que te mantenga distraído. No puedes seguir metiéndote en esa espiral de autodestrucción.

—He pensado apuntarme a un curso de gestión y liderazgo, mi jefe está dispuesto a pagarlo porque cree que podría ser beneficioso para la empresa. Necesito algo que me devuelva el orden de mi vida otra vez. No soporto que las cosas se salgan de mi control y este año todo se está yendo a la verga.

—¡Oye! Que yo sigo aquí mientras tú no me eches…

—No pienso echar a ningún sitio a mi futura esposa, eres lo que me mantiene cuerdo ahora mismo.

—Primero tendrás que conseguir que acepte tu propuesta y no es que hoy hayas hecho muchos méritos precisamente…

—Primero tendrás que conseguir tú que te la haga.

Me incorporé y le miré muy seria, dispuesta a ser yo la que empezara una guerra por culpa de ese micromachismo que estaba tan arraigado en nuestra sociedad y algunos disfrazaban de romanticismo.

—¿Por qué las mujeres tenemos que esperar a que seáis vosotros quienes decidáis a dónde va la relación? ¿A qué estéis preparados para dar el gran paso? —pregunté. Ethan me miró confundido—. ¿Y si yo no quiero casarme? ¿Y si sí que quiero, pero te lo quiero pedir yo a ti?

—Elenita, si no quieres casarte, no te voy a obligar. Pero si quieres, no pienso permitir que tú me lo pidas a mí, en esto no hay igualdad ni feminismo que valga.

—¿Por qué no? ¿Serías menos macho si lo hiciera yo?

—¡Porque me hace ilusión! Tú llevas el vestido radiante el día de la boda. Mi momento es currarme la pedida y sorprenderte. ¡Es mi día y no voy a dejar que me lo arrebates!

—Igual yo no quiero ese vestido radiante. Igual preferiría hacer algo íntimo y memorable para nosotros, sin que todo el mundo esté pendiente de mí o de lo que llevo puesto.

—Eso me gusta... ¿Quiere decir que te lo has planteado? —preguntó, entrelazando sus dedos con los míos.

—Yo no he dicho eso...

—Ajá... —Sus labios buscaron los míos de nuevo.

—¡Oye, que yo no he dicho que quiera casarme contigo!

—Lo que tú digas... —susurró, mordiéndome la boca. Ya estaba perdida.

16

8 de junio de 2020 — Paddington, Londres

El día 8 de junio fue el día en que todos volveríamos a reencontrarnos. Las restricciones estaban llegando a su fin, el aire olía a esperanza y muchos creían que lo peor había quedado atrás. Por eso pensé que hacerle una pequeña fiesta de cumpleaños a Ethan con nuestros amigos, no podría ser tan arriesgado.

Por la mañana, le había preparado un pequeño picnic en Holland Park con un bizcocho barato de una tienda de barrio, unas velas de té y una botella de vino para niños. Corría el riesgo de quedar como una cutre si él no entendía la broma, pero cuando oí su risa fresca rememorando su último cumpleaños, supe que lo había pillado. Hacía justo un año desde aquella fatídica noche en la que Ethan y yo habíamos acabado metidos en el estanque de Kyoto Garden a altas horas de la noche, en busca de una llave que su abuela había tirado hacía más de veinte años. Y un año después, seguíamos sin saber qué abría.

Ethan se empeñó en que teníamos que hacer el amor en el parque cuando anocheciera para retomar las cosas que quedaron pendientes un año atrás. Sentía ser yo quien le chafara tan jugoso plan, pero la verdadera sorpresa estaba esperándonos en casa. Su cara fue un poema al abrir la puerta y encontrarse a Gina y Casper esperándonos tranquilamente en el salón.

—¡Sorpresa! —dije por lo bajito, algo chafada al ver que el resto se retrasaban.

—¿De verdad has invitado a gente a casa? Pensaba que seguías toda panicondríaca —bromeó. Se acercó a Casper y le dio un fuerte abrazo. Gina se llevó además un beso en la mejilla—. ¡Qué alegría volver a ver otros seres humanos sin que sea a través de una cámara!

—¡Felicidades, encanto! —Gina le dio un regalo—. No hace falta que lo abras ahora, solo es ropa de deporte. Idea de Casper, dice que eso siempre os viene bien.

—Eeh... gracias —dijo algo sorprendido por la revelación—. Elena me ha regalado una extensión del tatuaje y una caja con...

—¿Te vas a extender el tatuaje? ¿Más? —preguntó Gina horrorizada—. ¿Es que quieres parecerte a este? —El modo despectivo en el que señaló a su novio me hizo reír.

A pesar del tiempo que llevaban juntos, aún me seguía chocando la pareja que hacían, Gina siempre tan sofisticada y Casper tan... Casper.

—No, no pienso llegar a ese extremo, simplemente quiero modificar el que ya tengo —explicó Ethan.

—¡Oh! Entiendo. ¡Buena idea! Mejor ser precavidos...

Gina entendió de golpe que lo que realmente quería Ethan era librarse de un dibujo que en su momento sonó como una buena idea, pero ahora sabíamos que era el emblema de la Luna de Plata, acompañado de unas palabras que su abuela repetía a menudo: Grandeza, inocencia, lujuria, isla, tiempo.

—¿Precavidos por extenderse un tatuaje? —preguntó Casper atónito—. ¡A mí sueles llamarme "cani", no "precavido"! ¿Y qué es eso de que no quieres que se parezca a mí? ¡Pensé que te gustaban mis tatuajes!

—Me encantan, cariño. Ya hablaremos de eso en otro momento... ¿Cuál era el otro regalo, Ethan?

—Puesto que no estamos en condiciones de hacer muchas cosas ahora mismo, me ha regalado una caja con 365 vales por 365 aventuras juntos. Los ha hecho ella. ¿No es genial?

—¡Pues sí que te va a salir caro el cumpleaños! —observó Casper, aun molesto por los comentarios de Gina.

—No todos los vales tienen un valor económico, algunos solo requieren de un poco de imaginación y tiempo libre —respondí resabida.

—Y otros de libertad… —replicó Ethan, metiendo la puntillita—. Por suerte, en un par de semanas reabren todo y nos iremos unos días a España. Y pienso canjear TODOS mis vales allí.

Sonreí de medio lado. Ethan aún no era consciente de que España no iba a ser un paraíso de libertad ya que la mascarilla era obligatoria en todas partes.

—Esta chica siempre tan creativa… —soltó Gina—. Por cierto, Elena, hablando de creatividad, tengo que decirte que esta mañana no me he podido resistir a leer el último relato de Casandra y Pierrot que me has enviado. ¡Me encanta, me encanta, me encanta! —exclamó entusiasmada, jugueteando con su copa de Prosecco—. Es elegante y, a la vez, soez, grosero, sexy. Estoy segura de que se van a disparar las ventas de juguetes eróticos de nuestro patrocinador porque a las lectoras les van a chorrear las bragas. Y eso, querida mía, significa más dinerito para la revista. Y para ti también.

—¡De nada!

Me aguanté la risa, al igual que Ethan, que estaba hablando con Casper sin perder un detalle de nuestra conversación, mientras servía cuatro copas de vino tinto.

—Por no mencionar que tu inglés ha mejorado alarmantemente, lo que me choca teniendo en cuenta que no pisas la oficina y que con Ethan solo hablas en español. Dime la verdad… ¿Estás tomando clases de inglés? —No pude contener la mentira mucho más. Nuestro ataque de risa fue suficiente para que Gina entendiera que estaba pasando algo—. ¿Qué pasa, chicos? ¿He dicho algo divertido?

—¿Se lo decimos? —pregunté a Ethan, que se encogió de hombros con una sonrisa, justo antes de darnos nuestras copas de vino.

—¿Decirme el qué? —Gina se dejó llevar por el brindis, confundida.

—Tengo que confesarte que no soy yo quien ha estado escribiendo los relatos de Pierrot. Los de Casandra sí son míos.

—¿Cómo que no los...? ¡No! ¡No te creo! —Gina se tapó la boca con sorpresa—. ¡Así que son biográficos!

—Nadie ha dicho eso.

—¡Ahora entiendo que estuvieras tan enganchada a él como para mandar a la mierda el caso McGowan! Oye, Ethan, tú sigues parado,

¿verdad? —Mi jefa estaba a punto de proponer otra de sus disparatadas ideas—. Creo que no sois conscientes del potencial que tienen estos relatos. Si miráis las estadísticas de la web, están atrayendo nuevos lectores cada día, las redes están que arden con vosotros. La gente está muy necesitada de cariño últimamente y la literatura erótica es una mina de oro.

—Creo que Gina quiere darte mi sección de pornografía para marujas —bromeé, escondiendo la cara en el hombro de Ethan con una sonrisa picarona e inocente.

—No exactamente… Estaba pensando en algo más grande, ostentoso. ¿Os imagináis sacar la primera antología de relatos de *Ladies'Secret?* —preguntó, mirando al horizonte como si pudiera prever el futuro. Ethan y yo nos miramos atónitos, Casper también—. O mejor aún, ¡una novela! La historia de Casandra y Pierrot contada desde ambos puntos de vista. ¡Se va a vender como churros! Podemos empezar sacando todo lo que habéis publicado hasta ahora, más algunos inéditos, y así ganamos tiempo mientras escribís la gran novela. ¿Qué me decís?

—Mientras mi nombre real no aparezca por ningún lado, a mí me suena bien —respondió Ethan, desconcertado con la idea—. ¿Qué opinas, güera? Esto podría ser algo muy grande en tu carrera, tu primera novela.

—No sé… no quiero encasillarme en ese género —dudé.

—Siempre podéis usar un pseudónimo, como Carmen Mola —sugirió Gina—. Os aseguro que esto va a ser un bestseller, así que no tengas miedo de encasillarte. A nadie le importará de qué escribas después de esta historia: todos querrán leer a Helena Hernández.

—¡Mira qué bien! Ahí tienes tu pseudónimo —se recochineó Ethan.

—Todo esto me parece muy bien, pero apenas doy abasto con el trabajo, por eso le pedí ayuda a Ethan. Y ahora me pides que escriba también una novela. ¡No sé de dónde quieres que saque el tiempo!

—Te estoy ayudando a labrarte un futuro, ¿y así me lo agradeces? —se ofuscó Gina.

—¿Me podría explicar alguien qué está pasando aquí? —intervino Casper.

—Creo que tu novia quiere convertirnos en la nueva E.L. James —bromeó Ethan, para después dirigirse a mí—. ¿Es esto lo que tú quieres?

—No lo sé —respondí sincera—. Siempre he querido escribir una novela, pero jamás me había planteado que fuera sobre el romance entre una vampiresa gitana de la época victoriana con un turista francés que viene huyendo de una pandemia del futuro.

—¡Guau! ¿En serio alguien se leería esa basura? —Casper parecía traumatizado.

—La verdad es que no sé de dónde sacaron la idea, pero es tan bizarra que está causando furor —aseguró Gina.

—Creo que puede ser divertido —me animó Ethan—. Si sale mal, nadie tiene por qué saber que somos nosotros. Pero, si sale bien…

—Podríamos comprarnos esa casa de Notting Hill que tanto nos gusta y reformarla, ¿te imaginas? —Me atreví a soñar despierta. Siempre que pasábamos por allí, nos deteníamos ante una casa victoriana que nos tenía a los dos enamorados. Solo había un problema: ahorrar suficiente dinero para un depósito como el que se requería—. Pondría un porche acristalado en la entrada al jardín para poder escribir, y una biblioteca enorme en la azotea, y puliríamos esas vidrieras antiguas…

—Creo que ni en tres vidas conseguiríamos pagar esa casa, güera.

—Si yo fuera vosotros, lo pensaría —insistió Gina, esperanzada.

—Podríamos firmarlo como Yvaine Selena —propuso Ethan.

Sonreí. Aquel nombre derivado de una absurda conversación acerca de una hija que no estaba ni en proyecto, me parecía simplemente perfecto. Al fin y al cabo, este iba a ser un proyecto que íbamos a emprender juntos.

—*Un romance entre dos mundos*, por Yvaine Selena. Me gusta.

—¡Creo que ya tenemos historia! —celebró Gina levantando la copa en alto.

☼ ☾ ☼

A las siete en punto, mis dos amigas estaban llamando al timbre. Abrí la puerta y me quedé como un pasmarote, sin atreverme a saludarlas ni dejarlas pasar. Era mi primer encuentro con ellas desde que nos habían confinado y cualquier interacción física aún me resultaba violenta.

—¿Necesitas que me haga una PCR antes de darme un abrazo? —preguntó Brit, ante mi frialdad.

—¡Coño, que somos nosotras! —Amber se saltó las formalidades y me estrujó entre sus brazos hasta casi cortarme la respiración, algo a lo que también se sumó Brit.

—No seáis tontas, es que pensaba que vendríais con Mike —respondí, saliendo del apuro.

—¿No está aquí? —Brit me miró extrañada—. Me escribió hace un par de horas para decirme que tenía que terminar un reparto y se unía a la fiesta. Se habrá retrasado.

Ante la incapacidad de poder subsistir solo con el dinero del gobierno, Mike había comenzado a trabajar de repartidor para diferentes compañías de mensajería y andaba siempre de un lado para otro, siempre presumiendo de poder recorrer las calles de Londres a toda velocidad ahora que estaban desiertas.

—Hemos traído vino. —Brit nos mostró un arsenal de botellas—. Mucho vino, no sabemos cómo puede acabar la tarde.

—Yo necesito desfogarme un poco. ¡Estoy quemadísima hoy! —añadió Amber, dando un fuerte abrazo al cumpleañero—. ¡Felices treinta y cinco, guapetón!

Amber no fue tan efusiva saludando a Casper como solía serlo siempre. Supongo que la presencia de Gina le imponía lo suficiente para mantener las formas.

—¿Todo bien con Bruce? —preguntó Ethan—. Todavía no me creo que estés teniendo una relación monógama.

—De maravilla. —Amber cogió dos copas del armario y sirvió Malbec en ellas—. Estoy quemada porque hemos tenido un pequeño accidente eléctrico y han tardado tres días en mandarnos un especialista, un capullo que nos ha cobrado 350 libras por enchufar un puñetero cable. ¿Podéis creerlo?

—Os ha cobrado 350 libras por saber qué cable conectar —respondió Casper divertido—. Si os parece bien, vamos pidiendo la comida mientras os poneis al día.

Los dos chicos se fueron a la cocina —que era en realidad una zona más del salón, que se encontraba tras el sofá— y comenzaron a mirar el menú en la tablet. Yo escuchaba atenta a mis amigas, emocionada de estar otra vez juntas, mientras Gina hacía esfuerzos titánicos por integrarse con nosotras.

—Si no os importa, hoy empiezo yo, porque es obvio que a las tres os va de cine —comenzó Brit, removiendo el vino en su copa hasta casi marearlo.

—Supongo que no hablamos de trabajo... —protestó Gina, integrándose en la conversación.

—¡Eso iba a decir yo! —Tomé la palabra—. Mientras tú disfrutas de tus vacaciones pagadas, a mí la zorra de mi jefa me está explotando.

—Un momento, volvamos a eso de que te estoy explotando... —interrumpió Gina.

—¿Hola? ¡Estábamos hablando de mi problema! —recordó Brit, haciendo movimientos con los brazos.

—Okay, ¿qué demonios te pasa con Jimmy? —pregunté al verla tan exaltada—. Pensaba que todo iba bien...

—Pues la verdad es que no sé ni por dónde empezar...

—Yo empezaría por Tamara... —adelantó Amber, quien al parecer estaba al día de las aventuras de Brit porque ambas se saltaban el confinamiento cuando les venía en gana.

—¿Tamara? —pregunté yo, entendiendo que Jimmy le había sido infiel.

—Todas sabéis que Jimmy se instaló en mi casa —comenzó Brit, reordenando sus ideas—. Bueno, pues le ha dado una copia de la llave de mi piso a su madre, que se cree con el derecho de entrar cuando le da la gana y ordenar y limpiar mi apartamento. Sí, creo que eso ha sido lo peor de todo de una larga lista...

—¡Guau! —exclamó Gina, incapaz de creerlo—. Corta con los dos, ¡pero ya!

—Un momento, chicas... Gina, ¿sabías que Brit está saliendo con Jimmy, el de la quinta planta? —informé, haciendo un inciso.

—¿Quién? ¿El periodista pecoso que trabaja en la revista científica para *nerds*? —preguntó ella. Yo asentí—. ¡Jamás hubiera dicho que a Britney le fueran los cerebritos!

—Primero, es Brittany. Segundo, ¿me estás llamando estúpida? —preguntó mi amiga elevando una ceja.

—¡Aún hay más! —exclamó Amber emocionada, dándole un trago a su copa—. ¡Cuéntale lo de Tamara!

—¿Quién demonios es Tamara? —volví a preguntar, haciendo conexiones que no me gustaban—. ¿No me digas que Jimmy te ha puesto los cuernos?

—¡No, para nada! ¡Si lo tengo hasta en la sopa! Estamos los dos sin trabajar y me está volviendo loca —exclamó Brit—. ¡Os juro que no puedo más! Es desordenado, infantil, dependiente, no sabe cocinar, no mueve un dedo en la casa, es celoso, aburrido, hipersensible…

—Un niño de mamá en toda regla, vaya —resolvió Amber, llenando una segunda copa de vino—. Tú lo que necesitas es un negro. Cuando pruebes uno…

—¡Qué me dejes en paz con los negros! ¡Qué estoy harta de hombres! —suplicó Brit, dándonos a entender que no era la primera vez que oía la sugerencia.

—Así que cortáis —resumí—. La mayoría de mis amigos se han embarazado o divorciado durante el confinamiento, así que no estoy tan sorprendida.

—¿Tienes algo que contarnos? —Amber me miró con una sonrisita maliciosa—. Porque es obvio que no vais a separaros y diría que has cogido un par de kilitos…

—¡Vuestra amiga no quiere tener hijos nunca! —interrumpió Ethan desde la cocina. Le asesiné con la mirada y él me guiñó un ojo, dándome a entender que solo me estaba provocando.

—Ethan cocina demasiado bien —aclaré molesta, anotando mentalmente que tenía que empezar una dieta con urgencia.

—¡Yujuu! ¿Me podríais dejar hablar? —preguntó Brit cabreada, obteniendo de golpe nuestra atención—. Aún no le he dicho nada, pero sí, creo que vamos a romper. Además, Jamie es más bajito que yo. Queda muy feo, no es algo para lo que la sociedad nos haya preparado.

—Bajito, entre otras cosas… —agregó Gina, dándole la razón.

—¡Pero si no sabes ni quién es Jimmy! —acusé a mi jefa.

—¡Que sí! El chico ese con gafas de pasta y esas camisas de cuadros anticuadas —respondió Gina, sorprendiéndome de que fuera tan observadora—. ¡Os he visto juntos a los tres en la cafetería miles de veces!

—¡La estatura es el menor de tus problemas, Brit! —respondí, volviendo al drama de mi amiga—. Nicole Kidman es más alta que Keith Urban y hacen una pareja magnífica.

—Ya, es que el problema es que a nuestra amiga ahora le gusta más Nicole que Keith… —respondió Amber, partiéndose de risa ella sola.

—¿Cuántas copas de vino te has tomado antes de venir? —osó Gina.

—¡Cállate! Iba a contárselo yo —Brit le pegó un golpe a Amber, avergonzada.

—¿Podría alguien explicarme de qué estamos hablando ahora? —pregunté, atónita.

—He conocido a alguien en un chat, llevamos varias semanas chateando —explicó Brit—. El otro día quedamos en persona y… nos besamos.

—¿Y ese alguien no se llamará Tamara, por casualidad? —aventuré, con los ojos como platos. Mi amiga realmente había perdido el norte esta vez.

—¡Exacto! —corroboró Amber—. A nuestra querida rompecorazones ahora le van los chuminos.

—¡Madre del amor hermoso! —Gina se soltó la blusa, sofocada.

—¡No sé qué me pasó! —se excusó Brit, tapándose la cara con las manos, muerta de vergüenza—. Necesitaba desahogarme, tenía muchísima ansiedad con la pandemia, el estar sin trabajo, Jamie… Me metí en el chat buscando una amiga con la que hablar, porque vosotras nunca teníais tiempo, y…

—¡No, si ahora va a ser culpa nuestra que te hayas vuelto bollera! —protestó Amber.

—¡Deja de llamarme "bollera"! Además, yo no me he vuelto nada. Solo ha sido…

—¡Tiempo muerto! Empieza por el principio —rogué, bebiendo mi copa de vino de un tirón. Entre todos, iban a conseguir que me volviera alcohólica.

—Si quieres te lo explico yo —se adelantó Amber—. Es todo culpa de Saturno, que ya la puso en crisis.

—Saturno... ¿el planeta? —La cara de Gina era indescriptible.

—Sí, el planeta. Tarda unos 29 o 30 años en hacer un ciclo completo y volver donde estaba en el lugar de tu nacimiento. En tu caso, 31, porque siempre has sido un poco lentita... —explicó Amber, defensora de su variopinta teoría—. Es un hecho astronómico que nos vuelve a todos patas arriba. ¿Has notado que últimamente te gustan cosas que antes odiabas?

—Comer almejas, por ejemplo —añadió Gina, quién estaba flipando en colores con las conversaciones de mis amigas—. ¿A mí por qué no me habíais invitado antes a estas reuniones tan ridículas?

—¡Hablo en serio! —insistió Amber—. Yo me tiré a mi profesor de yoga por culpa de Saturno.

—¿A Jerry? —pregunté asqueada—. ¡Pero si tiene más de setenta años!

—¡Uf, querida! No te imaginas la elasticidad que tiene ese hombre.

—¿Podríamos volver al tema del lesbianismo de Brit? —pidió Gina, quitándose los zapatos y acomodándose en el sofá.

—¡Gracias! Alguien que me toma en serio —celebró Brit, quien no conocía a Gina ni sus intenciones en absoluto—. Se llama Tamara. Chateamos, me propuso ir a tomar un café y charlar un rato. Nos caímos bien, tomamos un par de copas y me besó. La cosa es que yo me aparté, porque yo tengo claro que a mí me gustan los hombres —se justificó, como si hubiera cometido un delito por besar a otra mujer—. Y me fui a casa, le dije que no podíamos volver a vernos. La bloqueé. Y entonces me quedé pensando en esos labios tan carnosos, y en lo suave que era su piel, y en la perfecta definición de su figura y...

—*I kissed a girl, and I like it. The taste of her cherry chopstick. I kissed a girl just to try it, I hope my boyfriend doesn't mind it...* —canturreó Amber imitando a Katy Perry. Yo aún estaba en shock—. Por cierto, Ele, es española como tú.

—De un pueblo de Granada —confirmó Brit—. Morenita con el pelo largo y liso, bajita, finita, un poco pija...

—¡Vamos! Tu estilo de toda la vida. —Amber no paraba de meter baza.

—¡Ay, déjame ya en paz! No sé para qué te lo cuento. Y tú, Elena, ¿no piensas decir nada?

—¿Cómo es el sexo oral con otra mujer? —Fue todo lo que alcancé a decir.

—¡Elena! —protestó mi amiga, mientras Amber y Gina se desternillaban de risa.

—O sea, que lo has hecho… —asumí, poniendo los ojos en blanco, entre morbosa e incrédula—. Perdona, es que mi jefa quiere que le traiga cosas nuevas para los relatos y una aventura lésbica le rompería todos los esquemas.

—Querida, ¿por qué hablas de mí como si no estuviera presente? —preguntó la aludida.

—Porque me gusta diferenciar a la loca de mi jefa y a la encantadora novia de Casper.

—Tu jefa y yo creemos que meter una escena lésbica entre Casandra y la secretaria de Pierrot podría subir mucho la audiencia. Podrías inspirarte en Britney —sugirió mi jefa, ignorando el drama de mi amiga.

—¡Me llamo Brittany! ¡Y no vais a escribir mi historia lésbica para la revista! —protestó indignada—. ¿Vais a decir algo al respecto o solo vais a preguntarme qué se siente al comer un coño?

—¿Le has comido el coño a una tía? —preguntaron Casper y Ethan al unísono, que de repente estaban escuchándonos.

—Brit ahora es lesbiana —resumió Amber.

—¡Ah, bueno! Sigmund Freud estaba convencido de que todos nacemos bisexuales y luego nos decantamos por una cosa u otra —expresó Ethan comprensivo—. Tal vez no hayas encontrado a tu media naranja porque estabas buscando la fruta incorrecta.

—Deberías olvidar los plátanos y buscar una buena papaya —agregó Amber, chistosa.

—O un buen par de melocotones —animó Casper.

—¿Y qué tal? ¿Es simpática? —Esta vez fue Ethan quien preguntó—. ¿Qué vas a hacer con Jamie? Porque seguís juntos, ¿no?

—¡Gracias a Dios! Alguien en este grupo que me hace preguntas normales —festejó Brit.

—Solo estoy ganándome tu confianza para hacerte después las preguntas morbosas. —Ethan ocultó una sonrisa maliciosa tras su copa de vino.

—Okay, te lo voy a contar, pero solo porque necesito vuestra ayuda... Y después, no quiero que se vuelva a hablar de este tema hasta que no tenga las cosas claras.

—Claro, ¿en qué podemos ayudarte? —preguntó Casper, inocente.

—Quiero que me enseñéis a satisfacer a una mujer —soltó Brit. Amber comenzó a reír aún más escandalosamente, si era posible, mientras que Gina se atragantó con la bebida, rogándole a Casper con la mirada que no abriera el pico—. ¡Vamos, no seáis estirados, que estamos entre amigos! He quedado con Tamara mañana y necesito llevarla a las estrellas.

—Okay, deja que me beba otras dos copas de vino y me preguntas lo que quieras —se rindió Ethan—. Pero tienes que prometerme que hablarás con Jamie y romperás con él.

—¡Por supuesto! Como le tenga un solo minuto más en mi piso, salto por la ventana. Y vivo en un veinticincoavo... —respondió Brit, sacando su cuaderno para tomar notas.

—Creo que yo también necesito otra copa de vino para ser testigo de esta conversación. O una botella entera... —Gina no daba crédito.

Mientras los hombres le contaban con detalle cómo volver loca a una mujer en la cama, Amber, Gina y yo seguíamos poniéndonos al día con nuestros respectivos confinamientos.

—Yo también tengo algo que contar, aunque después de la confesión de Brit, creo que pierde importancia... —comenzó Amber, misteriosa—. Bruce y yo nos vamos a vivir juntos. Oficialmente juntos.

—¿Tan pronto? —pregunté, pues apenas llevaban cinco meses saliendo.

—Bueno, el tiempo que hemos pasado confinados nos ha unido mucho. Y sé que todo volverá pronto a la normalidad, pero no tiene mucho sentido volver atrás, ¿no crees?

—¡Totalmente! Me alegro muchísimo por ti, querida. —A Gina le hicieron chiribitas los ojos al saber que Casper y Amber no volverían a dormir bajo el mismo techo.

—Yo también me alegro, ¿eh? —respondí exaltada—. Es solo que me habéis dado mucha información esta noche y aún estoy procesándola. Supongo que tendré que buscarme otro piso pronto, porque Casper ya tiene medio pie fuera con la bruja esa con la que sale.

—La bruja te está oyendo, y no hemos concretado nada. El plan es que regrese contigo a Clapham en cuanto abran el gimnasio —explicó Gina—. Aunque nosotros habíamos dado por hecho que tú ibas a quedarte ya aquí…

—Volveré a casa en cuanto Gael se instale en Londres —expliqué con tristeza, pues me había acostumbrado demasiado rápido a tener a Ethan todo el día haciéndome la comida (o comiéndome)—. Queremos dejarle tiempo para que se adapte a su nueva vida. Y Ethan también necesita tiempo para averiguar qué clase de padre va a ser, nunca ha tenido que enfrentarse a la paternidad veinticuatro horas al día.

—¡Valiente chorrada! Si vais a acabar viviendo juntos antes o después, mejor que se adapte a la situación desde el principio, ¿no? —observó Gina.

—Serán solo unos meses. Y a mí me vendría bien también tener algo de tiempo libre para centrarme en mi novela.

—¿Alguien puede pegarle un toque a Mike? Tengo el móvil cargando arriba —pidió Ethan—. La comida está a punto de llegar.

Amber sacó el móvil del bolso y le cambió la cara en el acto. Gina y yo la miramos confundidas.

—Chicos, Mike no va a venir… —Su voz se perdió en un susurro.

—¿Cómo que no va a venir? —protesté—. ¡Pero si es él quién trae la tarta!

—Ha tenido un accidente y se le ha caído la moto encima —siguió Amber, enseñándonos un selfie que había mandado Mike desde el hospital—. Se ha roto la tibia y el peroné. Tienen que operarle de urgencia.

—¿Cómo? ¿Está bien? —Me sorprendió comprobar que él primero en reaccionar fuera precisamente Ethan—. ¿Podemos ir a verle?

—¿Está solo allí? —preguntó Brit.

—Probablemente, su familia vive en Leeds —respondió Casper—. Su madre tiene cáncer y está bastante débil. No creo que pueda venir.

—Siento arruinar la fiesta, pero yo me voy para allá —informó Brit—. ¡Me estoy poniendo histérica de pensar que le haya podido pasar algo!

—Tranquilízate, que está bien —traté de calmarla, sin entender que estuviera tan alterada—. En el hospital no nos van a dejar entrar a todos, hay un montón de restricciones por el Covid. Deberíamos establecer turnos...

—¡Me pido primer! —vociferó Brit, cogiendo su bolso y su americana para irse de allí cuanto antes—. Ya me mandáis los turnos por WhatsApp.

La miré algo sorprendida por el gesto, pero no quise decir nada. Hacía tiempo que había desistido de entender a mi amiga, y nuestra prioridad era asegurarnos de que Mike se recuperaba.

17

26 de enero de 2023 — Piso de Elena, Brooklyn

—¡No me puedo creer que tú seas Yvaine Selena! ¡Estaba enganchadísima a la historia de Casandra y Pierrot! Creo que aún tengo las novelas por casa... Los libros fueron mi salvación en el confinamiento.

—La verdad es que, a día de hoy, siguen siendo bastante populares en Inglaterra.

—¿Y por qué dejasteis de escribir? Casandra y Pierrot tenían tirón para otros dos o tres libros más...

Dudo si responder a esa pregunta. Las razones que nos llevaron a acabar con Casandra y Pierrot son las mismas que hoy me han traído aquí.

—Para él fue solo una anécdota más, para mí fue el principio de un sueño, de mi carrera como escritora que no ha llegado a más. Tal y como nos pidió Gina, escribimos una novela juntos que salió a la luz antes de la navidad del 2020. Gracias a la campaña publicitaria de la revista y a que ya contábamos con miles de lectores, la primera edición se agotó en todas las librerías en cuestión de horas. Y, a esa le siguió una segunda edición, y una tercera... Aprovechando el tirón de la novela, publicamos la recopilación de relatos para San Valentín. Y ahí acabó todo. Después llegó Gael, y luego... la vida, supongo.

—Es innegable que tienes talento. ¿No piensas seguir publicando por tu cuenta?

—He escrito un thriller firmado con mi verdadero nombre, pero no lo he mandado a ningún sitio. Y no creo que lo haga...

—¿Por qué no? En cuanto vean el exitazo que tuviste, se van a matar por ti.

—Ahora mismo prefiero pasar desapercibida —confieso, apretando los dientes—. Al menos, hasta que todo vuelva a la normalidad.

Siobhan mira para otro lado y se reserva su opinión. Sé que sigue sin creer mi victimismo

—¿Te apetece que hagamos un descanso para comer algo rápido?

—Siento no ser más hospitalaria, pero no tengo demasiado en el frigo que ofrecerte. Mi dieta últimamente consiste en aquello que pueda digerir sin que mi organismo lo rechace. Creo que tengo espárragos y Nutella.

—¿Espárragos con Nutella? ¿Es esa la famosa dieta mediterránea? —se burla—. ¡No me extraña que Ethan fuera el que cocinaba en casa!

Mi humor se agria de golpe. No quiero bromas sobre mi dieta, no quiero bromas sobre ese imbécil y, desde luego, no tengo la más mínima idea de porqué Siobhan sigue aquí e insiste en comer juntas.

—¿Me das un minuto? Voy a escribir al casero. Acabo de descubrir que no funciona la calefacción ni el agua caliente.

—¡Ya decía yo que hacía un frío de mil demonios! Voy a pedir comida en un restaurante indio del barrio. A ti te pediré un poco de arroz blanco, te sentará bien.

—Te lo agradezco, aunque probablemente vomite con el olor de tu comida —reconozco sincera—. ¿De verdad quieres que comamos juntas?

—No es discutible.

Siobhan pide la comida a través de su móvil y yo me cuelgo al teléfono con el casero cerca de veinte minutos. Me explica que se ha reventado una tubería, soltándome un rollo sobre la dilatación de los metales cuando entran en calor que es muy interesante, pero no va a solucionar mi problema. Promete enviar a alguien "cuanto antes", lo que en medio de esta helada puede ser dentro de tres días.

—La comida estará aquí en treinta minutos.

—Ya me dirás cuánto te debo.

—Ya echaremos cuentas. Ahora me interesa más seguir con esto. En las siguientes páginas hablas mucho de tu ciudad, Santander.

—¡Vaya! Y yo que creía que había nacido en Valladolid…

—Aquí asegura que… —Me mira sorprendida. Le enseño el pasaporte donde clarifica que no tengo nada que ver con esa ciudad—. Pero fuisteis juntos a Santander, ¿no? Eso sí es verdad…

—Alguien hizo muy bien su trabajo como detective privado. Estuvimos en Santander, en Gijón, en Comillas, y en todos los lugares maravillosos de los que se habla ahí. Y algunos más que no se mencionan.

—¿Vacaciones?

—Algo así. Levantaron el confinamiento y fuimos un par de semanas a España a ver a mi familia, disfrutar del sol y de la buena comida. Pero aquel viaje fue mucho más que unas simples vacaciones.

—¿A qué te refieres?

—A que sembró en mí la semilla que me hizo volver definitivamente al caso McGowan. Con todas las consecuencias.

—¿En qué bando? —Su tono no me gusta, pero lo dejo estar.

—Sé que no lo entiendes y que crees que he traicionado a Ethan, pero cuando ves ciertas cosas… No podía quedarme de brazos cruzados. ¿Acaso tú podrías?

—Tengo una hija, Elena. Entiendo la postura de Ethan, estaría dispuesta a cualquier cosa por protegerla, y créeme que pronto sabrás de lo que te hablo. Aunque…

—¿Sí?

—Además de ser madre, también soy mujer. Y entiendo perfectamente la rabia que te movió por dentro.

23 de julio de 2020 – Comillas, Cantabria

—¿Ves? Esto es una carretera en condiciones, sin peligro, sin coches volcados en las cunetas. No como las de México —provoqué, estacionando el coche de mi madre en un parking de la playa de Comillas.

—Peligro de aburrimiento mortal, querrás decir. —Ethan roncó y fingió quedarse dormido por culpa de la autopista que unía Cantabria con Valladolid.

Después de varios días asfixiándonos con el calor pucelano, habíamos decidido alquilar un apartamento en Santander con Jorge, Esther y Enzo, su novio italiano, para pasar unos días en la playa. Después de tres meses de encierro, ese encuentro era vital para nosotros, tan necesario como el aire que respirábamos cada día.

—¿Qué tiene Comillas de interesante? —Enzo se mostró escéptico.

—El Capricho de Gaudí, la escalinata, el cementerio, la playa y… ¡oh, mira! Esto es interesante: el restaurante peor valorado de España en TripAdvisor —continuó Esther, leyendo su guía con una mueca divertida.

—¡Quita eso de la lista! —pidió mi hermano ipso facto.

La playa estaba abarrotada de turistas que, como nosotros, venían huyendo del calor de la meseta. Ethan y yo estábamos tirados en la arena sobre una toalla gigante en forma de huevo frito; mi hermano leía un libro de Agatha Christie y Esther se había aventurado en las aguas cántabras con su chico. Parecían dos adolescentes que acabaran de descubrir el amor, una actitud muy distinta a la que siempre había tenido con su exmarido.

—¿Vas a decirme de una vez por qué has venido sin Julie? —pensé en voz alta. Mi hermano se removió incómodo en su toalla y respondió sin apartar la mirada del libro.

—No pudo coger vacaciones, ya te lo he dicho.

—No me lo trago —respondí. Jorge me miró molesto.

—¿Qué quieres que te diga? ¿Qué tenemos otra crisis?

—Lo vuestro ya no es una crisis, es vuestro estado habitual.

—No es tan sencillo. —Suspiró, y se dejó caer en la toalla tapándose la cara con el libro. Ethan me pellizcó para que no siguiera machacándole—. Julie se ha puesto… intensa últimamente. Quiere que nos mudemos al rancho de sus padres. Dice que ahora que estamos teletrabajando es el mejor momento para tener hijos porque nos vamos a ahorrar la guardería, tenemos tiempo para criarlos…

—Razón no le falta… —agregó Ethan.

Le miré con apatía. Yo ya sabía que él también opinaba que ese era el momento ideal para tener hijos. Pero yo, al igual que mi hermano, no tenía claro que ese fuera mi camino, lo que siempre pensé que a la larga podría ser un problema entre nosotros.

—No lo dudo, pero yo no quiero tener hijos —respondió mi hermano—. Ni ahora ni nunca. No estoy preparado para ser padre.

—Nadie lo está —siguió Ethan—. Pero una vez llegan, vas improvisando y, al final, no puedes vivir sin ellos.

—Pues igual el problema es que no los quiero tener con ella —resolvió Jorge—. En serio, no sé qué me pasa. Con la pandemia he empezado a echar más de menos a mi familia, mi ciudad… estabais todos tan lejos que… ¡yo qué sé! Ya se me pasará.

—¿Cuándo, Jorgito? ¡Llevas así años! Julie quiere dar pasos y tú no quieres. La estás quitando de estar con alguien que busque lo mismo que ella.

—No voy a dejarla, Elena. No estoy preparado para dar pasos, ni para adelante ni para atrás. ¿Podemos dejar ya el tema?

—Está bien, solo quiero que seas feliz.

—Hablando de felicidad, ¿cuándo vais a traerme a mi sobrino para que lo conozca?

Casi me atraganto con mi propia saliva al oír la pregunta. Me di cuenta de que se estaba refiriendo a Gael cuando Ethan le puso al día de la situación.

—¡Qué ovarios tiene tu amiga! —Ethan rio al mirar algo en su móvil—. Mike me acaba de mandar una foto de ellos dos cenando con Tamara y Jimmy.

No podía creerme que Brit realmente estuviera teniendo una relación con Jamie y Tamara al mismo tiempo. Y, por si no fuera suficiente, había metido a Mike en casa para que estuviera acompañado tras la operación.

—Oye, ¿tú desde cuando te envías fotitos con Mike? —pregunté sorprendida.

—Pues... —Pillado y hundido—. Puede que últimamente haya empezado a gustarme más de lo que pensaba.

No quise añadir un "te lo dije", pero lo pensé. Ya había observado que, desde el accidente, se habían vuelto inseparables. Todo empezó con unos tappers de comida que Ethan insistió en llevarle al hospital para que comiera algo decente, y al final, habían descubierto que tenían mucho en común.

—Bueno, chicos, ¿nos vamos al agua o qué? —animé, viendo a los dos hombres de mi vida repanchingados en la toalla mientras Esther y su novio se lo pasaban de miedo en el mar.

—Es que tu hermano me ha dicho que el agua está muy fría... —confesó Ethan. Jorge se bajó las gafas de sol al puente de la nariz y le secundó.

—¿En serio me vais a dejar sola? —Se miraron el uno al otro y no tardaron ni un instante en responder.

—¡Qué te diviertas en el agua, hermanita!

☼ ☾ ☼

Mientras todos se duchaban y arreglaban para salir a tomar algo, me conecté un segundo para mandarle a Gina las últimas correcciones de un artículo. Solo un segundo, lo juro.

—¡No me puedo creer que te hayas traído la compu de trabajo! —Ethan me cerró la tapa de golpe—. Estamos de VA-CA-CIO-NES. Lo más cercano que vamos a tener este año, dadas las circunstancias.

—¡Solo estaba mandándole un email a Gina! ¡Ya está! Enviado.

Dejé el portátil sobre la mesa y observé a Ethan eligiendo cuidadosamente los vales de la cajita de aventuras que le había regalado por su cumpleaños. Yo aún andaba recelosa por la conversación que habíamos tenido en la playa. ¿Y si Ethan nunca llegaba a aceptar mi decisión? ¿Y si se arrepentía en un futuro por hacerlo?

—Oye, antes has dicho algo que... —comencé. Ethan me regaló toda su atención—. Sabes que yo no quiero tener hijos y tal vez nunca cambie de idea al respecto. No puedo privarte de eso.

—No te preocupes por eso ahora, nos adaptaremos a lo que vaya viniendo.

—¿Y si nos pasa como a mi hermano y Julie, que llega un momento en el que queremos cosas distintas?

—Güera, esto ya lo hemos hablado... Es cierto que me gustaría casarme y tener al menos otro hijo más, pero si no es algo que esté en tus planes, yo no voy a obligarte.

—Eso lo dices ahora, pero igual en unos años...

—¡Yo ya sé lo que es la paternidad! Y te confieso que no es algo que esté disfrutando plenamente ahora mismo... Vivo constantemente con miedo a que a Gael le pase algo, y no es sano, pero no puedo evitarlo.

—¿Es por ellos? —pregunté, Ethan confirmó sin palabras—. Es muy injusto que entre todos te estemos limitando de este modo.

—Tú no me limitas. Te aseguro que esa no va a ser la razón por la que rompamos. De hecho, no se me ocurren muchas razones por las que pudiera dejarte escapar. Bueno, sí... —Le miré con curiosidad—. Jamás podría perdonarte que fueras uno de ellos, descubrir que estás en el bando equivocado.

—Sabes que eso no va a pasar.

—Entonces no tienes nada de lo que preocuparte. Yo este año he aprendido que la vida hay que tomarla como vaya viniendo. Sin planear nada.

—¿Quién eres tú y que has hecho con mi chico? —bromeé. Ethan me dio un beso en la frente y me estrujó entre sus brazos.

—Deberíamos irnos. Nos están esperando abajo.

—No te olvides la mascarilla.

—¡No tan rápido, güera! Quiero usar uno de mis vales de cumpleaños.

Ethan sostenía en alto uno de los vales en los que me ofrecía a salir a la calle sin bragas. Miré horrorizada mi vestido veraniego, que apenas llegaba a cubrir medio muslo, y me rebelé contra sus deseos.

—¿Tú estás loco? ¡No estamos solos!

—Pues, yo que tú, tendría cuidado con ese vestido.

☼ ☾ ☼

Salimos a cenar por el pueblo y acabamos en un bar de copas abarrotado de turistas y estudiantes. Me sentí de nuevo como cuando tenía veinte años, a pesar de que ya estaba rozando la treintena. De fondo, una mezcla del reggaetón más actual con algunos clásicos de mis tiempos mozos, como Extremoduro o El Canto del Loco.

Decidí olvidarme por una noche de la distancia social y todas esas cosas que en los últimos meses me habían causado tanta ansiedad. De algún modo, estar en un local cerrado y sin mascarilla me hacía sentir irresponsable y arriesgada, como si estuviera teniendo sexo sin protección con un desconocido.

Ethan levantó en alto el segundo vale de la noche para una bebida gratis y lo acepté con una sonrisa. Estaba claro que tenía ganas de jugar y eso solo era el calentamiento.

—¿Corona? —di por hecho.

—Tequila. Y otro para ti.

—¡Me apunto! —dijo mi hermano—. Y una caña. Si voy a estar de sujetavelas toda la noche, necesito algo que me caliente.

—¿Tequila para vosotros también? —ofrecí a los enamorados, que no se despegaban ni con disolvente. Tan solo se distanciaron para decir que sí y volvieron a ponerse tontos. Me estaban produciendo náuseas.

Nos bebimos el tequila y la cerveza entre hits musicales y charlas triviales.

Enzo nos habló de él (todo el rato, de hecho), de su vida en Italia y las razones que le habían llevado a Barcelona. Era uno de esos millennials de libro que abusaba de las redes sociales y había empoderado los conceptos de "*Carpe Diem*" y "*Wanderlust*" hasta haber convertido su cuerpo en un culto a esos dos términos a base de tatuajes.

Además, le encantaba perrear en la pista. Sin reparos, lo que nos hizo sentir a los demás como si fuéramos testigos de algo que no deberíamos estar presenciando.

Jorge tampoco se esforzó en disimular lo mucho que le incomodaba su actuación. Al fin y al cabo, Esther era como una hermana para él. Me mataba de impotencia verlo tan apagado y no saber qué hacer para ayudarlo. Solo hubo un momento en el que le vi realmente disfrutando y fue al escuchar *Majareta* de los cántabros La Fuga, un tema que había marcado nuestra juventud y nuestras primeras borracheras juntos. El mundo se paró por unos instantes en los que Esther y él se vinieron arriba en la pista, brincando como dos locos al son de ese himno de nuestra adolescencia.

.... Contaremos las estrellas, perderemos la cabeza.
Prohibido mirar el reloj.
Tú te quitas la ropa, yo acabo majareta
y te regalo una canción. Esquivaremos el sol...

—¿Qué onda, estos dos? Intuyo una gran historia detrás de esta canción —Ethan me susurró al oído. A nuestro lado, Enzo contemplaba la escena impasible y algo receloso.

—¿Jorge y Esther? —Rompí a reír por la ocurrencia—. ¿De dónde te has sacado eso? ¡Si nos conocemos desde la guardería!

—No sé, me ha dado el *feeling* de que había algo más... Discuten mucho cuando están juntos, se ríen de las mismas tonterías que los demás no entendemos, a ella le cae fatal Julie, a tu hermano le cae fatal Enzo...

—¿Y? ¿Acaso a ti te caen bien Enzo o Julie?

—*Touché!* Pero yo mantengo que entre estos dos ha habido algo, tal vez una noche de borrachera que no te han confesado. —Negué con la cabeza, convencida de mi punto de vista—. ¡Ah, ya sé! Tú y tu teoría de que los amigos no "follan".

—Tú y tu teoría de que no es posible la amistad entre hombres y mujeres sin que quieran "cogerse".

—Y hablando de cogerse... —Noté su mano acariciando mi trasero desnudo por debajo de la falda.

Me metió un vale discretamente en la mano mientras me miraba con esos ojos de fuego que ya me estaban encendiendo. Agaché la mirada para leerlo, negando con la cabeza al ver que era un "Vale por sexo oral aquí y ahora".

—¡Ni de coña! ¡Mi hermano nos mata si le dejamos solo con ellos!
—Tendremos que ser rápidos.

Me arrastró por toda la pista a ritmo de *El lado oscuro* de Jarabe de Palo, buscando un rincón que poder hacer nuestro para enrollarnos como dos adolescentes. Me juré a mí misma que algún día sería capaz de decirle que no a esa mirada. Pero no iba a ser esa noche.

Cuando terminamos la travesura y conseguimos salir de los lavabos sin ser vistos, no me sorprendió comprobar que estos tres habían seguido la juerga sin nosotros a base de chupitos de vodka con caramelo, una combinación letal que no tardó en hacerles efecto. Supongo que por eso insistieron en que ver el cementerio de Comillas de noche era la mejor idea del mundo.

—¿No podríamos verlo por la mañana? —insistí en vano.

—¡Alguien tiene miedo! —se burló Enzo, saltando a mi alrededor y mostrando que estaba claramente borracho—. Por la noche es más divertido.

—Por la noche está cerrado —exclamé, viendo el final de la aventura más cerca.

—¡Pues habrá que saltar! —Esta vez fue Jorge quién habló. No reconocía a mi hermano.

Conseguimos colarnos en el cementerio con ayuda de las linternas del móvil. Francamente, no le veía ningún sentido a la hazaña, probablemente porque yo no llevaba tanto alcohol encima como ellos. Mientras caminábamos en un silencio sepulcral por el camposanto, mi hermano iba leyendo con voz inestable algunos datos culturales.

—El cementerio gótico de Comillas data del siglo XIX y está considerado uno de los más hermosos de España, un museo al aire libre repleto de mausoleos entre los que destacan el de la Familia Piélagos, obra del escultor Josep Llimona, y los mausoleos de los indianos, aquellos que dejaron la tierruca para encontrar una vida mejor en Cuba, México y Argentina. La arquitectura modernista corresponde al arquitecto Lluís Doménech i Montaner…

Estaba segura de que, con la claridad del día y la belleza que concedía la localización marítima, iba a ser un sitio precioso; pero, en ese momento, solo eran un montón de piedras tétricas bañadas por la bruma y la oscuridad de la noche. Caminaba en silencio y midiendo mis pasos para no aplastar nada que no debiera, al contrario que Esther, que iba agarrada del brazo de Enzo y Jorge para no caerse, y los tres juntos parecían un elefante en una cacharrería.

—En este mismo lugar, había una iglesia del siglo XV que fue abandonada tras una disputa que originó la lucha de clases en una misa mayor —siguió mi hermano—. En aquella época, era habitual reservar asientos para las clases altas. Un joven de clase inferior intentó sentarse en uno de estos, pero no se lo permitieron. El pueblo entero, harto de la opresión y esas diferencias sociales, se rebeló contra el administrador, el Duque y el párroco, y decidieron no volver a pisar la iglesia. Empezaron a usar la Ermita de San Juan en su lugar. La iglesia decidió castigar al pueblo con la excomunión durante un año, hasta que el regidor de la villa acordó la construcción de un nuevo templo en el que no hubiera diferencia de clases ni favoritismos.

—¡La figura del Ángel exterminador es una pasada! —exclamó Esther embelesada.

—El ángel se diseñó originariamente para el mausoleo del primogénito del Marqués de Comillas, que murió con solo 24 años. Como no cabía, Llimona situó el ángel sobre el transepto de la antigua iglesia —leyó Jorge—. Representa a Abadón, un ángel del Apocalipsis.

—¿Jorgito, te has tragado la Wikipedia? —Enzo le miró con sorna. Mi hermano no respondió, a pesar de lo mucho que odiaba que le llamaran así.

Ethan estaba sospechosamente callado, ajeno a las explicaciones de mi hermano y observando con detenimiento lo que parecía una caseta de piedra incrustada en el muro, y recubierta de nichos de arriba abajo.

—¿Qué te tiene tan absorto? —Me acerqué por detrás y le rodeé con mis brazos. Su calor me reconfortaba.

—Mira las fechas —pidió en su susurro quedo—. Son todo niños y todas datan de 1918 a 1920.

—Jorge acaba de leer que estos nichos son de niños no bautizados, por eso no están enterrados con sus familias. Tal vez murieran al nacer. Por la fecha, pudo ser la gripe.

—O tal vez alguien los asesinó —se mofó Enzo—. Un grupo de asesinos que estaba traficando con sus órganos infantiles, ¿os imagináis?

—¡No tiene gracia! —respondí, molesta por la frivolidad de su comportamiento—. ¡Me vuelvo al hotel! Una cosa es que admiréis la belleza arquitectónica, y otra, que os pongáis a bromear sobre la causa de muerte de esos niños. Es espeluznante, es de mal gusto, es...

—Se llama necroturismo y está de moda —agregó el "vivalavida" italiano.

—Que esté de moda no lo hace menos absurdo —repliqué.

—¡Chicos! La puerta de la iglesia está abierta —exclamó Esther eufórica y sin una pizca de discreción.

Supongo que una fuerza morbosa me llevó a seguir visitando el templo por dentro. Era minúsculo, tenía algunas velas encendidas en un pequeño altar, y todas las paredes recubiertas de nichos de arriba abajo.

—¿De qué crees que murió este tipo, Sergio Castanedo? —preguntó mi hermano a sus dos compañeros de juerga. El Jorge borracho me caía francamente mal.

Dispuesta a no aguantar ni un segundo más de ese sinsentido, decidí esperar a mis amigos fuera. Aunque mi huida se hizo más evidente cuando tropecé con una caja de madera que hizo que me diera de bruces contra los nichos. Por suerte, no hubo dientes rotos ni heridas que lamentar. Las risotadas borrachas que siguieron después fueron la menor de mis preocupaciones. Porque entonces lo vi, y mis ojos no pudieron creerlo. Uno de los nichos, el que tenía justo a la altura de mis ojos, tenía grabado el escudo de Cantabria. Pero no era el escudo que todos conocíamos, con el barco, la Torre del Oro sevillana y la estela cántabra, este mostraba la Piedra del Sol híbrida. El emblema de la Luna de Plata.

—¿Estás bien, cielo? —Ethan me tendió la mano, preocupado al ver que no me levantaba. Los demás seguían con su juego morboso, indagando sobre la posible causa de mortalidad de aquellos que yacían en esos nichos.

—Acércate —pedí con discreción. Me miró sin entender, pero hizo lo que le pedí sin hacer preguntas—. Sé que quieres pegar carpetazo, pero parece que esta historia nos persigue allá donde vayamos.

—¿De qué hablas?

—Mira los tres nichos de abajo, empezando por la derecha.

—¿Vas a empezar como estos? ¿Quieres que averigüe cómo murió Felipe Gómez?

—¡No! Quiero que me digas por qué Felipe Gómez tiene ese escudo en su tumba.

—¿Por qué era un apasionado de la tierruca? —bromeó con un deje de sarcasmo.

—¿Quieres hacer el favor de mirar bien? —rogué, alumbrando el escudo con la linterna del móvil—. ¡Eso no es la estela cántabra o yo veo fantasmas donde no los hay! Y se repite a lo largo de todos los nichos de la última fila. ¿Qué tienen que ver ellos con este cementerio?

Sí, lo había visto. Por eso su rostro estaba ahora desencajado y era incapaz de cerrar la boca.

—Esto no es cosa de Gina, ¿verdad? Ella no te ha pedido que viniéramos aquí —preguntó. Yo negué con la cabeza.

—Fue idea de Esther. Comillas es uno de los pueblos más turísticos de Cantabria. Pero ahora que mencionas a Gina...

Saqué el móvil y busqué las fotos que me había mandado mi jefa hacía unos meses, un extraño mapa que parecía una sandalia y las fotos de una iglesia. No cabía duda, la fachada de la iglesia correspondía con la del templo donde nos hallábamos.

—¿Qué son esas fotos?

—Parte del caso McGowan, las encontraron en casa de Aguirre —expliqué—. Y antes de que te pongas todo dramático, te diré que no tengo nada que ver con esto. Son cosas inconexas que tenía guardadas y acaban de coger contexto al ver el emblema en las tumbas de los indianos.

—Deberíamos irnos de aquí cuanto antes, no quiero que se repita la historia de Chiapas.

—¿Vas a volver a actuar como si no estuviera pasando nada? —Realmente estaba molesta con él—. ¿Has visto las tumbas de esos niños?

—¡Son de hace un siglo! Y tú misma lo has dicho: pudo ser la gripe española.

—¡No te lo crees ni tú!

Ethan me devolvió una mirada severa que pretendía acabar con toda discusión y no hizo sino el efecto contrario: avivar la ira que vivía en mí, el odio hacia esos asesinos que se creían semidioses.

—¿Qué hacéis ahí abajo, tortolitos? —preguntó Enzo, haciéndose el gracioso—. Luego decís que nosotros somos unos morbosos, pero magrearse aquí es enfermizo.

—Nosotros nos vamos ya —anunció Ethan, tirando de mi brazo en plan dominante—. Son las tres de la mañana. Si queréis aprovechar el día en Asturias, deberíamos madrugar.

Y así, sin más, regresamos al hotel con tres borrachos entonando a viva voz el *Bella Ciao*.

Al regresar a Londres, ninguno de los dos volvimos a mencionar el tema. Ethan jugaba a que todo estaba bien, mientras la rabia parecía consumirle por dentro. Mi posición fue muy distinta. Un fuego líquido ardía en mis venas y me obligaba a querer saber más. Y lo hice, me puse a leer todo cuanto pude de Comillas y elaboré un pequeño informe con mis descubrimientos, aunque, una vez más, no hice nada con esa información. Al menos, hasta que llegó octubre...

18

9 de octubre de 2020 – Paddington, Londres

Aquel verano de barbacoas en la playa y caminatas por el bosque había llegado a su fin, dando paso a un cálido otoño que había vestido Londres con un manto de colores cobrizos.

Vivíamos tiempo prestado, pero no lo sabíamos. Habíamos recuperado algo de libertad camuflada de "nueva realidad", una situación que todos temíamos fuera a cambiar las reglas de ese pasado que ya conocíamos y tanto nos gustaba.

Aún no sabíamos que una nueva cepa mucho más letal y contagiosa se estaba expandiendo por Inglaterra como la pólvora y que pronto nos veríamos sumidos en el gran encierro que duraría cuatro meses.

Con el ir y venir de restricciones, mi piso seguía vacío. Agne no había regresado de Lituania, Amber se había instalado definitivamente con Bruce, y Casper y yo alternábamos nuestro piso con las casas de nuestras respectivas parejas.

Tras varios meses de teletrabajo, Gina estaba tratando desesperadamente de implementar un modelo híbrido rotativo en la oficina que no terminó de cuadrarle a nadie. Reconozco que salir de casa para trabajar me estaba viniendo bien, necesitaba cambiar de aires y me brindaba la intimidad necesaria para discutir con Logan por videocámara algunos temas. Sí, lo sé, había prometido no involucrarme y esos tipos no paraban de darme avisos, pero cuanto más sabía, menos podía quedarme callada.

Le di un sorbo a mi café y mordí el boli con nerviosismo. Era la primera vez que iba a participar activamente en una de esas conferencias con Mark y Logan, y no estaba preparada. Gina no paraba de servirme un bizcocho proteínico que había horneado para sorprender a Casper y que, no sé cómo, me acabó rebotando a mí. Estaba asqueroso.

—¿Te gusta la nueva decoración de mi despacho? —preguntó. Miré una a una todas las flores que nos envolvían sin encontrar las siete diferencias—. He puesto mis diplomas en la pared para dar un toque de profesionalidad.

—¿Eso son tus diplomas? No sé por qué pensé que estarían escritos en pergamino...

—Te has tragado un payaso, ¿verdad? Porque hoy estás que te sales.

—¡Nah! Sabes que no me gusta demasiado la carne.

—Ethan no opina lo mismo... —Me ruboricé al instante. Le obligué a que se explicara al ver su gesto burlón—. ¿Qué? Los chicos hablan y yo a veces escucho. Lo que me da que pensar que tú y yo nunca comentamos la jugada. ¿Cómo es Ethan en la cama? Porque Casper a veces...

—¡No me interesa para nada tener esta conversación contigo! —exclamé con un gritito, cada día más atorada con mi jefa.

—Reprimirse no es bueno, Selena...

Tuve la suerte de que Mark se conectara en esos momentos y empezamos la charla trivial hasta que apareció la cabecita pelirroja de Logan en pantalla.

Logan Sinclair era un joven pelirrojo, paliducho y con los ojos de un verde apagado que no llamaba particularmente la atención. Le calculé unos treinta y cinco años a lo sumo, aunque su cara de niño dificultaba saberlo con precisión. En las últimas semanas, habíamos hablado bastante por teléfono, sobre todo, cuando él necesitaba mi ayuda para comunicarse con algún organismo de mi país.

—¿Conseguiste averiguar quién fue Felipe Gómez? —pregunté, recordando el nombre del nicho.

—Sí, señorita —respondió Mark pagado de sí mismo—. Felipe es uno de los muchos españoles que emigraron a Latinoamérica en busca de nuevas oportunidades y que regresaron a casa con los bolsillos llenos.

—Un indiano. Cantabria está plagada de ellos. Pero ¿qué tienen que ver los indianos con la Luna de Plata?

—Para los comillanos, Felipe fue un héroe que trajo riqueza y prosperidad al pueblo. Pero la realidad es muy distinta… He estado investigando sus negocios al otro lado del charco y Don Felipe se dedicaba al tráfico de tabaco a principios de siglo. Lo traían a España de contrabando a través de Galicia. Tenían toda una red montada. Quienes le conocen dicen que siempre llevaba su amuleto de la suerte con él, del que no se separó ni el día de su muerte: una moneda que había heredado de su padre con un símbolo azteca.

—Las ideas de esos desgraciados se propagan con más facilidad que la variante alfa —gimió Gina.

—Aguirre fue el encargado de encontrar y reclutar a esos jóvenes —completó Mark—. Parece increíble que, en un mundo sin internet ni bases de datos, pudiera encontrar a tantos descendientes con ese genoma. A Felipe le engatusaron con promesas de oro y riqueza, pero también con una historia sobre su pasado que era lo suficientemente atractiva por sí sola.

—No recuerdo que hubiera ningún Gómez entre los lunaplatenses… —observé.

—Ten en cuenta que los apellidos se mezclan y se pierden con cada generación. Y Felipe no sabía nada de la Luna de Plata hasta que Aguirre le reclutó. Lo que sí sabía era que su familia materna era mexicana, por eso no le pareció tan descabellado partir a México a hacer dinero. Si las cosas iban mal, tenía gente al otro lado del charco.

—¿Alguno de sus descendientes pertenece al clan? —pregunté, tomando notas.

—No, que sepamos.

—¿Crees que las tumbas de menores tienen algo que ver con esto? —indagué—. He encontrado un artículo en la hemeroteca del periódico local que habla del robo masivo de bebés en hospitales a principios del siglo XX. El medio asegura que fue con fines satánicos, que invocaron a unos dioses paganos, pero en aquella época, en España, ese tema se puso de moda como primera razón para cualquier crimen.

—Es difícil saberlo con la información que tenemos ahora mismo —lamentó Logan.

—¿Y si estuvieran vacías? —propuse.

—¿Soy yo el único que no la sigue? —preguntó Mark al aire.

—Necesitaban bebés con esos genes para seguir con su "especie", ¿no? Sabemos que Felipe Gómez era uno de ellos sin siquiera saberlo. Comillas es un pueblo pequeño, en aquella época la gente se casaba con quien tenía a mano y todo el mundo estaba emparentado de algún modo.

—Creo que ya sé por dónde vas... —añadió Gina, que había permanecido sorprendentemente callada todo este tiempo—. Si Felipe tenía genes del clan, cualquiera del pueblo podría tenerlos, con lo que es posible que dieran a los bebés por muertos y se los llevaran a México con ellos.

—Eso tendría mucho sentido —aseguró Logan.

—¡Chicos, que os dejáis llevar por la emoción! Todo esto son conjeturas —concluyó Mark—. Lo único que tenemos seguro es que en ese pueblo hay pistas por todas partes. Tenemos que organizar un viaje cuanto antes. No podemos arriesgarnos a que Boris cierre otra vez las fronteras o nos confinen a todos.

—¿De verdad crees que vamos a encontrar algo en Comillas un siglo después? —pregunté sarcástica.

—Elena, la gente deja un legado: genético, patrimonio... ¡Me da igual si tenemos que allanar una a una las casas de ese puto pueblo! Estoy seguro de que vamos a encontrar algo valioso allí.

—He contactado con la municipal, pero con las restricciones pandémicas no me lo están poniendo nada fácil —informó Logan—. ¡La burocracia en España es una pesadilla! Podrían tardar meses en darme acceso.

—Y vas a necesitar un traductor que te acompañe... —sugirió Mark. Miré con los ojos como platos. Ya me estaba oliendo lo que venía después.

—Yo había pensado en llevarme a Elena conmigo, si ella quiere... —Logan no podía estar hablando en serio.

—¿Yo? ¡Ni muerta vuelvo a ese cementerio!

—Igual muerta sí... —bromeó afable. Le asesiné con la mirada—. No hablo español, Elena, me facilitaría mucho las cosas tener a una nativa conmigo.

—Hemos perdido casi un año con la puñetera pandemia. ¡Necesitamos ponernos las pilas ya! —insistió Gina, suplicándome con la mirada—. Cada día que pasa, se hacen más fuertes.

—¡Estamos tirando de una pista de 1919! —Les regalé una sobredosis de realidad—. ¡Esto no va a llevarnos a ninguna parte!

—Te recuerdo que tus pistas anteriores eran del siglo XI, y aquí estamos, agarrándonos a ellas con uñas y dientes —respondió Logan, contradiciendo mis palabras—. ¿A qué viene ahora tanto reparo?

—Elena le ha prometido a Ethan que no metería las narices en el caso —informó Gina.

—Un momento, ¿tú eres la novia de Junior? —Logan estaba atónito. Pude ver en su mirada que ese hecho tenía algún significado para él que yo desconocía.

—Se llama Ethan y él no tiene nada que ver con su padre.

—Solamente los genes, un currículo laboral en común, varias exnovias… —Logan levantó las cejas en un gesto arrogante—. Gina, ¿podemos fiarnos de ella?

—¿Hola? ¡Estoy aquí! —Hice aspavientos con las manos para recordarle que seguía presente.

—¡Te he visto! Pero hasta ahora no había reparado en que eras la novia de un Duarte.

—¡Ethan es un McGowan! —aclaré, aunque lo veía francamente innecesario.

—Misma mierda, diferente olor. —Logan había pasado directamente a mi lista negra—. Que su abuela Yvaine fuera una justiciera no quiere decir que el resto de McGowan no estén de mierda hasta el cuello. ¿Sabías que su tía Isobel se pasea alegremente por el hotel con esas pobres chicas? Entre nosotros la llamamos Ghislaine Maxwell —confesó, haciendo referencia a la mujer que ayudó a Jeffrey Epstein a reclutar mujeres para su pirámide de explotación sexual.

—Si de verdad quieres seguir contando con mi ayuda, más te vale dejar a mi novio fuera de esto, ¿quieres? —le amenacé—. Centrémonos en ese tipo tan importante del siglo pasado.

—Recuérdame que te enseñe a gestionar tus emociones, querida —me susurró Gina, para que ellos no pudieran oírlo.

—¡Cómo saca las uñas la gatita por su chico! —Logan y Mark tenían ganas de buscarme las vueltas e iban a conseguirlo.

Gina me puso una mano en el muslo para que lo dejara estar. Supongo que esa fue la primera lección de mi entrenamiento para convertirme en una zorra insensible, pero no fui capaz de aprovecharla.

—¡Vuelve a llamarme "gatita" y te comes la taza! En serio, ¿qué problema tenéis todos con que Ethan y yo estemos juntos? ¡Dadme una puñetera razón! ¡Porque os recuerdo que siempre venís rogando mi ayuda!

—A nivel global, que jodisteis la operación y nos tocó restructurarla —resumió Logan condescendiente—. Lo mío es algo personal, pareces una buena chica, pero no me gusta tu novio. Paso demasiado tiempo con su padre en el hotel como para fiarme de él. De tal palo...

—¡Niños, se acabó! Tengamos la fiesta en paz —concluyó Gina—. A tu pregunta, Logan, los dos son de fiar. No encontrarás nadie más leal que Elena, y confío al cien por cien en Ethan. Puede parecer un poco esquivo, pero es un buen tipo. Mi único problema con él es que no quiere saber nada del caso.

Mientras Logan seguía parloteando de mí como si no estuviera delante, me entretuve con las fotos de Aguirre que Gina había impreso. Si la iglesia pertenecía a Comillas, el mapa con forma de sandalia y la mancha de café con las equis no podrían estar muy lejos de allí. No fue hasta que coloqué una imagen encima de la otra que me di cuenta de un detalle.

—Encajan —dije en un susurro que nadie más escuchó—. ¡Os estoy diciendo que los dibujos encajan! —grité para hacerme oír, bajando la cámara a mis manos para mostrarles mi descubrimiento en pantalla.

—¿A qué te refieres con que encajan, querida? —intervino Gina.

—Si superpones la sandalia con la cruz y la iglesia sobre el mapa, encajan. Está indicando un lugar concreto sobre ese mapa, solo necesitamos encontrar un lugar que tenga forma de sandalia.

—¿Te vale una bota? No me importaría pegarme una escapadita a Italia —bromeó Logan.

—¡Mejor no vayas a Italia con Elena! —se mofó Mark—. Gina se la llevó a Roma y acabó en las sábanas de Junior.

—¡Uy, no creo que a mi mujer le hiciera gracia eso! —Los dos rompieron a reír y se apuntaron un tanto.

—¡Os vais a ir todos a tomar por culo! —Me levanté de malos modos, dispuesta a hacer justo lo que había dicho, mandarles muy lejos, pero Gina salió detrás de mí hasta un ángulo muerto donde no podían verme con la cámara del ordenador.

—Tus emociones, Elena. Tienes que aprender a controlarlas.

—¡No quiero ser un puto robot como mi novio y tú!

—Las emociones son un arma muy poderosa que le estás dando a tu enemigo. Y ahora mismo, Logan y Mark se están cachondeando de ti porque saben que pueden, saben que es tu punto débil. Tú se lo estás dando en bandeja. —Me puso las manos en los brazos para calmarme—. También deberías aprender defensa personal y sacarte una licencia de armas, por si acaso.

—¿Estamos todos locos? ¡Que soy una simple reportera de moda, no la nueva Lara Croft! Y antes de que lo sugieras, no pienso volver a poner un pie en Comillas. ¡Está fuera de toda discusión!

—Eres una continua contradicción y me cuesta seguirte. Dices que no quieres saber nada, pero no paras de indagar por tu cuenta. ¡Eso es como decir que no quieres estar con un tío y seguir quedando con él!

—¡Que es justamente lo que hizo con Junior! —recordó Mark, que al parecer sí estaba escuchando. De nuevo, los dos gallitos rieron la gracia.

Gina me clavó la mirada y apretó mis manos con fuerza mientras me decía "tú puedes". Tenía que controlar las ganas de atravesar la pantalla y hacerles un Will Smith en la entrega de los Oscar, porque nadie podría negarme que se lo estaban ganando a pulso.

—¡No te mosquees, Elenita! Solo quiero que rompamos el hielo antes de pasar unos magníficos días juntos abriendo tumbas en Comillas —agregó Logan, algo más simpático—. Si quieres podemos reírnos de mí, ya lo hemos hecho antes.

—¿Sabías que Logan solo tiene un testículo? —La risotada de Mark me hizo comprender que jamás me iba a llevar bien con semejante capullo. Gina se levantó a rellenar su taza de té.

—Sí, es cierto, lo perdí en una misión cuando estaba en el ejército. Este trabajo es mucho más tranquilo. ¿Y sabías que a Mark le puso los cuernos su mujer? ¡Tres veces!

—¡Es verdad! Mi mujer pensó que mi secretismo se debía a que tenía una amante y decidió vengarse de mí. —No sé por qué me estaban contando sus intimidades, supongo que solo trataban de crear algún vínculo conmigo. Gina fingió ahorcarse y yo me aguanté la risa por no llorar—. Tuve que contarle la verdad. Pero bueno, ya lo hemos solucionado y somos una pareja normal y feliz.

—Di que eres feliz, normal no vas a ser en la puta vida —rio Logan—. Bueno, ¿qué? Elenita, ¿hacemos las maletas o no? Prometo no mencionar a Jun… a Ethan.

La situación se había vuelto tan estúpida, que no pude evitar reírme a mandíbula batiente, algo que secundó Gina.

—¡A ver qué excusa me busco yo ahora con mi novio! —resoplé, resignándome a la realidad: ya estaba dentro del caso.

Logan y Mark vitorearon de fondo. Sospechaba que se habían tomado un par de copas en sus respectivos hogares antes de empezar la reunión. Y no sería raro en el caso de Mark, ya que para él eran las tres de la mañana hora local. Aquí apenas eran las ocho de la mañana, con lo que no podía justificar a Logan.

—¡Mierda! Llegamos tarde. —Miré a Gina sin entender.

—¿A dónde lleg…?

Mi jefa se despidió corriendo de los chicos y cortó la llamada. Me arrastró del brazo por toda la oficina hasta llegar a mi mesa, donde ella misma cogió mi bolso y mi abrigo a una velocidad de récord. Yo seguía sin dar crédito, dejando que me arrastrara con ella. Hacía tiempo que había dejado de hacerme preguntas cuando se trataba de Gina.

—¡Nos está mirando todo el mundo! ¿Se puede saber a dónde demonios me llevas? —pregunté, pues Gina seguía con la idea de romperme un brazo.

—Necesito que me acompañes a un sitio. No tardaremos, te lo prometo.

Di por hecho que iríamos a su casa en Chelsea, a una floristería pomposa o incluso a un modisto a ver la última colección. Jamás pensé que Gina me estuviera llevando a una mansión de Kensington que llevaba años abandonada, donde era cuestión de tiempo que aparecieran los fantasmas.

La maleza se había comido la puerta de entrada, que emitió un desagradable crujido de protesta al empujarla. Me vi de repente en un recibidor. El suelo estaba cubierto con toda clase de cartas y panfletos publicitarios pertenecientes a varias épocas, una auténtica reliquia para alguien de nuestro sector, que me hizo entender que esa casa llevaba vacía al menos dos décadas. ¿Quién podría tener una mina de oro así en medio de Londres y no explotarla?

Los muebles eran antiguos, creando una decoración tan lujosa como oscura, bañada por una densa capa de polvo que provocó que Gina entrara en una espiral interminable de estornudos.

El papel pintado de las paredes parecía original de hacía más de un siglo, dibujando misterios en las paredes de cada sala.

—¿Se puede saber dónde estamos? —pregunté tendiéndole un paquete de pañuelos para aliviar su malestar.

Gina hizo caso omiso a mi pregunta. Cuando terminó de sonarse los mocos, sacó su libreta de notas y comenzó a leer, pegándose tanto el texto a los ojos que pensé que se sacaría uno de ellos. Me fijé en que las notas estaban escritas con su código infantil: asterisco, luna, ojo, asterisco...

—Creo que hay que seguir todo recto por el pasillo y girar a la derecha —resolví, temiéndome lo peor—. ¿Por qué necesitas indicaciones en clave? ¿Se puede saber de quién es esta casa? ¿Por qué tienes tú la llave?

—Creo que tienes razón, es por ahí. ¡Sígueme!

Y como soy idiota, la seguí, asombrándome con los retratos familiares pintados sobre lienzos de madera maciza, la decoración super cristiana y las flores marchitas, que nadie había tenido el detalle de retirar. Gina seguía absorta en sus notas, tratando de encontrar un lugar concreto en la casa, mientras lo regaba todo con estornudos a su paso.

Cuando entramos en la cocina, una sensación de desasosiego me invadió. Todo estaba tal cual alguien lo había dejado antes de abandonar con prisas el lugar, con la mesa preparada y llena de polvo, insectos muertos y una cazuela con agua enmohecida en un fuego apagado.

—¡Este lugar me da escalofríos! —exclamó ella, leyéndome el pensamiento—. Espero que no todas las habitaciones estén tal cual las dejaron aquella noche.

—¿De qué noche me hablas?

—¿Podrías ayudarme a buscar en los cajones y armarios?

—¿Vas a decirme qué estamos buscando o es otra de tus adivinanzas?

—¡No lo sé! Algo que te llame la atención.

—¿Todo? —respondí con sarcasmo—. ¡Me desespera trabajar contigo! Si es que estamos trabajando, porque no me queda claro qué hacemos aquí...

Me tendió unos guantes de silicona y nos pusimos manos a la obra a abrir armarios llenos de telarañas, grasa reseca y olor a cerrado, un hedor a rancio que no se me iría de la nariz tan fácilmente. Rebusqué entre vajillas y cristalerías deslucidas, recipientes de barro, ollas de hierro forjado y demás utensilios de madera, sintiéndome como si estuviera saqueando la tumba de algún faraón.

—¿Nada? —preguntó Gina.

—Aparte de reliquias de cocina que deberían estar en un museo, no, nada.

—Será mejor que vayamos al piso de arriba. ¿Estás lista?

Un momento... ¿Lista para qué? Cogí aire y me preparé para lo peor, pero ni aun así logré evitar el ataque de ansiedad que me dio al salir de ese lugar.

El piso de arriba estaba compuesto por cuatro habitaciones y un cuarto de baño tan grande como antiguo. La primera habitación era fría e impersonal, decorada con antiguos motivos florales y un Cristo enorme sobre la cabecera de la cama. Rebuscamos en los cajones vacíos, asumiendo que era una simple habitación de invitados, pero no había gran cosa. La segunda era, a juzgar por las notas de Gina, la habitación del servicio, con una cama simple, una mesilla de noche y un armario.

—No te molestes en revisar esta habitación —explicó Gina—. La persona que lo ocupaba se llevó todos sus enseres. —Asentí, asumiendo que no iba a contarme de quién se trataba.

Pasamos de largo la siguiente habitación, la única estancia que estaba cerrada, sin que Gina se sorprendiera por ello. El dormitorio contiguo estaba completamente vacío, excepto por una cama con un osito de peluche muy ochentero y un viejo armario.

—Esta era su habitación, según las notas, la segunda a la derecha después de la del servicio —susurró Gina en trance—. Parece que se lo ha llevado todo.

—¿Quién se lo ha llevado todo? —pregunté, pero ella volvió a ignorarme.

—No, llevárselo no parece un movimiento inteligente. Y deshacerse de los recuerdos, tampoco. Sobre todo, si estás huyendo de algo, ¿qué haría yo? —siguió pensando en voz alta.

—Gina, aquí hay otra habitación que no hemos revisado —anuncié, volviendo mis pasos a la habitación anterior y abriendo la puerta con decisión.

—¡Ni se te ocurra abri...!

Mi jefa salió escopetada detrás de mí, pero fue demasiado tarde. El olor a óxido, a sangre podrida por el paso del tiempo, se me había metido en las fosas nasales hasta provocarme náuseas. La imagen tampoco era muy alentadora. Me quedé en una especie de trance contemplando la escena, tan solo un segundo, lo que tardó Gina en cerrarme la puerta en las narices y yo en salir corriendo al cuarto de baño a vomitar. Expulsé el desayuno y parte de la cena de la noche anterior, sintiéndome mareada y repentinamente congelada. El fondo de la taza del wáter estaba marrón, lleno de cal, polvo y bacterias. La tapadera a la que me aferraba con ambas manos estaba enmohecida y nada limpia. El solo pensamiento, combinado con la imagen que había presenciado, y ese olor putrefacto, hicieron que siguiera vomitando aún más.

Escuché a Gina detrás de mí, teniendo el detalle de sujetarme el pelo mientras completaba mi hazaña.

—¡Ay, mi niña estás más blanca que la pared! —Mostró una ternura que jamás hubiera esperado en ella—. Debería haberte avisado de que no abrieras esa puerta. Lo que estamos buscando no está ahí…

—¿Por qué me has traído a este lugar? —pregunté entre arcadas y sollozos.

—Porque no me atrevía a venir sola. Y no tengo a nadie más de confianza en Londres. ¿No es deprimente? —Se sentó a mi lado en el suelo y comenzó a darme aire con un panfleto de un restaurante libanés que encontró en su bolso.

—¿Y Logan? ¿Por qué no has venido con él?

—Está de trabajo hasta arriba en ese maldito hotel. Aunque esté cerrado al público, esos tipos siguen hospedándose allí.

—¿Está… está Duarte en Escocia ahora mismo? —susurré con un hilillo de voz.

—No, él no. Creo que está escondido en alguna de las miles de casas que tiene en México. Pero está Isobel, y hay otros clientes VIP que sabemos que están implicados, aunque aún no hayamos podido probarlo.

—Es la casa de William Ericsson, ¿verdad? Aquí se crio Wendy —pregunté. Gina asintió con la cabeza—. Y la sangre de la moqueta… ¿fue ahí donde mataron a sus padres?

—Todo está tal cual se dejó el día del crimen. William huyó con su criada y su hija, y dejó todo atrás. No ha vuelto por aquí porque no soporta la culpabilidad y nadie ha investigado el caso. Eva es quien me ha dado la llave, aún conservaba una copia. Le ha pedido muchas veces que se deshaga de la casa y gane un dinero para la jubilación, pero William aún confía en que algún día se haga justicia.

—¿Después de treinta años? —observé con sorna—. Este lugar debería estar expuesto al público, ¡es el puto escenario de un crimen!

—Yo creo que hay algo más aquí. Un lugar sometido a un abandono controlado pasa lo suficientemente desapercibido para esconder según qué cosas. ¿Crees que podríamos seguir con el tour sin que te desmalles? —No sé si fue una burla o un ruego—. Sé que no es plato de buen gusto, pero me pregunto si podría haber algo en la buhardilla. Debería haber una trampilla en la habitación de Eva y otra al final del pasillo.

—Tengo mascarillas FFP2 en el bolso. Seguro que me aísla algo del olor, aunque lo tengo metido en la pituitaria.

—Toma, huele esto. —Me echó de una muestra de colonia con olor a caramelo que guardaba en el bolso.

—¡No sé qué es peor! —Tuve que luchar contra una nueva oleada de arcadas—. ¿Cómo consigues dormir por las noches?

—Solo uso ese perfume en ocasiones muy especiales en las que no duermo...

—No me refería al perfume —suspiré, incorporándome y apoyando la espalda en la pared. Aún tenía los ojos vidriosos y el cuerpo débil y tembloroso—. Me refiero a este trabajo. A las tumbas de esos niños. La desaparición de mujeres... A mí todo esto me supera.

Apoyó sus manos en mis hombros y me obligó a mirarla, adoptando un tono de voz confidente.

—Los primeros casos impresionan, pero llega un momento en el que te insensibilizas contra el dolor. Al igual que los médicos, supongo. Si lloraran por cada paciente que se les muere, se volverían locos.

—Así que realmente eres una zorra fría y manipuladora.

—Cada vez menos —respondió sin inmutarse—. Supongo que algo en esta estúpida pandemia nos ha cambiado a todos. Mark quería que sedujera a William Farrell, ¿sabes? —confesó, con la mirada perdida—. Es un blanco fácil. William vive a base de antidepresivos que mezcla con alcohol, y todo el mundo sabe que es un mujeriego. En circunstancias normales, lo hubiera hecho sin preocuparme. El fin justifica los medios. Es solo sexo y Casper no tendría por qué enterarse jamás. —Me sentí incómoda por su confesión. Estábamos hablando de mi mejor amigo—. Pero no he podido. Por eso he tirado de la criada. Ya te dije que este trabajo es incompatible con tener pareja.

—Ya, pero la Gina que era capaz de hacerlo, dormía sola por las noches —le recordé—. Esta Gina, tiene a alguien esperándole en casa después de un largo día de trabajo. Y tiene amigos, amigos de verdad que se preocupan por ella. Eso vale cualquier sacrificio, ¿no crees?

—Este es mi último caso, Elena. Quiero meter a esos hijos de la gran puta entre rejas y me retiro.

—¿En serio vas a dejar la agencia? —pregunté con los ojos como platos. Si era una estrategia para olvidar mi malestar, había funcionado.

—Las cosas van bien con Casper y no quiero seguir mintiéndole. Además, quiere que tengamos hijos pronto y...

—¿Quééééé? —El corazón se me iba a salir del pecho—. Pero si lleváis juntos... ¿cuánto? ¿Una semana?

—Bueno, son casi tres años en total. Y una ya tiene una edad... Si queremos tenerlos, es ahora o nunca. Le estoy dando largas hasta que acabemos el caso, pero si no me quedo embarazada pronto, va a proponerme ir a una clínica y...

—¡Joder! ¡No pensaba que fuerais tan en serio! Aunque me encantaría tener un sobrinito —confesé. Gina sonrió nerviosa—. Yo te advierto que, después de esto, cambio de trabajo. Y que conste que lo estoy haciendo por Ethan, por su familia. Para asegurarme de que Gael tenga una vida normal y libre.

—¿Te encuentras mejor? Deberíamos seguir antes de que se nos haga de noche.

Gina me tendió la mano, ayudándome a levantarme, y nos colocamos la mascarilla para evitar que la mezcla de olores y el polvo nos volviera a afectar.

Encontrar la trampilla en la habitación de la criada fue fácil, lo que no fue tan sencillo fue hallar el valor necesario para subir por la escalerilla metálica que se desplegaba ante nosotras. Dudé un instante. No había luz y sí más polvo y telas de arañas que hacían casi imposible acceder. Gina fue más resolutiva y bajó a por una escoba con la que deshacerse de todo impedimento. Una vez despejado el trayecto, accedimos al desván con ayuda de las linternas del móvil.

—¿Eso son cagadas de ratón? —pregunté con una mueca de asco.

—Tú revisa ese mueble de ahí, yo me quedó con la cajonera.

—¿Es que todos los británicos tenéis el desván lleno de secretos? —observé en voz alta.

—Lo que tenemos es demasiada mierda acumulada. El único secreto que encontrarás en mi desván es mi colección de videos de aerobic de Jane Fonda.

—Me cuesta imaginarte con los calentadores y las mallas rosas —me burlé—. Aquí no hay nada, Gina. Solo hay ropa apolillada y maloliente, un par de rosarios, un relicario y algunas fotos antiguas.

—Ayúdame aquí entonces —pidió. Estaba sentada en el suelo, alumbrada desde abajo por la luz de la linterna y rodeada de cajas de puros habanos donde había fotos y recuerdos.

—No creo que vayamos a encontrar nada aquí, Gina. Estoy segura de que William se ha llevado todo lo que tenga algún valor...

—Solo necesito encontrar alguna pista de la madre biológica de Wendy, o la identidad de alguno de esos tipos con los que William convivió en México, alguna carta... ¡Lo que sea!

—Ethan encontró el diario de su bisabuelo en la mansión de Bath, lo que quiere decir que Will se llevó sus secretos consigo —recordé.

—Bueno, tú sigue revolviendo por si acaso. Estoy segura de que tiene que haber algo que se les haya pasado por alto. —Gina paró en seco al ver la foto que sostenía en mis manos—. ¿Quién demonios es toda esta gente de las fotos? ¿Reconoces algún rostro? El chico joven es William, estoy convencida.

—¡Ni idea! Aunque la rubia que está a su lado parece una versión veinteañera de la científica esa que está siempre en la tele, Helga... no sé qué.

—Ni idea de qué estás hablando...

—Mmm... Sé que no es lo que estabas buscando, pero, mira las cajas.

—No entiendo español, querida. ¿Puedes ser más concisa?

—Puros habanos de Cuba, pero la distribuidora está registrada en A Coruña. A nombre de Aguirre S.L.

—¿A Coruña no es dónde...? ¡Joder, Elena! ¡Ponte a buscar la distribuidora en internet!

—¡No tengo cobertura! Será mejor que bajemos y dejemos esto como estaba, no creo que vayamos a encontrar nada más y a los muertos es mejor dejarlos tranquilos.

Bajamos con la emoción de haber descubierto algo latiéndonos con fuerza en el pecho. Una simple casualidad o una pista que relacionaba a Aguirre con A Coruña y podría darnos una dirección de la que tirar. Cerramos la trampilla bajo nosotras, y Gina comenzó a borrar las huellas que nuestros zapatos habían dejado sobre el edredón. Mientras lo hacía, reparé en algo que había estado ahí todo este tiempo y no había llamado nuestra atención. O más bien, algo que no estaba… Mi jefa me miró con preocupación.

—¿Está todo bien, querida?

—¿No te has dado cuenta de que en esta habitación no hay polvo? —observé en voz alta, apresurándome a pasar mis dedos por la mesilla de noche.

—¿Tengo que recordarte que hemos tenido que entrar ahí arriba a escobazos?

—Sí, en el desván. Pero ¡mira a tu alrededor! Las lámparas no tienen telarañas como en las otras habitaciones, hay un bote nuevo de ambientador en la esquina, junto a las cortinas, y la bombilla es ecológica.

—¿Crees que Eva me ha mentido? ¿Qué ha seguido viniendo aquí habitualmente?

—No sé qué pensar, diría que alguien ha estado en esta habitación hace no mucho. Y, sinceramente, preferiría irme de aquí cuanto antes. Esto empieza a darme muy mal rollo.

Como una macabra coincidencia del destino, comenzamos a oír pasos en la planta baja, acompañados del chirrido de las bisagras de la vieja puerta de entrada.

—¡La madre que te parió, Gina! ¡Me habías asegurado que nadie había venido por aquí en años!

—¡Y yo qué sé! ¡Es lo que me dijo Eva!

—¿Y ahora qué se supone que vamos a hacer? ¡No quiero protagonizar otra escena como la de esa habitación!

—Lo primero es salir de aquí. Obviamente, esta es la habitación más limpia de la casa, así que es aquí donde se dirigen.

Nos quitamos los zapatos para amortiguar las pisadas en el suelo de la moqueta, y caminamos sigilosamente hacia la polvorienta habitación de invitados que tenía el Cristo en el medio. No quería pensar en la cantidad de ácaros que estarían pisando mis pies, entre otras muchas cosas.

—Si salimos de esta con vida, recuérdame que tenemos que hablar —susurré, tratando de contener mis emociones.

Porque si las soltaba… Iba a ser yo quien cometiera un asesinato en esa habitación.

19

Gina me tapó la boca con la mano. Los pasos se oían cada vez más cerca de nosotras. Nos vimos obligadas a mantener la respiración mientras escuchábamos lo que parecía un encuentro fortuito entre dos amantes que se iban comiendo a besos y arrancándose la ropa por el pasillo.

—*Apenas te he tocado y ya estás preparada.* —Una voz varonil, grave, y a quién le calculé una cierta edad, se deshacía en complicidades con su amante—. *¡Estás super mojada!*

—*Me moja ver lo duro que estás por mí, papi* —respondió ella, con una voz forzadamente seductora.

—*¡Pues ya verás cuando me sientas dentro!* —gimió él—. *Todo esto es para ti, nena.*

—Creo que ahora soy yo la que va a vomitar —me susurró Gina, fingiendo una arcada.

—Esa es... —pregunté, con el ceño fruncido. Aquella voz me sonaba demasiado familiar.

—Te iba a preguntar lo mismo. —Gina torció el gesto. Asentí reconociendo su pomposo acento de Chelsea. No cabía duda: era ella.

—¡Qué asco me da todo esto, por Dios! ¡Jamás imaginé que Wendy fuera tan guarra!

—¡Yo tampoco! —confesó Gina, antes de comenzar su verborrea—. Ethan se quejaba de que era un muermo en la cama, aunque siempre he pensado que tu novio es difícil de complacer, lo que me lleva a pensar que debes de ser una golfa en la intimidad porque le tienes bien domesticado.

La miré sin dar crédito de su discurso. En serio, me estaba ganando el cielo a pulso.

—¿Pero qué estás diciendo? ¡Yo me refería a la casa! —la interrumpí, aturdida por el extraño "cumplido"—. Entiendo que no haya limpiado el trastero, pero ¿la cocina y el baño? ¿Es que no se duchan o comen después de echar un polvo? Por no mencionar que es el sitio más *creepy* del mundo…

—Igual no quiere que nadie sepa que ha estado aquí y por eso lo deja todo como estaba.

—Ya, pero ¿por qué se trae a su ligue precisamente aquí, al lugar donde asesinaron a sus abuelos, teniendo una casa de super lujo a unas calles de aquí? Algo no me cuadra…

—¡Yo que sé! Igual le da un morbo enfermizo. ¡Escucha! Se están metiendo en la habitación de Eva. En cuanto oigamos el ruido de los muelles crujiendo, la puerta cerrarse o cualquier oportunidad, salimos pitando y sin mirar atrás.

—¿Y si es una trampa? ¿Y si realmente no hay nadie magreándose en el pasillo y saben que estamos aquí, encerradas tras unas cortinas mohosas con olor a naftalina?

—En ese caso… fue un honor conocerte, Elena. Siempre te he admirado y pensado que tenías un gran futuro por delante.

La miré tratando de discernir si me estaba vacilando o realmente Gina temía por nuestras vidas. No me quise detener en ese pensamiento. El miedo pesaba demasiado. Miré por la ventana y calculé que habría unos cinco metros de caída. Sería imposible saltar sin llamar la atención de los viandantes… y sin romperme una pierna.

Pasaron apenas un par de minutos hasta que oímos el romántico sonido de muelles que estábamos esperando y salimos pitando de allí. Reconozco que me invadía la curiosidad por saber quién podría acceder a tener sexo en un lugar así, pero no me quedé para averiguarlo. La puerta hizo un chasquido delator cuando salimos por ella, pero la pareja parecía lo suficientemente entretenida como para no prestarnos atención.

Echamos a correr como alma que lleva el diablo y no paramos hasta sentirnos a salvo de nuevo en Hyde Park. Se me iba a salir el corazón del pecho y tuve que inclinarme un poco y apoyar las manos en las rodillas para coger aire.

—Supongo que de algo me ha servido el duro entrenamiento diario con Casper. —Gina mostró su mejor sonrisa—. Nunca había sido capaz de semejante carrera. ¿No te sientes como… llena de energía?

—¿Tú estás loca? ¡Un día de estos vas a conseguir que nos maten! —gemí, recuperando el aire—. ¡Te juro que no te entiendo! ¿Por qué te estás arriesgando tanto con este caso? ¿Por qué no mandas un equipo profesional a investigar?

—Porque llaman mucho la atención.

—Gina, si nos llegan a pillar ahí arriba, no tenemos nada con lo que defendernos.

Mi jefa se abrió sutilmente el abrigo y me mostró el arma que tenía colgando en un lateral. Miré para otro lado, furibunda.

—Me consta que tú también sabes defenderte, Casper me lo ha dicho.

—Veo que en este grupo no hay secretos —protesté—. Le pedí que me enseñara un par de cosas el año pasado, no me sentía segura con Ethan en casa. Y ahora es Ethan quién me está entrenando después de lo que pasó en Chiapas.

—¡Ironías de la vida! —respondió con una amarga sonrisa—. Elena, escúchame: siento haberte puesto en peligro, pero este caso es muy importante para mí, mucho más de lo que te imaginas. ¡Y te necesito! Necesito tus conocimientos, tu dominio del español, tu curiosidad insaciable y el hecho de que sales con uno de ellos.

—¡Así que es eso! Tú tampoco te fías de Ethan, ¿verdad?

—¡Completamente! —prometió—. Me refiero al hecho de que tienes acceso a información, los dos la tenéis. Por eso tu novio tampoco está desvinculado del caso al cien por cien.

—¿Cómo que no está desvinculado del caso al cien por cien? —Gina cogió aire y me miró con preocupación, sabiendo que había metido la pata—. ¿Porque tengo la impresión de que me estás ocultando algo? ¿Sigue Ethan colaborando con la agencia?

—Tienes que entender que él solo trata de protegerte. Él es consciente de que corre peligro, pero no quiere que lo corras tú. Y toda esta historia le está atormentando, Elena. Ethan tiene demasiados fantasmas dentro de los que no puede deshacerse, demasiado rencor, desconfianza... Y tú eres su salvavidas. Jamás se perdonaría si te pasara algo.

—Te lo estás inventando todo para que te ayude. Ethan ni siquiera quiso hablar con su madre cuando estuvimos en México.

—¡Porque estuvo hablando con Marcelo! —confesó, apretando los dientes—. ¿Recuerdas que Marcelo se fue un par de días a cubrir una boda? Estuvo en Valladolid, en busca de la hacienda de Duarte. Hemos conseguido entrar, pero es una simple residencia de campo, no encontramos nada.

—¿Entonces?

—Entonces, me temo que estamos buscando otro sitio. Tal vez Comillas o Avión nos den las pistas que necesitamos.

—¿Crees que es seguro mantener esta conversación aquí, en medio de Londres?

—¡Más que en ningún otro sitio! Parece que acabamos de encontrarnos en medio del parque y estamos hablando del tiempo.

—Así que, de nuevo, mi vida se basa en una mentira —protesté decepcionada por esa falta de confianza.

—¡No seas hipócrita, por Dios!

—¡Yo no quería venir aquí hoy!

—No, pero tan pronto regresaste de Comillas, te pusiste a buscar información como loca, ¿o no es verdad? —me acusó—. Al final, los dos os estáis mintiendo para protegeros mutuamente, así que no te rayes. ¡No te haces idea de lo que te quiere ese chico! —Descubrir que Ethan y Gina eran tan cercanos me hacía sentir vulnerable—. Recuerda que esta es su historia, es parte de quién es, y no puede simplemente abandonarlo todo ahora.

—¿Y tú? —pregunté—. ¿Hasta cuándo vas a seguir? ¡Este caso puede durar años! ¿De verdad vas a exponerte a ser un blanco fácil si te quedas embarazada?

—No me voy a quedar embarazada… aún. Tengo un DIU.

—¡Apaga y vámonos! —exclamé en español, porque las cosas suenan más sinceras en el idioma de una—. Supongo que a eso tampoco le llamas "mentir a tu pareja", ¿no?

—¡Estoy ganando tiempo! ¡Necesito acabar con el caso McGowan! Tú no lo entiendes, Elena. Jamás podrías entenderlo.

—¡Lo que entiendo es que estás tan obsesionada con este caso que estás dispuesta a pasar por delante de quien haga falta! ¿Realmente quieres a Casper o es solo una tapadera para formar esa imagen de glamourosa directora de revista que le vendes a todo el mundo?

—¡Pues claro que quiero a Casper! Te acabo de confesar ahí arriba que voy a dejarlo todo por él. ¡Este trabajo ha sido mi vida desde los veinte años! Pero no puedo dejar el caso ahora.

—¿Por qué no, Gina? La agencia está haciendo un trabajo magnífico y seguirán haciéndolo sin ti. Logan está muy implicado, y Mark…

—¡Joder, Elena, que no puedo! —Su actitud me desconcertó.

—¿Qué está pasando, Gina? ¿Qué tiene para ti el caso McGowan que sea tan especial?

Su rostro pecoso se puso rojo por la presión. Comenzó a mirar en todas las direcciones, no sé si para ganar tiempo o para comprobar cómo de seguro era darme cierta información en medio de Hyde Park.

—¿Gina?

—Estoy en el mismo barco que Ethan.

—Eres consciente de que no te sigo, ¿verdad?

—¡Joder, Elena! —protestó, adoptando una actitud muy diferente a la que vendía en la revista—. ¡Mis padres!

—¿Tus padres? ¿Qué pasa con tus padres?

—¡Están muertos!

—¿Cómo que están…? ¿Y qué es todo ese rollo que me contaste de que pasaste la navidad aburridísima viendo la tele con tus padres en York?

—No, eso es verdad, ellos son y siempre serán mis padres porque me adoptaron cuando tenía cuatro años —explicó—. Mis padres biológicos murieron. Al igual que William Farrell, fueron parte del proyecto y huyeron antes de que yo naciera. Vivimos una vida feliz y tranquila en Newcastle, hasta que un día murieron los dos en un accidente de coche y pasé a manos del estado, en una de esas casas de acogida que no son sino un nido de futuros delincuentes. Por suerte no pasó demasiado tiempo hasta que alguien me adoptó.

—¡No entiendo nada! —dije, cogiendo aire—. Tú no sabías nada de la Luna de Plata cuando me contrataste para el caso McGowan…

—Sabía que existían, no tenía los detalles… Mis padres no dejaron diarios escritos. Llevo años guiando a la agencia en mi propio beneficio porque necesito hacer justicia. Estuve muchos años librando esta causa por mi cuenta sin llegar a ningún lado, hasta que vi la oportunidad de meter a la agencia dándoles una buena historia. Te confieso que estaba convencida de que Ethan era uno de ellos, por eso comenzamos a investigarle y montamos todo este tinglado. Y de rebote, te metimos a ti.

—¿Entonces tú también tienes esos genes? —deduje. Ella asintió con la cabeza—. ¿A qué familia perteneces? ¿Eres familia de Ethan? ¿Él sabe todo esto?

—De una en una, Elena. Según he averiguado tirando de árbol genealógico, mis antepasados por parte de madre eran Rogerson, pero el apellido se perdió hace varias generaciones. Mi padre no tiene nada que ver con esto, solo fue un idiota que se enamoró de ella e intentó salvarla de una relación tóxica con un tipo que era más peligroso de lo que ellos habían calculado —narró—. No sé si soy familia de Ethan o no, nunca lo hemos intentado averiguar. Y sí, él lo sabe. Irónicamente, Ethan se ha convertido en mi máximo apoyo en los últimos meses. Tenemos una situación similar, las mismas metas y somos dos juguetes rotos. El amor por sí solo no puede salvarnos, necesitamos asegurarnos de que la historia no se repite, de que no les harán lo mismo a nuestros hijos.

—A cualquier precio... Incluso vuestra propia vida.

—Nuestra vida estaba en la cuerda floja antes de empezar a investigar. Nunca puedes salir de la Luna de Plata, Elena. Al menos, no sin cicatrices. La única manera es acabando con ellos.

—¡Guau! No tenía ni idea de que esto también era personal para ti. Ethan jamás me dijo nada.

—No le culpes por ello. No hay secreto mejor guardado que aquel que nunca ha sido contado.

—¿Y por qué me lo cuentas ahora, entonces? ¿Por qué me haces cómplice de vuestro gran secreto?

—Porque quiero que entiendas mis razones para seguir con el caso, que entiendas por qué llevo años con este tira y afloja con Casper y por qué le dejaré, si es que me veo en la tesitura de hacerlo para protegerle.

Algo cambió aquella tarde. A mis propios motivos para acabar con ellos, se sumaron su dolor, su pasado y sus deseos de venganza. Comencé a sentir un cariño especial hacia Gina que no había sentido antes, ganas de protegerla. O al menos, hasta que la idea más absurda del mundo se le pasó por la cabeza.

—Elena, ahora que no hay secretos entre nosotras, necesito preguntarte algo y quiero que me seas sincera.

—Sí, claro, lo que quieras.

—¿Te has acostado con Casper?

Me hubiera encantado tener una bebida a mano para habérsela escupido en la cara y hacer mi reacción más dramática, porque lo cierto es que me quedé perpleja.

—¡Por Dios, no! ¿De dónde te has sacado eso?

—Soy consciente de que lo ha hecho con todas sus compañeras de piso, así que puedes decírmelo, puedo vivir con ello. Somos adultas.

—¡Casper es como mi hermano! Además, no me gustan los hombres con más tatuajes que piel, puedes estar tranquila.

—No iba a cambiar nada entre nosotras, pero me alegra que sea así. ¿Y Brit?

—Tampoco —confirmé—. No creo que Casper jamás se haya fijado en ella. Y para tener una cita con Brit, debe tener la cartera llena. En cuanto a Amber fue solo un rollo, así que deberías relajarte cuando ella esté cerca. Han vivido seis años juntos y son muy amigos, ella te respeta completamente como pareja de Casper.

—Ah, por eso no te preocupes, ya me he acostumbrado a verle las bragas fluorescentes con esos minivestidos que lleva.

El reloj de mi muñeca comenzó a vibrar con una llamada entrante, interrumpiendo así nuestro momento de confesiones. Sonreí inconscientemente, creo que era algo que hacía siempre que veía su nombre. Así de estúpidamente enamorada estaba.

—¿Dónde andas, chula? Hoy no he sabido nada de ti.

—La psicópata de mi jefa me ha tenido jugando al escondite.

—¿Estás con Gin? Han venido los chicos, dile que se venga a cenar. Tenemos algo que enseñaros…

—¿Debería preocuparme? —Fruncí el ceño, aunque Ethan no podía verlo. Él se fue por la tangente para no responderme. Colgué y me dirigí a Gina—. Cambia esa cara de circunstancias y dibuja una sonrisa creíble. Esta noche cenas en mi casa y creo que hay sorpresa.

☼ ☾ ☼

—¿Y esto?

Fue todo lo que alcancé a decir cuando Ethan me enseñó lo que se habían hecho. No podía verme el rostro, pero el de Gina era un poema, con una sonrisa petrificada que se esforzaba por no mostrar su descontento.

—¡Fue culpa mía! —se excusó Mike, mostrando con orgullo su nuevo tatuaje con un mapa, una rosa de los vientos y varias atracciones turísticas cubriendo toda la espalda—. Les pedí que me acompañaran y, una cosa llevó a la otra y…

—Y decidisteis plasmar vuestra amistad con un nuevo tatuaje, a pesar de que no teníais más piel libre —completó Gina, quien tampoco era una fanática de los tatuajes y veía con horror como Casper se había hecho lo mismo, pero eligiendo lugares diferentes que significaban algo para él.

—No te gusta —adivinó Ethan, mirándome divertido.

Él se había hecho una adaptación del dibujo mucho más discreta, continuando el dibujo azteca de su brazo hasta debajo del codo. En vez de los destinos turísticos, había optado por un mapa de menor tamaño, con un pececito en las aguas de Nayarit, que representaba a su hijo, y una espiral en Inglaterra, que supe inmediatamente que me representaba a mí, porque siempre decía que yo había sido un torbellino en su vida. Afortunadamente, su espalda y su pecho seguían libres de tatuajes, mostrando su preciosa piel canela.

—Es… simbólico —añadí entre dientes.

—¡Oh, vamos, Elena! ¡Apóyame en esto! —urgió Gina—. ¡Acabas de confesarme hace media hora que no te gustan los tatuajes! ¿No piensas ser sincera con tu chico?

—Gracias, Gin, ya estaba al tanto de los gustos de mi novia —rio él, estrechándome contra su cuerpo.

—Que conste que sí me gustan tus tatuajes. Estás muy sexy cuando llevas la camisa remangada y se entreven un poquito, creando ese contraste entre chico malo y ejecutivo… —Me mordí el labio, acariciando lentamente su piel sensible por la tinta. Mis ojos se fundieron con los suyos, notando un calor repentino en mi interior.

—Tomo nota, güera… —Me apretó contra su cuerpo, haciéndome partícipe de su dura erección.

Por un momento, me olvidé de que todos estaban delante mientras mi cuerpo se fue encendiendo con el calor del suyo. Después del día de aventuras que había tenido, era un placer volver a sentirme a salvo entre sus brazos, en mi hogar.

—Me pregunto si estos dos pueden estar juntos en la misma habitación más de diez segundos sin querer arrancarse la ropa —preguntó Gina, sirviéndose un vaso de zumo.

—Solo cuando vosotros estáis delante —bromeó Ethan, separándose de mí para servir la comida, un delicioso pescado con mole blanco, arroz y frijoles que había cocinado.

☼ ☾ ☼

Pasarían varios meses de confinamiento hasta que volviera a juntarme con mis amigos de nuevo. A la crisis sanitaria más grande de este siglo, se le juntó un Brexit sin acuerdo, que se había traducido en cientos de camioneros atrapados en la frontera con Francia muy lejos de sus hogares, la escasez de comida en los supermercados y las cancelaciones continuas de medios de transporte.

Corrían tiempos imprecisos, y ante esa sensación de inestabilidad, esas navidades decidimos quedarnos en Edimburgo. Es cierto que pasar las fiestas alejados de nuestras familias no fue plato de buen gusto para nadie, especialmente para Ethan, pues aquellas eran las primeras navidades que no tenía a su hijo con él. Decidimos que aquella experiencia no nos minaría el ánimo y, a ritmo de villancicos rock, cocinamos, bailamos, reímos y seguimos todas y cada una de las tradiciones para garantizar un buen año nuevo, que no prometía demasiado.

Y así, nos plantamos en un 2021 que olía a cuarentenas e hidrogel y nos tuvo encerrados de nuevo hasta mediados de abril.

20

26 de enero de 2023 – Piso de Elena, Brooklyn

—¡Caray, se me ha hecho tardísimo! La niñera fue muy clara con que no llegara ni un minuto tarde. Se ha echado un novio nuevo y… ¡da igual!

Siobhan mira el reloj de pared que hay sobre el fregadero y comienza a recoger sus cosas. No sé cómo no me había fijado en que había un reloj ahí con el ruido que hace. A decir verdad, todo en este estudio hace un ruido inusual, desde las tuberías hasta los cuadros, que estaba segura de que cobraban vida a medianoche.

La veo recoger en silencio ese despliegue de libretas que ha montado sobre mi mesa. No me muevo de la silla ni emito sonido alguno, lo que sí hago es comprobar por la ventana —si es que merece tal nombre— que la tormenta no ha aminorado. Mi problema no es la ventana en sí ni lo ridículamente pequeña que es, sino el hecho de que el apartamento está en un sótano y todo lo que alcanzo a ver son pies y nieve sucia que, si abro la ventana, se me mete dentro.

Siobhan se cuela en mi cuarto de baño y reaparece en mi salón con su abrigo de nieve puesto y un bolso impermeable. ¡Qué mujer más apañada! Me levanto de la silla y sonrío por cortesía a mi inusual huésped, preguntándome qué se supone que va a pasar ahora, si ha decidido que ya tiene toda la información que necesita o quiere seguir escuchándome.

—El agua caliente no funciona. Casi me congelo al lavarme las manos —informa.

—Gracias, ahora llamo al casero... Otra vez. Prometió mandar a alguien a arreglarlo, pero…

—¿Seguro que vas a estar bien aquí tú sola? —pregunta dudosa.

Asiento con la cabeza, intentando parecer convincente. Mejor no utilizo la voz porque sé que esa me va a traicionar—. No sé, a mí me parece que hace mucho frío aquí. Será que tú estás acostumbrada al clima de Escocia...

—Será...

¡Una mierda! Jamás he pasado tanto frío como estoy pasando en Nueva York. ¡Es ridículo! Prefiero no contarle que mis esperanzas de que el casero lo arregle hoy son inexistentes. Hay gente que nace con estrella y otros que nacemos estrellados.

Acompaño a Siobhan a la puerta que, básicamente, está a tres pasos de la mesa que hemos compartido, porque todo en ese estudio está a tres pasos de esa mesa (excepto mi cama, que está a cinco). Vivimos uno de esos incómodos momentos en los que ella se queda mirándome a mí, y yo a ella, sin saber realmente qué decir. Sonrío con los labios apretados, creo que es algo que hago mucho cuando estoy inquieta.

—Elena, yo... —Mira con nerviosismo para otro lado y baja la mirada al suelo antes de volver a mirarme a mí—. Lo siento, pero no puedo creerte.

—Me parece una decisión un poco precipitada teniendo en cuenta que no sabes lo que ha pasado en estos dos últimos años, pero vale. No esperaba otra cosa.

—Tampoco creo que saberlo vaya a cambiar mucho mi percepción sobre ti.

—¿Y cuál es esa?

—Para empezar... Me estás vendiendo una historia en la que Ethan y tú erais inseparables, super felices y todo era un algodón de azúcar, pero te recuerdo que él te dejó hace unos meses. —El tono que utiliza busca hacerme daño, y lo consigue, es como un golpe de realidad directo al pecho—. Te pidió el divorcio y no ha querido saber nada más de ti. Luego hay algo que no me encaja.

—Te faltan dos años de historia, repito.

—¡Te estoy diciendo que tu ex está en la cárcel por tu culpa y te resulta indiferente!

—¡Es que yo no le metí en la cárcel! Yo no escribí ese artículo. ¡No sé de cuántas maneras quieres que te lo diga, pero ya me empiezo a cansar del tema!

—¡No te hagas la tonta! ¡Sabes de sobra que Ethan no está en la cárcel por el artículo! —Suspira a punto de perder la paciencia.

Yo intento hacer memoria, completamente desconcertada, pero no recuerdo que lo haya mencionado.

—Pensaba que esa era la razón...

—¡El reportaje no se ha publicado! —Me mira con los ojos entrecerrados, como si tuviera rayos X y pudiera ver a través de mí si le estoy mintiendo o no—. Ethan está en la cárcel por la denuncia de malos tratos. —De nuevo la miro sin saber de qué está hablando.

—¿Quién fue la denunciante?

—¡Tú! ¡Aquí mismo tengo la copia firmada! —Siobhan rebusca entre sus papeles mostrando su hartazgo—. No sé si haces esto porque te crees que soy idiota o porque realmente estás sufriendo del famoso "baby brain".

—¡No! Es que yo jamás... —Miro los papeles y sí, pone mi nombre, hay una copia de mi pasaporte y la firma es similar a la mía, aunque yo tengo claro que no he denunciado a nadie.

—Todo en regla, ¿no? —Su sarcasmo me distrae.

—¡Esto es absurdo! ¡Yo jamás denunciaría a Ethan! Con estas denuncias por agresión, a nadie le va a extrañar creerse el reportaje una vez salga publicado.

—¡Un plan maestro, te felicito! ¿Cómo quieres que me crea una sola palabra de lo que me estás contando hoy si te estoy diciendo que tengo tu pasaporte y tu firma en las tres denuncias y sigues negándolo? La policía ha confirmado que estuviste en comisaría.

—¿Tres denuncias? —Vuelvo a mirar el documento, esta vez, enfocándome en las fechas, y dejo caer el informe sobre la mesa—. ¿Tienes alguna grabación?

—¡No las necesito!

—El día de la primera denuncia yo estaba en Valladolid despidiéndome de mi familia. En la segunda, estaba de vuelta en Londres, no recuerdo donde, así que podría haberlo hecho. La tercera denuncia fue hace cuatro días y yo ya estaba aquí. —Le muestro en mi pasaporte el sello de llegada a los Estados Unidos. Siobhan reflexiona un instante, empezando a plantearse que igual se esté equivocando conmigo.

—Okay, supongamos que me estás diciendo la verdad... ¿cómo puedes permanecer tan fría en todo momento, como si esto no fuera contigo? ¡Es que ni siquiera reaccionas cuando pronuncio su nombre! Sigues... congelada. ¡Cero emociones!

—Gina me entrenó bien estos dos últimos años —respondo, sin confesarle que cada vez que he oído su nombre en nuestra charla, algo dentro de mí se ha roto un poquito más—. Tal vez tengas que hacer mejor tu trabajo e intentar ver más allá. —Siobhan se ríe y niega con la cabeza. Creo que la he ofendido. ¡Qué le jodan! Ella lleva todo el día ofendiéndome a mí—. Si no te importa, estoy un poco cansada y, francamente, no estoy disfrutando de tu compañía. No necesito esto ahora mismo.

—Sí, debería irme, porque no vamos a llegar a ninguna conclusión. Lo siento por Gina, pero esto me parece una completa pérdida de tiempo para las dos.

—Por fin estamos de acuerdo en algo.

—Deberías buscar otro apartamento antes de morir de una pulmonía, esa tos que tienes no me gusta nada —observa en voz alta. Puede que sí sea observadora después de todo. Asiento con la cabeza y abro la puerta por cortesía, deseando que se largue—. Hasta luego, Elena.

—¡Vaya usted con Dios! —me despido sarcástica, porque yo soy atea y sé que ella cree en un millón de dioses diferentes con muchos brazos.

Una vez pierdo de vista a esa mujer, me dejo caer en el rígido sofá de polipiel y vuelvo a llamar al casero. Es uno de esos sofás que parecen más de adorno que para sentarse, y tan pequeño, que no cabe una persona tumbada. Ni siquiera una de mi estatura. Son las ocho de la tarde y el casero se niega a responder mi llamada.

MA-RA-VI-LLO-SO.

El plan B es buscar un hotel donde pasar la noche y cargarle la factura al casero o, en su defecto, negarme a pagarle la estancia. En mi intento desesperado por conectar el laptop, descubro que tampoco funciona el WiFi, lo que tiene sentido con esa tormenta. Intentar utilizar los datos del móvil es una pérdida de tiempo porque normalmente solo cojo cobertura subida en una silla y sacando el brazo por la ventana. Ventajas de vivir en un sótano.

De repente, me siento un poquito mejor al saber que no tengo señal porque eso explica muchas cosas. Llevo un par de horas mirando mi móvil en busca de una sonrisa en forma de mensajes que aún no han llegado. Ni un triste WhatsApp. Seguro que mi familia, que no ha oído nada de mí desde hace horas, está preocupada. ¿Qué por qué sé que tengo tantos mensajes sin contestar? Porque, aunque aquí sean solo las ocho de la tarde del 26 de enero, en Inglaterra es ya la una de la mañana del 27, las dos en España, lo que quiere decir que allí ya es mi 32 cumpleaños. *Happy birthday to me*!

Me preparo mi ración de espárragos con Nutella para cenar, algo de arroz blanco que sobró de la comida y una infusión de manzanilla, y me siento en el "sofá". Si consigo terminar semejante festín sin vomitar, voy a dar saltos de alegría.

No tardo en irme a la cama con un libro, más porque necesito el confort del edredón nórdico, que porque realmente tenga sueño. Últimamente solo leo cosas que me hagan sentir bien conmigo misma antes de irme a dormir, como Paulo Coelho. Desde hace ya varios meses, me da miedo cerrar los ojos porque los recuerdos me golpean con tanta fuerza, que no sé cómo gestionar la ansiedad cuando me despierto. Por eso Gina insistió tanto en que no alquilara un apartamento sola, en que conociera a esa amiga en Nueva York con la que encajaría al instante. ¿En qué demonios estaba pensando esa tarada?

Claro, que también ha intentado convencerme de que busque un buen psicólogo cuando me instale, ¡como si a mí me hiciera falta! Yo solo estoy pasando una mala racha. Se me pasará.

—Se me pasará —repito en un susurro, casi entre lágrimas, para autoconvencerme.

No soy consciente de que me he quedado dormida hasta que me despierto, no mucho después, ahogándome en esta maldita tos seca que el médico aseguró que se me quitaría y se resiste a abandonarme. Me duele el pecho. Me asfixio. Y, cuanto más toso, la angustia es peor.

Alcanzo a tientas el interruptor de la luz, me incorporo y me doy el inhalador para abrir las vías, dejando que el aire entre a mis pulmones. Unos minutos después, la tos de perros sigue ahí, pero al menos siento que puedo respirar de nuevo. Cuando me despierto así, no siempre tengo claro si de verdad es la bronquitis o todo es por culpa de ese maldito sueño que se repite. La cueva. El agua subiendo lentamente por el túnel hasta alcanzar mis mejillas. Aprieto los ojos con fuerza, como si así pudiera lograr que los recuerdos se vayan, pero lo único que consigo es acabar empapada en lágrimas. Otra vez.

—Voy a estar bien, voy a estar bien, voy a estar bien —me repito, creyendo con todas mis fuerzas que esto pasará. Que, en menos de un año, estaré feliz en mi nuevo trabajo, en un piso precioso y riéndome de todo esto.

Decido cerrar los ojos de nuevo, concentrarme en momentos felices e ignorar mi vejiga, porque salir de la cama para ir al baño con el frío que hace no me parece una opción sensata. Por desgracia, las ganas de ir al baño me ganan por KO, últimamente siempre ganan ellas.

Cuando vuelvo a la cama, me obligo a ser optimista y pensar en todas las cosas que voy a hacer mañana para celebrar mi cumpleaños. Tengo entradas para el musical de *Cats* en Broadway y probablemente vaya a uno de esos restaurantes super caros que se ven en las películas y que nunca he podido permitirme. Seamos realistas, sigo sin poder permitírmelo, pero después de haber vivido una experiencia tan cercana a la muerte en la que pensé que no celebraría este cumpleaños, me parece razón más que de sobra para tirar la casa por la ventana. Aunque sea sola.

Treinta y dos años. La cifra empieza a dar vértigo. No puedo evitar acordarme del día que cumplí los temidos treinta. Siempre pensé que haría una fiesta por todo lo alto, tal vez iría a algún sitio como Tailandia o Ámsterdam y perdería el control con mis amigos. ¡Pero no! Mi treinta cumpleaños me pilló confinada en Edimburgo y sin posibilidad de hacer una fiesta o ver siquiera a mis amigos. ¡Ni falta que hizo!

Porque aquel fue uno de los mejores cumpleaños que recuerdo.

27 de enero de 2021 – Edimburgo, Escocia

Veintisiete de enero de dos mil veintiuno, o lo que es lo mismo, mi cumpleaños. Aquel año era especial para mí porque decía adiós a una década y daba comienzo a otra. Los temidos treinta ya estaban aquí.

El primer chasco del día me lo llevé al despertarme y ver que era un día como otro cualquiera. Sin desayuno especial, sin que Ethan me cantase *Las mañanitas del rey David* o mostrase el más mínimo indicio de que se había acordado de mi día. De hecho, ni siquiera me esperó para salir a correr. Decía estar estresado y no poder esperarme, así que salió por la mañana mientras yo trabajaba desde casa, a pesar de que hacía un frío que pelaba.

Desayuné en soledad y me vestí solo a medias, poniéndome un jersey de cuello alto color chocolate y dejándome la parte de abajo del chándal para dar paso al segundo chasco del día: Brit. Me saludó eufórica por la pantalla del ordenador, lista para discutir los pormenores de su vida afectiva, en lugar del reportaje que le había encomendado Gina para aliviarme carga de trabajo. Me contó que había roto definitivamente con Jimmy y éste acababa de irse de su casa, con lo que Mike y ella se habían quedado viviendo solos.

—Oye, ¿no es un poco raro que Mike siga viviendo contigo? —inquirí—. Han pasado muchos meses desde el accidente. Empiezo a pensar que te has apuntado a la misma obra social que Gina: apadrina a un entrenador personal.

—¡Ah! ¿No te lo he dicho? —preguntó sorprendida—. Mike se va a instalar definitivamente en mi casa. Me hace mucha compañía y nos llevamos de maravilla, me mantiene en forma, vemos la tele juntos… La única pega es el chucho, que deja pelos por todas partes.

—¿No te estarás encoñando de Mike? Que nos conocemos…

—Tranquila, Mike es mi amigo gay.

—Solo que Mike no es gay… —le recordé—. Y tu último pagafantas ha acabado siendo tu exnovio.

—¡Ni en broma! Mike me atrae tanto como que me hagan una cesárea. Además, las cosas van viento en popa con Tamara, o iban, hasta que el idiota de BoJo nos ha vuelto a encerrar otra vez y no

paramos de discutir por cualquier cosa. Está celosa de Mike, cree que vamos a acabar juntos.
—Yo también lo creo.
—¡Y dale! ¿Tú cuándo me has visto a mí mostrar interés por un hombre rudo y sin estudios, tatuado, con pintas de malote y… terriblemente sexy e inteligente? —se contradijo.
—¡Claro! ¿Quién podría sentir interés hacia un hombre así? —me burlé—. Ciertamente te van más los pijos repelentes, pero ya no me sorprendería nada tratándose de ti… Todavía estoy haciéndome a la idea de que tienes una relación lésbica.
—Tranquila, a este paso habré cambiado de pareja antes de que te hagas a la idea.
—¡No digas eso! Tamara me cae muy bien. Claro, que también Jamie lo hacía hasta que empezaste a salir con él…
Los siguientes quince minutos los pasamos poniéndola al día de trabajo, hasta que tuve que colgarle para responder a mis padres, que sí se habían acordado de mi cumpleaños.
Quién también me llamó fue Esther, cantándome una versión tétrica del cumpleaños feliz que le había enseñado su nuevo novio, el asaltador nocturno de cementerios. Poco después, también me llamó Jorge, pero no para felicitarme como yo había esperado, sino para contarme que estaba harto de vivir con Julie. Y así, durante treinta y cinco minutos que, afortunadamente, mi jefa interrumpió para darme trabajo; tanto, que no fui consciente de la hora que era hasta que Ethan entró en el salón para informarme de que la comida estaba lista. Por un momento, pensé que iba a encontrarme alguna sorpresa de cumpleaños en la cocina, llenándome de desánimo al descubrir que la mesa estaba puesta como cualquier otro día de la semana, aunque peor… porque en vez de uno de los maravillosos platos que siempre cocinaba, había calentado un paquete de pasta precocinada en el horno. Y eso, en un *foodie* en contra de la comida basura y generar desperdicios, hacía saltar las alarmas.
—Hoy no tenía ganas de cocinar. —Me leyó el pensamiento—. No sé qué me pasa que no tengo demasiado ánimo…
—Olvídate de la comida. Lo que me preocupa es lo del ánimo. ¿No estarás otra vez leyendo las noticias en bucle?

—Tranquila, solo tengo el día tonto. Esta vez estoy llevando el encierro mucho mejor —aseguró—. Entre los relatos de Casandra y Pierrot, el curso, el deporte, darle clases de inglés a mi hijo... Cuando me quiero dar cuenta, ya es de noche.

—Me alegra oír eso. —Me acabé el plato y lo metí en el lavavajillas—. Tengo que volver al trabajo, Gina quiere que le mande al menos seis cosas diferentes antes de acabar el día. Ahora estoy con un frívolo artículo de moda primaveral con vestidos florales y mascarillas a juego.

—Como sigamos así, la moda primaveral va a ser otra vez a base de pijamas y zapatillas —observó con fastidio.

Desaparecí rumbo a mis quehaceres, que no hacían más que multiplicarse a medida que Gina me mandaba más y más emails. La cantidad de trabajo que esa mujer pretendía que hiciera en siete horas de trabajo era absurda.

A las seis de la tarde, y ante la insistencia de Ethan, apagué el ordenador y di por acabada la jornada de trabajo con la esperanza de que fuera a proponerme algún plan, pero cual fue mi sorpresa al ver que mi novio seguía en chándal, estudiando en el sofá y sin ninguna intención de moverse de ahí.

—¿Por qué no vamos a dar un paseo? —pedí, un poco tirante—. Estoy bastante estresada y me vendría bien tomar el aire.

—Me quedan dos videos para acabarme la lección, pero podemos ir en, digamos... ¿una hora y media? —No pude evitar el sentimiento de abandono que creció en mí. ¿Qué coño había estado haciendo todo el día entonces, si aún no se había reincorporado al trabajo?—. ¿Por qué no sales a correr por el parque y te pones música que te ayude a quemar estrés? Pero date una vuelta larga. Seguro que cuando regreses toda sudada y te des una ducha, estarás mucho más relajada.

Asentí con los labios apretados por no empezar una discusión que probablemente él no entendería. Ethan siempre era muy detallista. No había esperado nada apoteósico, dada la situación, pero tampoco pasar mi treinta cumpleaños dando vueltas sola por el parque. Era tal el cabreo que tenía que la idea no me sonó del todo descabellada.

Así que salí a correr y di, no una ni dos, sino hasta seis vueltas al parque, cinco kilómetros notando cómo el frío de enero me quemaba en la garganta y el pecho. Los pensamientos negativos me rondaban la cabeza, sobre todo, cuando las redes sociales se llenaron de mensajes de gente que no me importaba un bledo felicitándome, mientras los que formaban parte de mi día a día no se habían acordado de mí.

Regresé a casa sudorosa, muerta de frío y exhausta. Me metí en la ducha sin molestarme en entablar conversación con mi chico, aunque había decidido recordárselo. Pediría sushi y le diría que esta noche invitaba yo porque era mi cumpleaños. Su cara iba a ser un poema, al igual que la de mis amigos cuando vieran la foto en el grupo y se dieran cuenta de que no me habían felicitado.

No me molesté en darme prisa por salir de la ducha. Me sequé el pelo con el secador, me marqué los rizos y me puse unos leggins negros y una sudadera ancha que creo que era suya. A pesar de estar todo el día encerrados en casa, me había negado a ponerme el pijama hasta la hora de dormir. Necesitaba un poco de mi antigua rutina para hacer el encierro más soportable, y arreglarme era parte de ello.

Las voces procedentes del televisor y la tenue luz del salón me indicaron que Ethan no se había movido de allí en toda la tarde. ¿Estaría pasando por alguna crisis personal que no quería compartir conmigo? Pensé que igual Gina podría darme algunas respuestas ahora que parecían haberse hecho tan amigos.

Me asomé, aún con la cara larga, y ya desde la puerta comprobé que Ethan no estaba allí y la tele estaba apagada. Las voces que cacareaban como si de un gallinero se tratase procedían de su portátil, que estaba abierto en una videollamada con un montón de gente que hizo el silencio al verme. ¿Pero qué...?

—¡Sorpresa! —gritaron todos en español, a pesar de que no todo el mundo lo hablaba.

Mi cara de estupefacción fue tal que tardé un rato en conectar los cables de mi cerebro. Allí estaban Gina, Casper, Mike, Brit, Bruce y Amber, encerrados en sus respectivas casas, todos ellos tomándose una copa a mi salud. Además, mis padres y mi abuela desde Valladolid, mis suegros y Gael desde Nayarit, Esther y Enzo en Barcelona, mi hermano y Julie en Texas, y algunos de mis primos y tíos. Todos estaban allí, deseándome a gritos un feliz cumpleaños. Solo faltaba Ethan, ¿dónde se había metido ese canalla?

—Perdona que hayamos tenido que montar este paripé. —Fue Casper quien rompió el hielo—. Teníamos que coordinarnos con la diferencia horaria de cada país para poder estar todos presentes, así que no hemos podido felicitarte hasta ahora. Tenía que resultar creíble.

—¡Tienes nuestros regalos bajo la mesa, los estoy viendo desde aquí! —exclamó Julie, haciendo que me girara para ver varios paquetes sin abrir.

—¡Bienvenida a la treintena, hermanita! —Jorge estaba más acaramelado que nunca con su novia, mostrándome que la conversación de esa mañana había sido una farsa para amargarme adrede el día.

—¡No me puedo creer que estuvierais todos compaginados! —protesté emocionada—. ¡No teníais que haberme comprado nada! Con la llamada hubiera sido más que suficiente.

—¡Ábrelos y calla! —urgió Brit, quien tenía a su lado a Mike y al perro chupando cámara (y la cámara).

—Supongo que no tenéis ni idea de dónde está Ethan, ¿verdad?

—¡Oh, venga! Seguro que puedes esperar cinco minutos para empotrarle —protestó Gina, a sabiendas que mis padres no hablaban inglés. La cara que pusieron mis suegros, quienes sí lo dominaban a la perfección, fue un poema—. ¡Lo siento! Solo estaba bromeando.

Encontré entre los paquetes varias cajas de bombones, ropa, un disfraz de policía sexy (que, sin duda alguna, era idea de Amber), un cuelgallaves de madera artesano que Marcelo había pintado para nosotros, una pulsera de plata con una nota firmada por Gael y algunos libros. Muchos libros, suficientes para tres pandemias más.

—Es un colibrí de plata de Taxco —explicó Gael cuando abrí la pulsera—. Es un ave sagrada en México porque son portadoras de buenos deseos.

Sonreí emocionada, le llamaría más tarde para darle las gracias como merecía. El resto siguieron de parloteo, interrumpiéndose los unos a los otros con el retardo, y pisoteándose en diferentes idiomas, hasta que llegó el momento de la despedida.

—Hay una tarjeta debajo del cojín —anunció Mike. Me volví loca levantando los cojines del sofá hasta que di con el sobre—. Te dejamos sola para que la leas.

—¡Disfruta de tu día, cariño! —gritó mi madre.

—¡Acuérdate de "empotrar" a mi cuñado! —se burló mi hermano en inglés, consiguiendo que todos menos mis padres, que no entendían ni papa, se rieran. Gina protestó y se disculpó de fondo.

—¡Eso! ¡Pórtate bien con el chico, que se lo ha ganado! —Marcelo siguió la broma, consiguiendo que me sonrojara.

Las voces se fueron apagando una a una, los rostros desaparecieron de la pantalla y decidí que era el momento de apagar el portátil. Abrí el sobre, intrigada. Había una tarjeta de cumpleaños en relieve con un taco mexicano tocando las maracas donde se leía *"Que tengas un cumpleaños fantás-TACO"*. Exactamente el tipo de humor absurdo que me hacía reír. Dentro, un mensaje tan breve como conciso:

> ¡Feliz cumpleaños, mi cielo!
> Una vez te prometí un millón de aventuras juntos y no pienso permitir que nada nos arruine un día tan especial. Treinta años es menos de la mitad de los que pienso pasar a tu lado, recordándote cada día lo maravillosa que eres. Gracias por llegar a mi vida y darle sentido. ¡Te amo, te amo, te amo!
> P.D. Sube al desván ;)

Nunca he sido una persona muy emotiva, pero no podría describir con palabras la alegría que sentí en esos momentos, ese amor infinito inundándome el pecho. Iba tan acelerada hasta el desván que me tropecé con las ganas que tenía de descubrir qué estaba tramando. Tan solo una torcedura de tobillo que no iba a amargarme la noche.

La luz era tenue, procedente de unas velas led cuya llama fluctuaba imitando a las de cera. En la pared del frente había dos globos de helio con el número treinta, junto a una mesa con un mantel rojo donde había quesos, frutas cortadas, un tipo de guiso con carne y patatas, vino tinto y una sopa. Y en otra mesa más pequeña, una pequeña tarta de coco y piña.

—¡Felicidades, mi vida! —Pegué un bote al sentir su cuerpo detrás del mío, abrazándome y besándome en el cuello hasta hacerme enloquecer—. ¿Neta creíste que nos olvidamos de ti?

—Pues... —Me giré y me enredé en su cuello.

Tenía el novio más guapo del mundo, eso era innegable. Llevaba una camisa negra que le sentaba increíble, unos pantalones beige, y sus ojos verdes brillaban de un modo único con el reflejo de las velas. Para comérselo.

—Siento haber hecho las cosas así, pero estando todo el día juntos encerrados en la casa, me era imposible prepararte nada sin que te dieras cuenta. No se me ocurrió otra cosa que enojarte para que salieras y me dejaras organizarlo todo.

—Ha sido muy arriesgado. Ya estaba buscando un abogado para cuando te matara.

—El próximo año será diferente. Tal vez podamos irnos de viaje a algún sitio.

—No necesito ir a ningún sitio. ¡Mira el festín que has preparado! Oficialmente, tengo el mejor novio del mundo. Y el más loco.

—Por ti... —dijo, buscando mis labios.

—¿Me la pones? —Le di la pulsera que me había regalado su hijo.

—Ya veo que la competencia está fuerte. A ver cómo supero yo esto...

—La verdad es que te lo ha puesto muy difícil.

—Voy a intentarlo de todos modos... —Sacó una cajita del bolsillo del pantalón—. No entres en pánico, que no te voy a pedir matrimonio. Es solo algo simbólico.

Reconozco que sentí cierto alivio. Por mucho que tuviera claro que Ethan era el hombre de mi vida, seguía sin estar preparada para dar ese paso. Abrí la caja y me encontré el anillo más original que había visto nunca, un aro de oro rosa y blanco con una pequeña pieza de puzle en el centro. Lo saqué de la caja para leer la inscripción en su interior, esperando encontrarme su nombre o nuestras iniciales grabadas, pero solo había una mancha.

—Es mi huella dactilar —explicó, mostrándome que él llevaba un anillo exactamente igual que el mío, pero con la otra mitad del puzle—. Yo llevo la tuya. Sé que eres la pieza que faltaba en mi vida, la única que podría encajar. Estoy super enamorado de ti, no te haces idea de cuánto.

Me sentí tan abrumada por mis propios sentimientos, por los suyos, que me quedé bloqueada. Tenía ganas de llorar, de reír, de gritarle al mundo entero que era condenadamente feliz y ni siquiera sabía cómo gestionarlo.

—Es perfecto, no podría gustarme más. ¡Tú no podrías gustarme más!

Le arrastré con mis besos hasta arrinconarlo contra el sofá, acariciando sus pectorales mientras me deshacía de su camisa.

—Güera, ¿no quieres cenar algo antes...?

—He decidido pasar directamente al postre.

21

27 de enero de 2023 — Piso de Elena, Brooklyn

¿Nunca habéis tenido uno de esos sueños en los que un sonido te martillea la cabeza hasta el punto de parecer real? Pues así me hallaba yo, en un duermevela tras una noche sin dormir, cuando me doy cuenta de que está pasando: alguien está aporreando con furia la puerta de mi apartamento.

—¡Calma, que ya voy! —protesto, quitándome el pijama y poniéndome un chándal con celeridad.

Son las ocho de la mañana. Con lo que me cuesta dormir últimamente, que me roben un instante de sueño me lleva a los demonios. Doy por hecho que el casero por fin se ha dignado en mandar a alguien, y se lo agradezco, porque hace tanto frío que se ha formado un iceberg en la ducha.

Miro por la mirilla y me siento inmediatamente decepcionada y confusa. ¿Qué hace ella aquí? Echo un rápido vistazo a la mesa y confirmo que ayer no se dejó nada. Abro la puerta y la miro con curiosidad. Reconozco que podría invitarla a entrar o ser mejor anfitriona, pero su simple presencia ya me aturulla.

—¿Sabes que tienes un aspecto horrible por las mañanas? —Siobhan me aparta con suavidad y se cuela en mi apartamento, adueñándose sin pedir permiso de la misma silla que ocupó ayer.

—¿Gracias? —Cierro la puerta y asumo que tiene intención de quedarse.

—Realmente horrible, lo digo en serio. Estás blanca, ojerosa, tienes los labios morados, estás desaliñada…

—Lo he pillado la primera vez —respondo molesta por esa reiteración—. Tendré mejor aspecto cuando me lave la cara y me dé una ducha.

—¿Y a qué estás esperando?

—Un milagro —respondo sarcástica—. Sigo sin agua caliente ni calefacción, el casero no me coge el teléfono. He oído que se ha roto una tubería en la zona y la avería va para largo. Anoche quería reservar un hotel, pero tampoco tengo internet, así que estaba esperando a que abriera Starbucks para pillar un café y robarles WiFi.

—¿Tu plan genial es irte a un hotel? —pregunta sorprendida. No sé qué más espera que haga—. ¿Eres siempre tan resolutiva?

—Pensaba llamar a mis amigos imaginarios y pedirles que me hagan hueco en su mansión de Los Hamptons, pero no me ha dado tiempo.

—¿Cuándo piensas empezar a mirar apartamentos? ¡Tienes que largarte de este iglú! Te juro que acabo de ver un pingüino en la escalera.

—Acabo de decirte que no tengo internet. Tengo un par de pisos ojeados en Nueva Jersey a buen precio, concertaré algo para mediados de la semana que viene.

—Estamos a viernes.

—Deja de agobiarme, ¿quieres? ¡Sobreviviré! —No sé qué hace aquí, pero está claro que piensa amargarme el cumpleaños—. Si no te importa, voy a asearme un poco para que podamos tener esta conversación en igualdad de condiciones.

Pienso en hacer café, pero observo que ha dejado dos tazas de cartón sobre la mesa —descafeinados, según indica la pestañita de la tapa— y un arsenal de bagels. Es una borde de cuidado, pero al menos ha traído el desayuno.

Casi me caigo de culo de la impresión al mirarme en el espejo. Es cierto que tengo un aspecto que ni todas las empresas de cosméticos del mundo juntas podrían arreglar. Aun así, hago lo que puedo y me pongo toda clase de correctores y antiojeras, un poco de sombra cobre en los ojos, lápiz de ojos azul para resaltar mi mirada y mucho rímel. Hoy necesito sentirme guapa, que para algo es mi día. Me pongo unas mallas negras con forro polar por dentro y un enorme jersey de lana de color azul y salgo al salón. Cuando Siobhan me ve aparecer, sonríe con aprobación.

—Mucho mejor. ¿Has desayunado?

—Aún no. Pensaba pegarme un homenaje antes de ir al teatro, ya te lo he dicho.

—Siento desilusionarte, pero han cancelado todas las obras de teatro por la tormenta, así que creo que te has quedado sin plan de cumpleaños.

—Son solo las ocho de la mañana y mi día no para de mejorar —replico sarcástica—. ¿Cómo sabías que hoy era mi...? —Sonrío y me respondo yo sola—. ¡Gina!

—Puede que ayer la llamara para quejarme sobre ti y me haya echado la bronca por cómo te traté —confiesa, pegando un sorbo a su café. Hago lo mismo y me siento en la otra silla, puesto que al parecer no tengo nada mejor que hacer—. Además, nadie debería pasar solo el día de su cumpleaños, sobre todo, cuando eres nueva en la ciudad.

—¡Anda, un abogado compasivo! Eso sí que es nuevo —me burlé—. ¿Eso es lo que haces aquí, entonces? No voy a aceptar tu caridad solo porque sea mi cumpleaños.

—¿Eres tan orgullosa que tampoco puedes aceptar una disculpa? —me ataca.

—No hay nada de lo que disculparse, Siobhan. Dijiste lo que pensabas y me parece correcto.

—Ya, pero tenías razón en una cosa... —De repente, obtiene toda mi atención, y mi tos nerviosa—. Te he juzgado sin escuchar tu historia. Aunque no sé si es buena idea que me la cuentes ahora, tu tos ha empeorado.

—No te preocupes por eso, tuve una infección pulmonar de la que aún no me he recuperado del todo —explico. Siobhan entrecierra los ojos y aprieta los labios. Me está mirando de un modo que me desconcierta—. No es Covid, lo juro. Y ni siquiera soy contagiosa.

—Lo sé, y también sé que tú no denunciaste a Ethan. —La miro esperando una respuesta que no tarda en llegar—. Al parecer, Mark tenía una copia de la cámara de seguridad de la comisaria. La denunciante está de espaldas y con gafas de sol, podrías ser tú tanto como cualquier otra, pero hay un detalle el último día que...

—¿Sí?

—El policía que tomó declaración era español y quiso empatizar con la víctima, quien tenía pasaporte español, pero no entendía una palabra en ese idioma. Raro, ¿eh?

—Así que hay una tía por ahí con una copia de mi pasaporte haciéndose pasar por mí.

—Eso parece.

—¿Por qué?

—Eso es lo que trato de averiguar. Después de haber hablado contigo, me han surgido nuevas preguntas que estoy intentando resolver.

—Me alegra que estés dispuesta a escucharme —respondo esperanzada.

—Eso no significa que vaya a creerte…

—Pero dudas, ya es más de lo que tenía antes. ¿A qué te referías con lo de que ya sabías que mi tos no era contagiosa?

—Ayer estuve pensando en lo mucho que me sonaba tu voz y creo que ya sé dónde la he oído antes… —Siobhan se levanta y empieza a dar vueltas por mi salón-cocina. Es tan pequeño, que básicamente está dando vueltas a mi alrededor. Yo la miro intrigada—. Tú eres la chica que sobrevivió a la cueva. He escuchado tu declaración un millón de veces para este caso y, aunque sea anónima, sé que eres tú. ¡Tienes que ser tú!

Su acusación me sorprende y me veo incapaz de negarlo. Por un momento se me corta la respiración. Lucho por controlarla y que no me invada de nuevo la ansiedad.

—No sé de qué estás hablando.

—Cuando Mark me pasó tu testimonio, estaba imaginándome que era una de esas pobres chicas desaparecidas, pero fuiste tú quién lo vio todo. ¿Sabe Ethan algo de esto?

—Te repito que no sé de qué me estás hablando.

Me acabo mi descafeinado y me levanto para encender la cafetera, tratando de controlar mis emociones, tal y como me enseñaron en la agencia. Traerme el desayuno ha sido un detalle bonito, pero necesito café de verdad para empezar el día.

—Vale, juguemos con tus reglas entonces. —Siobhan asume que no pienso abrir el pico—. Me encantaría escuchar tu historia. Te quedaste en el 2021.

—Te lo puedo resumir rápido —respondo sin ánimo de colaborar—: estuvimos confinados hasta abril, la mayor parte del tiempo en

Edimburgo. Ya sabes, viviendo con Ethan en mi castillo de algodón de azúcar.

—Es cierto, ¿verdad? —interrumpe. La miro sin entender—. Lo del algodón de azúcar. Realmente erais felices juntos.

—¿Qué te ha hecho cambiar de opinión?

—Tu anillo. —Baja la vista a mis manos y veo que estoy jugueteando con el anillo que me regaló Ethan hace exactamente dos años—. Es tu alianza de boda, ¿verdad? Aún la llevas puesta.

Desvío la mirada para no confesarle que ese anillo me recuerda a una vida en la que todo era mejor, una felicidad que espero volver a sentir algún día, y es lo único que me ayuda a recuperar la cordura cuando vuelven mis demonios. Ese anillo fue a lo que me aferré en esa maldita cueva de la que pensé que no saldría.

—¿Elena? —insiste.

—Todos necesitamos aferrarnos a algo que nos dé fuerza. Tú tienes a tus dioses y yo tengo mi anillo.

—Tú te aferras a algo que no va a volver.

—No es lo que crees. Si no me he deshecho de él es porque representa mucho más que el valor que le dimos aquel día. Ha sido mi amuleto para seguir adelante —explico. No sé por qué le hago cómplice de eso, aunque tampoco me compromete a nada.

—Pronto tendrás un amuleto mucho más poderoso, Elena, una razón para levantarte cada día y mostrarle tu sonrisa al mundo, pase lo que pase. Y te darás cuenta de que un estúpido anillo no cambia las cosas, solo sirve para atarnos al pasado.

En ese momento, se me ocurre decirle que ella no tiene ni puta idea de por lo que he pasado. Pero entonces, me calmo y pienso que tiene razón. Ese anillo solo es un recordatorio constante de algo que nunca volverá. De algo que no quiero que vuelva.

4 de marzo de 2021 — Londres

—¿Qué se supone que estás haciendo? —pregunté sorprendida de que todas las bombillas de la casa se hubieran fundido a la vez.
—Intento que la casa sea más eficiente. Estas bombillas consumen menos de la mitad y duran más años —explicó, contagiándome de su pasión por salvar el planeta—. También he puesto un aparatito en la cisterna para reducir el consumo innecesario de agua.

Me había acostumbrado tanto a su lado sostenible, que yo misma había adquirido ciertos hábitos, llegando incluso a hacerle la vida imposible a mis padres para que reemplazaran el agua embotellada por una jarra con filtros de arena.

—¿Has pensado que vas a hacer con el piso de Nueva York?

Ethan me había mencionado anteriormente que quería deshacerse del coche y el apartamento que tenía allí, pues le estaba generando inmensos gastos y ya nada le unía a esa ciudad.

—Mi amigo Fer tiene un amigo interesado en alquilar el piso unos meses. Servirá para cubrir gastos de momento. Luego, ya veremos.

—¿Y tus cosas?

—En el trastero hasta que yo pueda ir a por ellas. Oye, güera, ¿estás muy liada? Se me ha ocurrido que podrías echarme una mano.

—Sabes que siempre estoy dispuesta a ponerte las manos encima —bromeé—. Solo estaba escribiendo una novela, o empezando más bien...

—¡Órale! ¿Cuándo me vas a dejar leerla?

—Cuando esté terminada. Te prometo que serás el primero en leerla. Creo que te va a sorprender, a Gina le está encantando.

—Luego no voy a ser el primero en leerla...

—Bueno, ella es algo así como mi editora, no cuenta. Tú serás mi primer lector objetivo.

—Todo lo objetivo que puede ser alguien que cachetea banquetas por ti —se burló—. ¿No piensas decirme el título al menos?

—Eh, ah... —Lo pensé un instante y decidí picarle con la misma broma que se le había ocurrido a Gina—. *Toda La verdad sobre el caso McGowan,* un thriller erótico que cuenta con pelos y señales el tórrido romance entre el psicópata azul Ethan McGowan y su novia, una pobre víctima de esos ojos verdes.

Me escuchó con incredulidad y me tiró un cojín al ver que le estaba vacilando.

—¡Eres muy chistosa, Elenita!

—¡Y tú muy impaciente! Apenas llevo cuarenta páginas, aún no he decidido el título. Volvamos a la conversación inicial, ¿en qué quieres que te ayude?

—Sé que no es el mejor plan para tu día libre, pero había pensado poner un poco de orden en el desván aprovechando el tiempo que vamos a estar aquí. Tal vez encontremos algo de utilidad para Gina.

—¿Te refieres a...? —pregunté ojiplática. Él asintió—. Pensaba que no querías...

—No tendría por qué enterarse nadie. No he cambiado de opinión en lo de mantenerte al margen, pero supongo que no pasará nada porque me ayudes a fisgar un poco en mi propia casa, ¿no? Ya que duermo con la mejor detective del caso, tal vez podría beneficiarme de ello.

—¿Qué te ha hecho cambiar de opinión?

—Neta, no vas a creerte que todavía le esté dando vueltas a esto, pero fue ese viaje a España... Los pinches nichos infantiles —aclaró, reconociendo por fin que Comillas también le había impactado—. Algo me tocó la fibra. Y, seamos realistas, ellos han incumplido su parte del trato en dos ocasiones. Ya sabes lo que dicen: en el amor y en la guerra...

—Los dos sabemos que no fue la gripe lo que mató a esos bebés.

—No, no fue la gripe —cabeceó—. Me dijo Mark que el caso está un poco estancado. Entre que están más cuidadosos desde que mandaron a Aguirre y Claire al chero, la pandemia y el hecho de que tú y yo ya no estamos investigando...

Le miré con detenimiento. No sabía si me estaba sacando de mentira o verdad o me lo estaba proponiendo en serio. Quise creer que era la segunda opción.

—¿Sabes que me pones muchísimo cuando te pones en plan detective justiciero?

—¡Ándale! ¡Tenemos un chingo de cosas que hacer allá arriba! He hecho un *planning* para ser más eficientes. Había pensado que tú leyeras los diarios mientras yo rebusco entre las fotos y recortes que guardaba mi abuela a ver si reconozco a alguien.

—Oído cocina.

—Después, propongo revisar todos los muebles. Tú te encargas de los libros, página por página. Mi abuela tendía a usar como marcapáginas lo primero que pillaba por ahí, así que igual encontramos alguna pista. Los cajones, cajas y armarios son míos. ¿Sí?

Nos pusimos manos a la obra siguiendo su plan a la perfección. De fondo, No Resolve versionaba el *Stay* de Justin Bieber con un ritmo heavy-rock que casaba bien con la letra. Ethan revisaba fotos y recortes de periódicos de medios escoceses, y yo repasaba el diario de su abuela Yvaine plácidamente en el sofá, como si de una novela de aventuras se tratase. Realmente se sentía así, la vida de la abuela de Ethan había sido un torbellino de sinsabores y secretos que se había llevado con ella a la tumba. Aún seguía preguntándome qué significaban las palabras que ella repetía tanto como para que su nieto se las hubiera tatuado en el brazo.

El primer diario, de una época anterior a su encuentro con Pablo Duarte, el abuelo biológico materno de Ethan, no narraba más que la inocente existencia de una niña escocesa de hacía casi un siglo. Lo leí por encima y saltándome varias hojas, tomando notas en una libreta de cuanto pudiera resultar relevante en un futuro, aunque no anoté gran cosa.

Tampoco me entretuve demasiado en su segundo diario pues lo había analizado exhaustivamente para el caso McGowan. Lo ojeé rápidamente en busca de dibujos, símbolos o anotaciones que se me hubieran podido pasar por alto la primera vez, pero no encontré nada nuevo.

El tercer diario me costó algo más por la caligrafía perezosa de una Yvaine rebelde y harta del mundo, aunque sus reflexiones eran la mar de inspiradoras.

—¿Has encontrado algo?

—Nada en cuanto a la historia, pero hay un par de cosas que podrían significar algo. Tu abuela usa como marcapáginas una foto de un cuadro de Remedios Varo, *Fenómeno de Ingravidez*.

Le mostré la fotografía y el cuadro original en el móvil, él torció el gesto, despectivo.

—¿Y? A mi abuela siempre le gustó el arte. Además, Remedios Varo estuvo exiliada en México, lo que la convirtió en un icono del país.

—Ya, pero también Analisa tenía un cuadro de ella en la pared. Tengo la impresión de que podrían estar conectados para contar alguna historia. El tipo del cuadro está señalando con una mano hacia México, y la luna está señalando algún lugar del Sudeste Asiático.

—Pero no estamos buscando nada en Asia. No le des importancia, es solo un cuadro.

—Como quieras. Lo otro es una frase que he encontrado escrita en un margen del tercer diario: *"Viviré en el presente, el pasado y el futuro. Los tres espíritus de los tres lucharán dentro de mí"*.

—*"Viviré en el presente, el pasado y el futuro. Los tres espíritus de los tres lucharán dentro de mí"* —repitió la frase al menos un par de veces, como si aquellos versos realmente le dijeran algo.

—Estoy pensando que la red del destino que hay en el centro de la Piedra del Sol lunaplatense hablaba de esto, de conectar los tres tiempos. Igual tu abuela...

—¡Dickens! —exclamó de golpe, dirigiéndose a la estantería—. ¡Es una frase de *Canción de navidad*! Estoy seguro de que mi abuela tiene un ejemplar por algún sitio.

Cogió una antigua edición del clásico literario y se sentó conmigo en el sofá, repasando todas las páginas de la novela, hasta encontrar la que escondía la famosa frase. En los márgenes, otra frase anotada a mano:

—*"No te olvides de la ciencia. Torres más altas han caído. Torres más altas tienen que caer"* —leyó confundido—. *"Torres más altas han caído. Torres más altas tienen que caer"*. ¿A qué se referiría la vieja?

—Esto no es una sala de escape. Descifrar los enigmas de tu abuela podría llevarnos meses, puede que años.

—*"No te olvides de la ciencia"* —repitió sin escucharme—. ¡Esto puede significar tantas cosas! ¿Se refiere a un personaje público? ¿A un rol de la Luna de Plata? ¿Es otra frase literaria...? ¿*Hamlet*, tal vez?

Ethan se apresuró a buscar la novela en la estantería, suspirando decepcionado al ver que no encontraba nada allí.

—Tampoco lo encuentro en Google —confirmé—. Diría que la frase la firma Yvaine McGowan.

—¡Pues estamos jodidos!

—Deberíamos mirar todos los libros de la estantería. Tu abuela parece bastante proclive a dejar notas en ellos.

—¿Te importaría encargarte de eso? Voy a pedir algo de cena, ¿te apetece libanés?

—¡Siempre! Yo voy a seguir violando los pensamientos de tu abuela entre las páginas de *Orgullo y Prejuicio*.

—¡Dale duro y sin piedad! No me tardo.

Seguí revisando uno a uno los clásicos literarios que Yvaine guardaba en su biblioteca. Charles Dickens, Oscar Wilde, Jane Austen, Virginia Wolf... Acaricié cada página con delicadeza en busca de cualquier pista que pudiera arrojar una nueva luz al caso. El desánimo se apoderó de mí al darme cuenta de que los avances debían de ser muy escasos si Ethan había accedido a desvalijar los enseres de su abuela en busca de cualquier clavo ardiendo. Porque eso es lo que estábamos haciendo.

Gina estaba convencida de que los lunaplatenses tramaban algo grande, que estaban aprovechando este periodo de inactividad para reforzar posiciones y, después, buscarían un flanco débil y atacarían donde más dolía. Porque ya no era una cuestión de ideales históricos, de supremacía racial o de poder, se había convertido en una guerra personal entre los que, como Yvaine y Marcelo, luchaban por acabar con esta barbarie y los que estaban dispuestos a todo por conservarla. Y, sobre todo, cada vez tenía más claro que también se trataba de una guerra personal entre padre e hijo, aunque esa fuera a mucha menor escala.

Empleé trozos de papel de mi libreta como marcapáginas allá donde Yvaine había ido dejando frases, símbolos o dibujos. Tenía una buena colección de libros en un montón del suelo, todos ellos llenos de anotaciones.

—¿Has encontrado algo más? —Ethan apareció de nuevo en el desván y se sentó a mi lado.

—No estoy segura. He señalado un par de cosas, pero no sé si tendrán algún significado para ti.

—*Jane Eyre*, página 56: "*Gili no es un nombre de mujer*" —leyó en alto—. ¿Y de qué es entonces?

—Sigue leyendo, la siguiente es más intrigante.

—*El corazón de las Tinieblas*, página 102: "*Siendo hermanas, sus vástagos lo serán, porque comparten una misma simiente*". ¡Gracias por ser tan clara, abuelita! —protestó, mirando al techo como si así ella pudiera escucharle desde el más allá.

—Esta te va a encantar...

—*Los 30 escalones*, página 73: "*Siempre que necesito respuestas, miro en Damasco. Ahí está la clave que te ayudará a encontrar alguna verdad, entre comillas...*". WTF![27] —exclamó frunciendo el ceño—. ¿Damasco no está en... Siria?

—Ajá... —confirmé, pensando que mi idea del cuadro de Remedios Varo y Asia no era tan descabellada—. ¡Tengo que mejorar mi inglés urgentemente! Había traducido la frase de manera completamente diferente, "*key*" como llave y no como clave: "*Siempre que necesito respuestas, miro en Damasco. Ahí está la llave que te ayudará a encontrar alguna verdad, entre comillas...*". ¡Ya nos veía recorriendo todos los estanques sirios en busca de una maldita llave!

—"*Siempre que necesito respuestas, miro en Damasco*" —repitió Ethan, girando sobre sí mismo y mirando cuanto tenía a su alrededor—. "*Ahí está la llave*". En Damasco... ¡Híjole, güera! ¡Eres una genia!

Me dejó ahí, alelada, viendo cómo se acercaba al único rincón de la pared que estaba despejado, palpando el papel pintado de arriba abajo. No tardó en mover muebles y cajas para seguir violando el papel. Yo no daba crédito, pero él parecía saber bien lo que hacía.

—¿Se puede saber qué haces?

—Buscar una llave en "Damasco" —explicó—. El papel pintado es de estampado damasco. Ven aquí y ayúdame.

Me uní a la causa ahora que le encontraba sentido, moviendo estanterías, armarios y todo lo que encontramos a nuestro paso. Si Yvaine hubiera presenciado lo que estábamos haciendo con su desván,

---

[27] Voz inglesa: *What the fuck!,* traducido como "¡Qué cojones...!".

habría vuelto de su tumba solo para darnos un par de collejas. La emoción me aceleró el corazón. No solo por creer que habíamos hallado una posible pista, sino porque, por primera vez, sentía que estábamos realmente juntos en esto, luchando en el mismo bando y compenetrados al cien por cien. Éramos un equipo. Indestructibles.

—¡Creo que aquí hay algo! —anunció emocionado. A mí ya me estaba invadiendo una mezcla de adrenalina y angustia—. ¡Tiene que ser aquí! El papel no está tan adherido a la pared. Necesito algo afilado con lo que poder rasgarlo.

Miré a mi alrededor y localicé unas tijeras en el rincón que Marcelo usaba para revelar sus fotografías. Yo aún no podía creer que de verdad fuéramos a encontrar nada allí escondido. Ethan comenzó a rasgar el papel con cuidado para minimizar los daños, dejando pronto a la vista una llave de unos diez centímetros que siempre había estado ahí, oculta tras un armario. Una vez conseguimos despegarla de la pared, nos quedamos mirándonos el uno al otro sin saber qué significaba ese descubrimiento.

—¡Genial! Ahora tenemos dos llaves que no sabemos qué abren, la de Kyoto y esta. —Ethan suspiró y se dejó caer en el sofá con abatimiento—. No sé si esto realmente nos ha servido de mucho…

—Supongo que, en algún momento, todo tendrá sentido…

—¿Cuándo? ¿Cómo? ¡Si ni siquiera sabemos dónde empezar a buscar! ¿El yacimiento de Dornoch? ¿El faro de Skerries? ¿Asia, como sugeriste?

Entonces, la que suspiré fui yo. Por desgracia, yo sí me hacía una ligera idea de por dónde empezar nuestra búsqueda.

—"*Ahí está la llave que te ayudará a encontrar alguna verdad, entre comillas...*" —recordé, con la mirada pérdida. Ethan me miró sin entender—. Creo que tu abuela nos está pidiendo que volvamos a Comillas. Esa llave abre algo en el cementerio.

—Si es así, no pienso poner nuestras vidas en peligro otra vez. Le daré la llave a Mark, él sabrá qué hacer.

—También podrías dársela a Gina… Mark está en Nueva York y ella aquí —sugerí. No me gustó que me esquivara el rostro—. ¡No! ¿No me digas que también estás jugando a protegerla a ella?

—¡Es la novia de mi mejor amigo! ¡Y están intentando tener un bebé! Si algo le pasara a Gina...

El paraíso que habíamos creado minutos antes se convirtió de pronto en una pesadilla. No podía creerme que Ethan quisiera apartar también a Gina del caso después de lo que sabía.

—¡Gina ha elegido esto! Lleva toda su vida buscando respuestas y tú no puedes evitarlo. Está en esto a muerte, y yo también, mal que te pese. ¡Quiero ayudarte!

—¡Ya lo sé! ¡Pero no es negociable! Esos hombres no se andan con chiquitas, les he visto hacer cosas horribles. ¡Lo de Chiapas no fue nada al lado de lo que podrían hacerte a ti si saben que me estás ayudando! Se la daré a Mark y que él decida qué hacer. Fin de la discusión.

Salvado por la campana. El sonido del timbre fue su mejor aliado para dejar el tema.

—Nuestra cena. Deberíamos hacer un descanso y luego seguimos con esto.

—Como quieras.

Regresamos abajo sumidos en nuestros pensamientos por esa victoria agridulce que aún no sabíamos qué significaba. Al descubrimiento le siguieron dos buenas noticias en forma de email que llegaron esa misma tarde. La primera, que Ethan por fin se incorporaría al trabajo en mayo. La segunda, que todo estaba listo para traer legalmente a Gael a Londres, lo que, de algún modo, significaba que nuestras vidas estaban a punto de cambiar. No quise darle fuerza al pensamiento ni a mis miedos, verle tan eufórico era cuanto necesitaba para saber que todo iba a salir bien. No podía ser de otro modo.

—¡Voy a comprar los billetes ya mismo! —Ethan daba vueltas por el comedor, preso de la emoción—. Tengo que ir a Guanajuato para gestionar los últimos papeles así que igual tenemos que pasar un mes allí.

—Gina no me va a dejar irme tanto tiempo, no quiere que parezca que hay favoritismos de cara a las otras chicas. Además, quiere que empecemos a ir a la oficina de manera rotativa... —expliqué, pero él no me estaba escuchando. Ya ni siquiera estaba contento. Había entrado en una especie de trance que solo él comprendía, sentado en el sofá y mirando fijamente a la pantalla apagada del televisor. Le miré sin ocultar mi preocupación—. ¿Estás bien, cielo?

—No —confesó, sin siquiera mirarme—. ¡Estoy aterrado! Acabo de darme cuenta de que en dos meses voy a convertirme en padre a jornada completa de un adolescente con millones de problemas emocionales, cuando a duras penas sé gestionar los míos.

Omití decirle que ese pensamiento también me había cruzado la cabeza miles de veces.

—¡No digas tonterías! ¡Llevas catorce años siendo su padre! Todo va a ir bien, tenéis una relación envidiable.

—Necesito que tengas paciencia conmigo, güera. Con los dos. Mucha. ¡Infinita!

—Tú preocúpate por Gael, ¿vale? Yo seguiré aquí.

—Eres la mejor. —Apoyó su frente contra la mía y profirió un largo suspiro—. Esto empieza a parecerse a un capítulo de *Locke & Key*. ¡No puedo creerme que hayamos encontrado otra pinche llave que no sabemos qué abre!

—Y aún no hemos revisado todo el desván...

—Sinceramente, me da miedo hacerlo. Siento que cuanto más descubrimos, más lejos estamos de encontrar nada. Nomás quería encontrar algunos nombres, alguna dirección, algo que nos llevase al camino correcto. ¡Pero no otra pinche llave!

—Ya tenemos un montón de información, nombres, negocios... No entiendo por qué no hemos hecho ya algo con todo eso.

—¿Algo como qué? ¿Qué conseguiríamos metiendo a mi padre en la cárcel? Él no es el líder, hay un montón de lunaplatenses como él que tomarían represalias.

—¿Tu padre no es el líder? —Ethan negó con la cabeza—. ¿Sabes quién es?

—Temo que no. Creo que acabas de entender el verdadero problema aquí... para acabar la partida, necesitamos acabar con la reina. Jaque mate. Es la única manera. El problema es que nadie sabe quién es "la reina"... o "el rey".

—Lo descubriremos —aseguré. Ethan sonrió con tristeza al verme tan convencida—. ¿Aún no te has dado cuenta de que juntos somos indestructibles? Si volviéramos al caso, esos palurdos tendrían los días contados.

—No subestimes al enemigo.

—Hemos averiguado más juntos que la agencia con todos sus medios.

—Hemos tenido suerte. Y a mi abuela guiándonos desde arriba.

—Lo que tú quieras. Yo te digo que somos la hostia y que vamos a encontrar el modo de acabar con ellos.

—Anda, Sherlock, no te emociones mucho que lo de hoy ha sido una excepción. Vamos a cenar y reponer energías. Nos queda un buen trabajo que hacer ahí arriba y sospecho que aún no hemos descubierto todos los callejones sin salida que mi abuela nos tiene preparados.

22

27 de enero de 2023 – Piso de Elena, Brooklyn

—¡Guau! Repíteme eso otra vez —Siobhan anota algo en su libreta. No sé qué le ha llamado tanto la atención, pero está flipando en colores—. ¿Le dijiste a Ethan textualmente cual iba a ser el título de tu artículo y de qué iba?
—En realidad era una broma.
—¿No te parece mucha casualidad? —inquiere levantando la ceja.
—¿No te parece muy estúpido? —respondo levantando la misma ceja.
—¿Estúpido? ¡Sería la mejor manera de que nadie sospechara de ti!
—Pues me salió el tiro por la culata, porque resulta que soy la única sospechosa.
—¿Ya son las once? ¡Mierda! Tengo una reunión de trabajo que no puedo eludir.
Siobhan me cambia de tema, sobresaltada por las manecillas del reloj. A mí no deja de sorprenderme que un mecanismo tan pequeño meta tantísimo ruido. Juro que ese reloj está poseído o algo.
Siobhan se pone el abrigo y mete su libreta en el bolso con prisas.
—Gracias por el descafeinado y los bagels —me despido.
—¿Qué vas a hacer ahora que sabes que el teatro está cerrado?
—El plan sigue siendo ir a Starbucks a buscar pisos y un hotel para estos días. Mi familia no ha sabido nada de mí desde ayer así que debería decirles que sigo viva.
—Lo que francamente me parece un milagro en este apartamento. Esta mañana pensé que tendría que entrar con un soplete para descongelarte. —Me veo incapaz de reírle la gracia. Tengo el cuerpo entumecido por el frío y, ciertamente, la tos ha empeorado desde que

estoy allí—. ¿Por qué no vienes a comer a mi casa y seguimos hablando allí? Tengo un par de reuniones importantes que atenderé desde mi despacho, pero puedo darte la clave del WiFi para que hables con tu familia mientras tanto.

Me veo incapaz de rechazar tan tentadora oferta, y a la vez, sin entender a qué ha venido ese cambio de parecer. Porque, seamos realistas, si yo pensara que ella está involucrada de algún modo con la Luna de Plata, jamás la metería en mi casa. Menos aún, con mi hija revoloteando por ahí.

Tardamos casi una hora y media en llegar desde Brooklyn hasta Union City, el barrio latino de Nueva Jersey donde Siobhan ha comprado una bonita casa de tres habitaciones. Eligió esa zona porque está a un puente de distancia de Manhattan y los precios son mucho más asequibles que los de la gran manzana. Por el camino, me cuenta que vivir en ese barrio ha condicionado su forma de vida, ya que la mayoría de sus amigos son hispanohablantes y su hija está estudiando español en la escuela. También me ha confesado que tiene un amigo venezolano con el que "se ve de vez en cuando" y le está enseñando a bailar bachata y a hablar mi lengua.

—Pensaba que no te gustaban los hombres morenos... —comento con una sonrisa, olvidando por un momento que esta no es una charla entre amigas sino meramente por hacer el trayecto menos incómodo.

—Es que mi venezolano es rubio de ojos azules, de esos con mirada afilada que te deja exhausta con solo parpadear —se jacta—. Aquí es, ya hemos llegado.

Subimos unas escaleritas hacia una entrada que tiene colgada una colorida guirnalda de flores naranjas en la puerta.

—Son flores de caléndula —explica—. Me hacen sentirme más cerca de casa. Si no te importa, ¿podrías quitarte los zapatos? Tengo calcetines limpios de sobra en ese armario de la entrada. —Imito su gesto y me pongo los calcetines de lana gorda que me presta—. Me acaba de decir la vecina que puede quedarse con Karishma mientras trabajo, así que voy a subir directamente al despacho a hacer un par de llamadas y estoy contigo enseguida. Tienes el salón a tu derecha y hay un pequeño aseo debajo de la escalera. Si tienes ganas de tomar té, hay un hervidor en la cocina. No me queda café.

—Té está bien, gracias.

Siobhan desaparece escaleras arriba y me deja en un pequeño recibidor con un mueble zapatero sobre el que cuelga un espejo hecho con pequeños cristalitos de colores. Me dirijo a la cocina, una amplia estancia decorada en naranja y blanco, y empiezo a abrir armarios en busca de té, algo apurada por ese exceso de confianza que ha concedido darme. Encuentro un montón de botecitos con infusiones de distintas variedades y procedencias. También hay un tarro enorme de café orgánico de una conocida tienda local que me hace sonreír al instante. La muy capulla me ha mentido. Pretende quitarme la adicción a la cafeína en veinticuatro horas, después de todos los años que llevo luchando contra ella.

Me animo con un té de jazmín, lo edulcoro un poco con azúcar moreno y salgo al salón. No es una sala muy amplia, aunque la tenue luz de invierno entra a raudales por la ventana que da a la calle. Una de las paredes está pintada en verde oscuro, creando un llamativo contraste con los cojines de seda naranja que descansan en un sofá de cuero marrón, y los muebles de madera oscura tallada que, sin duda alguna, son artesanía de su país. En las estanterías hay libros de meditación, de yoga y de chakras. En una de las paredes, hay una foto a gran escala de Siobhan con su hija, y en la otra, un cuadro de Manhattan de noche.

Aquel lugar me transmite una paz que está muy lejos de la sensación de opresión y angustia que tengo en el estudio que he alquilado.

Encuentro la clave del WiFi en una pegatina del mando a distancia. Tan pronto me conecto al mundo virtual, mi teléfono está que echa humo de mensajes, notificaciones y llamadas perdidas. Mi prioridad es llamar a mi madre, temiendo que ya haya llamado a los G.E.O. y a todos los hospitales de Nueva York por no haber sabido nada de mí en más de veinticuatro horas.

En mi empeño por protegerla de mi realidad actual, he alegado diez mil excusas diferentes para no encender la cámara cada vez que hablamos. Pero hoy estoy aquí, en este precioso salón que huele a familia, con un bonito jersey que le da algo de color a mi cara y una gruesa capa de cosméticos que maquilla mi ánimo. Dibujo en mi rostro una sonrisa antes de llamar a mi familia. Añado a Jorge a la videollamada, a sabiendas que está trabajando desde su casa en Texas. Su última crisis con Julie le ha llevado a abandonar la vida en el rancho para darle una oportunidad a su profesión de arquitecto.

Tan pronto mi madre descuelga el teléfono, se le llena la voz de emoción al verme. Mi hermano sonríe, incapaz de ocultar su preocupación, y yo rezo a todos los dioses hinduistas en los que Siobhan cree por ser capaz de aguantar el tipo sin venirme abajo. Últimamente estoy de un sensible que me doy asco hasta a mí.

—¡Ni se te ocurra volver a hacernos esto, enana! Nos tenías a todos preocupadísimos. —Oír la voz de Jorge, aunque sea para echarme un rapapolvo, me llena de júbilo.

—Aún no he tenido tiempo de comprarme una tarjeta SIM americana y, con la dichosa tormenta, me quedé si internet en casa — explico.

—¿Cómo estás, cariño? Tu padre y yo estamos pasando una angustia hoy porque estés allí solina el día de tu cumpleaños...

—¡Mamá, no empieces a ponerte ñoña que te cuelgo, eh! —Intento contener las lágrimas y le vendo una mentira más grande que la catedral de San Basilio, esa tan colorida que hay en Moscú y todo el mundo cree que es el Kremlin—. Además, no estoy sola. Hoy voy a comer con mi nueva compañera de piso.

—¿Es simpática? ¿Te trata bien? —pregunta mi padre con preocupación.

—¿Está buena? —pregunta mi hermano.

—Es muy simpática, me trata super bien y sí, diría que es atractiva, pero me temo que no eres su tipo, hermanito. Le gustan los rubios.

—¿Por qué no nos enseñas la casa? Llevas allí dos días y aún no nos has mandado ni una triste foto —llora mi madre.

—Bueno, mi compañera está trabajando en el piso de arriba y no quiero molestarla, pero os voy a enseñar el salón y la cocina para que os quedéis tranquilos.

Comienzo el tour por el salón, le muestro la foto de Siobhan y Karishma, para que vea que no me lo estoy inventando, y procedo a mostrarles la cocina.

—¡Qué luminosa y qué bonita! —exclama mi madre—. ¡Y con vitrocerámica! Eso siempre es más seguro cuando hay niños cerca.

—Siobhan tiene una niña pequeña, así que toda precaución es poca.

—¡Eso es fantástico, cariño! Así te sentirás menos sola.

—Bueno, tampoco os hagáis ilusiones que esto solo es provisional, ¿eh? —Trato de elaborar mejor mi mentira, a sabiendas que la próxima vez que me llamen, voy a estar en cualquier otra casa—. Este sitio está muy bien, pero me pilla un poco lejos del trabajo...

—Sigo sin entender por qué has decidido irte para allá tú sola precisamente ahora, con todo lo que se te viene encima —insiste mi madre, quien está a punto de echarse a llorar en 3, 2, 1... ¡listo!

—Mamá, ¡deja que Lena viva su vida como quiera! —Jorge acude al rescate—. Necesitaba airearse un poco después del divorcio, ya nos lo ha dicho.

—Es que tampoco entiendo por qué os habéis divorciado, si erais tal para cual. ¡Ese chico estaba enamoradísimo de ti! —Mi madre puede llegar a ser muy cargante—. Sigo pensando que te ha hecho algo que no nos quieres contar.

Aprieto los labios sin saber qué trola meterles ahora. Mi hermano pone los ojos en blanco y finge meterse un tiro con una pistola imaginaria.

—Ethan no me hizo nada, mamá. La rutina acabó con nosotros.

—¿Tan mala fue la rutina que ya ni os habláis? ¿Qué te has tenido que ir de Londres?

—Me fui de Londres porque me salió una oportunidad de trabajo en Nueva York que no podía rechazar. Sabéis de sobra que este siempre fue muy sueño. La única razón por la que no me he venido antes ha sido precisamente por él.

—Pues yo sigo diciendo que aquí hay algo más que no nos estás contando...

—Y el Oscar a la paranoia es para... ¡mi madre! —exclama Jorge de fondo, que es un experto en ayudarme a tranquilizarla cuando sabe que las cosas se salen de su sitio.

Me sobresalto al ver que Siobhan está riéndose desde la puerta. No sé cuánto tiempo lleva allí, pero me está mirando con una mezcla de compasión y ternura que me hace sentir indefensa.

—¿Es tu familia? —pregunta. Yo asiento con la cabeza—. ¿Puedo...?

Y así, sin más, Siobhan aparece en escena, comienza a chapurrear un español muy "chévere" y se mete a mis padres en el bolsillo, contándoles todas las cosas que vamos a hacer juntas y prometiéndoles que los llevará a comer pastrami cuando vengan a vernos a Nueva York. No sé por qué me ha seguido la corriente cuando es obvio que me ha pillado mintiéndoles, pero se lo agradezco infinitamente. Eso me quitará presión durante un tiempo.

Tan pronto finaliza la llamada, Siobhan cambia su sonrisa afable por su frivolidad habitual y se aleja para preparar té y lo que parece va a ser nuestra comida.

—Gracias por...

—Sabes que no va a funcionar, ¿verdad?

—¿El qué?

—Mentirle a tu madre para que no se preocupe. Recuerda que ha sido monaguillo antes que fraile y, el hecho de que te esfuerces tanto porque no se preocupe, es una clara alerta roja de que debería preocuparse. ¡Y mucho!

—Me basta con que esta noche se vaya a la cama tranquila creyendo que hay alguien que cuida de mí, porque, al parecer, no sé cuidarme sola —recuerdo con retintín—. Mi madre cree que estar divorciada es un drama.

—No creo que sea tu divorcio lo que le preocupa realmente, Elena, sino todo lo que no le estás contando. Y el hecho de que hayas decidido pasar por todo esto tú sola, y aquí... sinceramente, yo tampoco lo entiendo.

—No lo entiendes aún porque no me crees. Si empezaras a escucharme, a escucharme de verdad, entenderías por qué lo hago. Por qué tengo miedo a cerrar los ojos por las noches y que ellos me encuentren, porque pensé que vivir lejos de mi familia era lo más seguro.

—Ayúdame a entenderlo.

—Creo que Gina me envió aquí porque este es precisamente el único lugar del mundo donde nadie me buscaría.

—Ya veo... Nadie te buscaría en casa de la abogada de tu ex, sabiendo que es precisamente de ti de quien intento defenderle.

—¡Bingo!

—Tiene sentido, sobre todo, viniendo de alguien tan retorcida como Gina. Y el hecho de que se te haya pasado por la cabeza, me indica que os parecéis bastante —observa—. Cuéntame qué pasó después mientras preparo algo para picar. ¿Te dejó Gina ir a México?

—No, en realidad ella tenía otros planes para mí.

—No sé por qué no me sorprende...

Dudo un instante antes de contárselo. Aquel viaje fue lo que desencadenó todo lo demás. Quiero ordenar mis ideas antes de presentárselas a Siobhan. Mi cabeza está llena de nudos.

—Regresamos a Londres tan pronto levantaron el confinamiento. El estrés que le había producido a Ethan estar parado no fue nada comparado con volver al trabajo después de más de un año. Dejó de tenerlo todo bajo control, no recordaba cómo usar los programas y muchos de sus clientes ya ni siquiera operaban. Pero Ethan tenía una ilusión en el horizonte: en solo unos días, su hijo estaría en Londres con nosotros.

15 de mayo de 2021 – Comillas

Después de dieciocho meses de espera, Ethan embarcaba en esa nueva aventura familiar que le haría madurar a pasos agigantados. Sus prioridades en la vida estaban a punto de cambiar, y se avecinaban grandes retos para nosotros.

Con la llegada de Gael, yo regresaba a mi piso y a mi antigua realidad, o a lo que quedaba de ella… Porque ese año habían cambiado muchas cosas. Para empezar, Agne no pudo regresar a Londres debido a las nuevas leyes de inmigración post Brexit, con lo que la habitación maldita estaba de nuevo libre. Tampoco habíamos buscado a nadie para sustituir a Amber. En otras palabras, Casper y yo nos habíamos quedado solos en un piso de cuatro habitaciones que a duras penas podíamos permitirnos.

Con la reapertura de gimnasios, Casper regresó conmigo a casa para estar más cerca del trabajo, lo que para Gina también había sido un alivio, ya que tenía mayor libertad para continuar en el caso sin tener que andar escondiéndose. A mí esa decisión me parecía un paso atrás, pero ¿quién era yo para juzgar la relación de nadie, cuando la mía era tan inusual?

Una extraña emoción me recorrió la columna. Un mal presagio, más bien. Aún no sabía cómo me habían convencido para acompañar a Logan a Comillas, pero allí estaba, en la estación de Victoria, despidiéndome de Ethan antes de que él partiera a México y yo a España. A mi novio no le sorprendió que aprovechara su ausencia para visitar a mi familia, lo que no era del todo mentira, pues Valladolid fue la primera parada de mi inusual viaje. Quería contarle la verdad, pero sabía que jamás aprobaría que volviera a ese cementerio, menos aún, con un tipo al que no conocía de nada y trabajaba codo con codo con su padre.

Nos besamos como si aquel fuera el último beso. Y, de algún modo, lo fue. El último de una etapa de nuestras vidas que estaba a punto de terminar.

Cuando mi bus llegó a Stansted, me encontré con que Logan ya me estaba esperando para pasar juntos el control de equipajes. Era la primera vez que nos veíamos en persona, pero no me costó reconocerle por su pelo de fuego, el rostro poblado de pecas y ese aspecto desaliñado, como si realmente le diera igual lo que el mundo pensara de él.

—¡Buenos días, compi! —saludó con una sonrisa que no expresaba mucho—. ¿Lista para la aventura?

☼ ☾ ☼

—¡Puaj! ¿Qué es esta porquería? —Logan bebió con disgusto su café con leche que, a diferencia del inglés, cabía en una taza de ochenta mililitros.

—Torrefacto —expliqué, paladeando el inconfundible sabor del tristemente célebre café de mi país—. Solo se produce en España y te diré que a mí me encanta.

—Me pregunto por qué no habrán exportado esta delicatessen al resto del mundo... —provocó con una sonrisita burlona.

Estábamos en una cafetería de la plaza del ayuntamiento de Comillas, esperando al policía secreto que nos daría las llaves para visitar los mausoleos sin levantar sospechas. Logan había ocultado su pelo rojo con un tinte capilar moreno y a mí me había tocado hacer lo mismo con una peluca castaña. Igual estaba siendo un poco paranoica, pero tenía la impresión de que dos pelirrojos sueltos en España podrían llamar demasiado la atención.

—Oye, Elenita, voy a ser muy honesto contigo... —Le miré con curiosidad. Era demasiado temprano para empezar con las confesiones—. Ya sé que Gina se fía de ti a muerte, pero que salgas con Junior me sigue generando ciertas dudas, así que no te sorprendas si estoy un poco tirante contigo.

—¡Dijo la mano derecha de Duarte! —exclamé, harta del mismo discurso de siempre—. Todo el mundo en este caso está implicado emocionalmente. Todos menos tú. ¿Cómo sé yo que tú eres de fiar?

—Porque mataron a mi madre cuando tenía cinco años —confesó, terminando el café de un sorbo y poniendo cara de asco—. Como bien has dicho, todos los que estamos en el caso hemos perdido a alguien por culpa de La Luna de Plata. Junior, sin embargo, es el niño bonito, el intocable. Y no puedo evitar hacerme ciertas preguntas…

—¡Casi nos matan en Chiapas!

—Pero seguís con vida, ¿no?

—¿Hubieses preferido que hubieran tenido éxito? ¿Eso es lo que necesitas para fiarte de nosotros, que nos maten? —pregunté furibunda, intuyendo que este viaje iba a ser una pésima idea.

—Yo solo digo que no podemos olvidar que es hijo de Adrián Duarte. Y a veces la marea puede cambiar de dirección.

—¡Pero qué marea ni mareo! Mira, Logan, si quieres que esto salga bien, vas a tener que poner de tu parte. Yo ya he mostrado mi implicación, estoy mintiendo a mi chico para estar aquí contigo, pero si tú no puedes confiar en mí…

—¿Sabes qué más nos une a todos los que estamos en este lado de la historia? —preguntó con la boca llena tras haberle hincado el diente a su bocata de tortilla—. La desconfianza. Supongo que te habrás dado cuenta de que a Gina le cuesta mucho fiarse de la gente, y me juego el cuello a que tu amorcito es tres cuartos de lo mismo.

Me negué a darle la razón, pero la tenía.

—Perdona, sois Mara y Oliver, ¿verdad?

Logan me miró sin entender una palabra en español. Un hombre con chaqueta vaquera, pantalones desmontables caqui y botas de montaña se acercó a nosotros. Mediría un metro setenta, pelo moreno y ensortijado, ojos verdes algo caídos y el rostro de un rojo brillante. Le calculé unos cincuenta y pocos a lo sumo, y parecía un hombre afable.

—Encantada. —Le tendí la mano, comenzando así la interpretación que tendría lugar ese fin de semana—. Este es mi compañero Oliver. No habla español.

—Miguel Ángel, para servirles —se presentó—. Siento no poder haceros un tour por el pueblo, hoy tengo un montón de cosas que hacer. Os dejo por aquí las llaves y un registro de todos los cuerpos enterrados en Comillas. Quedamos a eso de las cinco para que me las devolváis, ¿si os parece?

—Pregúntale si el cementerio está abierto al público —sugirió Logan, ahora Oliver.

El policía le entendió sin problema y decidió responder en inglés.

—Lo está, sí. Pensé que llamaríais menos la atención de ese modo. Tenéis herramientas y cemento ya preparado dentro de la iglesia. Intentad no causar mucho destrozo. Hay un puesto de flores aquí a la vuelta, no sería mala idea que os llevarais unas... Ya que vais a molestar a los muertos, al menos podríais tener un detalle con ellos.

Cogimos las llaves y nos dirigimos al cementerio, no sin antes pasar por la floristería. A diferencia de la primera vez que había pisado ese lugar, estaba abarrotado de turistas curiosos que se deleitaban en las esculturas y la arquitectura gótica. El aire olía a mar y montaña, bañando en una suave neblina un paisaje de ensueño.

Las piernas me fallaron por los nervios. Al temor de ser descubiertos, se le sumaba el hecho de que los cementerios me daban mucho respeto.

Varios morbosos se arremolinaban en los nichos infantiles, lo que nos obligó a posponer su apertura. Afortunadamente, la iglesia estaba cerrada al público. Logan introdujo la llave, empujó la pesada puerta y la cerró de nuevo tras nosotros.

—Tú dirás, señorita. ¿Dónde están los famosos nichos con el emblema?

—La hilera de abajo. —Me agaché para mostrárselas yo misma—. No sé si habrá más, solo me fijé en las de este lado.

—Voy a quitar las losas. Sé que esto te da muy mal rollo, pero voy a necesitar tu ayuda para moverlas. A la de una, a la de dos... ¡Listo!

Me había preparado para lo peor. No sabía exactamente qué me iba a encontrar, porque nunca me había preguntado qué aspecto tendría un cuerpo que llevaba casi un siglo enterrado, pero ese día tampoco lo descubrí, ya que no había nada en el nicho. Nada de nada. Ni ataúd, ni cenizas, ni huesos, cuerpo o crimen. ¡Nada! Solo un inmenso vacío que lo volvió todo más confuso.

—Marc-osh Garsia Quintanila —leyó Logan con un mal acento español—. ¿Puedes buscarlo en esa lista?

—Marcos García Quintanilla. Natural de Comillas. Enterrado en 1918, su viuda está enterrada en el cementerio de Torrelavega, y le sobreviven dos hijos —traduje en voz alta. Hice una pausa y le miré con apatía—. Sinceramente, no creo que esto nos lleve a ninguna parte. Parece que alguien se ha tomado muchas molestias en vaciar las tumbas antes de que llegáramos.

—¿Te rindes siempre tan rápido? —preguntó, haciendo palanca con una herramienta para abrir el siguiente nicho, que correspondía a Felipe Gómez. No quise entrar en un debate innecesario. Le ayudé a sujetar la piedra antes de que cayera al suelo y provocara un estruendo—. ¡Mira! Aquí hay algo. —Cogió una moneda con el emblema de La Luna de Plata, jugando con ella a cara o cruz—. Una moneda y un anillo con un pedrusco.

—Es ámbar. En Chiapas lo vendían por todas partes. La tumba es de Felipe Gómez Navarro, natural de Comillas. Su mujer murió en una residencia hace unos años. Su nieta Jana sigue viviendo en la casa familiar y es quien trae flores de vez en cuando.

—Nos queda solo una tumba con ese emblema, Javier Castanedo Castanedo. Si aquí no hay nada, propongo visitar los nichos infantiles y merodear un poco por los mausoleos. Si tienes razón con tu teoría, la llave que encontrasteis en el desván debería abrir algo aquí, ¿no?

—La llave podría tener más de un siglo y nos estamos basando en las notas que una vieja dejó en los márgenes de una novela. Solo son meras conjeturas.

—Una conjetura es mejor que nada. Y hablando de nada… —Logan torció el gesto tras abrir el último nicho—. El cemento parece fresco, eso me mosquea.

—¿Fresco de meses o de años?

—Fresco de días. Se nos han adelantado, seguir abriendo nichos va a ser inútil. ¿Te parece si merodeamos por los exteriores?

—Eso quiere decir que alguien sabía que veníamos a Comillas —deduje—. Pero ¿cómo?

—Será mejor que seamos discretos, por si acaso…

Asentí con la cabeza, con el desánimo haciendo mella en mí. Era casi la hora de comer y el cementerio se había quedado prácticamente desierto.

—Podrías aprovechar para abrir los nichos de los niños y salimos de dudas. El simple hecho de estar aquí, me está revolviendo el estómago.

—¿Podrías? —repitió, arqueando la ceja con sorna—. *Caoineag*, esos niños llevan siglos muertos. No vas a ver sus pequeños cuerpecitos con cara de ángel.

—¿Caoi… qué?

—Caoineag, significa "llorona" en escocés. Es una *banshee* de las Highlands, un espíritu femenino que predice la muerte de su clan mediante su llanto inconsolable.

—¡Yo no soy una llorona!

—¡Sí que lo eres, Caoineag! —se burló—. Voy a hacer el trabajo sucio. Vigila que no venga nadie.

Me separé unos pasos y le dejé abriendo nichos como si fuera un asaltador de tumbas profesional. Yo no quería ver lo que hacía, aunque no podía evitar oírlo: el ruido era ensordecedor. Solo me giré un instante y fue alertada por su silencio. Me lo encontré rodeado de escombros y concentrado en las tumbas huecas que tenía ante él, analizando la escena con escrutinio profesional.

—Están vacías —dijo, confirmando mis sospechas.

—¿También han sido saqueadas?

—No. Vacías, vacías.

Me asomé a mi pesar para comprobar lo que decía. El nicho estaba limpio, sin rastro de actividad de ningún tipo, a excepción de la erosión propia por el paso del tiempo.

—"*En los nichos infantiles de Comillas se encuentran los restos de aquellos infantes no bautizados que perecieron víctimas de alguna enfermedad de la época, muerte súbita o por causa desconocida al nace*r" —leí en voz alta—. Han pasado cien años, igual se han descompuesto, los han trasladado o…

—¡Mis cojones! —exclamó Logan, perdiendo la paciencia—. Estas tumbas son puro paripé. Aquí no han enterrado jamás a nadie. No hay restos orgánicos de ningún tipo, ropas, ¡nada de nada! ¿Tenemos los nombres de los niños en la lista?

—No, pero supongo que podría pedírselos a Miguel Ángel.

—¡Haz esa llamada! Me gustaría entrevistar a cualquier familiar que quede con vida.

Mientras Logan reconstruía la escena como estaba antes que llegáramos, llamé al policía desde su teléfono.

—¿Esta todo bien por allí? —preguntó a modo saludo.

—Todo bien, Miguel Ángel. Solo necesitamos un pequeño favorcillo…

—Tú dirás, preciosa.

—¿Crees que podrías conseguirnos los nombres de los niños enterrados, así como la causa de la muerte y la fecha?

—Sí, claro, puedo pedirle a algún colega del registro que tire de documentos antiguos, pero me llevará unas cuantas horas. ¿Puedo saber por qué os interesan tanto unas criaturas del siglo pasado?

—Los nichos están vacíos.

—¡Eso es imposible! El cementerio está completo, a excepción de los mausoleos. Probablemente se hayan descompuesto o…

—Vacíos —repetí contundente. Miguel Ángel permaneció en silencio al otro lado de la línea.

—Okay. Dame un par de horas. Intentaré conseguirte algunos nombres para entonces y te mando el resto al email de la agencia. ¿Te parece?

—Eres un sol.

Me giré para mirar a Logan con el ceño fruncido. Algo no terminaba de encajar en esa historia y no tenía ni idea de qué pieza se supone que estábamos buscando allí, cómo íbamos a encontrar nada que nos ayudara a detener a Adrián Duarte y la Luna de Plata rebuscando en unas tumbas infantiles de principios del siglo XX, pero me abstuve de compartir con Logan mi incertidumbre.

—¿Te parece si empezamos a abrir mausoleos a lo loco? —preguntó Logan.

—¡Claro! Aunque no entiendo muy bien qué podemos encontrar aquí que sea relevante. Igual deberíamos ir a esos hoteles de Cancún o Nueva York si queremos cogerles con las manos en la masa, y no a un pueblucho como Comillas…

—Los atajos nunca llevan a ningún sitio, Caoineag. Un pueblucho como Dornoch, una islita como Skerries o esa aldea perdida en

Yucatán, nos han dado más información que todas las capitales internacionales juntas. A estos tipos les gusta mantener un perfil bajo.

—Sí, pero aquí no hay nada —insistí—. Los familiares de quienes están aquí enterrados ya han muerto o tienen Alzheimer.

—¡Ten un poco de paciencia! Te recuerdo que has encontrado pistas de vital importancia leyendo el diario romántico de Yvaine. Nunca sabes dónde puede haber una buena pista, Caoineag.

—¡Deja de llamarme Caoineag!

—¡Si es que eres una llorona! No sé cómo has acabado metida en una agencia de investigación con tu perfil. ¡Es desternillante!

—Fue Gina quien me metió en este lío, y sabes tan bien como yo que no seguiría si no tuviera motivos personales.

—*Oh, l'amour!* —se burló con un mal acento francés. A veces me daban ganas de borrarle esa estúpida sonrisa de la cara.

—Será mejor que nos pongamos a ello antes de que se nos haga demasiado tarde. No pienso quedarme a ver el atardecer aquí contigo.

—¿No me digas que no sería romántico?

Los siguientes treinta minutos los pasamos allanando sepulcros con ayuda de las llaves que nos había dejado Miguel Ángel. El olor a salitre y tierra húmeda, a muerte, sumado al frío de la piedra, se me metieron por el cuerpo. No me molesté en entrar en los últimos mausoleos de la familia Arellano, todos ocultaban lo mismo: huesos y más huesos. Así que me quedé arriba admirando el paisaje y jugando a perrito guardián, mientras mi compañero descendía bajo tierra por unas escaleras de piedra para investigar un nuevo mausoleo.

—¿Y bien? —pregunté cuando le vi asomar la cabeza.

—Es…. —Torció el gesto tratando de encontrar las palabras—. Francamente hermoso. Creo que hubiera sido el cumpleaños de alguien hace poco porque hay restos de comida, flores y velas.

—¿Cómo? —pregunté sin entenderle—. ¿Crees que alguien ha sido tan morboso de celebrar su cumpleaños en el mausoleo?

—¡No, idiota! En España lleváis comida a los muertos en ocasiones especiales, ¿no?

—¿Por qué haríamos tal cosa? —Le miré horrorizada con la idea.

—¿No es lo mismo que hacen los mexicanos en el Día de los Muertos? —preguntó ante tal obviedad—. Te acuestas con uno, creía que estabas al día de estas cosas.

—Estamos en España —recordé—. Aquí solo se estila llorar y llevar flores.

—¡Pues qué aburridos sois!

—Aparte de la conexión de los difuntos con México, y el hecho de que alguien ha estado por aquí recientemente, ¿has encontrado algo más?

—Hay un grabado en la pared al que me gustaría que echaras un vistazo. Nunca he sido muy bueno descifrando el arte católico y sé que tú tienes nociones de mitología.

—¡Ni muerta bajo ahí abajo! ¿Has abierto los nichos?

—No, no creo que encontremos nada ahí. Lo que sí he encontrado es esto... —Logan me mostró un cigarro habano que había robado.

—¿En serio vas a ponerte a fumar el tabaco de un muerto?

—Hay al menos veinte cajas ahí abajo, todas procedentes de Aguirre S.L.

—La tabacalera ya no existe, cerraron en 1973.

—No me he fijado en la fecha, pero huele a rancio —analizó tras llevárselo a la nariz—. ¿Por qué no bajas y echas un vistazo al relieve tú misma? Creo que podría ser una pista.

—Porque aprecio mi vida, gracias.

—¡No seas gallina, Caoineag!

Logan no me dio opción a réplica. Me tendió la linterna y casi me da una patada en el culo para que bajase más rápido.

Lo primero que sentí al entrar en el mausoleo fue un calor denso y húmedo que me caló hasta los huesos. Olía a cerrado, a tierra mojada, a flores secas y comida agria, sobre todo, cuando alcancé el final de la escalera. Había cinco nichos con distintas fechas en la pared de mi derecha. Al frente, una mesa llena de platillos en túperes, flores de alegres colores mezcladas con guirnaldas de papel mexicanas, velas ya consumidas en un improvisado altar repleto de fotografías en blanco y negro. A la izquierda, el famoso mural de mármol gris que había mencionado Logan. Su belleza me cautivó al instante. Era una composición compleja que mostraba escenas de diversa índole que, deduje, tendrían algo que ver con la vida de los difuntos.

Por un lado, había un faro con un drakkar vikingo; por otro, un pueblo de celebración; en otro punto se veía una fructífera colecta de maíz. Todas las escenas estaban unidas lateralmente por unas ondas de trazados irregulares, y en el centro, en medio del mar, el emblema de la Luna de Plata lo gobernaba todo.

—*"Siempre que necesito respuestas, miro en damasco. Ahí está la llave que te ayudará a encontrar alguna verdad, entre comillas…"* — recordé con voz tenue, acariciando el relieve en busca de alguna ranura donde poder introducir la llave—. *"Entre comillas"* —repetí, buscando inconscientemente Comillas en ese mapamundi—. ¡Entre Comillas! Log… ¡Oliver! ¿Podrías bajar un momento?

Apenas un segundo después, la linterna de mi compañero me enfocó directamente en la cara, dejándome momentáneamente ciega.

—Tú dirás, princesa.

—Creo que nuestras respuestas no están en Comillas, sino entre Comillas y algún otro lugar.

—¡Fantástico! ¡Eso nos reduce mucho la búsqueda! —Logan me mostró su lado más cínico—. ¿Quieres que busquemos de Comillas hacia Asia o prefieres buscar hacia América? Calculo que nos llevara solo unos… ¿qué? ¿cien o doscientos años?

—Hacia México, obviamente —repliqué resabida—. Lo que nos reduce mucho la búsqueda si tienes en cuenta que solo hay territorio español, algunas islas caribeñas y agua.

—Un montón de islas, querrás decir…

—¿Prefieres la opción de buscar hacia Asia?

—Avión está entre Comillas y México.

—Sí, lo está, pero yo no pienso poner un pie en ese pueblo.

—¡Vamos, Caoineag, será divertido! Ya casi hemos acabado aquí y sigues con vida, no tienes nada que temer. —Sus argumentos no estaban jugando demasiado a su favor—. De todos modos, ¿en qué te basas para creer que Yvaine se refería a eso?

—Ese relieve de ahí es un mapamundi —expliqué, dibujando un recorrido con mi dedo índice—. Si te fijas, hay varias escenas conectadas por Wyrd, la red nórdica del destino, que también aparece uniendo los elementos de esta particular Piedra del Sol que han hecho suya.

—Refréscame la memoria, ¿qué significaba la red de Wyrd?

—Contiene todas las formas de las runas nórdicas y, con lo cual, todas las posibilidades en presente, pasado y futuro. Es una manera de mostrar que todas las acciones del pasado tienen su consecuencia en el futuro, y que todo está conectado. Por ejemplo, si empezamos por la escena de la izquierda, representa México, la cosecha de maíz, las ofrendas a los dioses... Y a la izquierda, tenemos el castillo, que yo creo que es el de Dornoch. —Logan frunció el ceño como si no me creyera—. Está justo opuesto a la catedral. Y hay unos huesos dibujados, que podrían ser el yacimiento.

—¡Coño, es verdad! Esa es la catedral de Dornoch. Siguiendo hacia el este tenemos Escandinavia, donde están los drakkar vikingos. Allí es donde empezó todo. Y al sur... ¿España?

—Podría ser Comillas o Avión —respondí, llevando la mano a la boca en actitud pensativa—. Y ese faro en medio de la nada, creo que son las islas mitológicas que supuestamente se hundieron cerca de las Skerries, Silfrligr Mani.

—Elena, mira esto... —Logan enfocó con la linterna uno de los relieves del mapa, comparándolo con la primera foto que encontró en Google al escribir el nombre de Avión—. Es la iglesia de los Santos Justo y Pastor, en Avión.

—¡Mierda! Hemos quedado en darle las llaves a Miguel Ángel a las cinco y ya llegamos tarde —exclamé, ignorando a propósito que Logan acababa de encontrar una pista que nos llevaría inevitablemente a ese lugar que yo intentaba evitar a toda costa.

☼ ☾ ☼

—¿Me has traído lo que te pedí?

—Aquí lo tienes, aunque dudo que vayas a encontrar nada de valor —aseguró Miguel Ángel—. La mayoría de esos pichones murieron al nacer. De hecho, las madres ni siquiera pudieron despedirse de sus bebés, los llevaron directamente al cementerio y les dieron santa sepultura.

Agradecí que Miguel Ángel supiera chapurrear inglés y no me tocara traducir todo el rato. Logan me miró de reojo y pegó un sorbo a su caña. Estaba claro que él tampoco se lo creía.

—¿Tienes la identidad de las madres? —pregunté.

—La mayoría murieron ya de viejas, Elena. Las que siguen con vida, superan los cien años y no están para que nadie las moleste.

—Háblame de los Arellano. Es un mausoleo muy grande para una familia común.

—Fernando Arellano fue un indiano que partió a las Américas y se hizo de oro gracias a las tabacaleras. Fue un benefactor del pueblo, ayudó a restaurar la iglesia, donó dinero para la orfandad, para las fiestas patronales... Y ahí abajo yacen su mujer, sus padres y su hijo menor. Murió en un accidente con el tractor —explicó con tristeza—. Su nieta Lupita aún vive con su familia en la casa. Son muy queridos en el pueblo.

—Parece que esa tabacalera dio trabajo a mucha gente en este pueblo. Felipe Gómez también trabajaba allí, ¿no?

—Eran otros tiempos. Pero no te creas que todos los que se atrevieron a dejar a sus familias consiguieron hacer fortuna. Puedes reconocer los palacetes indianos por toda Cantabria gracias a la presencia de palmeras, ya que no es una planta autóctona de la tierruca.

—¿Crees que a Lupita le molestará si le hacemos una visita rápida?

—Mmm... Los asuntos que tengáis en esa agencia no son cosa mía, pero a la gente del pueblo dejádmela en paz —pidió Miguel Ángel—. Lupita es una señora muy mayor y no se mete en estas historias.

—No queremos molestarla. La historia de su abuelo Fernando me parece fascinante y quería escribir un artículo. Soy escritora freelance —mentí, algo que últimamente empezaba a dárseme preocupantemente bien.

—¡Las mujeres guapas hacéis conmigo lo que queréis! —se rindió, anotando una dirección en una servilleta—. Dile que os he mandado yo. Y por favor, no seáis muy insistentes. Lupita nunca guardó buena relación con su padre después de lo que pasó y es un tema que escuece...

—¿Su padre? Pensé que Fernando Arellano era su abuelo...

—¡Oh, sí! Fernando era su abuelo y es el indiano que se hizo de oro, el héroe de Comillas. Pero su padre, Juan, partió a México siguiendo los pasos del viejo. A diferencia de Fernando, Juan no fue recibido como un héroe a su vuelta.

—Pensaba que todo el mundo adoraba a los Arellano...

—Mira, lo que pasó con Juan... mejor que te lo cuente ella si quiere, yo nunca terminé de creerme esa historia y el hombre ya no está aquí para defenderse. —Miguel Ángel se puso nervioso ante mi escrutinio—. La hija de Lupita, Carmen, es una de mis mejores amigas del pueblo. Fuimos juntos a la escuela y nuestros hijos son amigos, al igual que nuestros nietos. Yo he frecuentado mucho esa casa en mi juventud y solo puedo decirte que Lupita ha tenido siempre mucha imaginación y a veces era difícil tomarla en serio. Con los años y la senectud se ha serenado.

—¿Imaginación?

—El odio a su padre le llevó a inventarse cosas. Nunca le perdonó que no estuviera presente en su vida. En fin, muchachos, me tengo que ir. La parienta me espera. Mucha suerte en la investigación.

—¿Podrías traducírmelo? —preguntó Logan con el morro torcido. Acababa de darme cuenta de que ese momento de confesiones había ocurrido en mi idioma.

—¡Arrea! Nos vamos a visitar a Lupita —resumí, con la corazonada de que esa mujer iba a dar mucho de qué hablar.

23

—Creo que es aquí —informé a un Logan frustrado porque no estaba entendiendo nada del idioma.

Teníamos ante nosotros un palacete de tres plantas pintado de diversas tonalidades de azul, que creaba un hermoso efecto óptico de relieves, completado con ventanas y terrazas en blanco en cada piso. La casa estaba rodeada de un amplio jardín donde no faltaban las palmeras y las hortensias azules y rosadas, una auténtica belleza. Miraras donde miraras, había vegetación y se respiraba ese olor a frescor que se intuye en los anuncios de suavizante de ropa.

Anuncié nuestra llegada con ayuda de una aldaba metálica que colgaba de la puerta. Una mujer de mediana edad, ataviada con un mandil sobre un vestido floral y una chaqueta de punto morada, salió a nuestro encuentro. Tenía la piel tostada, un estiloso corte de pelo rubio dorado y un cuerpo de mediana estatura bastante proporcionado. Su atuendo, sumado al trapo que sostenía en su mano, me dio a entender que trabajaba en la casa.

—Buenas tardes, ¿en qué puedo ayudarles?

—Estamos buscando a Lupita —informé—. Miguel Ángel nos ha dicho que podríamos encontrarla aquí.

—¿Y quién pregunta por la señora?

—Me llamo Mara, trabajo para un periódico local que está interesado en rescatar la figura de los indianos.

—¿Os envía *El Diario Montañés*?

—Eh… no. Es un periódico local de Londres.

—¿Londres de Inglaterra? —preguntó asombrada—. ¡Guau! ¡Sí que ha llegado lejos esta historia! Porque imagino que estáis aquí por Fernando y Juan, ¿no? —Asentí—. Soy Marisa, cuido de la señora. Pasad, Lupita está sentada en el salón viendo la tele, no creo que tenga inconveniente en contaros un par de cosas, aunque os advierto que se altera cuando habla de su padre... Juan no fue trigo limpio.

Marisa nos guio hasta el salón y anunció nuestra llegada. Una anciana de edad imprecisa veía la tele sin prestarle realmente atención desde un sillón borgoña. El enorme salón tenía suelos de madera oscura. La mitad superior de la pared era gris marengo y la inferior lucía un ostentoso papel pintado color menta con medallones dorados. Había retratos familiares por doquier, un par de fotos descoloridas de los Picos de Europa y una Virgen de Covadonga que cambiaba de color según la humedad del día.

—Lupita, estos son Mara y Oliver, son de un periódico de Londres y quieren hablar contigo.

—Si vais a soltarme algún rollo religioso de Jehová o a venderme enciclopedias... —La anciana se giró y nos miró con desconfianza.

—¡Para nada! Estamos elaborando un reportaje sobre personajes históricos del pueblo y me gustaría escribir un par de líneas sobre su padre y su abuelo. ¿Cree que podría ayudarnos?

Su rostro se llenó de sombras al oír mencionar a su padre como si fuera una especie de héroe local, un gesto que tampoco le pasó desapercibido a Logan, que me taladró con la mirada.

—No sé si voy a seros de mucha ayuda, pero sentaos y poneos cómodos. Marisa, ¿podrías traer café y pastas a los invitados?

—No te preocupes por el café, no queremos robarte mucho tiempo... —me excusé.

—El café no es discutible. —Lupita se esforzó por esbozar una sonrisa y Marisa desapareció por la puerta.

—¿He entendido que va a preparar café? ¿A estas horas? —Logan no daba crédito. Yo asentí, divertida por la expresión que se dibujaba en su cara.

—Estás en España —respondí como si eso lo justificara todo.

—¿Habéis probado las corbatas de Unquera? —Marisa reapareció con una jarra de café recién hecho y unos deliciosos hojaldres recubiertos de pasta de azúcar. Logan puso los ojos como platos, al haber entendido solo una palabra que para su cerebro anglosajón estaba causando estragos.

—¿Qué ha dicho de las corbatas?

—No estamos en Colombia —le dije en inglés—. Aquí las corbatas se comen.

Cogí una antes de empezar el interrogatorio, observando divertida a Logan, que mordía el manjar con cierto escepticismo. La hospitalidad en mi país era algo que yo añoraba en Inglaterra y que a él no dejaba de sorprenderle.

—Lupita, hemos estado hoy en el cementerio visitando el mausoleo y nos ha llamado la atención ver comida y flores. ¿Han tenido alguna celebración recientemente?

—Yo no lo llamaría celebración exactamente... Mi abuelo murió hace cincuenta y cinco años —explicó—. Os parecerá una estupidez que sigamos recordándole, pero, como ya habréis leído en los Archivos de Indias, fue uno de los benefactores de este pueblo y un buen hombre. El mejor.

—Su abuelo estuvo en México, ¿verdad? Fue uno de los montañeses que se fue a hacer las Américas.

—Así es, se fue a Ciudad de México, atraído por la idea romántica de esos países que estrenaban independencia y se abrían a la industrialización, generando una gran demanda de trabajadores. Allí conoció a mi abuela, que en paz descanse, una mexicana que trabajaba en el textil. Tuvieron cuatro hijos. Regresaron a Comillas cuando mi padre, que era el mayor de los hermanos, tenía doce o catorce años, un adolescente rebelde y muy atractivo. Todas las chicas del pueblo estaban enamoradas de él, y él lo sabía.

—¿Podría contarnos lo que recuerda del tiempo que su padre estuvo en México?

—No sé qué os interesa tanto de su historia, pero tenéis que saber que mi padre no era un buen hombre. Nos hizo mucho daño, mucho. Mi madre le denunció en varias ocasiones y casi la encierran por loca. Mi tío se rebeló y murió en un accidente absurdo con el tractor. Nadie nos creyó nunca.

—¿Por qué le denunció su madre? —pregunté, comenzando a comprender las palabras de Miguel Ángel.

—Esto no es para ninguna revista, ¿verdad? —inquirió con desconfianza, escondiendo unos labios apretados tras su taza de café.

Miré a Logan en busca de ayuda. Parecía haberse percatado de la situación y me contestó en inglés:

—Díselo, si queremos que sea sincera tenemos que empezar por serlo nosotros.

—¿Seguro? —dudé. Logan asintió con la cabeza.

Lupita, quien no hablaba inglés, nos miró con el ceño fruncido. Saqué mi placa identificativa falsa en la que se leía Mara García y se la mostré.

—Trabajamos para una agencia de espionaje internacional. Ahora mismo tenemos los ojos puestos en una serie de crímenes cometidos a lo largo de la historia de los que nadie se está haciendo cargo. Nuestras pesquisas nos han llevado a esa tabacalera donde trabajaba su padre.

—¿Estáis investigando también lo de los bebés robados?

—¿Qué sabe usted de eso?

—Que nadie creyó a esas mujeres. Comillas siempre ha tenido un índice de depresión y locura femenina muy elevado. Supongo que la historia de Juana de Castilla os resultará familiar... Cuando una mujer alza la voz, la tachan de loca y la encierran en su castillo. Eso les pasó a esas pobres mujeres cuyos niños nacieron muertos. Nunca más se habló del tema. Mi madre murió convencida de que los habían robado —afirmó contundente. Marisa emitió un suspiro de sorpresa.

—¡Señora, por Dios! ¿Cómo puede decir algo así? —Marisa me confirmó que lo que decía Lupita era cierto: nadie en el pueblo la creía—. Perdónenla, son casi noventa años y a veces se le va un poco la olla...

—Mi cabeza está donde tiene que estar, Marisa. Fue hace muchos, muchos años y, por desgracia, no queda nadie con vida que pueda testificar, pero las marujas del pueblo hablaban entre ellas. Los bebés muertos coincidieron con la época en la que esos hombres partían para América. Muchos creen que se los llevaron allí. ¿Con qué finalidad? ¡No lo sé! Solo puedo deciros que el juez pegó carpetazo y no se volvió a hablar del tema.

—¿Cree que su padre estaba metido en esto?

—¡Mi padre estaba metido en todo, Mara! En cosas que jamás se te podrían pasar por la cabeza. —Lupita se detuvo un instante y nos miró fijamente, con esos ojos opacos por la edad—. Decidme una cosa, ¿vais a rebelar mi identidad?

—No, lo que usted nos cuente quedará entre nosotros.

—Es que no quiero acabar como esas pobres mujeres —explicó. Ya por aquel entonces me dio la impresión de que sabía más del tema de lo que parecía a simple vista—. Enciende la grabadora. Y tú, Marisa, vete a por más café y quesada para los muchachos, no podemos tener esta conversación con el estómago vacío.

Aproveché para contarle a Logan todo lo que había pasado en esos minutos, incapaz de creer que Lupita fuera a colaborar voluntariamente con nosotros. Me di cuenta de que la Luna de Plata había dejado muchas víctimas vivas a su paso, las familias de todos aquellos que, de un modo u otro, habían tenido la desgracia de cruzarse en su camino. Y esa mujer a la que ya no le quedaba mucho tiempo, quería contar esa historia antes de que el tiempo la enterrara con ella. Encendí mi grabadora y di comienzo al interrogatorio más esclarecedor del caso McGowan hasta la fecha.

—Como te decía, mis abuelos regresaron con su prole a Comillas tras haber amasado una fortuna en México.

» Cuando mi padre, Juan Arellano, cumplió los dieciocho, mi abuelo pensó que sería buena idea que siguiera sus pasos y retomara los negocios que él dejó en México. El plan era trabajar unos años, hacerse de oro y regresar a la tierruca para formar una familia, exactamente igual que había hecho mi abuelo. Pero mi padre era ambicioso, y ese plan estaba lejos de la vida que él pretendía alcanzar. Se unió a la tabacalera Aguirre S.L., donde también trabajaba Felipe Gómez, un amigo de mi abuelo que cuidaría de él.

Venía a casa una vez al año. Nunca le faltaban pretendientas, sus rasgos exóticos y su espíritu aventurero le convirtieron en el muchacho más deseado de Comillas. Lo que él no sabía es que, en sus continuos escarceos con las muchachitas del pueblo, había dejado a mi madre embarazada, todo un escándalo en la época. Mi abuelo paterno lo resolvió esparciendo el rumor de que se habían casado en México y, tan pronto mi padre regresó a Comillas, le obligaron a contraer nupcias por la iglesia. Para aquel entonces, yo ya había nacido.

Durante un tiempo, mi padre se quedó en Comillas y se "olvidó" de México, pero no duró mucho... Pronto, Comillas se le quedó pequeño. Echaba de menos la libertad, los sabores, la independencia, el dinero... y las mujeres. Regresó a México y se reencontró con Felipe, que aún seguía allí amasando su fortuna. En los años siguientes, nos visitó una vez al año. Yo era la niña rara del colegio, aquella que tenía a su padre lejos y del cual no sabía nada. Decían que era un importante terrateniente —yo no sabía lo que era eso—, que tenía minas de plata, cafetales, tabaco y palacios... Hablaban de él como si fuera un rey.

Un día, mi madre y mi tía fueron de compras a Santander con la mala suerte de que allí, en un bar del Barrio Pesquero, se encontraron a mi padre tomando vino con unos amigos. Ni siquiera sabíamos que estaba de vuelta en España. Mi madre era una mujer de carácter, pero en aquella época las mujeres tenían que callar y el divorcio no era una opción.

Este no fue el único escándalo que salpicó a mi familia. Un día, una mujer llamó a la puerta y le contó a mi madre que mi padre no era quien decía ser, que tenía otra vida en México que incluía mujeres más jóvenes y actividades turbias. Que tenía otra familia y por eso nunca venía a vernos. Mi madre no quiso creerlo y despachó a la mujer, para después sumirse en una depresión que le duró meses.

—Pensaba que no la creyó —interrumpí, tomando notas.

—No quiso creerla, pero la duda la había sembrado. Mi abuelo paterno supo mantenerse en silencio, pero todos sabíamos que sabía más de lo que callaba. Por esa razón, se distanció de mi padre, su propio hijo, y se ocupó de nosotras.

» Hubo una ocasión en la que mi padre vino a vernos acompañado de unos tipos muy raros, la mayoría mexicanos, y otros extranjeros que hablaban en inglés. Apenas pasó tiempo con nosotras, se metieron en su despacho a hablar de negocios y luego marchó a Galicia a una fiesta a la que mi madre y yo no estábamos invitadas. Mi madre no era una mujer que pudiera quedarse de brazos cruzados y llevaba años aguantando los desprecios de mi padre sin poder hacer nada al respecto. Así que, no me expliques cómo, convenció a mi tío, que era

camionero, para que la llevara a ese pueblo. No sé qué pasó allí, pero mi madre no volvió a ser la misma. Una noche, la escuché hablando con mi abuelo, suplicándole que le ayudara a divorciarse de su hijo porque prefería estar muerta que seguir casada con semejante monstruo.

—¿Qué vio? ¿Qué había en esa fiesta? —pregunté, atrapada por el relato, aunque algo dentro de mí conocía la respuesta.

—No puedo hablar de algo que no vi con mis ojos, pero a lo largo de estos años, he oído a demasiada gente hablar del tema —explicó, con un mohín misterioso.

» Lo que comenzó como una inocente fiesta de disfraces con antifaces y plumas, acabó siendo, en realidad, una orgía de prácticas sexuales extremas y abrumadoras. Rituales a dioses de los que mi madre nunca había oído hablar y que, desde luego, no eran su Dios católico. Y... sangre. No en plan escena de crimen ni nada de eso, sino como algo puro y divino. Estaban pintándose con ella, como si fueran guerreros celebrando una importante victoria. En un principio, pensó que era maquillaje, pero el olor a hierro era insoportable.

Mi tío la sacó de allí y la trajo de vuelta a Comillas, donde tuvo otra crisis que duró meses, lo que tardó en volver a ver a mi padre y pedirle el divorcio. Pensó que él se lo tomaría bien... De algún modo, le estaba librando de las cadenas familiares que obviamente él nunca había deseado. Recuerdo que estaban en la habitación de arriba, yo estaba abajo con mis abuelos, oyéndolos discutir. Mi padre le agarró del pelo y la arrastró escaleras abajo entre gritos e insultos. Le rompió dos costillas. En aquella época, no se consideraban malos tratos sino una disputa doméstica para mantener a la mujer a raya tras una salida de tono. Pero mi abuelo paterno no lo justificó. Discutieron de cosas que no comprendimos, le echó de casa, le desheredó y se aseguró de que a mi madre y a mí nunca nos faltara de nada.

—¡Estoy flipando! —Marisa se levantó para traer más café. Me pregunté si esa mujer sería de fiar—. ¡Flipando en colores!

—¿Dónde está su padre ahora? —pregunté—. No lo he visto en el mausoleo.

—Supongo que estará enterrado en México con su nueva familia, yo hace muchos años que lo perdí de vista. Sé que tuvo contacto con gente del pueblo y alguna vez me sentí observada. Una de las veces, lo denuncié. Había un señor mayor siguiéndome por el mercado y, al llegar a casa, lo encontré merodeando por mi jardín. Miguel Ángel vino a investigar, pero creo que nunca me creyó del todo. Fue novio de mi hija en la escuela, ¿sabes?

—No, eso no me lo ha contado —sonreí con timidez.

—¡Uy, sí! Hacían una pareja preciosa, pero él se fue a hacer el servicio militar a Bilbao y mi Carmencita, que es muy guapa, no le esperó. Miguel Ángel tampoco perdió el tiempo, no te creas... Conoció a una chica allí que no fue muy bien recibida en el pueblo, hubo una época en la que todos los vascos nos parecían etarras, fíjate tú. Pero Nekane es toda una señora y ahora todo el pueblo la adora.

—¿Podríamos retomar lo de los nichos infantiles del cementerio? ¿Qué sabes de ese tema?

—Esos niños no son los únicos que murieron a temprana edad. La última visita oficial de Juan al pueblo, allá por los años sesenta, coincidió con la oleada más grande de bebés muertos al nacer desde Comillas hasta Unquera. Una mala racha excepto porque, si comparas las cifras con otras épocas... huele muy mal. Se corrió el rumor de que Comillas estaba maldito, de que había espíritus malignos que no querían que el pueblo creciera o, simplemente, que alguien había vertido algo en sus aguas. Llamaron a científicos, curanderas y adivinos, pero nadie encontró nada útil.

—¿Qué cree usted que hicieron con los bebés? ¿Está de acuerdo con la teoría de su madre?

—¡Por supuesto! Estoy segura de que se los llevaron, pero no sé con qué finalidad. ¿Para darlos en adopción y sacar dinero? ¡No creo! —Lupita negó con la cabeza—. Solo te diré que esa no fue ni la primera ni la última vez que murieron tantos bebés simultáneamente durante el parto, pero sí fue la más dramática. Y cada vez estoy más convencida de que mi abuelo sí sabía lo que estaba pasando, pero era muy mayor para detenerlo —prosiguió con su relato—. Tenía noventa años y un terrible Alzheimer que nos trajo a todos por la calle de la amargura. Ya sabes cómo es esa enfermedad, tan pronto te reconoce como te confunde con alguien de su juventud, reviviendo situaciones que estaban enterradas en algún lugar de su memoria. Y justo eso fue lo que pasó, que, de repente, empezó a llamarnos por nombres que no habíamos oído nunca, a hablar de un pueblo de Valladolid... Y en sueños, les pedía perdón por lo que había hecho. Sobre todo, hablaba mucho con esa mujer... No me acuerdo de su nombre. Nos pidió que la buscáramos y le dijéramos que él nunca quiso ser parte de esto.

—¿Descubrió a qué se refería?

—Creo que mi abuelo la dejó embarazada, aunque no sonaba a una aventura tradicional... Mi abuelo vivió algo en México que quiso dejar atrás. En cualquier caso, intentamos buscar a la señora, pero fue como buscar una aguja en un pajar. No teníamos los medios necesarios.

—¿Y su abuela qué decía?

—¿A los 85 años? —preguntó con tonito—. No mucho, era agua más que pasada.

—¿Recuerda algo más de su abuelo?

—Déjame que mire mis notas... —Lupita se levantó con paso torpe y abrió un baúl decorado con pinturas medievales que descansaba en el suelo. —Camila Pérez, ¡eso es! Siempre tenía a esa mujer en la boca. Otras veces, se enfrentaba a unos tipos que solo estaban en su cabeza. Decía que no quería hacerlo y empezaba a gritar. Una vez confundió a mi tío más joven con un tal Juan Ericsson. Empezó a defenderse con los puños y tuvimos que atarle a la cama, fue un momento muy duro, no conseguíamos que volviera en sí.

—¿Recuerda algún otro nombre? —Observé a Logan, que movía la pierna en un tic nervioso, impacientándose por ser un mero espectador de una conversación que no entendía.

—Eh... sí, dame un segundo. —Lupita comenzó a pasar páginas en su libreta—. Carlos Aguirre, que creo que era el dueño de la tabacalera, y otros dos más de la familia, que no sé si eran hijos o hermanos, Pedro y Oscar.

—¿Pedro Aguirre Lozano? —pregunté, reconociendo al socio de Adrián Duarte—. Es su nieto.

—Podría ser. También mencionó a Pablo Duarte, los hermanos McKellen y... Ximena Tenahua. Quédate con este nombre porque esa mujer era la peor de todos ellos.

—¿A qué se refiere?

—En uno sus trances, mi abuelo habló de esas fiestas en Galicia. Él también había estado allí en su juventud. Se refería a Ximena como a una especie de *madame* que se encargaba de organizar las fiestas y reclutar a otras mujeres. Entre tú y yo —dijo bajando la voz, como si temiera que alguien pudiera oírla—, creo que mi abuelo estuvo metido en una red de prostitución en México, aunque ignoro si fue antes o después de conocer a mi abuela.

—Ya veo... —Anoté el increíble parecido de esa tal Ximena con sus sucesoras, Analisa, Claire e Isobel.

—Hay algo más... —Lupita entrecerró los ojos, visitando un episodio de su pasado—. A veces hablaba de una lucha, de salvación, de que no era tarde... Sé que no tiene mucho sentido. Normalmente, ocurría antes de sus ataques de Alzheimer. Se alteraba, juraba que iba a encontrar el modo de acabar con ellos, repetía esas palabras sin sentido en bucle y, finalmente, nos pedía que lo lleváramos junto a sus hermanos.

—¿Qué palabras? ¿Dónde estaban sus hermanos? —Tuve una corazonada que aceleró los latidos de mi corazón.

—¡Mecachis, no lo recuerdo! Algo de... ¿cómo era? —Lupita torció el gesto y miró al techo, tratando de recordar. Verla tan mayor, tan frágil, hizo que me sintiera culpable por todo el golpe emocional al que la estaba sometiendo—. Era algo de una isla en el tiempo... ¿Cómo era? Déjame que lo busque, sé que lo anoté en algún sitio.

—Una isla en el tiempo —repetí en un susurro, sintiendo que el aire de pronto se congelaba a mi alrededor—. ¿Grandeza, inocencia, lujuria, isla, tiempo?

Lupita me miró con los ojos como platos, volteando el cuaderno para enseñarme las palabras que tenía escritas en su cuaderno.

—Ya lo habías oído antes.

—Hay otra señora que también repetía esas mismas palabras, pero me temo que no sé lo que significan.

—Sé que es un lugar porque mi abuelo nos pedía que le lleváramos allí. Decía que estaba lleno de cobardes esperando su momento para luchar.

—¿Has hablado de esto con alguien?

—Con Miguel Ángel, pero no me creyó. Ni tampoco cuando le dije que a mi abuelo lo había matado mi padre. Él insiste en que fueron los años.

—Un momento... ¿Tu padre mató a tu abuelo, a su propio padre?

—Mi abuelo murió en el 66, a los noventa y un años. Me pareció ver a un hombre ya mayor merodeando mi casa ese día. Yo estaba de paseo con mi madre y con mi hija Carmen, que solo tenía tres años. Mi abuela acababa de salir a hacer la compra y lo dejó solo viendo la tele. Fue mi tío Paco quien se lo encontró tieso en el sofá, con un rosario en la mano. Tiempo después me dijo que le había parecido ver a su hermano Juan, es decir, a mi padre, huyendo por la puerta trasera de la casa.

—¿Qué dijo la autopsia? ¿Símbolos de violencia? ¿Envenenamiento, tal vez?

—No hubo autopsia, nena. Eran noventa y un años...

—¿Crees que podrías conseguirme la dirección de esa casona de Galicia? La de las fiestas...

—¡Por supuesto que sí! Mi madre lo dejó todo apuntado en esta libreta. El nombre del pueblo es fácil de recordar, Avión, como los que vuelan por el aire.

Tan pronto dijo esas palabras, Logan dejó de trastear con el móvil para mirarme con ojos saltones. Otra vez ese lugar. Sentí una enorme congoja al ver que Lupita me apuntaba la dirección en una nota adhesiva. No tenía excusa posible para negarme a ir.

Logan sacó la llave que Ethan y yo habíamos encontrado en el desván y me pidió que le preguntara por ella. Dudé un instante si compartir o no esa información con ella, pero él insistió, pues tampoco teníamos ningún otro hilo del que tirar.

—Sé que esta es una pregunta un poco extraña, pero... ¿te suena de algo esta llave? Tal vez de alguna iglesia del pueblo, el mausoleo...

—No, lo siento, no me dice nada. Si no les importa, preferiría que lo dejáramos aquí. —Lupita se levantó para invitarnos a abandonar la casa—. Mi hija está al llegar y no quiero que sepa que estoy hablando con periodistas. Habéis dicho que no corremos peligro, ¿verdad? A mí me da igual lo que me pase, para lo que me queda en el convento... Pero no puedo ni imaginarme que le pase algo a mi familia.

—Solo nos has servido café y galletas. —Le guiñé un ojo—. Cuando salgamos por esa puerta, abrázanos como si fuéramos de la familia, por si acaso hay alguien merodeando. Y muchísimas gracias por todo, Lupita. Tu testimonio ha sido muy importante. Sobre todo, esto —sostuve en alto la dirección de Avión, un simple papel que tenía el poder de hacer que me temblaran las manos.

—Acabad con ellos —pidió, completando sus palabras con una frase que me dejó helada, al tiempo que metía otro papel en mi puño—. Acabad con la Luna de Plata.

No pude preguntar qué sabía ella de eso. Desde la puerta trasera de la casa nos llegaban voces infantiles que indicaban que su hija Carmen volvía a casa después de un paseo con sus nietos. Me quedé con un amargo sabor de boca al entender que Lupita sabía mucho más de lo que decía y tenía miedo a hablar, tanto como para haber mantenido ese secreto oculto de su propia familia.

No me di cuenta de que aún sostenía el papel en mi puño hasta que, al llegar al restaurante de Santander donde cenaríamos esa noche, Logan me preguntó por ello.

—¿No piensas leerlo?

Abrí el puño y estiré la nota, que no era ya sino una pelota arrugada y sudada en mis manos.

—Alicia, Lúa de Prata —leí en bajo. Logan torció el morro—. ¡No me mires así! Yo tampoco tengo ni idea de qué significa.

—¡Pues estamos de cojones!

—Voy a salir un momento a llamar a Ethan. Pídeme unas rabas y una Zero, porfa.

—¡Muy graciosa! —Entrecerró los ojos, molesto por la broma—. Si quieres cenar, más te vale cortar rápido a Junior. No pienso pedir nada hasta que no me traduzcas la carta.

—¡Pues te vas a morir de hambre! —Le guiñé un ojo, divertida, y me salí al Paseo de Pereda a disfrutar de la brisa del mar y una agradable conversación con el hombre más maravilloso del mundo.

24

16 de mayo de 2021 – Avión, Galicia

—Explícame cómo se supone que vamos a entrar ahí —urgí.

La enorme tapia que rodeaba el palacete gallego me generó ciertas dudas. Si Lupita no nos había mentido, al otro lado se encontraba la mansión donde la familia Aguirre solía organizar esas fiestas pecaminosas.

—Estoy buscando un punto flaco, pero solo veo cámaras por todas partes.

—Pues espero que lo encuentres antes de que me lleve el viento —protesté, luchando para que el aire no volteara mi paraguas. Miré a un Logan con el pelo negro y la piel de un naranja extraño por el exceso de autobronceador. Las lentillas negras tampoco terminaban de asentarse en sus ojos azules. —Tu nuevo look me da escalofríos.

—Dijo la que parece sacada de un capítulo de *Stranger Things*. Y no es un piropo…

No podía discutírselo. Me había puesto una sudadera rosa, cazadora vaquera y uno de esos vaqueros "boyfriend" que tan de moda estaban y a mí me hacían parecer un pez globo. La lluvia y el viento rugían con tanta fuerza, que amenazaban con volar mi ahora alborotada peluca rubia.

Logan siguió rodeando el muro sin inmutarse de la lluvia. Estaba claro que el escocés estaba más que acostumbrado a ese clima.

—¿Y bien? —insistí.

—No tengo ni idea de qué hacer, lo siento. Estos tipos se han cuidado muy bien de que nadie sepa lo que pasa en su interior. El simple hecho de tener ese muro rodeando la finca, es razón más que de sobra para sospechar. Necesito pensar...

—¿Te importa si pensamos en una cafetería? ¡Estoy muerta de hambre!

—Vale, pero solo porque me has puesto las expectativas muy altas con la tarta de Santiago.

Caminamos cabizbajos de vuelta al pueblo y nos metimos en la primera cafetería que encontramos. Pedimos dos cafés con leche y tarta de almendras, y nos quedamos en la barra.

—¡Mmm, esta tarta me pierde! —Saboreé la dulce textura de las almendras de un modo un tanto obsceno. Logan miraba su tarta con recelo—. Come un poco, a ver si se te pasa ese mal humor que me traes hoy.

—Acabo de hacerme quinientos putos kilómetros para venir a una mansión en medio de ningún sitio, a la que nunca vamos a poder acceder, en un pueblo donde aún no saben que ya estamos en verano ni que es de día.

—Dijo el escocés... —observé—. ¡No te quejes tanto! Hasta ahora nos ha salido todo rodado, es normal tener algún que otro contratiempo.

—¡Es que no podemos permitirnos los contratiempos! Nuestro vuelo sale mañana desde Santander y estamos a seis horas en coche. ¡Hoy es todo cuanto tenemos!

Su agobio estaba empezando a agobiarme. Me bebí el café de un trago y salimos del local para merodear un poco antes de regresar al hotel. Atravesamos el pueblo hasta llegar a la iglesia de San Justo y Pastor, que estaba cerrada a cal y canto. Basándome en mi experiencia previa en las Skerries, comprobé las piedras que componían los muros exteriores de la iglesia en busca de algún grabado. No encontré nada más allá de la cara de incredulidad de Logan, que no estaba dispuesto a colaborar conmigo.

Cuando la lluvia comenzó a hacerse insoportable, regresamos al coche a resguardarnos, a riesgo de morir de una pulmonía. Lo peor no era la sensación de fracaso que reinaba. Lo peor era escucharle, una y otra vez, que habíamos ido hasta el culo del mundo por una de mis estúpidas corazonadas que no llevaban a ningún sitio. No quería confesarle que yo, en el fondo, me alegraba de no haber encontrado el modo de irrumpir en la casa. Que estaba aterrada y deseando regresar a Londres, a la protección de mi piso en Clapham y a mis aburridos reportajes de moda y celebridades.

—Sé que no es el sitio más glamuroso, pero necesito una cerveza antes de emprender la marcha.

Un Logan desanimado se paró frente a la puerta de un bar repleto de señores jugando a las cartas y bebiendo vino, envueltos en una nube de tabaco. Miré el local escéptica, pero no me molesté en contradecirle. Estaba de un humor de perros y esa cerveza podría ser la música que amansara a esa fiera escocesa. Así que entramos, pedimos una cerveza para él y un refresco de té para mí, y nos sentamos en la única mesa que parecía haberse librado del humo.

—Estoy pensando que tal vez podríamos dormir en Asturias, así mañana solo tendríamos que hacer medio trayecto —propuso.

—¿Logan Sinclair se está rindiendo? —me burlé sin mirarle, haciendo origami con una servilleta de papel—. ¿Quién es ahora la *Caoineag* aquí?

—Me rindo ante la evidencia, sí: no venimos preparados. ¿Se puede saber qué haces? —Su mirada cuando me vio colorear mi papiroflexia con unas pinturas de cera que guardaba en el bolso, no tenía precio.

—Elige un color —pedí mientras jugaba con mis dedos dentro de la figura para leerle su suerte.

—El marrón, que es donde estamos ahora mismo, en un marrón de la hostia.

—"Amargado" —leí, levantando la ventanita—. Sí, te pega bastante bien.

—El amargado va a pedirse otra cerveza.

—¡Pero si aún no te has acabado la primera! —protesté, viendo que me iba a tocar a mí conducir todo el trayecto de vuelta—. Además, tiene que haber por aquí algún sitio decente donde podamos comer algo antes de irnos.

—¿Otra vez tienes hambre?

Decidí no contestarle y seguir investigando los locales de la zona a través de una aplicación del móvil. Y, cuando mis ojos se toparon con ese nombre, no podían creérselo. Tuve que salir del bar para comprobar por mí misma que no se trataba de un error. Atravesé la nube de humo y regresé a mi mesa con los ojos saltones presa de la sorpresa. Logan me miraba con aburrimiento.

—¿Por qué tienes esa cara?

—Mira el nombre del bar. —Le mostré disimuladamente la pantalla del móvil. Logan, que no entendía una palabra de español (y mucho menos, de gallego) me miró sin entender—. Lúa de Prata. Supongo que no hace falta que te diga qué significa eso…

Logan se tensó por completo y comenzó a mirar a su alrededor con recelo.

—¿Es aquí dónde…?

—¡Disculpe, camarero!

Ni corta ni perezosa, llamé la atención del joven que atendía la barra. Le calculé unos dieciocho o diecinueve años como mucho. Tenía una bonita piel dorada, el pelo ensortijado y oscuro, y unos enormes ojos negros. No me hubiera sorprendido descubrir que tenía ascendencia mexicana.

—¿Otra ronda por aquí? —preguntó.

—Sí, chato, tráete otra ronda. Y unas aceitunitas para acompañar —pedí—. Quería preguntarte algo, ¿está Alicia por aquí?

—No, hoy no está de turno —respondió. Logan frunció el ceño sin entender qué estaba pasando, pero yo seguí insistiendo.

—Pero seguro que un chico tan guapetón como tú puede convencerla de que se pase por aquí hoy, ¿verdad? Hemos venido desde Comillas solo para verla.

Se sonrojó por el piropo y me miró extrañado.

—¿Comillas? ¿Sois amigos de la señora Lupita? —preguntó con un atisbo de reconocimiento—. ¿Cómo está la vieja?

—Tan entrañable como siempre.

—Déjame que llame a mi madre, seguro que está en casa limpiando y no le importa pasarse a ayudar.

Sonreí y me giré para traducirle a Logan, con la clara sensación de que estaba haciéndole un favor al chico para escaquearse de trabajar. Cogí la nueva ronda y me la llevé a la mesa mientras esperábamos el veredicto, no quería quedarme en la barra y parecer ansiosa. No mucho después, apareció por la puerta una señora de unos cincuenta años, atractiva, con la piel morena, el pelo negro y unos ojos verdes muy vivos. Llevaba un pañuelo del mismo color al cuello, una cazadora de cuero marrón, vaqueros apretados y botas camperas. Por cómo saludaba a todo el mundo, supe inmediatamente que era la dueña del local. La vi de refilón en la cocina, charlando con su hijo mientras señalaba nuestra mesa con el dedo.

Alicia cruzó el bar de nuevo en dirección a la puerta y nos dirigió una sonrisa amable, pero en vez de acercarse a nosotros, se entretuvo realizando llamadas telefónicas.

—¿Crees que nos atenderá? —pregunté temerosa.

—Apuesto a que está llamando a Lupita y comprobando nuestra historia. La pregunta es ¿tú crees que es de fiar?

—¿Y me preguntas a mí? ¡Tú eres el agente!

—Un agente que está vendido porque no entiendo una puta palabra de lo que habláis. ¿Y si nos ha tendido una trampa? Al fin y al cabo, el bar se llama igual que todos los negocios de Duarte y Aguirre.

—Tiene que haber una explicación lógica —rogué en voz alta.

—¡Pues espero que la descubras a tiempo! Porque aquí mandas tú, y te recuerdo que eres una novata.

—¿Quieres dejar de ponerme nerviosa?

Cuando Alicia regresó al local y se sentó con nosotros, descubrí que Logan estaba en lo cierto: estaba comprobando nuestra historia con Lupita.

—¡Muy buenas! —Alicia se acercó a nosotros como un torrente de energía y nos dio dos besos. Logan me miró extrañado, aún no se había acostumbrado a la cercanía española—. Me ha dicho mi hijo que venís desde Comillas, ¿qué os trae por aquí? —Decidí contarle la verdad, a sabiendas que acababa de ponerse al día con Lupita. Alicia me miró divertida—. No vais a conseguir entrar en esa casa por las buenas. Nadie lo ha conseguido jamás.

—Eso quiere decir que lo han intentado.

—¿Podrías repetirme otra vez para quién trabajáis?

—La agencia norteamericana Phoenix Bond. —Le enseñé discretamente mis credenciales como Mara García, escondidos en un libro de poesía de García Lorca. Hasta a mí me sonaba a coña con ese nombre y ese logo—. Estamos detrás de la Luna de Plata y tu amiga nos ha enviado aquí en busca de respuestas. Estamos investigando a Pedro Aguirre Lozano, nieto de Carlos Aguirre.

—Entiendo. —Su actitud, escueta y reservada, me hizo temer que Logan estuviera en lo cierto y aquello fuera una encerrona—. Todo el pueblo sabe que ese hombre no es trigo limpio.

—¿Todo el pueblo? —Me sorprendió descubrir que aquel tema fuera de dominio público y aun nadie hubiera hecho nada—. ¿Podrías decirme qué relación tienes con ellos?

—¡Estoy de vuestro lado! Eso puedo garantizarlo —respondió ofendida. Mi tono tal vez no había sido el más adecuado.

—¿Y por qué llamarías al bar Lúa de Prata? —ataqué a la defensiva.

—¡Porque lo heredé con ese nombre y es ya un símbolo del pueblo! —respondió—. Es un local antiguo que no ha sufrido grandes reformas, está tal y como lo dejó mi abuelo y, posteriormente, mi padre.

—Entonces, supongo que mi pregunta es por qué tu abuelo lo llamaría así…

—¿Os apetece un orujito? Invita la casa. —Alicia se levantó de la silla con una energía que yo no compartía—. ¡No os quedéis ahí parados! ¡Seguidme! *Follow me,* guiri*!* —agregó en inglés, al ver que Logan no se inmutaba.

La seguimos a través de la barra (donde avisó a su hijo de que estaríamos abajo), atravesamos la cocina y llegamos a una especie de almacén donde guardaban las bebidas y provisiones del bar.

—Ayudadme con esto. —Señaló unas cajas de botellines de cola que aparentemente teníamos que mover—. Mara, ¿puedes pedirle a tu amigo que me ayude? Hago *Body Pump,* pero tampoco soy Hulk.

Con ayuda de Logan, conseguimos mover las cajas a un lado, dejando al descubierto una trampilla en el suelo que Alicia abrió con una llave que guardaba en el bolso. Levantó la tapa, revelando unas escaleras que conducían a un oscuro sótano nada acogedor. Miré a Logan con auténtico terror y la tarta de Santiago haciéndome un nudo en la boca del estómago. Él me decía que "no" con la cabeza.

—No sé si es buena idea… —resoplé insegura, buscando una excusa creíble para no confesar que simplemente no nos fiábamos de ella—. ¿Qué pasa si alguien coloca las cajas de nuevo encima?

—Primero, mi hijo sabe que estamos aquí. Segundo, no hay nadie más en el bar. Tercero, desde abajo hay infinidad de salidas.

Se lo traduje a Logan, que seguía mirándome como si le estuviera arrastrando al corredor de la muerte. Probablemente fuera así, pero, por alguna razón que no lograba comprender, aquella mujer comenzaba a inspirarme confianza. Había algo en ella que me recordaba vagamente a Gina.

Me adentré en el túnel sin pensarlo demasiado. Logan suspiró ruidosamente. No tenía que abrir la boca para que yo viera en su mirada todas las cosas que se le estaban pasando por la cabeza. Se entretuvo un rato con el móvil antes de decidirse a bajar. Creo que estaba enviando nuestra localización a todos sus contactos, por si acaso... No quise acabar la frase.

Lo que nos encontramos al cerrar la trampilla y encender la luz fue un amplio hall con habitaciones a ambos lados y un pasillo interminable al fondo. Alicia abrió con llave la sala de la izquierda, encendió el interruptor y nos invitó a ponernos cómodos en un despacho con muebles blancos y sofás de terciopelo morado.

—Tomad asiento, por favor. —Alicia nos dio la espalda para servir tres cremas de orujo de una botella que guardaba en el armario.

—No queremos robarte mucho tiempo. Voy a encender la grabadora en cuanto empieces a hablar. Entendería que no quisieras contarnos ciertas cosas, supongo que eres consciente de que, viéndote con nosotros, estás corriendo un riesgo.

—Vivir tiene sus riesgos, Mara —agregó filosófica—. Y llevo demasiados años esperando a que alguien aparezca por aquí y me invite a hablar. Solo quiero que me garanticéis que mi hijo Cristian va a estar bien.

—Haremos lo posible —respondí. Saqué mi smartphone y lo dejé encima de la mesa, dispuesta a grabar cada palabra que decía—. Deduzco que sabes bastante de la Luna de Plata...

—Mi abuelo era uno de ellos, defensor de esas ideas locas sobre la raza perfecta. Intentó dejarlo cuando mi tía desapareció, pero ya era tarde. Uno nunca deja de ser lunaplatense. —Se encendió un cigarro y comenzó a fumarlo con ansiedad—. ¿Fumáis?

—No, gracias. ¿Podrías hablarnos de tu abuelo y de tu tía? —Las preguntas se amontonaban en mi cabeza.

—Empezaré por ponerte en contexto: finales de los cincuenta, mis abuelos habían tenido cuatro hijos y la pobreza llegó a su hogar. Mi abuelo, Pepe "el calvo", como le conocían por aquí, estaba dispuesto a todo por sacar a su familia adelante. Un día, llegaron esos hombres de negocios hablando de una oportunidad de trabajo al otro lado del océano y mi abuelo partió a hacer las Américas. No fue el primero ni el último. Fueron muchos los gallegos que huyeron del régimen de Franco. Años después, me enteré de que esos hombres iban buscándole a él, que había algo en nuestros genes. Pero ya llegaré a eso más tarde —dijo exhalando una bocanada de humo.

» *Mi abuelo comenzó a trabajar en esa tabacalera mexicana que estaba registrada en Galicia, Aguirre S.L. Al principio, regresaba a casa en cuanto el dinero se lo permitía, siempre con la promesa de llevarse a su familia con él en el próximo viaje. Nunca ocurrió. Al contrario, empezó a distanciarse, se volvió introvertido y esquivo cuando le hacían preguntas.*

Pero un día regresó a Avión con esos hombres. Carlos Aguirre, el patrón, quería comprar un terreno para construir una casa para veranear con su familia aquí. Mi abuelo anunció que regresaba a casa y esos tipos le montaron un bar. Lo que oyes. Compraron un chamizo y lo convirtieron en el local que ves arriba, donde los hombres podrían venir a tomar vino después de la jornada laboral y relajarse de la estresante vida familiar. Mi abuelo ansiaba regresar a Avión con su familia y establecerse, y este fue su regalo por los servicios que prestó allí.

—Un momento, no lo entiendo… ¿les pusieron un negocio a todos y cada uno de los que regresaron a casa? Creía que uno nunca salía de la Luna de Plata…

—Los servicios que prestó mi abuelo fueron diferentes. Por eso mismo le montaron el bar, para tenerle controlado. Sabían exactamente dónde estaba, cuánto ganaba y lo que hablaba. En un bar de pueblo no hay secretos. La especialidad de esos tipos es ofrecerte una cárcel de lujo en la que te crees libre.

—¿Dónde descubriste todo eso?

—¡Es esa casa, por supuesto! —respondió como si fuera lo más obvio del mundo—. Toda la información que necesitas para desmantelar el chiringuito está en el palacete. Nombres, direcciones, estudios médicos, yacimientos arqueológicos... ¡todo!

—Espera... ¿has entrado allí? —pregunté ojiplática. Logan me urgía porque le tradujera—. ¿Cómo? ¿Has guardado alguno de esos documentos?

—Por desgracia, no fui tan avispada. Pero déjame que llegue a esa parte...

» Pepe pactó con ellos que volvería al pueblo, dejaría atrás todo y no diría una palabra a cambio de que les dejasen a él y a su familia tranquilos. Y así fue durante un tiempo... hasta que un día, mi tía Elisa trajo a casa a su nuevo novio, con el que iba a casarse. Elisa era la pequeña, la más inocente y la que siempre había estado más protegida. En un principio, Pancho nos cayó bien a todos. Yo tendría diez años y soñaba con encontrar algún día un novio como él. Era hijo de un empresario mexicano, carismático, de buena familia, increíblemente guapo, como esos galanes que solo se ven en las telenovelas. Mi abuelo, sin embargo, le tenía mucha inquina, aunque nunca dijo palabra. Una vez, los vi discutiendo en el jardín durante una fiesta familiar y cesaron en cuanto mi madre y yo aparecimos. Tan pronto Elisa y él se casaron, él se la llevó a México y no volvimos a verles el pelo. Ni una llamada, ni una carta en todos estos años.

—¿Desapareció, así sin más? —No quise compartir con ella mis temores.

—Eso parece. Mi familia se volvió loca para encontrarla. Mis abuelos y mi padre hablaron con las autoridades, sin mucho éxito. Fueron a México siguiendo los lugares que mi padre había frecuentado de joven y nadie sabía nada de ella. Carlos Aguirre y sus hombres no regresaron al pueblo en un tiempo y, cuando lo hicieron, fingieron no saber quién era Pancho. Nadie se lo creyó, pero lo cierto es que las

autoridades locales protegían a Aguirre, a pesar de que todo el pueblo había visto u oído cosas en algún momento de su vida. Ante ese panorama de desolación, solo nos quedó una alternativa… —Alicia miró a la puerta e hizo un gesto con la cabeza para que miráramos en esa dirección. No sabía a qué se refería—. Construimos el bunker.
—¿El bunker?
—El bunker —repitió ella—. Nuestro refugio secreto. Túneles bajo tierra que conectan el bar con el palacete de la familia Aguirre.
—*What's going on?* —Me quedé paralizada con la información. Logan exigía respuestas, pero le hice un gesto para que se esperara.
—Nos llevó cerca de seis años construirlos, seis años en los que mi abuelo, avergonzado, nos puso al día de todas las aventuras que vivió en México y Gales. Nos habló de la Luna de Plata, de la cueva, de los rituales, de las vírgenes…
—¿Tu abuelo sabía dónde estaba la cueva? —pregunté esperanzada.
—No exactamente… Solo estuvo una vez con ocasión de un ritual de iniciación. Ya había estado en alguna fiestecita en México, pero esta vez fue distinto, mucho más ostentoso. Fueron en barco hasta Escocia y se alojaron en un hotel cerca de la playa. Después, cree que le drogaron en el desayuno porque despertó en la misma entrada de la cueva.
La miré confundida, dispuesta de nuevo a sacarle de su error.
—Creo que no hablamos de la misma cueva entonces… Yo me refiero al cenote de Valladolid, un lugar dónde realizan rituales de fecundación y…
—Estás mezclando churras con merinas, niña —me corrigió—. Una cosa es el cenote de Valladolid donde encontraron el famoso "tesoro" en el que basan sus creencias, las monedas, las armas, los huesos y todo eso. Construyeron una hacienda encima donde hacen fiestas y eventos, pero el cenote es intocable, sagrado. Y, por otro lado, está su cueva de ceremonias. Esa está en alguna isla del norte, entre Gales y Escocia.
No pude por más que traducirle todo a Logan, esperando que él supiera de qué estaba hablando. Nos quedaba claro que se había hospedado en Dornoch, pero que asegurara con tanta convicción que la

cueva estaba en el Reino Unido, echaba por tierra todo lo que habíamos averiguado de ese lugar hasta ahora.

—¿Por qué crees que usarían una cueva en el Reino Unido? —pregunté.

—No se trata de una cueva cualquiera, sino de un lugar especial para ellos. Siento decirte que ni en un millón de años lograría acordarme del nombre, sonaba a élfico.

—¿Silfrligr Mani? —A Alicia se le iluminaron los ojos con mi pregunta—. Me temo que ese lugar no es más que una leyenda urbana. Yo misma he tratado de encontrarlo y…

—Existe. —Su rotundidad me desconcertó. Logan me pellizcó nervioso para que le tradujera simultáneamente. Le di un manotazo para que me dejara seguir—. Hasta donde sé, la Luna de Plata basa su existencia en tres descubrimientos. El primero, el cenote de Valladolid, la prueba evidente de que los vikingos habrían convivido con los pueblos precolombinos. Segundo, el yacimiento en Escocia donde encontraron restos de un poblado hiberno-nórdico del siglo XI, otra evidencia de ese mestizaje.

—Dornoch —confirmé.

—¿Habéis estado allí? —Esta vez fue Alicia quién me miró ojiplática. Yo asentí con la cabeza—. Dornoch…

—¿Y tercero? —retomé, a riesgo que quisiera obtener más información.

—La cueva en la isla. Allí encontraron algunos de los tesoros que los primeros lunaplatenses trajeron consigo al regresar a Europa. Intentaron formar una nueva colonia allí y pensaron que aquel lugar estaba lo suficientemente apartado de la humanidad para retomar su aventura. Aunque no les duró mucho tiempo, la escasez de agua y comida dificultó su existencia. En algún momento, lo adoptaron como lugar de reuniones y, finalmente, de sacrificios. En la actualidad, los lunaplatenses han construido en las cavidades de la cueva hasta crear todo un parque temático a la perdición y la lujuria.

Me sentía tan perdida, que no sabía ni qué preguntar. Logan, que no se estaba enterando de la misa la media, me apuró para que le preguntara por los túneles.

—Los túneles dan a una caseta de obras que hace décadas que nadie usa. Es una zona cubierta por árboles que no cubren las cámaras de vigilancia —aseguró Alicia.

—¿Qué hay en la casa que justifique tantas medidas de seguridad? —pregunté. Alicia tomó aire un segundo antes de seguir.

—Hay cosas que es mejor verlas por uno mismo. —Apagó su cigarrillo y se acabó el orujo de un trago—. Solo puedo decirte que mi tía Elisa no va a volver.

—¿Está...?

—No, mucho peor. Es uno de ellos. Le lavaron el cerebro y llegó un punto en que ya no distinguía entre el bien y el mal. Se creía superior a nosotros. Mi abuelo no pudo soportarlo y decidió darla por muerta.

—*What the hell is going on, Mara?*[28] —Logan no logró contener su impaciencia, consciente de mi cara de aturdimiento. Le resumí con celeridad la conversación y el hecho de que no las tenía todas conmigo con entrar allí. A él, sin embargo, no le asustaba nada—. *That's fantastic! Let's do it!*

—¿Qué ha dicho el guiri? —Alicia le miró con desconfianza.

—Quiere que entremos en la casa —expliqué, arrepintiéndome de mis palabras—. Quiere saber qué pasó con las otras mujeres y está convencido de que podremos encontrar alguna pista allí. Tenemos una lista con al menos cincuenta nombres solo en Escocia en los últimos treinta años. La de México asciende a más de mil.

—¿Y no tenéis ni idea de qué pasó con ellas?

—Sabemos que algunas fueron usadas como tributos, otras colaboraron activamente, como tu tía, otras... se rebelaron y ya no están.

—Me encantaría que mi tía se encontrara en ese último grupo.

—¿Sabes si sigue con vida?

—Me temo que no. A veces es mejor dejar de hacerse preguntas, uno vive más feliz.

—¿Saben ellos de la existencia de esos túneles? La Luna de Plata...

---

[28] Voz inglesa: ¿Qué demonios está pasando?

—De saberlo, los túneles no seguirían aquí, ¿no crees? —replicó con sorna—. Sin embargo, sí saben que hemos entrado al menos una vez.

—¿Cómo lo sabes?

—La última vez que entramos, hará unos tres años, nos cayó encima la "maldición Aguirre". Yo tuve un accidente de tráfico que me dejó tres meses en silla de ruedas. El vehículo tenía matrícula falsa y nunca encontraron al conductor. Poco después, mi hermano Pedro se cayó de una escalera que falló y se rompió las costillas. Los médicos no saben cómo sobrevivió a eso... Lo que sí puedo decirte es que la policía no hizo nada. Al igual que no hicieron nada con todas esas denuncias de mujeres que habían perdido a sus bebés.

—¿Cómo? ¿También aquí robaron bebés?

—¡Por supuesto! Al parecer en nuestro pueblo hay una gran concentración de no sé qué gen que trajeron los vikingos asentados en América.

—No tenía constancia de que los lunaplatenses se hubieran instalado en Galicia. Hasta ahora, nos habíamos enfocado en las Highlands...

—No tengo ni idea de qué pasó en Escocia, yo te estoy hablando de Galicia, de mi tierra. ¿Te suena de algo la romería vikinga de Catoira? —preguntó. Yo negué con la cabeza—. Los vikingos invadieron por primera vez Jakobsland en el siglo IX, la tierra de Santiago de Compostela, como ellos conocían a Galicia. A esta le siguieron otras dos grandes invasiones en los siglos X y XI, sobre todo, en la zona de A Coruña. Una de esas últimas invasiones vino cargada de nórdicos que había huido de México.

—Así que en Avión tenéis la Fiesta Mexicana y en Catoira la romería vikinga...

—Curioso, ¿verdad?

—¿Tienes alguna relación con ellos?

—¿Con los lunaplatenses? —preguntó, yo asentí—. Al parecer, mi familia es descendiente de ellos sin saberlo. Por eso esos hombres vinieron aquí a hacer negocios, porque conocían la historia, sabían que la gente del pueblo era diferente. Da igual en qué generación mires, el proceso siempre es el mismo: una charlita sobre la exclusividad de esos genes, el oro, el moro, y todos están dentro. Con las mujeres el proceso es diferente, no nos movemos tanto por poder.

—Por eso las engatusan.

—¡No te haces idea de lo ridículamente atractivos que son la mayoría de esos tipos! —exclamó, sin saber que yo salía con uno de ellos—. Deben de ser esos malditos genes. Aquí, en Galicia, había mucho Alfredo Landa antes de que llegaran. Y claro, te viene un tiparraco de esos, con esos ojos y esa parla... ¡pues caes!

—Hablas como si tú también hubieras caído.

—Sí y no... El padre de mi hijo también tiene esos genes, pero él ni siquiera lo sabe, aunque su sangre nórdica salta a la vista. Es un rubio de metro noventa que quita el hipo. Su familia lleva más tiempo en el pueblo que la propia iglesia. Rompimos porque la relación no funcionaba, pero tenemos buena relación. Es un buen hombre —aclaró, dejándole fuera de sospecha—. Entonces qué, ¿os animáis a entrar?

—¡Sí! —exclamó Logan, levantándose de la silla ipso facto. Yo le miré patidifusa, no sé si por el hecho de que hubiera entendido la pregunta o porque realmente quisiera meterse allí voluntariamente.

—¿Vas a acompañarnos? —le pregunté a Alicia, sintiéndome absurdamente segura en su presencia.

—Podría acompañaros hasta el final del túnel, pero no quiero líos. Un solo error y estáis de mierda hasta el cuello, y yo paso. No me interesa poner a esos fanáticos en mi contra. Ya amenazaron una vez a mi familia. —Asentí con la cabeza sin nada que argumentar—. ¿Piensas entrar así? —Miró con cierta desaprobación mi vestuario. Me encogí de hombros por toda respuesta—. Dadme cinco minutos. Y dile a tu amigo que no se acabe el orujo. A no ser que tú sepas disparar un arma, le necesitas fresco.

—¿Qué si sé hacer el qué?

¡No ganaba para disgustos! Seguí a Alicia en busca de una respuesta que no me dio. Ella estaba concentrada rebuscando cosas en los armarios y preparando ropa negra para mí, una pistola de fogueo, linternas y pasamontañas. Me indicó dónde estaba el baño y me obligó a cambiar mis jeans por esos leggins negros con sudadera impermeable del mismo color. Al parecer, Logan ya estaba listo para la acción.

Me cambié de ropa y me reuní con ellos en un angosto pasillo. Emprendimos la marcha sin dudarlo un instante... O al menos, Logan. Porque yo sí iba dudando de todo.

Dudaba de que aquello no fuera una encerrona.

Dudaba de que estar allí fuera la mejor idea.

Dudaba de si volvería a ver la luz del sol.

—¿Cuánto miden estos túneles? —indagué, pues no recordaba que la casa de Aguirre estuviera particularmente cerca de ese bar.

—Unos tres kilómetros —confirmó—. Cuando salgáis de la caseta, poneos los pasamontañas y coged el camino de tierra que hay por la izquierda, entre la maleza. Os llevará directamente hasta la puerta trasera de la casa. Coged una piedra por el camino. Allí está la primera cámara que os encontrareis a vuestro paso. Golpeadla. Llegaréis a una puerta trasera.

—Izquierda, maleza, piedra, cámara —repetí—. ¿No necesitamos llave?

—Necesitáis un código. Lo tenéis escrito y plastificado en un papel en el bolsillo. Ahora, rezadle a Santiago para que no lo hayan cambiado. Una vez entréis en la casa, está todo lleno de cámaras. Podéis haceros los héroes y reventarlas a vuestro paso, pero se darán cuenta de que las cámaras no funcionan y mandarán a alguien. Si no hacéis nada y os ven por las cámaras, mandarán a alguien igual. Vuestra mejor opción es desactivarlas usando el mismo código, si es que funciona... De un modo u otro, tenéis que ser rápidos y nadie os garantiza que vaya a salir bien.

—¡Alentador! Dijiste que había ángulos muertos, ¿verdad?

—Así es. Si hacéis lo que os digo, entrareis directamente a la cocina. Atravesadla, pegándoos mucho a la pared de la derecha. Allí encontrareis una puerta al cuarto de limpieza y contadores. Si seguís avanzando, llegareis a una pequeña oficina donde guardan los disfraces y el atrezo para los rituales. Coged las escaleras hasta la segunda planta y buscad una habitación que tiene un cuadro de Dalí. Esa es la oficina donde guardan toda la información que necesitáis.

Intenté memorizarlo todo en el bloc de notas de mi teléfono, pero no sabía cuál iba a ser el resultado. Ni siquiera sabía si iba a tener tiempo de leerlo antes de que nos pillaran. La cabeza me daba vueltas.

—¿Cuánto tiempo crees que tenemos antes de que manden a alguien?

—No lo sé, depende de lo buenos que seáis. Tienes un mapa de los ángulos muertos enrollado en el culo de la linterna. La primera vez no vino nadie. La segunda vez, fueron menos de quince minutos.

—¿Y no han cambiado la clave de la puerta?

—La cambian de continuo, pero esta nos la consiguió el jardinero. Y el mapa, un contacto en la agencia de seguridad y videovigilancia. Ellos no son los únicos que tienen gente infiltrada —respondió orgullosa—. Amores, hemos llegado al final del túnel. Os dejo la llave, cerrad todo bien a vuestro regreso. Estaré esperándoos en el bar. Si por un casual os pillaran, os pediría que no usarais el túnel, es la única baza que tenemos contra ellos ahora mismo. Y, por supuesto, si alguien pregunta, no me conocéis.

Alicia nos dio un abrazo y nos deseó suerte, un gesto que pretendió ser amistoso e hizo que yo empezara a temer por mi vida.

25

—¡De ningún modo voy a entrar ahí! Tras una larga aventura casi a oscuras por los túneles subterráneos, el enorme caserón de estilo indiano se alzaba ante nosotros.

—¿Quieres hacer el favor de tranquilizarte? ¡Mira a tu alrededor! —pidió Logan—. El césped está alto, no hay huellas de coche ni pisadas en el camino. Ha llovido mucho desde la última vez que alguien vino por aquí.

—¡Eso no me dice nada! En Galicia llueve mucho siempre —protesté, ajustándome el pasamontañas, que hacía que la peluca rubia me picara aún más.

—Okay, el momento de la verdad. Si crees en algún dios, este es el momento de rezarle.

Logan marcó la clave en la puerta y cerró los ojos con fuerza. El resultado fue que ésta se abrió sin esfuerzo y, no mucho después, Logan estaba desactivando las cámaras con el mismo código. Le miré entre sorprendida y aterrada. Todo estaba siendo demasiado fácil para ser real.

Seguimos todas las indicaciones de Alicia hasta la segunda planta. Llegamos a una habitación enmarcada por un retrato en blanco y negro de Dalí en la entrada, donde se leía: *"De ninguna manera volveré a México; no soporto estar en un país más surrealista que mis pinturas"*. Recordé las palabras de Alicia advirtiendo que esa era la oficina donde la Luna de Plata guardaba sus documentos. Me mosqueó que no tuviera ninguna cerradura, candado o cualquier otro impedimento para entrar libremente, aunque supuse que no haría falta con toda la parafernalia de cámaras y códigos de seguridad.

La puerta se abrió sin ninguna dificultad, dando paso a una habitación cuadrada y no demasiado amplia, con paredes verde apagado, pesadas cortinas en marrón, que abarcaban la pared de arriba abajo, y muebles de madera oscura. A la derecha, una mesa de escritorio con una pequeña lámpara dorada, de esas que se encienden con un cordoncito; una silla de oficina y, enfrente, una estantería llena de libros y cuadernos, además de algunas figuritas de porcelana del año de la Polka.

—Propongo que no nos entretengamos en leer nada ahora, hacemos todas las fotos que podamos y analizamos el contenido en el hotel —sugerí, poniéndome los guantes de silicona para no dejar huellas—. ¿Qué me dices? ¡Toma, ponte los guantes!

Logan los cogió y me dedicó una sonrisa inquieta.

—¡Mírala, con guantes y todo! Está claro que has nacido para esto. ¿Tú estás segura de que no quieres entrar en la agencia?

—Solo quiero acabar con ellos.

—¡Muy loable! Pero me gustaría pedirte que no te dejaras llevar por los sentimientos, veo mucha emoción contenida en tus palabras.

—¿Qué quiere decir eso? —respondí agitada—. ¡Ah, ya sé! ¿Vas a soltarme otra vez el rollo de que no te fías de mí porque me lie con el sospechoso? Crees que no soy profesional.

—Creo que eres demasiado humana —me corrigió él, sin un ápice de emoción en la voz—. Y creo que no eres consciente de que, encontremos lo que encontremos aquí, vas a ver su nombre por todas partes —dijo, refiriéndose a mi novio—. Fotos, archivos, acusaciones... víctima o verdugo, él es parte de esto. Así que intenta mantener la mente fría y trabajar en silencio. Es muy probable que estemos rodeados de micrófonos y cualquier pista que obtengan de nosotros podría ser muy útil para ellos.

Reconozco que no lo había pensado. Había dado por hecho que encontraríamos información que nos ayudaría a localizar a las víctimas y a encarcelar a esos tipos, pero no que el nombre de Ethan estaría presente. ¿Habría estado alguna vez él en esa casa? ¿En una de esas fiestas?

—¿Te parece si tú buscas por las estanterías de la derecha y yo en la izquierda? —pregunté, deseando acabar con eso cuanto antes. Logan asintió sin rechistar.

Pasamos diez minutos mirando por encima entre facturas de mantenimiento, clásicos de literatura gallega, felicitaciones de cumpleaños y otros documentos que no comprometían realmente a nadie. Escuché a Logan suspirar abatido, nuestra aventura nos había llevado de nuevo a un callejón sin salida.

—¿Has encontrado algo por ahí? —preguntó, yo negué con la cabeza—. Creo que deberíamos volver, estamos corriendo un riesgo innecesario y aquí no hay nada de valor.

—¿Cómo volver? —Después de lo que nos había costado entrar allí, yo no pensaba rendirme—. ¿No quieres seguir investigando en las otras habitaciones?

—No sé de cuánto tiempo disponemos antes de que se den cuenta de que las cámaras no funcionan. Además, nuestro contacto nos aseguró que era aquí donde guardan los documentos y está claro que se lo han llevado todo. O tal vez nos ha tendido una trampa, ¿cómo sabemos que esa mujer es de fiar? ¡Yo ni siquiera entendía lo que decía!

—¿Qué me dices del mapa en forma de sandalia? —insistí, recordando los extraños dibujos encontrados en la casa de Pedro Aguirre.

—El mapa señalaba la casa dentro del pueblo y ya la hemos encontrado.

—El otro... —Le mostré en mi móvil el dibujo con la equis—. Si te fijas, hemos subido por esta escalera y estamos en esta sala de aquí.

—¿Quién dice que ese plano es de esta casa en concreto? Todas las casas de la época son idénticas.

—Mira la distribución de las ventanas, el radiador y la puerta. Te digo que es esta sala del dibujo. Apuesto a que, si vamos a la habitación de al lado, nos encontraremos un dormitorio con un amplio balcón.

Logan no me dejó terminar la frase. Salió por la puerta y se adentró en la habitación contigua, solo un instante, y regresó donde yo estaba.

—Okay, te escucho —dijo, confirmando mis sospechas.

—Si superponemos los tres dibujos con el plano, diría que la equis está justo dos plantas por debajo de nosotros. Es una sala amplia, así que tiene que tratarse del salón principal. Estamos buscando uno con tres ventanales y dos puertas.

—¡Listo! ¿A qué estamos esperando para bajar?

Una vez en la planta baja, me paré al borde de la escalera para volver a mirar la foto e intentar situarme. Si la escalera quedaba detrás de mí, la sala tenía que estar a mi derecha.

—Diría que tenemos que coger ese pasillo de ahí —propuso Logan, llegando a la misma conclusión que yo.

Guardé el móvil en el bolsillo y recorrimos el pasillo en busca de la sala misteriosa. Abrimos la primera puerta que nos encontramos, complacidos al comprobar que aquella sala tenía dos puertas y tres ventanales.

—¡Tenías razón! El plano corresponde con esta casa —admitió sorprendido—. Pero ¿por qué? ¿Qué hay en esta sala? ¡Parece un simple salón de fiestas!

—Tal vez eso sea justo lo que estamos buscando, una habitación que pase desapercibida.

Miré a mi alrededor tratando de encontrar algo que se saliera de lo común, pero tan solo había una gran alfombra roja con flores de lis en beige, varios cuadros en las paredes, pesados cortinajes de terciopelo rojo con borlas doradas y una chimenea enmarcada con un cuadro. Entre la puerta y la chimenea había una silla roja aterciopelada y un espejo rectangular justo encima. Y al otro lado de la puerta, un banco de madera oscura. La puerta tenía una cortina verde más ligera tapándola por completo.

—Yo diría que la equis está justo ahí, en esa chimenea. —Logan se acercó y comenzó a buscar alguna ranura secreta en los laterales. Yo le miré incrédula, a mí esto empezaba a sonarme a película de Indiana Jones.

—¿Estás esperando que se abra una puerta mágica?

—Si tienes alguna idea mejor...

Lo cierto era que sí. Mi mirada estaba absorta en el cuadro que estaba justo encima del mueble, *Las hojas muertas* de Remedios Varo, una composición en blanco y negro en la que destacaba una pelirroja con un vestido verde sobre fondo blanco, enrollando una madeja de lana azul que se perdía en el interior de una sombra, cuyo interior albergaba un pasillo lleno de arcos que no parecían tener fondo. Del túnel salían dos aves volando, una roja y otra blanca. Como el sol y la luna.

—Parece que a estos tipos les gusta el arte surrealista. —Logan siguió mi mirada, restándole importancia—. ¿Conoces el cuadro?

—No —aclaré confundida, compartiendo con él mis pensamientos—. Es solo que… Fíjate bien en la habitación, en los detalles, y ahora vuelve a mirar el cuadro.

—¿Es una broma? —Logan miró a su alrededor con recelo tras llegar a la misma conclusión a la que yo había llegado—. ¡Es la misma puta habitación de ese cuadro!

—La sombra es nuestra equis —deduje en voz alta—. La chica está sentada al borde de la alfombra, opuesta al banco. Hay un círculo dibujado en la alfombra, justo detrás de la sombra, que parece una trampilla.

Logan no me dejó terminar, ya estaba enrollando la alfombra y averiguándolo por sí mismo.

—Compi, tienes que ver esto.

Cerré los ojos con fuerza, mientras mis talones giraban involuntariamente hacia donde se encontraba mi compañero. Mucho antes de abrirlos, yo ya sabía lo que me iba a encontrar. O casi, porque no esperaba que la llave que había encontrado en el desván de Edimburgo encajara a la perfección en la trampilla, rebelando unas escaleras que se perdían bajo tierra. Sus ojos mostraban una emoción aún perceptible con el pasamontañas, y eso me dio más miedo que el hallazgo en sí.

—Me pregunto si la chica del cuadro será alguien real —compartió Logan.

—Lo dudo, pero sí puedo decirte que los lunaplatenses utilizan los cuadros de Remedios Varo para comunicarse. Encontré un cuadro de la misma artista en casa de Analisa y otro en el diario de Yvaine.

—Solo hay una manera de averiguar qué quería contarnos la vieja… Recuerda que esta llave nos iba a mostrar la verdad.

—¡No pienso bajar ahí abajo!

—¿Prefieres quedarte aquí arriba sola?

—¡Sin lugar a dudas!

—Estoy compartiendo nuestra posición a tiempo real. Si nos pasara algo, sabrían dónde encontrarnos y esos tipos estarían en un buen problema.

—¿Estás tratando de tranquilizarme? ¡Por que no funciona! — protesté, temblando como una hoja.

Entonces, me di cuenta de algo. Aquella frase era nuestro salvoconducto en caso de que alguien estuviera escuchando: no se atreverían a tocarnos un pelo sabiendo que estábamos siendo monitorizados en todo momento.

No sé cómo accedí a bajar, a sabiendas que estaba cavando mi propia tumba. Hubiera matado por estar en el sofá de mi casa viendo una película de Marvel con Ethan o haciendo el amor salvajemente en la ducha. Se me erizó la piel al pensar que igual no volvería a verle, era muy ingenuo pensar que esta aventura no iba a traer consecuencias. El miedo se me había metido en el cuerpo hasta hacer imposible disimular el temblequeo de mis piernas, que descendían por las escaleras de manera torpe e inestable. Si salía viva de allí, no quería saber nada de esta historia para lo que me restaba de vida. Y esta vez, lo decía completamente en serio.

Seguimos descendiendo con ayuda de las linternas. Cuando por fin tocamos tierra firme, Logan buscó a tientas un interruptor en las paredes e iluminó la estancia con un montón de fluorescentes que se extendían de norte a sur.

Nos encontramos una amplia habitación alargada, que estaba llena de armarios y archivadores de arriba abajo. Al fondo, un arco en la pared que conducía a otra sala, exactamente igual que en el dibujo. Como si nos hubiéramos leído el pensamiento, corrimos hacia el arco y encendimos la luz, encontrándonos otra habitación muy similar a la anterior, que igualmente tenía un arco que llevaba a otra habitación. Repetimos la acción, encontrándonos ahora en una especie de laboratorio médico que comunicaba con otras dos salas que no eran sino una réplica de la anterior, con camillas médicas, libros de estudios genéticos en las estanterías, tubos de ensayo y cámaras frigoríficas.

—Vete revisando los archivadores, tú hablas la lengua y sabrás filtrar la información mejor que yo —pidió, dirigiéndose a los tubos de ensayo—. Yo voy a hacer fotos a todo esto. Por favor, no te entretengas demasiado.

Los nervios me secaron la boca. Ahí teníamos la verdad que Yvaine quería mostrarnos y una parte de mí no quería conocer. Temía encontrar el nombre de Ethan por todas partes, algo que le inculpara o, por el contrario, me hiciera sentir compasión por él. No le quería víctima ni verdugo, sino como un hombre libre. Y sabía que aquel descubrimiento solo condenaría aún más su alma, le ataría al pasado y traería de vuelta esos fantasmas que yo trataba de alejar.

Comencé a rebuscar entre los archivadores y a sacar fotos de cuanto veía.

Contratos laborales con fotocopias del pasaporte y fichas médicas de los trabajadores de la tabacalera de Aguirre y todos los negocios hoteleros que tenían en el mundo. Eran demasiadas fichas para detenerme una por una, así que me centré en los nombres que me eran más conocidos, como el de los cántabros Juan Arellano y Felipe Gómez o el de Carlos Aguirre, fundador de la tabacalera y abuelo de Pedro Aguirre.

Un segundo archivador contenía fichas de todas las mujeres que habían desaparecido en los últimos años. No habían tenido problema en redactar su cruel destino, unas líneas llenas de sangre y fanatismo. Me pregunté por qué querrían mantener ese registro si no todas tenían esos valiosos genes.

Ojeé las fichas por encima, intentando no prestar demasiada atención a las fotografías, a riesgo de derrumbarme. Algunas no eran nadie en particular, tan solo desafortunadas que se habían cruzado con ellos en algún momento y ahora eran un eslabón de su cadena de financiación a base de narcotráfico y prostitución. Muchas habían sido usadas como mulas; otras, engañadas con la falsa promesa de una carrera de modelo en Nueva York, para acabar encerradas en un club, que regentaba secretamente Claire Dawson, donde las explotaban con millonarios con gustos extremos. Decidí tirar por ahí en busca de algo que comprometiera a Claire, pero la muy zorra se había lavado bien las manos.

Un tercer grupo de mujeres había sido sacrificado como tributo a los dioses en sus ceremonias, ya que siempre necesitaban sangre fresca para mostrarles su compromiso y devoción.

Y en el último grupo se encontraban "ellas", las "privilegiadas" que acarreaban en su sangre la maldición de la Luna de Plata y se habían negado a convertirse. Todas ellas tenían una historia similar:

habían entrado en contacto con alguno de esos hombres, se habían enamorado y habían tratado de convencerlas. Muchas habían pasado a formar parte del clan, pero no eran las mujeres de esos ficheros. Estas habían muerto de un modo común y nada sospechoso. Un accidente de coche, un incendio, un escape de gas en la vivienda familiar o un suicidio tras una larga depresión. Y nadie dudaba de esto último, pues la Luna de Plata dejaba tras de sí demasiados juguetes rotos.

Seguí abriendo cajones sintiendo un nudo en la garganta. Sería imposible localizar a las familias de todas esas mujeres, conseguir todas sus historias. Eran demasiadas. Demasiadas vidas sesgadas antes de tiempo.

Había una ficha en especial que me interesaba, Camila Pérez. Había varias mujeres con ese nombre, pero solo una en el Valladolid mexicano de principios del XIX. La ficha no decía mucho, pero confirmaba las sospechas de Lupita: Fernando Arellano, su abuelo, la había dejado embarazada y se había desentendido de ella. Leí la historia de manera escéptica: Camila protagonizó su propio drama romántico al suicidarse por amor.

Me detuve en la foto de Eva Merino Duarte, una joven risueña de Catoira, Pontevedra, que había cedido su vida voluntariamente a la Luna de Plata tras casarse con uno de ellos. Actualmente tenía 77 años, diez hijos y veintiocho nietos.

Beth Glenn, quien había adoptado el apellido McKellen por su marido, no sonreía a la cámara. La joven escocesa había sido obligada por su padre a contraer matrimonio en 1918 con Charles McKellen, quien se la llevó con él a México y la obligó a ser parte de esto. Incapaz de soportarlo, Beth se había suicidado a los 21 años, dejando sus memorias escritas en un diario que sus capturadores habían quemado.

—¡Deja de mirar eso ahora! —Logan parecía tan nervioso y alterado como yo lo estaba—. Entiendo que esas historias te partan el corazón, pero sabes a qué hemos venido... Y te he pedido expresamente que no seas emocional.

—Se que os interesa el pasado, pero aquí hay nombres que... creo que podemos salvar a algunas de esas chicas.

—¡Olvídate de eso ahora, Elena! —Logan cometió el error de llamarme por mi nombre—. Necesitamos descubrir a su líder, no a las víctimas. ¡Sigue buscando!

Me negué a darle la razón, pero sabía que la tenía.

Mis pasos me llevaron a uno de los laboratorios. Las mesas estaban impolutas y reinaba el más estricto orden, a excepción de algunas motas de polvo que evidenciaban su abandono de varios meses.

En las estanterías, docenas de carpetas con testimonios y estudios genéticos que iban más allá de su obsesión por preservar la raza. Los miré por encima, sin entender una palabra de la jerga y con miedo a que Logan me reprendiera de nuevo por perder el tiempo con eso. Lo poco que pude sacar en claro es que estaban saltándose las reglas de la biología, realizando estudios para equilibrar la cantidad de genes nórdicos y mexicas o, por el contrario, para enfatizar más del uno o del otro.

Habían creado compuestos con ADN "lunaplatense" para injertárselos a mujeres sometidas voluntariamente a tratamientos de fertilidad experimentales. E incluso habían intentado "convertir" a muchos mediante transfusiones de sangre y medicamentos que alteraban su genética. ¿Era esto posible? Los reportes me confirmaron que no, que aún no habían conseguido lograr su propósito.

Referenciaban archivos de videos, imágenes y estudios científicos más completos, avalados por una prestigiosa clínica de Massachussets.

Eran muchas las defunciones como resultado de ese proyecto conocido como "Lunaplatización", mujeres que habían perdido a sus bebés o, directamente, la vida. Hombres que habían muerto por un ideal.

El último experimento de este calibre se había realizado en 2020, con lo que no parecía una práctica tan arcaica.

—¿Todo bien? —preguntó Logan, viendo que me sujetaba a la pared para no caerme redonda.

—Aquí hay demasiada información —dije—. Necesitaríamos semanas para fotografiarlo todo.

—Selecciona lo más relevante, por favor. Necesitamos comprobar qué hay en las otras salas y calculo que no queda mucho tiempo hasta que manden a alguien a buscarnos.

Sus palabras hicieron que me mareara aún más, que me faltara el aire. La opresión de mi pecho no auguraba nada bueno.

Decidí pasar a la sala anterior, otro laboratorio médico con la misma distribución, donde guardaban fichas médicas con experimentos que comparaban la sangre de los "lunaplatenses", encontrando relaciones genéticas con las momias encontradas en los yacimientos de Dornoch y Valladolid.

Supongo que no fue muy profesional por mi parte, pero no pude evitar empezar mi búsqueda por el apellido McGowan. Las fichas de Yvaine, Caerlion, Isobel, Ethan, Gael y muchos más se extendían ante mí, entre miles de nombres que no reconocía y que, imaginé, estarían emparentados de algún modo.

Seguí leyendo y tomando fotos, descubriendo así que la familia Aguirre eran descendientes de los Rogerson, pero habían perdido el apellido con el paso de los años, aunque no sus genes. Un escalofrío me recorrió al darme cuenta de que Gina estaba genéticamente emparentada con ellos. ¡Gina! Le había prometido a Logan no dejarme llevar por los sentimientos, pero no podía dejar pasar la oportunidad de buscar la ficha de mi jefa, saber qué había pasado realmente con sus padres. Por desgracia, no la encontré bajo el apellido Dillan ni Rogerson.

—Acompáñame a la primera sala —propuso Logan, al ver la cara que se me estaba quedando con las lecturas. Asentí sin mucho entusiasmo y al borde del desmayo.

Nos dividimos para ir más rápido, él tomaba fotos en la segunda oficina y yo en la de la entrada. Lo que encontré allí no me hizo sentir mucho mejor. Todo un trabajo exhaustivo de investigación sobre las rutinas de las víctimas, hombres y mujeres, con fotos de su día a día e información sobre cómo llegar a ellos.

Decidí cambiar de estantería a riesgo de volverme loca. Una extensa colección de volúmenes sobre eugenesia racial se extendía ante mí, técnicas y experimentos para garantizar la perpetuidad de la raza y la pureza de sangre. Ideas xenófobas firmadas por médicos que habían asesorado al mismísimo Hitler. Pruebas gráficas de diversos proyectos llevados a cabo en Guantánamo y África por el mismo laboratorio de Massachussets, y firmados por Helga Elden-Johansen.

Logan comenzó a apremiarme. En diez minutos nos iríamos de allí. Ni uno más. Oteé rápidamente la habitación en busca de lo último que me diera tiempo a analizar, con la amarga sensación de que, o él había sido más afortunado en su búsqueda, o todo aquello no iba a llevarnos a ninguna parte.

A mi derecha, una estantería exponía unas pequeñas cajas negras en las que podían leerse iniciales, acrónimos o quién sabía qué. No eran muchas, tal vez diez o doce, así que me detuve a abrir la primera. Un montón de fotos de un mismo hombre, un USB, conversaciones telefónicas transcritas y subrayadas, capturas de pantalla de WhatsApp... Fruncí el ceño sin entender nada. Aquello era diferente a lo que habíamos encontrado hasta ahora, y las conversaciones en sí no comprometían a nada ni nadie.

La siguiente caja era muy similar, la vida de una mujer infiel documentada: conversaciones explícitas con su amante, fotografías comprometedoras y un anillo de casada que alguien había robado durante el acto sexual.

Sentí un escalofrío recorriéndome la piel, que no fue nada comparado a lo que sentí al abrir la tercera caja, con las iniciales A.E.F.S en dorado escritas en ella. Mentiría si dijera que me sorprendió encontrar mi nombre allí, aunque no estaba preparada para ello. En su interior me encontré cosas que no entendí y, mucho menos, me gustaron. Un estudio exhaustivo sobre mis costumbres, mis manías, mis gustos y cómo acceder a mí, acompañado de un puñado de fotografías con Gina, Brit o Casper. Posados robados de la mano de Ethan o besándonos en algún rincón de Londres. Instantáneas de mi novio con esos tipos, compartiendo confidencias en fiestas y eventos de trabajo. Reconocía a su padre, Adrián Duarte, a su tía Isobel y a Claire, su exnovia. Ni idea de quiénes eran el resto.

Al igual que en las cajas anteriores, había un USB y varias conversaciones que había mantenido con Ethan recientemente sobre cosas completamente triviales. ¿De dónde habían sacado todo eso? Y, sobre todo, ¿para qué lo querrían?

La última de las fotografías fue la que provocó el ataque de ansiedad que me duraría varias semanas después de aquella visita: una lápida en la que se leía con claridad mi nombre, sin fecha de defunción.

Volví a tapar la caja y me alejé de ella como si quemara. El cuerpo me temblaba preso del pánico. ¿Qué hacía todo eso ahí? ¿Por qué salía Ethan en las fotos? ¿Por qué tenían una lápida con mi nombre?

—¿Qué has visto ahora? ¡No podemos estar parando cada vez que encuentres algo que te afecte! Te he pedido que tengas la mente fría —recordó Logan, asomándose al armario para ver las cajas—. ¿Qué es eso? ¿Has abierto alguna de ellas? —No me vi capaz de responder con palabras, aunque sí le di la caja que llevaba mis iniciales—. ¿AEFS? ¿Es algún acrónimo del que no había oído hablar hasta ahora?

—Son mis iniciales. Hay cosas sobre mí. Una foto de mi pasaporte, fotos de Ethan con su padre, un USB y...

—¿Y...? Ya sabemos que te están pisando los talones.

—Hay una foto de mi tumba.

—¿Qué? ¿Es otro de tus problemas idiomáticos? —osó. Mi cara le hizo entender que no había confusión alguna: quería decir justo lo que él había entendido—. Okay, tranquilízate. Seguro que es solo uno de sus truquitos. Si quisieran deshacerse de ti, no iban a ponerte una lápida, te tirarían al mar como han hecho con todas las demás.

—¡No me estás ayudando!

—¡Es su modus operandi! —recordó—. ¿Podrías dejar de jugar con ese ovillo de lana? —pidió, arrancándomelo de las manos con cierto histerismo—. ¡Haces que esto parezca una puta premonición! Te pareces a la mujer del cuadro de arriba, pero con pasamontañas.

—¡No me había dado cuenta! Ni siquiera sé de dónde lo he cogido. ¿Por qué no miras si hay alguna caja con tu nombre?

—Acabo de echar un vistazo mientras hablaba contigo y no encuentro nada con mis iniciales ni las de Gina. No sé cuál es la finalidad de esas cajas, pero te juro que vamos a descubrirlo. ¿Has hecho fotos de su interior?

—¿Estás de coña? ¡La caja se viene conmigo!

—¡No puedes llevártela! No queremos que nadie sepa que hemos estado aquí.

—¡Por Dios, mira a tu alrededor! ¡Hay más cámaras que en un Gran hermano! ¡Ya saben que hemos estado aquí! —repliqué colérica—. Y lo siento, pero no pienso quedarme ni un minuto más a descubrir qué pasaría si nos pillaran.

—Aún no hemos abierto todos los armarios. Puede que encontremos algo más aquí abajo. Es ahora o nunca

—¡Acabo de ver una lápida con mi nombre escrito en ella! —rugí histérica—. ¡No pienso quedarme ni un segundo más para averiguar cómo voy a llegar hasta ella! ¡Yo me largo! —grité con una creciente crisis de ansiedad—. Y te agradecería que vinieras conmigo. Al fin y al cabo, tú eres quien lleva el arma.

A Logan no le gustó mi actitud, pero acabó por resignarse. Apretó los labios y asumió que tendríamos que irnos.

—Espérame, no pienso dejarte sola. Déjame hacer unas fotos a esa caja con pasaportes falsos y nos vamos.

No quise mirar nada más mientras le esperaba. Tal y como había prometido, la caja se vino conmigo, al igual que una ficha que había dejado apartada en la mesa. Sentía que tenía la obligación de hacerlo.

Salimos de allí y colocamos todo como lo habíamos encontrado, a pesar de que sabíamos que todo podría estar registrado en las cámaras, y emprendimos el viaje de vuelta en silencio. Aunque eran solo las siete y algo de la tarde, parecía de noche con esa bruma fantasmagórica que no hizo sino acrecentar el estado de nervios que tenía. No podía dejar de temblar, cada músculo de mi cuerpo contrayéndose dolorosamente.

El camino de vuelta por el oscuro túnel se me hizo más largo que el de ida. Tres kilómetros de dudas, preguntas sin respuestas e incertidumbre. Logan me daba conversación para hacerlo más llevadero, pero yo realmente no estaba escuchándole.

A mitad de camino, tuve que parar para coger aire. Me quité el pasamontañas y la peluca y me apoyé en la pared de hormigón, tratando de tranquilizarme. Me estaba dando una crisis de ansiedad y estaba atrapada allí, bajo tierra, en algún lugar entre la casa de Aguirre y el bar de Alicia.

—¡Ey, mírame! ¡Elena, respira! —Logan sujetó mi rostro entre sus manos para que le mirara directamente a los ojos, que también parecían empañados con algún turbio pensamiento—. ¡Te juro que no van a ponerte una mano encima! ¡No lo voy a permitir! Y pongo la mano en el fuego porque el idiota de tu novio tampoco. Esa lápida va a seguir vacía muchos, muchos años, ¿me oyes? Con toda la información que hemos encontrado hoy, te aseguro que esos hijos de puta van a ser nuestros.

—Yo solo quiero irme a casa, necesito regresar a Londres —rogué con voz temblorosa.

—Lo sé, Caoineag, lo sé. —Logan me abrazó. No fue un abrazo apasionado, sino uno de esos que buscan alejar todos los monstruos que albergar en el interior de uno. Y por un breve instante, funcionó.

Cuando llegamos al final del túnel, Alicia nos estaba esperando en su oficina con un cigarro en la mano y un cenicero lleno de colillas que horas antes no habían estado allí. Consumía tabaco para que la impaciencia no la consumiera a ella. Al vernos, se levantó y mostró cierto alivio en el rostro que a mí me hizo entender que no las tenía todas consigo. Noté un retortijón en el estómago que me hizo encogerme de dolor. Necesitaba un aseo con urgencia.

—¿Habéis encontrado algo valioso? —preguntó ella—. ¿Os ha seguido alguien hasta aquí?

—Tranquila, diría que nadie ha estado en meses —aclaró Logan—. El código que nos has dado sigue valiendo, tanto para la puerta como para las cámaras, aunque creo que tenían otro sistema de videovigilancia de emergencia.

—¿Podrías traducirme al guiri? —Alicia me miró completamente perdida—. Mira que siempre se me dieron bien los idiomas, pero a este hombre no lo entiendo.

—Es un highlander —expliqué, traduciéndole simultáneamente todo cuanto decía Logan, quien mostró su reticencia a fiarse de ella con la escueta información que le dio donde no mencionó ni el sótano, ni las fichas, ni los laboratorios.

Aquello rompía un poco mi plan, así que tuve que buscarme una excusa válida para lo que estaba a punto de hacer.

—En realidad, sí hemos encontrado algo en su despacho —respondí, sacando una carpeta del interior de mi chaqueta—. Tenían un par de fichas en un cajón. Te aviso de que el contenido es bastante fuerte.

Logan me miraba atónito, sin entender por qué había robado pruebas ni por qué se las entregaba a esa mujer gratuitamente. Pero me parecía lo más justo después de haberse expuesto de aquel modo para ayudarnos.

La curiosidad de Alicia no duró demasiado. Tan pronto abrió la carpeta, sus ojos se empañaron en lágrimas y se tapó la boca con la mano.

—¡Elisa...! —susurró, leyendo el fatal destino de su tía, dónde habían incluido fotografías que lo probaban—. Esto... Esto... ¡No puede ser verdad!

Logan, como siempre, nos miró sin entender. Al igual que no entendió porque yo también tenía que luchar por contener la emoción. No sé por qué la abracé, olvidando por completo que era una desconocida y que aún estaba en vigor lo de la distancia social que había impuesto el Covid. Con pandemia o sin ella, no éramos más que dos seres humanos que necesitaban ese abrazo más que nada en este mundo.

☼ ☾ ☼

—¿No vas a cenar nada? —Logan esparció la comida por la mesa del apartahotel que habíamos alquilado en Santander.

Me había negado a quedarme en Galicia y a dormir sola, y él estuvo de acuerdo en conducir de vuelta y alquilar un apartamento con dos habitaciones donde poder pasar desapercibidos para revisar el material.

—Elena... —rogó—. Tienes que comer algo. Ya sé que McDonald's no es lo más tentador del mundo, pero la comida basura es lo mejor para asentar el estómago. Te lo digo por experiencia.

—De verdad que no tengo hambre. Lo único que quiero es acabar con esto y ver lo que hay en ese puñetero *pendrive* con mi nombre.

Logan me acercó las patatas fritas disimuladamente y no pude por menos que coger una. Lo cierto es que tenía hambre, y no tardé en hincarle el diente a la hamburguesa de pollo. Me miró de reojo y sonrió, satisfecho al ver que estaba comiendo algo.

—¿Qué es eso que le diste a Alicia?

—La ficha de su tía. Por lo visto, tan pronto descubrió la verdad sobre su amorcito, intentó huir de México con sus tres hijos y nadie más la vio con vida. La encontraron semanas después en un contenedor con un tiro en la sien. Y la custodia de los niños se la dieron al padre. Nadie ha pagado por el crimen.

—¡Valientes hijos de la gran puta! —Movió la cabeza de un lado a otro con frustración—. Oye, ¿por qué no te das un baño con espuma mientras yo reviso el material? Creo que tú ya has tenido suficiente por hoy.

—¿Has aprendido español en ese túnel y yo no me he enterado?

—Puedo usar el traductor.

—Yo soy más rápida —dije, recogiendo la mesa y sentándome a su lado para descargar todo el material de ambos teléfonos en el ordenador.

Comenzamos con lo que él había recopilado, un sinfín de fichas de hospital de distintas épocas que notificaban la defunción de bebés por causa natural, acompañados de "facturas" de compra de esos niños, cifras que abarcaban desde 600.000 de las antiguas pesetas, hasta las más recientes de más de 15.000 euros. No había nombre, pero sí cuentas bancarias de las que sería fácil tirar para descubrir un par de enfermeras corruptas.

Logan había encontrado, además, unos cuadernos llenos de recortes y noticias de los grandes logros de sus miembros. Ponía cara a Helga, la prestigiosa científica de la clínica de Massachussets que había recibido un premio en 2007 por su aportación a la comunidad científica gracias a sus diversos descubrimientos genéticos.

Adrián Duarte, Claire Dawson, Pedro Aguirre y un tal Eduardo Arellano, posaban felices en su cadena de hoteles, que no hacía más que expandirse. Las fotografías mostraban una fiesta de inauguración en Holbox en la que se reconocía varias celebridades del deporte, la música y el cine.

—Si no estuviéramos investigando a esa banda de lunáticos, te diría que ese tipo es clavado al actor Charlie Dawn —sugirió Logan.

—Es que creo que es Charlie Dawn. Y parece que tiene muy buena relación con Aguirre. ¿Y esa de ahí no es Camilla Thomson?

—¿Quién?

—Se presentó a las últimas elecciones presidenciales del Reino Unido.

—¡Ostras, es verdad! ¡Es ella! —corroboró Logan ampliando la foto—. ¿Qué hace en la inauguración de ese hotel?

—¡Mira la siguiente foto! Charlie Dawn de nuevo, la cantante Calista Morrison y un sinfín de celebridades en la inauguración de una cadena de restaurantes veganos.

—Calista y Charlie son socios de la cadena. ¿Crees que tienen alguna relación con la Luna? —preguntó Logan confuso—. Nunca pensamos que también pudiera haber gente famosa involucrada, pero tendría sentido. Están haciendo de las suyas delante de nuestras narices sin que nadie se dé cuenta.

—La manera perfecta de blanquear dinero sin levantar sospechas.

—Elena, en estas noticias hay políticos, influencers, empresarios, actores… Todos estos negocios que aparecen en el registro están implicados de algún modo. Si podemos probar su relación con la Luna de Plata... ¡Esto es muy grande!

—¿Y cómo lo pruebas? ¡Esto es un desastre! —le contradije, desanimada—. Esos tipos tienen más poder del que creíamos, ¡tienen a los líderes mundiales cubriéndoles las espaldas! ¿Es que no lo ves? Estamos más lejos que nunca de poder encarcelarlos.

—Alguien se ha empeñado hoy en ver el vaso medio vacío.

—Alguien ha llenado su vaso de realismo, más bien. ¡Anda! Déjame el ordenador que quiero ver qué hay en esos malditos *USBs*.

—¿"Esos"? ¿Pero tú cuántos has robado? —Me miró incrédulo. No contesté a su pregunta, los saqué de mi bolso y elegí el que tenía mi nombre—. ¿Quieres que los vea yo antes? Puedo hacer de filtro…

—No —aseguré tajante—. Pero puedes quedarte conmigo.

Me encontré varias carpetas ordenadas por fechas relativamente recientes, del 2018 al 2020, que guardaban una recopilación de videos extraídos de la cámara de seguridad de un hotel. Aunque tenían mala calidad y un peor ángulo, reconocía al protagonista de todos ellos en escenas muy diferentes: Ethan trapicheando con Aguirre, Ethan tomando una cerveza con su padre en la barra, Ethan sentado en el lobby, con su mano apoyada en el muslo de una mujer a la que no reconocía.

Apreté los labios, fingiendo que no me afectaba lo que tenía ante mí, aunque ambos sabíamos que era mentira. Logan y Gina siempre estaban quejándose de que tenía que aprender a controlar mis emociones y era justo lo que intentaba hacer, volverme un maldito témpano de hielo.

En otro video, vi a Ethan comiéndose a besos a una mujer morena a la que llevaba a embestidas hasta el ascensor. Tenía la camisa desabrochada y estaba despeinado. Aunque la cámara indicaba que era un video del 2020, Ethan llevaba el pelo muy corto, un lujo del que se había privado ese año cuando cerraron todas las peluquerías. Tampoco le había visto nunca esa camisa estampada y, desde luego, no era de su estilo. Estaba claro que no conocía en absoluto al tipo con el que compartía mi vida.

Logan observaba en silencio mi lucha interna por mantenerme inalterable mientras la vida secreta de mi novio pasaba ante mis ojos.

Puse un nuevo video en el que padre e hijo discutían acaloradamente. Ethan zanjaba la bronca asegurándole que solo me estaba utilizando, que todos éramos simples marionetas para conseguir sus fines, y que él seguía siendo uno de ellos. Noté un dolor agudo en el pecho que no me dejaba respirar bien.

—¡Okay, suficiente! —Logan cerró la pantalla del ordenador y me obligó a mirarle a la cara.

—¿Qué crees que estás haciendo?

—¡Salvarte! Evitar que te vuelvas loca con estas gilipolleces, ¿te parece justo?

—¿Salvarme de qué, Logan? ¡Tú mismo lo has oído! ¡Tenías razón, todo este tiempo! —grité enfurecida—. ¡Una vez un Duarte, siempre un Duarte!

—¡Una mierda! —exclamó, saliendo por primera vez en su defensa—. Esa caja lleva tu nombre, Elena. ¿Por qué crees que guardarían esos archivos precisamente allí? ¡Querían usarlos en tu contra! No sé cuándo ni con qué finalidad, pero sí te digo que lo que has visto ahí no es real.

—¿Cómo puedes estar tan seguro?

—Primero, porque ese metraje es del 2020 y, hasta donde yo sé, habéis estado todo el puto año sin moveros de casa. Dime un solo momento en el que te hayas separado de él, ¡si sois tan repelentes que creo que hasta meáis juntos!

—¡Eso no es cierto! No estamos todo el rato juntos. A veces sale a correr sin mí…

—¡Pues debe de ser un puto genio para haberse teletransportado a Dornoch sin que ni tú ni yo nos diéramos cuenta!

—¿Ese es el hotel de Dornoch? —pregunté. Logan asintió con la cabeza.

—Y si mi argumento no te convence, mira esto entonces. —Logan me mostró una lápida en su móvil. No entendía nada—. ¡Bonita, eh! Esta lápida está en un cementerio de Chile. Probablemente es la primera que sale en Google cuando buscas lápidas en español. Y, por cierto, NO lleva tu nombre—. Suspiré, y él me miró cansino—. Elena, sabes que no soy el mayor fan de tu novio, pero he visto demasiados videos manipulados para saber que esos metrajes están alterados. Esto me suena a encerrona, aunque no entiendo qué pretenden. ¿Ponerte en su contra, tal vez? ¿Aislarle?

—Tengo que hablar con él. Necesito ver cómo reacciona cuando le pregunte por estos videos…

—¿Tú estás loca? —Logan me sujetó de los hombros contra la silla para que no me moviera de allí—. ¡No puedes hacer eso o desatarás una guerra! Si Ethan sabe que su padre tiene un plan contra ti, él va a defenderte, y ellos sabrán que hemos entrado en esa casa y que vamos tras ellos.

—¡Nos vieron en las cámaras! Ya lo saben.

—Desactivé las cámaras. Saben que ha entrado alguien con pasamontañas, no quiénes eran. Aún tenemos tiempo a nuestro favor, al menos, hasta que descubran que te has llevado la caja… y la ficha de esa mujer, los USBs y… ¡Cielo santo! ¿Te has llevado algo más? —Logan no paraba de sacar cosas de mi mochila—. En serio, Elena, ¿tú quieres que nos degollen?

—¡Necesitamos pruebas reales! Unas fotos en el móvil no sirven para nada.

Mi teléfono comenzó a vibrar. Tenía varias llamadas perdidas de Ethan, además de mensajes de mi familia y amigos que no había tenido tiempo ni ganas de mirar.

—Cógele el teléfono. Confía en tu novio y no inicies una guerra absurda.

—¿Realmente confías en él o solo tienes miedo a que arruine la misión otra vez?

—Elena, ¡esa puta caja tiene tu nombre! ¡Ellos querían que la vieras! Y no sé de cuando son esos videos, solo sé que he pasado horas revisando ese tipo de grabaciones para decirte que el audio no suena natural. Ha sido superpuesto y diría que modificado con una aplicación para adaptar la modulación de voz. Te digo que Ethan no suena así en esas cámaras.

—Espera… ¿has espiado a Ethan a través de las cámaras?

—¡Por supuesto que sí! ¡Montones de veces! —afirmó tajante—. Si quieres, un día te enseño alguna grabación, puedo acceder a ellas con el ordenador de la agencia. Y creo que es un capullo que esconde una tremenda inseguridad bajo toda esa arrogancia, pero no creo que sea un lunaplatense. Así que ahora, coge el teléfono y devuélvele la llamada. No hagas que se preocupe por ti. Si lo que quieren es que dudes, precisamente ahora deberíais estar más unidos que nunca.

Decidí escuchar a Logan en vez de a mis temores y me encerré en la habitación para llamarle. Su rostro apareció en pantalla con una sonrisa que no podía ser fingida. Estaba en la playa con su hijo, quien no paraba de interrumpir a su padre para meterse en la conversación.

—Dadme envidia, ¿dónde estáis? —pregunté, fingiendo normalidad para que él no sospechara nada.

—Hemos estado buceando en Puerto Vallarta y ahora secándonos al sol con una michelada. Bueno, eso yo, Gael toma horchata.

—¿Te he dicho alguna vez lo mucho que te odio?

—La playa no es lo mismo sin ti, cielo.

—Ya, si se te ve sufriendo mucho mi ausencia —bromeé. Él sonrió de nuevo, con esa actitud melosa que siempre conseguía derretirme.

—¿Está todo bien, güera? Te noto muy apagada... —Odiaba que fuera tan observador. O yo tan evidente—. ¿Dónde estás? Esa no es tu habitación…

—Estoy en el norte con un amigo —dije, incapaz de mentirle.

—¿Conozco a tu amigo?

—No le conoces. Tenía ganas de hacer un poco de turismo y era el único que estaba disponible.

—Okay, señorita misteriosa. ¿Debería preocuparme? —Frunció el ceño, desconcertado por la ambigüedad de mis respuestas.

—¡En absoluto! Él está felizmente casado, y tú sigues siendo mi sol, mi luna y mis estrellas.

—¡Qué zalamera eres!

—¿De quién lo habré aprendido? —Le guiñé un ojo.

—Te compré una tontería, no pude resistirme. No paro de ver cosas que me recuerdan a ti —dijo, haciéndome sonreír—. La neta es que te extraño muchísimo. Y sé que Gael también está deseando verte, no para de preguntarme por ti.

—¿Te has dado cuenta de que llevamos casi dos años sin separarnos ni un minuto por culpa de esta pandemia?

—Sí, pero lo cierto es que nos va bien así, ¿no? Mientras respetemos el espacio del otro, yo me siento libre contigo.

—Yo también. Y, por cierto, también estoy deseando veros.

Le dediqué una media sonrisa cargada de tristeza. Aunque las dudas me comían por dentro, también sabía que no podía estar mintiendo. Nadie fingía tan bien estar enamorado. Y Ethan era el puñetero novio perfecto.

26

14 de julio de 2021 – La City, Londres

Dejar atrás la experiencia vivida en España me supuso un calvario. Tener que inventarme una historia más o menos creíble para no explicarle a Ethan que (de nuevo) andaba pisándole los talones a su padre y nos había puesto en un riesgo innecesario.

¡No podía más! Esta vez había tocado fondo en aquel pueblo gallego. No podía seguir jugando a los policías porque no tenía preparación física ni mental para ello.

Me había comprometido a ayudar a Logan a traducir el material aprovechando que Ethan estaba centrado en cuerpo y alma en su hijo y no tenía tiempo para nosotros. Pero, tras dos crisis de pánico nocturnas en las que, además, me encontraba sola en casa, decidí que no podía seguir fingiendo que era una heroína.

Luna de Plata 1 – Elena 0.

El primer mes desde que se instalara Gael pasó entre compras, papeleo y planes para adaptarse a su nueva vida. Apenas los veía una o dos veces por semana. Poco a poco, Ethan fue relajándose y dejando atrás esa faceta de padre sobreprotector que estaba agobiando a su hijo (y de rebote a mí), y empezó a permitir que me quedara a dormir los fines de semana.

Reconozco que la nueva situación me estaba afectando, sobre todo, ahora que mi piso estaba prácticamente vacío y no tenía nadie con quien conversar al llegar la noche. Entre la ansiedad post viaje, la soledad, la cantidad de trabajo que tenía y la falta de sexo, estaba que me subía por las paredes. Tan solo un par de veces habíamos conseguido intimar y había sido muy diferente. Despacio y en silencio, sin velas ni fuegos artificiales, y con cuidado para que su hijo —que estaba en la habitación de al lado—, no nos oyera. Supuse que seria una etapa, aunque por dentro no podía dejar de preguntarme si iba a ser así a partir de ahora, con un amante estresado y paranoico porque Gael pudiera descubrir que su padre no era virgen.

No tardé mucho en encontrar un nuevo aliciente al llegar a casa: mi nueva compañera de piso Sofía, una catalana a la que había conocido meses atrás cuando la agencia de publicidad donde trabajaba creó una campaña para mi revista. Con el tiempo y varios cafés después de la oficina, nos habíamos vuelto inseparables, hasta el punto que, cuando Sofía me dijo que necesitaba cambiar de aires, le ofrecí que se quedara con nosotros en la habitación maldita hasta que decidiera qué quería hacer con su vida.

Ese lunes tocaba oficina y estaba extrañamente ilusionada por ver a mis compañeras de nuevo. Al menos, al 30% de ellas, ya que funcionábamos con un sistema rotativo con señales de tráfico en la máquina del café y pasillos unidireccionales para evitar los contagios. No era ideal —y sí muy absurdo—, pero era mejor que quedarme en Clapham sola. Además, me las había ingeniado para coincidir con Brit, que se había saltado la distancia social para abrazarme, y no paraba de parlotear sobre su relación lésbica y la convivencia con Mike y su perro Winston.

—Creo que Gael tiene un *crush* conmigo. —A veces a Brit le costaba filtrar.

—¿Gael, contigo? —repetí—. ¿Por qué lo dices?

—Porque el otro día en el cumpleaños de tu novio no paraba de mirarme las tetas.

—Tiene catorce años, me preocuparía que no te mirara las tetas. Estás muy buena, eres muy diferente a las mujeres que está acostumbrado a ver en México y, definitivamente, usas menos ropa que ellas.

—No, si yo estoy encantada de ser un ídolo adolescente. —Ya podía imaginarme a mi amiga contoneándose cada vez que Gael estuviera delante solo para aumentar su ego.

—¡No seas cruel! No quiero añadir al pobre chico a tu lista de corazones rotos. Y ahora mismo parece que hay competencia…

—Si lo dices por Mike, te he dicho mil veces que solo somos compañeros de piso.

—¿No fue eso lo mismo que dije yo respecto a Ethan?

—Mike sería el último tío de la tierra en el que me fijaría. Y sabes que estoy con Tamara —confirmó ella, no muy segura de sí misma.

—Y también sé que llevas semanas dándole largas, y te conozco lo suficiente para saber que algo no está bien.

Brit se escondió tras la pantalla de su laptop y fingió no haberme escuchado, para seguidamente, adoptar un tono de confidencias.

—Creo que no soy bisexual.

—¡Pues lo disimulas muy bien!

—Tamara ha estado bien como experiencia, pero ayer me apunté al gimnasio de Mike y...

—¿Estás yendo al gimnasio con Mike?

—Es entrenador personal, no querrás que me apunte al de la competencia, ¿no?

—Si no te importa recorrerte medio Londres...

—No me importa. Además, luego volvemos a casa juntos y... —se contuvo. Me aguanté una risita y fingí seguir concentrada en mi trabajo—. Como te decía, cuando ayer fui al gimnasio y vi a todos esos tipos musculados, y ese olor a sudor y testosterona... ¡Buff! Comenzó un baile de hormonas en mi organismo que Tamara jamás podría provocarme.

—¿Y qué vas a hacer al respecto?

—¡No lo sé! Estoy esperando a ver qué pasa...

—Como si las cosas pasaran solas...

—La cuestión es que he conocido a un tío en el gimnasio que...

—¡Ni de coña! —protesté, pues el estribillo de esa canción ya me lo conocía—. ¡No puedes hacerle a Tamara lo mismo que le hiciste a Jamie! Corta con ella antes de empezar otra relación.

—¡No ha pasado nada, lo juro! Solo me ha dado su número y estuvimos chateando, nada serio. Bueno y...

—¿Y...?

—Pues que pensaba traérmelo esta tarde a la cena. —Apretó los dientes. La cena no era otra cosa que un evento que Ethan había organizado para celebrar que se habían acabado los confinamientos—. Es que igual Mike se trae a su ligue, y pensé que...

Creo que me quedé paralizada por unos instantes. Me parecía un enredo de tales proporciones que me abstuve de comentar.

—No sabía que Mike tuviera novia.

—Solo es un rollete al que conoció en el supermercado donde trabaja ahora. Sí que sabías que ahora trabaja también en un supermercado, ¿verdad?

Lo sabía. Mike no podía trabajar a tiempo completo en el gimnasio porque aún se estaba recuperando de las lesiones del accidente, con lo que lo compaginaba con ese nuevo puesto.

—¿Qué tal le va allí? ¿Está contento?

—¡Pues claro que está contento! Tiene a todas las clientas babeando por sus músculos —respondió recelosa. Aquello me hizo sonreír y temer a partes iguales—. Aunque te digo que no va a durar nada con esta chica... Es ingeniera eléctrica y muy inteligente, seguro que se acaba aburriendo de él.

—¿Cómo puedes decir eso, Brittany Michelle? ¡Eres una pija clasista!

—¡Pues porque sí! Porque te lo digo yo, que estos dos no duran. Además, él trabaja muchísimas horas para poder llegar a fin de mes, no tiene tiempo para ella.

—¿Sabes que cuando Mike vivía en mi barrio trabajaba la mitad de horas? Yo diría que, por alguna extraña razón que no logro entender, está haciendo todas esas horas extras para poder permitirse ese apartamento en el que vivís.

Mi amiga me miró con cierta culpabilidad, pero siguió en sus trece.

—No va a durar con ella... ¡No pegan ni con cola!

No sé si intentaba convencerme a mí o a sí misma. Brit cambiaba más de pareja que de bragas, y un fracaso amoroso con Mike podría perjudicar al grupo. Mejor que se mantuviera al margen.

—Mira, gestiona esto como te dé la gana, pero no quiero que hagas daño a Tamara. Me cae bien. Deberías hablar con ella, seguro que lo entiende...

—¡Ilina Fernandes! ¡Te quiero en mi despacho ya! —La voz nasal de Gina se hizo oír, pasando por delante de nosotras como un huracán furioso en dirección a su oficina.

—¿Qué pasa? ¿Por qué me gritas ahora? —le susurré, abriendo muchos los ojos y mostrando mi consternación.

—¿Tú te crees que de verdad puedes entregarme esto y decir que está acabado? —preguntó con una mueca severa en el rostro. Yo no sabía de qué me estaba hablando, para variar—. Quiero verte en mi despacho ya mismo.

Ni siquiera me esperó, siguió caminando sobre sus tacones de quince centímetros y se encerró en su oficina.

—¿Se puede saber qué bicho le ha picado? —preguntó mi amiga, tan alucinada como yo estaba. Negué con la cabeza—. ¿Habrá discutido con Casper?

—Ni lo sé, ni me muero por descubrirlo. Llevo sin verla varias semanas, desde que se fue a teletrabajar a York con sus padres.

—Igual ha sido eso, el estar en casa de sus padres le ha terminado de avinagrar el carácter.

Yo ya sabía que Gina no había estado en casa de sus padres sino en Dornoch, pasando unos días en casa de Logan y analizando a fondo la información que habíamos encontrado en España. Razón por la cual, en los últimos días había podido disfrutar de la compañía de Casper en casa.

Recogí mi bloc de notas y me presenté en su despacho, cerrando la puerta tras de mí. Cuál fue mi sorpresa cuando vi que Gina cambió su gesto por una sonrisa de entusiasmo. Me tendió un café, acompañado de una colección de pastas escocesas de mantequilla que ella sabía que eran mi perdición.

—Siéntate y cierra la puerta —dijo con su mejor sonrisa—. ¡Tengo tanto que contarte!

—¿Se puede saber a qué ha venido lo de ahí afuera?

—Se rumorea que muestro cierto favoritismo hacia ti. Tenía que probar que me caes igual de mal que el resto. —Solo Gina podría sonreír a la vez que decía algo así. Puse los ojos en blanco y me dejé sobornar con los *shortbread*—. ¡No te vas a creer lo que hemos descubierto! Esta vez sí que sí, Elena, van a ser nuestros.

—Gina…

—¡Sabía que en algún momento meterían la pata! No pueden tenerlo todo controlado eternamente. ¿Y sabes qué? Somos más listos que ellos, porque…

—¡Gina! —grité, intentando hacerme oír por encima de su voz—. No quiero saber nada de Dornoch, ni de la Luna de Plata ni del caso McGowan. Creo que ya he tenido suficientes aventuras para lo que me resta de vida. Y te dije que, cuando Gael se instalara en Londres, se acababa.

—¡Pero Elena…!

—¡Pero Elena qué! ¿Sabes que en aquel túnel Logan llevaba una pistola y yo una muestra de Chanel n°5 de imitación que me dieron en una tienda?

—Eso mataría a cualquiera…

—¡No tiene gracia! Y no voy a cambiar de opinión. Así que, si de verdad me consideras tu amiga, déjame fuera de esto. Me quiero centrar en mi novela y en mis chicos, si es que Ethan saca tiempo para mí.

—Elena, estamos más cerca que nunca.

—¿Estás oyendo una sola palabra de lo que estoy diciendo? ¡No puedo dormir por las noches pensando en todo lo que había en ese sótano! ¡No puedo más, Gina! Lo he intentado por ti, en contra de los deseos de mi novio, ¡pero no puedo más! Y, sinceramente, ya he perdido la cuenta de las veces que hemos tenido esta conversación. Como vuelvas a insistir, buscaré otro trabajo y cortaré lazos contigo. Hablo en serio.

La mujer de hielo no se molestó en ocultar su frustración, pero, si bien me conocía —y lo hacía—, sabía que era mejor aceptar mi decisión.

—¡Que le den por culo al caso McGowan! No quiero que dejes la revista. Ni a mí —confesó—. ¿Qué tal van las cosas con Gael?

—Bueno… Ya sabes que últimamente tampoco es que vea mucho al padre…

—Ten paciencia. Todo esto es nuevo para él.

—La estoy teniendo, créeme. Hemos empezado nuestra relación confinados, y ahora que somos libres, apenas nos vemos el pelo si no es para ver una película en su casa y largarme después de cenar a la mía. Lo que me recuerda que tienes que ver *Clitbait*, nos está encantado.

—¿*Clitbait,* así como suena? —preguntó alarmada—. ¿La estáis viendo con Gael?

—No es tan dura...

—No me preocupa lo dura que sea la serie, sino lo dura que se le ponga al padre. O al hijo... porque ya tiene una edad, no podemos obviarlo.

—¡Gina! ¿Qué demonios te pasa hoy?

—¡Pero si tú has dicho...! —Mi jefa, que segundos antes había mostrado un pudor impropio de ella, comenzó a reír sin decoro—. ¡*Clickbait*! *Oh, my God*! Elena, esta vez te has coronado.

—¿Qué he dicho ahora?

—Mejor no lo busques, anda... Solo te diré que "clit" es lo que tienes entre las piernas —respondió, aun aguantándose una risilla—. Hablemos de trabajo. Quiero que le hagas una entrevista a la influencer Leah Madison, parece que ha firmado un acuerdo millonario para hacer un documental sobre su vida.

—¡Me niego! Sabes que no puedo entrevistar a Leah Madison por motivos personales, dáselo a otra. —Mis motivos eran en realidad los de Sofía, quién había tenido un pequeño percance con la susodicha. Y yo era muy fiel a mis amistades.

—Eso es muy poco profesional, querida.

—No es negociable.

—Está bien, se lo daré a Jenny, seguro que salta de alegría con la noticia. —Yo también podía verlo—. El próximo jueves se celebra en Londres una pasarela de moda a puerta cerrada y me gustaría mandaros a ti y a Britney.

—Brittany —corregí, incapaz de creer que a estas alturas no se supiera su nombre.

—Brit —repitió molesta—. Iréis acompañadas de guardaespaldas, no quiero que os pase nada.

—¿Por qué nos iba a pasar nada en un evento de moda?

—Porque antes veías actores de Hollywood y top models en esos eventos. Ahora las firmas han asumido que se lleva lo urbano, han vendido su alma al diablo y está todo lleno de exconvictos.

—¿Han invitado exconvictos al desfile?

Gina chascó los dedos en el aire para que me espabilara, porque al parecer, no estaba siguiéndole el rollo.

—Rap, trap, reggaetón... ¿Qué tienen en común esos géneros?

—¿Que están de rabiosa actualidad?

—¡Despierta, Lorena! Créeme que en esa sala habrá más antecedentes criminales que en una reunión de narcos.

—¡Pero qué dramática eres! —respondí, moviendo la cabeza de un lado para otro—. Bien, quieres un artículo sobre la demisexualidad, otro sobre las granjas de alpacas, el desfile de criminales... ¿algo más?

—Sí, ¿qué llevamos esta noche a la cena?

—Vino —respondí ipso facto, recordando que tanto Mike como Brit iban a llevar a sus nuevos ligues—. Mucho vino

☼ ☾ ☼

—¡No sé cómo me he dejado liar para hacer esto!

Mientras Brit recogía las caquitas de Winston y protestaba por tener que llevarlo al veterinario cuando Mike trabajaba, Sofía y yo no podíamos aguantarnos la risa.

—Pues yo creo que es muy mono —agregó Sofía, haciéndole carantoñas al bicho, que se puso panza arriba para recibir los mimos.

—¡No hagas eso! —protestó Brit—. ¡Qué luego me toca a mí bañarlo!

—¿También estás bañando a Winston? —pregunté escéptica. Esa NO era mi amiga.

—¿No querrás que se suba al sofá todo sucio? —¿El perro subiéndose al sofá? Definitivamente, NO era mi amiga—. Además, es muy dulce cuando le bañas. La verdad es que los dos están bien amaestrados. Por cierto, le he dicho a Mike que el casero nos ha bajado el precio, así que no me lleves la contraria.

—¿Por qué le has dicho tal cosa?

—¡Ha sido culpa tuya! —me acusó—. Me has hecho sentir responsable. Y quiero que tenga más tiempo libre...

—¿Para estar con ella? —observó Sofía en voz alta, viéndole lagunas al plan.

—¡Para que haga lo que le dé la puñetera gana! —Su rostro se tensó, mientras abría la puerta del veterinario con tanta furia, que pensé que iba a hacerla reversible.

—Creo que tu amiga está celosa —agregó Sofía divertida.

—Sí, pero no se lo digas a ella, que aún no se ha dado cuenta.

Esperamos en la sala de espera en silencio, observando sorprendidas cómo Brit, quien decía odiar los perros, se deshacía en atenciones con Winston, y éste la miraba embelesado. Estaba claro que el magnetismo de mi amiga no se limitaba a los machos de dos patas. No mucho después, el recepcionista nos invitó a pasar a consulta con un veterinario guapísimo que no tendría más de treinta y cinco años, y a Sofía y a mí nos dejó babeando. Observé que su influjo no estaba causando ningún efecto en Brit, lo que era ciertamente preocupante.

—¿Podría subir a la báscula? —preguntó el veterinario mientras preparaba sus utensilios de trabajo.

Brit dejó el bolso y la chaqueta en la silla, se quitó los zapatos y, excusándose por lo mucho que había comido ese día, hizo lo que le pedía el hombre. El veterinario estaba tan atónito que no se vio capaz de replicar.

—Creo que se refiere al perro —intervino Sofía en un susurro discreto—. Que subas al perro a la báscula.

Brit asesinó a mi amiga con la mirada, se bajó de la báscula y subió al animal con ayuda del veterinario buenorro. Cuando terminó la bochornosa consulta, Brit pagó una cantidad obscena y salimos de nuevo a la calle.

—¿Os importa que me pase antes por el super? —preguntó Brit, dirigiéndose en realidad a Sofía—. Necesito comprar un par de cosas.

—Sí, claro... —respondió Sofía. Al parecer, a nadie le importaba mi opinión.

Dicho y hecho, Brit le encasquetó el perro y me arrastró del brazo hacia el super. Yo estaba tan atónita, que me dejé llevar sin poder reaccionar. Y no era la única. Cuando me giré para disculparme de Sofía, ella también estaba en shock.

—Ya puedes disculparte en cuanto regresemos, ¡has sido super grosera con Sofi!

—¡Ay, Elenita! Es el único supermercado que nos pilla de camino a casa, ¿no querrás que suba a dejar al perro y baje otra vez a hacer la compra, y vuelva a subir a dejarla? —se defendió, metiendo en la cesta un montón de cosas al tuntún.

—Estoy segura de que podrías haber comprado los chicles de sandía, la espuma de afeitar y la comida para gatos cualquier otro día. —Le dediqué una mirada sarcástica mientras sostenía uno de los ridículos productos en alto.

Brit se dio cuenta de que no era estúpida. Había una razón por la que estábamos allí y no era hacer la compra. Ante la delación, dejó la cesta en el suelo con todo lo que había metido en ella, y cogió una caja de preservativos, chicles de menta y una botella de vino. Eso ya me cuadraba más... o casi.

—¿Contenta? —preguntó con sorna, dirigiéndose a la caja.

—No mucho. Sé que Tamara no va a dejarte embarazada, así que ya me dirás con quién piensas usar eso.

—Desde que tienes novio, te has vuelto de un monógamo que das asco.

Me abstuve de decir nada, igual que no dije nada cuando divisé al verdadero motivo de nuestra visita escaneando los productos de la cesta.

—¡Anda, princesa! ¿Cómo tú por aquí? —saludó Mike, para después dirigirse a mí en un tono mucho más neutro—. Lena, ¿qué tal?

—No me puedo quejar.

—Oye, Brit, ¿has llevado al bicho al veterinario?

—Justo ahora me lo llevo de vuelta a casa. Está bien, solo es una infección de oídos, por eso pierde el equilibrio. —Brit se giró para explicarme la situación y yo sonreí entre dientes—. Es que el pobre se va chocando con las paredes.

—Gracias por llevarle. Oye, sabes que no hace falta que vengas a hacer la compra, podría llevarte yo luego lo que... ¡Oh, vaya! —Mike torció el gesto al escanear la caja de condones. A él tampoco le cuadraba—. ¿Va a venir Tamara esta noche a la cena?

—No, he invitado a Dicky. No sé si te acuerdas de él, va a tu gimna...

—Sé quién es Dicky —respondió cambiando el tono de su voz por uno más cortante—. Dieciséis cuarenta cuando puedas, por favor.

Mi amiga pasó la tarjeta por el datáfono y le miró con cara de cordero degollado. Yo no entendía la finalidad de esa visita, pero poco faltó para que Mike nos diera una patada en el culo antes de atender al siguiente cliente.

☼ ☾ ☼

Brit había tardado casi dos horas en ducharse y prepararse para su cita informal con Dicky, razón por la cual, Sofía y yo decidimos ir por nuestra cuenta a la cena.

Cuando llegamos, Gina y Casper ya estaban allí, poniéndose tibios a cerveza y jugando con Gael al Mario Kart. Mi chico estaba cocinando algo que olía delicioso, irresistible con una camisa caqui, vaqueros ceñidos y un divertido delantal con el cuerpo de un *highlander* medio desnudo. Me acerqué a darle un beso rápido y cogí unas cervezas del frigo para mí y para Sofi.

—Ey, Sofi, ¿cómo va esa lista? —saludó Ethan, en referencia a la lista de 101 cosas que hacer antes de morir que mi amiga llevaba un año completando.

—Un poco estancada, no te lo voy a negar. Últimamente no he tenido tiempo ni dinero para hacer nada.

—¿Sabes que Elena y yo nos hemos comprado el libro? —reveló divertido—. Ya hemos tachado unas cuantas. Bueno, yo más que ella... Le llevo ventaja en algunas que ella no piensa cumplir nunca.

—¿En serio? —Sofía me miró a mí de soslayo.

—Mi chica se niega a mancillar su preciosa piel con un "tatuaje guarro" y no piensa tener hijos. —Escondió su provocación tras el botellín de cerveza.

—¡Ey, que no todos los tatuajes son guarros! —se defendió Sofía, mostrando con orgullo el dibujo que rodeaba su tobillo.

—¿En serio? Dime que no te arrepientes del tuyo —ataqué divertida, a sabiendas que se lo había hecho en una noche de desmadre.

Decidimos dejar el tema. No mucho después, Mike entraba por la puerta, con la única compañía de una caja de botellines de cerveza.

—¿Aún no ha llegado Brit? —se extrañó él, frunciendo el ceño. Todos negamos con la cabeza.

—Tenía una cita con un tal Dicky —informó Gina, aunque él ya lo sabía.

—¿En serio se llama Dicky? —preguntó Sofía—. Eso no significa...

—Richard —aclaré, antes de que metiera más leña al fuego—. Yo ya hice la misma pregunta.

—Pues el nombre le viene como anillo al dedo... —agregó Mike—. Porque es un capullo de primera.

—¿Y tú no ibas a venir también con una chica? —pregunté extrañada.

—Solo nos hemos visto un par de veces, me parecía un poco pronto para meterla en el grupo.

Me temía que Brit no era tan considerada. Había perdido la cuenta de ligues que le habíamos conocido con los que no habíamos mostrado ningún interés porque sabíamos que tenían los días contados. Jamie había sido el que más le había durado, una amistad de varios años que se había ido al garete tan pronto se fueron a vivir juntos.

Esperamos cinco minutos de cortesía y comenzamos a comer en el jardín las delicias mexicanas que padre e hijo habían preparado. No pasó mucho tiempo hasta que oímos a una Brit embriagada aporreando la puerta. Fui yo quien hice los honores, molesta porque mi amiga hubiera preferido quedarse con su nuevo rollo antes que llegar a tiempo a la primera fiesta que organizábamos en más de un año. Cuando abrí la puerta y la vi con ese vestido corto de cuero negro, ajustado hasta la asfixia y escotado, comprendí que la reina del rosa pastel había perdido el norte. Su acompañante era, además, todo lo contrario a lo que siempre predicaba: muy tatuado, muy rockero y con la cabeza rapada. Mediría un metro ochenta y cinco, tenía unos bonitos ojos negros con pestañas largas y espesas, mandíbula firme y se daba un cierto aire al cantante Chris Daughtry.

—Ey, Elena, este es Dicky. Dicky, Elena —presentó mi amiga, quien se veía visiblemente perjudicada—. Hemos traído vino y *carrot cake*.

—Encantada, Dicky. Pasa hasta el fondo, todo el mundo está en el jardín —respondí amable, comiéndome a mi amiga viva con la mirada.

—Mucho gusto, Elena. Brit me ha hablado muchísimo de ti. Voy a saludar a Mike y que me presente a todo el mundo.

Cuando nos quedamos a solas, me dispuse a soltarle un sermón a mi amiga.

—¿No podías haber esperado a echar el polvo después?

—¡No estaba con él! —respondió mi amiga, airada.

—¿Pues dónde demonios estabas? ¡Te hemos estado esperando una hora y media antes de empezar a cenar!

—He estado con Tam —confesó con el rostro apretado—. Ya está, ya no tienes que preocuparte porque le esté poniendo los cuernos. Soy libre como el viento.

—¡Ay, Brit! —La abracé al ver que mi amiga no estaba pasando un buen rato—. ¿Cómo se lo ha tomado? ¿Cómo estás tú?

—Ella bien, dice que sabía que pasaría antes o después, y que es mejor así, sin que nos hagamos daño. Y yo... un poco perdida ahora mismo. Por eso solo quiero divertirme y que no me sermoneéis esta noche.

—Prometo no sermonearte.

—¿Ha llegado Mike?

—Hace rato. Y solo —maticé. El rostro de mi amiga se contrajo en sorpresa.

—Mejor, porque no me parecía correcto que trajera a una cena de amigos a una tiparraca a la que acaba de conocer.

—Claro, porque tú no acabas de hacer lo mismo esta noche... Aquí cada loco con su tema.

—Más bien, me he traído al loco con el que quiero tema —respondió orgullosa de su ingenio—. Me trae sin cuidado si os gusta o no. No vais a volver a verle...

—¡Está claro que vuelves a ser la misma romántica de siempre!

Mi amiga se agenció una bebida y salió al jardín. No me sorprendió encontrar a Mike charlando con Dicky, ya que se conocían de antes. Brit no tardó en acaparar sus atenciones, con lo que Mike tuvo que buscar nuevos comensales para charlar.

—Así que tú eres el famoso Mike —preguntó Sofía sin cortarse ni un pelo.

—¿Famoso...? —indagó él.

—Antes he ido al supermercado donde trabajas, pero tu amiguita me ha dejado atada a una farola con tu perro para que no moleste —replicó divertida. Mike puso los ojos en blanco—. Es un poco fresita, ¿no?

—Con nata y sirope incluido. Un día de estos acabará vomitando arcoíris.

Mike y Sofía se sumergieron en una conversación sobre sus vidas y todo lo que tenían en común, que era mucho. Miré de reojo a Ethan pensando que no me importaría verlos juntos; pero él, firme defensor del exligue de Sofía (a pesar de que apenas se habían cruzado una vez en el descansillo de mi casa), no apoyaba mi idea.

Brit no tuvo reparo alguno en dejarse llevar por la pasión delante de todo el mundo, incomodándonos a todos, especialmente a Mike, que no podía evitar mostrarse receloso.

—¿Desde cuándo le gustan a esta los calvos?

—Dicen que los calvos tienen más testosterona... —agregó Sofía.

—¡No me jodas! A ver si voy a tener que raparme la cabeza para ligar más. —Sí, definitivamente Mike estaba celoso.

—¡Ni se te ocurra! —ordené, incapaz de imaginármelo sin su mata cobriza—. Siento decirte que Dicky tiene algo. No sé si son esos ojos tan expresivos, los tatuajes, ese rollo rockero tan retro ...

—No es retro, es retrasado. Y sus tatuajes no son sino un álbum de fracasos —agregó Mike con inquina—. El primer perro del que se deshizo porque daba mucha guerra, su primera exmujer, otro de cuando superó el Covid... Además, ¡que Brit nunca sale con tíos tatuados! ¡No veáis la chapa que me dio cuando me hice el último!

—Siento meter el dedo en la llaga, pero no es la primera vez que tiene una cita con un hombre tatuado... —Miré a Ethan de soslayo con una mueca burlona.

—¡Oh, vamos! ¡Sabes que eso no fue...! —Ethan suspiró cansado, pero Mike le detuvo.

—¿En serio has tenido una cita con Brit? ¿Por qué yo no sabía nada de esto?

—¡Porque no fue una cita! A mí me gustaba Elena, las cosas se torcieron y acabé cenando con Brit COMO AMIGOS.

—¡Eso es una cita! —resumió Mike. Ethan me asesinó con la mirada—. ¿Tú no eras el que decía que los hombres solo quedan con las mujeres que quieren llevarse a la cama?

—¡También cuando se quieren llevar a la cama a su mejor amiga! —se defendió Ethan—. Y yo diría que me funcionó bastante bien el plan.

—¡Voy a tener que acostarme yo con Elena, a ver si me funciona a mí también el plan! —Mike se fue a la cocina a por otra cerveza, dejándonos terriblemente confundidos.

—¿Ha dicho que quiere…? —Ethan entrecerró los ojos.

—¿Acostarse con Brit? —me adelanté, antes de que dijera una barbaridad—. Sí, alto y claro.

El resto de la noche fue un continuo sinsentido. Sofía se había ofrecido voluntaria a dar celos a Brit, mostrándose atenta y cariñosa con Mike. Y Brit, que estaba hecha un guiñapo de emociones y alcohol, apenas interactuó con nosotros, interceptando la lengua de Dicky cada vez que este intentaba integrarse.

Podría decirse que casi me alegré cuando acabó la velada. Me despedí de mis chicos para regresar con Sofía, que me esperaba en la entrada, pero Ethan me detuvo apoyando sus manos en mi cintura.

—¿Te vas? Pensaba que esta noche ibas a quedarte.

—Es miércoles… —respondí sorprendida por la oferta.

—¿Y? Tienes aquí el portátil, ¿no? Venías de la oficina…

Sonreí ante ese pequeño e inesperado privilegio. Cada día, iba integrándome un poquito más en su rutina familiar.

—Voy a asegurarme de que alguien acompaña a Sofí a casa y soy toda tuya.

—Mmm… eso último ha sonado muy bien.

27

27 de enero de 2023 – Casa de Siobhan, Union City, NJ

—¿Alguna preferencia dietética? ¿Nada de curry? ¿Sal? —Siobhan hornea pan, calienta algo en la lumbre e intenta darme conversación, pero yo tengo la mirada perdida en otro sitio—. Supongo que el estofado de perro con arroz te va bien entonces.

—Perdona, ¿qué? —Me doy cuenta de que me está tomando el pelo—. Me gusta probar cosas nuevas, aunque… lo de esa cazuela es pollo, ¿verdad?

—Sucedáneo —aclara, sirviéndome un poco en un cuenco—. Soy vegetariana.

Termino de poner la mesa y ella trae los platos. Tiene un mantel fucsia intenso con bordados dorados que es divino, y la vajilla es una explosión de color. Nos sentamos en la mesa y degustamos la comida en silencio. Yo aún me estoy preguntando cómo he acabado celebrando mi cumpleaños con la abogada de mi ex. Es absurdo.

—¿Eres religiosa? —Siobhan mira sus notas, subrayando algo con un boli. No deja la libretita ni cuando está comiendo—. Has dicho antes que no creías en ningún dios…

—La verdad es que estoy replanteándome la fe, así que, si quieres venderme tu religión, estoy dispuesta a escucharte. Me encantaría creer en algo, sentir que hay alguien ahí arriba que mira por ti lo hace todo mucho más llevadero. Incluso la muerte.

—¿La muerte? —pregunta con sorpresa—. ¿Has perdido a alguien recientemente? ¿O tú…?

—Ambas —respondo tajante. Sé que mis palabras han sido combustible para la duda que le ronda la cabeza, aunque decide no seguir indagando.

—Yo soy hinduista. Mi religión habla del karma, la reencarnación y la liberación.

—Yo también creo en el karma.

Estoy a punto de dar una respuesta más elaborada, cuando comienzo a sentir que las náuseas vienen de nuevo. Intento respirar, bebo un vaso de agua, me enfoco en un punto fijo para no marearme... pero no puedo. Salgo escopetada al baño que hay bajo la escalera y vomito lo poco que he comido. El ácido me quema la tráquea y la garganta, ya de por sí bastantes perjudicadas por culpa de esa estúpida tos que se niega a abandonarme y me está haciendo pasar un infierno.

Tiro de la cadena y me hago un ovillo en el suelo, aun sintiendo que me tiemblan las piernas y el baño se desdibuja a mi alrededor. Oigo unos pasos acercarse, no tardo en escuchar a Siobhan a través de la puerta.

—Elena, ¿estás bien? —Su voz muestra preocupación. No me encuentro con fuerzas de contestarle, así que elaboro un gruñido que espero sirva como respuesta—. Voy a prepararte una infusión de jengibre.

—Grac... —Es todo lo que alcanzo a decir antes de volver a mancillar su inodoro.

Sabía que no debería haberme aventurado a probar las samosas, pero la comida india es mi perdición. Vomito también el desayuno y hasta la primera papilla que tomé de niña. Y cuando creo que ya no queda nada en mi organismo que expulsar, mi cuerpo va y me sorprende con su afán de superación.

Tardo unos minutos en poder incorporarme de nuevo.

Me enjuago la boca con una pasta de dientes ayurvédica que sabe a rayos y me miro en el espejo. Tengo un aspecto horrible, con el rímel corrido por el esfuerzo me parezco bastante a una obra de Miró. Cojo un poco de papel higiénico y un potingue de Siobhan y me quito los restos de maquillaje de alrededor de los ojos.

Regreso a la cocina. Siobhan ha tenido la cortesía de recoger los platos y prepararme esa infusión. De repente, es todo simpatía y atenciones. Sé que sigo cayéndole fatal, pero es humana, y madre, así que supongo que su instinto de protección puede más que cualquier otra cosa. Ahora mismo no me ve como a una igual, sino como a un ser indefenso, débil. Y odio que alguien me vea así.

—Lo siento —me disculpo, avergonzada—. No es lo más cortés cuando alguien te invita a comer en su casa. Te juro que estaba todo delicioso, pero estoy teniendo algunos problemillas digestivos últimamente.

—¿Llevas mucho así?

—Unos cuatro meses.

—Echa jengibre en todas las comidas y verás que notas la diferencia.

—Gina me dio unas infusiones que usaba ella para el cáncer. Me estaban yendo bien, pero se me han acabado.

—Y supongo que no eran de algo que puedas conseguir legalmente en este país —adivina—. Te he dejado más arroz blanco por si te animas a comer luego. No puedes seguir con el estómago vacío o las náuseas irán a más.

Nos sentamos en el sofá y noto, agradecida, que la infusión reduce el malestar y su discurso me distrae. Me habla de Brahma, Ganesha, Sarasvati y de un montón de tradiciones de la india que me muero por conocer.

—¿Podría preguntarte algo? Si no quieres que hablemos de esto, lo entenderé, es solo que… me gustaría saber qué pasó con esos tipos después de que entrarais en Avión. ¿No hubo más sustos como el de Chiapas?

Sonrío a medio gas. Sé lo que me quiere preguntar y aún no he decidido si voy a contárselo.

—Sí, hubo más sustos, pero no fue hasta mucho más adelante, a finales del 2022.

—¡Eso fue hace apenas unos meses! —exclama. Yo afirmo con la cabeza.

—Pasé los meses siguientes viviendo entre dos casas. Sofía se marchó en septiembre en busca de su felicidad y la habitación maldita volvió a quedarse libre. Casper y yo le echamos agua bendita, aunque sabíamos que nosotros mismos teníamos ya un pie fuera. Las cosas con Gina y Ethan iban mejor que nunca —aclaro—. Mike se nos instaló un par de veces en casa, una a finales del 2021 y otra a mediados del 22.

—¿Mike? —se sorprende—. ¿Y qué pasó con Brit? ¿No llegaron a liarse?

—Nada de nada. Mike pasó por una fuerte crisis a todos los niveles que le llevó a Ucrania, donde estuvo como enfermero voluntario en varios hospitales. Tenía conocimientos de salud y primeros auxilios, así que toda ayuda era poca.

—¿Qué provocó esa crisis?

—Se le juntaron muchas cosas. La primera de todas fue la muerte de su perro. Se quedó sordo y le pilló un coche. Después, el maldito cáncer se llevó a su madre por delante. Nunca tuvo buena relación con su padre y no tiene hermanos. Si a eso le sumas que no se había recuperado del todo de su accidente y que la convivencia con Brit se volvió insoportable… Supongo que necesitaba algo que le hiciera sentirse vivo —resumo con tristeza—. Cuando regresó de Ucrania, ya no era el mismo. Se quedó en la habitación que había sido de Amber, no quisimos cargarle con la maldición también a él.

—¿Qué pasó contigo y con Ethan? Acabas de decir que hace unos meses aún compartías piso con Mike y Casper…

—Circunstancialmente —aclaro—. Todo iba de maravilla, la llegada de Gael no hizo sino unirnos aún más. Gina fue bastante flexible al permitirme teletrabajar desde México o España, así que pudimos disfrutar de largas temporadas con nuestras familias. Mi madre, que había perdido la fe en que mi hermano y yo le diéramos nietos, estaba como loca con Gael. —Hago una pausa para pegarle un largo sorbo a mi té, que ya está frío—. El año 2022 trajo consigo el fin de la pandemia, además de un montón de cambios inesperados en mi vida.

—¿Es aquí cuando…?

Siobhan se calla al ver la expresión de mi rostro. A pesar de lo mucho que he trabajado en ello, a veces sigo siendo un maldito libro abierto.

18 de mayo de 2022 — Paddington, Londres

—¿Has hecho los deberes? —Ethan se iba tres días a Estocolmo por trabajo y pensó que la mejor manera de despedirse de su hijo era agobiándolo a preguntas—. ¿Tienes todo listo para la presentación del jueves?
—¡Qué sí, pesado! Elena va a practicar conmigo.
—No dejes que ella lo haga todo en casa, demuéstrale lo bien educadito que estás.
—¡Que síííííííííí!
—Si vas a ver porno, asegúrate de tener la cámara tapada y usar el modo incógnito. ¡Y nada de escribir datos personales!
—¡Por Dios, que solo tiene quince años! —exclamé horrorizada.
—¡Por eso mismo! Sé que va a hacerlo, pues que lo haga con cabeza.
Gael volteó los ojos y le dio un abrazo antes de marchar al instituto. Cuando nos quedamos solos, me colgué de su cuello y le di un beso lo suficientemente largo para que le durara tres días.
—¡Ni se te ocurra enamorarte de una de esas diosas nórdicas!
—¿Teniendo a este bellezón mediterráneo esperándome en casa? ¡Tendría que estar muy loco! —El muy zalamero me calló la conversación con sus besos—. Ya te extraño, mami.
—Y yo a ti.
—Si necesitas cualquier cosa, llámame ¿vale? A la hora que sea.
—Y tú vendrás en tu máquina del tiempo a solucionarlo —me burlé—. ¡Lárgate, anda! ¡Son solo tres días! ¿Qué podría pasar en tres días?

☼ ☾ ☼

—¿Cómo se le ocurre dejarme tres días sola con su hijo? —Me tapé la cara desesperada—. ¡A mí! ¡Que se me mueren todas las plantas!

Gina y Brit se miraron sin entender mi dramatismo. Estábamos en un restaurante japonés ridículamente caro y a seis millas de la oficina solo para que nadie pudiera acusar a Gina de hacer distinciones.

—¡A ver, que no es un bebé! ¡Que Gael tiene ya más pelos en los huevos que el padre! —La fina solo podía ser Gina.

—¿Tú eras así de bruta ya antes o es desde que te juntas con Casper? —preguntó Brit alzando una ceja—. Por cierto, ¿os he contado que mañana tengo una cita? Lo he conocido en Thursdates, una aplicación que organiza citas simultáneas los jueves que lo está petando.

—¿Aún queda alguien en Londres a quien no te hayas tirado, querida? —preguntó Gina con ese tono de voz tan inexpresivo que uno no sabía cómo interpretar.

—Creo que solo tu novio, pero podríamos solucionarlo... —Brit le dedicó una sonrisita y se ausentó para ir al baño.

A Gina no le sentó bien la broma, pero, como era habitual en ella, se limitó a sonreír y beber su *matcha* sin revelar ninguna emoción. El momento de intimidad me vino bien, llevaba rato queriendo hablar con ella a solas. Y no era la única, Gina se giró y comenzó a hablar al mismo tiempo.

—¿Empiezas tú o empiezo yo? —preguntó, llegando a la misma conclusión que yo.

—Tenemos un topo en la revista —solté de sopetón, saltándome las negociaciones—. Ha vuelto a pasar otra vez.

Lo que había pasado es que, meses atrás, habían salido una serie de artículos publicados en la revista que Gina no había autorizado y jamás supimos quién era el responsable. Uno de los cuales, por cierto, incluía una jugosa información sobre mi amiga Sofía que ella me había confiado solo a mí.

—¿Qué ha sido esta vez?

—¿Recuerdas la entrevista a Felicity Jones? Pues alguien se ha metido en nuestro sistema y ha cambiado las preguntas por otras más comprometidas, que previamente habíamos acordado con ella que no se publicarían. He escrito a Peter, el informático, y no encuentra rastro del usuario.

—¿Cómo es posible? ¿Cómo obtuvieron la información de esa entrevista? ¿Tal vez tomaste notas en un cuaderno y te lo olvidaste en la cafetería?

—Fue una videollamada. Tomé notas en mi portátil, del que no me he despegado.

—En ese caso, necesito que revises cada línea antes de que salga a la luz. Yo revisaré lo que le mandamos a la imprenta. Quiero mil ojos sobre el contenido hasta que descubramos al topo. —Mostró una sonrisa congelada cuando vio acercarse a Brit, relajándose al ver que salía a la calle para hablar por teléfono—. Sabes que nos vendría bien un poco de ayuda ahora mismo, ¿verdad?

—Y tú ya sabes mi respuesta.

—¡Serán solo un par de semanas! Dos semanas, lo juro, y te dejo en paz. Ethan no tiene por qué enterarse. —Estaba a punto de replicar, pero ella me tapó la boca con la mano—. Han desaparecido dos mujeres más en Highlands en los últimos meses y, en ambas ocasiones, coincidió con una reunión de negocios que esos tipos tenían en Escocia. No hemos podido detenerles, pero sí podemos prepararnos antes de septiembre.

—¿Septiembre?

—Creemos que se van a reunir otra vez. Logan ha oído cosas en el hotel, pero no entiende español, así que se ha perdido detalles. Solo esta vez, Adeline, lo juro.

—¿Adeline? ¡Cada vez eres más creativa cambiándome el nombre!

—Esa será tu identidad mientras estés en Dornoch, una estudiante de hostelería francesa que está de prácticas en el hotel para mejorar su inglés. Tú hablabas francés, ¿verdad?

—Lo chapurreo. No sé, Gina, ya me estás liando otra vez y te dije que…

—Por favor, por favor, por favor —rogó, gesticulando en exceso.

—¡No me agobies! Aún tengo tiempo hasta septiembre para pensarlo. Aunque no sé yo si a mi edad paso por estudiante…

—¡No te preocupes por eso! Te pondremos unas pegatinas de esas que estiran la piel y te hacen parecer un alienígena, como a las drag queens.

—Por un momento pensé que ibas a alabar mi genética.
—Es que mentir nunca fue mi fuerte, querida.

☼ ☾ ☼

—Lena, ¿puedo preguntarte algo? —Gael, que estaba cortando patatas para ayudarme a hacer una tortilla, se me quedó mirando fijamente. Yo estaba llorando a moco tendido por culpa de la cebolla—. ¿Cómo fue tu primera vez?

Dejé todo lo que estaba haciendo para dedicarle toda mi atención. A pesar de lo que me escocían los ojos, fui capaz de abrirlos solo para clavar mi mirada en él.

—¿No eres un poco joven para preguntarme eso?
—Bueno, tengo quince años, es normal que me interese por esas cosas. Llevo un tiempo quedando con una chica del instituto y el viernes me ha invitado a su casa a ver una peli…

—Empieza por el principio.
—Se llama Bethan, está en un curso más que yo y creo que te gustaría, es la jefa del club de lectura y quiere ser periodista —explicó, sumando puntos a favor de esa chica—. Es rubia, con los ojos azules, gafas… Está chaparrita pero bien chula.

—¿Se lo has dicho a tu padre? —carraspeé, pasándole a él la patata caliente.

—Lo de que me quedo a dormir en casa de alguien, sí. Que ese alguien se llama Bethan, no, porque se va a poner todo intenso con que soy muy joven, que quiere conocerla primero, y conocer a sus padres…

—Sí, suena a algo que diría tu padre —respondí tragando saliva—. ¿Y tú estás preparado para…?

—¿Sexo? ¡No! Aún no… —respondió horrorizado.
—Has dicho que te ha invitado a dormir…
—¡Solo nos hemos dado unos besos!
—Una vez empiezas con una cosa, acaba llevando a la otra. Bueno… a tu edad todavía no. Espero…

—Solo vamos a pasar la noche juntos, nada más. Quiero tener un poco de información sobre qué os gusta a las mujeres para cuando llegue el momento. No quiero cometer errores de novato.

—¡Pero es que tienes que cometer esos errores, cariño! Además, yo no puedo darte consejos de ese tipo, cada mujer es un mundo y realmente uno no sabe lo que le gusta hasta que experimenta un poco. Lo mejor es que vayáis descubriendo esas cosas juntos, sin que nadie te presione.

—Eso no me ayuda...

—Lo único que puedo aconsejarte es que no tengáis prisa, y que seas tan dulce y encantador como eres siempre.

—Ella también cree que soy dulce y encantador, pero eso no es sexy.

—¡Te equivocas! Muchas mujeres prefieren a los chicos buenos, dais menos dolores de cabeza. —Le revolví el pelo con la mano y lo estrujé entre mis brazos—. ¿Por qué tienes que crecer tan deprisa, enano? Me gustaba pasar las tardes de domingo viendo películas contigo en el sofá.

—Es culpa de este país, que todo avanza muy rápido —respondió resabido—. Pero si quieres, podemos ver *Encanto* esta noche, que sé de sobra que me estás usando como excusa para ver películas Disney.

—Tocada y hundida —confesé divertida por la delación.

—Entonces, ¿me puedo quedar a dormir con ella o no?

—Deja que hable con tu padre y que él decida. Yo no puedo tomar esta decisión sola.

—¡Ándale! Vete a platicar con él. Yo me quedo al cargo de la tortilla esta que no lleva maíz.

—Te juro que yo nunca entenderé por qué los mexicanos le llamáis tortilla a algo que no lleva huevos. Voy a llamar a tu padre. ¡No quemes la casa!

Subí a la habitación y me tiré en la cama para marcar su número. No tardó ni un pitido en responder.

—¡Cielo! Me pillas entrando al hotel, iba a llamarte justo ahora. ¿Cómo va todo?

—Todo bien. ¿Y tú? ¿Qué tal el día salvando el planeta?

—¡Increíble! Esta gente está a años luz de nosotros con las renovables. Cuando regrese vas a tener que aguantarme platicando por horas.

—Será un placer. Te llamaba porque tenemos un pequeño... problemilla.

—¿Preparo vino o bolsas de basura y pala?

—Más bien condones y paciencia. El vino para nosotros, que nos va a hacer falta...

—Me gusta como suena el plan. ¡Soy todo oídos!

—En realidad no te va a gustar tanto... El niño se nos ha echado novia y el viernes quiere quedarse a dormir en su casa. —No sé si la conexión se cayó o Ethan se quedó paralizado al otro lado del teléfono—. Gael quiere saber cosas y yo no estoy preparada para tener esta conversación con él. Me faltan años de experiencia y... pene.

—¿Qué? ¿Desde cuándo tiene novia? —Definitivamente, no había sido la conexión—. ¿Qué es eso de que se va a quedar en su casa? ¿Y sus padres qué opinan?

—Lleva cuatro meses con ella, se llama Bethan, y sus padres no están en casa.

—Me parece genial que tenga novia, y estoy deseando conocerla, pero tiene quince años y no va a quedarse a dormir en su casa si no están sus padres. Fin de la discusión.

—Me ha dicho que no van a hacer nada, solo quieren estar juntos...

—¿Sin supervisión? ¡No manches!

—Sabes de sobra que va a hacer lo que quiera, le autorices o no. Y tú siempre has sido un padre enrollado...

—Se me olvidaba que tú eras el poli bueno —gimió—. Está bien, dile que puede dormir con ella... en nuestra casa. Y te recuerdo que no regreso hasta el sábado.

—¡Eso, di que sí! ¡Déjame a mí el muerto!

—¿No eras tú la "enrollada"? —observó malicioso—. Pásamelo. No es el mejor modo de hacer esto, pero voy a tener con él la charlita incómoda que mis padres no tuvieron conmigo en su momento. Será mejor que esté preparado y tenga toda la información por adela.

—Se llama Bethan...

—Por adelantado, güera. ¡Me pierdes onda!

Cuando volví al salón, Gael ya había terminado de hacer una de las mejores tortillas de patata que recuerdo haber comido nunca. Cenamos, vimos la película y, entre charla y charla, me puso al día de su chica y de todas las sorpresas que tenía pensado prepararle para su cumpleaños.

☼ ☾ ☼

Y así llegó el viernes. Habíamos preparado juntos la cita perfecta con pizza, velas, una jarra de ponche de verano con muy bajo contenido en alcohol y toda la casa para él solo. Tal y como había prometido, esa noche salí a cenar con Brit y Amber para dejarles intimidad.

—Te he dejado condones en el baño. Aunque, si no los usas, mejor. No te sientas forzado a hacer nada solo porque tus amigos... —Entrecerré los ojos, incapaz de creer que estuviera teniendo esta conversación tan pronto.

—Tranquila, güera.

—Tienes dinero en el cajón de la cocina y mi tarjeta de crédito en la mesilla de noche. Cualquier cosa, me llamas. Y recuerda: sé dulce, divertido... y responsable. Sobre todo, responsable.

—¿Te he dicho alguna vez que eres la mejor? —Me dio un abrazo tan fuerte que se me bajaron las defensas. A mí, que siempre había odiado a los niños, y me descubría queriendo a ese adolescente como si fuera mío—. ¡Disfruta de tu noche de chicas!

Salí con mis amigas a un restaurante de la zona y disfrutamos de una noche tranquila de confesiones y risas, nada que ver con las fiestas salvajes que nos hubiéramos pegado en el año 2 a.C. (antes del Covid). Estábamos más maduras y responsables, de algún modo, todo se veía diferente.

Amber, quien ahora llevaba el pelo de su rubio ceniza natural, se había comprado un piso a las afueras con Bruce y se mudarían antes del verano, lo que significaba que la veríamos menos a partir de ahora.

Tras una racha de intentos fallidos por sentar cabeza (y echando en falta a Mike más de lo que quería reconocer), Brit había decidido centrarse en su carrera, sus amigos y un chucho callejero que había adoptado de la perrera y ella aseguraba que le hacía mejor compañía que ningún ser humano.

Y yo había pasado de ser un alma libre que huía de los compromisos a formar algo así como una familia. Mi propia familia.

Y así, nos dio la una y yo estaba regresando a casa con sigilo. Me descalcé y dejé los zapatos en la entrada para no hacer ruido en la escalera. Había una caja de bombones sobre la cama y un sobre que llevaba mi nombre. Lo leí con emoción contenida, Gael me daba las gracias por hacerle la vida más fácil.

Como no tenía sueño, acabé tirada en la cama escuchando música y planeando nuestras primeras vacaciones juntos ahora que "no había pandemia". Reconozco que también me puse a buscar información sobre cómo adoptar legalmente a Gael. Mis amigas se habían puesto catastrofistas esa noche exponiéndome situaciones hipotéticas, aunque factibles, en las que, si pasara una desgracia, yo no tendría ningún derecho sobre él.

Estaba tan concentrada, que casi me dio un infarto cuando la puerta del cuarto se abrió abruptamente. El susto se me pasó rápido cuando vi sus ojos de selva mirándome de ese modo que siempre conseguía derretirme. Ethan me cogió en volandas para comerme a besos, porque al parecer, hacerlo con los pies en la tierra no tenía el mismo afecto.

—¿Qué haces aquí? ¡No te esperaba hasta mañana!

—Conseguí un vuelo a última hora y quería dormir con mi chica.

—Apuesto a que te morías de curiosidad por conocer a Bethan... —le provoqué. Ethan agachó la cabeza—. Pues siento comunicarte que le he prometido a tu hijo que no me verían el pelo.

—Mmm... ¿Significa eso que vamos a tener que quedarnos toda la mañana en la cama? —sugirió seduciéndome.

—¿Algo que objetar?

—¡Nada en absoluto! —Selló su promesa con un beso y se dejó caer en la cama, dejando al cotilla impaciente que llevaba dentro salir a flote—. ¡No me puedo creer que mi hijo haya traído a su primera novia a casa y no podamos conocerla!

—¡Lo sabía! —Me reí para mí—. Ya nos la presentará, déjale respirar un poco.

—Espero que se haya puesto bien los condones. No estoy preparado para ser abuelo cuando aún tengo esperanzas de volver a ser padre algún día.

—Tranquilooooo, me ha asegurado que no está listo para eso aún —garanticé, pero él ya no estaba prestándome atención. Tenía la mirada fija en la pantalla de mi ordenador, con una expresión de perplejidad en el rostro. ¡Mierda!

—¿En serio estás mirando cómo ser la tutora legal de Gael?

—Bueno, es que… —De repente, me faltaban las palabras—. Solo estaba informándome. Amber y Brit me lo han sugerido por razones prácticas. Imagínate que a mis padres les hubiera pasado algo estando tú en Estocolmo, no podría llevarme a Gael conmigo a España siendo menor de edad. —A Ethan le cambió el gesto. No sé si a mejor o a peor, porque me dejó terriblemente confundida—. Solo era una situación hipotética. Pero si no te parece bien…

—Yo no he dicho eso, güera —respondió apático—. Simplemente, no doy las cosas por hecho. No quiero que te sientas obligada a nada con Gael.

—¡No me siento obligada! Y no me gusta el momento incómodo que se acaba de crear… —Cerré la tapa del portátil y lo dejé sobre la cajonera—. Si no quieres que me involucre en las decisiones que conciernen a tu hijo, está bien. Entiendo que él no es asunto mío.

—Tal vez deberíamos tener una charla al respecto. Creo que va siendo hora…

—Tú dirás… —Me crucé de brazos un poco a la defensiva—. ¿Quieres que me involucre o que me mantenga al margen?

—¿Qué quieres tú? —Se acomodó en la cama, poniéndome aún más nerviosa.

Tardé unos segundos en responder. Que a veces fuera tan hermético me sacaba de quicio, no saber qué demonios se le estaba pasando por la cabeza ni qué esperaba de mí.

—Bueno, tú y yo estamos juntos así que ahora es también parte de mi vida —respondí, tanteando su reacción, que seguía como un folio en blanco—. O eso creía… ¡Olvida el tema! Solo ha sido una idea estúpida, pero es tu hijo y yo no tengo nada que ver ahí. —Me levanté de la cama pensando que, como no comenzara a hablar de una puñetera vez, me iba a dormir al sofá—. ¡Por Dios, chico, di algo!

—Perdona, es que me estaba acordando de una muchacha que me dijo hace un par de años que era inflexible con el tema de los hijos. —¿Me estaba vacilando?—. Creo que incluso llegaste a compararlos con una enfermedad terminal porque ambos te jodían la vida. ¿Lo estoy recordando bien?

—Te estás burlando de mí, ¡perfecto!

—Pero ¿qué dices? ¡Si eres un regalo!

Si su mutismo me estaba desquiciando, su risa encantadora estaba despertando mis instintos asesinos. Hice un amago por abandonar la habitación, pero Ethan me sujetó del brazo para que me quedara, aún con esa estúpida sonrisa en la cara. Cogió mi cara entre sus manos y me besó con dulzura. Un beso rápido que enseguida intercambió por un largo suspiro cuando apoyó su frente sobre la mía. Estaba como… ¿nervioso?

—¿Está todo bien? —susurré, empezando a impacientarme con su actitud, que me tenía tan desconcertada—. No me ha quedado muy claro el resultado de nuestra fructífera conversación en la que, básicamente, te has reído de mí. Por mi parte, puedes estar tranquilo: no tiene por qué cambiar nada.

—Pues tal vez sí que deba cambiar. —Había algo diferente en sus ojos, algo que no sabría bien cómo describir, solo sé que, de repente, estaba demasiado serio—. La neta es que sí hay una razón por la que adelanté mi vuelo… Estos días sin ti tuve tiempo de pensar en lo que quiero en la vida, en nosotros, y… hay algo que tenía que comentarte y no podía esperar a mañana. A veces soy un poco impulsivo.

¿Estaba cortando conmigo? ¿Con sus manos en mi cintura? Entendí entonces que aquel era el momento perfecto para poner en práctica todos los consejos de Logan sobre el control de emociones. Cogí aire, cara de póker… ¡Acción!

—Tú dirás… —dije con voz desapasionada.

—Estuve hablando el otro día con Gael y los dos pensamos que era momento de pedirte que te vinieras aquí a vivir con nosotros, y la neta es que pensaba hacerlo. Pero, entonces, estuve pensando y… decidí que no iba a hacerlo.

—Quieres que lo dejemos. Es eso, ¿verdad?

—¡Para nada! —exclamó con los ojos como platos—. Creo que no me estoy explicando bien...

—La verdad es que no.

—Okay, ¡no te muevas!

Salió de la habitación y no volvió hasta pasados unos minutos. Ignoro qué estuvo haciendo, solo sé que se había quitado la americana y tenía los primeros botones de la camisa desabrochados.

Con una expresión nerviosa congelada en el rostro, me dio un papelito que enseguida reconocí como uno de los vales que yo le había regalado tiempo atrás y aún no había canjeado. Ese en concreto valía por un día de "sí" a todo lo que me propusiera. Miré el papel y luego le miré a él, sin poder ocultar mi desconcierto.

¿"Sí" a qué?

—Recuerda que no puedes decirme que no en las próximas 24 horas...

—Me tienes un poco descolocada ahora mismo. Te juro que no sé qué está pasando.

—Neta tenía pensado hacer esto de otro modo, tal vez en Roma o en algún sitio bonito de Londres. Pero, cuando te he visto tan preocupada por Gael, se me ha movido algo por dentro y... Necesito una respuesta a riesgo de volverme loco.

Entrecerré los ojos sin entender lo que decía, aunque al menos tenía claro que no me estaba dejando. Y que tenía que decirle que sí a todo por narices.

Entonces, sacó una cajita del bolsillo del pantalón y la abrió, mostrándome un precioso anillo de oro blanco trenzado con oro rosa, como dos corrientes distintas que al juntarse formaban un nudo infinito. Era precioso, muy nórdico, aunque seguía sin entender por qué interrumpía la charla para darme un souvenir de Estocolmo. Como siguiera regalándome anillos, iba a quedarme sin dedos libres.

—Gracias, es muy bonito.

—De nada... aunque esa no sea la respuesta que esperaba. —Frunció el ceño, algo decepcionado con mi reacción. Sinceramente, no sé qué esperaba después de su confuso discurso que había quedado a medias—. Sé que no es la pedida de mano más romántica, pero eso no cambia lo que siento por ti. Aunque igual podría arrodillarme y toda esa parafernalia... ¿quieres que me arrodille?

—Espera ¿qué? —pregunté confusa.

Miré el vale que había dejado en la cama y el anillo que sostenía en la mano.

Un día de "sí" a todo. Un anillo. ¡Ay, madre!

Abrí tanto los ojos que hasta me dolieron, incapaz de reaccionar.

—¿Elena? —insistió, nervioso al ver que yo no decía nada.

—No hace falta que te arrodilles —dije con un hilillo de voz, aún en shock.

—¿Y piensas responderme algo?

—¡Es precioso! Sencillo, simbólico, perfecto.

—¿Y ya está? —respondió apático—. Te estoy diciendo que quiero pasar el resto de mi vida contigo. Que quiero ser el único que sufra tu mal humor por las mañanas antes del café. Quiero el brillo de tus ojos cuando me miras. Tu risa cuando haces rabiar a Gael. Quiero lo bueno, lo malo y lo que venga. ¡Lo quiero todo! —Su propuesta me dejó tan paralizada como había estado él minutos antes al ver mi ordenador—. No tienes por qué darme una respuesta ahora, puedes tomarte tiempo y pensarlo con calma.

—Perdona, es que no esperaba que...

—Esto no está yendo exactamente cómo yo había planeado. —Se mordió el labio con frustración al ver que yo seguía paralizada, cerró la caja del anillo y lo guardó de nuevo en el bolsillo—. Será mejor que nos olvidemos de esto.

—¡Sí!

—Vale, ya te he dicho que nos olvidamos de ello. Como si no hubiera pasado.

—¡No, idiota! ¡Que sí que quiero! —respondí con algo más de efusividad, dándome cuenta entonces de que, en realidad, era justo lo que yo quería: una vida juntos—. ¡Sí, sí, sí! ¡Yo también lo quiero todo contigo! ¡Hagámoslo!

—¿Sí? —corroboró él, frunciendo el ceño—. ¿Estás segura? Porque tú siempre estás diciendo que no quieres casarte...

—Cariño, no soy yo quién está hiperventilando ahora mismo —me burlé del sofocón que tenía el pobre—. Lo tengo claro. Me quiero casar contigo, una y mil veces. ¿Estás tú seguro de esto?

—¡No he estado más seguro de nada en toda mi vida! —respondió, cogiéndome en brazos entre beso y beso.

—¿Crees que a Gael le parecerá bien?

—Gael está deseando tenerte por aquí, así no estoy todo el día encima de él.

—A mí me encanta que estés todo el día encima de mí. Y debajo, y detrás... —susurré, desabrochándole la camisa—. Quiero algo sencillo e íntimo. Nada de vestidos de princesa.

—Amigos y familia cercana, te lo prometo. —Era difícil prestarle atención cuando su boca ya estaba perdiéndose en mi entrepierna.

—Y quiero usar los mismos anillos que compraste en mi cumpleaños... —aclaré entre gemidos, convulsionándome al notar su lengua de fuego matándome de placer.

Él asintió, y acto seguido, ascendió por mi cuerpo y me tapó la boca con sus besos.

—¿Crees que podríamos discutir los detalles más tarde, güera? Quiero disfrutar de mi futura mujer a la que no he visto en tres días.

28

27 de mayo de 2022 — La City, Londres

Mientras Gina repasaba en silencio las líneas del último relato erótico que le había entregado, no pude evitar acordarme de las palabras de Gael: todo pasa mucho más deprisa en Londres. En apenas veinte días estaría casándome en el juzgado de Lewisham. Iba a ser una ceremonia sencilla, apenas nosotros tres y Casper y Gina como testigos. Habíamos decidido hacerlo tan rápido para empezar a tramitar la "adopción" de Gael cuanto antes, aunque el plan era hacer una boda oficial con nuestras familias en España al año siguiente.

—Me gusta, pero echo en falta a Casandra y Pierrot. —Gina me dio su veredicto—. ¿No tenéis pensado revivirlos?

—Sabes de sobra que no tenemos tiempo para eso ahora...

—Cierto, ¿cómo van los preparativos de la no-boda? ¡No sabes lo nervioso que estaba el pobre! Tenía hasta un discurso preparado por si le decías que no.

—Un momento... ¿tú lo sabías?

—¡Pues claro que lo sabía! ¿Quién te crees que le acompañó virtualmente a comprar el anillo? Me llamó desde Estocolmo para que le asesorara. —Que hubiera confiado en Gina en vez de en sus amigos, me mostraba que estaban más unidos de lo que yo creía—. ¿Tú no estás nerviosa?

—No va a cambiar nada... Si me hubieran dicho hace un par de años que me acabaría casando con el tipo al que estaba investigando por el asesinato de su exnovia, aún me estaría riendo.

—Siempre has tenido un gusto exquisito con los hombres, querida. ¿Ya tenéis todo organizado?

—Solo vamos a firmar y a comer algo. Había pensado en un par de opciones, pero Ethan no parece particularmente ilusionado porque es un mero trámite, y la verdad es que me ha desmotivado un poco también a mí.

—Seguro que nos lo pasamos de escándalo, no te agobies. Como bien has dicho, la gran boda es el año que viene. Y todas estamos deseando ver a los escoceses buenorros que tu futuro marido nos va a presentar.

—Tú no has visto a los primos de Ethan, ¿verdad? —Le rompí la fantasía sexual—. Solo conozco a dos y puedo decirte que juntos llegan a los 500 kg. Al parecer, el tercero es más guapillo, pero vive en Nueva Zelanda y nadie le ha visto en años.

—Okay, nada de escoceses. ¿Estás lista ya? —preguntó. Miré el reloj, apenas era mediodía.

—¿Lista para qué? Aún me quedan un par de artículos por corregir.

—Tú sígueme y calla. Lo entenderás todo en dos horas.

—¡¿Dos horas?!

Tan pronto salimos del edificio, Gina me vendó los ojos y comenzó a darme vueltas sobre el sitio hasta marearme. Ya entonces me olía por dónde iban los tiros y me dejé guiar por los túneles de Londres hasta la estación de tren de Paddington. Allí estaban mis amigas Amber, Brit, Gina y Sofía —quien había regresado a Londres solo para mi despedida de soltera—, hablando animadamente entre ellas e ignorando mis preguntas solo para ponerme más nerviosa. Antes de subirnos al tren, me llevaron al lavabo y, aún con los ojos vendados, me vistieron y peinaron.

—¿Se puede saber qué me estáis poniendo en la cabeza? —protesté cuando Amber empezó a clavarme algo con pinchos—. ¿De qué demonios me habéis vestido? ¡Nos está mirando todo el mundo!

—¿Cómo lo sabes si tienes los ojos vendados? —observó Brit—. Y hablando de eso, tiempo de maquillarse como una puerta. ¡Cierra los ojos!

—Estoy empezando a preocuparme —lloriqueé—. ¡Y tú, Sofi! ¡Deja de grabar! —protesté al intuir que estaba retransmitiendo la jugada en sus *stories*.

No me soltaron la venda hasta que una voz magnética anunció que nos estábamos aproximando a Brighton, una hermosa ciudad famosa por sus fiestas de despedida y LGTB. Me llevé las manos a la cara, muerta de risa, al ver que mis amigas iban vestidas de flamencas en rojo, y a mí me habían puesto uno en blanco con un velo de novia sujeto con una peineta.

—¿No se os ocurrió nada más español?

—Sí, pero no había trajes de jamón serrano de tu talla —respondió Amber.

—¿Estás lista para el día más disparatado de tu vida? —preguntó Gina, sacando una lista de 101 cosas que hacer antes de morir que yo sabía bien de dónde había sacado. Miré a Sofía acusadoramente y esta sonrió confirmando su culpabilidad.

—¡Nada de tatuajes! —rogué.

—¡Por supuesto! —aseguró Amber sin sonar convincente—. Y nada de puénting…

☼ ☾ ☼

Que cinco mujeres razonablemente atractivas pasen desapercibidas un viernes por la noche, es misión imposible. Si van vestidas de flamencas, la cosa se complica por dos. Pero cuando una de ellas está preguntándole a todos los hombres del bar si quieren hacer un trío con ella esa noche, porque es la número 7 de su lista, la cosa ya adquiere dimensiones desproporcionadas. Tuvimos que sacar a rastras del club a una Brit borracha que no tenía ninguna intención de dejar pasar la oportunidad de estar con dos hombres a la vez esa noche.

—¡Déjate de tríos ni trías! Esta noche es solo de chicas, ¿cuánto hace que no salíamos las tres así? —recordó Amber.

—¡Claro! ¡Como tú ya la has tachado! —reprochó Brit, tambaleándose sobre sus tacones de aguja.

—Cuando lleves quince copas menos encima, te dejaré hacer un trío, una orgía y lo que a ti te dé la gana. Esta noche estás borracha y con tus amigas, fin de la discusión —atajó Amber—. ¿Cuál es lo siguiente de la lista?

—Ya hemos dejado nuestra huella en forma de grafiti en North Laine, hemos lanzado a Elena desde el escenario de ese bar para que todo el mundo la sobase como a una croqueta, hemos empezado una colección inservible de posavasos de bares, tenemos nuestro propio cóctel, hemos saltado al vacío… —resumió Gina, sacando un boli de su mini bolso de Gucci.

—La verdad que eso os lo podíais haber ahorrado… —lamenté. Aún me duraba la temblequera en las piernas.

—¡Y lo *cool* que va a quedar el video en TikTok! —aseguró Brit.

—¿No podemos simplemente seguir bailando en ese bar hasta que cierren? —preguntó Sofía—. Lo que calculo que, tratándose de Inglaterra, ocurrirá en cinco o diez minutos…

—¡Voto por eso! —gemí, levantando en alto mi copa de Spritz.

—¡Ni de coña! Tenemos que hacer algo loco de esa maldita lista —expresó Amber—. Y, teniendo en cuenta la hora que es, lo único que se me ocurre es que robemos los instrumentos a esa orquesta y hagamos la número 9, aprender a tocar algo.

—Amber, cariño, eso es lo que intentaba hacer yo y no me habéis dejado —comenzó Brit ofendida—: aprender a tocarle "el instrumento" al músico del bar.

—¿Cuánto hace que no echas un polvo? —preguntó Amber extrañada con su calentón.

—He perdido la cuenta… Y, al parecer, tampoco va a ser esta noche —lamentó Brit, fisgando algo en su móvil—. Chicas, creo que ya lo tengo: vamos a hacer la 75.

Nos mostró la última foto del chat grupal en el que Ethan, Casper y Mike, que también estaban de despedida siguiendo esa estúpida lista, lucían orgullosos su nuevo tatuaje.

—¡La madre que los parió! —Gina le quitó el teléfono para examinar la imagen, ignorando que ella tenía el suyo propio—. Como siga tatuándose, voy a tardar menos en encontrar a Wally que sus pezones.

—El de Ethan no está tan mal —observé con una sonrisa bobalicona.

Se había extendido un poco más el dibujo del brazo con dibujos aztecas hasta quedar por encima de la muñeca; y con esa camisa blanca, le daba un toque peligroso y muy sexy. Poco quedaba ya de aquella Piedra del Sol lunaplatense que había lucido una vez.

—¡Deja de babear! —Amber me colocó un pañuelo bajo el cuello—. Entonces qué, ¿nos hacemos o no nos hacemos el tatuaje?

—Yo paso, ya tengo uno. —Sofía fue la primera en echarse atrás.

—¡Ni de coña! A mí me falta alcohol en las venas —respondí.

—¡Que todos los males de este mundo sean como ese, reina! —Amber sacó una petaca de alcohol de su bolso y vertió vete tú a saber qué en mi copa—. ¡De un trago! ¿Alguien más necesita? Cuando lleguemos a la tienda, lo veréis todo con otros ojos.

—O estaré tan ciega que no veré nada... —respondí, sin negarle la bebida ni la aventura.

—Me vale.

No mucho después, esperábamos impacientes en la sala de un tatuador 24 horas que alguien recomendaba en un foro. Había al menos veinte personas más esperando para hacer lo mismo que nosotras, una hazaña de la que muchos se arrepentirían al día siguiente. Creo que ni siquiera intervine en el proceso de decisión, mis amigas dictaminaron que sería la rosa de los vientos que aparecía en la señal de North Laine y era indiscutible. Me lo haría en la cara interna del tobillo para que no se viera mucho y fin del drama.

Una mujer con la cara tatuada y dilatadores en las orejas nos pidió que nos sentáramos hasta que alguien nos llamara. Amber había comprado una botella de mojito ya mezclado que fue despachando alegremente en nuestras copas. Creo que no había estado tan borracha en mi vida.

—¡No me puedo creer que vaya a hacerme un tatuaje! —suspiró Gina—. ¡Y a juego con la examante de Casper! Creo que esto vale el doble en esa lista...

—¡Amén, hermana! —exclamó la susodicha, rellenándole la copa con mojito y sin mostrarse ni una pizca ofendida.

Brit, que estaba super nerviosa porque no quería hacerse el tatuaje, no paraba de parlotear y temblar como una hoja al viento.

—¡Me dan miedo las agujas! ¡Prometedme que será algo pequeñito que pueda tapar con una pulsera! —rogó—. ¡Y qué no va a doler! ¿Os he dicho ya que me dan miedo las agujas?

—Tranquila, que ni te vas a enterar... —aseguró Sofía. Pero Brit seguía con su histerismo.

A mi lado se sentó una pareja que acababa de terminar su dibujo. No tendrían más de veinte o veintidós años y parecían profundamente enamorados. Me fijé en su tatuaje, una serie de letras y números que, al juntarlas, tenían algún sentido para ellos. Supongo que era obvio que estaba borracha porque me quedé trabada mirándoles el brazo. La pareja me sonrió con los dientes.

—Perdonad la intromisión —comencé, incapaz de refrenar mi curiosidad—. ¿Qué significa? Es una contraseña o...

—Son las coordenadas de Ibiza —explicó el chico, con una voz mucho más aguda de lo que había esperado en su rudo aspecto.

—Nos conocimos allí el verano pasado —explicó la chica, dándole un pico—. Cogimos el Covid en una fiesta ilegal y no pudimos regresar a Inglaterra, así que nos tuvimos que quedar de cuarentena en Ibiza hasta que pasamos los síntomas.

—Sí, pero no hicimos cuarentena. Nos escapábamos todos los días a la playa a fo...

—¡Seguro que la chica lo ha entendido! No hace falta que des tantos detalles.

Asentí y me abstuve de comentarios. Pero algo en esa estúpida conversación me dejaría más marcada aquella noche que el tatuaje que poco después luciría en mi piel.

A eso de las tres, ya estábamos de vuelta en el hotel. Brit, Amber y Sofía compartían habitación triple y yo tenía la suite presidencial con Gina.

No tenía sueño. De camino al hotel, había estado dándole vueltas al tatuaje de los tortolitos hasta llegar a un millón de conclusiones diferentes.

Me lavé los dientes, me aseé un poco y me senté en la moqueta, móvil y libreta en mano, dispuesta a resolver uno de los misterios del caso McGowan que me tenía en un sinvivir.

Dejé todas las luces encendidas, pero a Gina, que llevaba tres cuartos de hora en el baño echándose potingues, no parecía importarle.

Comencé a tomar notas en post-its de colores y a colocarlos en la moqueta, creando un círculo a mi alrededor que, esperaba, en algún momento tuviera sentido. Cuando Gina salió del baño y me vio de esa guisa, no pudo evitar una mirada de preocupación.

—¿Hola? ¡Son las cuatro de la mañana! ¿Se puede saber qué demonios haces que no estás durmiendo la mona?

—Acabo de conocer a una pareja que se ha tatuado las coordenadas del club de Ibiza donde se conocieron —expliqué. Gina me miró incrédula, sin saber a dónde quería llegar.

—¿Estás pensando en tatuarte el código postal de Clapham con Ethan? —preguntó—. Personalmente, lo veo una horterada, pero oye, tú misma. Dicen que esto de los tatuajes es empezar con el primero, y cuando te quieres dar cuenta, pareces un mapa de carreteras.

—¡Que no es eso! ¡Escucha un momento! —La invité a callarse y a sentarse conmigo en el suelo, pero ella hizo un gesto de que mejor se iba a la cama y me dejaba con mi locura—. ¿Y si no fuera un cero ni una "o"? ¿Y si fuera un símbolo de grado?

—¡Grados es lo que tenía la mierda que Amber te ha echado en la copa! ¡Vete a la cama!

—¿Quieres hacer el favor de bajar conmigo aquí? —pedí con seriedad.

Estaba tan emocionada con mi descubrimiento que hasta se me había pasado la borrachera. Los dos litros de agua que me había bebido, también habían ayudado bastante. Gina puso un cojín en el suelo e hizo lo que le pedí a regañadientes

—Lo siento, no pienso poner mi culo en esa moqueta que no sabemos de qué habrá sido testigo.

—Como quieras. Coge el primer papel de ahí y lee.

—8020-56S colgante, 116-02113E diario —leyó con indiferencia—. Luego dices que mi lenguaje secreto con lunas y corazones es absurdo...

—El primer número está grabado en el colgante de Ethan; el segundo, lo encontré en el diario de Yvaine. ¡Esta noche me he dado cuenta de que son coordenadas! Lo que pone es 8°20′56″ S 116°02′13″ E.

—¡Estupendo! Muy buena reflexión, ¿podemos irnos a la cama y mañana seguimos con esto? Porque creo que estamos las dos muy borrachas para pensar con claridad.

—Yo estoy más lucida que nunca, ¡de repente todo tiene sentido!
—Le entregué otra de las notas—. Esas coordenadas nos llevan a una islita paradisíaca cerca de Bali llamada Gili Trawangan, famosa por sus playas de coral, sus atardeceres mágicos y sus túneles de guerra. Y no es una simple casualidad, ese es el lugar.
—¿Me quieres decir qué demonios se les ha perdido a esos mafiosos en Gili Trawan... lo que sea?
—¡No lo sé! Ni siquiera estoy segura de que esto tenga que ver con ellos, igual tiene que ver con la abuela de Ethan, fue ella quien escribió las coordenadas en el diario y el colgante.
—Igual echó el polvazo del siglo en esas islas y quiso dejar constancia de ello.
—No me estás ayudando...
—Es que estoy borracha, cansada y deseando irme a la cama para despertarme mañana de mal humor cuando vea que me he hecho un estúpido tatuaje contigo, Britney Spears, la gata mojigata y la golfa de Amber.
—¿Quieres hacer el favor de mirar esto? ¡No es una puñetera casualidad! —Esta vez, le mostré en mi móvil una foto de Ethan sin camiseta donde se apreciaba el tatuaje original, antes de que decidiera modificarlo.
—A ver, que tengo novio y todo eso, pero una tampoco es de piedra...
—¡Fíjate en el tatuaje! —urgí impaciente—. Grandeza, Inocencia, Lujuria, Isla y Tiempo. En otras palabras...
—Gili T —completó con un hilillo de voz, enterándose por fin de qué iba la película. Le cambió la cara por completo, y esta vez, fue ella la que cogió una de las notas y la leyó en voz alta—: "*Gili no es un nombre de mujer*. Frase encontrada en los márgenes de *Jane Eyre*".
—¡Claro que no es un nombre de mujer! ¡Es una puta isla! Y no sé qué demonios hay en ese lugar, Gina, pero tienes que ir allí.
—¿Tengo? —preguntó ella incrédula.
—Bueno, esta también es tu historia. ¿No quieres vengar a tus padres? —pregunté. Gina se quedó en trance y cogió otra de las notas del suelo donde se leía: *Fenómeno de Ingravidez*, Remedios Varo.

—¿Qué es esto? —preguntó con la voz entrecortada por los nervios. La Gina agente secreto había logrado superar la borrachera para estar 100% operativa.

—Es un cuadro que encontré en el diario de Yvaine. Aparece un tipo con una bola del mundo flotando entre sus manos. Con una mano señala hacia México y, con la otra, hacia Asia.

—Okay, reconozco que todo esto tiene alguna conexión —dijo al fin, algo incrédula—. Sigo sin entender qué harían esos tipos bebiendo agüita de coco en Indonesia.

—¡Olvídate de ellos! Estamos buscando a los buenos. Yvaine le dio ese maldito colgante a Ethan para que encontrara su hogar cuando se sintiera perdido. Tiene que ver algo bueno allí...

—¿Qué harían "los buenos" allí?

—¿Refugiarse? —pregunté ante algo tan obvio—. Es un buen escondite, pues hasta tú misma estás dudando de ello.

—¡Es que no tiene sentido! —dijo al fin—. Pero vamos a descubrirlo juntas.

—¿Cómo?

—Yendo a Bali, por supuesto —anunció ella, sin una pizca de entusiasmo en la voz.

—¡Yo no me voy a ningún sitio!

—¡Ya lo creo que sí! —amenazó—. ¡Tú me has metido los perros en danza con ese sitio! Y yo no puedo ir sola con Logan y Mark, Casper pensaría que le estoy poniendo los cuernos. Así que lo más fácil es que tú te vengas conmigo y me ayudes a resolver el caso. ¡Y ni se te ocurra decirle una palabra a tu futuro marido de esto!

—¿Por qué no? ¡Tiene derecho a saber que hemos descubierto el secreto de su abuela!

—Elena, Ethan no quiere saber nada del tema. No quiere poner en peligro a su hijo —me recordó—. Y yo no pensaba ponerte en peligro a ti, pero puesto que eres tú quién ha sacado el tema, lo voy a dejar todo organizado para septiembre.

—¿No es un poco tarde?

—Tengo un montón de compromisos todo el verano que no puedo eludir, querida. Mañana reservaré los billetes. Y ahora, ¡vete a dormir!

Un escalofrío me recorrió la piel, no sé si por miedo o por tener que ocultarle a Ethan los verdaderos motivos por los que Gina y yo nos íbamos a Bali. No sabía cuánto tiempo más iba a poder seguir ocultándole la verdad, pero yo sabía que lo que íbamos a encontrar en esa isla, iba a ser decisivo para librar esta batalla.

29

18 de junio de 2022 — Registro de Lewisham

—¡Mírate! ¡Si pareces un hada del bosque! No sé si voy a poder contener las lágrimas. —Que fuera precisamente Gina quién dijo algo así, me preocupó sobremanera.

—Pagaría por ver una sola gotita de agua salada recorriendo tu rostro.

—No te creas... Desde que Casper se empeñó en hacer ese maldito tratamiento de fertilidad porque no me quedaba embarazada tengo las hormonas locas.

—¿No sería más fácil que le contaras la verdad? —resolví, abrochándome los zapatos de cuadros escoceses con los colores del tartán McGowan que, seamos realistas, no pegaban ni con cola con mi vestido de tul lila, ni con la diadema de flores que llevaba en el pelo.

—¿En serio piensas llevar esos zapatos?

—Di que sí, tú cámbiame de tema...

—Lo siento, es que me acaba de cortocircuitar el cerebro con tu estilismo. ¿Cuánto hace que no te revisas la vista?

—¡Ya sé qué no pega! Es que me hacía ilusión llevar algo escocés.

—La suerte es que podrías llevar una bolsa de basura por vestido que Ethan se iba a caer de culo igual al verte —bromeó Gina—. ¿Estás lista?

—¡Listísima!

Estaba nerviosa, pero ni por asomo me planteé ni una sola vez si estaba tomando la decisión correcta: quería casarme con él y envejecer a su lado, jamás había tenido nada tan claro en toda mi vida. Y me había prometido que no me iba a afectar su falta de entusiasmo por preparar esa primera boda, que, aunque no contaría con nuestros familiares ni amigos, era la opción más rápida y legal en el país en el que vivíamos.

Cuando el taxi nos dejó en la oficina del registro, las piernas empezaron a temblarme. Ya no había marcha atrás.

Aquel lugar no tenía nada de romántico, auténtico o especial, ni por dentro ni por fuera. Aunque no me importó, lo único que pude ver desde el momento en que crucé la puerta fue a Gael, a Casper y a mi highlander azteca, que llevaba un atrevido traje verde oscuro con camisa blanca y el chaleco interior con el tartán McGowan. Me quedé sin respiración cuando mis ojos se encontraron con los suyos y él esbozó una leve sonrisa mientras me desnudaba con la mirada. Jamás le había visto tan guapo, y eso, tratándose de Ethan McGowan, era mucho decir. Sentía sus ojos verdes recorriéndome, abrasándome la piel y, posteriormente, humedeciendo mi entrepierna. Su boca me reclamaba en silencio, la mía se hizo agua.

—¿Os importaría dejar de comeros con la mirada? ¡Dejad algo para esta noche! —Casper señaló con la cabeza al concejal que nos iba a casar, que nos miraba con una expresión divertida.

Sonreí incómoda y me giré para saludar a mis otros dos chicos, que estaban igualmente espectaculares. Casper se había puesto unos pantalones chinos azul marino con camisa celeste, y Gael, pantalones grises con una camisa blanca que realzaban aún más sus rasgos latinos. Su pelo rubio se había oscurecido algo desde que estaba en Londres, pero su piel morena y esos ojos miel con motas verdosas rompían corazones allá por donde iba.

La ceremonia fue tan breve como aséptica, sin promesas de amor eterno, votos matrimoniales ni nada que pudiera ser recordado, a excepción de las fotos anodinas que nos hicimos en el jardín.

Aunque nunca he sido de esas mujeres que soñaban desde pequeñas con su boda ideal, reconozco que me supo a poco. Nos merecíamos más. Me consolaba repitiéndome que era un mero trámite y tendríamos una boda en condiciones más adelante, pero no funcionaba. El sabor agridulce estaba ahí.

Habíamos reservado un restaurante que estaba a menos de diez minutos andando de allí, con lo que no entendí la insistencia de Casper por pedir un taxi. Cuando pasamos de los veinte minutos de trayecto sin que nadie dijera nada, empecé a olerme que se traía algo entre manos. Pero, cuando atravesamos Chelsea y Hammersmith, me di cuenta de que todos estaban compinchados.

El taxi se detuvo finalmente en el parque de Richmond, una preciosa reserva natural a las afueras de Londres, donde los ciervos convivían pacíficamente con golfistas y excursionistas. Miré a Ethan en busca de una explicación, pues era obvio que él estaba al tanto de lo que pasaba. Mi ahora marido se limitó a sonreír misterioso y agarró mi mano para que le siguiera.

—¿Vais a decirme alguno de los cuatro qué hacemos aquí? —pregunté buscando respuestas—. No llevo los zapatos más adecuados para huir de un cervatillo.

—Del único del que tenías que huir es de mi padre y ya te has casado con él. —Gael echó a correr sin dar explicación alguna y desapareció de mi campo de visión.

—¿Dónde va el mocoso?

Nadie me contestó. Atravesamos el parque hasta una zona arbolada cerca del lago donde un montón de gente se arremolinaba en torno a un arco de boda rectangular del que colgaban telas blancas y flores salvajes en tonos rojos, rosas y malvas.

Me llevé las manos a la cara, presa de la emoción, al ver que todo el mundo estaba allí. Todo mi mundo. Mis padres, mi hermano, Esther, mis suegros, Amber, Bruce, Brit y Mike con su nueva novia ucraniana. También estaba Richie, el mejor amigo de Gael, con su novia Briony. Y la tercera en discordia solo podía ser la famosa Bethan, a la que todavía no habíamos conocido.

—¡Vivan los novios! —gritó mi hermano, que tenía a Esther asida del brazo.

—¡No me puedo creer que me hicieras creer que no tenías interés en celebrarlo y hayas montado todo esto! —le susurré a Ethan, aún perpleja por lo que estaba pasando.

—Y yo no me puedo creer que te lo hayas tragado.

Me guiñó un ojo y tiró de mí hacia el improvisado altar, donde un Mike vestido con un traje estampado con palmeras nos esperaba para volver a casarnos.

—Queridos hermanos, estamos aquí hoy reunidos para unir en matrimonio a Ethan y Elena, y bla, bla, bla. Yo os declaro marido y mujer. Podéis besaros. —No hizo falta que nos insistiera—. Sin pasarse, que hay menores delante. ¡Ala! Todo el mundo a comer y beber.

El discurso de Brit fue mucho más sensiblero; afortunadamente, Amber intervino con su toque de gracia para evitar que todos muriéramos de diabetes. A ese, le siguieron unas emotivas palabras de Gael sobre cómo había conseguido convertirme en una de las personas más importantes de su vida. Y, por último, mi padre, que parecía haber empezado la fiesta antes de que llegáramos, pronunció un discurso dirigido exclusivamente a Ethan dándole la bienvenida a la familia y advirtiéndole de que le cortaría los huevos si se le ocurría hacerme daño.

Hicimos el ritual de las arenas para sellar nuestro amor, él con el color verde que tanto le representaba, y yo con el rojo, que mostraba bien el fuego que tenía por dentro.

Después de la ceremonia, pasamos directamente al banquete rústico. Mis amigos habían juntado mesas de picnic y las habían decorado con lo que habían pillado por casa: platos de colores de distintos tipos y tamaños, vasos de diferentes cristalerías, cubiertos de bambú, flores secas... y unos manteles que me había hecho mi abuela en tiempo récord, lamentando no haber podido estar conmigo en un día tan especial.

El banquete fue un popurrí de platos caseros y precocinados de distintos países que era un placer para la vista y el paladar. Ignoraba cómo se las habían apañado mi madre y mi suegra para preparar lechazo o ceviche, pero sospechaba que mis amigos habían prestado gustosos sus cocinas a cambio de llevarse algo decente a la boca.

Lo bueno de esa boda improvisada es que no había protocolos ni reglas. Lo malo, que tampoco había control. Así que, cuando alcanzamos el improvisado baile nupcial, *Toda una vida* de Leoni Torres, todos estaban tan borrachos que no daban pie con bola. Todos menos nosotros, que bailábamos al son de la música y nos mirábamos como si no existiera nada más en el mundo. La definición más pura y sincera de lo que sentíamos al estar juntos.

Creo que fue en ese preciso momento, al escuchar esos versos, cuando me di cuenta de lo que aquel día significaba realmente. De lo afortunados que éramos por haber encontrado a esa persona con la que querer compartir toda una vida. No necesitábamos nada más porque ya lo teníamos todo.

Tan pronto acabó la canción, nuestros amigos se unieron a la improvisada pista de baile para venirse arriba a ritmo de R&B y reggaetón. Ver a mi familia bailando a Chris Brown en vez del *Mayonesa*, era un show que bien había merecido la celebración.

A medida que fue avanzando la noche, los invitados se fueron dividiendo entre los que se la habían cogido divertida y los que estaban dispuestos a confesar sus miserias el día de mi boda. Yo intentaba repartirme para complacer a todo el mundo, aunque lo único que deseaba era sentarme junto a la hoguera para disfrutar de la barbacoa y la cerveza fría.

La primera que me interceptó esa noche fue Brit, que no paró ni un segundo de criticar a la novia de Mike. Yo no entendía de dónde había sacado su odio por una muchacha que a duras penas hablaba inglés, pero Brit borracha podía llegar a ser muy intensa.

Cuando conseguí zafarme de mi amiga, me secuestró una Gina inusualmente nerviosa, dando paseos de un lado a otro y dándose aire con el abanico que mi madre siempre llevaba en el bolso. Es cierto que aquel fue el verano más cálido de los últimos quinientos años, pero su sofoco era preocupante.

—Oye, tú, ¡qué maravilla el invento este! —Estaba acalorada y nerviosa—. Esto de que tu madre sea menopaúsica me ha venido de perlas.

—¿Puedes beber alcohol con el tratamiento hormonal?

—¡No lo sé! Probablemente no... Y tengo el corazón que se me va a salir del pecho. ¡Mira, toca! —Gina me llevó la mano a su generoso escote. Sí, ciertamente tenía una taquicardia digna de ingreso.

—¡Por Dios, Gina! ¡Deberíamos llamar a una ambulancia!

—¡Ni de coña! Ya me ha pasado antes. Se me pasará en un rato, tranquila...

—¿Cómo que ya te ha pasado antes? ¿Cuánto tiempo piensas seguir así? ¿Es que no piensas decirle a Casper la verdad?

—¿Qué no quiero tener hijos hasta que vea a tu suegro entre rejas? —preguntó sarcástica—. ¡Nah! Prefiero gestionar esto a mi manera.

—¿Con tratamientos hormonales para quedarte embarazada y píldoras anticonceptivas para no hacerlo? ¡Veo que lo tienes todo bajo control! —Gina empezó a ponerme pucheros. En un principio, pensé que estaba de coña, pero pronto me di cuenta de que la mujer de hielo estaba a punto de echarse a llorar—. Gina, ¿estás bien? Lo siento, yo no quería...

—No, si no lloro porque seas una zorra insensible —replicó, sorbiéndose los mocos—. En realidad, lloro por el simple hecho de que estoy llorando, porque yo antes no lloraba y ahora lloro y esto no es normal. ¿Qué va a ser lo próximo? ¿Sentir pena por los niños de África? ¡De verdad que no me reconozco!

—Igual te estás convirtiendo en humana —bromeé, a pesar de que no estaba el horno para bollos.

Gina no reaccionó bien a mi sarcasmo, su rostro se encogió en un mohín de disgusto que acabó en auténtico sufrimiento. Deduje que esa situación se daría a menudo últimamente por la rapidez con la que Casper lo dejó todo para ir a consolar a su novia. Yo estaba flipando y me sentí de algún modo culpable, aunque no sabía bien de qué.

Decidí dejarles solos y sentarme junto a la hoguera, o ese era el plan inicial antes de que mi amiga Esther, a la que me encontré haciendo pis detrás de un árbol, me detuviera. Al contrario que mis otras amigas, ella estaba eufórica.

—¿Cómo te sientes al ser una mujer casada? —preguntó, pinchándome con los dedos en la cintura—. ¡Jamás pensé que lo verían mis ojos!

—Exactamente igual, pero más enamorada de él, si es que eso era posible.

—No, no era posible, ya dabais bastante grima antes de casaros —me provocó—. Sabes que estoy de broma. Si mi marido me hubiera mirado a mí como te mira a ti el tuyo, creo que todavía seguiríamos juntos.

—Pero tú ahora eres feliz con Enzo, ¿no? —tanteé, pues la excusa que me había puesto sobre por qué no había venido con su novio, no terminaba de convencerme.

—Ya te he explicado que tenía que quedarse por trabajo...

—Ajá. —Ni siquiera me molesté en fingir que me lo creía.

—¡Está bien! ¡Si te vas a poner así te lo cuento! —explotó como un reactor nuclear, a pesar de que yo no había abierto la boca—. Nos estamos dando un tiempo. Él aún sigue pensando en divertirse y yo me estoy planteando... otras cosas.

—¿Qué cosas son esas?

—¡Yo qué sé! Ya tenemos una edad, me gustaría empezar a pensar a largo plazo y no sé si él es la persona con la que quiero formar una familia. No es que esté pensando en hacerlo ahora mismo, pero... No sé si me veo haciéndolo con él.

—Pues si después de dos años juntos no terminas de verlo... —respondí, sin saber cómo había pasado de ser la protagonista del evento a la psicóloga de todas mis amigas—. Eso explica por qué llevo toda la noche explicándole a mis amigos que tú no eres la novia de mi hermano —acusé, haciéndome la distraída. Esther se puso roja como un tomate—. Os han visto muy acarameladitos. ¿Algo que declarar?

—A ver, no paráis de pinchar baladas de *The Scorpions* y *Aerosmith*, pues una se pone tontorrona...

—No te preocupes, que eso lo arreglo rápido con un poco de perreo.

—Sí, seguro que con perreo y vino tinto vas a arreglar tú mucho...

—No seré yo quien se ponga puritana, pero...

—Ya, sí, Julie. Tranquila, que no hay nada entre tu hermano y yo, solo hemos estado bailando. —Me di cuenta de que era la tercera amiga a la que ofendía esa noche—. Voy a dar un paseo a ver si me da un poco el aire, no sea que tus padres también se piensen lo que no es.

No me molesté en salir detrás de ella, a sabiendas que estaba excesivamente sensible por el alcohol. Ilusa de mí, creí que aquel era mi momento de sentarme en la manta y descansar los pies, pero mi hermano, que llevaba un rato observándonos en la lejanía, tenía otros planes para mí. Estaba brincando el *20 de abril* de Celtas Cortos con sus dos pies izquierdos, decorando con dolorosos pisotones mis zapatos. Le hice un gesto pidiendo clemencia. Ni mis pies ni yo podíamos más.

—¿Qué pasa? ¿Vas a negarle un baile a tu único hermano?

—¡Es que esto no se baila, Jorgito! Además, me duelen los pies. Cuando me puse estos zapatos, no pensé que acabaría viniendo al bosque.

—Ethan te ha metido las playeras en el coche de Casper —informó. Los ojos me hicieran chiribitas. ¿Era o no era el mejor marido del mundo?

Me acerqué a Casper y le quité las llaves del coche. Gina seguía llorando a moco tendido sin ninguna razón. En el maletero encontré las deportivas, calcetines y un pequeño macuto con cosas de aseo y algo de ropa limpia.

—¿De qué estabas hablando con Esther? —Mi hermano me estaba siguiendo de un lado a otro del bosque—. Parecía cabreada cuando se ha ido...

—Cosas de chicas —corté, viendo venir problemas—. ¿Así que Julie está trabajando?

—Sí, como no estamos casados, no le han dado el día libre para venir a la boda. No lo han considerado familia directa —explicó, sin un ápice de lástima en la voz.

—¡Pues qué pena!

—Para pena, la que yo estoy pasando por mi papá y mi abuelo —protestó Gael, uniéndose a la conversación—. ¡Me está avergonzando delante de mi novia!

—¡Padres! —protestó mi hermano—. No te preocupes, sobrino, que algún día nos vengaremos de ellos. Recuerda que seremos nosotros quienes elijamos la peor de las residencias cuando ya no sean jóvenes.

—¡Jorge! —le reprendí por dar esos consejos estúpidos a mi... a Gael—. ¡Papá y mamá no van a ir a una residencia! Si me disculpáis, llevo una hora intentando acercarme a la barbacoa para entrar en calor y pegarle un mordisco a algo.

—Mientras no sea a mi cuñado... —agregó Jorge malicioso—. Anda, enano, ven conmigo, que te voy a dar un par de consejos útiles de tío a sobrino.

Casi me da un orgasmo cuando consigo —¡por fin!— sentarme en la manta junto a la hoguera. Le quité la cerveza a Ethan y le di un largo y merecido trago, acomodándome entre sus piernas.

—¿Dónde te habías metido, cielo? Llevo un rato buscándote.

—Es una laaaaaaarga historia —resumí—. Me ha dicho tu hijo que le has avergonzado con Bethan. ¿Qué has hecho?

—No me mires a mí, ha sido Marcelo —le acusó con el dedo, y éste, comenzó a reír escandalosamente.

—Es que no me hago a la idea de que mi único nieto tenga chamaca y tome chelas. Puede que me haya puesto a rememorar todas las veces que se meaba en la piscina de niño.

—¡Uy, hablando de mearse en la piscina! —Mi padre alzando la voz. ¡Peligro!— ¿Os ha contado Elena alguna vez el día que se negó a llevar pañales y se paseó por todo Valladolid como Dios la trajo al mundo?

—¿Cómo que Dios? —protestó mi madre—. ¡La que estuvo catorce horas de parto fui yo! ¡Aquí Dios no tuvo nada que ver!

¡Lo que me faltaba! Que mis padres se unieran a esa guerra de anécdotas bochornosas de mi infancia. Miré a Jorge de reojo. Lo de buscarles una residencia donde les torturaran lentamente ya no me sonaba tan descabellado.

☼ ☾ ☼

—¡No entres!

Tarde. Antes de que terminara la frase, yo ya estaba asomando la cabeza en el cuarto de baño de la suite para descubrir qué le había hecho perjurar de ese modo durante los últimos diez minutos. Me quedé paralizada en la jamba de la puerta sin saber si echarme a reír o a llorar ante semejante espectáculo. La espuma procedente del jacuzzi empezaba a rozarme los pies mientras Ethan intentaba, inútilmente, disolverla en el lavabo.

—¿Tú no sabes que al jacuzzi no le puedes echar jabón cuando está encendido? —observé. Me dirigió una de esas miradas que en realidad querían decir "cállate"—. No te agobies. Ponemos unas toallas y fin del problema. Ya usaremos el jacuzzi mañana...

No terminé la frase. La espuma había crecido tanto que nos llegaba hasta las pantorrillas. No pude evitar reírme, a pesar de que Ethan pareciera chafado porque el plan romántico se hubiera ido al garete. Pero yo no pensaba dejar que un contratiempo tonto arruinara nuestra noche de bodas. Cogí un poco de espuma con las dos manos y se la tiré en la camisa. Cambió su gesto severo por una sonrisa traviesa y se unió a la batalla campal de espuma. Y, cuando nos quisimos dar cuenta, estábamos sentados en el suelo, apoyados contra los fríos azulejos del baño, repletos de espuma de la cabeza a los pies y riéndonos sin parar como dos locos.

—Güera... no creo que sea capaz de mover un músculo esta noche. Ninguno.

—¡Es que os habéis bebido todas las reservas de cerveza de la isla!

—Soy el hombre más feliz del mundo, tenía que brindar por nosotros... varias veces. Vete mentalizándote de que en la boda oficial estaré aún más borracho porque habrá muuucha más gente con la que brindar.

Me incorporé y le miré como si estuviera loco. Tenía que estarlo para sugerir algo así.

—¡Pero yo no quiero otra boda! Esta ha sido perfecta, exactamente lo que quería —aseguré. Ethan me miró inseguro.

—¿Estás segura? Porque sé lo importante que es para ti tu familia y...

—Mi familia estaba allí. Esta boda ha sido más de lo que podría soñar. No podría ser más feliz.

—Pues imagínate lo felices que vamos a ser los cuatro...

—¿Vamos a adoptar un perro? —pregunté arqueando una ceja.

—Okay, demasiado pronto para hablar del tema... Lo pillo.

—¡Déjame al menos disfrutar de mi noche de bodas!

—Me temo que no va a haber mucho que disfrutar esta noche... Todo en mí está dormido.

—Hablaremos del tema más adelante. Te dije que lo quería todo contigo: lo bueno, lo malo... y lo que llegue.

Ethan sonrió al entender mis palabras y me besó, esperanzado.

—Brindo por eso.

30

27 de enero de 2023 – Casa de Siobhan, Union City, NJ

Miro el móvil y sonrío para mí al ver todos los mensajes y felicitaciones que me están llegando. Es una tontería, porque no cambia el hecho de que estoy celebrando mi día en compañía de una tipa que me odia, y que esa noche volveré a mi apartamento sin calefacción ni agua caliente; pero saber que hay alguien en la otra punta del mundo que se ha acordado de mí, hace que me sienta un poquito menos sola.

Siobhan ha llenado otras dos tazas de té y me ha puesto un queso fresco con pan de pita delante. Se ha empeñado en atiborrarme.

—Come algo, anda. —No tengo ánimo de discutir, así que no le llevo la contraria, rezando porque mi cuerpo decida digerir el alimento por la vía tradicional—. ¿Sabes? Cuanto más te escucho hablar, más me cuesta imaginar al Ethan McGowan que describes. El Ethan que yo conozco es apático, frío y desapasionado. Después de todos estos años, empiezo a pensar que no le conozco en absoluto.

—Si te sirve de consuelo, yo tengo la misma sensación. Jamás hubiera imaginado que las cosas acabarían así entre nosotros. Supongo que Ethan es como la Luna, tiene una cara oculta que no le muestra a nadie.

—Hablando de caras ocultas… ¿cómo se tomó que te acostaras con su padre? —La acusación me pilla tan por sorpresa que no me veo capaz de responder—. Pasasteis mucho tiempo juntos en ese hotel, ¿verdad?

—No es lo que piensas. —No me molesto en explicar mis razones, sé que no va a creerlas.

—¿Cómo fue vuestra vida de casados? —Me cambia de tema—. Te fuiste a vivir con ellos, supongo…

Asiento con la cabeza, tratando de recordar solo los hechos que considero más relevantes de esa historia.

—Me mudé con ellos después de la boda, sí. En el piso de Clapham quedaron un Casper confundido por la incapacidad de Gina para dar pasos en la relación cuando él estaba más entregado que nunca, y Mike, que volvía a estar soltero. Las cosas iban viento en popa para Brit. Gina le había dado su propia sección sobre influencers y contenido en las redes sociales y tenía a dos chicas a su cargo.

Siobhan mira la hora en el móvil y me interrumpe.

—Perdona, mi hija está a punto de regresar de las clases de ballet, así que no tenemos mucho tiempo... Entiendo que Ethan te convenció para aumentar la familia —observa. Niego con la cabeza y me dirige una mirada de sorpresa, aunque se resiste a comentar. Mejor así.

Decido resumirle los siguientes meses de manera rápida, contarle que aquel verano nos fuimos a México con mis padres y trabajamos desde allí. Mi suegra y mi madre se habían hecho inseparables a base de intercambiar recetas por WhatsApp, y mi padre y Marcelo también habían encontrado varios puntos en común. Le cuento que Gael y Bethan rompieron después del verano porque él se enrolló con una antigua amiga de Bucerías que siempre le había hecho tilín. Y yo seguía luchando contra la lenta burocracia británica para convertirme en su tutora legal.

—Y así, entre jarras de enchilada, ceviches y atardeceres en la playa, llegó finales de agosto, una fecha que resultaría clave en el caso por dos motivos.

—La reunión en el hotel —adivina ella.

—Correcto. Acorde a lo que Logan había averiguado esos meses, la Luna de Plata iban a dar el gran golpe de gracia en algún momento de septiembre. El hotel estaba lleno de reservas desde hacía meses y sabíamos que estaban tramando algo no muy lejos de allí, pero ¿el qué? —pregunto enigmática, a pesar de que Siobhan está al tanto del caso—. Había acordado ir un par de semanas a Dornoch con Logan para intentar identificar a esos tipos y atar cabos sueltos. A Ethan le conté que estaba cubriendo una baja de maternidad de la revista y no se lo tomó demasiado bien, pues a esas dos semanas en Highlands sin vernos, había que sumarle el inminente viaje a Indonesia con Gina, que también justifiqué por motivos laborales, lo que se traducía en casi un mes sin vernos por culpa de mi trabajo.

—Así que fuiste a Dornoch. ¿No tenías miedo?

—¡Estaba aterrada! —confesé—. Aunque jamás pensé que las cosas acabarían así.

—Dame unos minutos... —Siobhan se levanta en busca de un expediente que tiene impreso, donde veo que tiene la declaración de Gina transcrita. La lee con avidez y tuerce el gesto—. Hay algo que no entiendo... Gina me dijo que nunca fuisteis a Bali.

—Así es —respondo misteriosa.

Siobhan alza una ceja y me urge a seguir hablando. Tomo aire y lo suelto de golpe. ¿He dicho ya que no quería contarle esta historia?

Ojeo las notas de Gina por encima y me doy cuenta de que es bobada seguir callando: ella ya se lo ha contado, y Ethan lo ha mencionado como una de mis muchas mentiras que él nunca se creyó. Además, a estas alturas, es evidente que Siobhan sabe que se trata de mí porque ya me ha preguntado si yo era la chica que sobrevivió a la cueva. Sonrío con tristeza, debería sentirme feliz por estar viva e, irónicamente, me siento más muerta que nunca. Triste, solitaria, enferma. ROTA.

Siobhan lleva un rato observándome con detenimiento, ha notado el cambio que se ha obrado en mí y es consciente de que, lo que le voy a contar, dista muchos de los recuerdos felices que le he estado vendiendo hasta ahora. Es momento de abandonar los arcoíris y retomar el caso McGowan de la forma más cruel posible.

—A veces viene bien dejar las cosas ir. Se vuelven un poquito menos reales cuando las cuentas en voz alta y pierden importancia. —Pone una mano en la mía, como estableciendo que, a pesar de lo que ella opine de mí, es consciente de que estoy deshecha en mil pedazos.

—No creo que haya modo alguno de quitarle importancia a esto.

De perdidos al río. Lo pienso un segundo y decido contarle la historia. Tal vez tenga razón y lo que necesite para pasar página sea precisamente eso, desahogarme, confiarle a alguien que, desde que salí de esa maldita cueva, no puedo apagar la luz por las noches sin que la oscuridad me provoque crisis de ansiedad.

Que, cuando consigo dormirme, me despierto empapada en lágrimas y sudor frío.

Que vivo con el miedo constante a que ellos me encuentren.

Que, aunque ella me crea culpable de haber roto mi matrimonio y haber enviado a Ethan a la cárcel, le echo tanto de menos que a veces me duele el alma de pensarle.

Que hay días que preferiría no despertarme más.

Que necesito encontrar el modo de mandar mis demonios al infierno del que proceden.

25 de agosto de 2022 — Dornoch, Escocia

Gina no mintió cuando dijo que conocía a un experto del maquillaje que me haría parecer otra persona. A primera hora de la mañana, Josh se presentó en el apartamento que la agencia me había alquilado en Dornoch, dispuesto a transformar mi cara. Me había reducido visualmente el tamaño de la nariz, levantado los pómulos y las cejas. Mis ojos lucían de un azul apagado y el pelo rubio cenizo, gracias a unas lentillas y una peluca que me había colocado con maestría. Dos horas le había llevado obrar el milagro y, cuando me miré al espejo, casi me caigo de la impresión. No quedaba ni un atisbo de la Elena que yo conocía.

—Mañana volveré a la misma hora —me amenazó—. Acuérdate de dejar la peluca bien colocadita en la base y cepillarla para que no se enrede.

—¿En serio me tengo que levantar todos los días a las cinco para que vengas a tunearme? —protesté, mirándome en el espejo desde todos los ángulos posibles, perpleja con la transformación.

—Sí, y recuerda que nadie puede ver tu aspecto original, así que asegúrate de tener siempre bien corridas las cortinas.

Me tomé un café rápido y abandoné el apartamento. Estaba en el primer piso de una antigua casa que habían dividido en dos. En el bajo vivía la casera, una viuda con muchos gatos que había insistido en llenarme la casa de tartas y galletas el mismo día que me instalé. Estaba bien posicionado, lo que me permitía desplazarme al hotel con facilidad.

Me detuve ante la alta verja de bronce que rodeaba Lleuad Arian. Ya no era el coqueto hotel boutique de la costa escocesa que Yvaine describía en sus diarios, sino un imponente edificio de cinco plantas de estilo moderno que rompía un poco la arquitectura de la zona. Rodeado de frondosos árboles y vegetación, el hotel estaba algo apartado de otras construcciones, exceptuando la casa victoriana que una vez funcionó de alojamiento, y ahora era casa de empleados y oficina de los lunaplatenses. Detrás del hotel, habían construido un mirador desde el cual se contemplaba la playa.

Era mi primer día de trabajo como la estudiante en prácticas Adeline Dubois. A nadie le extrañó realmente cuando me vieron por allí. Era una práctica bastante habitual para recibir subvenciones y ahorrarse unos cuantos sueldos, sobre todo, en temporada alta, cuando hacía falta una mano extra.

Me presenté en el lobby con una expresión tímida, sintiéndome completamente desubicada. Era demasiado grande para alguien sin experiencia, con 350 habitaciones, un extenso restaurante, bar y varias salas de eventos. Tres recepcionistas estaban haciendo *check-outs* como locos y despidiendo a los huéspedes con una amable sonrisa.

—¿Piensas quedarte toda la mañana mirando como un pasmarote? —Me giré y vi que era Logan quien me hablaba, acompañado de una mujer morena de unos cincuenta y pocos años, que me miraba condescendiente.

—Perdona, es mi primer día de trabajo y no sabía dónde dirigirme. —Fingí un acento francés que saltaba a la vista era forzado—. Estoy buscando al gerente, Logan.

—Yo soy Logan. Ella es Isobel. Es quién pagará tu sueldo, así que más te vale complacerla.

Pegué un respingo tan pronto oí su nombre. Tenía la piel artificialmente bronceada, los ojos verdes y guardaba un discreto parecido con su hermana Caerlion. Vestía una blusa ancha de seda en color caqui y unos pantalones negros.

—¡Oh, vamos! No asustes a la chiquilla el primer día. —Isobel hizo un gesto despreocupado y me tendió la mano—. Encantada, espero que disfrutes de tu tiempo aquí y, sobre todo, que aprendas mucho. Me dijo Logan que no necesitabas alojamiento, ¿verdad?

—Mis padres me alquilaron un apartamento no lejos de aquí. Tengo problemas de ansiedad y me agobian los espacios pequeños —mentí, ganándome de repente todo su interés. ¡Mierda! Eso era precisamente lo que quería evitar, que Isobel se fijara en mí.

—Claro, la salud es lo primero. ¡Bienvenida a Lleuad Arian, Adeline! Cualquier cosa que necesites, Logan es tu hombre.

Isobel desapareció, dejándonos a Logan y a mí solos en medio del lobby. Tan solo llevaba diez minutos allí y ya quería coserle a preguntas y enfrentarme a él.

—¿Cómo se te ha ocurrido presentarme a Isobel? ¿Has visto cómo me ha mirado?

—Sí, con indiferencia —celebró él—. No tiene ni puñetera idea de quién eres y diría que le trae sin cuidado. Tienes que hacerte a la idea de que vas a ver muchos rostros conocidos por aquí, Adeline, creía que esa parte había quedado clara. Estás aquí para ayudarme a reconocerlos y escuchar conversaciones entre los huéspedes.

—Creo que hasta ahora no había entendido el verdadero significado de eso.

—Ven conmigo, te voy a presentar a tus compañeros. Y, por cierto, aquí tú y yo no somos iguales —me advirtió—. Aquí soy tu jefe, y tengo fama de ser duro, aunque justo. Me he ganado a pulso el respeto de los jefes y así seguirá siendo.

—¿Significa eso que eres la mano derecha de Duarte? —me burlé—. Todavía no entiendo cómo Gina y Mark confían en ti.

—Dijo la novia de Junior. ¿Te genero dudas, Adeline? —Logan levantó la ceja con una expresión traviesa. Me abstuve de replicar, Isobel nos observaba de lejos.

Atravesamos la recepción y, aprovechando un momento de tranquilidad, me presentó a los dos recepcionistas estresados.

—Ele... Adeline, estos son Cosmin, de Bucarest, y Antonio, de Málaga. Chicos, ella es Adeline, acaba de llegar de Marsella, y estará con nosotros un par de semanas haciendo prácticas y mejorando su inglés, que es terrible.

Apreté los dientes al darme cuenta de lo difícil que iba a ser tener un español cerca y fingir que no hablaba su idioma. Por suerte, la charla no duró demasiado con ese vaivén de clientes con prisas por abandonar su estancia, y yo tenía que ponerme al día en hostelería con un curso acelerado impartido por Logan, que ni era el mejor maestro, ni el más paciente. Demasiada información en muy poco tiempo, pero a eso de las doce, empecé a hacer mis primeros registros de habitaciones.

—Tienes que sonreír más —me recriminó Logan.

—Soy francesa, los franceses no sonreímos —contesté entre dientes.

—¡Se te ha olvidado venderles el desayuno! —protestó cuando atendí a mi segundo huésped.

—¡Estoy dándoles la opción de que elijan por la mañana! Se llama libertad.

—¡Se llama arruinar el negocio! Si les das tiempo para pensarlo, acabarán en un Starbucks y nosotros queremos que desayunen aquí. ¿Tú sabes cuánto ganamos con los desayunos?

—Me puedo hacer una idea... Nadie en su sano juicio pagaría quince libras por un *English breakfast*.

—*Scottish breakfast* —me corrigió—. Y la gente viene específicamente a probar nuestros desayunos.

Aclarado el punto de que ningún cliente podía irse de allí sin contratar su desayuno a base de alubias, tripas de cordero y morcilla, lo siguiente fue criticarme por ser demasiado comercial y atosigar a los clientes con desayunos, parking y bebidas. También por no ser más rápida o, en su defecto, por no dedicarle el tiempo suficiente a los huéspedes. En resumen, que lo hice todo mal, y cuando acabé mi turno a las tres de la tarde, yo estaba planteándome si regresar a mi apartamento a por una merecida siesta o fundirme el sueldo en alcohol para olvidar tan terrible experiencia.

El segundo día en el hotel, no fue mucho mejor. Me pregunté en varias ocasiones qué hacía realmente allí pues, aparte de explotarme como recepcionista gratis en temporada alta, no había conseguido ni un mínimo acercamiento al caso McGowan. Me tocaba turno de tarde con Kasia, una polaca que llevaba tres años en el hotel. Ese turno era el más divertido y el más agotador, un ir y venir de gente registrándose al mismo tiempo, pidiendo toallas, copas de vino o haciendo preguntas sobre el pueblo.

La primera bronca de la noche vino cuando un atractivo joven, que vestía una piel de ébano, se presentó en la recepción para gritarnos que había entrado alguien en su habitación mientras dormía.

—¡Esto es indignante! Entiendo que mi empresa se quiera ahorrar unas libras y nos obligué a compartir habitación con otros empleados, pero ¿no teníais una habitación con tres camas en vez de una de matrimonio? —vociferó—. ¡Me niego a compartir cama con esa pareja!

Kasia y yo nos miramos sin saber de qué estaba hablando, pero ella, que debido a su experiencia ya intuía dónde estaba el error, fue la primera en intervenir.

—¡Lo lamentamos muchísimo, señor Collard! Se trata sin duda de un error del sistema. Ahora mismo le damos una nueva habitación —ofreció Kasia—. Su empresa le ha puesto una individual y, como un gesto de disculpa, vamos a darle una de las suites sin coste extra para usted. La 305, coja el ascensor hasta la tercera planta, tome el pasillo de la derecha y luego siga por la izquierda. Acepte nuestras disculpas

El chico la miró con simpatía. Kasia me miraba a mí sin entender qué había pasado, mientras yo veía a la pareja de marras acercarse con cara de pocos amigos al mostrador. Collard cogió su llave y su equipaje y se dirigió a su nueva habitación.

—Buenas noches, ¿el negro cachas venía incluido con el precio de la habitación? —preguntó una mujer rubia que estaba feliz y borracha como nunca. El marido le río la gracia.

—Tenía otros planes para mi noche de aniversario, pero lo que sea que haga feliz a mi mujer. Reconozco que no es lo peor que hemos metido en la cama... —agregó él con una sonrisa.

—Lamento el malentendido, se han debido de cruzar las llaves —me disculpé, imitando el proceso que había seguido mi compañera—. Como gesto de cortesía y disculpas del hotel, les ofrezco una de las suites para que continúen la celebración en la intimidad.

—¡Muchas gracias! Aunque la solución del mulato tampoco nos iba mal... —replicó ella, doblándose sobre sí misma en una estruendosa carcajada.

—Lamento la situación, no volverá a ocurrir —intervino Kasia.

La pareja cogió la llave y desaparecieron en el ascensor, aun riéndose por la anécdota. Me alegraba que al menos tamaña situación hubiera tenido un desenlace más o menos favorable. Cuando nos quedamos de nuevo a solas, me disculpé ante una Kasia que echaba fuego por los ojos.

—¡Te juro que no sé qué ha pasado!

—¡Yo sí, zoquete! ¡Les hemos dado la misma llave a los dos! Tú les has dado la llave a la pareja sin registrarlos en el sistema, y después, yo le di la habitación al chico porque me aparecía como libre.

¡Tierra trágame! Lo que decía tenía sentido y parte de verdad...

—¡Pensaba hacerlo después! Se me ha bloqueado el ordenador y había tanta gente al mismo tiempo que les he ido dando las llaves, y... ¡Pero tengo todo anotado en mi libreta! Sé exactamente dónde está cada huésped.

—¿QUÉÉÉ? —Kasia me miró como solía mirar yo a Rompetechos, como si fuera el ser más inútil de la Tierra—. ¿Pero cómo se te ha ocurrido algo así? ¡Las habitaciones no estaban preasignadas en el sistema! ¿Te imaginas a cuantos clientes más hemos podido dar la misma llave?

—Lo siento, yo...

—¿Qué está pasando aquí? —Esta vez, fue Logan quién preguntó al ver la escandalera que estaba montando Kasia.

—Tu nuevo fichaje estrella —se burló dañina—. Se ha dedicado a dar llaves sin asignarles habitación en el sistema.

—Es mi segundo día... —aclaré.

—Nadie te está pidiendo que pilotes un avión —añadió Kasia, con quien ya intuía no iba a llevarme demasiado bien.

Logan me miró con cara asesina y no supo bien qué decir.

—En efecto, es su segundo día, así que te recomiendo que la supervises mejor —añadió él, ante las continuas protestas de Kasia—. Y tú, Adeline, espero que aprendas de esto o tendremos que repetir todo el proceso de ayer.

¡NI-DE-CO-ÑA!

El día siguiente, la cosa no fue mucho mejor. De nuevo me tocó turno de tarde y tuve que comerme las excentricidades de un montón de millonarios que creían que por haber alquilado una habitación allí, nos convertíamos automáticamente en sus sirvientes. Aunque no hubo ningún lío más de tarjetas (lección aprendida), sí tuve que lidiar con una clienta que aseguraba que el de mantenimiento había intentado violarla mientras dormía. Pero, tras comprobar las cámaras un millón de veces e interrogar a todos los testigos, descubrimos que la clienta era su exnovia obsesiva y se lo estaba inventando.

Tercer turno superado. Llegué a casa estresada, con el cerebro aún activo por ese desbarajuste de cambios de horario y con la clara impresión de que ese trabajo no estaba nada bien remunerado.

El cuarto día, Logan me metió una bronca monumental porque un cliente se había quejado de mí por negarme a dejarlo todo para ir a comprarle una tarta a la pastelería más cercana.

—Si un cliente te pide la Luna, coges una escalera y se la bajas —me reprendió, enfurecido por lo que él definía como mis continuos "aires de grandeza".

—¡No podía dejar la recepción sola! —me defendí—. Si hubiera ido a por la dichosa tarta, te hubieras cabreado igual.

—¡Pues mandas a la de la limpieza! ¡Pero no le niegas al cliente la tarta, joder! Pagan una pasta por quedarse aquí.

—¿Me puedes explicar en qué momento accedí a ser la sirvienta de nadie? —pregunté, sorprendida por la cantidad de deseos absurdos que había tenido que complacer esa semana.

—¿En qué te crees que consiste la hostelería, querida? —se burló Kasia, que estaba oyendo la conversación—. Si no estás dispuesta a darlo todo por tus huéspedes, tal vez te hayas equivocado de profesión.

—Adeline, voy a pasar esto por alto, pero necesito que vayas a ayudar a Sheila con el servicio de habitaciones. Su compañera se ha puesto mala y… —Abrí la boca, dispuesta a replicar, pero Logan me calló de golpe—. Si no quieres hacer tu trabajo, ya sabes dónde está la puerta.

Estuve a punto de mandarle a la mierda, recordarle que no era mi puto jefe y que se podía meter el uniforme donde le cupiera, pero no podía olvidar que estaba allí voluntariamente. Dibujé mi mejor sonrisa y acompañé a Sheila a reponer artículos de higiene y snacks en cada habitación.

Fue entonces cuando le vi, en una de las habitaciones privadas del cuarto piso, que Sheila me había explicado previamente que estaban asignadas a los clientes más especiales. Adrián Duarte nos abrió la puerta con un vaso de whiskey con hielo en la mano y un cigarro en la comisura del labio, a pesar de que no estaba permitido fumar en las habitaciones. Me fijé en que había cubierto el detector de humo con un calcetín. Supongo que ese pequeño acto de delincuencia no debería haberme sorprendido conociendo su historial, aunque era más propio de un adolescente que de un hombre de negocios.

Me quedé sin respiración al verle, más por lo que yo ya sabía de él que porque su presencia me perturbara de ningún modo. Parecía más joven de lo que esperaba, atractivo en cierto modo, con el pelo oscuro algo canoso, esa piel tostada, ojos negros y un cuerpo al que obviamente le dedicaba el tiempo que merecía. No podía negar un fuerte parecido físico con su hijo, por mucho que Ethan se esforzara en negarlo. Apestaba a una fuerte combinación entre alcohol, tabaco y perfume caro que se me metió en la nariz. Adrián me sonrió al ver que me había quedado paralizada en la puerta, y Sheila tiró de mí, urgiéndome a que repusiera el aseo cuanto antes para seguir con la siguiente habitación.

Adrián seguía mirándome de un modo que no logré entender, y me puse nerviosa al instante. ¿Me habría reconocido bajo toda esa capa de maquillaje o tan solo sentía curiosidad por un rostro al que no había visto antes por allí?

Cuando me dispuse a reponer los enseres del aseo, Adrián me detuvo posando su mano en mi antebrazo antes de que alcanzara el pomo de la puerta. Pensé que tal vez escondiera un cadáver en la bañera, aunque enseguida entendí que se trataba de una escena de seducción cuando oí un cántico femenino procedente de la ducha. Estaba claro que no le estaba guardando demasiado luto a su novia Claire, quién llevaba meses en la cárcel por un delito que ambos compartían.

—No te preocupes por eso —pidió, mirándome de nuevo de ese modo tan irresistible—. Puedes dejarlo en esa mesa de ahí, señorita...

—Adeline —aclaré, cuando nuestras miradas se cruzaron.

—Señorita Adeline —repitió en un tono seductor—. ¿De dónde es ese acento?

—Soy francesa, señor.

—Llámame Adrián —pidió—. Un gusto conocerla. ¿Es nueva? Espero verla por aquí más a menudo...

—En realidad, no me quedaré mucho tiempo. Solo estoy haciendo prácticas en recepción.

—Tendré que pasarme más por allí entonces. No la entretengo más.

Adrián cogió mi mano y la besó con cortesía, para después guiñarme un ojo con un gesto que me hizo entender de golpe por qué todas las mujeres caían bajo su embrujo. ¡Lo que me faltaba! Adrián Duarte, el mero mero, coqueteando conmigo descaradamente mientras su nueva amante le esperaba en la ducha. Debería haberlo encontrado asqueroso, porque todo en él me repugnaba, pero lo cierto es que tenía sentimientos encontrados. ¿Se podía encontrar a alguien repulsivo y morbosamente atractivo a la vez? Aquella incompatible mezcla de sensaciones me produjo un escalofrío.

Abandoné la habitación y continué con la ruta hasta que terminamos de abastecer todas las habitaciones de los VIP. Apenas me dio tiempo a coger un vaso de agua antes de que Cosmin me mandara a hacer *check-ins* con él, Antonio que llevara toallas a la 302, y Logan que le ayudara a servir en el bar porque no daban abasto.

—Adeline, ¡que te me duermes en los laurales! —me apremió Logan—. Lleva esta ensalada a la mesa 15 y, cuando regreses, me preparas un mojito y tres gin tonics, dos dobles con Bombay y uno *single* con Tanqueray naranja. ¿Lo tienes todo?

—¿A esto no se le llama explotación? —murmuré por lo bajo.

Logan se aguantó una sonrisita mientras se liaba a poner pintas de cerveza. Era tan profesional en su papel, que parecía que realmente hubiera nacido para llevar un hotel. Cuando regresé a la barra, me dispuse a preparar las bebidas con torpeza. Saltaba a la legua que me faltaba experiencia, tal vez por eso Adrián Duarte, quien estaba sentado al otro lado de la barra, no me quitaba los ojos de encima. Aquel escrutinio me puso aún más nerviosa. ¿Se habría dado cuenta ya el patrón de quien era yo en realidad?

A su lado, y de espaldas a mí, una mujer se deshacía en atenciones y carantoñas con él. Era morena, con una piel sedosa que se dejaba ver en una espalda desnuda bajo ese carísimo vestido negro de diseño. La mano de Adrián descansaba en su muslo y, cuando entrelazaron sus labios de nuevo, comenzó a subirle la falda sin ningún reparo. ¿Quién sería la nueva amiguita de Duarte? ¿Estaría al tanto de las actividades de su amante en la Luna de Plata?

Continué preparando las bebidas sin poder quitarles la vista de encima, sintiendo una curiosidad morbosa e insana hacia la pareja. En un par de ocasiones, Adrián desvió la mirada de su amante para mirarme a mí y guiñarme un ojo, incluso aun teniendo sus labios enredados en los de ella.

—Parece que el jefe acaba de elegir a su nueva víctima —me susurró Logan, en un tono lo suficientemente discreto para que nadie nos oyera.

—No sé de qué estás hablando... —respondí indiferente, midiendo la cantidad de ginebra en un vasito metálico.

—¿Y por qué te has ruborizado entonces? —me provocó—. ¿No me digas que tú también sientes curiosidad? El *sex-appeal* del poder. ¡No te sientas culpable! Serías algo así como la tercera o la cuarta que se pasa por la piedra al padre y al hijo.

—¿Cómo puedes llegar a ser tan imbécil? ¿Entrenas? —grité ofendida y sintiendo cierta repulsión al imaginármelo—. Simplemente, me ha sorprendido teniendo en cuenta quién es, eso es todo.

—¿Y quién es, Adeline? Es un hombre de negocios, a qué se dedique es lo de menos.

—Lo sé, pero he visto fotos de él antes y no me imaginaba que en persona fuera tan...

—¿Apuesto? ¿Embaucador? ¿Irresistible? —se burló de nuevo—. ¿De quién crees que ha heredado Junior su porte? La manzana no ha caído tan lejos del árbol, en todos los sentidos...

—¿Podrías dejar de meterte con mi chico?

—¡Por supuesto! Meterme contigo es mucho más divertido, sobre todo, cuando te pones nerviosa delante de tu suegro. ¿Quieres conocer el perfil psicológico de Duarte? —preguntó, ignorando mis quejas—. Narcisista, imperialista, sociópata, con problemas afectivos derivados de traumas de la infancia. Y algo psicópata, si se me permite añadir.

—¿Debilidades? —pregunté, tomando nota mental de todo cuanto decía.

—Las faldas, así que ándate con cuidado. Su obvio interés por ti puede ser una muy buena mano o, por el contrario, arruinarnos la partida.

Le miré incapaz de creer que estuviera sugiriendo lo que yo estaba entendiendo. Logan me miraba con esa expresión inocente que me mostraba que iba muy en serio.

—¿De qué coño vas, imbécil? —Cogí los gin tonics y los llevé a la mesa, donde un par de parejas los esperaba con impaciencia. Logan me iba pisando los talones, visiblemente sorprendido por mi arranque.

—No sería la primera vez que utilizas tus armas para conseguir tus objetivos... —recordó.

Me paré en seco, le cogí del brazo y le arrastré a la puerta trasera del hotel, tratando de no llamar demasiado la atención. Una vez fuera, me dieron unas ganas irrefrenables de abofetearle la cara. Gritarle, hacer que se comiera sus palabras. Pero me contuve.

—Pero ¿tú quién te has creído que soy? ¿Crees que porque me enrollé con Ethan voy a abrirme de piernas con cualquier capullo al que tengamos que investigar?

—Yo no te he pedido que...

—¿Pues qué demonios me estás pidiendo exactamente, Logan?

—De momento, que bajes la voz y recuerdes dónde estás.

—¡Al borde de mandaros a todos a la puta mierda estoy! Llevo días sin ver a mi chico. Tengo la piel estirada, me pica la peluca, tengo tanto maquillaje que me han salido granos por todas partes. Las lentillas me irritan los ojos. ¿Y tú me vienes ahora con que quieres que flirtee con Duarte? ¡Estás mal de la cabeza!

—¡Solo era una idea! No es nada que no hayamos hecho antes todos en la agencia cuando ha sido necesario, pero me queda claro que eres terriblemente fiel a ese idiota, a pesar de que su perfil psicológico no sea mucho mejor que el del padre...

—¿También tenéis un perfil de Ethan?

—¡Por supuesto que sí! Aquí todos tenemos uno en la base de datos, ¿no quieres saber qué dice el tuyo?

—La verdad es que no —mentí, pero a él le trajo sin cuidado.

—Arriesgada, decidida, optimista, alegre, confiada, sociable y enamoradiza —resumió—. ¡Vamos! La víctima perfecta para alguien que responde al perfil de desconfiado, frío, arrogante, inseguro y calculador.

—Está claro que quien elaboró eso, no conoce en nada a Ethan.

—Arriesgada, confiada, optimista y enamoradiza —repitió—. Lo que está claro es que han dado en el clavo contigo.

Aquella noche tampoco pude dormir. Y al día siguiente, me pasó factura en el trabajo. Tres puñeteras semanas más, una en Dornoch y dos en Bali. Tres semanas más y la agencia Phoenix Bond cogería a esos tipos y yo sería libre de vivir por fin mi historia sin miedo, ni secretos, ni mentiras.

31

1 de septiembre de 2022 – Dornoch, Escocia

—¿Estás preparada? —Miré a Logan extrañada, aún con mi primera taza de café en la mano.
—¿Preparada para…?
—¡Por Dios, Adeline! ¡Te lo dije ayer! Necesito que me acompañes a la granja a por verduras.
—¿A la granja? —Fruncí el ceño, convencida de que era la primera vez que proponía tal cosa—. ¿No podríamos ir al supermercado, como hace todo el mundo?
—¿Por qué te crees que tenemos el premio a la comida sostenible y apoyo a la comunidad? ¿Por comprar en el Tesco? —se burló—. Termínate el café y te quiero en cinco minutos fuera. Te espero en el coche.

Me bebí el café de un trago, me quité el uniforme, cogí el bolso y me uní a Logan, murmurando toda clase de improperios por el camino. Logan miró mis pantalones blanco nuclear y las sandalias de cuña y emitió una sonrisita antes de arrancar el vehículo.

—Tú nunca has estado en una granja, ¿verdad? Tienes suerte de que no estemos yendo a una o la situación iba a ser desternillante.
—¿Dónde estamos yendo, entonces? ¿Vas a darme un anzuelo y unas lombrices para que consiga pescado local en la playa?

Logan se rio por la ocurrencia.

—Veo que no sobrevivirías ni dos días en medio del monte. Vamos a Applecross, Caoineag.
—¿Applecross? ¿Vas a ponerme a recolectar manzanas, entonces? —pregunté extrañada. Logan no me contestó, concentrado como estaba en la carretera. De repente, mi cerebro recordó donde había oído ese

nombre antes y me puse nerviosa—. Applecross... ¿no fue allí donde apareció en 2013 una mujer asegurando que la habían secuestrado?

—¡Chica lista! Las amigas de Jane McDowall insisten en que salieron con ella un viernes y desapareció después de que un hombre guapísimo le invitara a una copa. Quince meses después, Jane reapareció en el bosque, confusa y desorientada, y descubrió por sus allegados que llevaba meses desaparecida. El periódico que cubrió la noticia cerró poco después, una quiebra bastante conveniente.

—¿Crees que les obligaron a cerrar?

—Conozco a un tipo que trabajaba allí y puedo decirte que el periódico iba sobre ruedas, pero llevaban un par de años metiendo las narices donde no les llamaban. Periodismo de verdad, ya sabes.

—¿Por qué estamos yendo a Applecross? —pregunté extrañada, mientras releía en mi móvil viejas notas del caso McGowan—. Leí que esa mujer apareció muerta por sobredosis en medio de un bosque, poco después de lanzar unas jugosas declaraciones que nadie tuvo en cuenta. Experimentos médicos, un hombre disfrazado de ave exótica, rituales con sangre...

—Venimos a hablar con sus padres —aclaró—. Tenemos dos horas y media de camino así que, si quieres releer el caso, este es el momento. ¡Ah! Por cierto, pararé en una gasolinera a comer algo en una hora. Hay unos uniformes de la compañía de agua local en el maletero, quiero que nos los pongamos y que no hagas preguntas.

—A estas alturas, yo ya no me cuestiono nada...

—¡Chica lista!

Llegamos a Applecross poco antes de las once, tras casi tres horas de carreteras sinuosas y desiertas. Los McDowall vivían en una modesta casa blanca adosada de Shore Street, rodeados de montañas quemadas por el sol y frente a una playa de piedra negra y escombros. No era el lugar más idílico de Escocia, pero tenía un raro encanto difícil de explicar.

Logan llamó por teléfono y la puerta se abrió discretamente sin necesidad de llamar al timbre. Una mujer de unos setenta años, con un visible sobrepeso y el pelo inundado en canas, nos invitó a pasar hasta el salón. Sentado en un sofá de flores, con una humeante taza de té y un plato de alubias de lata, se encontraba Matthew McDowall, a quién su mujer Maggie no tardó en acompañar.

—Siéntense, por favor —pidió la mujer, acomodando los riñones en un cojín del sofá—. ¿Quieren un té o un café?

—No, estamos bien —aclaró Logan, sin darme oportunidad de responder por mí misma, que hubiera matado por un café—. Lo primero, quería agradecerles que hayan accedido a vernos después de lo que le pasó a su hija. No puedo hacerles promesas, pero quiero asegurarles que haremos todo cuanto esté en nuestro poder para protegerles.

—Tengo un cáncer terminal y muchos años vividos —replicó Matthew—. Lo que pueda ocurrirme, si es para vengar la memoria de mi hija, bienvenido sea.

Logan asintió, sacando su iPad para comenzar con las preguntas. Yo me sentí un poco como él lo había hecho en Comillas, pues, a pesar de dominar el inglés, el fuerte acento de las Highlands era aún un enigma para mí.

—Voy a encender la grabadora, y cuando oigáis el pitido, podéis comenzar a hablar —pidió Logan—. ¿Podríais hablarme de Jane?

—Jane tenía veintiocho años cuando desapareció, no era ninguna chiquilla —comenzó Maggie, con la mirada perdida en sus recuerdos—. Llevaba un tiempo soltera, desde que un par de años antes descubrió que aquel muchacho con el que salía le puso los cuernos con una compañera de trabajo. Por eso, cuando nos contó que había conocido a alguien, cuando la veíamos arreglarse tanto y sonreír de ese modo, nos contagiamos de su alegría y sus ganas de vivir. Los encuentros entre Jane y ese muchacho se hicieron más frecuentes, hasta el punto en el que a veces no la veíamos el pelo en días. Era adulta, así que tampoco nos preocupó en exceso.

—Espera… —interrumpí, sin saber de qué estaba hablando—. ¿Estamos hablando del mismo hombre que la secuestró o son dos historias diferentes? Porque en la declaración oficial pone que Jane desapareció después de que un extraño la invitara a una copa.

—Esa fue la declaración de sus amigas —explicó su madre—. Y, técnicamente, fue así, él era un extraño. Jane nunca le presentó a nadie a su nuevo novio, era muy recelosa con el tema. Tenía miedo a gafar la relación.

—Perdón, sigue...

—Sus amigas se quejaron de que últimamente no tenía tiempo para ellas, y la convencieron esa noche para salir a tomar algo al pueblo de al lado. Como puedes observar, no es que vivamos en una zona particularmente bulliciosa, solo hay un par de bares y todo el mundo se conoce —explicó—. Sus amigas declararon que un tipo se acercó a ella, la alejó del grupo y comenzaron a hablar en actitud íntima, se tomaron algo juntos... Poco después los vieron discutiendo y se llevaron la conversación fuera del bar. Jane no regresó y ellas se cansaron de esperarla. Estaban cabreadas, para una vez que salían las tres solas, Jane acababa la noche con el tipo ese. Y así pasaron quince meses...

—Pero ella regresó a casa... —añadió Logan—. ¿Qué os contó ella de aquella noche?

—No recordaba mucho. Confirmó que se trataba del mismo chico y que él se la llevó en contra de su voluntad. Habían roto, al parecer. Estaba asustada y nerviosa, se despertaba gritando en medio de la noche, aterrorizada por las vivencias que tuvo en esa cueva. Pero nadie la tomó en serio la primera vez que declaró porque dio positivo en toxicología. Ellos la drogaron.

—Un momento, ¿qué cueva? ¿De qué habláis? —preguntó Logan, al mismo tiempo que yo hacía una pregunta distinta.

—¿Conocisteis en algún momento a su secuestrador?

—Vayamos por partes —pidió Matthew, llevándose la mano a la cabeza como si le pesara recordar todo eso—. No llegamos a conocer a Christopher como tal, pero sí puedo decirte que le vi el rostro poco antes de que ella apareciera muerta en el bosque. Cuando regresó a casa después del cautiverio, mi Jane no era la misma. Vivía atemorizada, avergonzada me atrevería a decir, como si se culpara de lo que había pasado allí. En ocasiones, decía que iba a empezar una nueva vida en otro sitio, lejos de aquí. Se despertaba gritando en medio de la noche y aseguraba que él estaba allí, al acecho, merodeando en los alrededores de la casa, pero nunca vimos a nadie. Hasta que una noche, los vi hablando afuera. Tenía la escopeta lista por si tenía que intervenir, pero él parecía estar rogando su perdón, diciéndola una y otra vez que la quería y que tenía que volver con él. Que lo que ella recordaba no eran más que alucinaciones. La cosa se complicó, él le hizo creer que estaba loca, que nada de lo que recordaba era real y que necesitaba ayuda psiquiátrica. Jane amenazó con contarlo todo y ese fue su error. Tan pronto lo hizo…

Las palabras se ahogaron en el fondo de su garganta. Había algo en esa historia que me sonaba vagamente familiar. Todo este tiempo habíamos creído que Jane era una víctima, una de tantas mujeres que habían desaparecido para usarla como tributo a los dioses, pero ahora empezaba a pensar que había algo más detrás de esa historia.

—¿Recuerdas cómo era Christopher? —preguntó Logan—. Sé que han pasado varios años, pero, todo lo que podáis decirnos, podría ayudarnos a encontrarle.

—Lo siento, no le vi bien las facciones, aunque recuerdo que Jane tenía una foto suya guardada en su cesto de costura —agregó Matthew—. Se la quedó la policía, pero tenemos una copia por algún lado… Tal vez pueda buscarla y mandártela por email.

—Eso nos ayudaría, gracias —dijo Logan—. ¿Algún rasgo específico que recuerdes? ¿Algún tatuaje o cicatriz que nos ayude a identificarlo?

—Me temo que no… Era muy moreno, eso sí puedo decírtelo, no parecía de aquí —completó la madre—. Tenía unos bonitos ojos que no eran ni azules ni verdes, el pelo oscuro. Mediría un metro ochenta, como máximo, y era bastante ancho de hombros.

Miré a Logan con desánimo, pensando que esa descripción podría servir para al menos una docena de miembros de La Luna de Plata.

—¿Qué pasó en la cueva? —pregunté de nuevo, dándole vueltas a la similitud de esa historia con la de Caerlion McGowan.

—Jane era reacia a hablar de ello —prosiguió él en actitud defensiva.

—Si me disculpáis… —Maggie abandonó la sala con los ojos inundados en lágrimas.

—Perdonadla, aún no ha superado lo que le pasó a nuestra niña —explicó Matthew manteniendo las formas—. Lo que Jane recuerda de ese lugar es tan confuso como absurdo. Dice que estaba todo el día drogada, que le daban un zumo de arándanos y después se quedaba dormida.

—Agua de Jamaica —corregí—. Es té de hibisco.

—¿Cómo regresó Jane a casa? —Logan mantenía una actitud chulesca y desconfiada. Matthew mantuvo silencio.

—La dejaron ir voluntariamente —confirmó entre dientes.

—Un procedimiento un poco extraño cuando alguien te secuestra —observó Logan en voz alta—. Mira Matt, ¿puedo llamarte Matt? Creo que hay algo de la noche que desapareció tu hija que no nos estás contando. Ella se fue voluntariamente con Christopher, ¿no es así? Nadie le echó nada en la bebida.

Logan estaba siendo demasiado agresivo para dirigirse a alguien que había perdido a su hija, por mucho que no creyese su historia.

—Escucha, Matt, no estamos aquí para juzgar a su hija. Da igual lo que nos cuente, vamos a hacer lo posible porque los culpables paguen por ello —dije sujetándole las manos para suscitarle confianza. Y funcionó, Matt me miró a los ojos con tristeza y prosiguió su relato en una actitud mucho más sincera.

—A mi hija no la secuestraron —confesó bajando la mirada con vergüenza—. No quisiera por nada del mundo que vosotros también creyerais que mi hija estaba loca o que era una yonqui… Se inventó toda esa historia para no reconocer que había caído voluntariamente en manos de esos hombres. Para no confesar las barbaridades a las que se expuso voluntariamente allí.

—Pero ella os lo confesó… —sugerí. Matthew negó con la cabeza.

—Está todo en su diario —informó—. Esos tipos se lo llevaron, así que no puedo dároslo. Siempre hemos respetado la intimidad de Jane, pero, tras su desaparición, estuvo tan misteriosa que no nos quedó otra alternativa que leerlo. En un primer momento, nosotros mismos creímos que estaba bajo los efectos de las drogas. Hablaba de una cueva subterránea en la que había unas salas de fiestas donde tenían lugar orgías y rituales ancestrales. Hablaba de dioses, de creación y de seres divinos, de pájaros gigantes con plumas de colores… En su declaración, dijo que la habían violado reiteradamente, pero… —Matthew suspiró y volvió a dirigirse a nosotros con severidad—. No quiero que penséis que mi hija era una cualquiera cuando oigáis esto.

—Matt, por favor, prosigue…

—En su diario confesaba haber disfrutado de esas fiestas. No se sintió violada, sino plena, feliz estando allí, pletórica, y le gustaba sentir a esos hombres dentro de ella porque llevaban la semilla de una raza única y perfecta, y ella quería ser parte de ello —contó—. Estaba entre aterrorizada y ansiosa por regresar, se encontraba en un estado de perturbación mental en el que no sabía diferenciar lo que estaba bien y lo que estaba mal. Era como si Jane hubiera regresado a casa sin tener claro que esto fuera lo que realmente quería con su vida, pero sabiendo que tampoco quería aquello, aunque le gustara. Supongo que a nadie le sorprendió demasiado que muriera de sobredosis. La culpabilidad la mataba por dentro y llegó a plantearse el suicidio en más de una ocasión. Ni siquiera yo tengo tan claro ya que ellos se la cargaran… Al fin y al cabo, la dejaron irse voluntariamente.

—¿Sabes si Jane se quedó embarazada en algún momento?

—No, pero sé que quería y se sentía un fraude por no conseguirlo. Creo que se sometió a tratamientos de fertilidad estando con ese chico, le extrajeron los óvulos, o eso cuenta en su diario.

—¿Podrías hablarme de tus antepasados? —pidió Logan, consiguiendo que Matthew levantara una ceja, confundido.

—Lo siento, pero no entiendo qué relación podría tener eso con la desaparición de mi hija.

—Me gustaría conocer los apellidos de vuestros padres, eso es todo.

—Mi padre era un McDowall de las Tierras Altas y mi madre también, eran primos. No es algo tan raro en los pueblos.

—¿Y qué hay de Maggie?

—Su padre era un McKenzie y la madre McKellen, antes de casarse y perder el apellido.

Logan y yo nos miramos al escuchar ese apellido que compartían varios miembros de la Luna de Plata. Aquello confirmaba que a Jane no la habían secuestrado, sino llenado de promesas para ser la nueva Virgen María.

—Creo que no me queda mucho más que contar —resolvió Matthew, levantándose para invitarnos sutilmente a abandonar su hogar—. Si recuerdo algo más o encuentro esa foto, os la haré llegar.

—Muchas gracias por todo, Matthew. —Intercambiaron un apretón de manos de camino a la puerta.

—Haced lo que consideréis con esta información. Solo quiero que se haga justicia. No quiero que haya más mujeres en el mundo que pasen por esta experiencia.

☼ ☾ ☼

La aventura en Applecross no me excluyó de hacer turno de tarde en el hotel. No podía protestar, también Logan estaba sirviendo copas y supervisando que todo fuera sobre ruedas, mientras entablaba conversación amablemente con Isobel, Duarte y otros tipos a los que no reconocí, pero estaban claramente relacionados con el caso. Me pregunté cómo lo haría Logan para mantener sus dos trabajos y la vida familiar sin volverse loco, si su mujer estaría al tanto de su doble vida.

Aquella tarde hice tantas tareas diferentes que no me quedó claro cuál era realmente el trabajo para el que me habían contratado. Ayudé a limpiar una habitación de última hora, entregué tarjetas, serví cerveza, fui a la farmacia a por las medicinas de un huésped… Cuando por fin pude volver a recepción con mi compañera Kasia, con quien la relación no hacía más que empeorar cada día, estaba tan cansada, que hubiera sido capaz de quedarme dormida de pie. Echaba de menos mi vida real, mis rutinas, mis amigos, mi trabajo como redactora rosa y a Ethan, a quien cada día me veía obligada a mentirle para no confesarle que todos los días le servía whiskey a su padre y a su tía. Ansiaba con todas mis ganas sincerarme con él, que entendiera que todo lo estaba haciendo por él, por nosotros. Porque algún día nuestros hijos tuvieran una vida normal sintiéndose libres.

—¿Es que piensas estar parada toda la noche? —preguntó Kasia, mirándome con aburrimiento.

—¡Acabó de llegar! Además, ya están todos los *check-in* hechos —me excusé.

—Hay que cuadrar la caja, comprobar que tenemos lo necesario para los desayunos… ¡Aquí siempre hay algo que hacer, Adeline!

Proferí un largo suspiro y comencé a imprimir documentos para el día siguiente. Si Ethan supiera el papel que se tiraba cada día en el hotel de su padre, lo denunciaría ante el tribunal de la ONU por crímenes contra la humanidad.

Y en esas me hallaba, repasando todas las reservas para el día siguiente, cuando escuché su risa estridente en el lobby. En mil vidas olvidaría una risa así, como el maullido de un gato en celo. Me giré para confirmar mis sospechas. No cabía duda, era ella.

Llevaba un vestido color nude entallado con unos zapatos de ante verde. No supe cómo reaccionar y, temiendo que me reconociera, dejé todo lo que estaba haciendo y me encerré en el cuarto de baño como una cobarde. Kasia, lejos de preocuparse por mi reacción, decidió chivarse a Logan que la había dejado sola, y el rapapolvo que éste me echó en la intimidad de su oficina pasaría a los anales de la historia de ese hotel, mientras Kasia nos observaba con una sonrisa triunfante desde la recepción.

—¿Se puede saber qué hacías encerrada en el cuarto de baño durante casi una hora, y con el móvil? —preguntó Logan, poniendo los brazos en jarras y merodeando a mi alrededor.

—Acabo de ver a la exnovia de Ethan en el hotel y no he sabido cómo reaccionar.

—¡Tus problemas personales te los dejas en Londres!

—¡Acabo de decirte que es la ex de Ethan!

—¿Y a mí qué cojones me importa? Además, ¿cuál de todas? Por lo que he oído, Junior tiene minado el puto planeta con romances fracasados.

Me había ganado el cielo por aguantar a ese subnormal. Resoplé y me armé de paciencia.

—Wendy es la chica a la que dejó por mí —expliqué manteniendo la calma—. La mujer por la que vino a Inglaterra.

El rostro de Logan pasó de estar cabreado a estar sorprendido y tenso, mostrando un atisbo de preocupación.

—¿Wendy Farrell está aquí? ¿En el hotel? —preguntó, yo asentí con la cabeza—. ¿Estás segura de que es ella? ¡Yo mismo reviso la lista de huéspedes cada día!

—Se hospeda como Margaret Eastburn. Y sí, estoy segura, es ella. Su perfume de Yves Saint Laurent me ha provocado náuseas.

—¿Margaret Eastburn? ¿Y dices que Margaret es Wendy? —insistió, esperando sacarme de mi error—. Margaret se ha hospedado aquí un par de veces antes con su nuevo novio. No entiendo nada… No estamos precisamente en un lugar turístico.

—Yo tampoco entiendo nada.

—Será mejor que vuelvas a recepción, no quiero que nadie piense algo raro porque pases demasiado tiempo en mi oficina.

—Descuida, con lo "bien" que me tratas, no creo que nadie piense que estamos liados.

Cuando me despedí de Logan, aún guardaba una sonrisa contradictoria en su rostro. Nunca me quedaba del todo claro si estaba enfadado conmigo o no, ni siquiera si le caía bien o simplemente me tragaba por el caso.

De nuevo en recepción, Kasia se dirigió a mí con ese aire de perdonavidas que tanto odiaba.

—El jefe quiere verte —me informó sin apenas mirarme.

—Acabo de salir de su despacho…

—Logan no, el jefazo. Está en la cocina esperándote, quiere que le ayudes a llevar unas cajas a la residencia de empleados.

—¿Adrián quiere que yo le ayude con unas cajas? —pregunté sorprendida. Kasia me miró como si hubiera hecho la pregunta más estúpida del mundo.

—¿No pensarás que te iba a dejar a ti sola en recepción mientras yo cargo las cajas? —preguntó burlona. Puse cara de aceptación. Visto así, la historia tenía mucho más sentido—. ¡Mueve el culo, francesita! Al jefe no le gusta que le hagan esperar.

De camino a la cocina, me repetí al menos mil veces que iba a dejar ese trabajo, aunque sabía que no era cierto. Siempre que pensaba en abandonar, el mismo pensamiento acudía a mi mente y me frenaba: estábamos más cerca que nunca.

La sonrisa con la que Adrián me recibió al entrar en la cocina me descolocó. Llevaba una camisa vaquera abierta sobre una camiseta negra, vaqueros clásicos y unas botas camperas que le hacían parecer más joven.

—Hola, preciosa, ¿te importaría ayudarme con esas cajas de ahí? —preguntó, señalándome una pila de cajas que estaban amontonadas en un rincón—. ¡No te asustes! Pesan mucho menos de lo que parece, solo tienen vasos de papel, servilletas y cosas así.

—¿No os habéis planteado nunca usar productos reutilizables? Ahorraríais dinero mientras ayudáis al medio ambiente. —Me mordí la lengua tan pronto lo propuse. ¿Quién era yo para decir algo así? Adrián, sin embargo, recibió bien mi comentario.

—¿Sabes? Acabas de recordarme a mi hijo. —Una sonrisa triste le asomó el rostro—. Solíamos trabajar juntos y siempre estaba reprimiéndome por las mismas cosas. Ya ves que no he escarmentado.

—¿Tu hijo trabaja aquí? —pregunté, haciéndome la tonta. Adrián me miró fijamente y negó con la cabeza.

—Ahora está en Londres, creo. Llevando una aburrida vida de oficinista con la que él cree que es feliz.

—Londres es bonito —aseguré. Él apretó los labios y fingió una sonrisa.

Cargué un par de cajas y le seguí por un estrecho pasillo hasta la puerta trasera de la cocina. Caminamos a la par por un camino que atravesaba el jardín y llevaba a una zona acordonada por setos que protegían el antiguo hotel de miradas curiosas. Un escalofrío me recorrió por dentro al entender que se trataba del mismo lugar que Yvaine describía en su diario.

—Por aquí, sígueme. —Adrián abrió la puerta trasera del hotel, recorriendo un largo pasillo que llevaba hasta unos almacenes—. Puedes dejarlo por ahí, preciosa.

Hice lo que me pidió y, cuando me giré, descubrí que Adrián estaba más cerca de mí de lo que había calculado, dedicándome una mirada lasciva. El olor a tabaco que desprendía su ropa se potenció en la cercanía, al igual que el intenso aroma de su perfume. Sonreí con incomodidad mientras él seguía diseccionándome con la mirada.

—Si no me necesita, creo que debería volver a recepción —me disculpé—. Kasia está sola.

—Kasia puede apañárselas bien sin ti, no creo que pase nada porque pierdas cinco minutos más con el jefe —resolvió con una sonrisa que me puso nerviosa. Tragué saliva y me crucé de brazos, asumiendo que iba a tener que quedarme con ese hombre en el almacén—. Relájate, mujer, que no muerdo… a no ser que me lo pidan.

—Estoy relajada —mentí, tensa como el palo de una escoba.

—Dime, Adeline, ¿qué te ha traído precisamente a Dornoch? No es el lugar más animado para una joven como tú.

—Necesitaba un cambio después de una crisis personal —inventé. Adrián, sin embargo, no pareció satisfecho con mi respuesta—. Mi novio se acostó con mi prima. Me quedé un poco perdida cuando cortamos.

—Siento oír eso. ¡Él se lo pierde! Solo un estúpido dejaría ir a una mujer como tú —alabó, acortando las distancias. Di un paso atrás, topándome con la pared—. Y… ¿ya has conocido a alguien? No estoy muy seguro de que Dornoch sea el paraíso de las oportunidades, es más bien un lugar tranquilo.

—Bueno, he hecho algunos amigos en el hotel. Cosmin y Sarah me invitaron a cenar en el pub el otro día.

—¿Qué hay de Logan?

—¿Logan? —repetí, confusa—. No sé qué le he hecho, pero tengo la sensación de que me odia…

—Mira que a mí me pareció justo lo contrario cuando os vi discutiendo el otro día. He notado cierta química entre vosotros que…

—Adrián no era tan tonto, sabía que había algo más entre nosotros—. Déjalo, deben de ser cosas mías. Preciosa, me encantaría quedarme a charlar contigo, pero el deber me llama. ¿Podrías hacerme un último favor antes de irte?

—Claro —respondí tragando saliva.

—Cuando salgas, coge el camino de la izquierda. Verás un árbol milenario al fondo, una belleza, y detrás del árbol, hay una trampilla. No tiene pérdida. ¿Podrías dejar esta caja junto a la trampilla?

—El camino de la izquierda en dirección al árbol, y… eh… la trampilla. Sí, claro. ¿Quieres que la deje fuera, en el suelo o…?

—En el suelo está bien. Gracias, preciosa. ¡No te pierdas por el camino! —Adrián me guiñó un ojo y me acompañó hasta la salida.

Me giré en un par de ocasiones para ver si seguía allí, pero Adrián ya no estaba. Sorprendida por tan peculiar petición, la caja y yo tomamos el camino de la izquierda y, al encontrarme el árbol de frente, desprendiendo una belleza casi mística, supe al instante que se trataba del mismo lugar que Yvaine había descrito en sus diarios: la entrada al yacimiento.

32

2 de septiembre de 2022 – Dornoch, Escocia

Aquel dos de septiembre comencé el día desayunando en el hotel con Logan y quejándome de lo mucho que echaba de menos a Ethan, y acabé enganchada a sus labios. Sí, a los de Logan. Pero no tan rápido... Será mejor que empiece por el principio.

Después de una exhaustiva mañana en el hotel, casi doy saltos de alegría cuando llegó la hora de irme a casa. Pero mis deseos se vieron truncados tan pronto vi aparecer a Logan con cara de querer darme más trabajo.

—¿Tienes un segundo?

—Depende, si es para ayudarte en el bar, a mudar camas o ir a por rosas doradas bañadas en lágrimas de unicornio salvaje, la respuesta es no —repliqué cabreada. Logan me incitó con la mirada a que siguiera hablando—. Es que hace una semana que vine aquí y sigo sin saber qué pinto en este hotel. No hemos sacado nada útil.

—De eso precisamente quería hablarte. Sígueme, calladita.

—Tú y yo vamos a tener que hablar muy seriamente de eso de que me des órdenes.

—Aquí soy tu jefe —me recordó divertido—. ¡Calladita y andando!

Reparé en su atuendo, más propio de un jardinero que de un gobernante de hotel. Llevaba, además, tijeras de podar y una pequeña pala.

—¿A quién vamos a enterrar?

—¿Qué te he dicho, Adeline? ¡Calladita estás más guapa!

Le seguí a regañadientes, sobre todo, cuando me di cuenta de la dirección que estábamos tomando. ¡No, no y no!

—¿Pero tú estás loco? ¡No han pasado ni veinticuatro horas desde que descubrí la entrada al yacimiento! ¿Cómo piensas justificar nuestra presencia allí?

—Flores. El camino estaba un poco mustio así que llevo todo el día repoblando la zona.

Observé a mi alrededor y era cierto, había un montón de macetitas que el día anterior no habían estado allí, pero seguía sin entender la jugada.

—¿No te parece un poco absurdo plantar nada en medio de una sequía histórica? No creo que tu excusa convenza a Duarte si nos pillan...

—Duarte está de viaje de negocios, al igual que Isobel y el resto. Creo que se están preparando para el gran día, sea lo que sea eso. El hotel está prácticamente vacío.

—Pero las cámaras de seguridad no se las han llevado, ¿o sí? —me burlé, molesta.

—Está todo controlado, Adeline. Tú juega el mismo papel que jugaste ayer con Adrián, llévame las plantitas y yo me encargaré del resto.

—Adrián me preguntó ayer si estábamos liados. —Logan explotó a reír en mi cara.

—¡Está claro que el patrón tiene un ojo de lince!

—Lo que está claro es que no es idiota y sabe que hay algo entre nosotros, sea de la naturaleza que sea.

—¿Cuál de todos los árboles es el de la trampilla? —preguntó, ignorando mis temores. Miré rápidamente el amplio terreno y señalé con el dedo, bastante convencida—. ¿Tú estás segura de que esa trampilla que viste nos llevará al yacimiento?

—Lo sospecho, basándome en el diario de Yvaine, pero no tengo pruebas concluyentes. Puede que esté equivocada y se trate de un simple almacén o que incluso hayan destruido las pruebas.

—Nadie en su sano juicio destruiría un poblado hiberno-nórdico del siglo XI.

—Tú lo has dicho, "nadie en su sano juicio". Pensaba que tú habías encontrado unos túneles que llevaban al yacimiento...

—No estoy seguro, no he conseguido descubrir qué hay al otro lado. Por eso vamos a salir de dudas ya mismo. ¡En marcha!

—Pero ¿cómo? ¿No te hace falta una llave o algo así? —Logan sacó de su bolsillo una tarjeta de seguridad que le había robado a alguien—. ¡Definitivamente estás loco!

—¿No te emociona la idea de ver con tus propios ojos un antiguo poblado que lleva siglos bajo tierra? ¿Imaginarte a los primeros Duarte y McGowan merodeando por aquí?

—¿En serio vamos a entrar ahí a plena luz del día?

—No, yo voy a entrar y tú te vas a quedar arriba supervisando. Si alguien te ve, invéntate cualquier excusa y corre. Yo me las apañaré.

—¿Y si no ocurre así?

—Asegúrate de contarle a todo el mundo lo que me pasó.

Un escalofrío me recorrió la espina dorsal.

—No pienso dejarte solo.

—Y yo no pienso dejar que me acompañes. No quiero protagonizar la nueva masacre de Glencoe a manos de tu novio si te pasara algo.

—Marido —corregí, notando lo rara que sonaba aún la palabrita.

Logan se paró de golpe al oírme.

—¿Qué? ¿En serio te has casado con Junior? Pero... ¿cómo? ¿Cuándo fue eso?

—En primavera. Fue algo espontaneo y discreto, pero no hace falta que me des la enhorabuena. Ya sé que no te alegras por mí.

—¡Vamos a tener que quitar de tu perfil lo de "alérgica al compromiso"!

—¿No me digas que también dice eso?

—En serio, ¿por qué no me habías contado nada? ¡Me siento ofendido!

—Porque tú no le soportas y él no sabe ni que existes, prefiero evitar el tema.

—¿De verdad creías que no me iba a alegrar por ti, Caoineag? Lo que yo piense de él no importa, tú eres feliz y es lo que vale —

respondió, mirándome directamente a los ojos—. Enhorabuena, de corazón.

—¿Quién eres tú y que has hecho con el idiota de Logan?

Un fuerte frenazo nos hizo volver a la realidad. Me apartó inconscientemente para esconderme tras él, aunque pronto nos dimos cuenta de que el coche estaba estacionado cerca de la casa.

—¿Pero tú no decías que hoy todo el mundo estaba en una reunión?

—¡Y así es! Parece que hemos descubierto dónde. ¡Vamos!

Regresamos a la casa por el mismo camino que habíamos tomado hasta allí. Un par de coches más aparcaron en la entrada. De cada uno salieron tres o cuatro personas ataviadas con una túnica negra con capucha bajo la que ocultaban su rostro. Logan y yo nos miramos con incertidumbre. La escena era, cuanto menos, sospechosa. Uno a uno, fueron entrando en la mansión y las voces del jardín se amortiguaron. Carraspeé para quitarme una repentina congoja del pecho. Logan cogió mi mano y tiró de mí hacia la fachada lateral de la casa. Íbamos agachados, para evitar que nadie pudiera vernos, a pesar de que sabíamos que todo el mundo estaba dentro. Pero ¿quién era todo el mundo?

Logan seguía moviéndose como Perico por su casa y yo le observaba algo en shock, mientras se colaba alegremente por una de las ventanas que daban acceso a la vivienda.

—¿Es que no piensas venir conmigo? —preguntó, tendiéndome la mano.

—¿Qué quedó de lo de evitar una nueva masacre de Glencoe?

—La masacre va a ocurrir como no hagamos algo. La presencia de esos tipos aquí no puede significar nada bueno y necesito que me ayudes a identificar algunos rostros y a entender sus conversaciones. Tú eres la que mejor conoce el caso.

—¿Y cuál es el plan? ¿Colarnos en medio de la reunión como si nada?

—No tengo plan, Elena —confesó, llamándome por mi nombre—. Me esconderé detrás de la puerta, dentro de un armario... lo que haga falta hasta descubrir dónde van a reunirse. Están preparando uno de sus crímenes disfrazados de rituales, llevan meses preparándolo todo al detalle. Estamos demasiado cerca y te juro que estoy dispuesto a todo para pillarles.

Su discurso desesperado me hizo olvidar el miedo y unirme a la causa suicida. Acepté el brazo que me tendía y, de un impulso, trepé hasta la ventana. Nos encontrábamos en un amplio cuarto de baño de esos que se ven en las películas, con una ducha lo suficientemente grande para bailar un vals en ella y una bañera negra y dorada con complejo de piscina en medio de la sala. Los suelos eran de mármol verde y blanco, y las paredes, al más puro estilo británico, eran de papel pintado con estampado en verde pino y oro deslucido. Había dos lavabos en una encimera de mármol negro, con sus correspondientes armarios y espejos independientes.

—Sé que este sitio impresiona un poco, pero no tenemos tiempo —comenzó Logan—. Por aquí...

—¿Has estado aquí antes? —pregunté, siguiéndole por los pasillos sin saber realmente a dónde íbamos.

—Sí, alguna vez para traer papeleo. Abajo hay una especie de desván donde guardamos la contabilidad, antiguas reservas cuando se hacían a mano, copias de pasaportes... ¿Escuchas eso? —Se colocó una mano en la oreja, como si así pudiera oír mejor—. Están en el salón de actos de arriba. Hay un balcón que recorre toda la fachada y comunica con un pequeño despacho que casi nadie usa. Solo espero que no seas alérgica al polvo.

No me dio tiempo a replicar antes de que Logan me encerrara con él en un antiguo despacho que nadie se había molestado en modernizar. Estaba decorado con fotografías de Dornoch en blanco y negro, las paredes eran de nuevo del mismo tono de verde pino y los suelos de madera oscura. Las pesadas cortinas eran del mismo tono de marrón, creando un lugar carente de luz.

Tan pronto me dispuse a abrir la puerta del balcón, Logan me paró en seco.

—Tú te quedas aquí.

—¿Disculpa?

—Masacre de Glencoe, ¿recuerdas? Será mejor que quede alguien con vida para contar qué ha pasado.

—No me hace gracia, Logan. Me has traído hasta aquí para que te ayude.

—Me ayudas más viva. Mira hacia abajo —pidió, señalando la calle—. Tienen vigilancia por todas partes. No pienso quedarme en el balcón eternamente, solo voy a reptar hasta el salón de actos para colar la cámara y, en cuanto todos se vayan, iré a rescatarla. Está conectada con el móvil así que podremos seguir el show en directo desde aquí, siempre y cuando seas capaz de estar calladita.

—Así que el plan es quedarnos encerrados en esta habitación hasta que todo el mundo se vaya dentro de... ¿dos? ¿cuatro? ¿cuarenta y ocho horas?

—¿Tienes algo mejor que hacer?

—Pues sí, mira. Pensaba pasarme la tarde colgada al teléfono con mi chico y hacer un reportaje para Gina.

—¡Tú sí que sabes vivir al límite, Caoineag! Espérame aquí, anda. ¡No tardaré!

Las voces de la otra sala se avivaron tan pronto Logan abrió el balcón y desapareció por él. Merodeé por la habitación en busca de algo con lo que entretenerme, con los nervios a flor de piel durante un tiempo que se me antojó eterno. Había un par de libros de leyendas y folclore de las Highlands, varios libros de poesía escocesa y un libro de mitología Maya que estaba subrayado y lleno de post-its, que me sirvió para entretenerme hasta que regresó Logan y cerró las cortinas de nuevo.

—Todo listo. Voy a configurar el móvil y comienza el show. —Su rostro se mostró cabreado—. ¡Mierda! ¡No tengo batería! ¿Has traído tu móvil? —negué con la cabeza.

—Te recuerdo que no me dejas tenerlo encima en horas de trabajo.

—¿Y desde cuando me haces caso? ¿Tú sabes lo irresponsable que es moverte por estos terrenos sin tu móvil encima?

—¿Y ahora qué, lumbreras?

—Ahora toca esperar a que se vayan. Podremos ver la grabación más tarde en mi casa.

Puse los ojos en blanco y me resigné a que iba a estar encerrada en esa habitación sin nada que hacer, y con Logan, infinitamente. Cogí el libro de mitología maya y me espatarré en el suelo, mientras él trataba inútilmente de escuchar algo a través de los gruesos muros.

—¿Qué estás leyendo, que pareces tan intrigada?

—Mitología maya. Todo este tiempo me he estado preguntando por qué los lunaplatenses habían adquirido un emblema azteca para representarlos cuando sabemos que Yucatán y Chiapas estaba ocupado por los mayas, y que ambas culturas prehispánicas convivieron con los nórdicos en esa aldea de Valladolid. Y acabo de entenderlo. Uno de los hombres que fue a buscarnos al hotel de Chiapas tenía un tatuaje del dios Hunab Ku, pero este símbolo no tiene origen arqueológico, no está registrado en ninguna parte, es una invención de nuestro siglo creado por un tal José Argüelles.

—Curioso. ¿Qué hay de los otros dioses mayas? ¿Alguna relación con la Luna de Plata?

—No parece. Está subrayado Kinich Ahau como el dios del sol, pero sabemos por los testimonios gráficos lunaplatenses que ellos se guían por Tonatiuh, su versión azteca.

—Entonces, deja de liarte más la cabeza y lee algo útil. —Logan me ofreció el libro de mitología escocesa.

No sé cuánto tiempo pasamos allí, él frustrado y yo leyendo sobre los elfos domésticos Brownies, el demonio con forma de mujer Caoineag (o "llorona") y las Selkies, irresistibles mujeres con forma de foca. Estaba tan fascinada con la mitología local, que no percibí los pasos que se acercaban hasta que Logan tiró de mí, me tapó la boca para que no emitiera ningún sonido, y me escondió tras las cortinas. Un *déjà vu* acudió a mi mente. Empezaba a ser una práctica habitual en mi vida eso de que me inmovilizaran detrás de cortinas polvorientas.

No tardé en escuchar la puerta abrirse y un fuerte olor a perfume de mujer me resultó familiar. Hice un amago por abrir la cortina para confirmar mis sospechas, pero el pellizco que Logan me pegó hizo que me detuviera al instante. Los tacones de la mujer resonaban en la habitación según se movía de un lado a otro. Por el ruido que hacía, deduje que estaba preparando dos vasos con licor y hielo que extrajo de un minibar que no recordaba haber visto. El hilo musical invadió la estancia con la melódica voz de Billie Eillish entonando su sensual *Billie Bossa Nova*. Muy apropiada… y muy porno. Tarareé la letra con los labios, sin emitir sonido alguno. Logan me miró y sonrió nervioso. Incluso los robots podían a veces mostrar emociones.

La puerta se abrió de nuevo, con delicadeza, llenando la estancia de una fuerte fragancia varonil mezclada con tabaco. El nuevo huésped cerró la puerta con pestillo.

Mi cuerpo empezó a temblar al entender que estábamos encerrados con la pareja. Solo esperaba con todas mis fuerzas que no decidieran correr las cortinas...

—Estabas tardando en venir —protestó la voz femenina con tono seductor.

—No he podido escaparme antes. Haré que valga la pena la espera —respondió él, con voz ronca.

Me mordí el labio al confirmar mis más terribles sospechas. ¿Cómo podía ser capaz de hacer algo así? ¿No se cansaba de ser tan... despreciable?

Sin duda alguna, se trataba de la misma pareja que había visto anteriormente, el mismo olor, el mismo tono de voz, aunque diferentes cortinas. La primera vez, tuve claro que se trataba de Wendy porque estábamos en la casa de sus abuelos. Y, esta vez, por fin le ponía nombre a la parte masculina.

¡QUÉ-AS-CO!

A través de la tela se traslucía el bailecito que Wendy estaba dedicándole a su amante, que permanecía quieto en su sillón de cuero, bebiendo whiskey y observando cómo su nueva chica se quitaba la ropa. Jamás pensé que la bibliotecaria pudiera resultar sexy, pero me estaba poniendo cachonda hasta a mí con el bailecito.

—Vamos, ¡no me jodas! —exclamó Logan, entendiendo que estábamos siendo testigos de cómo el patrón se beneficiaba a alguna mujerzuela. Esta vez fui yo quien le tapó la boca.

Todo lo que oímos después fue la pasión de dos amantes dando rienda suelta a la lujuria de un modo lento y discreto. Si la risa habitual de Wendy sonaba como el maullido de un gato cuando le pisaban la cola, sus gemidos en pleno acto se asemejaban preocupantemente a una manada de monos apareándose.

Logan y yo permanecíamos rectos como dos velas, sin atrevernos a respirar demasiado fuerte por miedo a rebelar nuestra presencia.

Treinta y dos minutos de bossa novas, sexo y conversaciones intranscendentes después, la pareja abandonó la sala y cerró con llave.

No nos atrevimos a dejar nuestro escondite por miedo a que regresaran de nuevo. Esperamos un tiempo que consideramos prudente para que todo el mundo abandonara la mansión y, cuando de nuevo reinaron el silencio y la oscuridad, decidimos salir de nuevo por la ventana, tras rescatar la cámara que había quedado atrapada en la otra habitación.

—¿Qué hora es? —pregunté sacudiéndome el polvo que mi caída había levantado en mi uniforme.

—Cerca de las once, ¿por? —Mi suspiro fue una protesta que me negué a verbalizar. Mi teléfono estaba en la taquilla y seguro que Ethan estaba preocupado porque no le hubiera cogido el teléfono en horas—. ¿Te apetece venir a cenar esta noche a casa? Podemos mirar la cinta y ver si obtenemos alguna pista.

—Vale, pero cocinas tú —resolví, pensando que de todos modos no tenía nada en el frigo—. Y pienso tirarme al menos media hora al teléfono con Ethan.

—Lo que tú quieras, hoy le tocaba cocinar a mi mujer de todos modos, así que vamos a mesa puesta.

—¡Anda, por fin voy a poder conocer a Claudia! Tiene que ser una mujer muy especial para aguantarte.

Unos pasos nos alertaron y acallaron nuestra conversación. Reconocí las risas que se aproximaban como la misma pareja de la habitación, lo que nos metía en un serio problema si éramos descubiertos. Dimos un par de pasos hacia atrás para escondernos en los matorrales, pero cuando oímos solo una puerta del coche cerrarse y unos pasos dirigiéndose a nosotros, supimos que estábamos perdidos.

—¡Mierda, mierda, mierda! —susurró Logan, incapaz de reaccionar ante la proximidad de Duarte—. ¡Nosotros no deberíamos estar aquí a estas horas! ¡Piensa, Logan, piensa!

Encontramos una caseta donde el jardinero guardaba sus herramientas. Afortunadamente, no estaba cerrada con llave. Nos escondimos en esa habitación oscura y sin hacer ruido, pero nuestra maniobra no burló a Adrián Duarte. Oímos los pasos resonar sobre el pavimento, acercándose preocupantemente a nosotros. No podía ver la cara de Logan, pero sabía que estaba bloqueado, sin saber cómo justificar nuestra presencia allí, escondidos en una caseta de jardín que nos hacía parecer terriblemente culpables.

Me acordé de Dragos y nuestra aventura en The Skerries y pensé que la única manera de salir de ahí ilesos era del mismo modo. Tragué saliva y cogí aire, lo que iba a hacer me iba a costar un esfuerzo sobrehumano. Agarré a Logan por los cuellos de la camisa y lo acerqué a mí con un movimiento brusco. Al igual que hice yo en su momento, Logan trató de zafarse de mí. Para cuando Adrián abrió la puerta de la caseta abruptamente, Logan ya había entendido la jugada y estaba interpretando su papel a la perfección, empotrándome contra la pared, con sus manos en mi trasero y su lengua en mi garganta.

—¡Mira que lo sabía! —Duarte no se esforzó en disimular su sonrisa de arrogancia—. Me he acercado a la caseta porque me pareció ver a alguien, pero no esperaba encontraros a vosotros... y así.

—¡Qué vergüenza, por Dios! —exclamé secándome los labios y ocultándome detrás de Logan. Adrián, sin embargo, parecía divertido con la situación.

—Lo siento, jefe. Le juro que es la primera vez que... ¡No sé qué me ha pasado! Estábamos discutiendo y, de repente...

—Tranquilo, Logan, somos humanos. Aunque deberías ser más discreto... —le reprendió—. Este hotel es un nido de serpientes. ¿Qué crees que diría tu mujer si se enterase de esto?

—No volverá a pasar. Jefe, le rogaría discreción. No quiero que el resto de los empleados anden cuchicheando de mi desliz.

—Vuestro secreto está a salvo conmigo. —Adrián se despidió guiñándonos un ojo y, antes de desaparecer, se acercó a Logan y le habló en privado.

Cuando nos quedamos de nuevo solos, miré a Logan con preocupación.

—¿Tú crees que se lo ha tragado?

—Acaba de decirme que nos regala una noche en la 506 si queremos usarla, ¿tú qué crees? —respondió avergonzado. Le miré sin saber por qué estaba tan escandalizado—. La suite nupcial, Caoineag. ¿Es que aún no te has aprendido las habitaciones del hotel?

—Te recuerdo que este trabajo me resbala, lo único que me interesa es ver qué hay en esa cinta y regresar a mi vida en Londres.

—¡Qué estómago tiene Junior para estar contigo! Besarte ha sido lo más cercano que estaré nunca a una babosa con adicción a la cafeína. En serio, ¿cuántos cafés te has tomado hoy para tener ese aliento?

—¿De verdad era necesario que me metieras la lengua?

—Tenía que parecer creíble, ¿no?

—Me quedan dos cosas claras. La primera es que besas fatal, la segunda, que íbamos por buen camino. Estaba nervioso de vernos aquí.

—Lo que a mí me queda claro es que Junior también es adicto al café, de otro modo, no soportaría estar contigo. ¡Necesito lavarme los dientes con urgencia!

☼ ☾ ☼

—Bienvenida a mi hogar, Caoineag.

Cuando Logan se detuvo delante de una iglesia, pensé que estaba bromeando. Cuál fue mi sorpresa cuando introdujo una pesada llave en la cerradura y me invitó a pasar a la casa más excéntrica del mundo.

—¿Por qué será que no me sorprende que vivas aquí? —pregunté apática—. ¿No te da miedo que aparezca algún ser sobrenatural?

—¡Nah! Ya hemos intimado con todos los fantasmas y convivimos pacíficamente con ellos. —Logan se quitó los zapatos llenos de barro y los dejó en la entrada.

Una joven de pelo castaño y ojos verdes vino a recibirnos con una radiante sonrisa. Tenía un bebé en brazos del que nadie me había hablado nunca.

—¡No sabía que tuvieras…! —exclamé aturdida—. ¡Hola, encantada! Soy Elena. Tú debes de ser Claudia.

—Encantada, Elena. Duncan me ha hablado muchísimo de ti. Este es el pequeño Douglas. Cariño, saluda a Elena.

—¿Duncan? —pregunté aturdida.

—Es mi verdadero nombre, el cual mi mujer no debería haber revelado —protestó Logan, dando un beso en los labios a su mujer y cogiendo en el aire al pequeño Douglas—. ¡No te vas a imaginar lo que nos ha pasado hoy, cariño! Duarte nos ha pillado mientras husmeábamos en la casa y he acabado fingiendo un romance con Elena. Besarla ha sido lo más desagradable que me ha pasado desde que trabajo en la agencia, y eso es decir mucho…

No daba crédito. ¿De verdad le acababa de contar a su mujer que nos habíamos besado? Para mi sorpresa, Claudia se lo tomó con toda la naturalidad del mundo, lo que me hizo envidiar el nivel de confianza que tenían para hablar sobre el caso.

—¿Y se lo ha tragado? —preguntó ella con preocupación. Logan se encogió de hombros.

—Nos ha ofrecido la suite nupcial, así que espero que sí…

—Mi marido está cogiendo una extraña afición por besar empleadas. La última fue Laura.

—Tengo una reputación de mujeriego que mantener en el hotel —respondió orgulloso—. Por alguna extraña razón que no logro comprender, ser un cabrón infiel me da puntos con Duarte.

—¿Quién es Laura? —pregunté confusa—. No hay ninguna Laura en el hotel.

—Fue mi compañera antes de que tú llegaras. Estuvo infiltrada en el hotel y, de un día para otro, le dio una crisis de ansiedad y lo dejó todo. No supe de ella hasta semanas después, me dijo que dejaba el caso y no quería que volviera a escribirla nunca más.

—Era buena chica, pero no pudo con la presión —añadió Claudia.

—Y a ti, cariño, ¿cómo te fue a ti el día?

—¡Desesperante! Estoy deseando que Douglas crezca un poco para meterlo en la guardería e incorporarme al trabajo.

—Mi mujer no está llevando demasiado bien la baja por maternidad —me confesó Logan-Duncan en un susurro.

—¿A qué te dedicas, Claudia?

—Soy enfermera. Duncan me ha dicho que tú eres periodista, ¿cierto?

—Lo que aún no te he contado, y atenta porque te vas a caer de culo, es que… ¡Elena se ha casado con Junior!

—¿Con el hijo del patrón? —Claudia se llevó una mano a la boca por la sorpresa. No sabía que fuéramos la comidilla de esos dos—. Enhorabuena, supongo… Debe de ser difícil compaginar tu vida privada con la investigación, cuando tu marido es el hijo de tamaño delincuente.

—No sé qué te habrá contado tu marido del mío, pero es todo mentira —le susurré, dejando mi chaqueta y el bolso en el sofá.

—Estoy segurísima de que es un buen tipo. ¿Te gusta el Cullen Skink, Elena? —Miré a Claudia sin entender ni una sola palabra de lo que había dicho.

—Es una sopa de eglefino ahumado, patatas y cebollas. El eglefino es un pez —aclaró Logan, ante mi mirada de confusión—. Mi mujer es la mejor cocinera del mundo.

—¡No será para tanto! Lavaos las manos y todos a la mesa —pidió Claudia—. Normalmente no cenamos tan tarde.

Compartimos un festín de comida tradicional escocesa y un puñado de confesiones. Claudia no llevaba demasiado bien el ser la mujer de un agente secreto, y no podía culparla. A menudo se sorprendía a sí misma nerviosa junto al teléfono, esperando que llamaran de la policía o el hospital cuando llevaba horas sin saber de él. También me contó lo mucho que le había costado decidirse a tener ese hijo, dada su inusual situación familiar, pero Logan era muy cuidadoso de que nadie supiera ni un detalle de su vida privada. De hecho, el haberme llevado a su casa esa noche, era una muestra de confianza que no mostraba con cualquiera.

No sé cómo acabé acunando a Douglas entre mis brazos para que se durmiera mientras Claudia recogía la mesa y Logan preparaba el video que íbamos a diseccionar, pero reconozco que fue una sensación agradable.

—¡Mira qué bien te queda! ¿Estáis pensando en tener hijos? —Tan pronto Claudia formuló la pregunta, Logan me dirigió una sonrisa burlona.

—Dime que no pensáis traer otro Duarte McGowan a este mundo, por favor...

—¡Deja a la pobre chica en paz! —le reprendió su mujer—. ¿Y bien?

—La verdad es que no es algo que me plantee en estos momentos... —confesé entre dientes—. Ethan sí que quiere volver a ser padre, aunque tiene miedo a que ellos le hagan algo, y yo no me siento preparada…

—¡Uy, mi niña! Una nunca está preparada para lo que esto supone —confesó Claudia señalando a su bebé—. Te vas adaptando a ello como buenamente puedes. Y es verdad que te pone la vida patas arriba, pero la clase de amor que experimentas es algo que no has sentido jamás, ni siquiera por tu marido.

Emití una sonrisa complaciente y negué con la cabeza.

—De verdad que no me veo…

Claudia acostó al niño en la habitación y yo me senté con Logan en el sofá. Dos humeantes tés con leche esperaban en la mesa junto a un arsenal de pastas de mantequilla.

Observé que las cortinas de la casa estaban corridas, evitando que curiosos merodearan por la vivienda y fueran testigos de algo que no deberían ver, algo bastante inusual en una isla en la que se dejaba todo abierto para que la luz entrara a raudales. Logan pulsó algo en su móvil y el video comenzó a reproducirse en la pantalla del televisor.

Los primeros minutos de grabación no fueron sino una reunión silenciosa entre un montón de gente encapuchada a quien no veíamos el rostro.

—Me pregunto quién sería la mujer que estaba con Duarte en la habitación. —Logan mordisqueó un boli con nerviosismo.

—Pues deja de preguntártelo. Era Wendy Farrell.

—¿La exnovia de Ethan? —preguntó sorprendido. A mí lo que me sorprendió es que le llamara por su nombre—. Okay, una encapuchada menos que desenmascarar. ¿Crees que ya era parte de esto cuando estaba con él?

—No lo sé, pero me preocupa —confesé—. Se supone que su padre, William, es de los buenos, aunque se haya negado a luchar. No sé cómo ha podido acabar ella en el bando equivocado, pero puedo asegurarte que Duarte es el tipo al que se estaba follando, tanto en el lugar del crimen como en ese despacho, así que está claro que él busca algo en la mansión Farrell. Lo que no tengo claro es qué busca ella…

—Yo diría que sí lo sabes, tu suegro puede ser muy persuasivo. Apostaría a que Wendy cree que le ha tocado el premio gordo cuando Duarte se fijó en ella.

—Me está dando grima solo de pensarlo. ¿Podemos seguir con la grabación? Le dije a Ethan que le llamaría al llegar a casa y son casi las doce...

La grabación no nos dio los resultados que esperábamos. Hablaban en susurros, emitiendo sonidos a medio camino entre la meditación y el rezo y, cuando empezaron a quitarse las túnicas, Isobel tuvo la brillante idea de cerrar las ventanas y correr las cortinas, dejando la cámara al otro lado. El resto de la grabación no fue más que una superficie oscura y el ruido de la calle. ¡Brillante!

Logan profirió un ruidoso suspiro y tiró el mando de la tele contra la moqueta del salón.

—¡Me cago en tu puta tía política! —berreó enervado—. ¡No tenemos nada!

—¡Tranquilízate!

—¿Cómo voy a tranquilizarme? En esa reunión estaban todos los nombres que necesitamos para echarles a abajo, era nuestra confesión grabada, y ¡no tenemos nada!

—¿Tú no tenías acceso a todas las cámaras de seguridad del hotel? —pregunté. Logan me miró sin entender.

—No tengo acceso a las de la casa.

—Pero sí a los alrededores del hotel, con lo que es posible que veamos a alguno de esos tipos merodeando por allí. Sé que van encapuchados, pero igual alguien ha tenido un descuido.

—No perdemos nada por intentarlo, supongo.

Logan se metió en una página web desde la que controlaba todas las cámaras del hotel y seleccionó la cámara que enfocaba a los jardines que lo separaban de la mansión. Analizando las grabaciones solo del último mes, fuimos testigos del tórrido romance de Wendy y Adrián, de los toqueteos tontos que mantenía con Isobel, y de cómo el empresario Steve Rogerson, la cantante Calista Morrison y la política Camilla Thomson se paseaban de un lado a otro con ropa de calle y sin llamar demasiado la atención.

En otra de las imágenes, de esa misma mañana, vimos a Isobel saliendo del hotel con un joven y dirigiéndose a la mansión.

—¿Podrías poner zoom a ese chico? —pedí, Logan negó con la cabeza.

—La calidad va a ser ínfima, pero lo que sí puedo hacer es cambiar la vista a la cámara que hay en el lobby puesto que están saliendo de allí —dijo ejecutando la maniobra.

Observamos en silencio al hombre. Tendría unos treinta y pocos. Era alto, moreno de piel y con el cabello oscuro y corto. Llevaba unos vaqueros desgastados, una camisa de manga corta azul celeste y sus facciones me eran demasiado familiares para querer reconocerlo en voz alta. Apreté los labios y me concentré en la imagen que tenía delante, tratando de buscar algo que me sacara de mi error.

¡Joder, joder, joder!

—¿Puedes explicarme qué demonios hacía tu marido esta mañana con Isobel?

—No es Ethan —murmuré, aunque ni yo misma me creía mis palabras.

—¡Una mierda! ¡Pues claro que es Junior! ¿Quién iba a ser si no?

—¿Un tipo que se le parece un huevo? —repliqué nerviosa—. Te digo que no es él. Además, Ethan está en Londres con su hijo.

—Mira, Elena, entiendo que estés enamorada y todas esas mierdas, pero estamos viendo a tu puto marido hablando con su tía y dirigiéndose a la mansión, tan solo unas horas antes de que tuviera lugar la reunión. Siento romperte la burbuja de felicidad, y créeme que me encantaría estar equivocado, pero Ethan está metido hasta el puto cuello.

—¿Podrías rebobinar la imagen? —pedí desolada, convencida de que tenía que haber algo que demostrara su inocencia. Cualquier cosa, pero yo misma era consciente de que la cosa pintaba mal. Muy mal.

—¿Y bien, Sherlock?

—¿Podrías ampliar el brazo izquierdo? —Logan hizo lo que pedí, aun sin quitarse esa irritante expresión del rostro—. ¡Está limpio! —suspiré, sintiendo un alivio que no había experimentado en mucho tiempo.

—¿Podrías explicarme de qué va esto? —Saqué el móvil y le enseñé una foto de Ethan sin camiseta. No tuve que explicarle más—. Los tatuajes… Entiendo. Tu chico es un cliché con patas: chico malo y misterioso que se tatúa todos sus traumas en la piel.

—Lo que tú digas, pero ese no es Ethan.

—¿Quién demonios es entonces? ¿Tienes algún cuñado del que no me habías hablado hasta ahora? —preguntó, yo negué con la cabeza, tan consternada o más que él, pues el parecido físico era aterrador—. Esa pregunta que acabo de hacer es un tanto estúpida... El árbol genealógico de Junior es más extenso que el de Genghis Khan.

—Si me dejarais involucrar a Ethan en esto, tal vez podría ayudarnos a resolver el misterio.

—¿Qué hemos hablado, Elena? Ya hubo una masacre en 1692 y no queremos repetirla, gracias. —Su rostro se oscureció preocupantemente—. ¡Ey! Espera un momento... Pon el zoom otra vez —pidió, enfocando aún más su camisa—. ¡Mira los brazos! Me temo que acabo de resolver el misterio. Junior lleva una camiseta de color nude de manga larga bajo la camisa. Muy conveniente para tapar los tatuajes. —Me fijé en lo que decía y no pude evitar que un escalofrío me recorriera la piel.

—¡Eso no prueba nada! Tal vez esté tapando otros tatuajes, te recuerdo que todo el mundo los tiene hoy día.

—Cree lo que te dé la real gana. Yo que tú, me andaría con cuidado. Igual sería conveniente sacarte del caso...

—No te fías de mí —resumí, tratando de mantener el tipo después de lo que había visto, que yo misma no entendía—. ¡Esto es increíble!

—Me fío de tus buenas intenciones, no me fío de que seas capaz de tomar la decisión correcta si las cosas se ponen feas.

No tardé mucho más en despedirme, con un amargo sabor inundándome el paladar. No pensaba dudar de él. No sabía qué hacía allí con su tía, pero estaba segura de que había una explicación razonable. Del mismo modo que él podría haberme visto hablando con su padre y eso no significaba que yo fuera parte de esto.

Había una explicación. La había. Tenía que haberla.

33

27 de enero de 2023 – Casa de Siobhan, Union City, NJ

"Puedes borrar a una persona de tu mente. Sacarla de tu corazón es otra historia".
No sé por qué me acuerdo de esa frase de *Olvídate de mí* justo ahora. Me encantaría que alguien hubiera inventado una máquina como la de la película, poder modificar los recuerdos que tengo de los dos últimos años, borrar completamente a Ethan McGowan de mi vida. Lo haría sin pestañear.

Siobhan termina de tomar notas, me mira fijamente y sabe lo que voy a decirle: no estoy preparada para acabar mi historia. La idea de volver a revivir una experiencia que intento por todos los medios olvidar, me genera una ansiedad contra la que no puedo luchar. Tal vez por eso no le extraña tanto cuando le digo que se me ha hecho tarde y me quiero ir a dormir a casa, a pesar de que son solo las ocho. Tampoco insiste en que me quede, haciendo mucho más fácil esa despedida.

—Muchas gracias por todo —comienzo, sincera—. No ha sido el mejor cumpleaños de mi vida, pero ha sido mucho mejor de lo que esperaba.

Siobhan hace un gesto despreocupado con el brazo y me tiende una bolsita con extractos de jengibre, hierbabuena y alguna cosa más.

—¡Acuérdate de echarlo en las comidas! Ya verás como vuelves a comer con normalidad. —Acepto el regalo y lo guardo en el bolso—. Elena, ¿volveremos a vernos?

—Pues… no lo sé. —No soy estúpida, sé que a Siobhan solo le interesa que acabe mi historia y perderme de vista, pero lo cierto es que ha conseguido caerme hasta bien—. Voy a quedarme en un hotel de

Manhattan hasta que encuentre apartamento. El lunes empiezo el nuevo trabajo y espero ir encauzando mi vida de nuevo poco a poco. Tal vez podamos tomar un café algún día después de la oficina, si quieres.

—Nada me gustaría más —responde con una sonrisa segura—. Sé que no tengo derecho a pedirte esto, pero me encantaría conocer el resto de la historia. Tu historia.

Aprieto los labios y trato de mantener una mirada fría.

—Pensaba que ya te la había contado Ethan… Descubrió que me estaba acostando con su padre y con Logan, que era miembro de la Luna de Plata, y me dejó. Y ahora él está en la cárcel por culpa de mis múltiples denuncias.

—Estaba… —me corrige—. Salió de la cárcel esta mañana.

Noto un retortijón en el estómago tan pronto oigo hablar de él. En eso ha quedado nuestra relación, en una indigestión continua.

—Me alegra saber qué está en casa —susurro, poniéndome la chaqueta para irme antes de desmoronarme delante de una extraña—. Te agradezco mucho tu hospitalidad, pero estoy deseando darme una ducha caliente y meterme en la cama.

—Deja que te pida un taxi.

—Cogeré el metro, no sufras.

—No insisto. Ya he observado que no eres de las que se deja ayudar.

—Confiar en la gente no me ha dado buenos resultados.

—No puedes dejar que lo que te pasó te cambie. —Creo que lo dice de buenas, pero a mí me hierve la sangre por ese consejo fácil.

—¿Qué sabrás tú de lo que me pasó?

—Es verdad, ¿qué sabré yo? En fin, Elena, cuídate. Supongo que ya nos veremos por ahí. Aunque parezca lo contrario, Nueva York no es tan grande.

Tras un trayecto de hora y media en metro, llego al apartamento. Se me engarrota todo el cuerpo en cuanto pongo un pie allí. Estoy segura de que podría utilizarlo como cámara frigorífica.

Empaqueto mis cosas con celeridad, reviso mil veces que no me he dejado nada y pido un taxi.

No puedo describir con palabras lo que siento al entrar en la habitación de hotel. Es espaciosa, está limpia, tiene calefacción, baño propio, una cama cómoda y agua caliente. Punto. No hay nada que resalte particularmente, pero es conveniente, uno de esos hoteles minimalistas que tienen lo justo para el día a día.

Me doy una ducha que me sabe a gloria y pido que me suban un sándwich de jamón y queso a la habitación. Muy osada después de mis últimas experiencias gastronómicas.

Tan pronto salgo de la ducha y veo mi reflejo en el espejo, no puedo evitar echarme a llorar. Yo no quería esto. Nunca lo quise y, menos aún, de este modo. Cada día es más evidente, una realidad que ya no puedo seguir escondiéndole a nadie. Mucho menos, a mí misma.

Y no sé cómo voy a hacer esto sola.

☼ ☾ ☼

El martes salgo de la oficina sintiéndome optimista. Tan solo es mi segundo día y ya tengo suficiente trabajo para pasar la tarde entretenida poniéndome al día con antiguas publicaciones, proyectos y correcciones.

Y lo mejor de todo es que he vuelto a sonreír, aunque sea levemente. Este trabajo es todo lo que siempre he deseado. Tengo un maravilloso equipo de tres redactores a mi cargo y mi oficina es uno de esos espacios abiertos super coloridos que fomentan la participación entre departamentos. Está situada en uno de los rascacielos más bonitos de Manhattan, con vistas a Central Park. ¿Cómo podría no estar emocionada?

La anterior jefa de departamento dejó el trabajo porque consiguió un puestazo en *Vanity Fair*, lo que me indica que esta oportunidad podría abrirme las puertas para algo aún más grande, aunque no estoy segura de que mi ambición me vaya a llevar tan lejos. Nueva York es solo algo temporal... o eso creo.

—Jefa, ¿te vienes a tomar algo?

Mario, uno de los chicos de mi equipo, se acerca y me invita a salir con ellos. Sonrío de nuevo, una sensación maravillosa a la que ya no estaba acostumbrada.

—Solo si dejas de llamarme "jefa".

Mario es esbelto, moreno y tiene unos preciosos ojos negros. Tiene ascendencia cubana y holandesa, aunque se ha criado en el Bronx y casi ha olvidado sus raíces. Y aunque él cree que no se le nota, a mí en dos días ya me ha quedado claro que está completamente enamorado de Sylvia, la otra mujer del equipo.

Sylvia y Davide nos están esperando en la cervecería de enfrente, uno de esos locales de madera y luces de neón que se han puesto tanto de moda en los últimos años. Piden unas pintas para ellos y yo me veo obligada a beber un zumo.

Me preguntan por mi vida y me cuentan un poco de la suya. Yo les suelto de carrerilla ese personaje que he creado para Nueva York, una versión simplificada y discreta de la persona que yo era antes de venir aquí.

—Así que has venido a Nueva York huyendo de un divorcio complicado —resume Davide.

—¡Todos lo son, cariño! —exclama Sylvia, dándome a entender que ella también está divorciada.

Es rubia, con gafas y ronda los cuarenta años. Tiene un cuerpo curvilíneo que a ella parece importunarle y diría que es en parte la razón por la que Mario está tan loco por ella. Sylvia y él se conocen desde la universidad. Ya entonces tuvieron un breve noviazgo que terminó cuando él hizo la mochila y se lanzó a conocer el mundo. En ese tiempo, a ella le dio tiempo a casarse y divorciarse, pero algo me dice que, en el fondo, ella tampoco le ha olvidado. El problema que veo yo aquí es que están en diferentes fases de su vida: él se ha cansado de experimentar y quiere centrarse con ella. Ella se ha cansado de estar centrada y quiere saber qué se ha perdido estos años.

—Así que somos una panda de solterones —bromeo afable—. Creo que me va a gustar este equipo mucho más de lo que pensaba.

—¡No todos! Aquí el italiano está felizmente casado, aunque harto de sus tres chiquillos. —Mario mira a Davide y le pega un puñetazo amistoso en el hombro.

—¿Tienes tres? —pregunto alucinada—. ¿Cómo lo haces?

—Mi mujer se encarga de todo, afortunadamente. Es autónoma, así que se gestiona bastante bien con los peques y tenemos una interna que le ayuda. Si no fuera por ellas…

Miro maravillada a esos tres chicos que pronto comenzarán a llenar las páginas de mi historia y no puedo evitar sonreír. Por primera vez desde que aterricé en Nueva York, empiezo a plantearme que estar aquí sea la decisión correcta.

La charla se alarga más de lo esperado y mis compañeros piden un costillar con salsa barbacoa y aros de cebolla para cenar. La sola idea de ingerir algo así hace que muera del asco. Me doy por satisfecha de haber conseguido digerir una ensalada, que tenía más calorías que el guiso más contundente de España.

Llego al hotel a eso de las nueve de la noche y caigo rendida en la cama sin acordarme de mis fantasmas.

El jueves, al terminar de trabajar, me sorprendo al ver a Siobhan esperándome en la sala de espera de la revista. Pensaba aprovechar la tarde para ponerme al día con trabajo, pero reconozco que me puede la curiosidad. Al verme, se levanta y me saluda con la mano. Lleva su maletín de trabajo y un traje de ejecutiva en apuros que me hace entender que viene directa de la oficina.

—¿Qué haces aquí? —pregunto sorprendida. Hay algo raro en el ambiente, como cuando te encuentras con un ex y no sabes cómo actuar—. ¿Habíamos quedado y no lo recuerdo?

—Estaba visitando a un cliente aquí al lado y pensé que igual no habrías cenado todavía... O que no ibas a cenar en general.

Su preocupación me resulta entrañable. Está intentando odiarme, pero su instinto protector es más fuerte.

—Estoy comiendo mejor gracias al jengibre. Aunque son solo las cinco de la tarde, no pienso cenar hasta dentro de al menos cuatro horas...

—Con tal de que comas algo, me da igual cuando sea. Necesitas recobrar fuerzas en la recta final, estás demasiado delgaducha. —Sus palabras me confirman que está al día de TODO, lo que yo le he contado y lo que, al parecer, le ha chivado Gina—. ¿Cómo va la búsqueda de apartamento? ¿Has encontrado ya algo?

—¿La verdad? No volveré a quejarme de lo difícil que es encontrar algo decente en Londres —bromeo—. Una compañera me ha hablado de un par de agencias y pensaba pasarme mañana a mediodía a ver qué tienen...

—Parece que estás de mejor humor. Te ha cambiado la mirada.

—Tener la mente ocupada ayuda. Estoy tan cansada al final del día que no me da tiempo a pensar.

—¿Puedo invitarte a un café al menos? No hace falta que hablemos si no quieres. Solo quiero asegurarme de que estás bien, le prometí a Gina que cuidaría de ti.

La miro sin saber qué responder a su oferta. Hablar de lo que pasó es lo que menos me apetece, pero Gina cree que, cuanto antes lo saque de mi sistema, antes conseguiré cicatrizar. Fue lo mismo que me dijo el psicólogo al que la agencia me obligó a acudir.

—Claro, pero el mío que sea descafeinado.

—¿No me digas que has dejado el veneno negro ese que tomabas para mantenerte en pie?

—Temporal y circunstancialmente. Pienso volver al café en unos meses. Es mi amante incondicional que nunca me falla.

—Si algo he aprendido en esta vida, es que es inútil luchar contra los latinos y su adicción al café —suspira con un dramatismo que me hace reír—. ¿Te parece bien si vamos a mi casa? Mi niña volverá del colegio en una hora.

Asiento, recojo mis cosas y nos dirigimos a Times Square para coger "la guagua" que nos llevará a su barrio. Por el camino, me cuenta un rollo sobre su último cliente, un electricista a quién su exmujer ha pedido el divorcio tras descubrir que traficaba con drogas. Siobhan está convencida de que ella ya tiene quien le caliente la cama por las noches. ¿No se supone que contarme todo esto va en contra del secreto profesional ese que tan estrictamente protege el gremio?

También me habla de un criminal al que le ha tocado defender, a pesar de que está deseando que se pudra en la cárcel. Escucho mucho e intervengo poco, aunque no puedo escaquearme cuando pregunta cómo me está yendo mi primera semana de trabajo y si consigo adaptarme a Nueva York. Por un momento, me olvido de quien es y consigo sincerarme, como si estuviera con una nueva amiga. Lo cierto es que todo ha ido "bien", dadas las circunstancias. Muy bien.

Una vez en casa, me siento con confianza en el sofá y espero a que aparezca con dos tazas de té y Rasamalai, un postre a base de queso paneer, pistachos, nata y cardamomo que dice que me sentará bien.

—Mmm... ¡Esto está delicioso! —Pongo los ojos en blanco y juro que es lo más cerca que he estado de un orgasmo en mucho tiempo—. ¿Lo has hecho tú?

—Receta ancestral de mi tatarabuela —responde orgullosa—. Es mentira, lo inventó un cocinero allá por los años treinta, pero veo que te había convencido.

—Con este sabor, puedes convencerme de lo que quieras —bromeo, metiéndome otro pedacito en la boca—. Es como si el paraíso se deshiciera en mi boca.

—Me alegra que te guste. —Sé que está buscando el modo de decirme algo que no sabe cómo abordar—. Elena, en realidad te he invitado a venir porque quería mostrarte algo.

—Tú dirás...

—Llevo días dándole vuelta a lo que me contaste, tratando de combinarlo con los testimonios de Ethan, Logan y Gina, y... Creo que he encontrado algo. —Dejo la cuchara a medio camino de mi boca y la miro perpleja.

—¿Algo como qué? ¿De qué hablas?

—Es solo una sospecha, no quiero que te hagas ilusiones, pero podría llevarnos a algún lado. —Esparce sus archivos por la mesa de café y vuelve a fijar su mirada en mí—. Sé que no quieres hablar de lo que te pasó, pero necesito que me lo cuentes para confirmar mis teorías. Sigues vendiéndome tu cuento de hadas, pero sé que esta no es la vida que os prometisteis en el altar hace unos meses. Algo muy feo tuvo que pasaros para veros hoy día en esta situación. Y sé que tiene que ver con esa cueva que la agencia está tratando de localizar.

El té me quema la garganta, pero no tanto como las palabras que aún no he pronunciado y se atropellan por ser las primeras en salir de mi boca. Necesito vomitarlas. Ansío volver a reír de nuevo. Reír de verdad, con ganas. Sin miedo.

Siobhan tiene un ruego dibujado en la mirada y a mí me mata la curiosidad por saber qué cree que ha descubierto. Igual solo es una estrategia, pero funciona, y decido voluntariamente caer en su trampa.

—Aquel fatídico ocho de septiembre lo cambió todo —comienzo. Siobhan se descalza, se recuesta en el sofá y comienza a tomar notas—. De haber sabido todo lo que iba a ocurrir después, le hubiera retenido esa mañana. Le hubiera suplicado que no regresara a Londres y se quedara conmigo en la cama, haciéndome el amor hasta que nos doliera la piel. Hubiera llamado a Gina para que cogiera ese avión sin mí. Hubiera hecho tantas cosas.... Pero no las hice. El día anterior había sido mi último día en Dornoch. No habíamos conseguido gran cosa, como ya has podido averiguar en nuestra última conversación, así que mi presencia allí no tenía mucho sentido. Las cosas entre Logan y yo se enfriaron. Él estaba convencido de que Ethan era uno de ellos, al fin y al cabo, teníamos varios videos que lo probaban. Pero yo me resistía a creerlo a pesar de que todas las pruebas apuntaban en esa dirección. A veces no hay más ciego que el que no quiere ver.

—Pero Logan me dijo que Ethan... Perdona, sigue.

—Tenía planeado dormir en Edimburgo esa noche y, al día siguiente, volaría hasta Londres, donde Gina me esperaría en el aeropuerto de Heathrow para ir juntas a Bali. Era mi último viaje, mi última aventura en el caso McGowan. Aunque no te lo creas, estaba harta de mentir a Ethan, no valía la pena —lamento. Siobhan sigue tomando notas sin mirarme apenas—. Cuando llegué a Edimburgo, Ethan estaba esperándome allí.

—Deduzco que discutisteis.

—No, al contrario. Nos comimos a besos y prometimos no salir de la cama hasta que amaneciera. Y créeme que lo cumplimos a rajatabla.

Siobhan mira para otro lado. A estas alturas, no tienen ninguna duda de que nuestra vida sexual era explosiva, pero sigue sin cuadrarle algo. Nadie pasa de la noche a la mañana de estar locamente enamorado de su mujer a deshacerse de ella de ese modo.

¿O sí?

8 de septiembre de 2022 – Edimburgo, Escocia

Nunca he odiado tanto el sonido de un despertador como el que rompía el silencio esa mañana. Porque no solo significaba el comienzo de un nuevo día, sino que sonaba a despedida. Era una barrera que anunciaba que Ethan saldría por esa puerta para coger el primer vuelo de la mañana a Londres, y yo cogería uno a mediodía para reunirme con Gina y viajar a la otra punta del planeta. Dos semanas más y, con suerte, todo volvería a la normalidad. Si es que existía tal cosa...

—¡No quiero irme, güera! —Ethan hundió su cara en mi cuello—. Me niego a estar otras dos semanas sin verte.

—Estaré de vuelta antes de que te des cuenta.

Le atraje hacia mí en un beso de despedida. Malísima idea. Volvimos a enredarnos en las sábanas, lo que significaba que, para cuando terminamos la faena, Ethan llegaba muy tarde a su vuelo y no tuvimos tiempo para despedidas.

—Márcame antes de tomar tu vuelo, ¿sí? —pidió, dándome un fugaz beso en los labios.

No quería despedirme de él. Esas dos semanas en Bali se me iban a hacer eternas. Sé que suena ridículo, a una tortura que cualquiera se ofrecería voluntariamente, pero es que yo realmente no quería ir porque no eran unas vacaciones. Era trabajo, y ni siquiera sabía qué nos íbamos a encontrar allí.

Preparé el equipaje con celeridad, a ritmo de la música rock que salía por el hilo musical. Tal vez por eso no escuché ninguna de las tres llamadas de Logan hasta que me estaba cambiando para salir a correr. Una última carrera antes de tumbarme a la bartola en las playas balinesas.

—¡Ni se te ocurra volver a hacerme esto! ¿Tú sabes lo preocupado que estaba por ti? —me abroncó.

—¿Por qué no te he cogido el teléfono? —repliqué sarcástica—. Entonces, mis padres deben de vivir al borde del ataque de pánico, porque Ethan y yo lo tenemos sin volumen en casa.

—¡No me interesan tus hábitos domésticos! ¿Estás en Edimburgo?

—Alguien se ha levantado con el pie izquierdo... —susurré al ver su mal humor—. Y sí, estoy en Edimburgo. ¿Dónde quieres que esté a estas horas?

—Necesito que vayas a la habitación de Caerlion y levantes la cama.

—¡Claro! Dame un minuto que me acabo la lata de espinacas y podré levantarla con un solo dedo.

—Okay, empezaré por el principio. Acabo de hablar con tu suegra.

—¿Qué? ¡Me asegurasteis que Caerlion no estaba colaborando con la agencia! Que era peligroso y...

—Elena, ¡vete a la habitación ahora! Cuanto menos sepas de esto, mejor para todos —exclamó autoritario—. Y enciende la cámara. Necesito guiarte una vez estés allí.

Hice lo que me pidió a regañadientes, pensando que Gina tenía mucho que explicarme. Afortunadamente, el vuelo a Bali duraría más de doce horas y no tendría escapatoria posible.

No solía entrar en la habitación de Caerlion. Para mí era como un templo sagrado en el que no se me había perdido nada. Había una estantería repleta de recuerdos de su juventud, trofeos de equitación y algunas fotos con su madre y Arthur o con sus tres chicos. También había un diploma de la universidad de Edimburgo enmarcado en la pared junto a una de las pinturas que firmaba Marcelo, el recuerdo de una vida que ya no le correspondía.

—Llamando a Tierra. Elena, ¿me recibes? —Logan estaba más alterado de lo habitual, lo que, de algún modo, también me estresaba a mí.

—¿Qué se supone que estoy buscando?

—Vas a necesitar acopio de todas tus fuerzas para hacer esto. Necesito que levantes la cama y mires las patas una por una. Están huecas, así que no te harán falta las espinacas —añadió—. Dentro de una de las patas hay un tubo de cartón donde Caerlion guarda documentos.

—¿Caerlion tiene documentos guardados en la pata de la cama? —repetí perpleja. Logan confirmó con la cabeza—. ¿Qué tipo de documentos? ¿Y por qué ahora?

—Son cosas que fue encontrando en casa durante su convivencia con Adrián y que pensó que algún día podrían hacerle falta. Fotocopias de pasaportes, escrituras de negocios y cosas así...

—¿Me estás diciendo que hemos tenido la identidad de algunos de esos tipos todo el rato en esta misma casa sin saberlo? —pregunté, mientras me ponía manos a la obra a intentar levantar la cama, sin ningún resultado.

—Eso es justo lo que te estoy diciendo. La reunión es inminente y esos papeles nos podrían ayudar a identificar a esos hombres y detenerlos antes de que ocurra. —Su tono de voz mostraba que su paciencia estaba a punto de extinguirse—. ¿Por qué no intentas hacer palanca con algo?

—¡Porque no puedo, Logan! Tal vez la cama sea más ligera de lo que parece, pero desde luego, es más pesada de lo que yo puedo levantar. Una vez más, insisto en que contemos con Ethan para esto.

—¡Olvídate de Junior, Elena! Esta conversación ya la hemos tenido y te recuerdo que ni siquiera podemos confiar en tu marido ahora mismo.

—¡Pero estás confiando en su madre y en su mujer! —le recordé.

—¡Porque no tenemos otra opción! ¡Déjate de charlas y busca el modo de levantar esa maldita cama!

—No tienes por qué hablarme así, me estoy jugando mucho por este caso, tengo tantas ganas como tú por acabar con ellos. ¡Pero yo sola no puedo mover esta maldita cama! ¡Es un hecho!

—¡Pues encuentra el modo, joder!

—¡Qué te den, Logan! —Salí de la habitación de malos modos y cerré la puerta tras de mí—. Me voy a correr. Quizá, después de un buen desayuno pueda volver a intentarlo, pero te advierto que no voy a lesionarme levantando una cama mientras tú me gritas al teléfono.

—¿Te vas a correr? ¿Ahora? —preguntó perplejo—. ¿Vas a dejarme así?

—Solo hasta que te tranquilices. Ahora mismo me estás pareciendo más capullo que de costumbre. Y eso es decir mucho... Te llamo cuando regrese y, tal vez, podamos retomar esta conversación en otros términos.

No me molesté en aguantar sus quejas, me puse los cascos y salí a correr por el vecindario con *Fallin' (Adrenaline)* de Why Don't We. Treinta minutos de rock alternado con perreo, una lista musical que Ethan y yo habíamos creado juntos en busca de la imparcialidad musical entre sus gustos y los míos.

Al doblar la esquina de la calle de vuelta a casa, me sorprendí al ver que Ethan me estaba esperando en el portal. ¿Qué hacía allí? ¿Habría perdido su vuelo? Ya en la distancia me sorprendió que, en lugar de los pantalones oscuros y la camisa color menta con la que había salido esa mañana, llevara un pantalón vaquero y un jersey de lino que no recordaba haber visto antes. No le di importancia. Tal vez se hubiera cambiado para estar más cómodo en el avión. Percibí también algo diferente en su sonrisa, enigmático, de algún modo, oscuro. Cuando me acerqué a él, me di cuenta de que algo no iba del todo bien.

—¿Qué haces aún aq...?

No me dio tiempo a acabar la carrera ni la frase. Descubrí del peor modo posible que Logan estaba en lo cierto y que Ethan no estaba en un avión de camino a Londres.

Un olor dulzón e intenso me invadió las fosas nasales y caí en un profundo sueño del que tardé en despertar.

☼ ☾ ☼

Un aire helador me golpeó la cara con furia. Estaba mareada, sentía un cansancio denso en cada parte de mi cuerpo que me impedía moverme. Entreabrí los ojos para descubrir que aún seguía dormida. Tenía que estarlo. Solo así se explicaría por qué me encontraba a la deriva y olía tanto a mar.

Oía voces a mi alrededor, pero no conseguía reconocer a nadie. Hice un esfuerzo sobrehumano por moverme, apenas logré avanzar un milímetro de donde estaba. La luz del sol era intensa, me molestaba en los ojos. Había alguien a mi lado, un hombre. Olía como a cuero mezclado con hierba de tabaco. Era un olor agradable, muy masculino. Desconocido.

Intenté incorporarme para preguntarle dónde estábamos. Ni siquiera recordaba cómo había llegado hasta allí. Creo que emití un gruñido, porque alguien me cogió la mano y me susurró al oído en inglés:

—Chist, descansa, *baby*... Todo está bien.

No reconocí la voz que me arrullaba, pero, cuando conseguí distinguir sus rasgos, comprobé que era Ethan quien estaba a mi lado. Además de oler diferente, también sonaba diferente. Ethan nunca me llamaba "*baby*" a no ser que quisiera chincharme, pues sabía lo mucho que lo odiaba. Y jamás me hablaba en inglés a no ser que hubiera más gente delante. Pero allí no había nadie más.

Me sentí inquieta en su presencia. Algo no iba bien. Algo no tenía sentido. Algo... Una mano me meció con suavidad hasta que me quedé dormida de nuevo.

☼ ☾ ☼

Tenía frío y los pies mojados. Me quemaba la garganta. Me removí incómoda en la cama, pero aquel no era mi cuarto. Ni el de Ethan, ni tampoco el hotel en el que había pasado las últimas semanas. A decir verdad, no tenía ni idea de dónde estaba, solo podía asegurar que hacía mucho frío y las voces a mi alrededor no cesaban. ¿Me estaría volviendo loca?

Mis extremidades estaban entumecidas, señal de que llevaba horas en la misma postura, sin embargo, estaba más cansada de lo que recordaba haber estado nunca. Me pesaba el cuerpo, los párpados eran de plomo, y me dolía un poco la cabeza. La boca, con la misma textura de una alpargata de esparto, me sabía a algo dulce y a hierbas. Me incorporé algo atontada. Miraba a mi alrededor, pero mi cerebro no conseguía procesar nada. ¿Aún seguía dormida?

Fui más lejos en mi aventura y traté de incorporarme de nuevo, con torpeza, como un niño que comienza sus primeros pasos. Creo que caí. A lo lejos, vi a Ethan corriendo hacia mí, sosteniéndome.

—¡Cuidado, amor! —susurró, esta vez en español, sujetándome entre sus brazos. Y de nuevo, ese olor que, aunque agradable, no me resultaba familiar—. ¿Quieres un poco de jugo? ¡Debes de estar sedienta! —Asentí, aceptando el vaso de zumo rojizo que me tendía—. Así, muy bien, bébetelo todo, amor. Muy bien, buena chica.

—¿Dón... dónde est... Dónd...?

—Chstt, ahora tienes que descansar, mi amor. Todo irá bien.

☼ ☾ ☼

—¿Quieres pararla ya con eso? ¡Helga llegará en cualquier momento y tiene que estar todo listo!

El fuerte estruendo de una discusión me despertó. A lo lejos, veía gente moviéndose de un lado a otro, pero mi posición no había cambiado. Identifiqué el foco de disputa, a tan solo unos metros de mí, dos hombres que estaban de pie discutían acaloradamente con un tercero sentado en un sofá rojo de Skai. Juraría que ese sofá no había estado antes ahí. De hecho, ¿de dónde habían salido todos esos accesorios?

Aunque no veía con nitidez, distinguía al fondo un escenario que asemejaba una cueva en la que habían dispuesto vasijas de barro, tres muebles similares a los triclinios romanos y el suelo estaba cubierto de plumas verdes y azuladas. Era demasiado realista para ser un sueño y demasiado ilógico para ser real. Hacía un calor denso y pegajoso, de esos que llegan a asfixiarte, lo que no explicaba por qué tenía los pies tan fríos. Me los toqué por inercia y comprobé que estaba descalza, y que la razón de mi frío procedía del suelo, de pura piedra caliza.

Un momento... Aquello no era un escenario. ¿Estaba en una cueva?

Uno de los hombres volvió a captar mi atención cuando elevó la voz, visiblemente alterado. No entendí lo que decían, ni siquiera puedo recordar si estaban hablando en español o en inglés, solo sé que me sentía intranquila porque Ethan estuviera allí y que, en algún momento de su discusión, me quedé dormida.

Me desperté hecha un ovillo en medio de una mullida cama con plumas de colores y cojines azules de terciopelo. No sé cómo había llegado allí, pero parecía un polluelo en un nido de colores vivos. Me sentía drogada y tenía náuseas, me dolía el estómago, me quemaba la garganta, mis piernas estaban débiles como gelatina. Traté de incorporarme torpemente. Estaba segura de que había intentado la misma maniobra varias veces y en todas había obtenido el mismo resultado: darme de bruces contra el suelo.

Oteé el horizonte en busca de Ethan, pero no vi a nadie, solo esa estúpida puesta en escena que me hizo entender que de nuevo estaba viviendo un sueño. O una pesadilla. Me pellizqué, con fuerza hasta tres veces e incluso llegué a arañarme la piel. Y si, dolía, sangraba, al igual que me dolía la torcedura del tobillo provocado por uno de mis múltiples intentos frustrados por mantenerme erguida.

Una voz en la lejanía entonaba cánticos oscuros y salvajes, música indígena. En medio del escenario había una especie de púlpito con un escudo dorado decorado con plumas y piedras semipreciosas. El escudo. El emblema. La sangre se me heló de golpe al entender dónde estaba, con quién, por si la sola presencia de Ethan no lo hubiera explicado ya todo antes.

Un olor a metal me inundó las fosas nasales. Me acerqué a las vasijas, convencida de que procedía de allí. Había sangre, probablemente humana. Tuve que aguantarme una arcada.

Yo quería caminar y mis pies no terminaban de fijarse al suelo. Me sentía enferma, ansiosa, como en esos sueños en los que crees estar despierto y, por más que gritas y gritas, no te sale la voz. Las imágenes se movían lentas, a veces incluso rebotaban. Mis pies estaban deformes, a veces monstruosamente grandes; otras, apenas alcanzaban el tamaño de mi mano. Un sudor frío me recorría la piel. Avancé un nuevo paso y tropecé torpemente. En mi mente, me veía tan ligera y elástica, que reboté varias veces en el suelo. Aunque tenía miedo, me estaba desternillando de la risa. Frenéticamente. Sin parar. ¿Qué mierdas me habían dado?

Ajena al dolor que me producían los golpes, volví a alzar el vuelo, tambaleándome en busca de un escondite. No sabía de qué, no sabía de quién, pero sabía que las voces no tenían que encontrarme.

¿Cuánto tiempo llevaba allí? Estaba tan oscuro que había perdido la noción del tiempo. Siendo realistas, aún en medio del campo hubiera sido incapaz de guiarme por la posición del sol y las estrellas, como hacían en las películas. No sabía pescar ni cazar, con lo que era cuestión de tiempo que muriera de hambre y sed sin un supermercado cerca. Inconvenientes de ser una chica de ciudad.

A mi alrededor no había más que oscuridad y paredes rocosas. No había que estar muy lúcida para entender que estaba atrapada y sin escapatoria posible. La humedad me hizo estornudar hasta tres veces. Metí las manos en los bolsillos de mis vaqueros en busca de un pañuelo, pero no estaban allí. Lo único que encontré fue una túnica ligera de algodón blanco bordado en colores vivos que no recordaba haber comprado. ¿Seguía dormida? Porque los últimos días no eran más que un recuerdo confuso y sin sentido.

Una nueva oleada de náuseas me golpeó con fuerza. Esta vez, no pude contenerme, busqué un rinconcito junto a una roca y lo dejé ir, sintiéndome asqueada de mí misma, mareada y perdida.

Unas voces me alertaron de que no estaba sola. Aceleré el paso en busca de una salida que no hallé, tenía la impresión de que estaba caminando en círculos, de que mis pasos no eran lo suficientemente rápidos. Las voces estaban aún más cerca. Podía distinguir lo que decían con claridad: se habían percatado de que no estaba en mi nido de colores y estaban buscándome. Tuve que ser ingeniosa, obligarme a mantenerme despierta y alerta a cualquier sonido y movimiento, sabía que aquello podría suponer una diferencia crucial. Tenía ansiedad. Tenía sed, hambre, cansancio y, por encima de todo, tenía miedo. Un miedo atroz que lo arrasaba y lo consumía todo. Empecé a llorar al saberme atrapada y sin salida. Ellos estaban cada vez más cerca. Y yo cada vez me ahogaba más en ansiedad y en mis propias lágrimas.

Me acordé de Ethan, de mi Ethan, aquel que yo había conocido en Londres. Pensé en todas las cosas que nos quedaban por hacer juntos y, por una razón u otra, ya no podríamos hacer jamás. Porque yo no saldría de allí con vida. Y porque, si lo hacía, no quedaba nada del hombre del que me enamoré una vez. Todo era una farsa, una mentira. El anillo de nuestra boda me apretaba con fuerza en el dedo, abrasándome. Tenía las manos hinchadas.

Sin ser siquiera consciente de ello, llevaba rato con la mirada pérdida en una pequeña grieta en la cueva a varios metros de altura. No sé cómo me las ingenié para subir hasta allí arriba en mi estado, y mucho menos, cómo logré adaptar mi cuerpo a la forma alargada y sinuosa de la grieta. Tampoco sabía si aquella maniobra iba a cambiar en algo mi destino.

Sentía claustrofobia. Era tan estrecha que tenía que reptar para entrar y salir de allí, y moverme era un lujo que no podía permitirme. En un espacio en el que el techo quedaba a escasos centímetros de mi cara, no me quedaba mucha más opción que permanecer tumbada todo el tiempo, boca abajo, permitiéndome ver desde esa altura lo que pasaba frente a mí, en el escenario que había a unos treinta metros de dónde yo me hallaba.

Las voces continuaron acercándose, cada vez más nítidas, reclamando responsabilidades por mi desaparición.

—¡Te digo yo que se ha escapado por aquí! —aseguró un hombre rubio con un rostro poblado de pecas al que enseguida reconocí como al actor Charlie Dawn.

—¡Venga, no me jodas, Charlie! No ha podido llegar tan lejos, ¡está drogada! —exclamó un tipo regordete y con un poblado mostacho.

—¡Pues yo te digo que la pendeja no está! —insistió Charlie—. Como se entere el patrón, nos va a lanzar a los tiburones. Tiene que estar todo perfecto para Helga.

—¿Tiburones en Silfrligr Mani? —se burló un tercero, moreno y de gran tamaño—. ¡Aquí lo que nos va a matar a todos es una pulmonía! Estas aguas cortan como cuchillos. En el improbable caso de que la muchacha se haya echado al mar, no va a aguantar mucho tiempo a la deriva. Morirá congelada antes de que la encuentre un pescador.

—Tenemos que encontrarla antes de que se vaya de la lengua y nos delate a todos —respondió el del mostacho.

—¡Olvidaos de la chica ahora! —insistió el moreno—. Tenemos muchísimo que preparar antes de que venga Helga, y os repito que no tiene escapatoria. La única entrada de esta cueva se inunda cada siete horas. Si no conoces el lugar y estás pendiente de las mareas, puedes morir ahogado.

—Igual ha coincidido que le ha pillado bajamar... —sugirió Charlie.

—¡No digas tonterías! No hace ni dos horas que la hemos perdido de vista y estamos en pleamar —insistió el tercero en discordia—.

Además, está drogadísima. Os aseguro que Elena no ha ido a ninguna parte. Y, si de verdad ha escapado, desde luego no llegará a tierra con vida. Propongo que sigamos con los preparativos. Ya informaremos al patrón mañana de esto.

—Como se entere Junior de que tenemos algo que ver con la desaparición de Elena, nos va a matar a todos. —El del mostacho mostró su preocupación.

—¿Desde cuándo te preocupa ese niñato? —se burló el tercero—. Además, si todo sale según lo planeado, Junior creerá que le hemos hecho un favor.

¡No entendía nada! Ethan —o Junior, como ellos lo llamaban— estaba en esa misma cueva, colaborando activamente en mi secuestro. Pero ellos hablaban de él como si fuera alguien completamente ajeno.

Los tres hombres se dieron la vuelta en dirección al escenario. Los vi desembalar cajas, preparando con esmero la escena para el crimen perfecto.

—Silfrligr Mani... —repetí en un susurro—. Siete horas. Pleamar.

Después de ese breve momento de lucidez, sentí una quemazón en el pecho y la garganta. Todo se oscureció a mi alrededor y volví a quedarme dormida.

34

Desperté sobresaltada por los gritos de júbilo, o tal vez fueron las flemas. Me estaba ahogando en mis propios fluidos. Tosí, tosí tanto que me golpeé la cabeza con el techo de mi escondite. Eso me hizo ser consciente de donde estaba, de que no podía moverme, de que estaba atrapada. Me sentía como si alguien me hubiera enterrado viva en un ataúd, solo que, este hubiera sido un chalet con piscina comparado al agujero estrecho en el que me encontraba. Traté de controlar la respiración para no dejar que la ansiedad me llevase por delante.

«*Voy a salir de esta*», me dije. Tenía que ser así.

La única ventaja que tenía mi escondite eran tickets en balcón para ver el show en directo. La Luna de Plata en todo su esplendor. Aquellos lunáticos estaban allí, dispuestos en un círculo perfecto en torno a su líder, que pronunciaba un discurso con voz profunda que no podía entender. Tardé un rato en comprender que estaba hablando en una lengua desconocida para mí, tal vez náhuatl o algún dialecto aún no estudiado, mezcla de la interacción de los nórdicos y los pueblos precolombinos.

La primera sorpresa de la noche vino al descubrir que el líder de la Luna de Plata no era Adrián Duarte, como siempre habíamos dado por hecho, sino ella, Helga Elden Johansen, la prestigiosa científica al cargo de los laboratorios de Massachussets. Una experta en genética que había saltado a la fama por sus revolucionarios tratamientos para combatir enfermedades hereditarias. Supongo que, cuando eres la heroína que ha salvado tantas y tantas vidas, a nadie se le ocurre preguntarte cómo obtuviste la fórmula milagrosa.

Helga vestía un top y una minifalda de ante marrón con pinturas, que apenas tapaban su cuerpo. Llevaba joyas de ámbar y plata, y una elaborada diadema de la misma piedra que no destacaba sobre su pelo rubio.

En un modesto segundo plano, un grupo de hombres y mujeres con taparrabos, plumas, alhajas de piedras semipreciosas y pinturas corporales, entonaban sonidos guturales de ceremonia tribal, acompañados de instrumentos de percusión (como el tambor huéhuetl) y de viento, como la flauta de barro tlapitzalli o el Atecocolli, una caracola con pinturas nativas que producía un sonido grave y profundo.

Identifiqué también el chicahuaztli, un bastón de origen azteca que tenía la forma de un rayo de sol y sonaba al golpearlo contra el suelo, gracias a una esfera en su parte superior que contenía semillas y perdigones de metal. Relacionado con las deidades de la fertilidad y la vida, no me extrañó que fuera precisamente Adrián Duarte, mientras daba su discurso, quien sostenía el bastón como si de una deidad misma se tratase. Me pregunté si todos esos instrumentos serían originales o imitaciones para la ceremonia.

Adrián llevaba el pecho descubierto con pinturas, una especie de penacho de plumas y, por mis averiguaciones anteriores, estaba segura que estaba representando a Quetzalcóatl, el dios mexica de la vida.

A su lado, otro hombre representaría a Huitzilopochtli, el dios de la guerra y los sacrificios humanos, una deidad también relacionada con el sol. Desde mi escondite, no identificaba su cara, pero sí reconocía al joven de pelo rubio platino que representaba al mismo sol: el jovencísimo actor Charlie Dawn. Ignoraba qué relación podría tener con ellos, si estaban genéticamente emparentados o, al igual que Claire y Analisa, se había unido voluntariamente a la causa a cambio de una jugosa contribución económica.

También localicé a Isobel, a quien nunca imaginé interpretando a la diosa lunar Xochiquétzal. Siempre habíamos creído que este papel lo rifaban Claire o Analisa, pero ahora entendía que se requería de alguien de "sangre pura" para ello.

El aire olía dulzón y amaderado, procedente de unas resinas que estaban quemando en el escenario.

En medio de una ovación, Adrián dio paso a un hombre que llevaba la cara cubierta con una careta. Sé que era importante por el revuelo que ocasionó su presencia, aunque no tenía ni la más remota idea de quién se trataba. El sacerdote enmascarado levantó una vasija en alto y, con un cucharón de madera, comenzó a impregnar con ese elixir rojo a Isobel, Helga, Charlie y a Adrián. El líquido teñía sus cuerpos semidesnudos lentamente y ellos clamaban al cielo, bendecidos. Una ovación procedente del público rompió en júbilo.

Aquel acto dio paso a la parte final del ritual, la más grotesca de todas, donde un grupo de jóvenes de ambos sexos se tumbaron en los triclinios, con la espalda arqueada y la pelvis elevada para dejar su vientre en alto. Ellas llevaban tan solo un bikini marrón de ante por toda ropa, —muy similar al atuendo de Helga aunque denotando una menor categoría—, además de un sinfín de joyas de estilo prehispánico, una tiara de piedras azules, y un elaborado maquillaje facial. Ellos, un taparrabos tribal y pinturas corporales en el pecho.

El hombre enmascarado vertió el jugo de las vasijas en el vientre de las muchachas para garantizar la fertilidad, y a ellos les dio a beber un brebaje en una vasija de piedra.

Los gritos de júbilo se hicieron insoportables. Entendí que esa era la señal que indicaba que había comenzado la barra libre. Y así fue, los tres hombres del escenario hicieron los honores de desvirgar a esas muchachas ante una multitud que alababa la hazaña y mostraba su emoción. Helga, Isobel y una tercera voluntaria que subió al escenario, se despojaron de sus ropas e hicieron lo mismo, cabalgando ansiosas sobre los cuerpos vírgenes de dos de los muchachos que había en el triclinio.

Aquello cambiaba por completo la idea machista que teníamos de la Luna de Plata, aunque no por ello lo hacía menos enfermizo. Era arcaico, salvaje y repugnante. Contra todo lo que uno podría esperar, los jóvenes, sin embargo, parecían disfrutar con ese acto tan sucio. ¿Por cuántos años de lavado de cerebro habrían pasado para no ver aquello como una aberración, una violación, un crimen?

Cuando los líderes se dieron por satisfechos, los jóvenes pasaron por un ritual en el que la diosa, aka Isobel, les otorgaba la bendición de la fertilidad, garantizando así que ellas serían las portadoras de los nuevos hijos de sus líderes, y ellos ya estaban listos para procrear.

Me pregunté cuántos hermanos tendría Ethan sin siquiera saberlo, de cuantas edades y procedencias tan dispares. O cuantos hijos, porque no podía seguir ignorando la verdad. Un escalofrío me recorrió entera al ver que él también estaba allí, cogiendo de la mano a una de esas muchachas y llevándosela a una cama con cojines de terciopelo. Llevaba el mismo atuendo de ceremonia que todos los demás, el taparrabos y las pinturas corporales, que acentuaban aún más la definición de sus músculos.

Apreté los ojos con fuerza, no podía ver cómo el mismo que horas (o días) antes se había vaciado dentro de mí diciendo que me quería, ahora le hacía lo mismo a otra por el simple hecho de esparcir su semilla, de sentirse divino. Sentía ganas de vomitar. Me faltaba el aire. Me ahogaba. Quería llorar. Quería...

Ni siquiera sabía qué día era o cuánto tiempo llevaba allí. Cuánto más podría sobrevivir sin comida ni agua. A esas alturas, Gina ya habría denunciado a la policía que nunca había acudido al aeropuerto. Con un poco de suerte, le habrían preguntado a Ethan y se habrían dado cuenta de que él tampoco estaba en Londres, de que nunca había ido a la oficina. Confiaba en la astucia de Logan y Gina para descubrir qué había pasado, sobre todo, porque hacía tiempo que Logan andaba con la mosca detrás de la oreja. Sí, quería creer que todos me estaban buscando, aunque era poco probable que nadie pudiera dar con mi paradero si ni yo misma tenía idea de dónde estaba. Solo sabía que la única manera de salir de esa cueva era cada siete horas. Habrían pasado unas seis desde la última bajamar en la que habían recibido a Helga, según mis cálculos. En breve podría empezar mi huida.

Cuando volví la vista al escenario, todos estaban dirigiéndose a la fiesta privada que tenía lugar en una sala secreta que había aparecido tras las cortinas del escenario. No tenía ni idea de lo que había allí, pero me podía hacer una idea a partir de las memorias de Caerlion. ¿Sería aquella la misma cueva que ella visitó? Ella había comenzado su viaje en México, a miles de kilómetros de allí, pero aseguraba estar drogada, así que podría haberse desplazado en avión sin haberlo sabido. Al fin y al cabo, yo tampoco sabía cómo había llegado hasta allí.

Aunque ella había hablado de un cenote que se inundaba y tuvieron que cruzar a nado, la explicación que había oído a esos tipos sobre el acceso a esa cueva me indicaba que tal vez no se tratara de un cenote, sino del propio acceso a esa misma cueva.

Las siguientes horas hasta que bajó la marea las pasé metida en mi agujero, conteniendo las ganas de llorar, dejándome los pulmones con esa tos ronca que había desarrollado y tratando de no pensar en los gruñidos de mi estómago. Estaba segura de que tenía fiebre por el sudor frío que me recorría la frente. Me dolía la cabeza, notaba las amígdalas inflamadas y me quemaba el pecho. Además, me sentía débil y cansada hasta la extenuación.

No sé cuántas horas pasé mirando a las musarañas adormecida hasta que me animé a salir de allí. Había perdido la noción del tiempo. El hambre y la sed fueron mi mayor motor para arriesgarme a hacerlo, convencida de que, si no me mataban ellos, lo haría la inanición.

La única manera de salir de allí fue del mismo modo en el que había entrado: reptando. Uno no entiende el significado de la palabra claustrofobia hasta que se ve obligado a hacer algo así. La túnica se me quedó enredada a la altura del pecho y no podía bajármela, no tenía espacio para doblar los brazos y hacer algo tan simple. Seguí reptando boca abajo, raspándome la cara con la roca. También me arañé la piel en los muslos, en las piernas, en la espalda.

En algún momento, me vi incapaz de seguir. No tenía fuerza en los brazos. No podía moverme. No podía respirar. Empecé a hiperventilar. No iba a lograrlo, no iba a conseguir salir de allí. Perdería el conocimiento y ellos me acabarían encontrando.

Las lágrimas comenzaron a recorrer mi rostro, congestionándome la nariz aún más de lo que ya estaba. Tenía que recobrar el control de la situación y seguir luchando por salir de allí, pero no podía parar de llorar. Estaba mareada y quería vomitar.

Gina me había dicho en una ocasión que la manera en la que ella lidiaba con las situaciones extremas era cerrando los ojos e imaginándose que estaba en un lugar completamente distinto, un sitio donde nada ni nadie podría hacerle daño. Cerré los ojos y me imaginé en una bonita playa de México. Supongo que la rabia que sentía hacia Ethan lo borró por completo de mi memoria. En mi recuerdo feliz solo estaba Gael, ese mismo verano, enseñándome las tortugas del Gran Cenote. El subconsciente me jugó una mala pasada. Esa misma noche, Ethan y yo hicimos temblar los cimientos de la habitación del hotel. Acordarme del modo en que me besaba, la suavidad con la que sus manos recorrían mi piel y me acariciaban, hizo que mi cuerpo entrara automáticamente en calor. No podía olvidarme de todo de la noche a la mañana. No podía. Lo que sí podía hacer era sacar fuerzas de dónde no las tenía para luchar. Porque necesitaba salir de allí y vengarme. Necesitaba contarle al mundo entero lo que había visto en esa cueva y quien era su líder. Que Ethan McGowan era uno de ellos.

Olvidé el dolor que me habían provocado los golpes y las rozaduras, ignoré la claustrofobia y el hecho de que reptaba a ciegas sin saber qué había al otro lado. En algún momento, mis pies tocaron tierra firme y di el último empujoncito que necesitaba para seguir deslizándome. Cuando todo mi cuerpo estuvo fuera, tropecé contra las rocas. Me sentía tan entumecida que no lograba mantenerme en pie.

Mi vestido blanco tenía sangre fresca que no me molesté en descubrir de dónde procedía. Necesitaba salir de allí. Me encogí por el frío, buscado a mi alrededor una posible salida a esa cueva. Situándome en dirección opuesta a la ceremonia, decidí adentrarme por uno de los túneles, pensando que aquella decisión no tenía ninguna base sólida, pero a veces había que arriesgarse. Cuando empecé a encontrar pequeños charcos de agua, sonreí. Si la salida realmente se inundaba, esa era una buena señal.

Me metí de lleno en los charcos sin pensarlo demasiado. El agua estaba tan fría que cortaba la piel, pero seguí caminando, convencida de que iba por el buen camino.

—¡Joder! —exclamé con fuerza. Afortunadamente, todos estaban fornicando como bestias en la sala del pecado y nadie podía oírme.

Algo me había cortado la piel. Bajé la mirada a mis pies descalzos y vi que las rocas eran más afiladas en esa zona, vírgenes. Aquel no era el camino correcto, estaba buscando algún tramo de la cueva que estuviera desgastado por el ir y venir de gente durante generaciones. Decidí cambiar de rumbo, ignorando que estaba sangrando y tenía los pies blanquecinos del frío y la humedad.

A mi derecha, se abría otro túnel con pequeños charquitos, y a la izquierda, un tercero donde el agua me llegaba a la altura de los tobillos. Miré las marcas que el agua había dejado en la pared, creando un juego de contrastes que no tenían los otros dos túneles. Había musgo en el techo y en uno de los laterales. Decidí adentrarme con prisas, omitiendo el dolor de mi pie herido y el hecho de que no sabía a qué hora se inundaría el túnel, solo que no quería estar allí para descubrirlo.

Cuando me adentré en el túnel, ya no había ni un haz de luz. Podría haber estado rodeada de gente y yo no saberlo porque no veía absolutamente nada. Tuve otro ataque de pánico al no saber qué estaba pasando. Oía el sonido del agua no lejos de mí, pero con el eco de la cueva, era una información vaga e imprecisa. Me apoyé en la pared húmeda y musgosa sintiendo un escalofrío de repelús, el tacto del musgo siempre me provocaba esa reacción. Estaba hiperventilando de nuevo, sufriendo otra crisis de ansiedad, sola, en medio de ninguna parte. Los consejos de Gina vinieron al rescate de nuevo:

—*Cuando estoy a punto de darme por vencida, me aferro a algo que sea solo mío y me dé fuerzas para seguir, un amuleto.*
—*¿Y cuál es ese amuleto?* —pregunté yo.
—*La pulsera que siempre llevaba mi madre. No me la he quitado ni un solo día desde que murió.*

Me palpé los dedos para asegurarme de que el que siempre había sido mi amuleto seguía allí. Aunque ahora representara la mayor decepción de mi vida, una traición que ya nada podría curar, también representaba los momentos más felices de los últimos años. Una vida a la que necesitaba regresar para romperla y empezar de cero.

Suspiré cuando las lágrimas invadieron de nuevo mis ojos. Logan tenía razón. ¿Cómo iba a ser capaz de mirarle a la cara sin romperme en mil pedazos? ¿De denunciarle y meterle en la cárcel, si salía con vida de esta?

Tomé aire y me incorporé. Tenía que vencer mi miedo a lo desconocido. Algún día pasaría todo y me reiría de esto. Sí, me iba a reír cuando todos esos lunáticos estuvieran pudriéndose en la cárcel.

Las paredes del túnel se estrecharon, lo sé porque iba palpándolas con ambas manos para saber por dónde iba pisando y mis codos cada vez estaban más cerca. El sonido del agua se intensificó y el destello de un haz de luz en la lejanía me dio algo de esperanza. En algún lugar, no muy lejos de allí, había una grieta por la que se filtraba la luz. La humedad también se hizo mayor a medida que me acercaba al torrencial de agua, porque sí, desde donde me encontraba, podía oír el sonido de una cascada. Unos pasos más...

Lo que vi entonces me dejó tan maravillada, que olvidé dónde ponía los pies. Me resbalé en el último tramo del túnel, cayendo de culo sobre un suelo encharcado y rocoso. Mi trasero amortiguó parte del golpe, pero sentí un dolor agudo en la rabadilla que me nubló la razón.

Mi vestido estaba empapado, aunque eso no parecía importar ante la perspectiva que tenía por delante. Alumbrada por varios focos de luz artificial bajo el agua, me encontré una piscina natural que iba llenándose a través de una pequeña cascada que había en un lateral. No parecía cubrir mucho, probablemente el agua me llegara poco más que a la cintura, pero no tenía ninguna duda de que estaba helada. Suspiré emocionada al darme cuenta de dos cosas. La primera era que aquel lugar de aguas plateadas era el famoso "cenote" del que Caerlion me había hablado, esa cueva de agua natural que tuvo que atravesar a nado para alcanzar la puerta que daba acceso a la cueva de las ceremonias. Solo que yo me encontraba en el lado opuesto.

Si estaba en lo cierto, paralelo a mi túnel, tenía que haber una puerta que llevara directamente a su zona de perversión. Al otro lado de la piscina, encontré el famoso túnel de salida que se iba inundando a medida que el agua se filtraba por la cascada.

Lo segundo que observé fue que, si la cascada estaba llenando la piscina, solo podía querer decir que estábamos en pleamar, y el tiempo de cruzar el túnel se me agotaba. La simple idea de esperar otras ocho horas allí, de regresar a mi escondite, se me antojaba imposible.

Tal vez no fue la decisión más inteligente, pero, ante esa falta de opciones, me lancé al agua y nadé todo lo rápido que mis extremidades me permitieron. No tardé en cruzar la piscina y adentrarme en el túnel. Miré hacia atrás una última vez, quería retener todos esos detalles en mi retina, la belleza de aquel lugar digno de las películas de fantasía, el acceso a la fuente de todas mis futuras pesadillas. Y, entonces, la vi. Justo a la izquierda del túnel del que yo procedía, había unas escalones que corrían desde el agua hasta una puerta recubierta en piedra. Supuse que ese era el lugar por donde se entraba directamente a las instalaciones de la cueva, a ese resort de pecado y perdición que habían construido en su interior.

No me detuve a pensarlo demasiado cuando me adentré en aquel túnel oscuro en el que el agua me llegaba ya a la cadera. Fue una locura, pero no tenía tiempo.

Caminar en la oscuridad cuando no sabes qué hay bajo tus pies y el agua helada te impide avanzar, no es una experiencia que recomendaría a nadie. Un sistema de tuberías que había en el techo me sirvió de ayuda para conseguir avanzar por ese túnel que parecía no tener fin. Sé que en algunos tramos tuve que subir escaleras, disminuyendo así la altura del agua, para descender de nuevo en otros tramos donde el agua no paraba de subir.

Cuando me quise dar cuenta, el agua me alcanzaba los hombros y yo aún no veía ninguna salida. Reactivé la marcha sin detenerme ni un segundo a pensar en qué podría pasar si no salía con vida de allí. No era una opción. Y dar media vuelta, a esas alturas, no solucionaría nada.

El agua comenzó a rondarme el cuello. Mi respiración se volvió irregular, jadeante. No me quedaba mucho tiempo hasta que el túnel se inundara por completo. Aceleré la marcha, aferrándome a mi anillo como si fuera la respuesta a todas mis plegarias. Ese no era mi final, no podía serlo. Me quedaban aún tantas cosas por hacer...

El agua me alcanzó la barbilla. A lo lejos, vislumbrada con ilusión un arco de piedra del que procedía un débil destello de luz. No iba a lograrlo, el agua no paraba de subir y, con esa oscuridad, era imposible determinar la distancia.

Seguí caminando, con el agua cubriendo mi boca y la ansiedad oprimiéndome el pecho. Estaba tan nerviosa que ya no sentía frío, solo un vacío en el alma que pesaba.

A medida que me acercaba a la luz, me costaba más y más respirar. Mi cuerpo flotaba hasta hacer que mi cabeza rozara el techo, entrándome agua por la nariz y la boca, ahogándome. Encomendé mi destino a aquel dios católico en el que nunca había creído, pero al que siempre acudía cuando necesitaba protección. A los dioses que moraban esa cueva y eran responsables de esa locura. A todos ellos les recé y rogué por un golpe de suerte, porque el arco que mis ojos creían tan lejano estuviera en realidad a solo unos pasos de mí.

No sé cuál de ellos fue el que escuchó mis plegarias, solo que, cuando estaba a punto de rendirme, mi cabeza golpeó con el arco inundado que señalaba la salida. Contuve la respiración, me adentré en el agua y buceé para atravesar el arco, rezando porque al otro lado estuviera por fin el mar.

35

Me desperté vomitando agua salada. A mi lado, un hombre de unos sesenta años, corpulento, con el pelo canoso y la cara roja, me miraba con preocupación. Estaba bebiendo algún líquido caliente en un termo azul que guardaba en una mochila. No recordaba cómo había llegado a esa barca. Encontré mi vestido mojado en una bolsa. Me palpé la ropa con signos de confusión y comprobé que llevaba puesto una especie de abrigo de nieve que apestaba a pescado. Y debajo, nada. El pánico se apoderó de mí. A mi alrededor solo había agua, y estaba demasiado débil, aunque plenamente consciente. Escapar tampoco era una opción.

—Lo siento, estabas congelada. Tuve que quitarte la ropa para ponerte algo de abrigo y que entraras en calor —respondió el hombre, leyendo mis pensamientos—. Estaba esperando a que despertaras para ofrecerte algo de beber. También tengo gachas de avena. Por los gruñidos de tu estómago, diría que estás muerta de hambre.

Negué con la cabeza. Una tos ronca y congestionada fue todo lo que salió de mi garganta, o al menos, antes de seguir vomitando al otro lado de la barca.

—Estás deshidratada. Has tragado mucha agua salada, pequeña. —Me sirvió una taza de té y un cuenco con gachas a pesar de que yo no lo había pedido—. Soy Arran, y antes de que te preguntes qué estás haciendo en mi barca, te diré que te encontré flotando a la deriva no muy lejos de aquí. Por un momento, pensé que estabas muerta. ¿Cómo te sientes?

Le miré con desconfianza, a pesar de que aún no me había dado motivos para ello. Acababa de darme cuenta de que él estaba pasando frío porque me había dejado a mí su ropa.

—¿Hablas inglés? —tanteó al ver que no contestaba.

—¿Dón... dónde estamos? —pregunté al final.

—Cerca de la costa de Carmel Head, ¿dónde creías que estabas, muchacha?

—¿Carmel Head? —repetí aturdida—. Eso es... ¿Gales?

—Isla de Anglesey, concretamente. ¿Qué es lo último que recuerdas?

—Edimburgo —respondí confusa.

—¿Edimburgo, en Escocia? —repitió aturdido—. Creo que aún te dura la conmoción. Mi teoría es que debiste de caerte de algún barco, tal vez rumbo a la Isla de Man. Te encontré cerca de Goleudŷ Ynysoedd y Moelrhoniaid. ¿Te suena de algo lo que estoy diciendo?

—No he oído hablar de ese lugar en mi vida.

—¿No? Hay una leyenda negra en torno a ese faro. Lo construyó William Trench en 1717 y, no mucho después, perdió a su hijo en las rocas. Desde entonces, ha desaparecido mucha gente allí, ¿sabes? Aquella es una isla maldita. Hace unas décadas estuvieron investigándola por unos asuntos turbios con una secta, pero nunca se llegó a demostrar nada. Y, recientemente, se ha puesto de moda para observar la flora y fauna de Gales. Puedes ver delfines y tiburones peregrinos en un día tranquilo. —El pescador me miró con seriedad—. Estoy hablando demasiado, ¿verdad? Mi mujer dice que a veces lo hago.

—¿Cómo dices que se llama la isla dónde me has encontrado? En inglés, por favor. No habló galés...

—The Skerries.

—¿Estamos cerca de The Skerries? —me incorporé y le miré con detenimiento. Al sentarme, me di cuenta de que me dolían las costillas.

—Creo que te has dado una buena tunda con las rocas —confirmó con tristeza—. Y tienes algo de fiebre. No estamos demasiado lejos de mi casa, propongo llevarte allí y que descanses. Mi mujer te preparará un baño caliente y algo de comida en lo que viene un médico a verte. ¿Estás registrada en el NHS[29]?

—Sí, en Inglaterra. Necesito llamar a alguien. ¿No tendrás un móvil que pueda usar?

---

[29]Servicio Nacional de Salud, NHS en sus siglas en inglés (National Health Service).

—Sí, pero aquí no hay cobertura. Podrás llamar a quien quieras desde casa.

Le miré sin terminar de fiarme, pero no estaba en condiciones de rechazar la hospitalidad de nadie.

Cuando llegamos a tierra firme, caminamos hasta una humilde vivienda en la costa donde una mujer regordeta con los ojos verdes y las mejillas sonrosadas me miraba con preocupación.

—*Hylô*! —El pescador saludó a su mujer en galés y le dio un fuerte abrazo—. La pesca de hoy incluye una muchacha. Me la encontré flotando junto al faro. Habla inglés, pero no he conseguido que me diga su nombre.

—¡Mi niña, pero si estás helada! —La mujer se acercó a mí con actitud maternal—. Me llamo Eirian. ¡Bienvenida a mi hogar! ¿Y tú cómo te llamas, tesoro? ¡Tienes la cara llena de rasguños! ¿Qué te ha pasado?

—Lo último que recuerda es que estaba en Edimburgo, pero yo creo que se ha golpeado la cabeza con las rocas —explicó su marido—. Y ha tragado mucha agua, tiene los pulmones llenos de sal. Deberíamos llamar a un médico para que la examinaran.

—Estoy bien —mentí. No quería ducharme en esa casa ni que llamaran a ningún médico. Solo quería irme a casa.

—Tienes la misma talla que mi hija, podrás usar su ropa —aseguró la mujer—. Vamos adentro, tesoro. He preparado un guiso de cordero que es para morirse.

En otras condiciones, hubiera rechazado la oferta, pero estaba muerta de hambre hasta el punto de sentir dolor en el estómago.

—Necesito llamar a alguien, por favor —insistí.

—Claro, tesoro, puedes usar mi teléfono.

La mujer me dio un móvil que fue moderno allá por el año 2000, y me dejó sola en el salón para que llamara a quien quisiera. No había muchos números que me supiera de memoria. Mi instinto de protección descartó automáticamente la idea de llamar a Casper a riesgo de que alguien le localizara. Gina estaba en Bali, así que solo me quedaba una opción. Marqué el número ilocalizable de Logan, que tardó un par de tonos en responder.

—¿Quién es? —preguntó cortante y seco como solo él podía serlo. Mi carta de presentación fue una tos incontrolable que casi me hizo vomitar—. ¿Elena, eres tú?

—¿Cómo demonios puedes saber que soy yo?

—¿Dónde cojones te has metido? ¡Estamos todos preocupadísimos por ti! ¡Llevas cuatro putos días sin cogernos el teléfono!

—¿Cuatro días? —Acababa de volarme la cabeza—. ¿Qué día es hoy?

—¡Deja de fumar porros, Elena! ¿Tú sabes lo preocupada que tienes a Gina? Si no fuera porque Junior nos dijo que estabas bien... Gina te va a matar con sus propias manos.

—Un momento, ¿cómo que Ethan os ha dicho...? ¿Habéis hablado con Ethan?

—¡Pues claro que hemos hablado con Ethan! Bueno, Gina lo hizo. Perdió el vuelo a Bali por estar esperándote en el aeropuerto. Cuando Ethan le dijo que te habías tomado unos días para ti, casi le da algo.

—Escúchame, no sé qué estás diciendo. Lo cierto es que me encuentro fatal y estoy muy confundida. Solo sé que yo no me he tomado ningunos días para mí, eso te lo aseguro.

—¡Pues tu marido es un mentiroso patológico entonces! Aunque no sé por qué me sorprende...

—¿Cuándo ha hablado Gina con él? Ethan estaba conmigo en la cueva y es imposible que tuviera cobertura.

—¿De qué cueva me estás hablando, Elena? —Logan estaba a punto de perder la paciencia—. Gina le ha visto prácticamente todos los días desde que le dejaste. O estaba hecho polvo o es un actor de primera. —Suspiré confundida al otro lado de la línea—. ¿En serio no sabes de qué te hablo?

—No, y no me gusta cómo suena.

—¿Tu crisis existencial? —insistió. Yo negué con la cabeza, aunque él no pudiera verme—. Ethan le ha contado a Gina que le mandaste un mensaje diciendo que tenías una crisis existencial y necesitabas tiempo para ti sin que nadie te molestara. Desde entonces, no has parado de postear fotos en Instagram con frases de esas super profundas que le han hecho pensar a todos tus amigos que has perdido el rumbo.

—Si me conoces un poco, sabes que yo jamás haría eso.

—Pues tus amigos creen que tienes una crisis de puta madre, y tu marido está que trina.

—¡Ethan está mintiendo! —aseguré—. Y me sorprende que Gina y tú os lo hayáis tragado. Los dos sabíais que estaba enamoradísima de mi marido, ¿por qué iba a dejarle y a desaparecer sin darle cuentas a nadie?

—Eso es verdad, estás idiotizada con ese gilipollas. Algo no tiene sentido... ¿Dices que estabas en una cueva? ¿Y que Ethan estaba contigo? —De nuevo, asentí—. ¿Qué hacías allí? ¿Cómo puede Ethan estar contigo y con Gina a la vez?

—No lo sé, Logan, ¡no lo sé! —Me alteré, pues yo misma no encontraba sentido a mis palabras—. He estado un tiempo drogada, igual Ethan estuvo en Londres mientras yo dormía.

—¿Te estás drogando?

—¡No, joder! ¡Ellos lo han hecho! Y me han robado el teléfono. —Me llevé la mano a la cabeza, como si así pudiera aminorar su dolor. Estaba ardiendo—. Deberías ser más observador, Logan. Es la segunda vez que te pasa esto.

—¿De qué hablas?

—Laura. —Bastó pronunciar ese nombre para que Logan entendiera que le estaba hablando de su anterior compañera de misión, quien también había desaparecido años antes con una supuesta repentina crisis de ansiedad.

—¡Me cago en la puta! ¿Dónde cojones estás, Elena?

—¡Te estoy diciendo que no lo sé! Un pescador me encontró a punto de morir ahogada cerca de The Skerries, creo que estamos en una cabaña de Carmel Head. —Las lágrimas comenzaron a recorrer mi rostro, interrumpidas de vez en cuando por una tos seca que hacía que mi pecho quemara. Logan decía algo, pero yo no le escuchaba—. Lo he encontrado, Logan. El lugar que estábamos buscando, he estado allí, yo...

—¡Olvídate de eso ahora! ¡Necesito saber dónde estás! —Una nueva crisis de tos seca respondió por mí—. ¡Joder! ¡Necesitas que te vea un puto médico con urgencia! Podrías tener una neumonía.

—Necesito que vengas a buscarme. Trae mantas, comida, agua, ropa, medicinas, zapatos… —Mi tos volvió a interrumpirme—. Llama a Gina, dile que estoy bien y que no le diga nada a Ethan. Ni a Casper.

—Sí, sí.. Necesito que me envíes la dirección exacta. El tipo ese que te ha rescatado, ¿te inspira confianza?

—¡Yo qué sé! ¿Me inspiraba confianza mi marido?

—Escúchame con atención: voy a ir a buscarte, pero estoy a nueve horas de allí en coche. No me gusta ni un pelo la tos esa que tienes y no quiero que me cuentes nada más por teléfono. Intenta comer algo y que te vea un médico. —Asentí con la cabeza, aunque él no podía verme—. ¿Podrías pasarme al pescador? Necesito algunas indicaciones sobre cómo llegar allí.

Dejé a Logan al teléfono con Arran mientras su esposa me ofrecía ropa limpia y me guiaba hasta el baño.

Disfruté aquella ducha caliente más que si fuera un jacuzzi en el mejor hotel de cinco estrellas. Tenía el cuerpo entumecido de haber contraído los músculos por el frío, tenía arañazos en los muslos, cortes en los pies, y las costillas doloridas, probablemente de la tos que no encontraba descanso.

Me sequé el pelo a conciencia por miedo a que la humedad me empeorara, me puse unos vaqueros que me estaban algo largos, una sudadera polar negra y una camiseta de manga larga del mismo color. Por suerte, su hija tenía varios paquetes de ropa interior sin usar de una cadena de ropa barata. También me prestó unos calcetines de lana que hicieron que mis pies se sintieran como nuevos.

Cuando salí del baño, el médico me estaba esperando en el salón. Me sentía nauseabunda y ya no tenía hambre. Me llevaron a una habitación adolescente —que deduje que era de la hija de los pescadores, que se encontraba de campamento en Lake District— y me hicieron un chequeo completo, además de un montón de preguntas que no pude o quise responder.

—Nos gustaría hacerte una radiografía de tórax. Podrías tener un esguince intercostal y sospecho que principio de neumonía —explicó la médica—. Te voy a dar antibióticos y algo para bajar la fiebre, pero deberían verte en el hospital. ¿Cuánto tiempo llevas enferma?

—No estoy segura... Unos cuatro días.

—Unos cuatro días. ¿Dónde has estado esos cuatro días? Me ha dicho ese hombre que te encontró vagando en el agua y que no recuerdas nada... —La miré sin saber si podía fiarme de ella o no y decidí mantener mi silencio. La doctora me analizó en silencio y bajó el tono de voz—. Te llamas Elena, ¿verdad? Eso dice tu ficha —asentí—. Elena, ¿te ha hecho alguien algo? —Miré para otro lado y me negué a contestar, mientras una neumonía de palabras rotas me enquistaba el alma. La médica suspiró con frustración y buscó mi mirada—. Elena... quiero ayudarte, pero necesito que pongas un poco de tu parte. No es la primera vez que aparece una mujer de tu edad en esas aguas. Las anteriores tampoco recordaban nada y también sufrieron enfermedades respiratorias. —De repente, le presté toda mi atención. Sabía de sobra de qué hablaba—. Si no quieres hablar, lo entiendo. Pero me gustaría que te examinaran en el hospital en busca de cualquier signo de violación.

—No me siento violada —dije al fin.

—Pero te han drogado, ¿verdad? —adivinó ella. Supuse que no era la primera vez que oía mi historia—. ¿De dónde han salido los moratones?

—Me he golpeado con las rocas.

—Ya...

—Dime una cosa, ¿qué ha sido de esas chicas ahora?

—¿A qué te refieres?

—¿Murieron en accidente de coche? ¿Infarto a los veinte? ¿Les cayó un platillo volante encima?

—Me temo que no conozco a todas, fue hace un montón de años. Conocí a una de esas chicas y sé que está viva y feliz con su vida. Vive en Swansea con su marido y sus dos hijos. Es cierto que le costó mucho rehacer su vida, pero buscó ayuda y salió adelante.

—¿Qué tipo de ayuda?

—Profesional —dijo, insinuando que yo también iba a necesitarla.

—Estoy bien.

—Seguro que sí. Pero me quedaría mucho más tranquila si me acompañaras al hospital y dejaras que alguien te examinara.

—Necesito comer algo, hace días que no me llevo nada a la boca. Y, a la vez, quiero vomitar.

—¿No has comido en días? —repitió consternada—. Te daré un sándwich y un zumo en el hospital. Creo que sería mejor hacerte las pruebas en ayunas, tal y como estás ahora mismo. Sé que igual un sándwich no parece suficiente, pero si te das un atracón, vas a dañar aún más el estómago.

Agradecí la hospitalidad de la pareja, escribí a Logan para decirle que estaría en el hospital, y dejé que me llevaran hasta allí en la ambulancia.

Las siguientes horas en una camilla del box esperando los resultados fueron un batiburrillo de emociones. Nada de lo que había vivido me parecía real. La enfermera estaba segura de que la quemazón que sentía en los dedos de los pies eran sabañones por la congelación. La fiebre había bajado considerablemente con los medicamentos, pero seguía vomitando todo lo que consumía por culpa de la sal ingerida, las drogas, o vete tú a saber qué. Me inyectaron suero y algún calmante que hicieron que me quedara dormida. También me pusieron una máscara con oxígeno que le facilitó el trabajo a mis pulmones.

Me desperté de nuevo cuando una enfermera con la voz más dulce que había oído jamás me meció para darme los resultados.

—Siento haberte tenido esperando, urgencias está a tope hoy. Tengo buenas y malas noticias para ti. La buena es que no hay signos de violación ni de violencia física. —Tan pronto oí esas palabras, mi corazón recuperó la capacidad de latir. Reconozco que había llegado a dudarlo—. Por otro lado, no hay costillas rotas, lo que es bueno. El dolor que tienes parece un esguince intercostal y lo trataremos con cintas kinesiológicas por el momento. Siento decirte que, mientras no curemos esa tos, el esguince va a ir a más, así que te he prescrito antibióticos para la neumonía, inhaladores, antiinflamatorios, agua, dieta blanda, y mucho, mucho reposo. Deberías buscar un fisio cuando te encuentres mejor. Si el dolor se hace muy fuerte, puedes intercalar el paracetamol con codeína. ¿Serás capaz de recordarlo todo o se lo repito a tu hermano?

—¿Mi hermano?

—Está ahí fuera esperándote, un joven encantador. No podéis negar que sois familia con ese pelo cobrizo.

Sonreí al entender que Logan por fin había llegado. Me dieron el alta y salí a la sala de espera a abrazarle, ignorando el fuerte dolor de mis costillas. Nunca antes me había alegrado tanto de ver un rostro conocido.

Después, rompí a llorar.

36

—No pienso quedarme aquí. Logan había conducido hasta Edimburgo y no se le ocurrió nada mejor que hacer noche en casa de Ethan. ¡No, no y no!

—Pues me temo que ese es el plan, Caoineag, y no es discutible. —Paró el motor y bajó del coche, estirando las piernas dramáticamente. Yo no daba crédito.

—¿Has oído una sola palabra de lo que te he contado?

—Sí, pero no me lo creo. Por cierto, Gina ha preguntado por ti mientras dormías. Deberíamos llamarla para que sepa que estás bien. Está muy preocupada. ¡Ah! Y de paso llama también a Junior, se tiene que estar volviendo loco el pobre…

—Un momento… ¿Qué? —Puse los brazos en jarras—. No sé si estoy más en shock por lo de que no me crees o por lo de que quieres que llame a Ethan.

—Será mejor que hablemos en casa…

—¿Es que no me estás escuchando? ¡No pienso poner un pie en esa casa! ¡No quiero tener nada que ver con Ethan McGowan en lo que me resta de vida! ¡Y no voy a descansar hasta que le vea pudriéndose en la cárcel!

—Elena, escúchame… —Logan miró a ambos lados de la calle para asegurarse de que estábamos solos—. No es que esté dudando de tu palabra. Tú dices que has visto a Ethan en esa cueva y estoy seguro de que hay una razón perfectamente lógica para ello, drogas o algo así… —Quise interrumpirle, pero me detuvo—. Yo te digo que no era Ethan. Gina me ha contado que Mike y Casper han estado con él cada tarde desde que te fuiste. ¡Está destrozado! Convencido de que le has dejado.

—Entonces crees que estoy mintiendo y que Ethan dice la verdad.

—Yo no he dicho eso. Lo que creo es que está pasando algo que no entendemos y necesito más tiempo para descubrir de qué se trata. Me temo que vas a tener que tener un poco de fe en mí y mucha paciencia.

Subí a casa a regañadientes. Es extraño cómo funciona el cerebro porque, a pesar del dolor y la rabia, tan pronto entré en esa casa, me sentí a salvo. Me vinieron a la cabeza todos los buenos momentos que había pasado entre esas paredes, pero pronto se mezclaron con flashbacks imprecisos en los que veía con claridad a Ethan dándome de beber de ese brebaje, colaborando activamente con ellos, follándose a esa menor. Me llevé una mano a la cabeza.

—Tranquila —agregó Logan al ver que mi ánimo se venía abajo—. Aún estás muy confundida, el médico dijo que tardarías varias semanas en encontrarte mejor. ¿Te importa si llamo a mi mujer un momento?

Negué con la cabeza y me dirigí a la habitación de Ethan con las lágrimas resbalando por mis mejillas. Logan, quien siempre aprovechaba cualquier excusa para posicionarse contra él, estaba convencido de que era inocente. Pero yo sabía bien lo que habían visto mis ojos, lo que había sentido, y nadie podría negármelo. ¿Y si Logan también estaba compinchado con ellos? Al fin y al cabo, trabajaba con Duarte en ese maldito hotel.

Una vez en el salón, me dejé caer en el sofá y encendí el portátil para acceder a mis redes sociales y borrar todos esos posts que Logan decía que yo había publicado, pero me fue imposible. Alguien se había tomado las molestias de cambiar la contraseña. Tantas medidas absurdas de protección y, a la primera de cambio, alguien me robaba la cuenta y no podía hacer nada.

Logan apareció de nuevo en el salón y me dedicó una radiante sonrisa. Sé que él mismo se sentía perdido con la situación, tratando de encontrar el modo de animarme cuando mi mundo se había hecho pedazos.

—Mi hijo ha dicho sus primeras palabras y me lo he perdido —lamentó por romper el hielo.

—Lo siento.

—No te preocupes. Si se parece a su madre, voy a tener tiempo de oírle hablar… —bromeó—. Elena… Sé que lo que has vivido ha sido bastante traumático, y quiero que sepas que estoy contigo en esto, aunque antes haya podido parecer lo contrario.

—Parece lo contrario —corroboro.

—Tienes que estar preparada para lo que se te viene encima.

—¿De qué hablas?

—Te van a interrogar. La agencia —aclaró—. Eres la primera superviviente a la que tenemos acceso y tu testimonio es de vital importancia.

—Estaba drogada, Logan. No recuerdo gran cosa y, lo que recuerdo, al parecer no resulta creíble…

—Eso es mejor que nada. Necesito que hagas un esfuerzo. ¿Quiénes eran esos tipos? ¿Sabrías encontrar la cueva?

—Lo siento, ya te he dicho que solo recuerdo cosas aleatorias de las que ya habrás oído hablar antes: plumas, música, colores, esa maldita ceremonia… A Ethan discutiendo con tres tipos, y… Agua, mucha agua. —Empecé a agitarme de nuevo al recordar lo que había vivido para salir de allí. Los ojos se me llenaron de lágrimas.

—Ey, ¡está bien! —Logan me estrechó con fuerza entre sus brazos—. Está bien Caoineag, todo va a ir bien.

—¡Casi muero ahogada, Logan! ¡Pensé que no salía de allí! —lamenté a lágrima viva—. ¡No puedo creer que Ethan me haya hecho algo así! Pensé que él me quería y no soy más que otra víctima de sus juegos, otra estúpida que, aun estando al día de todo, ha caído en su trampa mortal. ¡Deberíamos irnos de aquí! Deberíamos…

Me derrumbé y no pude seguir hablando, aunque sí tosí, y mucho. Logan me arrulló entre sus brazos y me prometió que todo iría bien, que no dejaría que me pasara nada y que esos hijos de puta iban a caer. Llevaba años oyendo la misma cantinela, pero esta vez era distinto. Porque, a pesar del caos que tenía en mi cabeza, de las ganas de venganza, no podía concebir la idea de que le pasara algo a Ethan. Así de estúpida era.

El portátil de Logan empezó a rugir con furia. Me giré y vi la foto de Gina con el nombre secreto de "Mandy" flotando en la pantalla. Ni siquiera me preguntó si quería responder, él sabía que Gina estaba preocupadísima por mí.

Las siguientes dos horas las pasamos hablando de lo que había visto y vivido, extrayendo cada minúsculo recuerdo de mi mente. En ningún momento pusieron en duda mi palabra, excepto en cuanto al hecho de que había visto a mi marido allí.

—Te digo que es imposible. No era Ethan —dijo una Gina tajante.

—Ya sé que sois amiguísimos de la muerte, pero si su mujer te está diciendo que le ha visto, es que le ha visto —repliqué.

—Su mujer tiene fiebre y un montón de traumas ahora mismo —replicó ella—. Y te recuerdo que estabas drogada.

—No lo estaba cuando salí de esta misma casa —me defendí—. Y Logan tiene esos malditos videos del hotel en los que se ve a Ethan pavoneándose como una estrella de rock trasnochada, magreándose con varias mujeres y pegándole a la cocaína de lo lindo. ¡Yo misma lo vi!

—Ya, en cuanto a los videos... —Logan rompió su mutismo.

—¿No se lo has dicho? —interrumpió Gina.

—¿Pero tú la has visto? ¡Si no me deja ni hablar!

—¿Decirme el qué? —interrumpí, molesta porque estuvieran hablando de mí como si no estuviera delante.

—¿Tampoco le has enseñado la foto? —Gina suspiró y empezó a insultar a Logan por su ineficiencia. Entendía que estaban alterados, pero que se enfrascaran en una discusión en un momento así, me puso aún más histérica.

—¿Me podríais explicar de qué cojones estáis hablando? —insistí de malas maneras.

—¿Te acuerdas de la foto que nos iban a mandar los padres de Jane? La del novio misterioso de su hija —preguntó Logan, en referencia a la familia de Applewood que habíamos visitado unos días atrás—. Matthew me la ha enviado. ¿Quieres verla?

No me dio opción a responder, la buscó en el teléfono y me la enseñó ante las continuas protestas de Gina porque era demasiado brusco. Dejé de escuchar su discusión de parvulario tan pronto contemplé la imagen de Jane McDowall acaramelada con Ethan. Otra idiota que tenía en común conmigo más de lo que yo quería reconocer.

El pensamiento me dio ansiedad al entender que era cuestión de tiempo que yo también muriera de sobredosis.

—¿Algún pensamiento que quieras compartir con nosotros? —preguntó Logan.

—¡Logan! —protestó Gina—. ¿No crees que ya está bastante confundida sin tu ayuda? Estás liando más las cosas. Se supone que ibas a probarle que Ethan es inocente, ¡y parece que estás haciendo justo lo contrario!

—¡Yo no estoy haciendo lo contrario! —Se justificó Logan—. ¡Elena sabe de sobra que este es Christopher y no Ethan! —Le miré perpleja, ¿de qué estaba hablando?— Porque lo sabes, ¿verdad, Elena?

—Lo que veo es que Christopher y Ethan son la misma persona —razoné.

—¡No, no y no! —exclamó Gina desesperada—. ¡Parece mentira que yo tenga que decirte esto! Fíjate bien en la foto: Ethan es más alto y menos musculoso. ¡Este tipo está cuadrado! Y sus ojos son de un verde azulado. Los de Ethan tiran más a miel.

Estaban tan concentrados en su explicación, que ninguno de los dos fue consciente de que estaba hiperventilando hasta que mis ahogos los alertaron. No es que sea una experta en esto, pero estaba convencida de que me estaba dando un infarto. Solo eso justificaría el dolor agudo que tenía de repente en el pecho.

—¿Ves lo que has conseguido? —lamentó Gina, culpando a Logan de mi ansiedad.

—¿Yo? ¡Pero si eres tú la que ha insistido en mostrarle la foto! ¡Yo quería esperar a que durmiera un poco!

—¡Tenías que mostrársela hoy, zoquete, pero con delicadeza!

—Gina, creo que voy a llamar a una ambulancia. ¡Elena se está ahogando!

Me estaba agobiando, me estaba asfixiando, y el corazón se me iba a salir del pecho. Me llevé las manos al cuello, pero no conseguía respirar.

—¡Elena, respira! ¡Joder, respira!

☼ ☾ ☼

¿Sabes esos sueños en los que eres consciente de que estás en tu cama, pero alguien entra de repente en la habitación y tú no puedes gritar ni moverte? Así me sentía yo, atrapada entre dos mundos. Demasiado real para el mundo onírico. Demasiado aterrador para estar despierta. Paralizada, impotente, gritando sin que nadie pudiera escucharme.

Desde mi burbuja, observaba al médico tomarme las pulsaciones y la oxigenación en sangre como si fuera un recuerdo lejano. Sabía que estaba ahí, pero todo era borroso y difuso. Logan respondía a las dudas que yo no me veía capaz de responder, los médicos aseguraban que se trataba de una crisis de ansiedad, mientras me atosigaban a preguntas. Tenía moratones por todo el cuerpo, varios cortes y las costillas lesionadas, así que no fue extraño que decidieran quedarse conmigo hasta que pudiera confirmar en la intimidad que no había sido víctima de malos tratos.

37

15 de septiembre de 2022 – Edimburgo

Aquel quince de septiembre me levanté vomitando. Me sentía adormecida y drogada por culpa del tranquilizante que me habían dado la noche anterior. Tenía la boca pastosa, reseca, y estaba segura de que tenía un par de decimas de fiebre. A los vómitos le siguió la tos, un concierto indeseable que hizo que la lesión de mis costillas se pronunciara aún más.

Salí del baño y me senté en el sofá. Los cojines y las mantas estaban revueltos. Me sentí culpable al entender que Logan había pasado la noche allí, a pesar de haber otras dos habitaciones libres.

—¿Te apetecen huevos con bacón? —preguntó, mirándome con tristeza—. Si sigues vomitando así, te vas a quedar en los huesos.

—¿Ha dicho el médico algo de por qué estoy vomitando tanto?

—Su apuesta ha sido el agua de mar que ingeriste. Yo he doblado la apuesta añadiendo la ayahuasca. Suele causar esa reacción, y estoy convencido de que te han dado también algún narcótico. Gina cree que es la tos lo que te hace vomitar, o incluso la ansiedad.

—Has perdido la apuesta. Hace varios días que bebí el último zumo, debería estar limpia —solté. Logan asintió con tristeza.

—La ansiedad entonces. El médico te ha recetado tranquilizantes para un par de meses.

—No pienso tomarlos.

—Estoy de acuerdo, siempre y cuando vayas a un psicólogo. Si lo que nos has contado es cierto, vas a necesitar toda la ayuda que puedas obtener para superar esto.

—¡No pienso ver a nadie! ¡Estoy bien, joder! Solo necesito volver a Londres y recuperar mi vida. El tiempo lo cura todo —aseguré, sirviéndome una taza de café recién hecho. Logan me miró con una expresión que no supe descifrar.

—¿Vas a volver a tu vida como si nada, entonces?

Por un momento, había olvidado a qué se refería. No, no podía volver con Ethan. Ni siquiera me sentía segura en la misma ciudad que él, pero era obvio que en algún momento tendría que enfrentarme a mi marido, no podía seguir escondiéndome en su casa como si tal cosa.

—¿Elena? —insistió Logan, que esperaba una respuesta a la segunda pregunta. En cuanto a la primera, había dado por hecho que sí iba a comerme esos huevos con bacón y ya me los había servido en un plato—. Deberías llamarle.

—No sé qué voy a hacer, Logan. Ni siquiera entiendo por qué a mí. Es decir, todas esas mujeres eran portadoras de esos genes, pero yo no soy nadie. A no ser que quisieran usarme como tributo… ¿Crees que querían usarme como tributo? —pregunté aterrorizada. Mi corazón comenzó a acelerarse de nuevo.

—¡No digas barbaridades! Adrián sospechaba de ti desde el principio, Elena. Por eso te mostró la trampilla. El hecho de que regresáramos solo prueba que estaba en lo cierto. Aunque, si te soy honesto, no sé qué intención tenían. ¿Chantajear a Ethan? ¿Tenerte controlada mientras hacían el ritual?

—¿Matarme? —propuse, ante la opción más lógica.

—Nadie quería matarte.

—¿Cómo puedes estar tan seguro?

—Porque te han tenido drogada y sin ponerte una sola mano encima. Si hubieran querido matarte, no se hubieran tomado tantas molestias. Y tampoco hubieran fallado —aseguró—. Además, la ayahuasca se usa para comunicarse con los dioses, para conectar. No sé si querían que te tacharan de loca cuando regresaras, como les pasó a esas chicas, o querían que vieras la luz y te pasaras a su bando, como Wendy y Jane. En cualquier caso, te aseguro que no querían hacerte daño.

—Pero ahora saben que he huido y que lo he visto todo.

—Conozco bien a Adrián y sé que tiene otros intereses contigo. No sé el qué, pero a él le sirves más con vida. Siempre te ha utilizado para mantener a su hijo a raya con absurdas amenazas y eso no va a cambiar.

—Excepto porque su hijo se ha cambiado de bando —recordé.

Logan suspiró ruidosamente.

—No sé cuántas veces tengo que decirte que Ethan no ha hecho nada.

—Sigues sin creerme. —Logan cabeceó, desesperado—. ¿Qué hay de ti? Si Adrián ha descubierto que yo era Adeline, es posible que ahora sospeche también de ti.

—Ethan no es el único que ha recibido esos mensajes desde tu móvil, Elena... Si Adrián sospechara de mí, no hubiera hecho tal cosa.

—¿Qué mensajes?

—Unos diciendo que dejabas el trabajo de recepcionista y que volvías a Francia.

—¿Y no te hizo sospechar que estaba ocurriendo algo? —Aquello clamaba al cielo.

—¡Claro que no! Has tenido tantas crisis con este caso, que si te involucrabas, que si no... Pensé que lo de que volvías a Francia era una manera poética de decirme que te pirabas y dejabas el caso otra vez.

—¡Me parece increíble! Si aquellos que mejor me conocéis no habéis sido capaz de ver que estaba pasando algo raro...

—Ethan también se lo ha creído.

—Y si de verdad es inocente como vosotros creéis, eso es lo que más me duele de todo.

—Tú también estás dudando de él.

—¡Porque sé lo que he visto! ¿Sabes? Esta mañana me he acordado de algo... —Cogí papel y boli del cajón de la cocina y dibujé un triángulo perfecto—. Adrián no es el líder de la Luna de Plata. Es una mujer, la misma que firmó esos experimentos que encontramos en el laboratorio de Avión.

—¿Helga Elden Johansen es la líder de la Luna de Plata? —preguntó ojiplático, yo asentí—. ¿Tú estás segura de lo que estás diciendo?

—Completamente. De hecho, colabora activamente en las orgías.
—Tuve que apretar los ojos con fuerza al recordar a Ethan haciendo lo mismo con una de esas menores—. ¿Recuerdas la frase de Yvaine? *"No te olvides de la ciencia. Torres más altas han caído y torres más altas tienen que caer"*. Ella es la ciencia. En cuanto a las demás torres, estamos hablando de políticos, de billonarios... De una élite tan poderosa que da vértigo siquiera pronunciar su nombre.
—Te escucho.
—La Luna de Plata tiene una estructura piramidal. Arriba del todo está Helga, luego están los líderes mediáticos, los que hacen ruido y distraen a la prensa, además de colaborar con cuantiosas donaciones.
—Camilla Thomson, Claire Dawn, Calista Morrison...
—¡Exacto! En un tercer escalón estarían los empresarios exitosos que blanquean dinero de manera más discreta y abastecen a la Luna de Plata de nuevos miembros.
—Drogas, hoteles, restaurantes... Aquí es dónde entran Adrián Duarte, Pedro Aguirre, Sebastián Johnson, y un largo etc.
—Estos tienen el papel más importante, porque son los que se encargan de reclutar a nuevos miembros y conseguir tributos. De cara a la galería, si la Luna de Plata cayera, estos serían los criminales, nadie tocaría a los de arriba ni a los de abajo.
—De hecho, está siendo así. Supongo que el siguiente escalón serían los nuevos miembros, y el último, las víctimas— asentí—. Si estás en lo cierto, ¡estamos jodidos! Nadie nos va a creer esta historia. Helga ha orquestado los mayores experimentos genéticos de la historia, tiene la tecnología más avanzada, y su marido Sven pertenece a una de las familias más importantes de los Estados Unidos. Son intocables. Por no mencionar que es una heroína moderna que ha salvado millones de vidas con sus medicamentos.
—¿Y cuántas ha sesgado?
—A nadie le importa eso.
—Igual solo necesitamos encontrar a quién sí le importe. Un par de negacionistas de la medicina moderna dispuestos a hacer ruido, periodistas con ganas de meterse en líos tal vez. Cuando descubran lo que está haciendo realmente Helga en esos laboratorios...
—¿Y qué está haciendo?

—Están intentando "fabricar" sus propios lunaplatenses mediante experimentos.

—¿Cómo que...? —Logan hizo una parada y se respondió él solo—. Clonación, como la oveja Dolly. —Asentí—. ¿Todo esto lo has descubierto en esa cueva?

—No, leyendo lo que encontramos en Avión e investigando un poco por mi cuenta estas semanas. He pasado mucho tiempo sola en Dornoch después del trabajo. Lo que sí vi en esa cueva es una congregación de al menos doscientas personas.

—¿Cómo podía haber doscientas personas en una cueva?

—¡No puedes ni imaginártelo! Es como si la isla Skerries estuviera hueca y fuera en realidad una especie de hotel subterráneo flotante. Aunque estéticamente es una cueva, tiene varias plantas y un montón de habitaciones. Lo que llaman Silfrligr Mani es en realidad lo que está bajo el agua. Por eso creen que la isla se hundió, nadie la ha visto porque estaban buscando en la superficie.

El sonido de la cerradura al girarse nos puso en alerta. Haciendo uso de su instinto de protección, Logan me puso a salvo en un rincón mientras se acercaba a la puerta, pistola en mano. Le miré con los ojos como platos. ¿Había estado armado todo ese tiempo sin yo saberlo?

Incluso desde donde me hallaba, su olor lo inundaba todo. No le veía, pero sabía que era él porque Logan bajó el arma y se apartó de la puerta para dejar que entrara. Ethan no parecía sorprendido de ver a un extraño en su casa, de hecho, parecía estar ya al tanto de la situación. ¿Habría hablado con Gina antes de venir?

Aquel fue el reencuentro más frío del mundo. No me salía abrazarle, besarle ni correr a sus brazos. Me quedé en un rincón, apoyada en la encimera y sin saber qué sentir, hacer o decir; él, nos miraba a los dos con una expresión burlona en el rostro que ocultaba una profunda inseguridad. Algo no me cuadraba.

—El próximo día que te traigas a tu James Bond a casa, asegúrate de desactivar las cámaras de seguridad —anunció de manera sombría—. Lo he visto todo desde el móvil.

—¿Qué haces aquí? —Fue todo lo que alcancé a decir.

—¿En mi propia casa? —preguntó con sorna—. No podía esperar a que solucionaras tu crisis y regresaras a Londres, me mataba la impaciencia. Necesito acabar con esto cuanto antes. Ya me conoces…

—Yo mejor os dejo para que habléis tranquilos —anunció Logan, mirándome con indecisión.

—¡Pero no te vayas, hombre! Si te esperas treinta minutos, es toda tuya. ¿Qué tal te lo has pasado estos días con mi mujer? Ese sitio de las fotos de Instagram pintaba bien. ¿Qué era, Ibiza, tal vez?

—Ethan, ¿has bebido? —Fue todo lo que fui capaz de responder. Logan se dirigió a mí en privado.

—No andaré muy lejos. Si necesitas algo, solo grita y echo la puerta abajo.

—¿De verdad crees que voy a hacer daño a mi mujer? —Ethan no daba crédito.

¡No podía creerme que, después de todo lo que había pasado estos días, arrastrara esa actitud victimista! Hice un gesto a Logan para que nos dejara solos. Ethan había tenido multitud de oportunidades de hacerme daño si así lo hubiera deseado, así que me sentía absurdamente a salvo.

Cuando nos quedamos por fin solos, Ethan dejó la chaqueta en la silla y se cruzó de brazos frente a mí en actitud defensiva y distante. Yo aún seguía a una distancia prudente de él y sin ninguna intención de acortarla.

—¡Te juro que no te reconozco! —comenzó él, mirándome con una frialdad que yo sabía era fingida—. Estás ahí, mirándome como si no me conocieras. La última vez que nos vimos no quedó ni un centímetro de esta casa donde no cogiéramos, mientras lloriqueabas lo mucho que ibas a echarme de menos. ¿Dónde ha quedado todo eso?

—No sé qué esperabas encontrar después de todo lo que ha pasado estos días…

—Estoy deseando que me lo cuentes todo sobre esa baja de maternidad que estás cubriendo en… ¿dónde exactamente? ¿Dornoch? —No pude evitar una sonrisita nerviosa con su acusación. Ethan lo sabía. ¡Por supuesto que lo sabía!—. Debería haber caído en el trece que tramabas algo, te he visto escribir artículos de la Patagonia desde el sofá de casa, ¿y tenías que venir a Escocia a escribir sobre moda? ¡Solo un idiota se hubiera tragado ese cuento!

—¿Disfrutaste de tu estancia en la isla, cariño? ¿Follándote a todas esas adolescentes? —Ethan me miró confundido. Era un actor de primera—. Dime una cosa, ¿qué pretendías exactamente llevándome allí? ¿Qué viera la luz y convencerme para que fuera uno de los vuestros? ¿O pensabas matarme como a esas pobres chicas?

—¿De qué estás hablando?

—¡No sigas fingiendo, lo he visto todo! O al menos, los pocos ratos de lucidez que me dejaste entre zumo y zumo. ¿Qué pasó con Laura? ¿También a ella le hiciste lo mismo? ¿Fingir que tenía una crisis y quitártela de en medio? ¿Y Jane? ¿Qué me dices de Jane?

—¿Quiénes son Jane y Laura? ¿De qué chingados me estás hablando ahora?

—¡Eres un mentiroso, Christopher, Ethan o como demonios te llames! —Le grité, golpeándole el pecho con furia. Él me sujetó las manos con fuerza—. ¡Eres un maldito asesino! ¡Ojalá te pudras en la cárcel!

Un dolor agudo se instaló de nuevo en mi pecho. Sentía tanta presión que me costaba respirar. Cuando me soltó las manos, creo que le lancé cosas. Por suerte, no había ningún cuchillo a mano. Solo sé que, de repente Ethan tenía mis manos sujetas de nuevo para que estuviera quieta y me miraba airado.

—No sé qué demonios te crees que haces, pero no voy a picar el anzuelo ni confesar nada que no he hecho para que puedas usarlo en mi contra. Lo estás grabando todo, es eso, ¿sí?

—No necesito grabar nada ahora, tengo suficientes videos tuyos para detenerle, Christopher.

—¿Quieres dejar de llamarme así? ¡No entiendo por qué me llamas Christopher!

—¡Porque estoy casada con él, al parecer! —Ethan reaccionó a mis palabras de un modo desconcertante, quedándose blanco como la pared y soltándome las manos.

—¿Estás casada con mi primo? ¿Ese es el plan maestro de mi padre para hacerme daño?

—¡Ya, claro! Ahora me vendes el rollo de que tienes un hermano gemelo y que ha sido él quien ha cometido esas atrocidades y no tú.

—Elena, ¿qué tienes que ver tú con Chris? ¿También te lo estás cogiendo, como al naranjito y a mi papá?

—¡Me cago en la puta! ¡Christopher es hijo de Isobel! —Los dos nos giramos a la vez al ver que Logan estaba aún en la puerta siguiendo nuestra conversación desde la distancia.

—¡Pues claro que es hijo de Isobel! ¡No tengo más tías! —protestó Ethan como si fuera algo obvio—. ¿Y qué haces tú todavía aquí?

—Logan, ¡por Dios, déjanos solos! —pedí alterada, viendo cómo mi compañero salía por la puerta.

La ira me hizo toser hasta quedarme doblada de dolor. Apreté los ojos con fuerza y me llevé una mano a las costillas. Como no consiguiera frenarlo, iba a tener que recurrir a la codeína. Por un segundo, vi a mi Ethan en esos ojos que me miraban con preocupación, pero solo fue un instante que se evaporó.

—Tiempo muerto. Creo que deberíamos empezar de nuevo —pidió Ethan algo más tranquilo. Asentí confusa—. Desde que he cruzado esa puerta no dices más que cosas sin sentido. Llevo días comiéndome la cabeza con tus mensajes en los que me decías que ya no creías en nosotros, tus posts en Instagram con fotos de viajes y frases profundas. Tus padres me llamaron el otro día porque estabas muy rara por mensaje y no les respondías las llamadas. Tuve que fingir que todo estaba bien para no preocuparlos más. Y, de verdad, pensaba perdonarte y darte una oportunidad, sabía que estabas con alguien más, pero pensé que era una crisis y que podríamos arreglarlo con el tiempo, pero...

—Yo no estoy con nadie más —aclaré tajante.

—Pero entonces me llegaron todos esos vídeos y fotos, y el cuaderno con el reportaje y... me volví loco.

—¡Corta el rollo! ¿Quieres? Sabes de sobra que yo no te he mandado ningún mensaje, ¡tú me quitaste el móvil! Además, nunca subo nada a Instagram, ¿por qué iba a empezar a hacerlo ahora?

—¿Por qué te quitaría yo el celu?

—¿Por qué me secuestraste? ¿Por qué me tendrías drogada en esa cueva? ¡Yo qué sé, Ethan! ¡Yo qué coño sé! ¡Esperaba que tú me lo respondieras!

—¿Estás drogándote? —Cogió los ansiolíticos que me habían recetado y los miró con preocupación.

—Causa efecto. Te enorgullecerá saber que tengo ansiedad y neumonía por culpa de esta maldita experiencia. Lo de hacernos a todos creer que la cueva estaba en Valladolid ha sido una maniobra de distracción brillante, pero se acabó Ethan, lo sé todo. Así que, si quieres acabar conmigo, este es tu momento. Aunque todo el mundo sabría que has sido tú en cuestión de horas.

Ethan estaba leyendo el prospecto de las pastillas para no tener que escucharme. Tal vez, por eso no reaccionó a mi acusación.

—¡Estas cosas me encantan! —respondió con calma—. Te dan unas pastillas para la ansiedad y provocan alucinaciones. ¡Qué útil!

—¿Es parte de tu plan? ¿Tacharme de loca como a Jane, a tu madre o a tu abuela?

—¡Deja a mi familia fuera de esto! —rogó amenazante—. ¿Y quién chingados es esa Jane que tanto mencionas? Yo vine aquí a que me expliques lo de las fotos y el reportaje. No sé para qué, porque no voy a creerte a estas alturas, pero al menos te doy la oportunidad de hablar. Por lo que fuimos. Por lo que me hiciste creer que éramos.

Me senté, sintiéndome de nuevo mareada y nauseabunda.

—¡Esto no tiene ningún sentido! Tú me estás hablando de un reportaje y de cosas que no comprendo, yo te estoy hablando de cosas que dices no entender. Lo único que sé es que no recuerdo nada desde que saliste por esa puerta hace unos días. Salí a correr y, cuando regresé, estabas esperándome abajo y todo se volvió borroso. Lo siguiente que sé es que estaba en esa cueva.

—¿Tienes la grabadora encendida? Es eso, ¿verdad? Estás soltándome acusaciones absurdas para poder inculparme por algo.

—¡Yo te vi, Ethan! ¡Todo el rato estuviste a mi lado, dándome la mierda esa con ayahuasca!

—¡Seguro! Afortunadamente, mi jefe es testigo de que estuve en Londres porque llegué tarde a la reunión y me cayó una bronca monumental. Y todo por pasar unas horas más contigo, cuando podría haberme quedado en Londres. Por cierto, antes de que sigamos con este absurdo, quiero la llave de mi abuela.

—¡Tú tienes la llave de tu abuela! ¡Sabes de sobra que la llevaba encima cuando me secuestraste!

—Así que les has dado la llave.

Me reí agónica. Esta discusión no estaba yendo a ninguna parte y Ethan parecía aún más confundido de lo que yo estaba, eso tenía que concedérselo.

¿De verdad había estado en Londres todo este tiempo? ¿Podrían ser él y su primo dos copias idénticas? ¿Dos clones?

—Mira, no sé qué ha pasado, estoy muy confundida y no me estás ayudando a entender. Estaba segura de haberte visto allí, pero ya no sé si eras tú, Christopher o el Espíritu Santo. Solo sé que no tengo ni la llave, ni mi móvil, ni mi cartera. Ellos lo cogieron todo, incluyendo las llaves de tu casa.

—¿Cómo has entrado aquí?

—Con la copia de seguridad que guardas en la caja de fusibles.

—¿Me estás diciendo que la Luna de Plata tiene una copia de la llave de mi casa? —preguntó atónito. Yo asentí—. ¿Y la llave que mi abuela escondió en Kyoto Gardens? —Asentí confusa. Ethan estaba aterrado, y nadie fingía tan bien. Ni siquiera él—. ¿Qué hay de la otra llave? ¿La del desván, la que le di a Gina? —Le miré sin saber si podía fiarme de él o no. No podía creerme que de verdad estuviera desconfiando de él—. ¿Elena?

—La otra abre una trampilla en una mansión que Aguirre tiene en Galicia. Hemos encontrado uno de sus laboratorios y oficinas.

—¿Hemos? —Ethan rio amargo—. ¿Tú y quién, naranjito? ¿Es eso lo que hacías en España mientras yo estaba en México, cogerte al pelirrojo en Galicia?

—¡Te estoy diciendo que…!

—¡Ya sí! Que la Luna de Plata te secuestró. Supongo que ahora desaparecerás un tiempo por protección, no sea que te encuentren.

—Logan y Gina sugirieron eso, sí —respondí, confundida por su actitud.

—¡No mames! Es exactamente lo que dice en tu borrador. Que me tienes tanto miedo que desaparecerás de la vida pública un tiempo para vivir la repercusión de tu reportaje en el anonimato.
—No sé de qué borrador me hablas.
—Tu novela.
—¿Mi novela?
—¡No necesito oír más! Puedes decirle a mi padre que la pare con el numerito. Él ha ganado: se ha quedado la llave y, por lo que veo, también a la chica. ¡Bien jugado!
—No sabes de lo que te estoy hablando —pensé en voz alta, reconociendo que nadie era tan buen actor.
—La neta es que tampoco me interesa. Si te hubieran secuestrado, créeme que ahora mismo no estarías aquí soltándome el rollo. —Ethan golpeó la pared con furia y yo me estremecí—. Y lo peor es que tanto esfuerzo, para nada. Moriré sin saber qué chingados abre esa pinche llave.
—Abre algo en esa cueva, Silfrligr Mani —aseguré con la mirada perdida. Ethan me miró confundido—. Es allí donde hacen los sacrificios y creo que es dónde está su tesoro. Han buscado el modo de abrir la trampilla prescindiendo de la llave, pero tenían miedo a que se derrumbara, así que no han podido hacer nada en décadas.
—Deduzco que todo eso lo has descubierto con mi padre, aunque no tengo ni idea de por qué me lo estás contando a mí. ¿Estás esperando que vaya a verlo con mis propios ojos?
—Si de verdad eres inocente, estoy esperando que hagas algo, sí.
—Debería haberte dejado la primera vez que te pillé escribiendo sobre esto. Pero me creí tus mentiras y ahora llevo años alimentándote con información de primera mano. Supongo que ha tenido que ser muy duro para ti que mi papá te "secuestre" estos días. Tan duro como las vacaciones que te pegaste en España con el güey ese con el que estabas hace un momento.

Su actitud celosa me hacía dudar aún más. ¿Y si realmente Ethan no tenía nada que ver con el secuestro? ¿De qué me estaba acusando él?

—¡No me mires así! Sé que te estás acostando con el pelirrojo. He visto las fotos… —afirmó nervioso. No pude por más que reír ante tan absurda acusación. Estaba algo más relajada al pensar que podría ser inocente—. Os han visto juntos y tengo pruebas.

—Tengo bastante caos en mi vida lidiando contigo y tu bipolaridad, como para añadir a nadie más a esa lista.

—No creo que este sea el mejor momento para faltarme al respeto. ¿Quién es ese tipo, por cierto? Le he visto en el hotel con mi papá.

—Trabaja en el caso McGowan. Está de nuestro lado.

—¿Y qué lado es ese? —preguntó sombrío—. Mira, estamos dando vueltas sobre lo mismo. Yo solo quiero que me expliques esto y salgas de mi vida cuanto antes.

Ethan sacó de su mochila una pesada carpeta de la que empezó a extraer cosas. Había fotos impresas donde se nos veía a Logan y a mí en Avión, Comillas y Santander, tomando relajadamente un café o cenando. Otras más recientes, besándonos en la caseta de Dornoch el día que Duarte nos sorprendió. También había fotos mías acompañando a Duarte a la mansión, un recuerdo inocente que, sacado de contexto, hasta a mí misma me haría dudar.

Todo ese material no tenía sentido. Sobre todo, porque yo iba disfrazada en Dornoch y en esas fotos se veía claramente que era yo. Alguien se había tomado las molestias de "desmaquillarme" y ponerme mi pelo con Photoshop. Y además, ponía una cosa en evidencia: todo estaba preparado desde el principio.

Respiré aliviada al entender que, probablemente, Ethan fuera el más inocente de los dos. De repente, todo el amor que sentía por él volvió de nuevo a mi pecho, y ahora tenía que buscar el modo de convencerle de que alguien nos estaba tendiendo una trampa en la que no podíamos caer. Y ese alguien compartía su apellido.

—Puedo explicarlo —dije al fin, confiada en que me escucharía, en que él tenía tantas ganas como yo por acabar con este absurdo—. Esto es cosa de tu padre.

—Eso me queda claro, lee la carta.

Busqué la carta a la que se refería, una cuartilla escrita a ordenador donde se leía:

> No quería ser yo quién te rebelara la verdad sobre tu chica, pero el sabor de la victoria es

demasiado preciado para no disfrutarlo con una buena copa de Ribera de Duero. No sé qué tendrá Valladolid que TODO me sabe exquisito...

Me avergüenza ver cómo has echado tu vida a perder. Podrías tenerlo todo, y no eres nada. No eres nadie. Tan solo un cobarde que se refugia tras los deseos alzheímicos de una anciana muerta. Y nadie querría jamás a un cobarde a su lado, pudiendo disfrutar de una vida eterna de gloria y lujuria.

P.D. Has vuelto a equivocarte de chica. Te doy dos semanas hasta que te canses de cogértela y vuelvas rogando respuestas.

Con cariño, papá.

—En el USB hay videos en los que se os ve juntos en el hotel, nada demasiado específico. Al menos, habéis tenido la decencia de esperar a llegar a la habitación. ¿Y ese pelo tan raro que llevas?

—Sé que no es la mejor frase ahora mismo, pero esto no es lo que parece.

—¡No, si esto en el fondo me da igual! Espero que disfrutaras de la aventura. Lo que me preocupa es lo del reportaje.

—¿Qué reportaje?

—Podrían quitarme a Gael por esto, aunque supongo que ya lo sabes. Tal vez esa sea precisamente la finalidad de todo, que mi hijo sea un lunaplatense o hundirme a mí.

—¡Ethan Adrián! ¿De qué reportaje me hablas?

—¡Del maldito reportaje de investigación que va a salir publicado en dos meses en la BBC! Ese en el que das a entender que soy un depredador sexual cuyas exnovias están todas desaparecidas. Y el plan de unirte a ellas, de desaparecer haciéndome a mí creer que tienes una crisis, ¡brillante! No podría estar más impresionado, aunque supongo que mi padre está detrás de esto. Bueno... detrás, encima, debajo... ¡Dios, qué asco!

—¡Sigo sin saber de qué hablas!

Esta vez no fue tan dócil cuando me lanzó unos folios encuadernados con la primera maqueta del famoso artículo, cuarenta y cinco páginas de infamias y mentiras con detalles demasiado personales para no ser ciertos. Una historia que había sido amañada para que Ethan pareciera culpable de unos delitos que no había cometido.

—Me llegó ayer. Me he tirado hasta las tres de la mañana leyendo esta basura. Después, le dije a mí jefe que estaba enfermo, he cogido el coche y me he venido aquí. ¡Todavía no puedo creerme que me hayas hecho esto!

—¿No estarás insinuando que yo lo he escrito? —pregunté, dejándolo de nuevo sobre la mesa.

—Página veintidós, hay unas líneas subrayadas con fluorescente. ¿Te suenan?

Reconocí una conversación que habíamos mantenido en esa misma casa acerca de la llave que encontramos en el desván. Le dije que juntos éramos invencibles y que íbamos a acabar con ellos. Seguí hojeando esa recopilación de historias y momentos de los últimos dos años. Decía demasiado y a la vez, no decía nada. Era vago y ambiguo, pero, lo más importante, es que no sabía qué hacía allí.

—No entiendo nada. ¿De dónde ha salido esto?

—Aún hay más. Sigue leyendo… La discusión que tuvimos durante la pandemia en la que te fuiste a tu apartamento, con pelos y señales, excepto el polvo. Parece que has dejado la guinda del pastel sin contar. ¿Quién más podría saber eso?

—¡No lo sé! Ethan, ¡no lo sé! Yo se lo conté a Brit y Gina, y apuesto el cuello a que tú hiciste lo mismo con Casper y Mike.

—¿Me estás diciendo que ellos escribieron este reportaje?

—¡No! ¡Te estoy diciendo que yo no lo he hecho! —me defendí, sin saber cómo había pasado de víctima a verdugo—. ¡Es que te juro que no entiendo nada!

—¡Ya la paras, Elena! Esta todo aquí escrito. Nuestra historia, con pelos y señales. Cosas de Claire y Analisa que solo te había contado a ti. Cosas de esa tal Jane que has mencionado antes, de la cual, por cierto, jamás había oído hablar antes.

—¿Habla de Jane ahí? —ojeé para comprobar lo que decía y sí, había una breve mención a la chica a la que supuestamente Ethan había engatusado y asesinado en un bosque.

—Este reportaje desatará toda clase de preguntas y los llevará directamente a mi puerta. De verdad que esto ha sido tu ópera prima. Y lo de firmar como YS, el broche final.

—Okay, son muchas casualidades. ¿Quién más sabía que nosotros éramos Yvaine Selena?

—Yo no se lo conté a nadie, ni siquiera a mi hijo —confirmó ausente.

—Yo tampoco, eso nos convierte en tres si contamos a Gina. Y no quiero ni siquiera planteármelo. —Cogí de nuevo el artículo y lo hojeé, en busca de ese algo que mágicamente me diera la clave que estaba buscando—. Vamos a intentar buscarle un sentido a todo esto, más allá de que yo quiero destruirte y que tú has querido matarme en esa cueva, porque nada de eso tendría lógica.

—¡Y dale con la dichosa cueva!

—He escuchado tu historia, lo menos que podrías hacer tú ahora es escuchar la mía. Estoy confiando al cien por cien en ti al contarte que he encontrado el lugar donde tu padre hace los sacrificios, a pesar de que mis recuerdos me dicen que tú estabas allí, que eres uno de ellos. —Ethan dejó de escucharme—. He encontrado al líder de la Luna de Plata.

—¡Esto es increíble! —Comenzó a dar vueltas por la cocina—. ¿Es que no piensas dejar de mentir ni un segundo? ¡Te lo he dado todo, Elena! Me he cruzado el pinche mundo para seguirte, he arrastrado a mi hijo conmigo y sí, he sido un mandilón, un güey. Pero ya me he dado cuenta y te quiero fuera de mi vida antes de que mi padre y tú me la arruinéis aún más.

—¿Sabías que Wendy y tu padre tienen un romance? —solté, intentando hacerle partícipe de mi investigación para que así me creyera.

—¡No digas barbaridades! ¿Qué interés podría tener ella en Duarte?

—¿Y yo? ¿Qué interés podría tener yo?

—¡A ti siempre te ha fascinado la historia de mi familia! Fue la única razón por la que te acercaste a mí, ¿recuerdas?

—¡No vayas por ahí! Te recuerdo que tú hiciste lo mismo conmigo.

—Siempre me has pedido que volviera al campo de batalla y yo me he negado. ¿Por qué conformarte con el hijo si puedes tener al líder?

—¡Tu padre no es el líder! Y si te pedí que volvieras fue para que acabáramos con ellos, juntos. Mientras tú le das la espalda a la verdad, han desaparecido ochenta y cinco mujeres en los últimos treinta años solo en Escocia. ¡Tenía que hacer algo al respecto!

—¿Y cómo exactamente ayudas a esas mujeres acostándote con Adrián? —acusó—. Todo este tiempo me he estado preguntando cómo habría adivinado que yo era el espía que filtraba información a la agencia, ahora todo tiene sentido.

—¡Si tu padre lo ha descubierto es porque eres un espía terrible! ¡Yo también lo descubrí al instante! —protesté. Suspiré y me cubrí la cara con las manos—. Entiendo que estás confundido, y créeme que yo también lo estoy, pero no podemos dejar que ellos ganen. Mientras nosotros estamos aquí culpándonos el uno al otro, hay alguien que va a salir impune de esta y va a publicar ese reportaje. Yo estoy dispuesta a creerte a pesar de todo, a luchar juntos, pase lo que pase. Pero necesito saber que tú estás en mi bando. ¡Necesito que me escuches y me creas!

Posé mis manos en su cintura intentando calmarle. Normalmente, el contacto físico creaba un vínculo entre nosotros que siempre funcionaba. Por un momento, en sus ojos vi que se estaba relajando, pero cuando desvió la mirada hacia la mesa, supe que aquella batalla iba a ser más difícil de lo que había calculado.

Entre todas aquellas fotos se encontraban unas cartas que él no había visto antes, pero yo reconocía bien. Ni siquiera había llegado a leerlas todas.

—¿Puedes explicarme qué hacían estas cartas entre tus cosas?

—Analisa te pidió que buscaras las cartas y tú te negaste a ello. Pensé que podrían ser útiles. Las encontré en la cisterna de su casa y me las llevé antes de que acabaran en malas manos.

—¿Peores que las tuyas?

—¡Quise contártelo! Pero estabas cerrado en banda.

—¿Cómo he podido estar tan ciego contigo? —Ethan seguía sin creer una sola palabra de cuanto decía—. Tenía que habérmelo imaginado cuando usaste esa identidad falsa en Chiapas, Paula Flores. Y luego encontré ese otro pasaporte, Mara García. Y resulta que en Dornoch, te llamas Adeline y eres la amante francesa de naranjito. ¿Quién chingados eres, Elena?

—¡Estoy haciendo todo esto para descubrir la verdad! Una verdad que tú te morías por saber cuando nos conocimos y a la que ahora das la espalda.

—Te he metido en mi casa, te he confiado mis secretos, te he dado vía libre a mi vida y mi familia, y resulta que eras la peor de todas mis novias. ¡Y eso que el título estaba disputado!

Me entraron ganas de abofetearlo. Era tanta la frustración que sentía al ver que no me estaba escuchando, que estaba cegado por las mentiras de su padre y ni siquiera me estaba dando la oportunidad de explicarme. Respiré hondo para tranquilizarme. Atacarnos entre nosotros no iba a solucionar nada.

—He descubierto lo que significa tu tatuaje —confesé, esperando que reaccionara de algún modo—. He descubierto lo que significan las frases que tu abuela dejó escritas en esos libros.

—Te quiero fuera de mi casa y de mi vida ya —pidió con una entereza y una tranquilidad que me helaban—. Empaca tus cosas y vete a casa de tu amante, con mi papá o donde te dé la pinche gana, porque yo no quiero volver a verte.

—¡Por Dios, Ethan! ¡Escúchame! ¡Nos han tendido una trampa! "Divide y vencerás", ese es el lema de tu padre.

De nuevo esa conocida opresión me aplastó el pecho, negándome la capacidad de respirar. Quería llorar. Pellizcarme. Lo que fuera que me despertara antes de esa pesadilla.

—Era demasiado bueno para ser verdad —gimió—. No te molestes en pasar por casa a por tus cosas, te las haré llegar a través de Casper.

No íbamos a llegar a buen puerto. Conocía demasiado bien a Ethan para saber que, cuando se cerraba de ese modo, era mejor dejarle su tiempo para que recapacitara. Dada la gravedad de la situación, le llevaría algunos días darse cuenta de lo que estaba pasando y volvería a mí con el rabo entre las piernas. Pero esta vez no se lo iba a poner fácil. A pesar de lo bien hilada que estaba la mentira que había tejido la Luna de Plata contra nosotros, Ethan se estaba extralimitando.

—Creo que a los dos nos vendrá bien un tiempo a solas para pensar en lo que ha pasado esta noche y recapacitar. Estoy drogada y tú borracho, mucho en ambos casos. Será mejor que nos demos un par de días y hablemos en casa.

—Claro, llámame en el dos mil nunca —resopló agónico—. Creo que lo mejor ahora mismo será que lo admitas, que no intentes convencerme de nada y rompamos. Cada uno por su lado y le vendemos a la gente una historia más o menos creíble que no nos deje a ninguno de los dos en mal lugar. No quiero dejarte sin amigos cuando sepan lo que me has hecho y, de todos modos, tampoco sabría qué decir. Nuestra situación es poco común.

—Así que no vas a escucharme —resumí—. No vas a darme la oportunidad de explicarte nada.

—No quiero más mentiras, Elena. Solo quiero que salgas de mi vida y dejes de hacernos daño. Sobra decir que no quiero que vuelvas a contactar con mi hijo.

—¿Ni siquiera vas a dejar que me despida? —pregunté atónita.

—No finjas que te importa. Los dos sabemos que no te gustan los niños.

Le miré incapaz de creer que estuviera hablando en serio, pero no fui capaz de emitir ninguna lágrima. Más allá del dolor que me ocasionaba ese desenlace, estaba la rabia de saber que le importaba tan poco que no me había escuchado. O tal vez estuviéramos tan rotos, que ni yo ni él mismo podíamos lidiar con sus problemas de desconfianza.

—Estoy acostumbrada a tus cambios de humor repentinos, pero creo sinceramente que no estás siendo racional —respondí calmada—. Como me eches de tu vida, no pienso volver, Ethan. Y te lo digo en serio. No puedes montar una pataleta y cargarte nuestro matrimonio de buenas a primeras.

—¿Pero tú has visto todas esas fotos? ¿Todos esos videos?

—¡Son todo una mentira! Igual que los videos que he visto yo sobre ti. ¡Un montaje! Una realidad sacada de contexto. Y estoy dispuesta a darte un tiempo para que recapacites, pero…

—No necesito que nos demos un tiempo, ¡joder! ¡Quiero perderte de vista! Esta no ha sido una decisión a lo loco. Es una decisión meditada. No te quiero en mi vida. No quiero volver a ver tu cara ni quiero oír tu nombre, Elena. Estoy haciendo lo que tenía que haber hecho hace años: no pude sacarte del caso McGowan, no he podido evitar que te conviertas en uno de ellos, pero no pienso seguir alimentando tu sed de información.

—¡Se te está yendo de las manos la paranoia!

—Empaca tus cosas, por favor. La próxima vez no voy a ser tan educado.

La tranquilidad con la que me echaba de su vida mientras se servía otro whiskey, me desquició aún más. Me sorprendí a mí misma igualmente calmada, sin tomármelo demasiado en serio. Tal vez por eso no derramé una sola lágrima cuando cerré la puerta. Sabía que necesitaba unos días para darse cuenta del error que estaba cometiendo. Y ya veríamos qué pasaba después...

Logan me escribió un mensaje para informarme de que aún seguía en Edimburgo, por si necesitaba hablar antes de que regresara a Dornoch. Me conocía bien. Aunque en circunstancias normales él hubiera sido la última persona a la que le hubiera contado mis miserias, de algún modo, estábamos juntos en esto. Sentía que él y Gina iban a ser mi máximo apoyo de ahí en adelante.

Me lo encontré en Carlton Hill, admirando las espectaculares vistas que ofrecía de Edimburgo con una lata de Irn-Bru en la mano, un curioso refresco anaranjado escocés que contenía hierro y tenía más adeptos en las Highlands que la Coca Cola. Al verme, se quitó las gafas de sol y me sonrió a medias.

—Parece que no ha ido demasiado mal, Caoineag. Nada de ojos hinchados, ni enrojecidos... Te veo muy entera. ¿Debería preocuparme?

—Creo que ahora mismo siento tanta rabia que lo demás me da igual.

—No fue él. Lo sabes, ¿verdad?

—Sí, pero ahora es él quien no me cree a mí. Me ha acusado de acostarme contigo, entre otras cosas...

—Está claro que no nos ha visto juntos o no hubiera dicho semejante barbaridad.

—También cree que me he tirado a su padre. Y que me he "convertido al lunaplatismo".

—Okay, es oficial: Junior ha perdido la cabeza —añadió torciendo el gesto—. Lo siento, pensaba que lo habríais arreglado. Yo he estado tirando de unos cuantos hilos y he confirmado que el hombre de tus delirios es su primo Christopher.

—Son solo las doce del mediodía, ¿cómo es posible que hayas obtenido información tan rápido?

—Llamando a tu suegra.

—Exsuegra.

—A Caerlion —matizó—. Se ha acordado hasta de mi madre por llamar a esas horas, siempre se me olvida la diferencia horaria. En fin, la cuestión es que sí, existe un Christopher, es el hermano de Angus que se alistó en la armada británica y ha estado de aquí para allá todo este tiempo. Hace años que nadie le ve.

—El famoso primo de Nueva Zelanda —recordé—. ¿Y es el *döppelganger*[30] de Ethan? Porque, créeme, son dos gotas de agua. Aunque, ahora que lo recuerdo, cuando vi a Christopher sin camiseta en esa cueva, es cierto que está más fornido y no tiene tatuajes en el brazo.

—No son clones, aunque te concedo que el parecido es razonable, sobre todo, si la perspectiva no juega a tu favor —dijo. Yo le miré confusa—. Una cámara de seguridad, drogas, distancia... Nunca le has tenido delante de tú a tú, ¿verdad? A la luz del día y en igual de condiciones —preguntó. Negué con la cabeza.

—Eso es cierto. Y olía diferente. Su voz tampoco era la misma.

—Porque no era él —insistió Logan—. *"Siendo hermanas, sus vástagos lo serán, porque comparten una misma simiente".*

—¿De verdad crees que es el mejor momento para poesía?

—Son hermanos.

—¿Quiénes?

---

[30] Término alemán para designar al doble malvado y sobrenatural de una persona viva.

—Ethan y Christopher —respondió. Le mire ojiplática—. Caerlion huyó de Escocia porque su marido, aka Adrián Duarte, se tiró a una furcia escocesa a la que no logró perdonar. Christopher es el pequeño de tres hermanos, del 87, y el único de ellos que es un Duarte McGowan. Si los cálculos no me fallan, fue en ese mismo año cuando Caerlion y Adrián se mudaron a México. Yvaine lo sabía, por eso escribió en *El corazón de las Tinieblas*, página 102: *"Siendo hermanas, sus vástagos lo serán, porque comparten una misma simiente"*.

—¿Christopher es hijo de Adrián e Isobel? ¡Esto va a partir a Ethan en dos!

—Solo biológicamente, en los papeles sigue siendo hijo de Gordon, su "padre". Y hablando de papeles... —El tono misterioso que empleó me hizo temer—. Tengo los documentos que Caerlion guardaba en la pata de la cama, aunque aún no me ha dado tiempo a analizarlos.

—¿Qué? ¿Cómo?

—Si quieres, me das acceso a la casa McGowan y me quedo de brazos cruzados.

—Sabes que hay cámaras de seguridad en la entrada, ¿verdad? Se me olvidó desconectarlas.

—Sí, ya me he enterado mientras discutías con Junior. Si ese panoli no quiere involucrarse, lo respeto, pero a mí me ha mandado su madre, y te recuerdo que esa es su casa. ¡La jefa manda! —Logan hablaba, pero yo tenía la mirada perdida. Habían sido demasiadas cosas en muy poco tiempo—. ¿Has comido algo, Caoineag?

—Tengo el estómago cerrado.

—Seguro que tienes espacio para un gofre con helado de chocolate —ofreció. Le miré con los ojos entornados—. ¿No es así como lidiáis las mujeres con las rupturas? ¡Lo he visto en las películas! Aunque también te digo, no te pases con el helado porque Ethan no tardará en volver suplicando que le perdones y no queremos que te vea toda oronda y rellena de helado.

Me hizo reír. A pesar de que no tenía ganas de nada, Logan consiguió hacerme reír.

Aquella noche regresé a Londres en un tren que tardó una eternidad. De vuelta en Clapham, me sentí una extraña en la que solía ser mi habitación. Gina había insistido en que me quedara con ella, pero necesitaba sentir que estaba en mi propio espacio tras una larga temporada de aquí para allá. Por desgracia, todas mis cosas estaban en casa de Ethan, a excepción de lo que llevaba en la maleta y algunos trastos que había dejado allí temporalmente cuando me moví a su casa.

Ethan no me escribió en todo el día. Ni tampoco lo hizo el día siguiente, ni ninguno de los que estaban por llegar. No me importó. Yo estaba anestesiada contra el dolor, preguntándome cómo era posible no sentir nada y a la vez sentir tanto.

38

2 de febrero de 2023 — Casa de Siobhan, Union City, NJ

—Supongo que eso nos lleva hasta hoy —resumo. Siobhan levanta una ceja, no conforme con la resolución.

—Estamos en febrero… —duda—. ¿De verdad no tienes nada más que contarme? ¿Cómo has acabado aquí?

—Eso ya lo sabes, necesitaba una vía de escape y Gina nos puso en contacto.

—¿Un escape a qué? ¿Te amenazaron? —pregunta, pendiente de mi respuesta—. ¿Alguna llamada siniestra? ¿Algún susto?

—Como si nunca hubiera pasado —reconozco, evitando decirle que, aun así, yo aún vivo con miedo—. Tardé un par de meses en recuperarme de la infección respiratoria, aunque aún tengo algo de tos cuando hay humedad. Y, como ya habrás comprobado, todos perdimos la apuesta en cuanto al origen de los vómitos.

Siobhan se aprieta los labios y niega con la cabeza.

—No se lo has dicho, ¿verdad? —me acusa.

—Lo intenté, pero… Esta niña es mía, solo mía.

—Pues a no ser que seas la Virgen María y, por tu relato, diría que de virgen tienes poco, esa niña tiene un padre.

—Echar un polvo no te convierte en padre.

—¿Por qué has seguido adelante si tanto le odias?

—Porque hasta dónde yo sé, el aborto es ilegal en este país.

—No lo es en Nueva York, ni en Inglaterra, ni en España… Me temo que tendrás que inventarte otra excusa. —Siobhan suspira tras una larga reflexión y suelta una carcajada débil—. ¡Dios mío! Sigues enamorada de él. Hasta las trancas.

—¿Se puede amar y odiar a la vez a una persona?

—¡Uy, ya lo creo que sí! De hecho, la mayoría de las veces son cosas que van ligadas. Un extraño puede convertirse en tu amor en cuestión de segundos, del mismo modo que los amantes pasan a ser extraños. —Emite una sonrisa triste y pronuncia—: Divide y vencerás.

—¿Perdón?

—Lo que has dicho antes, el lema de Adrián Duarte. Con vuestra ruptura, no solo os ha separado a vosotros, ha divido vuestro grupo de amigos, le ha hecho desconfiar de Gina, y los dos habéis dejado el caso.

—No lo había visto así.

—¿Qué pasó después de la ruptura, Elena?

—Ya te lo he dicho, regresé de nuevo a Clapham con Casper y Mike. Vivir con los mejores amigos de mi ex no fue la idea más acertada, pero, al fin y al cabo, era mi hogar en Londres. El hogar que yo había formado antes de conocer a Ethan.

—¿Cómo se tomaron ellos la ruptura? ¿Cómo afectó al grupo?

—Como ya sabes por Gina, nadie quiso posicionarse, aunque, de algún modo, todos terminaron por hacerlo. Al principio pensaron que había sido una discusión tonta y que volveríamos juntos, pero pasaron las semanas y empezaron a hacerse preguntas. Se dieron cuenta de que había tenido que pasar algo muy grave si nuestro nombre se había convertido en tabú. Mike actuaba de manera cordial, a Amber apenas la veíamos, Brit se volcó de un modo obsesivo conmigo y Casper se mostró frío y distante. No era idiota, sabía que su novia tenía también algo que ver en nuestra ruptura, aunque ignoraba el qué, y estaba harto de que todos le ocultáramos cosas. Su relación con Gina se lastimó y decidieron postponer lo de irse a vivir juntos... otra vez. Y en cuanto a Gina, estaba convencida de ser capaz de rebelar este misterio, pero yo no las tenía todas conmigo. Ese reportaje periodístico no era sino otra de las muchas trampas de la Luna de Plata, y hasta ahora, siempre han salido impunes de cosas mucho más grave. Yo ya he perdido la fe.

—¿En el caso McGowan?

—¡En todo! En el caso, en la agencia, en mí... Ellos han ganado. Siempre ganan, llevan siglos haciéndolo.

—¿Y cómo llevaste tú la situación?

—Al principio, no le quise dar fuerza a la ruptura. Yo también pensé que lo arreglaríamos. Por el día acudía a la oficina con miedo, convencida de que esos tipos andaban al acecho y me harían algo ahora que estaba sola y sin la protección de Ethan. Por la noche, se volvía peor. Los recuerdos de aquella experiencia me atormentaban hasta despertarme bañada en sudor y lágrimas, un agravio que solo aliviaban los ansiolíticos. Cada mañana le prometía a Gina y a mí misma que iba a dejarlos, pero con el paso del tiempo, mi pena se volvió más profunda y no vi razón alguna para desengancharme. Y así pasaron las semanas y comencé a entender la realidad. Asumí que esos tipos se habrían olvidado de mí porque ya habían cumplido su propósito y querían que viviera para lidiar con las consecuencias de mi intromisión. Me querían muerta en vida y no bajo tierra. Esa fue su particular victoria.

—Te rendiste. —No me gusta su tono, me está juzgando.

—¡No me rendí! Simplemente, no tenía demasiados alicientes en mi día a día. La nuestra no fue solo una ruptura romántica, ¡lo rompió todo! Cambió mi vida, mis relaciones sociales, mis rutinas… Y, aunque te cueste creerlo, lo que realmente me destrozó fue no ver a Gael. Con Ethan estaba furiosa, pero Gael no tenía culpa de nada.

—¿Al hijo de Ethan? —parece sorprendida.

—"Al hijo de Ethan" —repito con una sonrisa amarga—. Es curioso, nunca se tiene en cuenta el papel de los padrastros. Cuando empiezas una relación con alguien que tiene hijos, te piden que los trates como si fueran tuyos. Que te involucres en las decisiones, los quieras y los veas crecer. Pero, cuando las cosas se tuercen, te exigen que te olvides de ellos como si nunca hubieran existido. Te recuerdan que no eres nadie y no tienes derechos. Como si la sangre fuera un vehículo de emociones y a ti no te correspondiera sentir. Y a mí Ethan me arrebató un pedazo de mi alma al negarme a Gael, ni siquiera tuvimos una despedida.

—Jamás pensé que quisieras tanto a ese crío.

—¡Sorpresa! Así que sí, estuve hundida y tenía claro que necesitaba un cambio, necesitaba retomar las riendas de mi vida. Y eso fue lo que me trajo a Nueva York.

—Asumo que no has vuelto a ver a ninguno de los dos entonces…

—A Ethan lo vi una vez. Cuando rompes con alguien empiezas a evitar lugares, pero trabajábamos relativamente cerca, así que era inevitable que algún día nos cruzáramos. Cambiar de cafetería no me sirvió de nada. Hay cerca de 3.800 cafés en Londres y Ethan tuvo la misma idea.

—¿Y él te vio?

—No me miró, pero sabía que estaba allí. Tan pronto le vi en la barra pidiendo, estuve tentada de coger mi café y largarme, pero Brit me soltó un discurso sobre madurez y superación. Se levantó, les saludó, estuvieron charlando, y fueron ellos los que dejaron la cafetería sin apenas mirarme. Me dolió la facilidad con la que había pasado de ser todo mi mundo a un completo extraño. Aunque me negué a derramar una sola lágrima por el destino que él nos había impuesto y no me daba opción de cambiar.

—Tienes que entender su postura...

—¿Entenderla? —rio sarcástica—. Sabiendo cómo es su padre, ¿de verdad justificas que no me creyese a mí?

—Tal y como yo lo veo, todas sus exnovias se han acostado con su padre, incluyendo Wendy.

—Ya, pero yo no soy como ellas.

—¿Quieres la verdad o que te dé la razón? —Me dedica una mirada dura y no me deja responder—. Visto desde fuera, él tiene todas esas fotos que te comprometen con Logan y su padre, todos esos mensajes desde tu móvil... y un *déjà vu*, ya que hace unos años rompisteis cuando él encontró una copia del caso McGowan en tu cuarto y decidió creerte a cambio de que dejaras el caso. Pero ahora sabe que nunca lo has dejado, que le has mentido, que usas identidades falsas. Ha encontrado las cartas de Analisa y alguien le ha enviado un reportaje con toda esa información que sólo tú conocías. Para colmo, él sabía que estabas escribiendo una novela que no le dejabas leer... Reconoce que tienes todas las de perder, Elena.

Esquivo su mirada y aprieto los labios con frustración. No lo había visto así. Y, ciertamente, no hay demasiado que pueda hacer para probar mi inocencia, ni con él, ni con nadie.

—Y, por cierto, has dicho varias veces que Ethan te parece un cobarde. Tendremos esta conversación de nuevo en unos meses... —

No sé si me impacta más el comentario o el hecho de que en unos meses piensa seguir en contacto conmigo—. Cuando seas madre, entenderás que a veces hay que hacer sacrificios para proteger lo que más quieres. La manera de llegar a Ethan siempre fuisteis tú y Gael. Su punto débil. Un descuido y... Tocado y hundido.

Me mordí el labio de nuevo, entendiendo de pronto su punto de vista en esta historia. No podía ni imaginarme que alguien le hubiera puesto la mano encima a Gael. Yo misma hubiera ido a matarlos con mis propias manos.

27 de octubre de 2022 – La City, Londres

Jael Medina dijo una vez: *"Tuve que verme en ruinas para recordar que soy puro arte"*. Así me sentía yo, en ruinas. Algo de mí había muerto en aquella cueva y yo sabía que ya no podría ser la misma.

Encontré en el alcohol un peligroso aliado y la mejor medicina para ayudarme a dormir durante mis crisis de ansiedad nocturnas. Al principio, empezó como unas salidas inocentes con Brit para despejar la mente después del trabajo. Ella tampoco estaba pasando por su mejor momento, necesitaba encontrarse a sí misma tras varios años de relaciones fallidas en las que decía haber perdido la identidad. El problema vino cuando Brit no podía quedar y yo no prescindía de mi copita de vino en la cena o mientras veía la tele. Y en algún momento, esas copitas se convirtieron en botellas, en una vía de escape a una realidad que ya no me emocionaba.

Tampoco me ayudaba el hecho de que aquel borrador aún no publicado se hubiera convertido en mi lectura de cabecera. Desde que Gina me hubiera conseguido una copia, tras una ardua discusión con Ethan tratando de convencerle de que pusiera esto en manos de sus abogados, lo había leído al menos seis veces, obsesionándome con encontrar ese algo que me ayudara a probar mi inocencia. Tenía cientos de cosas, pero en realidad no tenía nada. Como siempre.

Esa mañana me dirigí a la oficina con los ojos hinchados tras otra larga noche sin dormir en la que ni el alcohol ni los ansiolíticos habían conseguido calmarme. Cuando cerraba los ojos, tenía visiones que no sabía si eran reales o fruto de la mezcla explosiva que le estaba dando a mi cuerpo. En cualquier caso, me había despertado abruptamente con el corazón al borde de la taquicardia.

La primera sorpresa del día apareció en el salón de mi piso en forma de sobre A4 con mi nombre. No sabía quién lo había dejado ahí ni cuánto tiempo llevaba. Lo metí en el bolso de trabajo y lo llevé conmigo a la oficina. No pude aguantar la impaciencia por descubrir qué era. A pesar de que iba compactada en el metro entre decenas de personas más, me las ingenié para descubrir que procedía de un bufete de abogados de Londres especializado en divorcios exprés.

Reservé un despacho vacío para procesar ese golpe de realidad en la más estricta intimidad, mientras ponía mi rúbrica en los documentos sin pensarlo demasiado. Si eso era lo que él quería, yo no iba a negárselo. Deseé tener una copa de tinto cerca que me ayudara a digerir el mal trago, pero tuve que conformarme con el café lechoso de la máquina.

Apenas sentí a Gina y Brit tocando en la puerta hasta que ya estuvieron sentadas frente a mí. Me encontraron con la mirada perdida en la pared y las piernas cruzadas sobre la mesa en la pose menos profesional y femenina del mundo, pero nadie dijo nada. Gina ni siquiera pidió permiso para coger los documentos y ojearlos por sí misma.

—¿No piensas ponérselo un poco difícil para ganar algo de tiempo? —preguntó, sorprendida al ver que los había firmado sin luchar. Yo negué con la cabeza.

—Si Ethan quiere rehacer su vida, yo no soy nadie para impedírselo —respondí apática—. Y, sinceramente, no es que me muera de ganas por correr a sus brazos ahora mismo...

—Esto es temporal —agregó Brit.

—Es para siempre. Y yo también tendría que empezar a rehacer mi vida.

Gina se mordió el labio inferior pero no dijo nada. Que no tratara de convencerme de que Ethan volvería a mi lado, fue la primera señal de que las cosas estaban realmente jodidas entre nosotros. Brit, por el contrario, estaba dispuesta a sacar toda la artillería para animarme.

—Lo mejor de los finales es que te abren un abanico infinito de posibilidades. Ahora mismo tienes el mundo en tus manos. Puedes hacer todo lo que te propongas sin darle cuentas a nadie.

—Anda bonita, vete a por unos cafés —despachó Gina de malos modos, dándole a Brit la tarjeta de crédito de la empresa—. Pero no de la máquina de abajo, los quiero de Wood Street

—¿Algo más jefa? ¡Para servirla! —replicó mi amiga con sorna.

—Pues ahora que lo dices, sí, tráete unos bollitos de canela de Borough Market.

Brit obedeció sin rechistar, aunque sabía que iba a ponerla a parir tan pronto nos quedáramos a solas.

—Has sido un pelín grosera, ¿no crees?

—Necesitaba hablar contigo y últimamente no estás nunca disponible. Y con "disponible" quiero decir sobria —dijo en tono severo—. Estoy preocupada por ti.

—Estoy bien, mamá. No necesito que me eches un sermón.

—No, no estás bien, cariño. Para empezar, apestas a vino y son solo las nueve de la mañana —me acusó—. Esto no es solo por él, ¿verdad? —Miré para otro lado, esquivándole la mirada—. Elena, no puedes dejar que te hagan esto.

—¡Te estoy diciendo que estoy bien, joder!

—¡Una mierda estás bien! ¡A ti también te han roto! Reconozco los síntomas en cuanto los veo.

—¡Eso no es asunto tuyo! Estoy haciendo mi trabajo a la perfección. ¿Qué te preocupa exactamente?

—Que has dejado de ser una zorra sarcástica, por ejemplo.

—¡Vaya! Pues sí que es grave la cosa...

—Me consta que conoces los problemas de Ethan con el alcohol. ¿Te ha hablado alguna vez Caerlion de sus depresiones? ¿Tengo que recordarte que William Farrell sigue enganchado a los antidepresivos? ¿Qué Analisa estaba enganchada a la cocaína? La Luna de Plata son una fábrica de deshechos sociales.

—Analisa se metía antes de cruzarse con ellos.

—¿Te he hablado yo alguna vez de cuando lo resolvía todo con una botella de ginebra? Mis amigos me llamaban "Gin" por una razón —consiguió acaparar toda mi atención con su discurso.

—¿Tuviste problemas con el alcohol?

—¡Oh, ya lo creo que sí! Tenía solo dieciséis años, supongo que muchos lo llaman simplemente adolescencia, pero sufrí un coma etílico y la vida me dio una segunda oportunidad. Mis padres adoptivos me obligaron a cambiar de compañías sin saber que la mala influencia era yo. No podía explicarles todo por lo que había pasado por culpa de esos tipos, hasta qué punto me habían jodido la vida.

—¿Estás intentando animarme?

—Estoy intentando decirte que estoy aquí para ti, y que me niego a que lo resuelvas todo con una copa. Brit también se ha dado cuenta de que tienes un problema, y Casper me ha dicho que hay una colección de botellas en vuestro contenedor de vidrio que ni él ni Mike han consumido.

—Casper ni siquiera me mira a la cara, pero tiene tiempo de irte con cuentos.

—Casper está en el medio entre los dos y el traje se le queda grande. Reconoce que vuestra ruptura no ha sido convencional. Y es más consciente que nunca de que yo también le estoy ocultando algo, así que tengo que hacer malabares para que no me descubra. Pero eso no quiere decir que no se preocupe por ti.

—¿Cómo estáis vosotros?

—Hemos estado mejor. Tu exmarido está recuperando el tiempo perdido arrastrando a sus dos amigos a un sinfín de planes apoteósicos y viajes a los que no estoy invitada. El finde que viene se van a Ámsterdam, aunque supongo que ya lo sabías. —Negué con la cabeza. Mike y Casper apenas me dirigían la palabra en casa—. Me estoy poniendo mala de imaginarme a Casper en el Barrio Rojo.

—Tranquila, a Casper no le van esas cosas... Aunque puedo garantizarte que va a ponerse tibio a hierba.

—No me estás ayudando, Elenita...

—No lo pretendía.

—Me equivocaba, la zorra sarcástica sigue ahí. Puede que aún haya esperanza después de todo... —bromeó Gina. Y, entonces, sacó su copia de Toda *La verdad sobre el caso McGowan* y lo puso sobre la mesa—. Sin rodeos, hay algo que necesito comentarte.

—Si es sobre el caso, no quiero saber nada ni de eso, ni de la Luna de Plata ni de Ethan McGowan. Corto y cambio.

—Tenemos que encontrar quién ha escrito esto antes de que salga a la luz.

—La tienes delante de tus narices.

—¡No me ofendas! Llevo años leyéndote cada día y reconocería tu estilo al instante.

—No te diste cuenta de que no era yo quién escribía los relatos eróticos, ¿cómo lo has notado ahora?

—Precisamente, me volví más observadora y he llegado a una conclusión un tanto retorcida, pero... Quienquiera que escribió esto sabía que tú eras Yvaine Selena, por eso firmó con la YS. Porque quería incriminarte a ti.

—Es gracioso, porque nadie sabe que soy yo quién está detrás de esos relatos, así que no lo veo muy incriminatorio.

—Ahí te equivocas, hay al menos una persona que sí lo sabe… El fundamental, de hecho.

—No te sigo.

—Divide y vencerás.

—¿Te importaría mucho elaborar una frase con su sujeto, verbo y predicado?

—Han pasado seis semanas y no te ha pasado nada. Nadie ha intentado herirte.

—Igual solo quieren que me confíe.

—Elena, en este reportaje se cuentan muchas cosas que podrían meter a Ethan en la cárcel, muchas cosas turbias sobre su relación con esas muchachas o los negocios de su padre. Pero está hecho de tal manera que solo él parece culpable, no da ni un triste dato que pueda culpabilizarlos a ellos o revelar su existencia. No hay nombres, ni hechos reales, ni un solo lugar…

—¡Exacto! Por eso mismo Ethan cree que soy una lunaplatense. No has rebelado nada nuevo, Einstein.

—¿Y si esa fuera precisamente la misión del reportaje? Separarte de Ethan. Dividiros porque juntos sois mucho más fuertes. Si alguien realmente quisiera acabar contigo, como con aquella muchacha de Applewood, ya no estarías aquí. —El pensamiento me dio un escalofrío—. Creo que estás más segura de lo que jamás has estado desde que empezaste el caso. Ellos saben que te has rendido y ya no les interesas. No eres nadie. Ni siquiera les vales ya para atacar a Ethan, porque saben que a él ya no le importas.

—¡Aucht!

—Por eso tenemos que utilizar esa baza a nuestro favor.

—¿Qué has entendido exactamente cuando he dicho que me importaban una mierda el caso, la Luna de Plata y Ethan McGowan? ¡Nunca vamos a ganar Gina! Ellos siempre ganan. Cuanto antes lo asumáis todos, menos daños habrá que lamentar.

—Elena, conozco a Ethan desde hace muchos años y romper contigo solo es el principio. Ahora está dejándose llevar por ese torrencial de libertad y frenesí hasta que, en algún momento, comenzará a hacerse preguntas. Y, después, caerá en picado.

—Igual no le gustan las respuestas.

—¡Claro que no van a gustarle! Pero las oirá de todos modos. Escuchará cada palabra que tengas que decirle. Pero, hasta que eso ocurra, necesito que te restaures tú primero, porque tienes que estar preparada.

—¿Yo? —me burlé—. ¿Preparada para qué?

—Para que irrumpa en tu vida cuando menos te lo esperes. No será hoy, ni mañana, pero cuando lo haga, que lo hará, va a poner tu vida patas arriba.

—Gina, agradezco lo que estás haciendo, pero no me estás ayudando. Tengo que seguir con mi vida. No puedo estar esperando a que un día se levante y decida creerme.

—Yo no te he dicho que hagas tal cosa.

—Y lo cierto es que no quería decirte aún nada porque solo estoy dándole vueltas, pero... Necesito un cambio. Radical. No sé si me iré a Barcelona con mi amiga Esther, o tal vez pruebe suerte en Bristol o en Texas con mi hermano... Solo sé que necesito irme de aquí y crear recuerdos nuevos.

—Ahí precisamente quería yo llegar con mi discurso.

—¿En serio? Porque mira que has dado vueltas y no me ha dado esa impresión...

—Quería proponerte algo, aunque tenía miedo a que me dijeras que sí... Casper me ha prohibido que siquiera te lo mencione, pero...

—¿Pero?

—¿Sigues queriendo ir a Nueva York? —La miré con los ojos como platos.

—¿Es una broma? —Negó con la cabeza.

—Tengo una amiga que dirige una revista cultural y está buscando una jefa para la sección de espectáculos y eventos de Nueva York. Es un buen sueldo, con seguro médico y visa laboral para al menos dos años. Sé que no es *The New York Times*, pero creo que eres la persona perfecta para el puesto. Solo tengo que hacer una llamada y estás dentro. ¿Qué me dices?

Por primera vez en seis semanas, sentí una luz muy tenue encenderse en mi interior, un atisbo de esperanza, una razón para levantarme cada mañana y seguir luchando.

—¡Sí, sí, sí y sí! ¿Cuándo empiezo? —No podía creerme mi golpe de suerte.

—La chica actual deja el trabajo en diciembre. Con un poco de suerte, podrías tener la visa para mediados de enero. —Yo ya estaba haciendo mentalmente las maletas—. ¡No tan rápido, Elena! No puedo recomendar a una alcohólica para el puesto, mi reputación está en juego.

—¡Gina! —protesté.

—Tienes que prometerme que vas a empezar a cuidarte. Quiero que dejes todos esos malos hábitos que has adquirido últimamente y...

Me levanté y le di un abrazo tan fuerte e inesperado, que casi se cae de la silla. Un intenso olor a vainilla y pachuli me inundó las fosas nasales.

—Si llego a saber antes que esta oferta iba a emocionarte tanto, hubiera...

No le di opción a terminar la frase y me fui derecha al aseo a expulsar el desayuno. Las náuseas seguían siendo una constante en mi vida, y mezclar alcohol con medicamentos no estaba siendo lo más inteligente. Cuando regresé al despacho, Gina me estaba esperando con una mueca de preocupación dibujada en el rostro.

—Sabes que no eres la compañía más grata ahora mismo, ¿verdad? —comenzó—. Elena, tienes que dejar el alcohol...

—Te juro que no es eso, es que... ¿Qué demonios te has echado hoy? ¡Hueles como una tienda de golosinas!

—¡No me culpes a mí de tu olfato barato! Llevo usando el mismo perfume durante más de seis años.

—Pues será que se me ha metido en la nariz y... ¡No sé qué me pasa! Últimamente no paro de vomitar. Y, después, me siento tan patética que me da por llorar, sin razón alguna. Sé que vas a decirme que he pasado por mucho, que el alcohol no me ayuda, pero te juro que es como que de repente me viene una oleada de tristeza inexplicable contra la que no puedo luchar y…

—¡Oh, Dios mío! —Gina comenzó a estirarme los mofletes y abrirme las cuencas de los ojos con preocupación.

—¡No me estoy drogando! —repliqué ofendida.

—Lo sé, lo sé… Elena, ¿cuánto hace que no te baja la regla?

—¿Perdona?

—¿Cuánto? —insistió a modo Hitler—. Apostaría a que con la depresión que tienes, ni te has preocupado por eso.

—¡No digas tonterías! Además, tomo la píldora.

—Eso no responde a mi pregunta.

A regañadientes, saqué el móvil para enseñarle la aplicación del móvil que estaba ligada a mi reloj de actividad donde tenía apuntadas todas esas cosas. Cuando vi la fecha en el calendario, me quedé blanca de la impresión, segura de que se trataba de un error. De nuevo, me dio por llorar. Y quería vomitar, otra vez.

—Dos meses —expresó Gina en voz alta—. Dos largos meses con sus 60 días.

—¡Tiene que ser un error!

—Igual no deberías ir a Nueva York…

—¡No digas tonterías, Gina! ¡No estoy embarazada! Y, si lo estuviera, aún estoy a tiempo de abortar. ¡Yo odio los niños! Herodes a mi lado era un angelito. —No me gustó la cara contenida con la que me miró mi amiga—. ¿Qué? ¡Dilo!

—No tengo nada que decir, Elena. Es tu decisión. Pero, como bien has dicho, seguro que es una falsa alarma. Probablemente, tu falta se deba a esa nueva dieta que sigues a base de alcohol, pastillas y café americano.

Esta vez fui yo quien la miró mal a ella, incapaz de creer que me estuviera echando nada en cara en un momento así. Supongo que en eso consiste la verdadera amistad, en ser capaces de decirnos las verdades a la cara cuando más nos duelen. Gina dejó de desafiarme con la mirada y se centró en su teléfono móvil.

—¿No se lo estarás contando a Casper?

—Estoy pidiéndote hora en la clínica. Es una suerte que hayan tenido una cancelación justo para la semana que viene.

—Si tú lo dices. A mí me parece una puta pesadilla.

☼ ☾ ☼

Durante toda mi vida había oído cientos de historias sobre lo que se siente cuando ves por primera vez a tu bebé en una ecografía. La emoción. La incertidumbre. El miedo a no estar a la altura. La ilusión por preparar tu vida para la llegada de un nuevo miembro a la familia. Ninguno de esos sentimientos correspondía con el que yo tenía en el pecho en el momento en que el ginecólogo me confirmó la sospecha. Miedo. Tristeza. Desesperanza. Culpabilidad por lo poco que me había tenido en cuenta esas semanas. Por lo que estaba a punto de hacer...

—¡Es imposible que esté embarazada! —le grité, sacando de mi bolso las píldoras anticonceptivas que él mismo me había recetado, mientras me rogaba que no me moviera de la camilla—. ¡Esto es culpa suya! ¡Las píldoras que me recetó no han funcionado! Las he tomado religiosamente durante tres años y....

El ginecólogo se las llevó a la altura de los ojos y volvió a dejarlas en la camilla, escéptico.

—Señora Fernández, estamos a jueves.

—¡Sé en qué día estamos! ¡Estoy embarazada, no retrasada!

—La última pastilla que aparece aquí es la del lunes, así que diría que has tenido, como mínimo, tres olvidos.

—¡Eso es imposible! —Cogí las pastillas para comprobar lo que decía.

—Si siempre las has tomado así, diría que es un milagro que esto no haya ocurrido antes.

La rabia me inundó por dentro cuando entendí qué había pasado. Me entraron ganas de explicarle al doctor sabiondo que se atrevía a juzgarme que, si no me había tomado las pastillas que correspondían, era porque alguien me había retenido contra mi voluntad durante varios días.

—Señora Fernández, veo en su historial que...

—Señorita Elena —corregí, pues no estaba el horno para bollos.

—Señorita Elena, veo en tu historial que has estado recientemente tomando medicamentos muy fuertes para tratar una infección pulmonar. También has perdido mucho peso desde la última revisión y la analítica ha dado positivo en toxicología...

—Tomo antidepresivos —aclaré—. Últimamente estaba muy baja de ánimo y... No sabía que estaba embarazada. Me ayudan a dormir por las noches.

—No voy a mentirte, con tu historial es un milagro que este bebé esté bien. Vas a tener que empezar a cuidarte si quieres que salga adelante.

—Quiero abortar.

El médico y Gina me clavaron la mirada como si hubiera pronunciado una maldición imperdonable. *Avada Kedavra.*

—Bueno, si necesitas un tiempo para pensártelo, todavía estás en la semana ocho o nueve de embarazo...

—¿Ocho o nueve? —pregunté con los ojos como platos—. ¿Está usted seguro?

—Completamente.

—Diría que se te ha olvidado la píldora más de una vez... —replicó Gina apática. Sabía que estaba dolida conmigo por mi decisión, pero no sabía hasta qué punto.

—Eso no cambia las cosas, no tengo nada que pensar —aseguré—. Me voy a Nueva York a empezar una nueva vida y no quiero nada que me ate al pasado. Cuanto antes lo hagamos, mejor.

—Doctor, ¿podría darnos unos minutos para hablar en privado? —pidió Gina con una sonrisa triste. El ginecólogo nos dejó a solas, cerrando la puerta tras de sí—. ¡No puedes tomar esta decisión aquí y ahora, Elena! Estas cosas hay que meditarlas.

—¡No hay nada que meditar! Ya has oído al médico, es un milagro que esté vivo. Soy un puto desastre emocional, lo último que necesito en mi vida es un monstruo todo el día llorando, cagando y enganchado a mis pezones. No, gracias.

—Escúchame, Elena, sé que ahora mismo lo ves todo muy negro, pero creo que este bebé podría ayudarte a reconducir tu vida y que vuelvas a ser la Elena de siempre.

—A la Elena de siempre no le gustaban los bebés.

—La Elena que yo conozco se hizo cargo de un adolescente que no era suyo y se enamoró perdidamente de él. De hecho, me juego el cuello y no lo pierdo, a que estás llevando peor la ausencia del hijo que la del padre.

—Eso es porque al hijo no le odio. Además, Gael no cuenta... haría cualquier cosa por ese chico.

—¿Y cómo te crees que será cuando sea tu propio hijo? —preguntó. Ni siquiera tuve el valor de contestarle—. Bueno, pues ahora que sabemos que tus hormonas han jugado un papel muy importante en tu estado anímico, ¿crees que podrías dejar los antidepresivos y el alcohol? No te hacen ningún bien y tú no eres tan débil como para necesitarlos.

—Te lo prometo.

—¿Vas a pensártelo entonces? —preguntó esperanzada. Negué con la cabeza, viendo como sus ojos se teñían de rojo por las lágrimas que no quería soltar.

—Nueva York es mi sueño, Gina. Y es la única ilusión que tengo ahora mismo en mi vida. Por favor, no me juzgues.

—Es tu vida, Elena. Es tu cuerpo y tus decisiones. Es solo que... —Hizo una pausa para coger un pañuelo del bolso y se dio la vuelta para que no viera que estaba llorando. La emoción no le permitió articular palabra. Nunca antes la había visto tan afectada—. Sabes que Casper y yo llevamos tiempo intentándolo. Me estoy poniendo hasta arriba de inyecciones con hormonas, luchando cada día porque no me cambie el carácter. Y, entonces, te dicen que la inseminación ha fallado. Y vuelves a intentarlo, tratando de no venirte abajo, y otra vez la misma historia. Y piensas que no vas a rendirte, aunque algo dentro de ti sabe que no hay plan B, que nunca podrás tener hijos con la persona a la que quieres.

—¡Pensaba que estabas tomando la píldora! Me dijiste que no querías tenerlo todavía.

—¡Porque no quiero lástima! Casper se siente como un fracaso por no ser capaz de dejarme embarazada, y yo creo que es mi culpa, que estoy vieja y reseca como una pasa.

—Hay otros métodos —sugerí, poniéndole la mano encima para mostrarle mi apoyo.

—¡Claro que hay otros métodos! Pero el tenerte aquí, deseando deshacerte de lo que yo más deseo en el mundo, es injusto ¿sabes?

Estoy intentando apoyarte en esto y guardarme mi opinión, pero es que creo que te estás equivocando.

—Y yo creo que mi situación no es la tuya y no es justo que me sometas a este chantaje emocional. ¡Yo no quiero ser madre! Llegué a planteármelo con Ethan porque a él le hacía ilusión, éramos felices y tenía sentido. Pero ahora estoy sola. ¡No tengo a nadie! No voy a tener a nadie en Nueva York, ¿lo entiendes?

—Elena, ese bebé es tuyo. ¿Qué más da que no tenga un padre?

—Te agradecería que me apoyaras en esto. Esta decisión no es fácil para mí y necesito que estés a mi lado —rogué. Gina asintió con la cabeza, sin llegar a mirarme del todo—. Y te rogaría que no le dijeras nada a nadie de esto. No quiero que Casper ni Mike se enteren.

El doctor volvió a entrar en la sala, encontrándose un panorama desolador. Gina con los ojos invadidos en lágrimas de dolor, y yo en frustración. Su discurso me había hecho sentir culpable de su suerte. De la mía. Pero yo tenía claro que ser madre no era mi destino.

Informé al médico de mi voluntad y comenzó a explicarme el protocolo y los siguientes pasos. Sé que a Gina le costó un gran esfuerzo estar allí conmigo, sujetando mi mano y fingiendo que apoyaba mi decisión.

—Bueno, pues si te parece bien, necesito una firma aquí y que te leas estos panfletos con todo lo que necesitas saber previa intervención. Si lo tienes tan seguro, podemos hacerlo ahora y así no le das vueltas en casa.

El hombre me tendió un montón de papeles y me indicó dónde tenía que firmar. Dudé un instante, me temblaba el pulso. De repente, no tenía tan claro que aquella fuera la decisión correcta. ¿Y si me lo pensara un poquito más?

—¡Elena, espera un segundo! —Gina me detuvo antes de firmar—. Una vez que entres en esa habitación, no va a haber marcha atrás. Te juro que, si decides hacerlo, voy a respetar tu decisión. Solo te pido un par de días para que lo pienses en casa. Solo eso. —Gina vio esperanza en mi mirada confundida y siguió tirando de la cuerda—. Te vienes a dormir conmigo a casa, te preparo algo rico y lo hablamos con calma. ¿Qué te parece?

—Mejor pedimos un *takeaway*. Tú no sabes cocinar.

Gina sonrió. Me conocía lo suficientemente bien para entender que me había convencido.

39

9 de diciembre de 2022 — Londres

Aquellas fueron semanas de decisiones drásticas y despedidas. De cambios trascendentales. De billetes de ida sin regreso.

Había decidido comunicarle a mi familia la noticia de mi partida en persona esas navidades, así no tendrían apenas tiempo de hacerme cambiar de opinión.

A mis amigas, la noticia les produjo sentimientos encontrados. Sabían lo mucho que me hacía falta ese cambio, pero no terminaron de entender la decisión, aunque eso no impidió que me hicieran una despedida por todo lo alto antes de viajar a España. Eso ellas, porque Casper alegó que no le gustaban las despedidas para escaquearse del plan; y Mike, más sincero, me dijo que no tenía ganas de pasar la noche con Brit y prefería verme en casa.

Aquella noche le conté a mis amigas la otra noticia después de que Amber me sorprendiera vomitando en los lavabos del bar.

—¡Madre mía! Me quejaba yo del pelotazo que tengo, pero tú estás fina hoy…

—¡Pero si lleva toda la noche a cola light, que la he visto yo! —me delató Brit—. Elena, ¿no habrás estado bebiendo a escondidas?

—¿Por qué iba a hacer tal cosa? —preguntó Amber. Yo me agobié, y Gina me miró con cara asesina.

—¿Piensas contárselo de una vez o estás esperando a que haga la comunión?

—¡Oh, Dios mío! —Brit se llevó las manos a la cara. Era la primera vez que pillaba una ironía a la primera—. ¿No estarás…? ¡Pero si tú odias…!

—No ha sido buscado, créeme.

—¿Es de Ethan? —preguntó. No tuve que responder, mi cara lo dijo todo.

Mis amigas empezaron a suspirar, blasfemar y jurar en todos los idiomas

—Chicas, esta decisión me ha costado mucho, así que os agradecería un poco de discreción... Ya sabéis a qué me refiero.

—¿Y cómo piensas justificarlo? —exclamó Amber, ofendida con mi decisión—. ¿Vas a decir que el Espíritu Santo te ha visitado por las noches?

—¡Ya está, se acabó! Que me la estáis agobiando —resolvió Gina—. He sudado lágrimas para convencerla de que no aborte, no hagáis que cambie de idea.

—¿¡Pensabas abortar!? —preguntaron Amber y Brit al unísono, al borde de soltarme un sopapo.

—¡Ya no tenemos trece años, Elena! ¡Apechuga como una mujer! —me reprendió Amber.

—¿Perdiste la virginidad a los trece? —observó Gina perpleja.

—¿Es que a nadie le importa el hecho de que Ethan va a tener un hijo del que no sabe nada? —analizó Brit.

—Hija —corregí—. Y hasta donde yo sé, da igual quién sea el padre, no voy a pedirle responsabilidades. Así que os recomiendo que os hagáis a la idea de que me he inseminado y problema resuelto.

—Estoy de acuerdo, ¡qué le jodan a Ethan! ¡Vamos a ser tías! —Amber había pasado de ponerse moralista a dar saltitos de la emoción—. ¿Ya tienes nombre? ¿De cuánto estás? ¿Ya da pataditas?

—La estáis agobiando otra vez... —Gina era la mejor traduciendo mi lenguaje no verbal.

—¿Es que nunca vais a contarnos lo que ha pasado entre vosotros? —protestó Brit, dispuesta a llegar hasta el fondo de ese misterio—. ¡Nadie se cree que hayáis pasado de...!

—¡No es asunto nuestro! —interrumpió Gina—. Elena necesita todo nuestro apoyo en esto y, si Ethan alguna vez quiere saber algo del tema, estoy segura de que Elena estará dispuesta a hablar las cosas como adultos.

Torcí el gesto, pero no dije nada. Hablar con Ethan era lo último que deseaba en esos momentos.

—¿Le has llamado al menos? —insistió Brit—. Creo que está en su derecho de saber que va a tener una hija. Al menos, dale la opción de decidir si quiere involucrarse o no.

—Brit, la niña es mía, no voy a pedirle nada a Ethan, ni ahora ni nunca. ¿Podemos dejarlo ya?

—¿Y qué vas a explicarles a Mike y Casper cuando la niña crezca y vean que es latina?

—¿Qué tengo un prototipo? —repliqué sarcástica—. ¡Me voy a América! ¡Hay millones de latinos allí que me han podido dejar preñada!

—Dale la opción de elegir, Elena. Por favor… —insistió Brit—. Como alguna vez os reconciliéis, jamás va a perdonarte que le hayas privado de la infancia de su hija.

—Brit tiene razón… —agregó Amber, posando su mano en mi hombro para mostrarme su apoyo.

—¿Podríais simplemente alegraros por mí? ¿Decirme que estoy haciendo lo correcto, que voy a ser una madre maravillosa y que estáis deseando conocer a vuestra sobrina?

—Estamos deseando conocer a nuestra sobrina y sabemos que vas a ser la mejor madre del mundo, de eso no me cabe la menor duda —se rindió Brit.

—Mientras no te vuelvas una de esas madres que solo hablan de lactancia y caquitas de bebé en los grupos de WhatsApp, a mí me parece estupendo —agregó Amber.

—Si me vuelvo una de esas madres, tenéis mi permiso para expulsarme del grupo y envenenarme.

—¿Ya has elegido nombre? —indagó Brit —. ¿Vas a llamarla Yvaine, como él quería? Estrella de la mañana.

—No quiero más lunas ni estrellas en mi vida —expliqué, aunque solo Gina entendió mis palabras—. Se va a llamar Gaia, Tierra, porque es donde quiero que tenga siempre los pies.

—Gaia Yvaine —insistió Gina, rebautizando a la niña—. Me gusta.

Meter siete años de mi vida en cajas y maletas no fue tarea fácil. Tenía que separar aquello de lo que podría prescindir en Nueva York de lo que quería llevarme y aquello que probablemente no iba a necesitar nunca más.

Aún no había decidido qué iba a hacer con mi diario, una libreta que me había regalado Ethan años atrás con un grabado en portada donde se leía *"El complicado caso McGowan-Fernández"*. Desde luego que no podría haberse complicado más...

Era increíble como podías pasar de amar a alguien a odiarle con todas tus fuerzas en cuestión de días. De segundos.

Las últimas líneas que había escrito hablaban de la boda y de que nos íbamos a vivir juntos. Nunca me atreví a escribir sobre la ruptura o el embarazo porque sabía que, verlo sobre papel, lo volvería todo más real. Supongo que una parte de mí se había quedado estancada en el pasado, dentro de esa cueva, esperando que al salir todo volviera a ser como antes.

Escribí rápidamente un par de líneas con los acontecimientos más recientes y pegué carpetazo a esa historia para siempre. A mi historia, cerrando el último capítulo de manera radical. Metí el cuaderno en la caja que iba destinada al trastero de Gina, asegurándome de cerrarla bien con cinta americana.

Me senté en la cama a la espera de que Gina viniera a buscarme. Cuando miré a mi alrededor y vi la habitación tan vacía, mi existencia reducida a unas simples cajas de cartón, me sobrecogió la nostalgia. Tantos buenos momentos vividos entre esas cuatro paredes que ahora quedaban contaminados por las últimas vivencias.

—Toc, toc, ¿se puede? —Casper asomó la cabeza. Llevaba una gran caja de Amazon que dejó en el suelo. Le interrogué con la mirada—. Me lo ha dado Ethan, creo que son cosas tuyas que ha encontrado por casa.

—Okay, gracias —dije con indiferencia.

Dejé la caja con las cosas que llevaría al trastero y no me molesté en comprobar qué había dentro. Si había prescindido de ello esos meses, no me haría tanta falta. Una lámpara de Iron Man, que le había regalado a Gael por su cumpleaños, sobresalía por un lateral. Sabía que eso era cosa del padre. ¡Qué manera de despreciar cada pequeño detalle!

Casper seguía parado en la puerta, observándome y sin decir nada. Apenas habíamos hablado desde que les dije a él y a Mike que me iba. Aún no les había contado que estaba embarazada, aunque era cuestión de tiempo que acabaran por enterarse.

—Elena... ¿podríamos hablar? —Casper tenía los ojos tristes—. Todo esto de Nueva York me ha pillado un poco...

—¿En serio? Porque hace un par de meses que tomé la decisión de irme y aún no te habías pronunciado al respecto —le reproché.

—Para mí está siendo muy difícil mantenerme al margen. Siento si no he estado a la altura, pero realmente no sé cómo comportarme —se justificó—. Si te sirve de consuelo, las cosas con Ethan tampoco están como estaban antes... Le he pillado un par de veces discutiendo con mi novia y he tenido que intervenir. Una cosa es lo que tenga contigo y otra que lo pague con ella por ser tu amiga.

—No te metas —le aconsejé—. Deja que hablen lo que tengan que hablar, sabes que su relación se remonta a antes de que tú y yo apareciéramos en escena.

—Ya, pues eso me mosquea más. Hay algo en el aire que todos menos yo parecéis saber... En fin, solo quería disculparme, tengo la impresión de que te he fallado y me siento en parte culpable de que hayas decidido irte.

—¡No digas tonterías! Es cierto que últimamente estamos bastante desconectados pero esta decisión no tiene nada que ver contigo.

—¿Puedo preguntarte algo? —Su escrutinio me puso nerviosa—. No lo hiciste, ¿verdad?

—No sé qué te habrá contado Ethan...

—Todo, creo... —Le miré con los ojos como platos—. Que te liaste con ese pelirrojo mientras trabajabas en Escocia. Pero yo no me lo creo. Si fuera cierto, ahora que estás soltera podrías hacer lo que te diera la gana y, sin embargo, estás...

—¿Sola?

—Destrozada —corrigió. Suspiré aburrida de esa conversación. ¿Dónde narices se había metido Gina?—. Sé que ya lo habíais dejado antes, pero entonces era diferente porque sabías que podría volver. Ahora...

—Ahora no quiero que vuelva.

—Sabes que huyendo no solucionas nada, ¿verdad? Una huida no es más que una mudanza de problemas.

—¡No estoy huyendo, Casper! ¡Solo necesito un cambio en mi vida! Y no espero que lo entiendas porque hay demasiadas cosas que no sabes.

—¡Pues ayúdame a entenderlo! ¡Ayúdame a entenderos a los tres!

—Habla con ellos, yo no tengo nada que ver ahí.

—¡Estoy hablando contigo! —Eso era lo último que necesitaba, a Casper exigiéndome que le contara la verdad—. ¡Me resulta imposible hablar con ellos! Cuando intento llegar a cualquiera de los dos, se cierran. Y tú últimamente te has vuelto igual que ellos —acusó. Torcí el gesto—. Está bien, no me lo cuentes si no quieres. Lo único que voy a decirte es que, a no ser que encuentres el modo de demostrar que no fuiste tú quién escribió ese maldito reportaje, más te vale pasar página, porque puedo asegurarte que él no tienen ninguna intención de arreglar las cosas contigo.

No esperaba que Casper estuviera al tanto de eso, pero no le seguí el juego.

—¿Te apetece ver una peli? Creo que quedan palomitas.

—¿Podrías hacer el favor de mirarme? —No conocía esa faceta de Casper—. ¡Joder, Elena! ¡Te estoy hablando! ¡Ethan te odia! Tiene que haber algo en ese maldito artículo que pruebe tu inocencia. Irte solo te hará parecer más culpable. ¿Es que no piensas luchar por tu matrimonio?

—¡No, Casper, escúchame tú a mí! Tu amigo me ha gritado, me ha humillado y ha tirado nuestra relación a la mierda sin siquiera escucharme. ¿De verdad crees que tengo ningún interés en arreglarlo? Y, por cierto, ¡no tengo nada que demostrarle a nadie! Quien quiera creerme, genial. Quien no, allá penas. Estoy harta de justificarme.

No me esperaba el abrazo que me dio. Tampoco, que tuviera el poder de echar mis muros de contención abajo. Habíamos dejado de discutir y ahora estábamos abrazados, consolándonos el uno al otro.

—Te voy a echar de menos, pequeña. No te imaginas cuánto.

—Solo serán unos meses, grandullón.

—¿No es eso lo que le dijiste a tu madre cuando llegaste a Londres hace siete años?

—Esta vez es distinto, mi familia está en Europa. Vosotros estáis en Europa. —Casper esbozó una leve sonrisa al oír mis palabras.

—¿Seguimos siendo amigos, entonces? ¿Tú y yo?

—No —respondí ante su suspiro de decepción. Que me perdonara Jorge por lo que iba a decir—. Somos hermanos. Y por elección, que es más poderoso que la sangre.

40

15 de diciembre de 2022 — Valladolid

Dicen que las desgracias nunca vienen solas. Aquel día me desperté con la terrible noticia de que mi abuela Antonia Elena había fallecido. Ocurrió de repente. Estaba durmiendo y sus ojos se cerraron para siempre. Si solo hubiera aguantado tres días más, tres días, hubiera llegado a tiempo para nuestra despedida.

De camino al aeropuerto, le lloré todas las lágrimas que no me había permitido llorar esas semanas. Ella sí se las merecía, allá donde estuviera.

Aterricé en Barajas con el tiempo justo de coger un tren a Valladolid. Mi hermano Jorge, quién sí había podido despedirse gracias a que le habían adelantado el vuelo de navidad, me vino a buscar a la estación con Julie y fuimos juntos al tanatorio en el coche de papá. No quise asomarme para ver su cuerpo. Mi presencia allí era únicamente para apoyar a mi familia, pero no lo hacía por ella. Ya no. Ella no podía escucharme ni verme.

—Me quedaban tantas cosas que preguntarle... —suspiró mi hermano, conteniendo las lágrimas para que yo no me viniera abajo.

—Algún día lo haremos, cuando nos reencontremos con ella en el cielo —respondí, con los ojos inundados en tristeza.

No sé por qué me acordé de Ethan, de lo mucho que mi abuela le quería a pesar del poco tiempo que habían coincidido, de lo bien que se portaba él con ella. De la falta que me hacía uno de sus abrazos en esos momentos.

Uno no debería tomar decisiones cuando está alegre ni cuando está triste. Te lleva a hacer auténticas estupideces. Tal vez por eso decidí hacer caso a Brit y Amber en ese preciso momento. Me disculpé de mi familia y salí a la calle a tomar un poco de aire.

El tráfico de Valladolid en hora punta rugía con furia. Los coches se pitaban los unos a los otros, como si así pudieran solucionar el embotellamiento que se había formado. De la ventanilla de un coche azul salía el *Cuando yo estoy lejos* de Yoly Saa. Uno no debería comenzar una llamada de ese calibre con esa canción de fondo. Si hubiera sido un poco más esotérica, me lo habría tomado como una señal divina advirtiéndome de que era una pésima idea, pero todo lo que podía pensar es que había que tener moral para conducir con la ventanilla bajada con el frío que hacía esa noche.

No me sorprendió que Ethan no me cogiera el teléfono cuando le marqué. Me había bloqueado en todas las redes sociales y se había salido de los grupos de WhatsApp que teníamos en común. Mis amigos, que a veces no eran nada sutiles, habían renombrado el grupo a "Londres + Ele", lo que me hacía pensar que habría un "Londres + Ethan" por algún lado.

Decidí mandarle un mensaje de todos modos. Aunque... ¿cómo empiezas una conversación así?

Escribí al menos cinco mensajes distintos sin llegar a enviar ninguno de ellos. Su foto de perfil era un mar en calma. Al final, creo que le envié algo vago e impreciso, que tenía algo importante que contarle que le afectaba o algo así. Como respuesta, dejé de ver su foto de perfil y supe que también me había bloqueado en WhatsApp y Telegram. El final de nuestra historia dictaminado por una foto en blanco. Había tocado fondo y sabía que me tocaba salir a flote. Se acabaron las lágrimas, la compasión y la autodestrucción.

—¡Qué te jodan, imbécil! —Pretendía ser un susurro mientras guardaba con rabia el móvil en el bolso, pero un viandante se dio por aludido.

—¡Qué te jodan a ti, niñata estúpida!

—¿Solo llevas unas horas aquí y ya estás haciendo amigos? —Me giré y vi a mi hermano detrás con una mueca chistosa—. ¿Dónde te has dejado al churri? Pensé que querría estar contigo en un momento así...

Suspiré por toda respuesta. No era el mejor día ni momento para hablar de ello, pero allá iba.

—Tengo un par de noticias que daros. La verdad es que no pensaba hacerlo aquí, el día que enterramos a la abuela, pero siento que, si no lo suelto ya, se me van a enquistar dentro. Igual me puedes allanar el camino con papá y mamá…

—Alba Elena Fernández Soler, me estás asustando. ¿Qué tienes? ¿Es grave?

—En realidad, tú sales ganando con esto. ¿Estás listo? —pregunté, Jorge entrecerró los ojos sin terminar de fiarse de mí—. La primera es que vas a ser tío.

—¿Cómo? ¿En serio? —La sonrisa que se dibujó en su rostro fue todo cuanto necesitaba para saber que aquella era la decisión correcta—. ¡A mamá le vas a dar una alegría enorme después de lo de la abuela! ¡Qué cabrón! ¡Sabía que mi cuñado acabaría por convencerte! ¡Tiene que estar como loco de contento! —Sonreí con los labios apretados. Jorge se dio cuenta de que pasaba algo—. A ver, ¿qué he dicho?

—Nada, nada, es solo que… ¡Buff!

—Espera… —Jorge me diseccionó con la mirada, como si pudiera ver a través de mí—. ¿De verdad Ethan tiene tanto trabajo que no ha podido escaparse para estar contigo en un momento así?

—Nos estamos divorciando. Ya está, lo he dicho. —Suspiré, sintiéndome mejor.

—¿Qué? Pero ¿qué ha pasado? ¡Con las ganas que tenía de ser padre! Un momento, el niño es suyo, ¿verdad?

—¡Pues claro que es suya! Es una niña, por cierto. La segunda noticia no era el divorcio, sino que me voy a vivir a Nueva York. ¡Tachán! —dije con un movimiento circense falto de gracia—. Vas a estar más cerquita de tu sobrina.

—¿Algo más? ¿Vas a cambiar de sexo? ¿Te han abducido los extraterrestres? ¿Te persigue la mafia rusa?

—No, pero voy a teñirme de morena.

—¿Te vas a Nueva York tú sola? ¿Y embarazada? —reiteró, esperando que le dijera que lo había entendido mal—. ¡Tú has perdido el norte! ¡A mamá vas a matarla de un disgusto un día de estos!

—No voy a estar sola, Gina tiene una amiga que alquila una habitación. Llevamos unas semanas chateando.

—¿Entonces ya está? ¿Vas a tener a su hija y no vas a decirle nada? —Otro que se ponía moralista—. ¿Es que no te remueve nada por dentro?

—Las cosas han venido así. ¿Preferirías que abortara? —pregunté, Jorge se calló de golpe—. Y, para tu información, he intentado hablar con Ethan, pero me ha bloqueado. No quiere saber nada de mí.

—¡No me cuadra nada!

—Pues tendrá que cuadrarte, porque no pienso seguir hablando del tema. Lo único que te estoy pidiendo es que respetes mi decisión y que seas un buen tío para Gaia.

—A veces eres de un vallisoletano que das asco.

—Le dijo la sartén al cazo.

—¡Anda, vayamos para dentro! Dale a mamá un par de días para que digiera lo de la abuela antes de soltarle las exclusivas.

☼ ☾ ☼

—Me voy a vivir a Nueva York.

Jorge me miró con los ojos como platos. Había prometido darles un par de días, pero me consumían los nervios. Aquel no fue el mejor día para soltar de golpe tantas novedades, pero quería aprovechar que estábamos toda la familia reunida en el chalet de mi tía Carmen. A veces era mejor dar todos los disgustos de golpe, como cuando te depilas con cera y arrancas todos los pelos de raíz de una sola vez.

—¿Tan lejos? —preguntó mi madre. Mi hermano se llevó la mano a la cara, sabiendo que acababa de romperle el corazón a nuestra madre—. Bueno, hija, mientras Ethan y tú seáis felices, supongo que es lo único que importa.

—En cuanto a eso... Nos hemos divorciado —confesé entre dientes. Esta vez sí obtuve la atención de los dos de golpe, mi padre y mi madre, que estaban en shock—. Y vais a ser abuelos. ¡Sorpresa!

—Es de Ethan, supongo. —Mi padre se lució con la pregunta.

—¡Qué cosas tienes, Antonio! ¡Por supuesto que es de Ethan! ¡Ni que tu hija fuera una cualquiera!

—¿Y por qué os habéis divorciado? No me digas que vuestra relación se volvió convencional y aburrida —adivinó mi padre.

"Convencional" era el último adjetivo que yo hubiera usado para definirnos, pero me valía como excusa—. ¡Los jóvenes de hoy día no aguantáis nada!

Mi tía Carmen, que había estado escuchando solo parte de la conversación, decidió meter el dedo en la llaga.

—La verdad es que te estaba durando mucho la tontería. Los latinos están bien para un revolcón, y de los buenos, pero para sentar cabeza necesitas un hombre de verdad. —Puse los ojos en blanco y me negué a seguir escuchando su discurso racista, pero mi tía decidió seguirme por toda la casa para darme la murga—. ¿Te acuerdas de Tamara, la mejor amiga de tu prima? Estuvo con un cubano un par de años. Dice que fue el mejor sexo de su vida, pero el chico se pensaba que aún seguía en la jungla y acabaron rompiendo. Ahora está casada con un neurocirujano de Valencia, un hombre como la copa de un pino. El año que viene se presenta a la alcaldía.

—Me alegro por ella. —Lamenté que el vaso que sostenía en mi mano solo tuviera refresco. Jorge, por detrás, se estaba partiendo de risa a pesar del luto.

—Mi amiga Puri tiene un hijo trabajando en Renfe que sigue soltero. Es ingeniero y tiene más o menos tu edad. Yo creo que os llevaríais bien.

—Seguro que sigue soltero por alguna razón —susurró Jorge.

—¡Anda! ¡Pues lo mismo que podríamos decir de tu hermana! Treinta y una primaveras y aún en busca del amor.

—¡Tía! Te agradezco mucho el esfuerzo, pero no estoy buscando nada. Solo a mí misma, conectar con mi diosa interior. De verdad que no necesito que me presentes a ningún Pocholo ni Borjamari.

Aquella noche olvidé mi falta de creencias para rezar una oración por mi abuela. Sé que, a ella, que era muy devota de la Virgen del Carmen, le hubiera gustado.

Dejamos una silla en nuestra mesa libre y le servimos la comida como en cada ceremonia, dejándole el descafeinado en un vasito de cristal como a ella siempre le gustaba porque sabía diferente.

Y a pesar de que ella ya había sacado tres seises y abandonado la partida, jugamos un parchís en su honor, dejando que nos trucara los dados desde su cielo.

41

2 de febrero de 2023 — Casa de Siobhan, Union City, NJ

—Y eso nos lleva hasta hoy —concluyo—. Le di a Gina todo lo que había recopilado estos años del caso McGowan: fotos, anotaciones, mi reportaje del 2019... ¡Todo! Llegué a Nueva York después de Reyes. Nadie te prepara para lo que sientes al salir de la estación de Times Square de noche y encontrarte cara a cara con Nueva York por primera vez. Las luces, los rascacielos, el ruido, los olores... Creo que aquel momento lo compensó todo. O, al menos, hasta que me di de bruces con uno de los muchos hoteles SilverMoon de la ciudad.

—Veo que no mentías cuando dijiste que te ibas a teñir de morena. —Acaricia mi melena, que ahora luce castaña y lisa—. Te queda bien, no sé cómo estabas antes, pero ese corte de pelo te favorece.

—Gracias, eres la única que lo piensa.

Una preciosa niña de ojos curiosos irrumpe en el salón y va derecha a abrazar a su madre. Desde la puerta, una mujer de unos sesenta años de origen latino espera para hablar con Siobhan.

—Mañana no podré ir a buscarla al colegio, tengo que acompañar a mi nuera a comprar unas cortinas.

—No te preocupes, Nancy. Trabajo desde casa así que podré ir a buscarla yo. ¡Disfruta del día libre! —Se despide de la mujer de manera amistosa y vuelve a centrarse en su hija—. Ven, mi vida, quiero presentarte a una amiga que va a quedarse un tiempo con nosotras. Se llama Elena, como tu muñeca.

Le dirijo una mirada fugaz antes de centrarme en la niña. No entiendo de qué va todo esto, pero dejo que la niña me abrace a modo saludo.

—Hola, Karishma, qué nombre tan bonito tienes.

—Es de origen sánscrito y significa "milagro" —responde algo repipi. La aclaración me deja fría, a su corta edad ha usado una palabra de la que yo ni siquiera sé el significado, sánscrito. Tampoco es que el significado de "milagro" me quede demasiado claro…—. ¿Eres la amiga española de mamá? Mamá dice que a los españoles les gusta mucho la fiesta y trabajan poco.

Me giro para mirar a Siobhan, que de nuevo ha vuelto a dejarme sin palabras, y se excusa como puede.

—¡Niños! Lo escuché en una película —aclara—. Anda, cariño, ve a darte un baño mientras preparo la cena.

Espero un tiempo prudencial a que la niña desaparezca y decido no seguir frenando mi curiosidad.

—¿Por qué has cambiado de opinión?

—Porque necesitas ayuda y un sitio dónde quedarte y yo necesito alguien de confianza que me ayude con los gastos de la casa. Además, las dos estamos divorciadas. Yo soy madre soltera y tú vas a serlo. Somos trabajadoras, emprendedoras y luchadoras. Puede que tengamos más en común de lo que queremos creer.

—¿No tienes miedo a que hurgue en tus papeles y escriba la segunda parte?

—Mi escritorio está cerrado con llave.

—Sabes que conseguir llaves es mi especialidad.

—Elena, no liemos las cosas… Aún no he decidido qué imagen tengo de ti, pero hay una cosa que sí te concedo: nadie finge tan bien. Y tú no eres la viva imagen de la felicidad ahora mismo, hay cosas que ni el maquillaje puede arreglar. Además, hay algo en tu mirada cuando hablas de él que… —No quiero que acabe la frase—. Te duele. No sé si es rencor, decepción o un corazón roto. Pero cada vez que pronuncio su nombre se te oscurece la mirada.

—Si crees que estoy así por él es porque no has entendido nada de lo que he dicho.

—Sí, sí que lo he entendido. Sé que estás así por culpa de ellos. Sé que han hecho contigo lo mismo que con todos los demás que han sobrevivido a esta masacre. Eres un juguete roto, exactamente igual que Ethan y Gina. La única diferencia es que tú tienes una ilusión ahora mismo, y él solo tiene su rabia. Ese maldito reportaje solo ha puesto en evidencia algo que venía de antes, sus problemas de confianza. A su favor diré que esta vez su padre se ha lucido, la película que se ha montado es demasiado buena para ser mentira. Le dijeron que estabas con otro y, cuando regresó a su casa, realmente estabas con él. —De nuevo, bajo la mirada—. Pero si Gina tiene razón y nos estamos equivocando contigo, es una cagada enorme. Y el día que Ethan se dé cuenta de lo que está pasando, no va a poder perdonarse el haberse perdido a Gaia.

—Ethan no tiene por qué enterarse —repito.

—¿Nunca? —pregunta, sosteniéndome la mirada.

—No sé lo que voy a comer mañana, la palabra "nunca" se me queda grande.

—¿Mañana? Pensaba preparar *shawarma* vegano —contesta, dando por hecho que voy a aceptar su propuesta.

—Te agradezco lo que estás haciendo, pero no necesito caridad.

—¡Por el amor de todos los dioses! ¿Podrías dejar de ser tan orgullosa? ¡Estás embarazada! Creo que aún no eres consciente de lo que es ser madre primeriza estando sola en una ciudad en la que no conoces a nadie.

—¡No estoy sola! Mis padres van a venir a ayudarme cuando nazca Gaia.

—¡Genial! Pueden dormir en el sofá —insiste, cansada de mi cabezonería—. Mira, no tienes por qué caerme bien, ni yo a ti. Esto es un acuerdo que nos conviene a ambas. Así que mueve el culo y trae tus cosas. Y haznos un favor a las dos: busca ayuda profesional. Todos podemos caer alguna vez y no eres más débil por ello.

—¿Tú también quieres que vaya a un loquero? —pregunto ofendida.

—¡Sí! ¿Y qué problema hay? Has pasado por una situación muy traumática y esa niña necesita la mejor versión de ti cuando esté aquí.

Y esta que tengo aquí no es la mejor Elena que puedes ofrecer, estoy segura de ello.

—Lo pensaré.

—Voy a pedirle al hijo de Nancy que te acompañe al hotel para ayudarte con el equipaje, es un muchacho muy servicial. Te caerán bien, son de Puerto Rico.

—Puedo sola —aseguro. Siobhan me recrimina con la mirada—. ¡Solo tengo un par de maletas! Estoy segura de que el taxista podrá ayudarme.

—¡Como gustes! Voy a ir preparando la cena. Bienvenida a casa, Elena.

Siobhan se pierde en la cocina y una extraña sensación de plenitud me invade. Estoy en casa. Y, lejos de sentirme una extraña, siento que estoy en el lugar correcto.

De camino al hotel, le pido al taxista que haga una breve parada en la ribera para observar Manhattan desde allí. El río Hudson divide los estados de Nueva Jersey y Nueva York, creando una absurda rivalidad entre sus habitantes que nunca llegaré a entender.

Me apoyo en la barandilla y hago algo que debería haber hecho hace mucho tiempo, el primer paso para cerrar el pasado y aceptar mi nueva vida. Me quito el anillo que una vez sirvió para sellar una promesa, el mismo que fue mi amuleto en los momentos de angustia, y lo tiro al agua. Con fuerza, para asegurarme de que nadie pueda encontrarlo jamás. No le deseo a nadie un matrimonio como el mío. El fracaso más grande de mi vida se hunde en el fondo del agua, haciendo que la herida de mi corazón comience al fin a cicatrizar.

Aún no me he deshecho del otro anillo, el de pedida que Ethan compró en Estocolmo. Está en una caja en el trastero de Gina junto a muchas otras cosas que pensé que Gaia querría tener algún día.

Una vez en el hotel, no tardo en recoger mis cosas. Apenas tengo dos maletas y ni siquiera me ha dado tiempo a deshacer la segunda.

Casi una hora tardo en regresar a casa de Siobhan. Mi casa. Me va a costar acostumbrarme al hecho de que tengo un lugar al que llamar así. Llamo a la puerta y Siobhan me abre sin apenas mirarme. Hay algo diferente en su mirada. Ella está diferente. Tiene el cuello torcido, sujetando el teléfono en la oreja, mientras en las manos sostiene un montón de papeles. Me sonríe y vuelve a meterse en el salón.

—Dame un minuto, ahora te enseño tu habitación.

Cierto. Con todo lo que ha pasado últimamente, acabo de darme cuenta de que ni he visto la habitación en la que voy a quedarme.

Dejo las maletas en la entrada, la sigo hasta el salón y me siento en el sofá a contemplar la escena. Nunca había visto a Siobhan con gafas y me impone aún más, parece una de esas abogadas con las que sabes que es mejor no meterse en líos.

Cuelga el teléfono, pero está tan concentrada en sus papeles, que sigue sin reparar en mi presencia. Aún tiene el maldito libro abierto y juraría que hay más notas adhesivas que cuando salí horas antes por la puerta.

—Perdona, en un minuto estoy contigo. Estaba hablando con Mark —me informa—. Caerlion y Marcelo han conseguido mogollón de información útil y…

—No quiero saber nada del tema —le interrumpo, juntando las manos a modo súplica—. Me basta con saber que están bien.

—Lo están, lo están. ¿No has vuelto a hablar con ellos?

—La última vez que lo comprobé, me habían bloqueado.

—Eso es cosa del hijo, no se lo tengas en cuenta. Puedo asegurarte que ellos no tienen nada contra ti, aparte de dudas. Caerlion ha puesto todas sus fichas en Duarte. —Sonrío apretando los labios—. Elena, ¿podrías volver a Comillas?

—¡Ni de coña!

—Mentalmente, mujer. He estado comparando tu testimonio con el de Ethan y lo que pone en este artículo y… Aquí no se habla de lo que pasó en la playa o cuando estabais de fiesta, solo de cosas que hablasteis en la habitación del hotel.

—Supongo que a quien sea que lo escribió, le parecía más relevante que el polvo que echamos en un bar —respondo, sin saber a dónde quiere llegar.

—Calla y escucha. Te llevaste el portátil de trabajo a Comillas, ¿cierto? Ethan se enfadó contigo porque estabas mandándole un email a Gina… —lee sus notas. Yo asiento con la cabeza—. Fue en esa misma habitación donde te dijo que estaba loco por ti y que solo te dejaría si te volvías uno de ellos, ¿verdad? —pregunta. De nuevo, asiento, recordando esa conversación—. ¿Recuerdas si hablasteis del cementerio en el hotel? No has mencionado nada al respecto, pero... Estoy segura de que tuvisteis que hablar de ello en algún momento.

—Sí, claro. Cuando regresamos al hotel aquella noche, discutimos. Ya sabes, su pasividad me ponía de los nervios. Creo que él me echó en cara lo que pasó en Chiapas y nos olvidamos del tema.

—¿Qué me dices del topo de la revista? La entrevista a Felicity Jones, o aquella noticia sobre tu amiga Sofía que Gina no había aprobado. Solo tú tenías esa información porque ella te lo había contado en una cafetería después del trabajo, ¿correcto?

—Siempre nos veíamos en el mismo sitio. Los jueves, normalmente.

—Y la discusión que Ethan y tú tuvisteis en la cuarentena, esa en la que te fuiste de su casa. En el libro solo se habla de lo que ocurrió en casa de Ethan, ni rastro de lo que hablasteis en TU casa. Y digo yo que haríais algo más que echar un polvo sobre la lavadora, ¿no?

—¿Me puedes explicar de qué va todo esto?

—Pues que estamos ciegos. ¡Cieguísimos! Todo este tiempo ha habido un elemento en común en todas las historias que mencionan este reportaje y es que son fragmentos de vuestra relación que han ocurrido en momentos muy específicos en los que tú estabas teletrabajando, o en la oficina o mandando un email. ¿Sabes lo que significa eso?

—¿Qué soy adicta al trabajo?

—¡Que ya sé quién ha sido, Elena! —Mi corazón comienza a golpear con furia—. ¡Las pegatinas de tu portátil!

—¿Las pegatinas de mi portátil? —repito, incrédula—. ¿Las pegatinas han escrito ese libro?

—¡Pues claro! ¡Piénsalo! —Siobhan comenzó a esparcir folios por la mesa y a escribir en ellos. Me recordaba preocupantemente a mí—. El día del callejón, Gina pensaba que te habían pinchado el teléfono, pero no. Sabían dónde estabas porque te oyeron hablando con Gina en tu despacho.

—¿Y?

—Y... tenías el portátil el día que encontrasteis la llave y dijisteis que juntos erais indestructibles. Lo tenías en el hotel de Comillas, y con

Sofía, y cuando discutisteis en su casa, pero no cuando os reconciliasteis en la tuya. Puedo darte una larga lista de cosas que hay en ese reportaje que, cruzándolas con tu testimonio y el de Ethan, siempre ocurrieron con ese maldito portátil cerca. Alguien sabía que habíais encontrado esa llave y que irías a Comillas, sabían que irías a Avión. Han estado un paso por delante todo el tiempo. Por eso vaciaron los nichos de Comillas, por eso encontraste esa caja con tu nombre en Avión, por eso os persiguieron en Chiapas y por eso te reconocieron en Dornoch a pesar del disfraz.

Me tapo la cara con las manos. Lo que está diciendo tiene mucho sentido y, a la vez, no tiene ninguno.

—¡Pero eso no aclara nada! ¡Podría haber sido cualquiera!

—¡De nuevo, te equivocas! Sé exactamente quién puso los micrófonos en tu ordenador. —Siobhan se muerde el labio, extasiada con su descubrimiento—. ¡Está clarísimo! ¡Estoy deseando contárselo a Gina!

—Agradezco tu entusiasmo, pero yo no quiero saber nada más. Estoy fuera del caso. Sé que ya lo he dicho como seiscientas veces, aunque, al parecer, no ha servido de nada...

—Esta ya no es la historia de Ethan McGowan, Elena. Es tu historia.

—Mi parte en esta historia acabó el día que decidí tener a Gaia.

—¿Y por eso vas a llamarla Gaia Yvaine? ¿Por qué no quieres saber nada más de los McGowan? —observa maliciosa. Cabeceo y miro para otro lado—. Respeto tu decisión, aunque es una pena... Porque ya sé quién ha escrito ese artículo.

Epílogo

18 de julio de 2046 — Peñíscola, Castellón

Me encanta ver a toda la familia reunida. Tal vez, porque todos los años que he pasado fuera viviendo aventuras me han privado de algo tan simple como eso. A veces no nos damos cuenta de lo que nos estamos perdiendo por nuestro empeño en crecer, en exprimir la vida al máximo, en quererlo todo. Creo que por eso decidí instalarme precisamente allí, en ese apacible pueblo de la costa alicantina, huyendo de las aglomeraciones, el ruido, la contaminación y el estrés de ciudades como Londres o Nueva York. Aunque me cueste reconocerlo, eso solo acentúa el hecho de que ya no soy tan joven. O tan aventurera. Que ahora prefiero una tarde de barbacoa y sangría en casa con los míos, a que me pille el amanecer bailando en las calles de Manhattan.

La hipoteca de mi precioso chalet con piscina y jardín me cuesta al mes la mitad de lo que pagaba en Londres por alquilar un armario al que alguien osaba llamar habitación. Supongo que las preferencias van cambiando con la edad.

Hoy es un día especial. El niño viene a pasar unos días con nosotros. En realidad, no vive tan lejos, pero su trabajo le tiene demasiado absorto y últimamente no viene tanto como nos gustaría. ¡Ay, cómo me acuerdo de mi madre! De los dramas que montaba por lo mucho que nos echaba a Jorge y a mí de menos. Hablando del cual, por cierto, también está aquí hoy con su mujer y sus hijos. Toda la familia está reunida. Y, con familia, también me refiero a ellos, mis amigos, los que me han acompañado durante todos estos años, y que ahora mismo están sobrevolando España para pasar aquí una semana de vacaciones.

Mis padres ya no son tan jóvenes, pero no han querido perderse la fiesta. Están entretenidos con los padres de mi cuñada, jugando a las cartas en el jardín. Ellos nunca habían jugado a las cartas. ¿Será una habilidad que se desarrolla con los años?

La mayor de mis hijas, Gaia, me mira inquieta. Lleva todo el día mirándome de ese modo y la conozco demasiado bien para saber que está tramando algo. Se parece demasiado a mí, aunque ella se empeñe en negarlo. Es un culo inquieto que siempre está de aquí para allá. Se acaba de graduar en periodismo y está convencida de que, mientras que yo elegí la comodidad de las revistas y los libros, ella es periodista de verdad, de las que se meten en líos para sacar a la luz la mierda detrás de una campaña masiva de vacunación o los turbios asuntos de los políticos más corruptos. ¡Y Dios sabe bien que esa cría se ha metido en unos cuantos líos! Si ella supiera que eso solo la hace incluso más parecida a su madre...

Pero ya tiene veintitrés años y tengo que dejar que se las apañe solita, aunque a veces no apruebe sus decisiones, ni que se estropee su preciosa melena oscura con tintes de colores. Esta vez nos ha sorprendido a todos con las raíces en su color moreno natural, difuminándose hasta convertirse en un vibrante morado en las puntas. Y hablando de la reina de Roma... ¿Qué decía yo?

—Tenemos que hablar.

Cuando Gaia utiliza esa frase, nunca es nada bueno. Me giro con mi mejor sonrisa y veo que no ha venido sola: su hermana Gala, cuatro años menor que ella, también tiene cara de tener algo que decirme. ¿Qué me he perdido?

Pese a su corta edad, Gala tiene claro que quiere ser abogada para luchar contra las injusticias de este mundo. Parece que la profesión la ha plasmado en su aspecto físico, demasiado elegante y cuidado para tener solo diecinueve años.

Mis dos hijas se llevan a matar por sus muchas diferencias, pero luego son las mejores amigas del mundo. Hace un par de años empezaron con su hermano la bonita tradición de irse los tres juntos de viaje, un evento al que nadie más está invitado. Ni siquiera sus respectivas parejas. ¿No es hermoso?

La verdad es que esos tres mocosos son mi orgullo, lo mejor que he hecho nunca. ¿Quién me lo iba a decir a mí cuando me quedé embarazada la primera vez?

—Mamá, tenemos que hablar —repite Gaia, en tono imperativo.
—Uy, ¡qué serias venís las dos! ¿Debería preocuparme?
—Hemos encontrado tus diarios —dice sin tapujos. Gala sigue sin abrir la boca, aunque me lo dice todo con la mirada—. Y los hemos leído.

Empalidezco de golpe. Nunca he sido de escribir diarios, así que no hay que ser un genio para adivinar de qué están hablando: han encontrado el caso McGowan. Eso, y la libreta que una vez me regaló Ethan, que dejé olvidada en una caja en el trastero de Gina cuando me fui a Nueva York. Parece que fue en otra vida. No he vuelto a escribir nada en él, lo último que anoté fue que estaba embarazada de Gaia y que ni siquiera quería tenerla. ¡Tierra, trágame!

En cuanto al caso... ¿Por qué no me habré deshecho de eso antes?

Sí, ha tenido que ser eso lo que han encontrado... Eso explicaría la cara que tienen las dos ahora mismo. No es que haya sido muy transparente con ellas en cuanto a mi pasado ni a esa doble vida que tuve una vez. Y supongo que se están haciendo preguntas... Sobre todo, la mayor.

—Mamá... —insiste Gala.
—Supongo que los habéis encontrado en la casa de Londres.
—¡Bingo! —exclama Gaia sarcástica—. ¿No tienes nada que explicarnos? Bueno, sobre todo a mí...
—¡Sí! Que leer diarios ajenos está muy feo. ¡Yo os he educado mejor que eso!
—¡No manches! ¿En serio quieres tener esta conversación? —irrumpe Gala, que ha estado sospechosamente callada hasta ahora—. ¿No fuiste tú quién leyó los diarios de esas mujeres: Analisa, Yvaine, Jane...?
—Okay, ¿qué queréis saber exactamente?
—¡Todo! —exclaman al unísono. A veces esos dos monstruos pueden estar muy compenetrados.
—¿Nos puedes explicar qué demonios es el caso McGowan y que tenías tú que ver con eso? —pregunta Gaia—. ¿Qué tengo que ver yo?
—Todos estos años pensando que nuestra madre era una aburrida redactora de moda que escribía pornografía para marujas, ¡y resulta que eres una agente infiltrada! —agrega Gala.

—Era —corrijo—. Aunque os cueste creerlo, cuando tenía vuestra edad, a mí también me gustaba vivir aventuras.

—¿Y qué pasó? ¿Fue papá quién te hizo dejarlo todo y sentar cabeza? —pregunta Gala.

—Algo así, sí.

—A mí, sinceramente, me interesa más la parte en la que no querías que yo naciera —agrega Gaia, dañina—. Menos mal que tía Gina se puso de mi parte...

—Bueno, tú tampoco querrías sacar adelante a un bebé tú sola si te hubiera abandonado el padre de la criatura, ¿no? —añade Gala con un tono de reproche que no alcanzo a entender.

—¿Lo dices por algo? ¡Chivata de mierda! —Gaia se cruza de brazos. Yo las miro a las dos, sintiendo que me estoy perdiendo algo. Pronto, se enzarzan en una de sus discusiones en las que es mejor no intervenir.

—¡Te juro que hablaba de mamá! —se rinde Gala—. ¡Deberías estar agradecida de que tuviera los ovarios de hacerlo y estemos hoy aquí teniendo esta conversación!

—¡Cómo se nota que tú has nacido en el núcleo de una familia estructurada y que fuiste una hija deseada!

¡Oh, oh! Las palabras de Gaia no me gustan ni un pelo.

—¡Dijo la niña de papá! —Gala le saca la lengua para provocarla.

De las dos, Gala es la que más se parece físicamente a mí, pero el carácter provocador lo ha sacado claramente de su padre.

—¡Niñas, por favor! —irrumpo, cansada de esta discusión absurda—. Gaia, nunca me he arrepentido de tenerte. Aunque estuviera sola al principio y no fuera fácil, hemos salido adelante, he rehecho mi vida... ¡Y aquí no hay favoritismos! Las dos sois iguales para nosotros. Los tres sois iguales.

Suspiro. Yo, que no quería tener hijos, y tengo tres. Tres dolores de cabeza, porque eso es lo que me están provocando ahora mismo... o al menos, dos de ellos.

—Tu diario acaba en diciembre del 2022 —recuerda Gaia—. A no ser que haya algo posterior que no hemos encontrado, nos falta un buen trozo de esta historia.

—¿Podríamos dejar esta conversación para otro momento? —ruego—. No es algo que quiera discutir delante de los invitados.

—Son todos de la familia, entenderán que te ausentes un par de horas para aclararle a tu hija la verdad sobre su existencia —resuelve Gaia.

—¡Mira qué eres dramática!

—Deberíamos esperar a mi hermano. A él también le interesa esta película —agrega Gala, que también se ha levantado con el pie izquierdo.

—¡Tu hermano ya sabe…! —¡Error! El modo en el que las dos me están mirando me hace entender que he metido la pata hasta el fondo.

—¡Ah, que lo de mentirnos es solo a nosotras! —deduce Gaia la revolucionaria—. ¿Qué es esto ahora? ¿Machismo informativo? Él puede conocer la verdad y nosotras no.

—Gaia, cariño, deja la feminista dentro, *please* —pide su hermana, harta de sus arranques—. Mamá, no vamos a parar hasta qué sepamos qué demonios es el caso McGowan y qué tenemos que ver nosotras con eso.

—¿Dónde está vuestro padre cuando se le necesita? —suspiro en voz alta.

—Querrás decir el padre de esta, ¡porque mío ya no es nada! —Gaia tiene ganas de guerra.

—¡No digas tonterías! También es tu padre —agrega Gala.

—¿Por qué no habláis con vuestra tía Gina de esto? —ruego, encontrando una salida—. Dejé el caso hace millones de años, no tengo los detalles.

—Mamá, no nos mientas, que hemos leído tus informes… TODOS —aclara Gaia, perdiendo la paciencia—. Además, la tía Gina habla fatal español y es desesperante.

—¡Pero bien que te gusta su hijo, eh! —delata Gala.

¿QUÉ-ES-TÁ-PA-SAN-DO?

—¡Cierra el pico, mocosa! ¿O quieres que le cuente a tu novio lo que pasó en Bristol?

—¡Ni se te ocurra!

—En serio, ¿qué ha pasado este verano en Londres? —Siempre intento respetar su espacio, pero esta vez no puedo frenar las preguntas—. Se supone que era un viaje de hermanos y estáis insinuando muchas cosas… ¿Me he perdido algo?

—Muchas cosas, mami. Muchas cosas —confirma Gala. Los ojos de Gaia son una selva incendiada en estos momentos—. ¡Vas a ver qué divertido esta noche cuando se junten Jack y Oliver aquí!

Jack es el hijo de Brit y Oliver el de Gina. Nos juntamos dos veces al año, en diciembre en Londres (porque no hay lugar más bonito en navidad que ese) y en verano aquí, en Peñíscola.

Nuestros hijos tienen edades similares y siempre se han llevado bien, así que a veces ellas me los mandan un par de semanas en verano para que se diviertan y aprendan español, y yo se los mando a ellas a Inglaterra para que mejoren su inglés. Aunque diría que, esta vez, mis hijas han estudiado la lengua inglesa muy a fondo.

—¿Me vais a contar de una maldita vez qué está pasando aquí? —ruego, perdiendo la paciencia—. Gaia, ¿qué ha pasado con Jack y Oli?

—Depende, ¿vas a contarnos tú qué pasó hace veinte años? —contraataca Gaia—. ¿Vas a decirme qué pasó con mi padre?

Salvada por la campana. Cuando veo al padre de las criaturitas aparecer por la puerta, me siento aliviada de que no vaya a tener que comerme este marrón sola. Con solo una mirada, ya sabe que pasa algo. Veo la oportunidad perfecta de escaquearme en mi hijo, que empieza a contarme sus aventuras en Londres y promete darme una noticia que nos va a sorprender a todos.

Las niñas interceptan a su padre y mucho me temo que están atosigándole con las mismas preguntas que yo me he negado a responder. Porque sí, puede que no haya sido del todo honesta con Gaia en cuanto a su padre, pero ¿qué más da eso ahora? ¿Acaso no ha tenido en casa todo el amor que necesitaba, con o sin él?

Gaia interrumpe a su hermano mientras me habla de la última mascota a la que ha tenido que salvar de un atropello.

—¡Vamos, tardón! Mamá nos iba a explicar el rollo ese del caso McGowan en el que trabajó de joven.

—¡Genial! ¿Preparo palomitas? —pregunta él, con esa sonrisita canalla que me encanta y a la vez me desquicia.

—¡Aquí nadie va a hacer palomitas! —exclama su padre poniendo orden—. Tenemos invitados a cenar y un montón de comida. Estoy seguro de que vuestra curiosidad podrá aguantar un par de días más.

—¡No, no puede! —aclara Gala—. El tío Jorge tiene la cena bajo control, seguro que no le importa que desaparezcamos un par de horas hasta que lleguen todos. Además, Ryanair siempre va con retraso.

—Y yo no pienso parar hasta que no sepa quién es realmente mi padre. —Gaia, como siempre, facilitando las cosas.

—¡Ya sabes quién es tu padre! —protesto yo, incapaz de creer lo que está diciendo.

—Podemos pillar unos cafés en el bar de Paco y hablar con tranquilidad allí, que nunca hay nadie.

—Pregúntate por qué no hay nunca nadie —observa Gala, chinchando a su hermana.

—Pues pillamos los cafés en otro sitio y nos vamos a la playa. ¡Vamos, moved el culo!

No quiero tener esta conversación precisamente hoy, el día de la gran fiesta de verano. Suelto con fuerza el aire que he estado conteniendo y miro a mi marido, que también me mira a mí con una expresión divertida. No tengo ni idea de cómo vamos a escapar de esta.

—¿Y bien? ¿Qué hacemos? —pregunto.

—¡A mí no me mires! —dice encogiéndose de hombros—. Son tus diarios y es tu hija. ¡Tú sabrás lo que pone ahí!

—¡Ah! ¿Qué ahora es "mi hija"? —Le miro sorprendida por tal afirmación—. ¡Cuando ganó el premio de literatura bien que era hija tuya también!

—¡Es que a veces estoy muy orgulloso de ella! Hoy no es una de esas veces... —responde poniendo los ojos en blanco—. ¡En fin! Fue bonito mientras duró. Lo hemos hecho lo mejor que hemos podido, pero sabíamos que este día iba a llegar tarde o temprano. No podíamos ocultárselo eternamente.

Asiento y asumo que ha llegado el día de sacar la verdad a la luz, una verdad que les he estado ocultando durante años por su propio beneficio. Los tres demonios con cara de ángel nos esperan en el jardín para caminar hacia un lugar de la playa donde nadie podrá escucharnos.

Llevan toallas, mantas, y una mochila con refrescos. Está claro que han asumido que la charla da para rato.

Nos sentamos en las toallas y nos miramos los unos a los otros sin saber muy bien cómo empezar la conversación. Por suerte, para Gaia ese nunca ha sido un problema.

—Papá, mamá, dejaros de rollos sensibleros sobre lo mucho que nos queréis y que los tres somos igual de especiales para vosotros, sin importar las circunstancias ni los genes. Queremos la verdad y la queremos desde el principio.

—Lo queremos saber todo sobre el caso McGowan —finaliza Gala, mirándonos con rotundidad—. Y, sobre todo, queremos saber qué pasó con la Luna de Plata.

Nota de la autora

Si estás leyendo esto es porque, de algún modo, has descubierto mi novela y te ha intrigado lo suficiente como para seguir leyendo hasta el final. Muchísimas gracias por darme la oportunidad de contarte esta historia, por tu curiosidad y por tu valioso tiempo.

Cuando ideé esta saga a finales del 2019, poco podía yo imaginar que el 2020 estaría protagonizado por mascarillas, confinamientos y distancia social, algo que no casaba bien con una historia que se centraba, principalmente, en un negocio hotelero y unos protagonistas viajando de un lado a otro. De repente, los planes locos en Londres fueron sustituidos por videollamadas, aplausos por la ventana y clases de cocina online. Inglaterra se sumió en la peor crisis socio-sanitaria del siglo y a mí me tocó confinar a Elena y Ethan, matarlos de aburrimiento en casa y ponerlos a prueba, cambiando así parte de su historia y retrasando la investigación.

A los que hayáis leído *La noche que Thor conoció a Catwoman*, os habréis dado cuenta de ese pequeño *crossover* con Sofía. Como ya sabéis, algunos personajes de *El caso McGowan* se escaparon de estas páginas y se colaron en la historia de Sofía y Lucas para ayudarles a cumplir su lista de 101 cosas que hacer antes de morir, con lo que, cronológicamente, tenía sentido que Sofía se colara también entre estas páginas.

Me gustaría dejar constancia de que esta es una historia ficticia y todo parecido con la realidad es pura coincidencia. ¡Qué típico! ¿No? Pues, en este caso, es verdad.

A pesar de que utilizo algunos escenarios y acontecimientos históricos reales, es una obra inventada y no tengo constancia de que exista tal organización tratando de cambiar nuestro mundo, ni de ninguna oleada de crímenes y desapariciones en las ciudades que se mencionan.

Asimismo, algunos lugares han sido creados especialmente para esta historia (como el poblado indígena de Chiapas o la cueva bajo The Skerries). Siento mucho deciros que, si os animáis a visitar Chiapas o Escocia, no vais a encontrar esos sitios, aunque sigue habiendo un montón de rinconcitos interesantes que descubrir.

Y sí, como habéis podido deducir, hay un caso McGowan III que ya está en proceso. Y no pinta nada bien para sus protagonistas...

Por último, espero que hayas disfrutado tanto leyendo mi novela como yo disfruté escribiéndola. Si he conseguido que hayas sido capaz de dejar tus problemas a un lado por unas horas, que te hayas emocionado con las aventuras de mis personajes y, tal vez, te he arrancado alguna carcajada, lágrima o un buen orgasmo literario, habré cumplido con mi misión como escritora.

Si te ha gustado *La Luna de Plata*, no te olvides de dejar una reseña, correr la voz y contactarme a través de las redes sociales. Tu apoyo es fundamental para darme a conocer y seguir creciendo cada día.

Y si te animas a escribir algo sobre mi novela en Instagram, no te olvides de etiquetarme @**deborahpgomez**, y usar los hashtags **#lldpnovela**, **#elcasomcgowan** y **#lalunadeplatanovela**. ¡Estoy deseando leerte!

AGRADECIMIENTOS

Cuando publiqué *La Piedra del Sol* hace poco más de un año, jamás pensé que tendría tan buena acogida y recibiría tanto cariño. Esta página de agradecimientos va dedicada a vosotr@s, a mis lectores. Y, en especial, a tod@s los booktubers, bloguers y bookstagrammers que habéis dedicado un espacio en vuestros perfiles para reseñar mi novela, darme feedback y hacer que siga creciendo como escritora cada día.

A **Miguel,** por ser el mejor compañero de vida y mi mayor fuente de inspiración para narrar las cosas buenas de Ethan McGowan. Me temo que tendrás que leer la novela para entenderlo… ☺ (o esperar a que Netflix me descubra y saquen la película).

A mi **familia de norte a sur**, por tantos buenos momentos, y por animarme a cumplir mi sueño.

A mis **padres**, por enseñarme que no hay imposibles.

A mi **suegra**, que estaba esperando ansiosa esta segunda parte para saber qué abría la dichosa llave. Espero haberte resuelto todas esas dudas que quedaron colgando en la primera parte (y haberte generado otras nuevas).

A **mis amigos de España, México e Inglaterra**, por demostrar que la amistad no entiende de tiempo ni distancias.

Al **Clan de la Bola Boom**, las de siempre desde que empecé esta aventura, Alba, Clara, Cristina, Mary y Rosa. Puede que nuestras conversaciones de WhatsApp hayan tenido una fuerte influencia en esta historia…

Y, sobre todo, muchísimas gracias a mis **lectoras cero** por todo el tiempo y cariño dedicado a corregir y pulir esta obra hasta llegar a ser lo que hoy tienes en tus manos. Os debo un café, una cena y un abrazo.

-**A mi madre,** quien me inculcó la pasión por los libros desde muy pequeña. Una amante de las historias románticas con final feliz, sin palabras malsonantes y sin sexo explícito (lo siento, mamá... ¡Ethan y Elena son incorregibles!).

-A **Carmen A. Fernández Domingo** (@la_biblioteca_de_carmen) por ser la primerísima persona en leerse esta novela, su corrección extensiva, su apoyo incondicional y, sobre todo, por ser el hada madrina de mi próxima aventura literaria.

-A **Angela** (@angela.lectoravoraz), por su análisis exhaustivo de la obra, su honestidad y su apoyo constante. ¡Me encantó tu reacción al final de la novela!

-**A Lorena Gómez**, porque fue la primera lectora de *El caso McGowan* (y mi primera lectora en general cuando aún nadie me conocía), por sus correcciones, su feedback y su apoyo.

A todos, muchísimas gracias por animarme a seguir adelante.

LA NOCHE QUE THOR CONOCIÓ A CATWOMAN

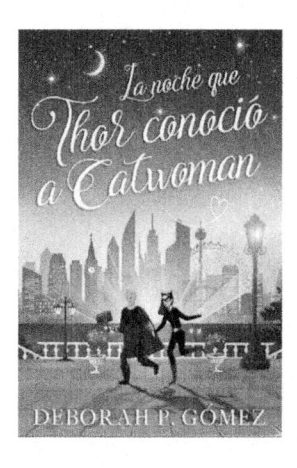

¿Cuántos sueños puedes cumplir en una sola noche?

Cuando Sofía acudió a esa aburrida fiesta vestida de Catwoman, lo último que pensó es que acabaría fugándose de la mano de Thor y viviendo la noche más disparatada de su vida, por culpa de esa lista que encontraron con 101 cosas que hacer antes de morir.

Pero toda noche llega a su amanecer... Y, esta, ha dejado una resaca terrible.

Por suerte, la posibilidad de volver a encontrarse a Thor en una ciudad con 9 millones de habitantes es bastante remota.

A no ser que Thor haya llegado para quedarse.

La noche que Thor conoció a Catwoman es una comedia romántica con tintes eróticos que pretende arrancar al lector más de una sonrisa, llevándole a vivir mil aventuras sin moverse del sofá.

Sobre la autora

Deborah P. Gómez nació en Valladolid (España), aunque reside en Londres desde hace diez años.

Apasionada por los libros desde pequeña, siempre tuvo claro que algún día sería escritora.

Estudió Periodismo y Marketing en diferentes universidades de España y Reino Unido. En 2021 decidió convertir su pasión en su carrera y lanzarse a publicar sus novelas *La Piedra del Sol (*primera parte de la saga *El caso McGowan*) y *La noche que Thor conoció a Catwoman*. En 2022 publicó *La Luna de Plata* (*El caso McGowan II)* y el relato *Siete Días* para la antología romántica *La Tinta Roja del Amor*. En 2023 saldrá a la venta *De "La vie en Rose" a la vida en "Grease"*, su primera novela con el sello Selecta de Penguin Random House.

Como periodista ha escrito artículos en diversos medios online, entre los que destaca el Grupo Vocento.

Le apasiona viajar, leer, escribir, el café y la música rock.

Más información y últimas novedades:

Web: https://www.deborahpgomez.com/
Instagram: @deborahpgomez
Goodreads: Deborah P. Gómez

Printed in Great Britain
by Amazon